Le Dernier Revival
d'Opal & Nev

DAWNIE WALTON

LE DERNIER REVIVAL D'OPAL & NEV

Roman traduit de l'anglais (États-Unis)
par David Fauquemberg

ÉDITIONS ZULMA
Paris • Veules-les-Roses

Titre original :
The Final Revival Of Opal And Nev
Walton, Dawnie

La couverture du *Dernier Revival d'Opal & Nev*
a été créée par David Pearson.

Si vous désirez en savoir davantage sur Zulma
n'hésitez pas à consulter notre site.
www.zulma.fr

Z

À mes parents,
à Anthony.

Les termes suivis d'un astérisque sont en français dans le texte original.

NOTE DE L'ÉDITRICE

Par souci de transparence : mon père Jimmy Curtis, batteur de son état, a eu une histoire d'amour avec Opal Jewel au cours de l'été 1970. Il était alors marié à ma mère, qui en 1971 s'est retrouvée enceinte de moi. Avant ma naissance, avant que le monde ait eu le temps d'en savoir plus sur mon père, au-delà de ces quelques détails, il s'est fait tabasser à mort par une bande de racistes durant l'émeute du Rivington Showcase. Et avant que ma mère ait pu enterrer son corps brisé, la maîtresse de mon père a connu une gloire fulgurante.

C'est une histoire personnelle que, tout au long de ma vie, je me suis efforcée de garder secrète. En vingt-cinq ans de journalisme, je n'ai jamais éprouvé le besoin d'en tirer parti. Je suis arrivée là par mes propres moyens – j'ai fait la tournée des plus grands stades de la planète avec le groupe U2 ; on m'a remis des prix pour mes enquêtes sur ce que devenaient les sommes faramineuses récoltées lors des concerts de charité ; j'ai même interviewé des artistes qui, ignorant les liens qui m'unissaient à eux, évoquaient Opal Jewel et Nev Charles, ensemble ou en solo, comme étant leurs modèles : Santigold, les White Stripes ou les Yeah Yeah Yeah, pour n'en citer que quelques-uns. Tous ces articles, je les ai publiés sous le nom de S. Sunny Shelton, que j'ai fait inscrire sur mes papiers d'identité dès mes dix-huit ans. Le nom que je me suis choisi – cette signature durement gagnée – est une combinaison entre l'initiale de mon prénom de naissance, mon mot préféré quand j'étais petite (*Sunny*, « Ensoleillé ») et cette rue de Philadelphie où la façade ocre brun de la maison de ma grand-mère maternelle s'écaille jour après jour. On pourrait dire que tous les choix que j'ai faits pour me dissocier de la violente naissance d'Opal & Nev ont été de cette nature-là : délibérés, avec un brin de paranoïa.

Mais alors, me direz-vous, qu'est-ce qui me prend soudain d'écrire l'avant-propos d'une histoire que je m'étais juré de ne jamais raconter ? Je pourrais justifier mon implication dans ce projet en expliquant qu'Internet et les chaînes d'information en continu ont changé la donne pour les journalistes, repoussant les limites du possible et bouleversant toutes les règles que nous pensions connaître. Je pourrais vous dire que désormais, sous cette nouvelle ère, lecteurs et téléspectateurs acceptent et même *attendent* un soupçon de parti pris et de subjectivité.

Mais je n'ai pas envie de vous raconter des conneries.

Ce livre existe parce qu'en mars 2015, quand j'ai été nommée rédactrice en chef du magazine *Aural* – la première Africaine-Américaine et la première femme à décrocher ce poste depuis la création du magazine en 1965 –, je me suis enfin autorisée à l'écrire.

Il faut comprendre qu'avant cette promotion ultime, j'avais joué le jeu que de nombreuses femmes noires, si minoritaires dans nos milieux, connaissent bien. Je travaillais dur, je faisais profil bas et, chaque fois que je devais vendre une idée, je m'appliquais à déployer un argumentaire méticuleux, sans faille, en m'appuyant sur des PowerPoint truffés de données. Malgré tout, j'avais peur que même les plus progressistes de mes collègues blancs ne s'interrogent sur les raisons de ma réussite. Lors des cocktails, cauchemar de l'angoissée sociale que j'étais, je les imaginais colportant des ragots à mon encontre dès que je m'éloignais de leurs petits groupes

– roulant de gros yeux et persiflant entre deux bouchées au crabe : « La diversité n'est-elle pas *formidable* ? »

Mais le jour où notre nouveau et jeune directeur m'a promue à ce poste, je n'en ai pas moins refermé derrière moi la porte de mon bureau au quatorzième étage, ouvert la fenêtre donnant sur Liberty Street et crié victoire en direction des malheureux touristes en bas, dans la rue. J'éprouvais de la fierté, bien sûr, mais autre chose aussi, un sentiment plus fort : une liberté. La liberté de me fier à mes goûts, à mon propre jugement, de prendre des risques. On m'offrait enfin une chance, du moins le supposais-je, de me consacrer à ce qui me fascinait depuis si longtemps, mais que j'avais eu l'impression de ne pas pouvoir creuser. J'ai regardé la photo d'Opal Jewel publiée dans *Vogue* en 1972, que j'avais punaisée sur mon panneau de liège – dissimulant soigneusement la signification particulière qu'elle avait pour moi parmi les nombreux souvenirs rock'n'roll réunis dans ce bureau – et j'ai songé, *C'est peut-être enfin le moment...*

∞

Alors, comme par enchantement, telle la force surnaturelle que j'avais toujours vue en elle, Opal Jewel a surgi dans ma vie peu après ce moment de rêverie. À l'occasion de l'enregistrement pour Netflix, en 2015, d'une soirée musicale célébrant les arrangeurs de génie, premier événement de cette envergure auquel j'assistais depuis que j'avais pris les rênes d'*Aural*, je suis tombée sur elle – littéralement, puisque les accessoires que nous tenions à la main ont volé par terre, son tube de rouge à lèvres et mon portable ricochant bruyamment sur le marbre.

Ça s'est passé dans les toilettes pour dames du Gotham Hall, à New York, quelques minutes avant le début de la soirée. Nev était à l'affiche, il devait jouer deux de ses vieux tubes solo pour rendre hommage à Bob Hize, le producteur star de Rivington Records, et sa seule présence me rendait déjà bien assez nerveuse. Mais malgré l'honneur rendu à celui qui avait également été son producteur, personne ne s'attendait à ce qu'Opal soit là. (Étrange, si l'on considère que prendre son public par surprise a toujours été sa grande spécialité.)

Elle n'était plus montée sur scène depuis des décennies et sa tenue, ce soir-là, était sobre – une simple robe chemise noire et un turban jaune à motif cachemire qui lui enserrait le crâne en lieu et place des exubérantes perruques d'antan. Pourtant, j'ai tout de suite su que c'était elle. Je la connaissais de la même manière que vous tous, c'est-à-dire comme l'ancienne complice déjantée de Nev Charles : la provocatrice à la peau d'ébène, la rebelle de la mode, la chanteuse/hurleuse afro-punk avant l'heure, la féministe noire décomplexée ressuscitée par le biais de GIFs et de posts Instagram, en ces temps de remous politiques. Bien sûr, de mon point de vue, tant d'autres facettes venaient se superposer à celles-ci : *C'était donc elle, la maîtresse cinglée de mon père. Celle pour laquelle il s'était fait tuer. La source des souffrances de ma mère et, par extension, de ses frustrations à mon égard. Mon idole la plus compliquée.*

Quand nous nous sommes percutées – elle franchissant la porte, aérienne, moi sortant d'un pas raide sur les talons aiguilles scabreux que j'avais choisis pour remonter le tapis rouge –, Opal Jewel m'a d'abord gratifiée d'un air exaspéré et d'un regard de la mort, une expression à la « Fais gaffe, baby ! » capable d'engendrer des millions de mèmes. Puis elle a plissé les yeux tandis que je me précipitais pour ramasser son sac à main. Elle m'a redressé la tête d'un doigt sous le menton, et m'a appelée par le premier prénom que j'aie jamais eu. Le prénom que mon père, comme je l'apprendrais par la suite, avait choisi pour moi, inspiré d'un rêve :

« SarahLena », a dit Opal, et ce n'était même pas une question. « La petite de Jimmy. »

C'était un moment que je redoutais et sur lequel je fantasmais depuis mes neuf ans. L'année où un cousin plus âgé que moi, vexé que je l'aie battu à une partie de dames chinoises très serrée, sur le perron de ma grand-mère, avait déclaré que mon père s'était fait défoncer la tête à cause d'une « sale pute chauve ». Comme je le traitais de menteur, il s'était glissé en douce dans la chambre de grand-maman et avait sorti de sa commode en châtaignier la vieille coupure du *New York Times*. Jusqu'à ce cet article sur la bagarre du Rivington Showcase – illustré par l'iconique photographie d'Opal et Nev prise par Marion Jacobie, identifiant la « victime » comme étant mon père –, j'ignorais tout de cette histoire.

Trop de choses se bousculaient sous mon crâne, tandis que je me trouvais face à Opal dans ces toilettes pour dames, pour pouvoir réagir à chaud. Je n'étais plus une enfant. J'étais une femme de quarante-trois ans, une grande professionnelle invitée à l'un des événements les plus prestigieux et glamour de l'industrie musicale. Les lumières des toilettes se sont mises à trembloter, annonçant le début de l'émission, si bien que je me suis excusée avant de me ruer dans le couloir. Grâce à mes nouvelles fonctions, j'avais le privilège d'être à l'une des meilleures tables, juste en face de la scène, en compagnie des critiques du *Times* et des dirigeants de Netflix, mais j'avais du mal à prêter attention au spectacle. Si vous le regardez un jour en streaming, à un moment, la caméra fait un panoramique sur le public, et c'est là que vous me verrez : une femme noire au visage grave, avec un collier ras du cou et une masse de dreadlocks sur la tête. Tout le monde autour de moi sourit et chante en chœur avec Bruce Springsteen et Chrissie Hynde, mais moi, je regarde ailleurs. Je scrute les écrans, guettant le passé.

Ce soir-là, je n'ai pas vu Opal copiner avec Nev et son équipe, et elle n'était pas non plus assise près de la table de Hize. Sauf erreur de ma part, elle n'était même pas dans la première moitié de la salle captée par les caméras. J'en étais à boire de grandes gorgées d'eau, en me demandant si ce n'était pas tout simplement le stress de la journée et trois verres de champagne qui m'avaient fait imaginer cette rencontre, quand le serveur s'est approché de notre table. Il a déposé devant moi une part de cheesecake nappée d'une ganache au chocolat, et une note pliée en deux, sur un papier jaune. Je l'ai ouverte. Un numéro de téléphone écrit au marqueur rouge, suivi du célèbre autographe : *OPAL* en lettres capitales bien amples, et l'esquisse d'un diamant.

Nous nous sommes donné rendez-vous au domicile d'Opal à Harlem, ce même *brownstone* où elle avait vécu avec Virgil LaFleur à son arrivée à New York en 1970. LaFleur, son meilleur ami et styliste de prédilection, rôdait autour de nous à l'étage du salon, protecteur à l'égard d'Opal et sceptique envers moi. « *Off the record, ma chère** », intervenait-il toutes les deux minutes. Opal a fini par l'envoyer en ville, en quête d'un parfum rare de glace à l'italienne qu'on ne trouvait, ce qui tombait bien, que « quelque part Downtown », à l'autre bout de Manhattan. Opal Jewel et moi sommes ainsi restées seules pendant plus d'une heure, durant laquelle elle a confirmé ce qu'il me semble avoir su, au fond de moi, depuis mon adolescence, alors que je faisais chaque matin la navette entre notre petit appartement à loyer modéré et le lycée privé le plus classe du grand Philadelphie : c'était Opal qui avait donné à ma mère l'argent pour mes études jusqu'à ce que je décroche un master à Medill, la prestigieuse école de journalisme de Northwestern University. Pendant notre entretien, elle s'est montrée directe et drôle, plus épatante que jamais, et quand Virgil est revenu, elle m'a congédiée en me proposant de venir la voir à Los Angeles, si cela me tentait.

Dès que j'ai eu l'occasion de voyager en Californie, alors que mon premier numéro en tant que rédactrice en chef d'*Aural* était chez l'imprimeur, je me suis rendue à l'adresse qu'elle m'avait donnée, dans le quartier de Baldwin Hills. Un mot sur la porte m'a aiguillée vers l'arrière de la maison où Opal, plus chauve que jamais, fumait un joint dans un rocking-chair en expliquant à un aide-jardinier comment s'occuper de ses plants de tomates, de gombo et de basilic. Sa peau luisait dans la lumière du jour, toujours sans une ride malgré ses soixante-six ans, et ses pommettes haut perchées, dominant le V prononcé du menton, lui conféraient une allure éthérée, quasi extraterrestre. Nous avons de nouveau parlé pendant deux heures, tandis que le soir tombait et que d'épaisses nuées de moucherons emplissaient l'air. Même si nos conversations finiraient par se tendre au moment d'aborder les détails de sa liaison avec mon père, ces premiers échanges *off the record* se sont déroulés comme un rêve : nous avons évoqué son enfance, la genèse de son style exubérant et de ses prises de position politiquement incendiaires, la manière aussi dont quarante-cinq ans plus tôt, elle, la fille noire de Détroit, l'exclue, et Nev, cet Anglais blanc un peu gauche, avaient chacun décidé de tenter sa chance avec l'autre. Non, ces histoires n'étaient pas totalement nouvelles. Mais rien qu'en les effleurant, j'y décelais déjà, potentiellement, quelque chose de plus profond. L'opportunité d'entendre des anecdotes et des révélations que je n'avais lues dans aucune des vieilles interviews d'Opal, ni même dans ce qui, par comparaison, faisait figure de montagne d'articles et de biographies consacrés à Nev.

À un moment donné, la conversation a dévié vers moi. À

la lueur des grandes torches parfumées à la citronnelle, Opal m'a montré l'album hallucinant où elle avait classé tous mes articles et mes chroniques, jusqu'aux minuscules comptes rendus – très médiocres – de concerts de groupes oubliés du début des années 1990, que j'avais signés dans le *Daily Northwestern*. En feuilletant cet album, nous nous sommes attardées sur un hommage aux Ramones que j'avais écrit à la mort du dernier survivant du groupe originel, Tommy Ramone, et sur l'extrait exclusif d'un recueil à paraître d'interviews de Joni Mitchell que j'avais réussi à décrocher. Et enfin la nouvelle de ma promotion, annoncée dans *Billboard* avec ma photo. J'ai soudain compris qu'elle avait une idée très précise d'où elle voulait m'emmener.

« Donc vous savez que je suis une fouineuse professionnelle, ai-je dit. Aviez-vous une raison particulière de vouloir me rencontrer ? »

C'est alors qu'elle m'a balancé un scoop incroyable : Nev avait lancé l'idée d'une tournée revival en Amérique du Nord, qui débuterait par un concert en tête d'affiche du Derringdo Festival, à l'été 2016. Et bien qu'elle ne soit pas remontée sur scène depuis plus de vingt-cinq ans, Opal y réfléchissait sérieusement.

J'ai eu de la peine à empêcher mes yeux de jaillir de leurs orbites. « Vous voulez que j'annonce cette nouvelle ?

— Il n'y a encore rien à annoncer, a-t-elle rétorqué en regardant toujours ma photo plutôt que moi. Je n'ai pas encore pris cette foutue décision. Lui et moi, on ne fait qu'en parler pour l'instant. Mais je voulais savoir ce que tu… en penses.

— Comment ça, vous en "parlez" ? » J'imaginais déjà cette tournée : des bribes vivantes et chaotiques de ce que je n'avais pu voir que dans des vidéos floues sur YouTube, ce fantasme rock'n'roll que je croyais impossible à réaliser. Image fugitive du visage attristé de ma mère, éclairé par des extraits de concerts diffusés à la télévision.

Opal Jewel a finalement relevé les yeux sur moi, l'album toujours ouvert sur la table devant nous. « Je me demande si j'en suis capable. Je me fais vieille. » Elle gifla l'air de sa main, comme si cette idée était un moucheron parmi d'autres.

Pourtant, j'ai tout de suite saisi à quel point ce timing était malin. Une tournée pouvait potentiellement exciter non seulement les Mercurials, comme se faisaient appeler les vieux fans d'Opal & Nev, qui leur vouaient un véritable culte, mais aussi une nouvelle génération – des foules prêtes à hurler en chœur, avec ces précurseurs déjantés de la dissidence et de la dissonance, que les vies des Noirs comptent, que l'amour est amour, que l'avenir s'écrit au féminin. Prêts à embrasser Opal Jewel non pas comme une artiste d'autrefois en avance sur son temps mais comme incarnant le présent, l'ici et maintenant.

« Je me disais, a-t-elle repris, que tu pourrais peut-être en profiter aussi. Tu sais bien comment sont les gens du business – ils me rebattent les oreilles avec leurs histoires de…

— … promotion, ai-je coupé, le cœur battant. Ils veulent un livre ? »

Elle a hoché la tête, plissant les yeux. Elle semblait scruter mon visage à la recherche de quelque chose. « Si je dois faire mon comeback, revenir à cette musique, à moi, à Nev et à ton père, redonner des interviews et tout le reste, ça semble un bon point de départ. »

Alors, par cette plaisante soirée dans le jardin d'Opal Jewel, j'ai tracé dans ma tête les grandes lignes du livre que j'allais écrire – l'éclaircissement définitif des qui, des comment et des pourquoi de l'émeute qui avait tué mon père et propulsé ses amis et confrères musiciens déjantés dans notre conscience à tous. J'allais en faire le prochain volume de notre série *Aural History*, retraçant la genèse des rockstars, j'y dispenserais ce qu'il fallait d'émotion contrôlée pour le rendre plus vendable, parfaitement calibré pour les émissions du matin à la télévision. J'étais loin de me douter des péripéties que ce projet allait connaître. Le produit final, avec ses douloureuses révisions de l'histoire (celle des sujets abordés tout autant que la mienne) est ce qui suit. Vous le trouverez peut-être foutraque et désordonné par endroits, et vous découvrirez qu'il ne contient pas de réponses évidentes. Mais à l'heure où j'écris ces mots, faisant mienne la drôle d'approche pleine d'humilité qu'impose le recul, je peux promettre une chose à mes chers Mercurials : même si elle risque à certains moments de vous briser le cœur, comme elle a brisé le mien, cette histoire est aussi proche de la vérité que cela m'a été possible.

S. Sunny Curtis
20 février 2017

PREMIÈRE PARTIE

chapitre 1

« NOUS AUTRES, LES MIOCHES »

OPAL JEWEL

Ma sœur Pearl et moi avons grandi à Détroit. Notre mère s'appelait Ruby Robinson. Ouais, elle s'appelait « Rubis », et elle a baptisé ses filles « Perle » et « Opale ». Aussi loin que je m'en souvienne, maman a toujours travaillé à l'usine General Motors, sur Clark Street, mais pas à la chaîne ; elle bossait à la cafétéria. Servant aux hommes leur ration aussi vite que possible dès que retentissait la sonnerie du déjeuner. Quand ma sœur ou moi étions malades et ne pouvions pas aller à l'école, maman nous emmenait en douce à son travail, elle disposait des sacs de patates vides par terre dans la réserve pour en faire une paillasse et laissait la porte entrouverte pour que nous puissions voir ce qui se passait dehors et pour pouvoir de son côté garder un œil sur nous.

Ces jours-là, quand je réussissais à m'endormir, j'étais réveillée à midi pile. Tu parles d'une bousculade, baby ! De là où j'étais, par la porte à peine entrebâillée du cellier, je ne voyais que des pieds : les chaussures d'infirmière blanches de maman – je ne sais pas pourquoi elle portait ces godasses blanches ; tous les soirs, elle était obligée de les frotter avec une vieille brosse à dents toute mâchouillée pour enlever les taches de sauce, de jus de viande et de Dieu sait quoi d'autre – et, alignées devant ma mère, les chaussures de sécurité de ces gaillards qui attendaient leur bouffe. Je ne distinguais rien d'autre. Mais j'entendais tout. Déjà à l'époque, j'étais capable d'isoler un son et de faire abstraction du reste. Si ça me chantait, je pouvais me concentrer sur le raclement des fourchettes contre les assiettes, ou sur les bruits mouillés des bouches en train de mâcher. Quand les hommes faisaient la queue, je les entendais parler à ma mère – enfin, flirter avec elle, tu vois – et puis un truc totalement dingue : ma mère qui riait en retour et flirtait avec eux.

PEARL WELMONT

demi-sœur d'Opal Jewel[1]

Opal et moi sommes nées à deux ans d'écart, de deux pères différents. Vous voyez bien qu'on ne se ressemble pas beaucoup. On n'a jamais eu la chance de les rencontrer, mais quand on le lui demandait gentiment, maman nous racontait un tas d'histoires. Mon père à moi était un héros de guerre que tout le monde appelait Poker Joe – il a été tué en Corée et puis, aussi, il raffolait des gros haricots blancs. Celui d'Opal, je crois qu'il s'appelait Paul, c'était un monsieur beaucoup plus âgé qui a attrapé une maladie et qui est mort quand on était trop petites pour s'en souvenir. Pauvre maman, qui a dû gérer tout ça… Deux fois veuve, avec deux bébés à élever dans un immeuble délabré de l'East Side.

OPAL JEWEL

On avait des pères différents, ouais. Mais ils travaillaient tous les deux chez General Motors, j'en mettrais ma main à

1. Pearl, 69 ans, et son mari m'ont reçue autour d'un feuilleté aux amandes et d'une bouteille de cidre dans la salle à manger de leur grande maison coloniale à Pontiac, dans le Michigan. Au cours de cet entretien, tout en évoquant ses relations souvent tendues avec Opal, Pearl m'a fièrement montré des photos d'enfance de sa sœur, et des articles de presse consacrés à la carrière d'Opal, collectés au fil des années.

couper. J'aurais pas jugé ma mère si elle avait craché le morceau. On a tous le droit de savoir d'où on vient. Mais maman ne nous a même jamais donné de noms ne serait-ce que plausibles, d'où on aurait pu partir – rien que des histoires débiles que Pearl gobait sans se poser de questions. Qu'est-ce qu'on peut y faire ? Ma sœur, elle adore croire.

PEARL WELMONT

Une institutrice de notre école primaire, Mrs Dennis, vivait dans la rue d'à côté et pendant l'été, quand il n'y avait pas école, elle gardait une poignée de gamins du quartier pour arrondir ses fins de mois. Et croyez-moi, ça devait pas les arrondir beaucoup – d'une, parce que pour être honnête, je dois dire que Mrs Dennis se foulait vraiment pas, elle nous laissait faire à peu près tout ce qu'on voulait. Et de deux, parce que notre mère n'avait pas grand-chose à lui donner, et les autres parents non plus. Nous autres, les mioches, on avait tous des T-shirts troués. On mangeait tous les matins du porridge au petit déjeuner, été comme hiver, et nos godasses avaient la bouche ouverte. Vous voyez ce que je veux dire ? Des baskets bon marché tellement usées que les semelles se décollent et bâillent de partout…

LE RÉVÉREND LAWRENCE WELMONT
époux de Pearl

Amen ! Et ta maman enroulait juste un peu de chatterton au niveau des orteils pour qu'elles la bouclent ! *[Rires.]*

PEARL WELMONT

Maman nous déposait le matin chez Mrs Dennis avant de prendre son bus pour le travail, et le soir, elle passait nous récupérer après sa journée. Toutes ces heures entre les deux… Eh bien, je dirai juste qu'elles étaient longues. *[Rires.]* Mrs

Dennis n'aimait pas qu'on aille dehors. Dans son vieil appart surchauffé, elle avait plein de jouets, mais nous, on s'entretuait presque pour les avoir. On était une bonne douzaine, et quand les garçons étaient d'humeur généreuse, ils nous laissaient jouer avec leurs petits soldats verts, avec le jeu de dames ou les osselets. Sinon, on n'avait plus qu'à se rabattre sur la dînette ou à jouer à Un Deux Trois Soleil avec les autres gamines et, bon, vous savez comment sont les filles…

OPAL JEWEL

J'ai commencé à perdre mes cheveux quand j'avais neuf ans. D'abord un petit rond gros comme une pièce sur le dessus du crâne. Puis ils se sont dégarnis autour de mes oreilles. Au début, j'étais furieuse après maman, parce qu'elle me ratissait les cheveux comme une malade avec son peigne, elle arrachait toutes les racines. Elle me lavait les cheveux une fois par semaine, tous les dimanches après-midi, après elle s'asseyait sur le canapé et moi je prenais la place du condamné, par terre entre ses jambes. Alors elle me basculait la tête en arrière, me faisait une raie au milieu, et elle se battait avec tous ces cheveux épais pour en faire les deux tresses les plus serrées et dodues qu'on ait jamais vues. Ah, ma chérie, j'avais le cou super musclé à force qu'on tire dessus comme ça ! Et pendant tout ce temps-là, je faisais que grimacer et bouillir au-dedans, parce que si je lâchais un malheureux « Aïe ! », je me prenais une bonne claque sur la tête et un avertissement comme quoi il fallait arrêter de me comporter comme un bébé. Pearl filait dans notre chambre, terrifiée, parce qu'après, c'était son tour. Pas moyen d'y couper – maman nous courait toujours après avec ce maudit peigne rouge, tous les dimanches. Même si on n'a pas grand-chose d'autre en commun, ma sœur et moi, ce truc-là nous rapprochait. On avait toutes les deux le cuir chevelu ultra sensible.

Bref, au début, j'ai cru que je perdais mes cheveux par plaques à cause de la brutalité de maman, et je crois qu'elle s'est dit la même chose, car d'un seul coup, les jours de lavage de cheveux, elle est devenue plus douce avec moi. Les tresses étaient plus lâches, si lâches qu'elles avaient du mal à tenir la semaine, et tous les soirs elle massait avec du Blue Magic les zones qui se dégarnissaient. Ce gros pot de graisse... J'oublierai jamais cette bonne odeur. Dommage qu'elle n'ait pas fait de miracle.

PEARL WELMONT

Au bout d'un moment, c'est devenu difficile de cacher qu'Opal perdait ses cheveux, et les gamins de chez Mrs Dennis voulaient plus jouer avec elle – ils traitaient tout ce qu'elle avait touché comme si c'était sale. Avoir la peau foncée et *en plus* un problème comme ça, à l'époque, j'avoue que c'était raide. Au début, Opal piquait des crises. Elle pleurait des larmes de rage, jaillies du plus profond de sa petite âme, et j'essayais de la réconforter mais elle braillait comme un beau diable et m'envoyait paître.

OPAL JEWEL

Ah, ma chérie, ces petites terreurs me traitaient de tous les noms. « Crâne chauve », « La Pelée »... Et puis quand maman a finalement renoncé à sauver les quelques mèches que j'avais encore sur le crâne, et qu'elle m'a envoyée chez Mrs Dennis avec un foulard rouge sur la tête, je suis devenue « Pickaninny », comme la petite négrillonne des caricatures... Ce sale surnom m'a accompagnée quand je suis retournée à l'école cet automne-là, et m'a suivie jusqu'au lycée d'Eastern High. Ma sœur faisait de son mieux pour me protéger mais j'étais du genre bagarreuse, ce qui ne t'étonnera sans doute pas ! *[Rires.]*

Mais je l'aimais bien, Mrs Dennis. Elle n'a jamais essayé d'arbitrer toute cette pagaille ; elle en avait sans doute déjà bien assez à gérer pendant l'année scolaire – comment lui en vouloir ? Mais j'étais la seule qu'elle invitait sur son canapé, et, tous les après-midi, pendant que les autres gamins se comportaient comme des ingrats, Mrs Dennis me faisait asseoir à côté d'elle pendant qu'elle regardait *Tant que la Terre tourne* et *Haine et Passions* sur sa petite télé en noir et blanc. Mrs Dennis adorait ses feuilletons, ma chérie, elle s'arrangeait toujours pour expédier notre déjeuner – toujours des sandwichs bolognaise, avec du pain blanc et de la moutarde – et ne plus être dérangée une fois qu'ils commençaient. Pendant ce temps, elle me laissait feuilleter les magazines qu'elle gardait sur sa table basse. *Ebony*, bien sûr, et *Look*, mais aussi des torchons sur les stars du cinéma – tu t'en souviens, j'imagine. Elle en avait toujours des nouveaux, mais il y en avait un que Mrs Dennis laissait toujours sur la table : un vieux numéro de *Life* avec Dorothy Dandridge en couverture. Miss Dorothy portait son costume de *Carmen Jones*, en rouge et noir avec les épaules nues, une rose plantée dans ses cheveux bouclés et le regard droit sur l'objectif, genre… waouh. J'aimais beaucoup son attitude. Son style. C'était peut-être la première fois que je remarquais le style de qui que ce soit, que l'apparence pouvait faire de vous une personne différente – un personnage, en fait. Bref, Dorothy était ma préférée. Mais j'aimais aussi Lauren Bacall, parce qu'elle donnait toujours l'impression de garder pour elle une histoire croustillante, et de ne pas être du genre à se laisser marcher sur les pieds. On pourrait dire que c'est assise sur ce canapé, l'été, moi, la petite gamine noire rejetée par tout le monde et qui perdait ses cheveux, que j'ai découvert l'art de la scène et la mystique qui va avec.

En 1961, Motown, la maison de disques de Berry Gordy, faisait déjà connaître Détroit au public américain pour autre chose que les voitures, avec les tubes des Miracles et des Marvelettes. Cette année-là, Ruby Robinson mit ses deux filles, alors âgées de douze et quatorze ans, dans un bus Trailways en partance pour le Sud des États-Unis, où elles allaient passer les trois étés suivants chez des proches que Ruby avait perdus de vue.

OPAL JEWEL

Nous étions terrifiées à l'idée d'aller là-bas. On parle quand même du Sud des États-Unis en 1961, baby ! Et pas n'importe lequel : le sud de l'Alabama. Le sud de ce raciste de Bull Connor. Maman avait tout organisé – billets achetés, lettres écrites. Et puis en mai de cette année-là, peu avant la fin de l'école, on a vu tout ce qui est arrivé aux Freedom Riders. Des images de bus incendiés, la fumée qui sortait par les fenêtres. Ces gamins n'étaient guère plus vieux que Pearl et moi. Je regardais la tête de maman quand ça passait à la télé, elle avait la mâchoire serrée, le front tout chiffonné. Un soir, rassemblant tout mon courage, je lui ai demandé : « Est-ce que les Blancs vont nous tuer ? »

PEARL WELMONT

« Si vous les embêtez pas, ils vous embêteront pas. » C'est ce qu'elle n'arrêtait pas de nous dire, et la dernière semaine avant notre départ, elle nous le faisait répéter après elle. C'est peut-être bien la première prière que j'aie apprise. *[Rires.]*

OPAL JEWEL

À la gare routière, elle nous a fourré dans les mains un sac en papier avec des sandwichs au beurre de cacahuète et à la confiture, et nous a ordonné de ne jamais descendre de ce bus. Elle a donné notre unique valise à un employé, pour qu'il la range dans la soute, puis elle nous a regardées monter à bord et nous asseoir tout au fond, comme elle nous avait dit de le faire.

Tout ça nous donnait l'impression d'avoir été enrôlées pour une sorte de guerre, et les gens qui nous attendaient au bout de ce voyage étaient pour nous de parfaits étrangers. Nous ne les avions jamais rencontrés, eux, notre propre famille…

PEARL WELMONT

C'est seulement des années plus tard qu'Opal et moi, on a pu reconstituer les pièces du puzzle, quand maman était mourante et que le docteur a posé des questions sur ses antécédents médicaux : cet été-là, elle avait dû subir une hystérectomie. On a découvert que l'opération avait eu lieu deux jours après notre départ. Elle n'avait pas d'autre choix que de nous envoyer là-bas.

Après un voyage de onze heures entre Détroit et Birmingham, les sœurs Robinson furent accueillies par leur tante Rose Broadnax, la petite sœur de Ruby, et son mari William, un pasteur protestant.

PEARL WELMONT

On est descendues épuisées du bus et, je crois qu'on peut le dire, un peu sur nos gardes. À la gare routière, on a vu ce beau couple de Noirs qui venaient à notre rencontre. La femme avait de magnifiques cheveux défrisés avec une frange impeccable en travers du front et les extrémités qui rebiquaient un peu. Il faisait une chaleur atroce mais elle portait un chemisier crème avec de jolis petits boutons de nacre aux poignets et une jupe bleu roi avec des bas. Des talons, aussi. De petits talons bobine en cuir fin qui claquaient sur le sol. L'homme qui marchait deux pas derrière elle portait un costume trois-pièces, une cravate et des souliers tellement astiqués que j'ai failli devenir aveugle. *Propres.* On s'est regardées, avec Opal, d'un air : *C'est vraiment eux ?*

OPAL JEWEL

Nous, on pensait juste que tous les Noirs du Sud portaient des salopettes et passaient leurs journées à ramasser le coton. C'est horrible, non ? Et voilà que tante Rose débarque, ma chérie, et on dirait une vraie lady, comme si elle jouait les figurantes dans *Haine et Passions.* Elle nous a serrées dans ses bras et la première chose qu'elle a fait, ensuite, ç'a été de passer la main sur mon crâne dégarni. « Bonté divine, mais que fait ta maman avec ces cheveux-là ? » Et là, imagine un peu : le lendemain, elle m'a emmenée chez un docteur noir qui a finalement diagnostiqué la chose, et j'ai eu une explication[1].

PEARL WELMONT

Ils avaient une maison à Titusville, un joli quartier où vivaient tous les autres Noirs aussi bien mis qu'eux. Fini les appartements sombres, amen ! La maison de tante Rose et d'oncle Bill était en brique rouge, avec une allée jusqu'à la porte d'entrée, qui coupait la pelouse en deux. Plus un garage où oncle Bill garait leur Cadillac – vert forêt et grande comme un bateau. Tante Rose avait planté des azalées de part et d'autre de l'allée, et on n'avait pas le droit de jouer à côté. Mais en un rien de temps, on s'est approprié le jardin derrière la maison. Je nous revois courant et riant, têtes basculées en arrière – respirant juste cet air doux, si bon…

1. Opal Jewel souffre d'une forme d'*alopecia areata*, une maladie auto-immune de la peau se caractérisant par une perte de cheveux et, parfois, de la pilosité dans d'autres régions du corps. Même si certains traitements peuvent favoriser la repousse des cheveux, il n'existe aucun remède.

Pour je ne sais quelle triste raison, ils n'avaient pas pu avoir d'enfants, mais on voyait bien que tante Rose en mourait d'envie, à sa manière de nous traiter comme des poupées. Elle n'a pas perdu de temps pour nous emmener en ville acheter de nouveaux habits. J'imagine qu'à côté d'elle, on devait vraiment ressembler à des cas sociaux, des gosses du ghetto, mais au bout d'une heure, Pearl et moi, on était comme neuves. Sous-vêtements neufs, chaussures Mary Jane en cuir verni, socquettes raffinées avec bord en dentelle, chapeau de paille pour moi afin de cacher le haut de mon crâne, et deux jolies robes chacune – elle m'a même laissée en garder une sur moi en sortant du magasin.

On regagnait la Cadillac avec notre butin, et j'étais tellement heureuse avec mon chapeau et ma robe jaune – le jaune était, et reste, ma couleur préférée – que je me suis mise à sautiller sur le trottoir en chantant à tue-tête *Shop Around* des Miracles. Une grande femme blanche arrivait dans l'autre sens, mais je n'y ai pas prêté attention. Jusqu'à ce que je sente la main de tante Rose sur mon bras, me tirant si fort en arrière que mon beau chapeau tout neuf a volé dans les airs. Elle m'a fait faire demi-tour, face à elle. « Regarde où tu vas », elle a dit, penchée sur moi, d'une voix très basse mais effrayante. Puis elle a repris son visage normal et a relevé la tête vers la dame blanche comme pour dire qu'elle était désolée, elle a ramassé mon chapeau et nous a poussées toutes les deux sur le bord du trottoir, et ses mains ont serré fort nos épaules jusqu'à ce que cette femme ait emmené son gros cul plus loin. Et malgré mon jeune âge, j'ai compris. *Ah, d'accord. C'est pour ça que maman est partie.*

C'est ça le Sud, pour moi. Sucré au premier abord mais avec, dessous, un goût aigre. Sûr, il essaie de vous embrouiller – les micocouliers, tout ce calme et ces maisons fastueuses.

Mais depuis ce jour-là avec tante Rose, moi, je sens aussi la pourriture.

PEARL WELMONT

Oncle Bill était le pasteur de la New Baptist Church de Birmingham, et bien sûr, Opal et moi, on s'est retrouvées à aller à la messe tous les dimanches, au catéchisme aussi. Un soir, on était en train de faire la vaisselle du dîner, et oncle Bill nous a entendues chanter en chœur avec la radio – oh, je ne sais pas, sans doute un tube de la Motown. Alors il nous a emmenées voir le chef de chœur.

OPAL JEWEL

Avec la vie que j'ai menée, je sais qu'on a du mal à m'imaginer le cul posé sur le banc d'une église. *[Rires.]* Mais tu sais, l'église à l'époque c'était parfois complètement différent – c'était quelque chose de politique, un endroit pour s'organiser et agir, une vraie philosophie. À Birmingham, il y avait des hommes comme le révérend Shuttlesworth, qui accueillait les Freedom Riders dans son église, la Bethel Baptist, et, ouais, des hommes comme mon oncle Bill. Des fois, il écrivait des sermons sur les actualités du moment, les nouvelles du Mouvement, et c'étaient ces messes-là que je préférais. Pas juste des gens qui tombaient par terre et se tortillaient sur le plancher, non, ni des pasteurs braillant sans queue ni tête et proférant des menaces depuis leur chaire. On y croisait des citoyens engagés, des leaders éduqués et bon nombre d'entre eux étaient très impliqués dans ces histoires. Pour faire en sorte que ma jolie tante Rose ne soit pas cantonnée à des endroits sales, tu vois, ou obligée de se pousser pour laisser passer la première personne qui venait en face sur un trottoir. J'avais envie de faire partie de ça. Baaaaaby, laisse-moi te dire qu'à douze ans, j'étais déjà une révolutionnaire ! Je voulais m'engager dans le SNCC, le CORE, le SCLC, toutes les organisations de défense des droits civiques ! J'ai même entrepris de lire l'exemplaire que possédait oncle Bill de *Stride Toward Freedom [« La Marche vers la liberté », le premier livre de Martin Luther King Jr.]*, jusqu'à ce que tante Rose me le confisque en disant qu'il fallait juste que je profite d'être une enfant.

PEARL WELMONT

Au cours de ce premier été, j'ai été sauvée. Oncle Bill m'a plongée dans une baignoire en aluminium remplie d'eau, et c'est là, au fond de l'église, tout le monde étant témoin, qu'est née ma relation avec le Seigneur. Avoir la foi m'a paru bon et juste, et je la porte en moi depuis ce jour quelle que soit la situation dans laquelle je me trouve, quoi qu'en pensent certains dans ma propre famille. Vous savez, les gens me demandent souvent : « N'as-tu pas été blessée par tout ce qui est arrivé à Opal ? Ne t'es-tu pas sentie lésée ? » Moi, je réponds aussitôt : « Un cœur calme est la vie du corps, mais l'envie est la carie des os. » C'est dans la Bible, *Proverbes* 14, verset 30. Ma foi continue de me procurer de la joie, de me donner la vie, et j'y trouve un grand réconfort, amen ! J'ai eu la bénédiction de trouver ma voix, littéralement, dans cette église – et c'était une voix si forte que je me suis étonnée moi-même.

RÉVÉREND LAWRENCE WELMONT

J'ai rencontré Pearl et sa sœur lors d'une messe du dimanche en plein milieu de cet été-là, j'avais dix-sept ans. L'église de ma famille était en train d'être reconstruite après une vilaine tempête, si bien qu'en attendant, nous sommes allés rendre visite à la New Baptist. Je jouais au football américain à l'époque. J'étais tellement baraqué que mon costume menaçait de craquer, et avec tous ces gens en plus entassés sur les bancs… Bref, vous imaginez la chaleur qu'il pouvait faire. Alors je somnolais, ma tête dodelinait dans tous les sens. *[Rires.]* Mais soudain, j'ai entendu cette voix qui m'a réveillé pour de bon. J'ai levé les yeux vers la chaire et c'était elle, Pearl Robinson, en train de chanter le solo de « Take My Hand, Precious Lord ». Mmmm ! Elle avait les yeux fermés et se tenait aussi immobile qu'un rocher, enracinée dans la musique, avec une voix qui soulevait littéralement le toit et m'a donné des frissons dans cette salle surchauffée. J'y suis retourné le dimanche suivant, et celui d'après. Tous les dimanches, jusqu'à ce qu'Opal et Pearl repartent à Détroit pour la rentrée scolaire.

PEARL WELMONT

Je chantais bien, c'est sûr. Je chantais bien.

OPAL JEWEL

Je vais pas mentir : Pearl m'a carrément fait halluciner. On avait l'habitude de chanter ensemble sur les airs pop qui passaient à la radio, juste pour s'amuser, et on harmonisait pas mal – enfin, rien d'exceptionnel. Mais ma chérie, une fois que Pearl est entrée dans cette chorale ? Une fois qu'elle a appris à contracter son diaphragme et à faire sortir cet alto ? Cette fille ouvrait la bouche, il en sortait des anges…

RÉVÉREND LAWRENCE WELMONT

Chanter comme ça, ça ne s'apprend pas. C'était l'esprit qui s'emparait d'elle, et c'est ce que j'ai vu ce premier dimanche-là.

OPAL JEWEL

La voix était là, mais Pearl n'avait pas de présence. Elle restait juste plantée là, fermée comme un poing. Toute pulpeuse qu'elle était. C'était bizarre. On entendait l'extase mais on la voyait pas.

RÉVÉREND LAWRENCE WELMONT

Pearl se tenait devant le chœur, emplissant toute l'église, quand quelque chose s'est mis à bouger sur sa gauche. Une petite gringalette de rien du tout, la peau chocolat noir, qui se balançait d'un côté puis de l'autre avec un chapeau de paille calé sur le haut du crâne. Elle était tellement drôle avec ce chapeau au milieu du chœur. Une comédie musicale à elle toute seule. C'était Opal. C'est Opal.

NOTE DE L'ÉDITRICE

Difficile de ne pas tomber sous le charme de Nev Charles. Quand il chante, bien sûr – cet instrument si versatile qui passe d'une plainte douce et haut perchée au plus profond et douillet des feulements –, mais surtout quand il rit. Vous l'avez certainement vu dans des sketchs de deuxième partie de soirée à la télévision, des vidéos de concert ou, peut-être, dans sa publicité surréaliste de l'an dernier pour les chips Doritos : il jette la tête en arrière, au point que ses yeux verts et ses cheveux roux disparaissent un instant et on ne voit plus que le menton, la langue, la luette et les narines. Le son qui jaillit alors est aussi tonitruant que contagieux, une explosion de Ha ha ! bien détachés accompagnés d'un unique claquement de mains, sec.

J'ai provoqué cette délicieuse réaction quand nous nous sommes enfin rencontrés, tandis que nous prenions place à bord de son jet privé, dont les sièges élimés et les bandes pare-soleil des hublots, à moitié décollées, indiquaient que l'argent, même s'il y avait encore de quoi payer le kérosène, ce n'était plus ce que ça avait été. Notre *tête-à-tête** était le fruit de longues négociations – au grand dam de Lizzie Harris, la gourou de la com qui règne sur la vie publique de Nev depuis littéralement aussi longtemps que je suis sur cette planète, et qui a su gérer toutes sortes de crises incluant les événements du Rivington Showcase, les problèmes d'addiction, les mariages ratés et, ces dernières années, l'indifférence générale qui accueille chaque nouvel album de Nev. Lizzie m'avait clairement fait savoir qu'elle ne validait ce projet de livre que contrainte et forcée – *Le prends pas mal, ma chérie, c'est juste que j'avais prévu de choisir moi-même l'auteur.* Mais puisqu'Opal me l'avait proposé à moi – une journaliste indépendante qu'on ne pouvait pas soudoyer, et qui pouvait faire fuiter à tout moment la possible reformation d'Opal & Nev –, Lizzie se retrouvait en quelque sorte acculée.

J'avais fait des concessions, elle en avait fait de son côté, et notre petite danse comportait un accord tacite stipulant que j'aurais droit à un peu de temps avec Nev à la condition de ne jamais divulguer cette histoire de tournée. Ultime étape préalable au « oui » : j'avais obtenu du producteur d'Opal & Nev, Bob Hize, alors déjà très mal en point, un entretien *on the record* – avec une facilité touchante, dès que je lui avais soumis par écrit une demande d'interview en révélant qui j'étais. (Quand je me suis assise à son chevet, malgré son cancer en phase terminale, ses yeux se sont illuminés et il m'a appelée sa « chère enfant », et j'ai compris alors pourquoi ses artistes l'aimaient et le respectaient autant.) Une fois Bob partant pour m'accorder ce qui seraient sans doute les derniers véritables entretiens de sa vie, Lizzie avait donné son feu vert, non sans un soupir. Je m'étais confondue en remerciements, pleurant presque de soulagement, mais, digne des femmes les plus dures et intimidantes avec lesquelles j'ai eu l'occasion de travailler, Lizzie avait fait l'impasse sur les sentiments pour se lancer aussitôt dans la logistique.

La meilleure manière de passer plusieurs heures avec Nev, m'avait-elle conseillé, consistait à les enchaîner en une seule fois, dans un espace confiné, sans aucune distraction. Si bien que nous nous sommes organisées pour que je l'accompagne lors d'un vol de douze heures entre Londres et Kyoto, où il devait aller jouer ses vieux tubes solo (en fourguant au passage une poignée de nouveaux morceaux) dans un festival jazz et folk. J'avais apporté un dossier de coupures consacrées à Nev, tirées des archives d'*Aural*, notamment un portrait réalisé en 1976, l'année où les États-Unis ont fêté leur bicentenaire (et où, incidemment, Nev a obtenu sa naturalisation américaine). Sur cette photo, la tête de Nev jaillit d'un gigantesque *apple pie*. Des traînées de compote de pommes et des morceaux de pâte sont collés à sa peau et souillent sa coupe mulet ; grimaçant, le regard fou, il serre entre les dents la hampe d'un drapeau américain miniature.

Assise en face de lui à bord de l'avion, cherchant un moyen de briser la glace dans le vacarme du décollage, je lui ai montré cette vieille photo. « Première question, ai-je dit, faussement sérieuse. Avez-vous envisagé de renoncer à votre citoyenneté américaine après ça ? »

C'est là qu'il me l'a offert : ce grand gloussement qui gobe l'air. Faisant sursauter notre hôtesse, au point qu'elle a manqué renverser sur les cuisses de Nev l'eau pétillante qu'elle était en train de servir, et Nev a déclaré en plaisantant que son jean n'en aurait été que plus propre, avant de se lancer dans une récitation de limericks écrits jadis en réponse à « Ironic » d'Alanis Morrissette… ce qui, je l'avoue, m'a subjuguée au point d'en perdre tous mes moyens. Dix minutes plus tard, il concluait cette impro d'un « Bon, eh ben… » Et avant que j'aie pu poser une seule vraie question, Nev Charles a incliné le dossier de son siège pour, a-t-il promis, une micro-sieste. « Sinon, ma paupière gauche va se mettre à trembler », a-t-il expliqué dans un bâillement. Aussitôt, il a sombré dans un profond sommeil, allongé sur le dos.

J'ai passé la première heure de ses ronflements à mettre de l'ordre dans mes questions, imbue de ma compétence. En le regardant même avec une certaine tendresse. Les rides autour des yeux de Nev lui donnaient l'air intelligent, distingué. Il était mieux qu'à la télévision. Plutôt bel homme, les tempes grisonnantes. Ne ressemblait-il pas un peu à Benedict Cumberbatch en plus vieux, et plus rougeaud ? Si, ai-je décrété ; indubitablement. Sur le siège à côté de lui, un fourre-tout béant dévoilait ses lectures du moment : *La Couleur de la justice*, l'essai de Michelle Alexander sur l'incarcération de masse des Africains-Américains ; un numéro récent de *The Atlantic* ; un mince recueil de poésie qui, par Dieu sait quel miracle, venait de faire son entrée sur la liste des meilleures ventes du *New York Times*.

Quand deux heures ont passé, puis trois, et que l'hôtesse de l'air a déployé une couverture sur le corps de Nev, allongé sur le ventre, une pure panique s'est emparée de moi. Les minutes défilaient, et on m'avait prévenue qu'il n'y aurait pas d'autre occasion de l'interviewer. J'ai regardé l'heure sur mon téléphone, puis, de nouveau, les livres et les magazines : s'agissait-il de simples accessoires déposés là pour que je les remarque ? Allais-je ruiner notre bonne entente si je le réveillais en le secouant par le pied ? Considérerait-il un tel geste comme la marque d'une remarquable assurance, ou d'une grossièreté sans nom ? Mon Dieu, avait-il pris des somnifères ? J'ai demandé à la jeune femme combien de temps il dormait habituellement pendant ce genre de vol. « C'est le seul moment où il peut se reposer », m'a-t-elle réprimandée.

Heureusement, peu de temps après, un soudain trou d'air a réveillé Nev en sursaut. Ses yeux se sont posés sur moi et il a tressailli de plus belle, comme s'il était surpris que je n'aie pas sauté en parachute depuis l'arrière de l'appareil.

« Désolé pour les turbulences, a soufflé la voix du pilote dans la sono de bord. Nous allons prendre un peu d'altitude. »

Nev a repris sa position assise et s'est enfoncé le petit doigt dans l'oreille. A penché d'un coup sec la tête vers une épaule, puis l'autre, comme s'il voulait en éjecter de l'eau. « On m'a dit que vous étiez la fille de Jimmy Curtis – c'est vrai ?

— Oui, ai-je répondu. Mais balancer son nom n'est pas trop mon fonds de commerce. » J'ai ouvert précipitamment l'enregistreur de mon portable, pour profiter de ce moment où Nev était encore alerte et plus ou moins concentré. « Si nous commencions ?

— Droit au but, donc, a-t-il commenté. Bien ! Une vraie journaliste. Un peu comme votre père, aussi. Parler de la pluie et du beau temps, c'était pas sa tasse de thé. »

Nev allait trop vite en besogne, maintenant. Comme avec Opal Jewel, je voulais démarrer notre entretien par le tout début. Je sentais qu'il fallait y aller comme ça, même si, s'agissant d'une superstar comme Nev, ça n'allait pas de soi. À n'en pas douter, bien des choses avaient été écrites sur son enfance, suffisamment pour occuper deux paragraphes entiers sur sa page Wikipedia d'une longueur impressionnante. Il m'a déballé tout ça avec une verve et une vivacité d'esprit confondantes, de la même manière qu'une bête de scène déploie son vieux répertoire : il enchaînait des bribes de mélodie soudaines quand le déroulé d'un riff ou d'un refrain lui revenait, et les modulations de son accent anglais si chaleureux grimpaient dans les aigus ou plongeaient dans les graves, épousant l'humeur des histoires qu'il pondait. Moi, bien sûr, j'appréciais le show.

Mais chaque fois qu'il laissait échapper ce spectaculaire rire idiot, je ne pouvais m'empêcher de penser que rien, dans ce que j'avais pu lire à son sujet, ne répondait à ces questions fondamentales : comment un rire pareil – si naturel, énervant et décomplexé, si parfaitement calibré pour être parodié dans l'émission *Saturday Night Live* – pouvait-il cadrer avec l'image de l'enfant solitaire, dévoreur de livres, qu'il avait été ? Quelle distance parcourue entre les deux ? Qu'est-ce qui s'était perdu en route ?

Ce voyage s'ouvre aux alentours de 1962 – l'année de ses quatorze ans, celle où sa carrière musicale débute dans l'autre Birmingham, en Angleterre.

chapitre 2

« CE QUE FONT LES GARÇONS SOLITAIRES »

★ ★

NEVILLE « NEV » CHARLES

J'étais fils unique et tout ce que je voulais, moi, c'était un peu de compagnie. Quelqu'un avec qui taper dans un ballon, ou, encore mieux, une fille qui m'aurait laissé l'embrasser. Ah, quel cliché tragique ! Mon père *[Morris Charles]* possédait une chaîne de fish and chips qui s'appelait Charlie's, dans tout Birmingham, et deux ou trois aussi à Coventry. Quand j'étais en primaire, c'était vraiment génial car le cabillaud était servi enveloppé dans du papier blanc et dessous, au fond des paniers, mon père mettait des pages de journaux, celles des bandes dessinées. On prenait notre pied à suivre les aventures de Buck Ryan, entre deux éclaboussures de vinaigre. Au retour de l'école, j'allais au resto le plus proche, sur Hagley Road, et papa était derrière le comptoir, manches retroussées, les mains pleines de farine, et les garçons de ma classe passaient aussi. J'étais assis dans le box du fond, le nez dans mon cahier comme d'habitude, et en repartant, ils me faisaient un geste du bras en criant : « Salut, Nev ! », et moi je leur criais : « OK, salut ! À demain ! »

Dans le secondaire, ç'a été une autre histoire. D'un seul coup, tout le monde s'intéressait à la manière dont les gens gagnaient leur vie, et les pères de mes potes étaient tous banquiers ou avocats, alors que le mien gagnait sa croûte penché sur des mijoteuses qui crachaient de l'huile. La société de classes britannique dans toute sa splendeur ! *[Rires.]*

Dans sa vingtaine, maman *[Helen Charles]* avait travaillé chez un marchand de fruits et légumes, elle mettait les produits en rayon et vérifiait les carnets de rationnement des clients, mais elle voulait être actrice, chanteuse et mannequin – c'est comme ça qu'elle a rencontré mon père. Il allait ouvrir de nouveaux restaurants et il a eu l'idée de publier une annonce dans le journal, si bien qu'il s'est rendu dans une agence afin d'engager une jolie fille pour la photo. J'ai cette vieille publicité encadrée dans une de mes maisons. Maman porte une robe à fleurs, elle tient une portion de fish and chips et elle sourit, il y a une bulle au-dessus de sa tête qui fait *[imitant une voix de femme]* : « Allez donc chez Charlie's ! », et les adresses des nouveaux restaurants sont imprimées dessous.

Certaines personnes, surtout vous les Américains, font une drôle de tête en voyant les photos de ma mère et de mon père, vous vous demandez comment ces deux-là ont pu se mettre ensemble, vu comme il est plus vieux, et mastoc. C'est marrant d'ailleurs, les gens disaient pareil à propos d'Opal & Nev – qu'on était un « couple bizarre ». Mais moi, je trouve que mes parents allaient très bien ensemble. Quand elle était de bonne humeur, ma mère était un enchantement et si talentueuse, je voudrais que tout le monde le sache – la moindre chose qu'elle faisait, c'était comme un rayon de soleil. Parfois, le week-end quand j'étais petit, elle mettait Radio Luxembourg et me faisait danser avec elle. Mon père lui a offert un foyer stable, ce dont tout le monde avait besoin au sortir de la guerre, pas vrai ? Et elle avait la liberté de pratiquer toutes ces activités qui lui plaisaient encore tellement. Leur mariage, d'après moi, était un modèle de féminisme.

Enfant, je l'accompagnais à des auditions pour toutes sortes de trucs, pas seulement des publicités mais aussi ces horribles pièces de théâtre. C'était un vrai canon, ma mère, une rousse comme moi sauf qu'elle avait les yeux bleus, mais pour je ne sais quelle raison, elle n'a pas vraiment réussi à percer. Ça n'est jamais allé au-delà de quelques petits rôles dans les spectacles de Noël. Mon père et moi, on était dans la salle, sur notre trente et un, et tout le public riait et chantait en chœur, sauf lui – parce qu'il en avait la gorge nouée, mon père, de voir ma mère dans cette chorale, avec son maquillage débile et ses jupons. Pour lui, c'était la chose la plus magique au monde, sa femme sur scène, *n'importe quelle scène*, vraiment. Mais ma mère rêvait toujours de décrocher des rôles plus importants.

Ça fait un sacré détour pour vous expliquer comment je me suis mis à écrire des chansons, pas vrai ? On se croirait chez mon psy, hein ? *[Rires.]* Là où je voulais en venir, c'est que ma mère a fini par laisser tomber quand les spectacles de Noël ne lui ont plus suffi, et qu'elle a dépassé l'âge d'avoir une chance de jouer les premiers rôles féminins. Alors elle a fait une dépression, même si on ne disait pas ça comme ça à l'époque, bien sûr, en tout cas elle n'était plus d'humeur à s'occuper de moi. Mon père avait beau être une crème, il était toujours absent, à gérer ses restaurants. Si bien que je passais le plus clair de mon temps tout seul, et je faisais ce que font les garçons solitaires, j'imagine. Ouais, c'est ça, se branler dès qu'ils en ont l'occase. *[Rires.]* Non, sérieusement, je parle d'amis imaginaires, tout ça. En grandissant, ça s'est transformé, et je me suis mis à inventer des histoires sur des gens que j'aurais voulu connaître, des garçons que j'aurais voulu être. J'avais toujours un cahier de brouillon sur moi, plein de petits bouts d'histoire, avec des dessins aussi pour les accompagner. Une fois j'ai eu l'inspiration, j'ai rempli trois cahiers entiers sur ce personnage auquel je revenais sans arrêt, un pauvre garçon rejeté de tous qui s'appelait Thomas

Chapman, il faisait des crises d'épilepsie et pendant ses crises, il voyageait dans d'autres époques et d'autres lieux. Dans une des histoires, il escaladait le Kilimandjaro et au sommet de la montagne, il rencontrait une fille de son âge qui, elle aussi, faisait des crises, alors ils tombaient amoureux. Dans une autre histoire, il montait dans une fusée et rendait visite aux extraterrestres vivant sur les anneaux de Saturne. Et toutes ses aventures avaient la même fin : sa crise se terminait et il revenait dans le présent, il réfléchissait à tout ce qu'il avait appris en dévorant une boîte entière de ses gâteaux aux noisettes préférés. Tout ça sortait d'un esprit sacrément tordu, croyez-moi !

Ma mère ne s'intéressait jamais à mes histoires délirantes, jusqu'au jour où elle m'a entendu bidouiller une chanson pour le générique. Parce que je me disais que mes histoires marcheraient bien à la télé, hein, et faut une bonne chanson pour le générique ! Mais j'y connaissais rien à la musique, alors je testais juste des paroles sur des mélodies connues, cherchant les notes avant de les jouer sur le piano droit de maman – « Baa Baa Black Sheep », « Frère Jacques », « London Bridge Is Falling Down », ce genre de trucs. *[Chantant sur l'air de « London Bridge »]* « Thomas tremble de partout / Oh là là, il met les bouts ! / Thomas Chapman va partout / Reviens, Thomas. » Pas exactement les Beatles, hein ? *[Rires.]*

Mais maman m'a entendu écraser les touches et j'ai vu que ça lui faisait du bien, l'idée que la musique me plaise. Elle sortait de sa chambre, elle s'asseyait sur le tabouret du piano pour me montrer quelques accords et jouer les vieux morceaux qu'elle chantait avant. « Dream a Little Dream of Me », c'était un de ses airs préférés. Un jour, elle m'a demandé si je voulais prendre des cours, et son expression était si pleine d'espoir, tellement changée et tellement mieux, que je n'ai pas pu dire non.

Alors je me suis mis au piano, et mon premier professeur, ç'a été George.

GEORGE RISEHART[1]

J'avais vingt-deux ans à l'époque, je venais de terminer une formation musicale à l'université de Birmingham, et j'ai commencé à lui donner des cours à domicile. Mrs Charles était une belle femme – vraiment belle, avec sa chevelure de feu – et elle rôdait dans les parages quand j'étais là, elle faisait semblant d'être occupée mais, en fait, elle tendait l'oreille. Je crois que Nev sentait cette anxiété. Alors il faisait de son mieux, vraiment, mais il était nul au piano, du moins au début.

NEV CHARLES

Je trouvais George super classe – la personne la plus cool que j'avais jamais rencontrée. La journée, il donnait des cours à des gros nazes comme moi, mais aux éraflures dans le cuir de ses mocassins, on voyait que la nuit, il menait une tout autre vie. Au début, il portait un blazer noir bon marché et les cheveux gominés en arrière, histoire de faire bonne impression – mais quand maman est passée à deux cours par semaine, il s'est un peu détendu, il venait avec sa veste en velours, les cheveux détachés. Papa fronçait les sourcils mais il ne disait rien, tant que maman était heureuse.

GEORGE RISEHART

Oh vous savez, je jouais dans un groupe, comme tout le monde à l'époque. On formait un quintet : guitares ryth-

1. Interviewé par téléphone à Birmingham, en Angleterre, George Risehart, 76 ans, y tient toujours un magasin de pianos et donne des cours dans l'encombrement de son arrière-boutique. « Rosy », m'a-t-il confié, demeure la partition la plus demandée par ses nouveaux élèves.

mique et solo, basse, batterie et moi qui tapais sur mon piano. On s'appelait les « Birmingham Boys ». On vénérait la sainte Trinité : Elvis, Chuck Berry, Jerry Lee Lewis. Peut-être qu'on était les Beatles, mais dans un autre univers. Peut-être même un peu plus carrés, parce qu'on avait tous appris la musique – même si au grand dam de nos parents, le classique ne nous intéressait absolument pas.

On se partageait un appart miteux qui coûtait carrément trop cher, plus que ce qu'on arrivait à gratter avec nos concerts pitoyables dans les clubs, alors on était obligés de filer des cours – pour moi, c'était une des manières les moins insupportables d'arrondir les fins de mois. La plupart des gamins à qui je faisais cours étaient des enfants gâtés – on aurait dit que tout leur était dû. Moi, je m'en tapais, du moment que leurs parents me payaient pour jouer les baby-sitters. Mais il y avait chez Nev quelque chose qui me brisait le cœur, ce gosse qui voulait tellement faire plaisir mais n'arrivait pas à entrer en connexion avec la musique de façon traditionnelle. J'avais l'impression de voler l'argent de sa charmante mère.

Un après-midi, j'ai pensé démissionner après avoir regardé Nev se battre pour la centième fois avec un morceau pourtant facile – « Yankee Doodle » ou un truc dans le genre –, mais Mrs Charles m'a invité à déjeuner. Quand on est jeune et sans le sou, un repas gratuit, ça ne se refuse pas. Alors je me suis assis à table avec elle et son fils, qui était si timide qu'il se cachait dans son cahier, griffonnant je ne sais quoi. Je lui ai demandé : « Qu'est-ce que t'écris, Nev ? » C'est là qu'il s'est mis à me raconter les histoires sans fin de son Thomas, les crises d'épilepsie, les voyages au Kilimandjaro, les gâteaux aux noisettes… Ce qu'il écrivait était tellement bizarre et marrant que je me suis dit qu'il devait exister une tout autre manière de lui apprendre la musique.

NEV CHARLES

George m'a demandé si je pouvais lui prêter deux de mes cahiers, parce qu'il voulait lire mes histoires, et bien sûr, j'étais trop content – c'était un honneur qu'une personne aussi cool s'intéresse à ce que je faisais, quelqu'un qui avait des amis, des copines, une vie pleine de débauche ! La fois d'après, il est revenu avec les cahiers et avec Jerry *[Cardinal, le guitariste solo et chanteur des Boys]*. Au lieu de démarrer un cours qui s'annonçait aussi pénible que les autres, Jerry et lui m'ont joué un morceau qu'ils avaient composé à partir de mes histoires. Il n'y avait pas de paroles, rien que l'accompagnement, mais dans la musique je sentais Thomas : il tressautait sur les notes saccadées de George, il s'envolait dans les airs durant un passage transcendantal à la guitare, il était calme et réfléchi sur le finale. La musique racontait un début, un milieu et une fin – ce que je n'avais encore jamais compris.

Une fois le morceau terminé, Jerry m'a demandé : « Alors, mec, je t'écoute… T'en penses quoi ? »

GEORGE RISEHART

Et là, il me regarde avec ses grands yeux verts écarquillés et il me dit, presque en murmurant : « Montre-moi comment on fait ça. Mais avec des paroles, cette fois. »

Habité d'une passion nouvelle pour les possibilités qu'offrait la musique, Nev continua de prendre des cours avec George Risehart et écrivit les paroles de quelques morceaux des Birmingham Boys – parmi lesquelles le « Rosy » de 1963, la première chanson de Nev Charles enregistrée en studio. Même si le groupe ne fut jamais signé par aucune maison de disques, il se trouva des mécènes enthousiastes en la personne des parents de Nev, qui finançaient leurs séances de studio et autorisaient leur fils à les accompagner dans leurs concerts tapageurs.

GEORGE RISEHART

Je n'ai jamais rencontré personne avec un esprit aussi créatif que celui de Nev. Nous étions de bons musiciens, les Boys et moi, mais pas très doués pour les paroles. *« I'm in love with you, doo-doo-doo, ooh-ooh-ooh… »* Difficile de sortir du lot avec ça.

Mais Nev était une vraie éponge. Il se pointait à nos répétitions avec son cahier et regardait Jerry composer une nouvelle mélodie, pendant que nous nous efforcions tous de bricoler quelques couplets que nous n'aurions pas trop honte de chanter devant une salle pleine. Et un jour, finalement, il a eu le cran d'intervenir pour nous faire des suggestions.

NEV CHARLES

Dans « Rosy », Jerry et le bassiste jouaient des riffs en question/réponse sur le refrain – la guitare faisait « wah-wah-WAH-la-la-la, wah-WAH-la-la-la-la » et la basse, « doum-doum-doo, doum-doo-doo-doo » –, alors j'ai eu l'idée de partir de ça, d'écrire une conversation entre deux personnes, la guitare étant une femme nommée Rosy, la basse un homme qui s'intéresse à elle. « J'aime les fins d'après-midi, toutes les couleurs du ciel / Oh oui, Rosy, moi c'est pareil / Marcherais-tu à mes côtés, fidèle pour l'éternité ? / Eh bien Rosy, à toi d'en décider. »

GEORGE RISEHART

Bien sûr il n'y avait pas de fille dans le groupe, alors pendant les répétitions, c'était Nev qui chantait les répliques de Rosy, parce que sa voix n'avait pas encore totalement mué. Il en rajoutait, prenait un accent snob, et moi je faisais la voix grave du type. Finalement, j'ai demandé à une étudiante que j'avais rencontrée à la fac, une chanteuse qui s'appelait Carrie, d'interpréter les parties de la femme pour l'enregistrement – c'est elle qui figure dans les crédits, sur le disque.

CARRIE JOHNSTONE

À l'époque, je n'aurais jamais pu me douter que cette chanson allait entrer dans l'histoire du rock – le premier morceau de Nev Charles jamais enregistré ! J'ai juste fait ça pour rendre service à George… à vrai dire, parce qu'il me plaisait bien depuis la fac, le genre d'adoration béate que les filles de cet âge peuvent avoir pour les garçons…

Le jour de l'enregistrement, Nev était dans le studio avec ses parents. Sa mère était très belle et, il n'y a pas d'autre mot… digne. Je me souviens pas trop de son père, sauf qu'il était plus âgé et dégarni, un peu dépassé aussi par tout ça, mais agréablement. Je me rappelle m'être demandé ce qu'ils faisaient là tous les deux, et les Boys aussi avaient l'air agacés. Puis j'ai compris que c'étaient eux qui réglaient l'addition pour la location du studio.

Quant à Nev, il prenait sa chanson très au sérieux, ce qui était marrant. Il n'arrêtait pas de m'expliquer comment, d'après lui, je devais la chanter, les syllabes à accentuer – mes « motivations », tout ça… Il dégageait une énergie nerveuse incroyable. Je me rappelle avoir demandé à George : « Il est censé faire partie du groupe ? », et George a répondu : « Non, ma chérie, mais c'est une bonne mascotte. » Ce qui a blessé Nev, sans aucun doute, à en juger par son regard pendant le reste de la session, et je me suis sentie coupable. Mais ça lui a sans doute donné des idées, car peu de temps après, à l'époque où George et moi avons eu notre petite histoire, j'ai remarqué qu'il traînait de plus en plus souvent avec nous, et s'habillait dans le style des Boys – cheveux longs et mocassins, la veste en velours, le T-shirt gris… Je dois dire que c'était adorable, ce look mauvais garçon sur un gamin si doux et nerveux. Chaque fois que je lui en faisais la remarque, fallait voir comme il rougissait.

GEORGE RISEHART

Les Charles ont financé un pressage limité de « Rosy », et on en a vendu quelques exemplaires ici et là, chez les disquaires de la ville. Carrie venait à certains de nos concerts, et moi je chantais la partie masculine, mais à un moment on s'est salement disputés parce qu'elle m'avait surpris avec une autre fille. Je te demande encore pardon, Carrie, si tu lis ces lignes ! *[Rires.]* On n'avait pas les moyens de payer une chanteuse pour remplacer Carrie qui, elle, le faisait gratuitement, alors on s'est dit qu'on allait juste arrêter de jouer « Rosy » sur scène. Mais Nev s'est porté volontaire pour chanter les répliques de la fille, puisqu'il l'avait déjà fait pendant les premières répétitions, et on s'est dit : pourquoi pas ? De toute façon, plus grand-monde ne venait à nos concerts.

Bref, Nev s'est mis à monter sur scène, et même à jouer le rôle d'une manière un peu bizarre. Le public adorait ça, et c'est devenu une sorte de numéro comique, notre signature. La timidité de Nev a fondu peu à peu, et un beau jour, les Boys et moi on s'est regardés, tu vois, et on s'est dit : *Putain, qu'est-ce qui se passe, là ?* Nos concerts attiraient plus de monde, mais ça nous enchantait pas trop, parce que c'était pas grâce à nous. C'était à cause de ce gamin qui charmait carrément tout le monde.

Quand il est passé du piano à la guitare, ç'a été la goutte qui fait déborder le vase ; on en a tous eu marre. Surtout Jerry, qui se sentait vraiment menacé vu la vitesse à laquelle Nev progressait. Les Charles nous servaient de banquiers, à l'époque – toutes les choses tant soit peu valables qu'on avait faites, c'était grâce à leur argent –, si bien qu'on se sentait obligés de garder Nev à bord. Mais lui, on voyait bien qu'il avait hâte de tailler sa route. Dans les concerts, les gens criaient son nom, et il s'avançait sur la scène pour se planter à côté de Jerry, comme si cette place lui revenait de droit. On avait l'air d'être juste là pour l'accompagner. C'est à ce moment-là que j'ai dit à Mrs Charles, aussi gentiment que j'ai pu, qu'on ne voulait plus de son argent.

NEV CHARLES

Ils m'ont viré du groupe. Enfin non, pas vraiment, vu qu'ils n'avaient jamais totalement acté le fait que j'en faisais partie. *[Rires.]* Mais bon, je peux pas trop leur en vouloir. On peut dire que tout s'est plutôt bien goupillé pour moi, après.

Encouragé par sa mère Helen, blessée par le rejet des Boys mais plus déterminée que jamais à pousser son fils vers le succès, Nev continua d'écrire des chansons, apprenant la guitare en autodidacte et se produisant sur toutes les scènes où on voulait bien de lui. Pendant les vacances scolaires – et parfois même pendant l'école, selon l'humeur d'Helen –, ils prenaient le train pour Londres dans l'espoir qu'une opportunité, n'importe laquelle, se présenterait.

NEV CHARLES

Maman le désirait autant que moi – plus, peut-être. On écoutait encore la radio, ouais, mais je nous revois surtout devant les émissions musicales à la télé : *Top of the Pops* le jeudi soir, *Juke Box Jury* le samedi[1]. À ce moment-là, elle s'est mise à écrire des lettres aux patrons des maisons de disques, qu'elle glissait dans des enveloppes en papier kraft avec le 45 tours de « Rosy », et, au moment de les poster, elle fermait

1. *Top of the Pops* proposait des performances live de groupes qui avaient le vent en poupe ; dans *Juke Box Jury*, adaptation d'une émission américaine, un jury de musiciens, d'acteurs, de grands sportifs, de DJ populaires et autres célébrités critiquaient les dernières sorties et classaient chacune en « hit » ou en « flop ». Nev Charles s'est produit plusieurs fois en solo dans *Top of the Pops*, et une fois dans l'autre show de la BBC, en 1990, pour une émission *revival* présentée par Jools Holland.

les yeux, murmurait une prière et embrassait le dos de l'enveloppe pour nous porter chance. Jamais une seule réponse, même pas un « Merci, mais non merci ». Pourtant, elle n'a jamais renoncé.

chapitre 3

« COPIER LES BONNES PERSONNES, ET LE RESTE VIENT TOUT SEUL »

Opal Jewel et Pearl Welmont avouent toutes deux avoir été plus proches dans leur petite enfance. En grandissant, leurs visions respectives de la vie divergèrent, chacune cherchant à nouer de vrais liens en dehors du cercle familial.

PEARL WELMONT

Nous sommes retournées deux étés de plus à Birmingham, mais après l'attentat, maman a dit : « Plus jamais[1]. » Et c'était comme si on m'avait creusé un grand trou dans le cœur. À cause de cette nouvelle, bien sûr, mais aussi parce que Lawrence me manquait, et l'église aussi.

OPAL JEWEL

Chaque semaine, Sister Pearl montait d'un cran. Elle nous faisait grimper au mur. La religion, maman, c'était pas son truc – qui sait de quelles abominations commises par des gens pieux elle avait été témoin, là-bas, dans le Sud – et cet été-là, j'étais assez grande pour avoir ma propre vision du monde et

1. Le 15 septembre 1963, des suprémacistes blancs cachèrent de la dynamite devant l'église baptiste de la 16e Rue, à Birmingham. Ce dimanche matin-là, la bombe explosa, assassinant quatre fillettes noires – dont trois avaient le même âge qu'Opal.

mes propres centres d'intérêt. Je n'avais plus aucune patience avec Pearl et sa manie de citer des versets de la Bible et de me regarder de travers le dimanche. Je l'aurais mieux compris si toute cette passion qu'elle éprouvait soi-disant pour Jésus n'avait pas autant fluctué, selon qu'elle avait ou non des nouvelles de ce type. Si elle avait rassemblé son courage, au lieu d'être épouse de pasteur, elle serait peut-être devenue pasteur elle-même.

PEARL WELMONT

Au bout d'un moment, mon désir est devenu trop fort. Quelques mois avant mes seize ans, je me suis mise en quête d'une église à Détroit qui voudrait bien m'accueillir. Je prenais le bus pour me rendre dans une église différente chaque dimanche, jusqu'au jour où je me suis retrouvée dans celle d'Emanuel Cross, et mon esprit a pris son envol. Ce jour-là, quand le pasteur a appelé les visiteurs à venir témoigner, j'ai flotté jusqu'au micro et quelque chose m'a poussée à chanter. L'église était bondée mais ils m'encourageaient – « Prends ton temps, chérie ! » *[rires]* – et le dimanche suivant j'enfilais la toge de la chorale…

RÉVÉREND LAWRENCE WELMONT

Tu n'as pas tardé à devenir leur soliste principale, n'est-ce pas ? N'oublie pas de mentionner ça.

PEARL WELMONT

Et maintenant, après toutes ces années, bien sûr, je suis la première dame de cette église. Sera-t-Il là pour nous ?

RÉVÉREND LAWRENCE WELMONT

Bientôt, oui, bientôt.

PEARL WELMONT

C'est ce que j'ai toujours voulu faire de ma vie : répandre la bonne parole par tous les moyens. Et notre mariage est béni, équilibré, car c'est ce que nous faisons ensemble. Le pasteur est un berger, et je suis sa côte.

Aujourd'hui, il est vrai qu'on a transformé *évangélique* en une sorte de gros mot, une chose politique, mais à l'origine, cela naît d'un amour plus profond que ce que beaucoup de gens connaîtront jamais. Je sais que ma sœur aime se moquer de ma tendance à lui prêcher la parole de Dieu – ou comme elle dit, à lui « faire la morale » –, mais ce que j'ai essayé de faire, en réalité, pendant toutes ces années, c'est lui sauver la vie. Nous sommes des pécheurs, tous autant que nous sommes, mais nous pouvons obtenir le pardon. Et quand elle implorera le pardon du Seigneur, elle obtiendra enfin la paix que j'ai toujours voulu pour elle. Un roc inébranlable.

OPAL JEWEL

Laisse-moi t'interrompre avant que tu poses l'inévitable question. Car même avec toi, je sais qu'elle ne va pas tarder – elle est là, à danser une satanée polka sur le bout de ta langue –, alors autant y répondre tout de suite. Vous autres, journalistes, vous n'arrêtiez pas de me la poser : « Opal, qu'est-ce qui vous a donné une confiance en vous aussi extraordinaire ? » Écoute, je suis sans doute pas aussi spirituelle que le grand Nev Charles, mais je suis pas idiote, ça non. Je comprends que ce que les gens ont envie de me demander, en fait, c'est ça : « Comment une femme si noire et si laide a-t-elle fait pour se convaincre qu'elle pouvait devenir quelqu'un ? »

Si, baby, c'est la vérité. Je suis pas naze au point d'ignorer ce que la plupart des gens se disaient en me voyant avant 1971, avant que je devienne *[traçant des guillemets en l'air]*

« unique » ou « spéciale » ou « saisissante ». J'avais la peau sombre, j'avais le crâne chauve, et je m'en prenais vraiment plein la tête au lycée d'Eastern High School. « Pickaninny, Pickaninny, Pickaninny. » C'était le nom qu'ils me criaient dessus à la cafétéria, qu'ils murmuraient derrière le dos des professeurs en classe, le nom sur les lèvres de cette grosse vache de *[nom supprimé pour préserver l'anonymat de la personne évoquée ici]* jusqu'au jour où j'ai enfin eu le cran de lui en coller une dans les dents.

Bref. Réglons cette question une bonne fois pour toutes. Avec la tête que j'avais, et pauvres comme nous étions, pourquoi n'ai-je pas tout simplement laissé la vie m'écraser ? Pardonne-moi, je n'utilise pas ce mot d'habitude, mais parce qu'ils n'avaient qu'à aller se faire *foutre*.

Je crois en moi par-dessus tout *[pointant le doigt sur son cœur]*, je crois que j'ai toujours eu une chanson, au fond de moi, à interpréter. J'avais une voix intérieure, et pendant une bonne partie de ma vie, cette voix a été beaucoup plus intelligente que moi. Elle était plus mûre, elle était patiente, elle avait le courage de me souffler que, contrairement à ce que racontaient les autres, de grandes choses m'attendaient dans le monde et je les méritais jusqu'à la dernière miette. Moi, ça me suffisait de savoir qu'il existait quelque part, en un temps et un lieu inconnus, un bel anneau étincelant. Et qu'un jour, j'allais tendre la main pour m'en emparer, et alors je m'envolerais.

Réflexes de survie – certains les possèdent ; d'autres non. Mais attends un peu – ne va pas me prendre hors contexte, comme font tous les idiots de ta corporation ! Je ne suis pas en train de dire que les victimes sont responsables de ce qui leur arrive. Je dis juste que certains d'entre nous sont par nature plus forts, mieux équipés que d'autres pour faire face aux saloperies qu'on leur balance, c'est pareil que dire que certaines personnes sont plus grandes que d'autres. Un simple fait, sans jugement. Et pour ceux qui traversent ces épreuves et n'ont pas encore ce genre de force en eux ? Eh bien, ce n'est pas grave car, crois-moi : on apprend. Il faut juste copier les bonnes personnes, et le reste vient tout seul.

EARL CALVERT

professeur d'anglais, Eastern High School, 1962-1973

L'Eastern High ne proposait pas officiellement de classe théâtre, mais comme j'étais jeune professeur et que les élèves m'aimaient bien, on m'accordait un petit supplément de salaire pour monter une pièce chaque année. Nous n'avions pas beaucoup d'argent pour la mise en scène, mais l'établissement en récoltait un peu grâce à la vente des billets, et le jour de la représentation, on pouvait acheter du popcorn et des cacahuètes et entrer avec dans l'auditorium. Nous laissions le conseil des élèves choisir le spectacle monté chaque année, ils votaient toujours pour une comédie musicale, afin de faire participer les gamins intéressés par le théâtre, mais aussi la chorale et l'orchestre. C'est drôle, mais avec le recul, je me rends compte que les élèves choisissaient des pièces qui n'avaient pas vraiment de sens pour eux. Ils écartaient celles se déroulant dans un contexte afro-américain, comme *Carmen Jones* et *Cabin in the Sky* – ils voyaient d'un mauvais œil certains rôles, vous comprenez, c'était avant le succès d'œuvres comme *The Wiz* ou *Dreamgirls*. Si bien qu'on se retrouvait avec un lycée de gamins noirs du centre-ville interprétant *South Pacific*, et chantant un morceau qui parlait de l'île imaginaire de « Bali Ha'i », perdue au fin fond de la Polynésie ! *[Rires.]*

Avec d'autres membres du corps enseignant, dont le proviseur, la cheffe de chœur et le chef d'orchestre du lycée – l'entraîneur de l'équipe de foot américain, aussi, j'ignore pourquoi –, nous organisions des auditions pour décider qui jouerait quel rôle. La sœur d'Opal, Pearl, était la star de la chorale, sa voix était époustouflante. Malheureusement, elle jouait très mal. Nous ne pouvions pas faire reposer tout le spectacle sur elle, mais nous nous efforcions de lui trouver une vraie belle chanson quelque part au milieu, pour qu'elle puisse faire son numéro.

Alors Opal se présentait pour son audition, et les disputes commençaient. D'un point de vue technique, son chant n'était pas excellent, mais pour moi, elle brillait sur scène comme personne. Je croyais tout ce qui sortait de sa bouche. Le meilleur moment dont je me souvienne, je crois que Pearl avait terminé ses études secondaires, Opal était en dernière année et ce serait son dernier rôle. Elle nous a annoncé qu'elle avait préparé sa propre lecture. Le proviseur a déclaré que ce n'était pas autorisé, qu'elle devait prendre le même texte que les autres, mais je ne sais pas pourquoi, j'ai eu envie de la défendre. Alors j'ai dit : « Allez-y, miss Robinson. » Elle m'a tendu quelques lignes pour lui donner la réplique. Elle a sorti un gobelet en plastique de son petit sac – elle l'avait visiblement fauché à la cafétéria –, elle a arraché son foulard de sa tête, ébouriffé le peu de cheveux qu'elle avait et s'est mise à arpenter la scène en titubant comme une ivrogne. Et alors, Dieu m'est témoin, elle s'est lancée sur un des monologues délirants de Liz Taylor dans *Qui a peur de Virginia Woolf?* Vous imaginez un peu ? « Donc, j'ai épousé ce fils de pute... » C'est comme ça qu'elle a démarré ; je ne l'oublierai jamais ! *[Rires.]* Constance Davis, la cheffe de chœur, s'est littéralement étranglée à côté de moi.

Même si elle refusa de participer à la cérémonie de remise de diplômes de sa promotion, Opal Robinson obtint son diplôme de fin d'études secondaires à Eastern High en juin 1967. Un peu plus d'un mois après, Détroit s'embrasa en cinq jours de violences à la suite d'une descente de police dans une fête organisée dans un bar clandestin de la 12e Rue. Les quatre-vingt-deux participants arrêtés s'y étaient retrouvés pour fêter le retour de deux jeunes soldats du Vietnam. La colère provoquée par ces arrestations donna lieu à des pillages, des incendies criminels et pire encore après l'arrivée de la Garde nationale : quarante-trois personnes, des hommes noirs pour la plupart, furent tuées lors des affrontements dans les rues de la ville.

OPAL JEWEL

Je n'ai pas balancé de pierres lors des émeutes de la 12e Rue, mais j'aurais pu. Tout comme j'aurais pu être l'une des quatre fillettes assassinées dans l'attentat de Birmingham quelques années plus tôt. Être un Nègre dans ce pays, dans les années 1960, ça voulait dire vivre en permanence avec un risque de violence. Quand on regarde aujourd'hui comment les émeutes de 1967 ont commencé, ça paraît presque idiot – les flics qui venaient interrompre une simple fête, et alors ? Mais pas mal d'entre nous, les jeunes de l'époque, débordions de colère. D'une rage légitime. Nous étions sur-fliqués et sous-employés. Nos jeunes hommes étaient expédiés par bateau à l'autre bout du monde, pour la plupart c'était la première fois qu'ils sortaient de Détroit, et comme ils n'avaient pas vraiment d'autre option, ils se retrouvaient à combattre dans une guerre que personne ne pouvait justifier. Je ne souhaiterais pas ce sort-là à mes pires ennemis – y compris tous ces sales voyous d'Eastern High qui, leur diplôme en poche, sont devenus des sbires de l'Oncle Sam. Alors quand on a vu les autorités piétiner notre joie, notre bonheur de voir ces deux jeunes Noirs nous revenir vivants du Vietnam, ces jeunes qui avaient servi leur pays alors que celui-ci ne les avait jamais servis, eux… Eh bien, c'est le moment où la première pierre frappe une voiture de police, tu me suis ? Et il n'en faut pas plus pour que tout parte en vrille.

Cet été-là, j'attendais mon heure. Cela faisait tout juste un mois que j'étais sortie du lycée, je vivais encore chez ma mère et je rêvais du miracle qui, je le savais, allait venir. Pearl travaillait à temps partiel chez General Motors, un boulot de secrétaire dont, bizarrement, elle était fière, maman et elle n'arrêtaient pas de me tanner pour que je me trouve aussi un job. Mais pendant ces journées d'émeutes, nous sommes restées enfermées dans l'appartement, scotchées aux actualités, comme nous l'avions été quelques années plus tôt au moment des Freedom Riders. Pearl n'arrêtait pas de prier – « Seigneur Jésus » par-ci, « Seigneur Jésus » par-là… Maman s'agitait dans son coin, disant qu'elle allait demander sa mutation en banlieue, dans une nouvelle usine, et pourquoi pas acheter une jolie maison pas loin. Puis Pearl s'y mettait, comme quoi elle allait épouser cet homme et s'installer en Alabama, où elle aurait une Cadillac avec un vrai garage. Je les regardais toutes les deux comme si elles étaient folles, parce qu'elles ne captaient pas : il n'y avait pas moyen de s'échapper, où que ce soit, en étant si *normal.*

C'est là que j'ai décidé qu'il était temps pour moi de provoquer un peu la chance – d'aller à la rencontre de ce fameux miracle. Mais il fallait que je sache dans quelle direction aller, et pour ça, j'avais besoin d'un peu de fric.

PEARL WELMONT

Vous savez, ma sœur n'avait jamais vraiment bossé – un boulot structuré, je veux dire, avec des horaires. Et je crois que c'est ce qui la rend si… si… je ne sais pas…

RÉVÉREND LAWRENCE WELMONT

Obstinée.

PEARL WELMONT

Oui, aussi, mais je voulais plutôt dire... impatiente, quand il s'agit de me juger, moi, ma vie et mes choix. Elle ne peut pas s'identifier à des choses aussi normales qu'un mariage et une famille, aux sacrifices qu'on fait par amour, jour après jour.

RÉVÉREND LAWRENCE WELMONT

Elle a quand même travaillé pour une compagnie de téléphone, non ?

PEARL WELMONT

Oui, c'est vrai : elle a passé à peu près cinq minutes chez Michigan Bell. Mais elle n'a pas cessé une seconde de se plaindre, alors ça ne compte pas.

OPAL JEWEL

J'étais payée pour embêter les gens à propos de leurs factures. Ces filles qui vous appellent en plein dîner et qui se font couvrir d'injures. On aurait dit que la moitié des gens que je devais appeler étaient des connaissances de l'East Side, et je m'en tapais complètement de savoir s'ils allaient envoyer leur chèque. Tout ce qui m'intéressait, c'était de recevoir le mien toutes les semaines. Parce que j'appartenais à Michigan Bell du lundi au vendredi, mais les week-ends étaient à moi. Ouais, je chantais avec Pearl de temps en temps, je nous dégotais des petits concerts ici ou là, mais chanter, c'était juste un truc parmi d'autres. Je pouvais cuisiner, danser à vous faire tourner la tête... Dès que je découvrais quelque chose, j'essayais de creuser un peu plus. On appelle ça être *dilettante*, c'est censé être un défaut – mais moi, je me considérais comme quelqu'un de polyvalent ! Avec de multiples talents ! Et deux fois meilleure dans tout, comme nous autres, les Noirs ambitieux, devions l'être. Donc, tu comprends, quand je voyais miss Julia Child se pointer à la télévision avec ses recettes de cuisine, je me précipitais au marché des Blancs pour trouver du persil frais ou du thym, et le dimanche, quand Pearl revenait de je ne sais quelle session de lamentations à l'église, je leur servais le plus beau poulet rôti qu'on puisse imaginer. La cuisine était sens dessus dessous, mais le dîner un vrai délice. Peut-être que j'allais devenir chef ; peut-être que j'allais ouvrir mon propre restaurant. D'autres fois, j'étudiais les patrons de couture dans les magazines féminins – alors, je dépensais tout mon chèque en tissu et je fabriquais de jolies jupes dans toutes sortes d'imprimés. Ouais, j'aurais aussi pu devenir styliste. Mais ça, tu le sais déjà.

Ce que je veux dire, c'est que j'étais attirée par tout ce qui me permettait de m'exprimer, et de me sortir de cette impasse. J'allais trouver un moyen, ma chérie.

chapitre 4

« TU Y ES PRESQUE, CHÉRI »

★ ★

À dix-sept ans, alors qu'il achevait ses études secondaires, Nev Charles se retrouva à un carrefour. Deux chemins s'offraient à lui : persévérer dans la musique malgré son échec à attirer d'autres mécènes que ses parents, ou entrer à l'université où il pourrait appliquer ses talents – c'est-à-dire, l'écriture – à l'exercice d'un vrai métier rémunéré. En présence de son épouse, Morris Charles déclarait qu'il soutiendrait Nev quel que soit son choix, mais il prenait souvent son fils à part pour faire du lobbying en faveur de l'université. Helen, elle, plaidait farouchement en faveur de l'autre voie, plus risquée.

NEV CHARLES

« Tu y es presque, chéri » – c'était son mantra. Elle disait que j'étais destiné à devenir quelqu'un d'exceptionnel, pas comme les autres étudiants. Mais moi, je n'étais pas si confiant. Enfin, faut que je clarifie ce point : j'étais devenu très confiant – certains diraient : excessivement sûr de moi – concernant mon talent et ma singularité. Ce dont je doutais encore, c'était de la capacité du monde à les comprendre. Il se passait plein de choses au Royaume-Uni à l'époque, et on pourrait croire que ces immenses *success stories* étaient encourageantes – sauf que sur moi, ça avait un peu l'effet inverse. Je n'avais pas de bande de copains. Je n'étais ni mignon comme

Paul *[McCartney]*, ni sexy comme Mick *[Jagger]*... Mon jeu de guitare avait progressé, mais était encore loin d'être « bon », et en dehors de la scène, dans la vie réelle, je n'étais ni très drôle ni très charmant. Qui donc aurait pris le risque de pointer une caméra sur moi ?

Donc j'ai fini par opter pour la fac, et ç'a été un sacré fiasco. Mon idée, c'était jouer sur les deux tableaux – je pensais pouvoir faire de vraies études pour rassurer mon père, et donner des concerts à Londres, à côté, pour faire plaisir à ma mère. J'avais choisi le journalisme, mais j'ai pas tardé à me rendre compte qu'il y avait un problème. *[Il murmure.]* Les vraies personnes ne sont pas aussi coopératives que celles qu'on a dans la tête. Ce qui rendait le processus d'écriture beaucoup moins drôle et moins inspiré. Et c'était carrément dangereux de me demander de m'en tenir aux faits ! C'est un peu honteux à dire, mais j'éprouvais souvent un violent désir de rendre plus *punchy* ce que disaient et faisaient les gens – ce qui n'est vraiment pas du journalisme. *[Rires.]* C'était un désastre, j'en avais conscience, et face à cet échec, mon emploi du temps s'est inversé, je passais mes journées à écrire des chansons, et le soir j'essayais de faire un maximum de concerts. Ils n'étaient pas nombreux, d'ailleurs – sans l'aide de ma mère, j'avais du mal à en décrocher.

Sans oublier que j'étais libre, à Londres, pour la première fois de ma vie. La ville accaparait toute mon attention. Je sais pas comment les étudiants s'en sortent, pour se lever tôt le matin après des nuits pareilles. Les pubs, l'excitation et, mon Dieu, les filles ! Belles, brillantes, enchanteresses...

SANDRA COKIE

petite amie de Nev à l'université

On suivait le même cours, intitulé « Introduction aux médias britanniques ». On ne s'était jamais adressé la parole mais je l'avais repéré à cause de ses cheveux roux, toujours en bataille, et à sa manie d'arriver en retard puis de s'endormir aux trois-quarts du cours. Tout chez lui m'intriguait. Je me demandais qui il était, surtout quand il a cessé de venir en classe pour de bon.

Un pub populaire à côté du campus – c'est là que nous avons eu notre première conversation. Il est entré avec sa guitare en bandoulière, et s'est mis à négocier avec le type derrière le bar pour qu'il le laisse jouer quelques morceaux, mais l'autre a répondu sèchement qu'on n'était pas dans une salle de concert : « On a un juke-box pour ça. » J'avais pas mal bu avec mes potes, mais j'ai tout de suite reconnu Nev, alors je suis allée le trouver : « Oh le vilain garçon ! Alors, on sèche ? » J'imagine que c'était assez culotté – il a arrêté de se disputer avec le type et s'est tourné vers moi.

On est sortis ensemble par intermittence pendant à peu près un an, il avait tout juste des notes passables. Par moments, c'était super entre nous, surtout au début parce que je crois qu'il était... oui, il était puceau. Il s'est montré si doux et reconnaissant les toutes premières fois, vous comprenez, donc pendant un moment il était très attaché. J'étais jeune et, évidemment, il y avait des choses que je trouvais irrésistibles chez lui. Son talent, bien sûr ; il était plutôt intelligent pour un gars de Birmingham. Le temps de lui préparer un sandwich au jambon dans ma kitchenette de résidence étudiante – il était maigrichon, incroyablement mal nourri –, il avait déjà ficelé une petite chanson juste pour me faire rire. Avant même que j'aie ramassé les miettes... Une histoire de moutarde jalouse de la mayo, par exemple.

Les choses ont changé au bout de quelques mois, quand ses parents sont venus à Londres et nous ont invités à dîner dans un restaurant chic. J'ai fait en sorte qu'on s'habille comme de vrais adultes – je lui ai peigné les cheveux en arrière et j'ai frisé les miens. Mr Charles était gentil et agréable, un homme très humble et discret, mais d'un bout à l'autre du repas, rien n'a paru satisfaire Mrs Charles. Toute belle qu'elle était, elle n'a pas décroché un sourire de la soirée, ni pour moi, ni pour son fils. Je me rappelle qu'elle avait commandé un steak, saignant, et tout en s'attaquant à la viande, elle mitraillait son fils de questions, il s'est mis à bégayer et s'est même excusé : Pourquoi ne jouait-il pas plus souvent, n'écrivait-il pas davantage ? Avait-il démarché les maisons de disques pour décrocher des auditions ? Ne comprenait-il pas la chance qu'il avait ; ne voyait-il pas tous ces jeunes Anglais moins talentueux que lui qui pourtant s'étaient fait un nom ? Et ne s'était-il pas enfin rendu compte que l'université lui faisait perdre son temps ? Après cette dernière question, elle a marqué une pause et m'a jeté un regard.

Rien n'a jamais plus été pareil entre nous après ça. Je ne crois pas que Nev faisait exprès d'être méchant mais, mon Dieu, les choses qu'il me balançait me faisaient pleurer, pleurer… Dès qu'un morceau de musique me plaisait, il le massacrait. Il passait en revue mes albums des Beatles ou des Righteous Brothers, et se moquait du mouton que j'étais d'après lui en train de devenir. En même temps, il faisait la tête quand je ne voulais pas imiter les autres filles. Les mini-jupes étaient à la mode, mais j'avais honte de mes genoux – on aurait dit des bulbes d'oignon au milieu de mes jambes –, alors j'étais plus classique et moins court vêtue que les autres, et il me critiquait pour ça. J'essaie de me rappeler comme il formulait la chose, mais… La dernière fois qu'il a rompu avec moi, il m'a dit un truc du genre, ça ne pouvait pas marcher entre nous parce qu'il voulait autre chose qu'une vie ennuyeuse. Ensuite, je l'ai vu batifoler avec toute une série de jolies nénettes jetables – elles l'adoraient, piaillaient autour de lui comme une volée d'oiseaux.

Il était déjà passé à autre chose mais moi, ça m'a pris un moment. Je n'ai pas honte de l'avouer, j'avais le cœur brisé.

Vers la fin de sa deuxième année, alors âgé de dix-neuf ans, Nev Charles apprit une terrible nouvelle qui allait brusquement mettre un terme à sa stratégie de gestion des risques. Le 24 mars 1968, tandis qu'elle traversait la rue près de son domicile à Birmingham, en plein orage, Helen Charles avait été renversée par un conducteur parti en aquaplaning. Elle était morte sur le coup.

NEV CHARLES

Papa était sous le choc. Il a téléphoné à la fac pour me prévenir. J'étais en train de préparer mon sac pour rentrer à la maison quand il m'a rappelé, comme s'il ne venait pas de le faire, pour m'annoncer la nouvelle une deuxième fois. Cette amnésie due au chagrin a duré un moment, j'étais très inquiet pour lui. Sans compter que, bien sûr, je devais moi aussi affronter ma peine et mon sentiment de culpabilité. L'obscurité totale.

L'histoire de l'accident a été rapportée dans pas mal de journaux, si bien que plein de gens se sont pointés aux funérailles – des employés des restaurants Charlie's qui voulaient soutenir mon père, et tous ces acteurs, chanteurs et danseurs amateurs dont je ne me souvenais pas, que maman avait connus dans sa vie d'avant. Ils sont tous venus me voir à l'église, avec leurs sourires tristes et leurs poignées de main, pour me dire combien ma mère avait été belle et talentueuse, combien elle aurait été fière de moi. Moi, je les regarde, tous ces visages qui tremblent à travers mes larmes, et je me demande : *Qui êtes-vous, tous ? Et comment ça se fait que vous ne soyez jamais venus la voir de son vivant ?*

Papa m'avait demandé de chanter quelque chose pendant

la cérémonie, parce que le fait que je fasse de la musique avait tellement compté pour elle, que c'était la seule chose qui pouvait la tirer de son brouillard et la faire redevenir elle-même. J'ai pensé écrire un truc tout spécialement, pour lui rendre hommage. Mais l'idée de lier à tout jamais sa mort, si injuste et insoutenable, avec ma créativité, qui nous avait apporté à tous les deux tant de joie et de fierté... C'était juste pas possible. Alors j'ai chanté « Dream a Little Dream of Me », sa vieille chanson préférée, avec ma guitare acoustique. L'une des rares fois dans ma vie où j'ai fait une reprise, et j'ai eu du mal à aller jusqu'au bout. Je n'arrivais pas à stabiliser ma voix, ni à regarder mon père au premier rang. J'ai chanté les yeux fermés, en pensant à ce qu'aurait dit maman si elle avait été là, juste derrière moi, comme s'il s'agissait d'une audition pour Decca, et pas de ses putains de funérailles.

Pardon – ça me met encore tellement en colère d'y repenser. Ma mère était loin d'être parfaite, mais elle était adorable et, pour le meilleur et pour le pire, c'était une force – elle m'a poussé là où je suis, et j'entends encore sa voix au creux de mon oreille, tous les jours.

Je suis resté un moment à Birmingham, pour aider mon père à reprendre ses esprits. J'ai bossé un peu au Charlie's de Hagley Road, ce qui m'a rappelé l'époque où j'y passais le soir, gamin. Je crois même avoir écrit deux ou trois autres aventures de mon vieil ami Thomas, juste pour voir. Et puis un jour, mon père et moi étions dans la cuisine – il était en train de fariner le cabillaud, et moi de garnir les paniers –, et il m'a dit qu'il était temps pour moi de rentrer à Londres, d'arrêter de m'en faire pour lui et de reprendre le cours de ma vie. Je lui ai tout de suite répondu que je n'avais pas l'intention de retourner à la fac, que je me sentais juste de faire ce que maman aurait voulu. Je lui ai demandé son soutien, et il a essuyé ses mains sales sur son tablier et m'a serré dans ses bras. « Tu l'as, fiston. »

À la fin de l'été 1968, Morris Charles vendit ses parts des quelques Charlie's de Coventry, et donna une partie des bénéfices à son fils. Ayant de quoi couvrir ses dépenses courantes pendant un an, Nev Charles quitta l'Angleterre pour se rendre à New York.

NEV CHARLES

L'Amérique me fascinait, avec tout son potentiel, ses personnages extraordinaires. Il y régnait aussi un esprit progressiste qui m'attirait beaucoup. Pete Seeger, Bob Dylan et Woody Guthrie avant eux : j'aimais ce qu'ils représentaient, cette figure de l'observateur errant, du *songwriter* respecté, important. Et puis, aucun d'entre eux n'était un vocaliste ou un instrumentiste particulièrement brillant, j'en ai déduit qu'il y avait peut-être de la place pour mes talents.

J'hésitais entre New York et San Francisco, et New York ne l'a emporté que parce que le vol depuis Londres coûtait moins cher. C'est bien tombé, parce qu'au bout du compte, j'avais besoin de la dureté et de la tension de New York. Si je m'étais retrouvé au milieu des hippies de Californie, je ne sais pas si je serais dans ce jet en train de bavarder avec vous, aujourd'hui – à vrai dire, j'en doute fortement ; je serais sans doute en train de piquer du nez dans un cercle d'illuminés jouant du djembé, une seringue plantée dans le bras. Je ne dis pas qu'il n'y a pas eu des moments où j'ai frôlé cette situation scabreuse *[rires]*, mais c'est le New York qu'on a à l'intérieur qui vous aide à décrocher.

Je connaissais rien à rien quand je suis arrivé, alors j'ai pris un appart dans l'Upper West Side, un minuscule deux-pièces avec une baignoire au milieu de la cuisine. À l'angle de la 96e et d'Amsterdam. De nos jours, il n'y a plus que des salles de fitness et des Starbucks ce quartier, mais à l'époque, c'étaient voleurs, prostitués mâles et pire encore ; la nuit, c'était l'apocalypse – mal famé serait un euphémisme. Quand j'étais pas occupé à surveiller mes poches, je passais mon temps dans le métro pour rejoindre le Village.

Le Village, c'était le New York que je m'étais imaginé depuis l'Angleterre. Le soir, j'allais à toutes les scènes ouvertes ; dans la journée, je jouais dans les cafés qui voulaient bien de moi, ou devant les bancs publics de Washington Square. Ma mère avait toujours insisté là-dessus : « Chante en public aussi souvent que possible – saisis la moindre occasion, aussi petite soit-elle. On ne sait jamais qui est là à te regarder, Nev. » Alors chaque fois que je descendais au Village, pour chercher une nouvelle scène, discuter avec les musiciens de rue ou juste me balader sur Bleecker Street, j'emportais toujours ma guitare pour que tout le monde la voie. Je sais pas trop ce que j'espérais mais je faisais tout pour me faire remarquer, pour que quelqu'un, n'importe qui, reconnaisse mon talent caché. J'avais la sensation que ma chance pouvait s'offrir à l'improviste, à n'importe quel moment.

J'étais coincé dans le nord de Manhattan à cause de mon bail, mais j'ai pas tardé à squatter des logements mieux adaptés à ma nouvelle vie. Toutes ces Américaines, belles et accommodantes – mon accent les rendait dingues, et il me suffisait de torcher un morceau en incluant leur nom pour dégoter une piaule pendant quelques semaines.

ROSEMARY SALDUCCI

réceptionniste chez Rivington Records, 1965-1981[1]

On vivait à trois filles sur la Première Avenue, entre la 8e et

1. Comme c'est le cas pour la plupart des employés administratifs, Salducci, désormais âgée de 70 ans, était généralement au fait des manigances les plus secrètes de ses supérieurs.

la 9e Rue. Une de mes colocs a rencontré Nev dans un café, sur MacDougal. Elle le ramène à l'appartement avec deux bouteilles de vin qu'elle a fauchées au travail, et elle lui fait : « Faut que tu joues ce morceau rigolo pour mes copines ! » Il a pris sa guitare et joué une des premières versions de « Chemist Kismet », là, dans notre séjour.

Il a campé pendant un mois et demi sur notre canapé. On était des filles très modernes, donc je suis sûre que Nev a eu droit certaines nuits à un surclassement dans l'une ou l'autre des chambres. Mais bon, peut-être que c'était juste moi.

NEV CHARLES

« Chemist Kismet » *[« Kismet le pharmacien »]*, je l'ai écrite cet hiver-là à Londres, sans doute un jour où j'étais censé être en cours. J'avais un rhume de cerveau atroce que j'arrivais plus à supporter, alors je suis allé à la pharmacie la plus proche du foyer étudiant, et le type qui la tenait avait l'air horriblement triste, plus triste que ça tu meurs. La soixantaine bien entamée, les joues flasques, totalement dépassé par tous ces clients venus récupérer leurs médicaments. Pourtant, il apaisait chacun, répondait aux questions et leur souhaitait à tous un prompt rétablissement. J'ai regagné ma chambre, avalé mes médocs, et j'ai écrit cette chanson en adoptant ce que j'imaginais être son point de vue. J'ai décidé de la jouer avec un son super métallique, sur un tempo rapide, pour ajouter une pointe d'ironie mais aussi pour que ça plaise au public. Dans les paroles, je passe en revue ses clients et leurs

---

Avec ses lunettes rouges, son énorme coupe pin-up et son fort accent new-yorkais, elle fut la grande révélation du documentaire *Emergency on Line 1* (« Urgence sur la une »), projeté au festival de Sundance en 2007 et consacré aux secrétaires du show-biz, dans lequel elle se décrivait comme « une dure à cuire qui n'oublie jamais rien ». Quand nous nous sommes rencontrées dans son appartement à loyer modéré du quartier d'Astoria, dans le Queens, et que je l'ai félicitée pour le succès de ce film, elle m'a juré qu'elle avait « plein d'autres trucs » à raconter. À mon grand bonheur, et à l'occasion mon effroi, elle ne m'a pas déçue.

maux. *[Il chante.]* « Mr Trout / Fait de la goutte / Un peu de vitamine C / Et ce sera réglé. » Et le refrain parle de son cœur brisé à lui, qu'il n'arrive pas à soigner. Ce n'est pas clairement exprimé, mais je m'étais dit que ce pharmacien devait être veuf. Ensuite, évidemment, ça m'a fait penser à mon père, mais seulement après l'avoir écrite. Bref. Je chantais toujours ça aux Américaines, parce que c'est sans doute le truc le plus typiquement anglais de mon répertoire, elles adoraient.

ROSEMARY SALDUCCI

Chez Rivington Records, j'étais la réceptionniste de Howie Kelly. Un vrai connard, celui-là, mais il payait bien… Artistiquement, Howie n'avait pas la moindre idée de ce qu'il faisait, absolument aucune oreille – il a commencé en louant des studios bon marché, des cagibis que n'importe quel amateur avec une guitare pouvait réserver à l'heure, du moment qu'il payait à l'avance. Mais Howie avait une famille friquée et un diplôme de droit, il se croyait hyper fort pour négocier les contrats – il voyait débarquer ces gens avec leurs rêves de gloire, et il s'est dit qu'en jouant un peu des coudes, il serait capable de s'imposer n'importe où.

HOWIE KELLY
fondateur de Rivington Records,
en désignant d'un geste les bureaux de sa maison de disques[1]

Cet endroit était mon rêve, et maintenant c'est mon héritage. Tout le monde veut un bout du catalogue de Rivington,

1. Kelly, 82 ans, m'a reçue au siège new-yorkais du label, désormais dirigé par son fils Mark. Était également présent son avocat Stephen Rowe, du cabinet Abbott & Deane, avec qui *Aural* avait négocié les conditions de cet entretien. Conditions que Kelly lui-même a outrepassées par moments ; sourd aux objections de Rowe, il s'est ainsi exprimé librement au sujet d'Opal Jewel, malgré leurs démêlés juridiques passés à propos du contrat d'Opal Jewel et de l'utilisation qui était faite de son image.

vous pouvez me croire – dans les années 1990, nous avons gagné plein d'argent grâce aux rappeurs, ces crétins de hip-hopeurs qui cherchaient des trucs à sampler, et aujourd'hui, plus que jamais, nous sommes sollicités par des gens de la télé, du cinéma, de la publicité… Et ces archives, cette mine d'or, nous appartiennent à cent pour cent – tout ça est blindé. C'est hallucinant, quand on pense à quel point tout était possible à l'époque, et comment quelqu'un comme moi pouvait faire signer un jeune talent en galère rencontré dans la rue pour lui donner sa chance, et il était reconnaissant, on travaillait bien ensemble. De nos jours, on ne pourrait pas imaginer lancer une maison de disques à partir de rien parce que bon, déjà, il n'y a même plus de disques – plus le moindre produit physique à vendre ! En plus, vous avez ces millions de pauvres nazes qui balancent leurs braillements gratis sur le net… Ce *business model* n'a aucun sens pour moi, et je suis bien content d'avoir laissé mon fils s'occuper de tout ça. Maintenant, c'est son putain de problème.

Quand j'ai créé Rivington, la société occupait la moitié de l'étage – mon bureau et deux ou trois studios, rien de plus –, mais je l'ai développée au fil des années. Au début, nous avions juste une poignée de groupes et de chanteurs que je manageais moi-même. J'étais sans cesse aux aguets, j'allais aux concerts pour voir ce qui plaisait aux jeunes. On a signé les How Now assez vite, je gérais leur carrière et ils s'en sont pas mal sortis. Ma mémoire est pleine de trous, alors je me souviens plus très bien comment j'ai fait venir Nev.

NEV CHARLES

C'est arrivé tellement vite. Je dormais sur un canapé quelque part, un matin, quand l'adorable Rosemary, Dieu la bénisse, m'a réveillé en me secouant. Elle m'a dit de m'habiller pour l'accompagner chez Rivington. Elle aimait bien faire son p'tit chef, celle-là – vous lui avez parlé ? Elle braie toujours autant, hein ? L'alarme la plus alarmante jamais conçue ! *[Rires.]* « Debout, connard ! Lève-toi ! Faut y aller ! »

ROSEMARY SALDUCCI
haussant les épaules

Je le trouvais juste intéressant et différent, je me suis dit qu'il méritait d'avoir sa chance. Et puis, mon béguin pour lui était terminé – j'avais un nouveau petit ami qui trouvait bizarre que Nev soit toujours là. Il fallait à tout prix que je le vire du canapé.

NEV CHARLES

Une demi-heure plus tard, j'étais dans le bureau de Howie Kelly, je lui ai joué un de mes meilleurs morceaux. Et deux heures après, il posait un contrat devant moi. Qui s'est révélé être un contrat pourri… mais bon, c'était un contrat[1] ! Imaginez un peu : quelqu'un allait enfin me payer pour la seule chose que je mourais d'envie de faire dans la vie. La chose que ma mère avait toujours voulu que je fasse.

1. Les premiers contrats Rivington proposaient à chaque artiste un à-valoir à la signature différent, mais tous – y compris celui de Nev et, par la suite, le contrat d'Opal – possédaient cette clause en commun : le label gérait et touchait un pourcentage sur toutes les activités de ses artistes, des ventes d'album aux tournées en passant par leurs autres interventions rémunérées. De nos jours, ce type d'accord, connu sous le nom de « Contrat 360° », est vu d'un mauvais œil par les artistes, qui le considèrent comme abusif et relevant de l'exploitation.

chapitre 5

« CE BLOC DE MARBRE DE SI BELLE QUALITÉ »

Howie Kelly attendait beaucoup du premier disque de son auteur-compositeur-interprète britannique, un album éponyme rassemblant dix compositions originales, acoustiques et décalées (dont « Chemist Kismet »), mais celui-ci n'eut droit qu'à une brève mention au détour d'un résumé de l'actualité musicale dans les pages intérieures du Village Voice *(le critique qualifiait l'album de vaguement « intéressant »). Peu après, nouveau revers : Columbia Records lui piqua en douce les How Now, qui étaient alors le groupe le plus en vue de Rivington Records, parce que Kelly avait fait capoter leur participation au festival de Woodstock. Fin 1969, alors que sa société battait de l'aile, Kelly était d'humeur à se débarrasser du poids mort – et son attention se porta sur Nev, dont les problèmes de visa lui donnaient des maux de tête et qui avait du mal à trouver son public.*

NEV CHARLES

À un moment, il s'est pointé à mes concerts. Il décomptait littéralement le nombre pathétique des spectateurs présents, moins les barmans et les serveuses, bien sûr, il rapportait ce chiffre à la jauge totale de la salle, et retenait la différence sur la part des entrées qui me revenait. Ce qui voulait dire, la plupart du temps, que c'était *moi* qui lui devais de l'argent ; ça, on pouvait compter sur lui pour tenir l'ardoise à jour !

HOWIE KELLY

Le gamin avait du talent, ça sautait aux yeux – je lui prédisais un grand avenir, tôt ou tard. Mais à un moment, il a fallu le placer sur les bons rails. La patience n'est généralement pas mon fort, il a eu de la chance que l'argent rapporté par les How Now ait permis d'acheter le petit supplément de temps dont il avait besoin. Et puis, je savais que les meilleurs businessmen sont ceux qui sont capables de se projeter, d'envisager les choses différemment. Tous les plus grands ont leur période « Qui ne risque rien n'a rien », et on peut dire que là, c'était la mienne. J'ai fait le pari de piquer à ces connards de Columbia un type dont j'avais entendu parler, pour voir ce qu'il serait capable de faire avec Nev. Il s'est trouvé que le type en question s'appelait Bob Hize…

[Se tapotant la tempe.] Y en a là-dedans, hein ?

BOB HIZE

producteur d'Opal & Nev,
ancien associé de Rivington Records[1]

Ma femme Claudia – un ancien mannequin – était américaine, et nous attendions notre premier enfant. L'idée de devenir mère la rendait très nerveuse et ses sœurs, qui avaient déjà toutes des enfants, lui manquaient. Comme nous n'étions pas particulièrement proches de ma propre famille en Angleterre, Claudia a insisté pour que nous déménagions à New York, même si j'étais assez inquiet quant à mes perspectives professionnelles aux États-Unis. Ma carrière démarrait à

1. J'ai interviewé Bob Hize en plusieurs fois, l'après-midi, dans son appartement new-yorkais, alors que sa longue bataille avec un cancer du pancréas touchait à sa fin. Malgré son déclin physique, Hize demeurait d'une lucidité surprenante et se préoccupait davantage de mon propre confort que du sien durant nos entretiens. Il m'a montré en souriant des arrangements floraux et des cartes que Nev et Opal lui avaient envoyés, et m'a confié que Nev l'avait appelé pour l'encourager vivement à se rétablir, car un accueil VIP lui serait réservé lors du show revival avec Opal au Derringdo Festival.

peine. À Londres, on m'avait engagé pour produire deux ou trois disques de Noël un peu jazzy, mais je n'avais pas encore le réseau qu'il faut pour se faire un nom dans cette industrie. Sans parler d'un nom capable de traverser l'océan...

Je me sentais donc vraiment sous pression quand nous avons débarqué ici avec un bébé en route, j'étais très reconnaissant qu'on me confie un job, surtout dans la musique. Je suis allé rencontrer les gens de Columbia pour voir s'il n'y avait pas moyen de produire des choses pour eux, mais, étrangement, j'en suis ressorti dans la peau d'un découvreur de talents. J'imagine que, d'un point de vue technique, étant moi-même musicien, j'étais qualifié pour ce poste, mes patrons semblaient estimer que le fait d'être Anglais me procurait une oreille différente et un certain talent pour faire émerger de la masse une personnalité extraordinaire. Ça m'embête de vous le dire, mais je n'aimais pas beaucoup ce métier de dénicheur. Il m'obligeait à me traîner quasiment tous les soirs à des concerts, dont la plupart était sans grand intérêt, et je détestais le milieu des clubs. J'avais trente ans, ce qui bien sûr paraît très jeune aujourd'hui, mais à l'époque, c'était déjà un âge canonique pour se lancer dans cette carrière. Tout ce que je voulais, moi, c'était rentrer à la maison et masser les chevilles enflées de ma femme. Au lieu de quoi, le plus souvent, je m'effondrais dans mon lit à deux heures du matin, empestant la ganja et complètement vidé après avoir brisé le rêve de tel ou tel en lui disant : « Je suis désolé, mais vous n'êtes pas encore prêt. »

Deux mois se sont écoulés, je n'avais toujours trouvé aucun musicien doté d'un talent, selon moi, prometteur. Je me rappelle avoir pensé, *Ce n'est pas ce que je voulais faire de ma vie.* Je préfère vraiment creuser avec un artiste déjà sorti du lot, apprendre à le connaître parfaitement afin de pouvoir accentuer ce qu'il a de meilleur à offrir. Cette magie-là, c'est en studio qu'elle a lieu, mais cela faisait un bail que je n'y avais plus mis les pieds. Je savais qu'il fallait que j'y retourne et je me suis dit que les gens de Rivington, devenus la risée de mes collègues de chez Columbia après avoir laissé filer les How Now, et sûrement désespérés, m'embaucheraient pour pas cher.

ROSEMARY SALDUCCI

Un jour, il a appelé le bureau à l'improviste. À cause de l'accent, j'ai d'abord cru que c'était Nev – un Nev enrhumé –, et je l'ai vanné sur cette fille rondelette avec qui j'avais entendu dire qu'il sortait ces derniers temps – pourquoi ne lui servait-elle pas un peu de soupe de poulet aux vermicelles ? Mais alors, la voix à l'autre bout du fil a bredouillé des excuses et m'a demandé s'il était possible de prendre rendez-vous avec Mr Kelly, s'il vous plaît, merci.

BOB HIZE

Je pensais qu'ils auraient peut-être un travail en freelance pour moi, superviser des sessions d'enregistrement, développer leurs talents… Mais quand je suis arrivé dans leurs bureaux, dès le premier coup d'œil, j'ai compris que Rivington était à peine une maison de disques. L'affaire se réduisait à ce petit homme prétentieux qui s'écoutait parler et débordait d'ambition, et à la fille qui répondait au téléphone pour donner l'impression que son patron était quelqu'un de sérieux. Pas de direction artistique, pas de département commercial ni juridique, personne pour s'occuper des relations avec les radios et la presse… Leurs soi-disant studios étaient de malheureux cagibis dont je m'étonnais qu'on puisse y faire tenir un groupe.

J'ai toujours su gérer les gros egos et les personnalités difficiles ; j'ai dû apprendre tout petit, car mon père était un ivrogne violent. La clé, c'est de ne jamais se payer leur tête. Il faut les aborder avec beaucoup de respect, faire ce qui doit être fait et avoir l'humilité de raconter ensuite que, depuis le début, cette idée géniale venait d'eux. Que les choses soient claires : la moitié de mon talent tenait à ça, quand il s'est agi de collaborer avec des rock stars ! *[Rires.]*

Avec Howie, j'en ai rajouté dans la flatterie. Je lui ai dit à quel point l'écurie de Rivington était forte, ce qui était à moitié vrai, qu'on ne parlait que de lui chez Columbia, ce qui était vrai mais pas pour les raisons que j'insinuais. Je lui ai dit qu'ils étaient furieux d'avoir dû débourser autant d'argent pour récupérer les How Now – ça, c'était n'importe quoi ; je savais que Columbia avait racheté ce groupe pour une bouchée de pain. Avec un air effaré, je lui ai demandé qui abattait tout ce travail, et il m'a répondu que c'était juste lui. Enfin, vous voyez, les choses qu'il faut dire quand on a affaire à ce genre de mégalo… Plus je parlais, plus je faisais preuve de déférence, plus il était à l'aise. Il était assis sur un fauteuil pivotant derrière son bureau en bois surdimensionné, et au début de notre entretien, il était assez agressif, penché vers moi comme un taureau qui va charger, frappant le bureau avec son stylo. Mais après avoir bien gonflé son ego, je suis arrivé à l'étape où il s'est agi de lui glisser un truc du genre : *Waouh, vous pourriez vraiment les assassiner, ces branleurs de Columbia, si vous aviez quelqu'un pour vous aider…* Eh bien, il était calé au fond de son fauteuil, les pieds sur son bureau, avec cette drôle de tête que font les gens juste avant d'avoir le déclic.

Le contrat négocié par Hize pour rejoindre Rivington Records était assez peu orthodoxe : il s'engageait à aider Kelly à développer son écurie et à promouvoir les artistes, en gardant les pleins pouvoirs artistiques sur tout ce qui se passerait en studio, en échange de quoi il empocherait un salaire minuscule, plus dix pour cent de royalties sur les ventes d'album. Au bout d'un an, si rien ne décollait, Hize s'en irait sans la moindre indemnité. Mais si un album Rivington se hissait parmi les meilleures ventes, il obtiendrait une augmentation de 50 % de son salaire de départ, plus des parts dans la société.

BOB HIZE

Pas besoin d'avoir fait Harvard pour comprendre que d'un point de vue financier, en signant ce deal, je prenais cent pour cent des risques. Ce qui voulait dire que pendant toute une année, ma famille allait devoir survivre avec trois fois rien, et qu'ensuite j'avais des chances de me retrouver sans boulot, point. Ça signifiait aussi que j'avais une énorme pression pour produire des disques à succès, ce qui, dans l'ensemble, arrive assez rarement. Quand j'ai avoué à ma pauvre épouse ce que j'avais l'intention de faire, elle a pris un air courageux et m'a répondu qu'elle me soutiendrait quoi qu'il arrive. Mais un soir qu'elle me croyait endormi, assez tôt au cours de cette première année, je l'ai entendue pleurer au téléphone avec sa sœur : « Oh, qu'est-ce qu'il a fait ? Qu'est-ce qu'il a fait ? »

Mais j'ai toujours gardé une chose en tête et au fond du cœur : avant de serrer la main de Howie et de signer ce contrat, je m'étais procuré une copie de *Nev Charles*, le 33 tours. Un travail d'amateur. Mais j'ai tout de suite senti qu'il y avait là le début de quelque chose. Je mourais d'envie d'être celui qui allait le façonner, tailler un chef-d'œuvre dans ce bloc de marbre de si belle qualité.

Les premiers jours, j'ai écouté l'album en boucle, je l'ai vraiment laissé creuser son trou dans mon cerveau. J'étais censé rencontrer les autres artistes du label – à l'époque, nous avions Mary Sharp, une sorte de Joan Baez, un duo de *white soul* qui s'appelait les Refreshers, et une poignée d'autres –, mais quelque chose, dans le disque de Nev, m'obnubilait. Ou plutôt, non : ce n'était pas quelque chose *dans* ce disque qui me titillait, mais quelque chose qui n'y était *pas*. Oui, bien sûr, il manquait la musique ; mais ça, c'était facile à arranger – j'entendais déjà dans ma tête tous les instruments qui auraient dû accompagner la guitare de Nev, donner de l'épaisseur à ce son qu'il avait. Et le problème n'était certainement pas les paroles, absolument charmantes – vous connaissez « Chemist Kismet », mais il y a tant d'autres bijoux sur ce disque, certains encore meilleurs, des pépites et des concepts bizarres qui me font encore rire aujourd'hui. Mais même en imaginant tous ces éléments à leur place et parfaitement accordés, il manquait encore quelque chose.

NEV CHARLES

Hizey m'a appelé pour me demander de venir au studio avec ma guitare, et je me suis pointé avec deux heures de retard, et les idées carrément noires. Depuis que c'était parti en vrille avec les Birmingham Boys, j'avais pris l'habitude de bosser dans mon coin sans chercher à faire plaisir à personne d'autre que moi. L'idée d'être sous les ordres d'un boss artistique me révulsait, surtout que celui-là avait l'air rigide comme pas permis.

Mais dès le début, Hizey a fait preuve d'une telle gentillesse face à mon attitude odieuse… Il m'a cité ses passages préférés du premier disque, que personne n'avait pris la peine d'écouter ; m'a confié que j'étais, selon lui, l'artiste le plus prometteur de Rivington. *Waouh !* C'était de *moi* qu'il parlait, là ! Il m'a tout de suite rassuré, aussi, en me disant que je n'aurais plus à me préoccuper de la promotion, de la presse et de la programmation des concerts car il s'en chargerait lui-même, afin que je puisse me concentrer sur la musique. Avoir un bouclier qui me protégerait de toutes ces choses assommantes, je dois dire que l'idée me plaisait.

Alors nous sommes allés dans le studio et il m'a écouté jouer quelques morceaux depuis son perchoir, dans la salle de contrôle. Là, il a fait un truc bizarre qui m'a mis mal à l'aise, au point que j'arrêtais pas de me planter dans les accords : il tenait ma pochette d'album dans sa main, cette horrible pochette cucul, et ses yeux n'arrêtaient pas d'aller et venir entre elle et moi.

BOB HIZE

La pochette originelle était un portrait de Nev assis sur un perron, l'hiver. Sur cette photo, il a sa guitare acoustique en bois blond, il porte un pull ridicule, une écharpe et un pantalon de velours, avec des mèches rousses qui dépassent de sa casquette irlandaise. Un sourire parfaitement docile, le gars sympa par excellence. Dans le studio, lors de cette première séance avec moi, il chantait et jouait les sourcils froncés, avec cet air douloureusement sérieux. C'était d'une honnêteté incroyable.

J'aime Nev comme s'il était mon fils. Mais parfois, j'ai l'impression qu'il a du mal à percevoir ce qui se passe autour de lui. Il aime penser que personne ne l'a jamais influencé, qu'il est sa propre création unique et étrange. Pourtant, nous attrapons tous des tics, pas vrai ? J'ai compris que ceux que Nev avait contractés depuis qu'il vivait à New York et traînait dans le petit monde des auteurs-compositeurs-interprètes l'avaient vidé de tout ce qu'il pouvait avoir d'excitant et de différent. Ses paroles étaient décalées et pleines d'imagination, souvent ironiques ; par contraste, cette image qu'il singeait semblait banale et prévisible, et cela alourdissait tout le *package*. Il avait besoin qu'on le pousse, il avait besoin d'être entouré d'influences nouvelles capables de l'emmener dans des lieux inconnus.

HOWIE KELLY

« Je crois que ça fonctionnera pas, en solo. » Voilà ce que Hize m'a dit au bout d'une session avec Nev. C'est tout ! J'ai fait : « Quoi, vous pensez que je devrais le virer, après tout ça ? » Et Hize m'a répondu : « Howie, ce gamin a juste besoin d'un changement de cap pour devenir une vraie star. »

BOB HIZE

J'aimais l'idée d'une énergie féminine, et Mary Sharp était une jolie blonde aux yeux bleus, mais elle n'aurait fait que l'entraîner encore plus profondément dans ce style un peu folk qui ne convenait pas. Je ne savais pas précisément de quoi Nev avait besoin, mais en tout cas, je ne voyais rien qui colle dans le catalogue Rivington, ni où que ce soit dans le Village.

J'ai suggéré à Howie de financer une petite tournée pour que Nev puisse chercher quelqu'un de nouveau et de dynamique. Je ne savais pas comment Nev réagirait à cette idée, mais si nous lui donnions carte blanche pour choisir la personne qu'il voulait, je me doutais qu'il finirait par se prendre au jeu, et que ça lui donnerait l'impression de contrôler la situation.

Dans l'idéal, je l'aurais bien accompagné, ça nous aurait permis d'apprendre à nous connaître, entre producteur et artiste. Mais je n'ai pas osé, car Claudia était presque à terme. Si bien que c'est Howie – Howie, vous imaginez ? – qui a joué les chaperons.

HOWIE KELLY

« Gimme Shelter » des Stones était le grand hit du moment, on y entendait Merry Clayton s'égosiller au sujet de je ne sais quoi. De quoi parlait ce refrain, déjà… de meurtre, de *viol* ? A-t-on jamais entendu un truc pareil dans une chanson ? Mais elle était pure, et elle avait du chien, une vraie *soul sister* avec un sacré caractère – *vous*, vous voyez de quoi je parle. Tout ce qu'elle dégage se mariait parfaitement avec cette guitare, et la manière qu'elle avait de répondre à Mick et de le relancer a soufflé tout le monde. Et en bon businessman, quand je vois un truc qui fonctionne aussi bien, j'ai envie de l'imiter ! Pourquoi ne pas faire pareil ? Ça sonne bien, ça rapporte de l'argent, gagnant-gagnant.

Bref, j'avais ce chanteur britannique qui écrivait des airs de rock un peu déjantés, et on m'a dit qu'il avait besoin d'une bonne dose d'énergie, d'une putain de secousse. Qu'est-ce qu'il fallait que je cherche ? Une fille noire avec une voix énorme, voilà ce que je devais trouver.

NEV CHARLES

On a passé trois mois sur la route. Mes spectacles à moi n'avaient rien d'inoubliable, des concerts à sept heures du soir dans des salles à moitié vides, et les gens qui se pointaient étaient des brutes mal dégrossies, qui parlaient tout du long. Et après ces moments démoralisants, nous partions en voiture pour les quartiers noirs de la ville – il y avait toujours une partie de la ville réservée aux Noirs, vous comprenez, la ségrégation est tellement endémique aux États-Unis. Vous avez lu tous ces articles sur la discrimination dans les banques et les assurances, hein ? Honteux, vraiment honteux… Bref, on se rendait dans ces établissements, et nous étions les seuls Blancs dans la salle. Vous imaginez un peu ? Moi, comme un idiot, en train de suivre maladroitement Howie, qui déboulait là comme une insulte sur pattes. Ce qui nous a sauvés, c'est que les clients aimaient bien boire des verres avec nous, et que pour des raisons évidentes, ils nous trouvaient amusants.

HOWIE KELLY

J'ai dû montrer à Nev une bonne trentaine de filles qui chantaient dans des *juke-joints*, aux quatre coins du pays. Atlanta, Memphis, Chicago… La plupart d'entre elles avaient une grosse voix puissante, quelques-unes étaient très sexy, vous voyez, et savaient faire ce roucoulement à la Diana Ross. Il y en avait une à Chicago qui ressemblait à Diahann Carroll, que j'ai personnellement toujours aimée. Une fille adorable, en plus – je lui ai offert un verre à la fin de son set, et elle s'est assise un moment avec nous. À chaque fois, en rentrant, je demandais à Nev : « Elle te plaît ? », et à chaque fois il me faisait non de la tête. C'en est arrivé au point où j'ai commencé à lui demander de régler nos additions. On jetait du fric par les fenêtres, là.

NEV CHARLES

Et alors, on est arrivés à Détroit.

chapitre 6

« LA COPINE DE THOMAS SUR LE KILIMANDJARO »

★ ★

Le 11 avril 1970, Nev Charles et Howie Kelly se rendirent dans une discothèque populaire du Near East Side, à Détroit, pour assister à une soirée scène ouverte où les sœurs Robinson devaient se produire.

OPAL JEWEL

Pearl avait été sanctifiée mais mon mérite à moi, c'était de faire sortir le démon en elle. Elle allait à l'église tous les dimanches pour chanter la gloire de Jésus, mais le samedi soir, je la forçais à venir avec moi dans un bouge qui s'appelait le Gemini. Je jouais sur sa culpabilité en lui disant que j'irais, avec ou sans elle – allait-elle laisser son unique sœur avoir des ennuis ? Ça marchait à chaque fois. Surtout parce qu'au fond d'elle-même, je crois qu'elle voulait aussi que ça marche. Mais Sister Pearl n'aurait jamais reconnu ça.

Le Gemini organisait une petite scène ouverte avec un groupe de musiciens en accompagnement, et c'est comme ça qu'on s'est lancées. Pearl refusait de chanter tous les trucs marrants – Dieu sait pourquoi, elle détestait le mot « baby », elle trouvait ça trop bas ou je ne sais quoi – ce qui laissait de côté un tas de tubes de la Motown. Et, ma chérie, c'était le Détroit des années 1969, 1970 ! Ce que je voulais, moi, c'était rencontrer Berry Gordy ! On pouvait raisonnablement s'attendre à le voir débarquer un jour au Gemini à la recherche de ses prochaines starlettes, et nous, on était là à chanter des chants de Noël ?

Mais moi, j'ai toujours cru que c'était Pearl qui allait percer, vraiment. Elle possédait la voix ; j'étais juste là en renfort. Ce que j'apportais, c'était le style. J'essayais de la faire sortir du lot, de lui apprendre à se balancer un peu en rythme. Et je fabriquais nos tenues. La mienne était toujours une version plus courte, plus serrée, plus décolletée de la sienne. Même si, pour être honnête, Pearl était beaucoup mieux équipée que moi au départ, si tu vois ce que je veux dire.

HOWIE KELLY

Elle avait du monde au balcon, celle-là ! On ne savait plus si c'était la voix ou les seins qui vous hypnotisaient.

PEARL WELMONT

À l'époque où on chantait au Gemini, j'étais toujours en contact avec Lawrence, là-bas, en Alabama, nous nous étions déjà promis l'un à l'autre. Je n'avais aucun intérêt à me faire reluquer dans cet endroit obscène. D'autant que la plupart des spectateurs étaient mariés. Mais je travaillais et je mettais de l'argent de côté jusqu'au moment où je pourrais déménager pour de bon à Birmingham, et, pour être honnête, je voulais aussi éviter à Opal d'avoir des ennuis. Oui, ce genre d'ennuis-là… Vous n'imaginez pas combien de nos anciennes camarades de classe, les filles que Mrs Dennis gardait dans son appartement, se sont retrouvées dans cette situation, et sans mari. Opal n'a jamais eu aucune amie, et elle faisait plus mûre que son âge. Si je n'avais pas été là pour veiller au grain, elle aurait peut-être été sensible à un certain type d'attention malfaisante. Cette vie de péché peut se révéler séduisante…

Alors je la suivais partout, autant qu'elle me le permettait.

Et si ça voulait dire porter les tenues qu'elle confectionnait pour nos samedis soir, eh bien, je me prêtais au jeu, tant que j'étais assez couverte.

NEV CHARLES

Howie et moi étions assis à une table, tout près de la scène – la salle n'était pas grande, et tous les endroits où l'on pouvait passer inaperçu étaient déjà pris. Nous avons écouté deux ou trois artistes plan-plan, un type qui massacrait un air soul de Sam & Dave… Et puis le bassiste et le batteur ont attaqué l'intro de « To Sir with Love » – ça ne s'invente pas –, et les sœurs Robinson se sont pointées sur scène.

HOWIE KELLY

La bouteille de Coca-Cola et la paille. *[Rires.]*

OPAL JEWEL

Ce soir-là, Pearl et moi portions du velours frappé. Du velours frappé doré. Ou peut-être du velours maille… Je ne sais plus, ma chérie, le moins cher des deux en tout cas. J'avais fabriqué une combinaison-pantalon pour Pearl, avec un top le plus moulant possible, pour que les gens voient qu'elle avait ce qu'il fallait. Et dans le même tissu, je m'étais confectionné un dos nu et un short, j'avais pris aussi la chaîne en cuivre d'une vieille montre à gousset d'occase trouvée chez Goodwill que j'avais frottée pour qu'elle brille, et je l'avais passée comme une ceinture autour de ma petite taille toute maigre, pour créer un genre d'effet. Le tempo de « To Sir with Love » était assez lent, mais bon, étant qui je suis, je trouve toujours un moyen de me trémousser, hein, toujours en rythme, si bien que cette chaîne tintait comme pas permis, pour citer les mots de Nev.

HOWIE KELLY

Comme elle avait cette peau ébène très sombre, toutes les couleurs étaient spectaculaires sur elle, faut lui reconnaître ça. Dès qu'elle bougeait, ça faisait comme de la musique – on avait juste envie de lui glisser un tambourin dans la main et de la regarder.

OPAL JEWEL

Ça faisait des années que Pearl adorait « To Sir with Love » – je veux dire, tout le monde était dingue du film parce que Sidney Poitier avait tellement la classe, et ce morceau dégageait quelque chose de très chaste et mélodieux. Mais te laisse pas avoir par la mélodie – c'est une chanson à voix, une belle occasion de briller, et Pearl cassait généralement la baraque avec ce morceau. Tu te rappelles sans doute que, dans la version originale, Lulu n'a pas de choristes, si bien que j'ai dû inventer ma partie. Me glisser là où je pouvais. En écoutant le disque, j'avais compris qu'une partie essentielle du morceau, ce qui lui conférait son émotion, sa lumière, son ampleur, c'étaient les cordes. Au Gemini, évidemment, il n'y avait personne dans l'orchestre pour jouer du violon. Alors je me suis dit : *La voilà, ma partie : je serai les cordes.* Pearl chanterait à tue-tête, comme Lulu, et moi je remplirais les vides, beaucoup plus haut qu'elle, avec une voix flottante, soyeuse et pure à souhait. Comme si je peignais ces lettres dans le ciel.

NEV CHARLES

Ce morceau est vraiment cruche, mais le temps qu'elles arrivent au refrain, j'étais fasciné. Mon Dieu… Ce dont je me souviens le plus, à part son chant, ce sont ses cheveux. Ils étaient d'un bleu-noir étincelant, faux à l'évidence, et lui tombaient sous la poitrine. Elle débordait d'énergie, bougeait beaucoup, on aurait dit que ces cheveux pivotaient autour de son crâne.

OPAL JEWEL

en étudiant une vieille photo de famille

Ooh ma chérie, mes tout débuts, avec ces perruques ! On aurait dit qu'un disque vinyle avait fondu sur mon crâne.

NEV CHARLES

Je me rappelle l'avoir regardée, complètement baba, et l'avoir trouvée tellement mystérieuse et pugnace, cette fille avec son short doré et sa perruque bas de gamme qui improvisait sa partie. Cette fille dont la voix planait si étrangement au-dessus, autour et à travers celle de sa sœur.

HOWIE KELLY

Quand elles en ont eu terminé, j'ai refait mon petit cirque habituel avec Nev, je lui ai demandé : « Elle t'a plu ? » Mais cette fois, son expression n'était plus du tout la même, il avait l'air illuminé, surexcité. Il n'a pas eu besoin de parler. J'étais déjà en train d'adresser un geste à la bouteille de Coca quand Nev m'a rabattu la main d'une gifle. Et m'a montré la paille.

NEV CHARLES

C'était une exclue, elle venait d'une autre planète. Elle était la différence dont j'avais besoin. Elle était la copine de Thomas sur le Kilimandjaro. C'était elle. Opal était celle qu'il me fallait.

OPAL JEWEL

À la fin du set, Pearl et moi sommes retournées en coulisses, dans la petite loge qu'il y avait au Gemini – si petite qu'on ne pouvait pas y loger grand-monde ; avec une moquette vert miteux et des murs vert olive, et l'air aussi était vert et nauséabond, puant la vieille peau. Je venais tout juste de retirer mes talons et à peu près une tonne de maquillage quand le manager de la salle est entré et, juste derrière lui, il y avait ce troll en costard : Howie Kelly. Tellement minus que ses yeux arrivaient à la hauteur de la poitrine de Pearl, et je peux vous dire une chose : ils sont restés rivés dessus pendant les deux premières minutes avant que ses lèvres se mettent en route.

Il n'arrêtait pas de rabâcher combien nous étions incroyables, que nous l'avions laissé sur le cul, bla-bla-bla… Je l'ai remercié et j'ai dit à Pearl d'enfiler sa veste et de se couvrir un peu, car Dieu sait quel genre de truc bizarre ce type s'était mis en tête. Puis il a retrouvé ses esprits, il a arraché ses yeux des seins de ma sœur, il m'a regardée droit dans les yeux et mon cœur s'est arrêté : « Tu as un agent, ma chérie ? »

PEARL WELMONT

Cet homme, on ne le connaissait ni d'Ève, ni d'Adam – il a juste déboulé dans la loge comme si cette salle lui appartenait. Et, sans aucun orgueil de ma part, j'ai tout de suite trouvé louche que Mr Kelly parle de *nous*, comme dans *nous deux*, et dise qu'on faisait un malheur ensemble sur ce morceau, tout en essayant par tous les moyens de prendre ma sœur à part. Ç'aurait pu être une espèce de dégénéré, vous comprenez, un diable, un démon. Et Opal qui restait plantée là, stupéfaite, bouche bée, sans rien dire.

Je me suis sentie obligée de prendre la parole, au nom de notre famille. Maintenant que j'ai lu toutes les interviews de ma sœur – je les garde dans des albums, car malgré tout ce qui nous sépare, je suis fière d'elle –, je sais qu'elle a été heurtée par ce que j'ai dit à cet homme. J'ai essayé tant de fois, depuis toutes ces années, de lui expliquer que j'avais pas dit ça de manière négative. Je voulais simplement savoir s'il était honnête, car les gens se montraient parfois tellement cruels avec Opal. Sur le moment, il m'a semblé naturel de m'assurer qu'il ne s'agissait pas d'une blague tordue. Je lui ai juste demandé… « Vous plaisantez ? »

OPAL JEWEL

Six petits mots qui ont changé ma vie : « Tu as un agent, ma chérie ? » Bien sûr, toutes ces années après, Howie Kelly ne fait pas partie des gens que je préfère. Mais ce soir-là, quand il m'a posé cette question ? Et qu'il a sorti de sa poche une carte de visite officielle où il y avait écrit : *RIVINGTON RECORDS, NEW YORK*. Croyez-moi, dans ma tête, c'était la folie. À l'intérieur, je hurlais, je faisais la roue au milieu de la rue, j'empoignais cette boule blanche aux yeux perçants qui servait de tête à Howie et je la serrais contre ma poitrine famélique.

Et alors que tout ce contentement et cette joie explosaient sous mon crâne, Pearl a failli tout gâcher : « Vous vous payez ma tête, c'est ça ? », voilà ce qu'elle a dit. J'imagine qu'elle voulait s'assurer que tout allait pour le mieux en ce bas monde – qu'elle resterait toujours la principale attraction et que moi, j'étais juste le monstre de foire. Je suis contente qu'elle ait dit ça, vraiment, sinon je me serais sans doute trop laissé mener par le bout du nez. C'était un moment déplaisant mais il m'a fait redescendre sur terre, m'a poussée à être prête et à me concentrer pour saisir cet anneau.

J'ai dit à ma sœur de la fermer. Et j'ai répété ces mots délicieux, très lentement, pour sentir le son qu'ils avaient dans ma bouche. « Est-ce que j'ai un agent ? », j'ai dit, puis, avec un calme olympien : « Qui le demande ? »

HOWIE KELLY

Ça me tuait de courtiser ainsi Opal et pas sa sœur. La sœur avait les poumons qu'il fallait et l'allure la plus sexy, il aurait été sacrément plus facile de travailler avec elle au fil des années, ça, je peux vous le dire. Évidemment, elle aussi était choquée, elle avait l'air interloquée quand j'ai commencé à exposer la chose.

NEV CHARLES

Mon Dieu, j'étais si nerveux quand j'ai rencontré Opal ce soir-là ! C'était comme attendre que le proviseur arrive et décide ce qu'il allait faire de moi. Howie était allé *backstage* se présenter et tâter le terrain pour la partie business, mais moi, j'étais encore assis à cette table au premier rang. Le numéro suivant, un comique absolument énorme m'a mis encore plus à cran avec ses blagues pourries, et je me rappelle avoir englouti une grande gorgée de la bière américaine que j'avais payée de ma poche en me demandant ce qu'Opal, cette déesse aussi étrange que folle, allait penser de moi. Je dis bien *déesse*, car je la vénérais déjà, vraiment.

Howie était censé l'inviter à aller prendre un verre quelque part pour discuter, au lieu de quoi il a pointé la tête par la porte entrouverte, au coin de la scène, et m'a fait signe de le rejoindre. Quand je me suis levé, ma chaise a crissé horriblement et le comique obèse s'est foutu de moi – « Le pauvre gars, on dirait une putain de carotte », et toutes les métaphores douteuses qui s'ensuivent – et les gens se sont bien marrés. Moi, bien sûr, j'étais affligé et sans doute plus rouge encore quand j'ai pénétré dans sa pièce, son royaume, son orbite.

OPAL JEWEL

Je crois qu'il a dit bonjour. Je lui ai dit bonjour aussi. Ma première impression ? Je me rappelle plus, putain. Nev ressemblait à Nev. Pâle, maigre. Les mêmes cheveux, les mêmes yeux.

On a bavardé un peu. Je me souviens que ce qui me plaisait le plus chez lui, c'était qu'il soit britannique. Parce que les rockers anglais, au moins, je pouvais les respecter – ils étaient clairs sur leurs influences, sans cacher que ce qu'ils faisaient était juste une variante du blues chanté par les Noirs et, mieux encore, à ce moment-là, ils savaient apprécier l'originalité que nous pouvions apporter, en termes de son. Billy Preston faisait pratiquement partie des Beatles à l'époque, vous savez, l'orgue sur « Get Back » et « Don't Let Me Down » qui tient tout le monde ensemble à la fin. Et bien sûr, il y avait ce morceau des Stones où Merry avait eu l'occasion de briller – d'éclipser Mick, en fait, et Mick était OK avec ça. Donc s'il fallait entamer un partenariat créatif avec une personne blanche, d'instinct, un Britannique m'inspirait plus confiance.

Howie, c'était une autre histoire…

NEV CHARLES

Quand je suis entré, elle était assise sur un sofa, le dos bien droit, les jambes croisées, pieds nus. Les ongles de ses orteils brillaient d'un vernis pourpre. Je suis resté planté sur le seuil pratiquement tout le temps, sauf quand je me suis penché pour lui serrer la main. J'ai parlé beaucoup plus qu'elle, à cause de ma nervosité. J'ai essayé de lui expliquer que j'aimais son sens de la musicalité, que j'avais tout de suite saisi combien sa présence était unique et créative, je lui ai dit qu'ensemble, nous pourrions sans doute accomplir de belles choses.

Sa sœur se cramponnait à son manteau, elle débordait de questions : « Quel genre de musique faites-vous ? Vous arrivez à gagner votre vie avec ça ? Dans quel genre d'établissements vous produisez-vous ? Pourquoi n'ai-je jamais entendu parler de vous ? » Opal n'a pas dit un mot, elle a juste lancé un regard à sa sœur et l'interrogatoire s'est arrêté.

Le lendemain après-midi, pendant que sa sœur était à l'église, Opal accepta de rencontrer Howie au domicile de la famille Robinson pour discuter de la signature d'un contrat avec Rivington Records. Opal rejeta toutefois leur première offre.

OPAL JEWEL

Tu vois comme on peut soudain se méfier au restaurant, quand le serveur apporte tous les plats deux minutes après avoir commandé ? On renifle l'assiette en se demandant, *Putain, comment ils ont pu… ?* C'est ce que j'ai ressenti devant le contrat que Howie m'a collé sous le nez. Il est pourri, il attend depuis trop longtemps, je veux quelque chose de frais. Howie n'arrêtait pas de me répéter que c'était exactement le même deal que Nev avait signé, et moi, je lui ai dit : « Vous trouvez que j'ai une tête à m'appeler Nev ? »

Maman était dans la cuisine en train de préparer le repas du dimanche soir – elle avait invité Howie à rester dîner, à sa manière bourrue – et chaque fois que je disais un truc qui ne lui plaisait pas, elle faisait tout un vacarme avec ses casseroles. *[Rires.]* Tu comprends, ma mère m'avait dit que je serais vraiment bête de ne pas accepter la proposition de cet homme blanc, qui me permettrait de quitter la maison et de faire quelque chose de ma vie. Mais moi je connaissais ma valeur, même si tout le monde autour pensait que je n'en avais aucune. Je n'ai jamais fait partie de ces Nègres béni-oui-oui, genre « J'suis déjà content d'être là », vous voyez ce que je veux dire ? Alors je regarde le contrat et je lis des mots comme *perpétuité* ou *droit à l'image*, des termes et des clauses que je connais trop bien maintenant, mais qui, à l'époque, m'ont fait me demander : *Comment pourrais-je signer ce papier si je n'y comprends rien ?*

J'avais le cœur serré comme un nœud de cravate, mais je lui ai dit que j'allais demander à mon avocat d'étudier tout ça. Bon, est-ce que j'avais un avocat ? Nan ! *[Rires.]* Mais j'avais mes tripes et mon tempérament de fonceuse.

NEV CHARLES

Après cette première réunion avec Opal, Howie est revenu au motel dans un sacré état. Je lui ai demandé : « Eh bien allez-y, dites-moi, qu'est-ce que ça a donné ? », et il a marmonné toute une série d'obscénités – des commentaires terriblement racistes aussi, j'en ai bien peur –, puis il a ajouté que le jour où il signerait Opal dans son écurie, il gèlerait en enfer. Il m'a dit de faire mes valises et que nous repartions dès le lendemain matin pour Chicago, où il allait signer cette autre fille qui lui plaisait, un point c'est tout.

Vous imaginez ma panique… Je n'ai pas fermé l'œil de la nuit, à me demander comment gagner un peu de temps pour pouvoir faire mon propre pitch à Opal. Howie était déjà dehors, en train de faire chauffer le moteur de la Camaro, et tous nos bagages dans le coffre, quand l'idée m'est venue d'appeler Hizey.

BOB HIZE

Ils me passaient un coup de fil tous les deux trois jours, chaque fois d'un endroit différent, et c'était toujours à peu près le même topo : Nev m'annonçait qu'il n'avait pas encore trouvé la bonne personne, et Howie lui arrachait le combiné des mains pour grogner qu'il était à deux doigts de prendre la décision tout seul. Sincèrement, je commençais moi aussi à douter du processus – ça faisait une éternité qu'ils étaient sur la route, et cette histoire avait tout l'air d'une quête impossible. Mais si nous voulions que ça marche, il fallait faire confiance à la vision artistique de Nev, au lieu de nous engager sur un chemin qu'il emprunterait à contrecœur, et qui conduirait à coup sûr au désastre. Alors je faisais tout mon possible pour tempérer Howie.

Et puis un matin, je venais d'arriver au bureau quand Nev a téléphoné, il parlait fort et de manière précipitée. Il m'a annoncé : « Je l'ai trouvée, mais Howie a décidé de tout gâcher ! » Il m'a dit qu'il lui fallait cette fille, et aucune autre. Ça paraissait incroyablement important.

NEV CHARLES

Quand il m'a demandé pourquoi, je n'ai pas vraiment su l'expliquer, même si je suis sûr qu'elle vous fournira plusieurs théories là-dessus, dont quelques-unes sans doute freudiennes. *[Rires ; longue pause.]* Je suppose qu'au début, je trouvais Opal intéressante, sa musique et ce qu'elle était, elle ; et puis à ma grande surprise, j'ai découvert qu'elle avait un caractère bien trempé, et ces deux choses, réunies, m'ont fait comprendre qu'elle allait non seulement m'aider à réaliser des choses étranges et créatives, mais qu'elle serait ensuite prête à tout pour les défendre.

BOB HIZE

J'ai demandé à Nev de me passer Howie, ce qu'il a fait, et mon oreille a failli se retrouver calcinée en l'entendant parler de cette fille de Détroit. *[Il imite Kelly.] « Y a que le fric qui l'intéresse, celle-là. »* Oui, c'est assez savoureux, n'est-ce pas ? *« Elle n'a aucun respect et en plus, bon Dieu, elle est noire comme du goudron ! »* Je l'ai laissé s'époumonner et quand il a eu fini, j'ai dit les mots dont je savais qu'ils feraient mouche :

« Eh bien Howie, si vous n'y arrivez pas vous n'y arrivez

pas, c'est tout…

— *Comment ça ?! Qui a dit que j'y arrivais pas ? Vous ne m'écoutez pas : c'est cette fille qui veut pas signer ! Aussi butée qu'une foutue mule !*

— Je comprends, Howie, manifestement vous n'arrivez pas à la convaincre… Et si vous n'arrivez pas à la faire signer, alors autant rentrer…

— *Nom de Dieu, Hizey, bien sûr que je vais y arriver ! C'est pas une foutue Négresse de rien du tout sortie du ghetto qui va m'apprendre à MOI ce que je peux et ne peux pas faire, et ce que je peux et ne peux pas avoir !* »

C'est que, voyez-vous, Howie Kelly est à la fois le plus difficile et le plus facile des hommes.

NEV CHARLES

Après sa discussion avec Hizey, j'ai réussi à le persuader de me laisser tenter ma chance, ensuite il pourrait revenir à la charge avec la partie business. Je suis descendu à la réception du motel et j'ai payé d'avance, de ma poche, deux nuits supplémentaires.

OPAL JEWEL

Je croyais vraiment avoir laissé passer ma chance. Mais Nev est venu me voir, seul, en début de soirée. Je revenais juste d'une nouvelle journée misérable à bosser chez Michigan Bell – je me rappelle que dans ce court laps de temps, la météo avait changé, il faisait chaud, si bien que j'étais en nage sous la nouvelle perruque bouffante que j'avais enfilée pour faire comme si tout allait bien… Et quand j'ai tourné au coin de la rue et que j'ai aperçu cet empoté de Nev qui traînait au pied de mon immeuble, j'ai manqué m'évanouir de soulagement en comprenant que tout n'était pas fini.

Je me suis demandé depuis combien de temps il était planté

là à m'attendre. J'étais la première à revenir à la maison ce soir-là, je me rappelle avoir eu un peu honte en rentrant avec lui dans l'appartement, parce que c'était cette heure de l'après-midi où le soleil tape fort à travers les rideaux – un million de grains de poussière qui flottent dans les airs, à la vue de tous, et qui en disent long sur vous.

Il m'avait apporté son album pour que je l'écoute, mais notre platine ne marchait pas – la courroie qui faisait tourner le plateau venait juste de casser, entre Pearl qui passait ses disques évangélistes et moi qui écoutais en boucle mon Family Stone. « Everyday People »… Ooh, Rose Stone déchirait sur ce titre, relax et tellement *glaciale*, et les bulles de mon eau de vaisselle avaient le temps de se dissoudre quand je m'arrêtais pour chanter toutes ses parties. Faire la vaisselle et les poussières – c'étaient mes tâches à moi, ma chérie, et on peut pas dire que je faisais ça très sérieusement.

Enfin, bref, j'ai demandé à Nev s'il voulait un truc frais à boire, et il m'a dit qu'une bière ne serait pas de refus. Je lui ai répondu que nous n'avions jamais d'alcool dans la sainte demeure de Sister Pearl Robinson mais que je pouvais lui offrir un lait fraise. *[Rires.]* J'avais dit ça pour plaisanter mais il a répondu que oui, c'était parfait, alors j'ai mélangé deux grands verres pleins à ras bord et nous nous sommes assis à la table de la cuisine en tirant sur nos pailles comme des gosses, et c'était délicieusement sucré.

Comme la platine était cassée, je lui ai demandé de me chanter quelque chose, là, en direct. Il m'a dit qu'il ne pouvait pas car il n'avait pas sa guitare. Je lui ai répondu, Oublie la guitare. J'ai dit, Si tu chantes comme tu parles, avec une voix aussi aiguë et nasillarde, t'as surtout besoin d'une basse, et ça je peux te le faire, pas de problème. Alors il s'est mis à chanter et j'ai tapé sur mes cuisses pour marquer le rythme.

NEV CHARLES

Tout ce qu'il y avait dans cet album me rendait vraiment malade, maintenant, alors je me suis lancé dans une nouvelle chanson que j'avais pas encore terminée – le titre provisoire, c'était « The A Crowd » *[« Les gens de la A »]*, juste des bribes d'histoires sur des gens que j'avais observés dans mes allées et venues en métro. J'étais captivé par le fait qu'en passant assez de temps sur la ligne A – ou n'importe quelle autre ligne du métro new-yorkais, d'ailleurs –, on rencontrait un incroyable échantillon de la diversité de gens que cette ville avait à offrir. Riches et pauvres, lookés et BCBG, Noirs et Blancs, jeunes et vieux.

« Hé, c'est un peu barbant », voilà ce qu'elle a dit. Elle a peut-être aussi utilisé le mot *cliché*. À moins que ce soit moi qui l'aie ajouté à ce souvenir, au fil des années, mais bon, vous voyez le tableau : c'était atroce, humiliant, et autres adjectifs horribles. *[Rires.]* J'avais consacré tellement d'énergie à plaider sa cause, sur la base d'un partenariat imaginaire dans lequel j'étais déjà follement investi, et voilà qu'au moment de faire un petit test pratique, elle pensait manifestement que c'était *moi* qui passais l'audition. J'étais tellement estomaqué que j'en ai oublié d'être vexé.

Je me suis demandé s'il valait pas mieux m'en aller, mais elle a évacué mon humiliation et m'a demandé si je voulais bien lui chanter autre chose. J'ai réussi à ramasser les morceaux éparpillés de mon ego et je me suis exécuté en interprétant « Girl in Gold » *[« La Fille en or »]*.

OPAL JEWEL

chantant

« On lui a prêté cette scène, on dirait qu'elle lui appartient / Elle a volé mon cœur, elle le saura jamais / Ma bouche est sèche, je sens plus rien / Absorbé par la fille en or… »

Nev prétend qu'il l'a inventée là, assis dans ma cuisine, mais je n'y ai jamais cru. Personne ne peut faire ça aussi vite. Il avait déjà dû y réfléchir un peu. Il avait dû penser un peu à *moi*. J'étais super émue en l'écoutant, déjà que j'avais chaud et que j'étais en nage ; j'étais en train de cuire sous cette tignasse bouffante. J'ai porté la main à ma tête et, sans même m'en rendre compte, j'ai arraché ma perruque.

NEV CHARLES

Sa bouche a dessiné un O parfait. Elle était si belle et fragile, en cet instant, comme si elle venait de faire sauter son couvercle. Un aperçu de cette vulnérabilité qu'Opal a verrouillée au fond – waouh, c'est rare, mais quand ça vous tombe dessus ? Y a de quoi vous mettre KO. Elle me fixait droit dans les yeux, et on aurait dit qu'elle m'interrogeait, ou peut-être qu'elle craignait ma réaction. Évidemment, j'étais curieux de savoir ce qui lui arrivait – était-elle malade ? Pourquoi avait-elle perdu ses cheveux comme ça ? Et tout à coup, j'ai réalisé ce qui rendait son visage si fascinant à regarder : elle n'avait presque pas de sourcils. Mais je n'ai rien dit, j'ai pas posé de questions, je suis resté aussi immobile que j'ai pu. Nous sommes restés assis là en silence un moment, à nous regarder, puis j'ai essayé de chanter les paroles dans différentes tonalités, en changeant de tempo. *[Il chante.]* « Absorbé par la fille en or… »

Juste à cet instant-là, sa sœur est rentrée – le bruit de la clé dans la serrure a été un électrochoc. Opal a bondi de sa chaise et a remis sa perruque, les mains tremblantes, comme si on nous avait surpris en train de faire quelque chose d'indécent. Le moment était passé. J'ai échangé des banalités avec sa sœur, puis Opal m'a poussé vers la sortie. En remontant le couloir, je lui ai demandé ce qu'elle pensait de ma chanson, si ça lui disait de venir à New York maintenant, et elle a répondu :

« J'ai bien aimé, mais je portais un short, pas une robe. » J'ai éclaté de rire et je lui ai dit que je m'étais autorisé une licence poétique. Et vous savez ce qu'elle m'a répondu, la maligne ? « Va dire à ton boss de prendre un peu de licence poétique avec son contrat, et peut-être que j'y réfléchirai. »

OPAL JEWEL

C'était un petit jeu, je faisais semblant d'être une vraie dure. Mais dès cet instant, j'ai su que j'allais tenter le coup, que le contrat soit amélioré ou pas. Nev avait eu un aperçu de tout ce dont j'étais capable, mon côté rentre-dedans, mon côté moche. Il m'avait vue telle que j'étais, et pourtant il semblait m'avoir choisie. Ça peut sembler dérisoire, mais jamais dans ma vie on ne m'avait encore choisie. Tu comprends ce que ça veut dire ? Un étranger débarquait dans ma vie, sorti de nulle part, et voilà qu'il me tendait la main. Que pouvais-je faire d'autre que la prendre ? Que pouvais-je faire d'autre que le choisir à mon tour ?

Le premier contrat d'Opal Robinson avec Rivington Records n'était valable que pour un an, mais stipulait qu'elle recevrait un versement hebdomadaire de 85 dollars (ce qui, même après impôts, représentait quelques dollars de plus que l'à-valoir total traditionnellement accordé par Kelly aux artistes qu'il signait). En attendant son arrivée, Nev passa plusieurs mois de solitude enfermé dans son appartement de la 96e, s'enfonçant des boules de coton dans les oreilles pour atténuer le vacarme des sirènes et des fêtards, en bas dans la rue. Pendant cette période, il noircit un carnet entier de nouvelles compositions, dont une bonne partie allait se retrouver sur leur premier album commun, Polychrome. *Quasiment à sec et ne voulant pas demander à son père de lui transférer plus d'argent, il se rappelle avoir survécu en mangeant des charcuteries bon marché et des crackers saupoudrés de parmesan.*

NEV CHARLES

J'étais squelettique et sans doute à deux doigts de choper le scorbut, mais j'avais vingt et un ans et je « souffrais pour mon art », comme on dit. Je voulais me sentir morose et romantique ; je voulais faire repentance à l'autel de la grandeur. C'était sacrément prétentieux de ma part, mais… dans mon esprit, j'allais traverser tout ça et en ressortant de l'autre côté – quand Opal serait là et qu'il serait temps d'enregistrer –, je serais prêt et je brillerais de tous mes feux, arborant le visage creusé et buriné de l'homme qui a vécu. Un visage qui, en tout cas, donnerait une meilleure pochette.

J'avais pas mal de pain sur la planche, car « Rosy » était la seule chanson que j'avais jamais écrite pour deux interprètes. Maintenant, il fallait que je m'applique à tout envisager de cette manière, et que j'invente des permutations qui donneraient un peu de dynamique quand l'aiguille passerait d'un morceau à l'autre. Au début, je pensais pas aux paroles ni aux thèmes – je me concentrais sur le tempo et m'efforçais d'entendre le *son* de cet album, le *flow* de nos voix. Peut-être que sur tel morceau, Opal ne chanterait que sur le pont ; peut-être que sur tel autre, nos couplets se répondraient ; peut-être que nous alternerions tout au long de l'album : une chanson pour moi, une pour elle. La guitare était bien utile pour défricher tout ça, mais je me rappelle aussi avoir soudain eu envie d'un piano pour apporter une sorte de contre-son. D'une batterie, pour donner un certain élan, de cordes aussi peut-être… Prendre en compte une autre personne m'obligeait à voir plus grand en termes de possibilités musicales. Deux interprètes avaient besoin d'autre chose que ce que ma pauvre guitare acoustique pouvait offrir, surtout si l'une de ces personnes était Opal.

Je ne voyais plus aucune fille ; je ne traînais plus au Village. Je recevais parfois un coup de fil de Hizey, qui se préparait de son côté, et j'appelais Opal à Détroit, en partie pour m'assurer qu'elle allait bien venir et en partie pour me souvenir de la cadence de sa voix. Des fois elle voulait bien me parler, des fois non.

OPAL JEWEL

Le téléphone sonnait à deux ou trois heures du matin, et nous donnait à toutes une crise cardiaque. Pearl et moi n'avions pas de téléphone dans notre chambre, et au début, quand Nev appelait, nous nous retrouvions assises sur nos lits respectifs à nous regarder avec de grands yeux horrifiés, attendant que maman décroche dans sa chambre et reçoive la mauvaise nouvelle qu'on allait lui annoncer. Parce que c'était l'heure de la nuit où l'on apprendque quelqu'un est mort ou a besoin d'argent pour payer sa caution. Mais c'était juste Nev qui voulait papoter avec moi. À trois heures du matin, bon Dieu ! Au bout d'un moment, j'ai pris l'habitude de courir jusqu'au téléphone mural de la cuisine avant la deuxième sonnerie, avant même que maman ait eu le temps de se retourner. Ma chérie, je courais plus vite que Florence Griffith-Joyner !

Il n'avait jamais l'air de se rendre compte de l'heure qu'il était, même quand je lui rappelais que tous les gens normaux, en Amérique, étaient en train de roupiller. Je décrochais avec ma voix lourde de sommeil et il disait *[imitant l'accent de Nev]* : « Opal, parfait ! », et me demandait de prononcer tel ou tel mot, de chanter des bribes de trucs qu'il venait juste d'écrire, ce genre de choses. Parfois, il me demandait de chanter plus fort dans le combiné afin de pouvoir m'enregistrer, mais une nuit, maman m'a hurlé de la boucler, et après j'ai fait en sorte que ces appels soient aussi brefs et discrets que possible.

Pearl était persuadée qu'il se shootait, qu'il était accro aux amphétamines, et que c'était pour ça qu'il vivait la nuit comme Dracula. Moi, je lui disais : « Ne t'inquiète pas, c'est mes affaires » – mais, sincèrement, j'étais inquiète aussi car je n'arrivais pas à voir dans quoi je m'engageais. D'un côté il y avait cette pression, la sensation que Nev comptait sur moi pour être une sorte de muse à la demande. Mais de l'autre il y avait Pearl, si furieuse qu'elle voulait que ça capote pour pouvoir dire ensuite qu'elle m'avait prévenue.

NEV CHARLES

Nous étions convenus que j'irais l'attendre tel jour à l'aéroport, et Rosemary avait réservé le billet, tout ça était organisé dans le moindre détail. Trois semaines avant la date prévue pour son arrivée, je l'appelle chez elle à Détroit et ça sonne dans le vide, ce qui m'a paru bizarre. Au bout d'un moment sa sœur décroche. Je demande à parler à Opal et là, sa sœur répond : « Quoi, elle n'est pas avec vous ? »

PEARL WELMONT

montrant des photos de famille

Celles-ci ont été prises la veille de son départ. On avait passé une bonne soirée en ville, juste nous trois, dans un restaurant chinois qu'on adorait parce qu'il y avait des plateaux tournants, des banquettes en cuir rouge et des sets de table avec les signes du zodiaque, mais qu'on pouvait quand même se le payer. N'est-ce pas que maman est resplendissante, révérend ? Et le turquoise lui va si bien. Oh, elle était tellement fière d'Opal – elle se pavanait devant les serveurs et leur demandait de nous prendre en photo.

RÉVÉREND LAWRENCE WELMONT

Vous fêtiez tous la bonne nouvelle, hein ? Il y a même une bouteille sur la table.

PEARL WELMONT

Maman adorait le zinfandel blanc. Elle a fait son petit numéro en commandant tous les plats préférés d'Opal. Regardez-moi toute cette nourriture empilée sur la table… Bœuf aux brocolis, *fu yung* aux crevettes, les travers de porc qu'ils font mariner dans leur sauce rouge vif… Mon Dieu. Des montagnes de nourriture, et ma sœur n'y a presque pas touché.

On dirait que ça se voit sur son visage, pas vrai ? Elle était ailleurs, perdue dans ses pensées. Je me disais sûrement qu'elle avait un peu le blues ; je me disais que peut-être, elle venait de réaliser qu'on allait lui manquer. Et ça m'a rendue triste ce qui, vous savez, est une situation vraiment dangereuse pour moi à l'heure de manger, je l'ai compris depuis… Alors je m'empiffrais en pensant qu'Opal aussi était émue. Plus tard, j'ai compris qu'elle était sans doute juste en train de planifier sa fuite pour que tout se passe sans accroc. Maman et moi qui pensions qu'elle était avec Nev, lequel pensait qu'elle était toujours avec nous, et pendant ce temps-là, Opal avait juste disparu dans le vaste monde… Toute seule, comme la risque-tout qu'elle était.

NOTE DE L'ÉDITRICE

Alors que les soins palliatifs de Bob Hize touchaient à leur fin, dans la grande chambre de son appartement dominant Central Park, il pouvait être épuisant pour lui de manger, de rire, de parler de manière prolongée. Pourtant, nos tentatives de replonger ensemble dans le passé semblaient lui procurer du plaisir, malgré l'extrême fatigue que cela entraînait parfois. « Vous reviendrez me voir un autre après-midi ? m'avait-il demandé après notre première conversation, alors que le réveil sur sa table de chevet indiquait 16 heures. L'après-midi, c'est là que je me sens le mieux. » Une partie de moi se demandait si c'était vrai ou si Bob, à sa manière subtile, programmait nos entretiens avec le souci d'éviter les conflits. Je n'avais toujours pas formellement rencontré sa fille, Melody Hize Jorgensen, mais elle m'avait fait savoir par courriel qu'elle était « inquiète mais résignée » au sujet de ma demande d'interview et du désir de son père de me l'accorder. Or, il se trouve que Melody était relayée, chaque jour de 13 heures à 16 heures, par une infirmière engagée par la famille.

L'infirmière en question, Alice, était une merveille d'un mètre soixante, originaire d'Ocho Rios, en Jamaïque. Elle avait une voix discrète, un visage rond et doux, et rien ne semblait lui faire peur – ni la grande menace de la mort, ni les regrets, ni les visiteurs qui fourraient leur nez partout… Elle nourrissait son patient de soupe claire et de copeaux de glace, lui massait les mains et les pieds avec de la pommade, rajustait sa kippa, et semblait passer le reste de son temps à enchaîner les lessives. Elle me faisait en outre savoir, en termes non équivoques, quand il était temps de partir, comme elle avait apparemment promis à Melody de le faire.

À ma connaissance, tout ce que Bob demandait c'était de la musique. Les pièces de l'appartement étaient équipées d'un excellent système de sonorisation numérique, avec de minuscules enceintes peintes du même écru que les murs, vissées aux coins des plafonds de quatre mètres cinquante – un luxueux cadeau de ses enfants pour la retraite que sa bataille avec le cancer l'avait contraint à prendre. À portée de main sur la table de chevet, une télécommande aux lignes épurées contrôlait l'intégralité de ce système sans fil. Mais au cours de ses derniers mois, Bob avait faim de lo-fi – du son chargé et un peu sale des vinyles. Dès que son pronostic était tombé, il avait demandé à Melody de faire réparer la vieille console inélégante qui « décorait » le hall d'entrée de son appartement depuis des années, idée de l'architecte d'intérieur à l'imagination douloureusement étriquée que Bob avait engagé après son divorce, dans les années 1980. À présent, l'objet occupait une place de choix dans la grande chambre, ses nombreux câbles serpentant jusqu'à la multiprise qui alimentait également le lit électrique de Bob. Alors qu'un son chaud et imparfait jaillissait des haut-parleurs dissimulés derrière les panneaux en rotin pivotants de l'appareil, l'émotion poussait parfois Bob à chantonner. Ou alors, il levait la main de sous les draps et l'agitait comme un chef d'orchestre au gré des oscillations musicales. À la fin de chaque disque, Alice ou moi, lorsqu'elle était occupée à autre chose, nous précipitions pour en mettre un autre. Nous demandions toujours d'abord à Bob ce qu'il avait envie d'écouter ; invariablement, il répondait : « Surprenez-moi. »

Alice ou moi sortions alors de la chambre pour nous rendre

dans l'étrange petit espace attenant – un dressing reconverti pour accueillir sa collection de vinyles (elle-même récupérée dans les tréfonds des réserves de Rivington Records). Cette pièce exiguë et fraîche dégageait la même impression de silence révérencieux que la section « Études religieuses » d'une bibliothèque universitaire, mais en même temps, les options excitantes qu'elle offrait aux goûts les plus divers me rappelait l'arrière-salle d'un sex-shop, remplie de DVD. Dans la collection de Bob, on trouvait aussi bien les sonates de Beethoven que du booty-bass, le rappeur Nas, Nusrat Fateh Ali Khan… Il m'a fallu un moment pour déchiffrer la manière dont tout cela avait été classé, par un doctorant en ethnomusicologie de NYU en stage chez Rivington, mais j'ai fini par saisir les principaux critères – période historique, genre, sous-genre, artiste.

Sans savoir pourquoi, j'avais peur de me ruer trop vite, trop agressivement, sur les disques que Bob avait produits avec mon père, si bien que j'ai évité de passer *Polychrome* jusqu'à ce que la conversation nous y conduise naturellement. L'après-midi où j'ai fini par sortir cet album du dressing, après avoir fait le tour des risques pris par Bob en arrivant chez Rivington et de son intérêt pour Nev, j'ai posé l'aiguille sur le vinyle avec un nœud au fond de la gorge. Des parasites se sont fait entendre, puis un craquement de la console, avant que la batterie entraînante de Jimmy Curtis n'ouvre « Yellow Belly ». Sur son lit, Bob souriait comme s'il avait attendu ce moment. « Nous y voilà, a-t-il dit. C'est l'édition originale, n'est-ce pas ?

— Bien sûr », ai-je répondu, avant de baisser légèrement le volume pour que mon enregistreur puisse capter la suite de ce qu'il allait dire. J'ai retraversé la chambre jusqu'à la chaise installée à son chevet, et tendu la pochette devant lui pour qu'il puisse vérifier.

« Mon Dieu, mais qu'est-ce qui m'a pris ? » a-t-il gloussé en secouant la tête, tandis que ses doigts glissaient sur la photo du distributeur de bubble-gums avec les têtes d'Opal et de Nev, sens dessus dessous, à l'intérieur. « Je ne savais pas trop ce que je faisais à l'époque, en termes de marketing. D'image.

— Oh, je trouve le graphisme plutôt marrant. Un peu pop art. Ça s'inspirait de Warhol ?

— Vous êtes trop bonne, a soupiré Bob, amusé, les yeux pétillants. Quand j'ai montré la pochette à votre père en lui demandant ce qu'il en pensait, il l'a à peine regardée. Il a demandé : "Mon nom figure quelque part ?" J'ai répondu : "Bien sûr, Jimmy, oui, vous êtes crédité sur tous les titres, à l'intérieur de la pochette !" "Et vous l'avez bien orthographié comme il faut ?" "Oui, absolument, ce n'était pas le plus compliqué." "Et le chèque que vous m'avez signé, je pourrai l'encaisser sans problème ?" "Ça au moins, je peux vous promettre que oui, je m'en suis assuré." Il m'a rendu la pochette, et il a conclu : "Alors je crois qu'elle me paraît très bien." »

Alice, qui venait d'entrer dans la chambre en apportant le déjeuner de Bob, et était en train de le disposer sur un plateau roulant, a ri avec nous.

« Nous étions en train de parler du père de miss Shelton, a expliqué Bob, pendant qu'Alice appuyait sur un bouton pour le redresser sur son lit. Vous vous rappelez ce batteur génial dont je vous ai parlé ? J'ai eu la chance de travailler avec lui sur ce disque.

— Vraiment ? » a répondu Alice d'une voix assez affable, où j'ai toutefois distingué une vague touche d'embarras. Elle a fait rouler le plateau au-dessus des cuisses de Bob, puis lui a tendu une cuillère en plastique. « Vous voulez essayer, aujourd'hui ? »

Elle a calé une serviette en papier sous son haut de pyjama et l'a regardé tremper la cuillère blanche dans le bouillon et en draguer un petit peu. Sa main s'est figée un instant dans les airs, de manière prometteuse, puis il s'est déconcentré. La soupe a éclaboussé le plateau tandis qu'il agitait son nouvel instrument. Je ne l'oublierai jamais : Bob Hize frappant sur sa batterie imaginaire.

« Vous entendez ce passage ? a-t-il demandé en me souriant, alors que Jimmy menait la charge vers le finale paroxystique du morceau. Votre père me stupéfiait, cette capacité qu'il avait à créer une atmosphère sonore à la fois tendue et lâche… Toujours sur le point de perdre le contrôle, mais sans jamais basculer. Dites-nous, Alice : ce disque, vous l'aviez déjà entendu ? Est-ce que *Polychrome* passait à la radio, en Jamaïque ?

— Mmm, je ne crois pas, a-t-elle répondu en lui reprenant délicatement la cuillère. Mais ça me dit vaguement quelque chose. » Elle a approché le bouillon des lèvres de Bob et calé son autre main derrière la nuque du patient. « Il faut vous calmer maintenant, Mr Hize », a-t-elle murmuré, et ce moment était si tendre, me rappelait si inconfortablement la manière dont ma mère se comportait avec ses propres patients âgés, que j'ai dû détourner le regard. J'ai déplié la pochette devant lui sur les draps, sous lesquels les jambes de Bob n'étaient guère plus que des brindilles, et, pendant qu'il aspirait le potage et toussait doucement, je me suis amusée à repérer le nom de mon père les douze fois où, je le savais déjà, il était crédité.

« Cette vague familiarité évoquée par Alice, a finalement repris Bob quand sa toux s'est calmée, je dirais qu'elle est essentiellement due à votre père.

— Pouvez-vous m'en dire un peu plus ? ai-je demandé. Comment était Jimmy, pendant les sessions de *Polychrome* ? »

Bob a fermé les yeux, tandis qu'Alice appuyait de nouveau sur un bouton, cette fois pour le faire redescendre. L'arrière de sa kippa s'est soulevé quand son corps s'est avachi sur le lit, et Alice s'est penchée pour la remettre en place. « Eh bien, comme vous devez le savoir, il pouvait jouer absolument tout, et ne s'en privait pas. N'importe quel style, n'importe quel rythme, il avait des facilités incroyables.

— Je n'ai jamais écouté ce disque avant mes quatorze ans, ai-je répondu. Ma mère ne passait que du jazz à la maison.

— Mais quel univers c'était, le jazz... Bossa nova, be-bop, afro-cubain, manouche... C'est le jazz qui a fourni à Jimmy le fondement à partir duquel il pouvait improviser. » Bob a fermé de nouveau les yeux quand l'aiguille a basculé sur le morceau suivant, « Ginger's Lament ». « Écoutez, a-t-il dit en se léchant les lèvres. Wah-*PAAAAAH*-pah, wah-*PAAAAAH*-pah... C'est très jazzy, n'est-ce pas, très swingué – vous entendez la manière qu'il a d'être toujours un peu en retard sur le temps ? Mais le morceau dans son ensemble, avec les autres instruments et surtout la voix d'Opal, accède à un tout autre niveau. Atteindre un nouvel endroit, mais en gardant la touche familière de l'ancien : c'est ça, la clé. »

De la poche de sa blouse rose, Alice a sorti un tube de baume à lèvres. « Je vois que j'ai droit à un cours de musique aujourd'hui, a-t-elle fait remarquer en le passant sur les lèvres de Bob. Je peux vous laisser un moment ? lui a-t-elle demandé. Je crois qu'il est temps d'aller laver les draps.

— Oh oui, tout va bien, merci », a répondu Bob – mais en quittant la pièce, Alice a attiré mon attention et tapoté son poignet. J'ai consulté le réveil : trois heures quarante-sept, déjà.

« J'aimerais beaucoup que vous me racontiez une autre histoire du temps où vous avez connu mon père, ai-je dit, quand nous nous sommes retrouvés seuls. Je veux dire, pas nécessairement comme musicien, mais comme personne. Quelque chose vous revient, en particulier ? »

Bob est resté silencieux pendant un long moment. À quoi pensait-il ? Que ressentait, retournait, remixait-il ? « Vous a-t-on déjà parlé, a-t-il fini par me demander, de ce bruit étrange qu'il faisait toujours – ce drôle de sifflement entre les dents ? »

J'ai laissé échapper un soupir, déçue par la futilité de ce détail. « Beaucoup de gens semblent s'en souvenir, oui.

— On ne savait jamais vraiment s'il riait, exprimait son approbation, sa désapprobation ou Dieu sait quoi d'autre, mais en tout cas – ce *sss-sss-sss* –, c'était vraiment contagieux, et s'il se faisait tard dans le studio, nous…

— Mr Hize, l'ai-je interrompu. Je vous en prie, n'ayez pas peur de trahir un secret. Je sais déjà que c'est cent pour cent vrai, cette histoire entre mon père et Opal. Leur liaison est forcément née dans ce studio. Ces sessions, elles étaient très… intenses ? »

Il m'a souri tristement. « En avez-vous déjà parlé avec Opal ?

— Pas tellement, ai-je avoué. Et pas en profondeur comme je l'aurais souhaité. Non pas qu'elle nie quoi que ce soit ; elle est très cash là-dessus. "Oui, je savais qu'il était marié ; non, je n'ai pas envisagé de mettre fin à cette histoire." Détachée, sans émotion… Jusqu'à présent, c'est surtout par Rosemary Salducci que j'ai pu récolter des éléments concrets sur leur liaison.

— Oh mon Dieu, Rosemary, a gémi Bob. Celle-là, elle a toujours été du genre à entrer dans tous les détails.

— Mais Opal, elle… Opal ne m'a même pas dit qu'elle l'aimait. Elle est capable de décrire en détail la manche de la robe qu'elle portait le premier jour dans le studio, mais se referme comme une huître quand je lui demande ce qu'elle a pensé de mon père en le rencontrant pour la première fois.

— Eh bien, une manche, ça n'a rien de très compliqué.

— Virgil LaFleur ne vous laisserait jamais dire ça, ai-je répliqué. Il m'a d'ailleurs confié qu'il s'était donné beaucoup de mal pour assembler ce vêtement-là en particulier. »

Nous avons ri un bon moment, tandis que le disque enchaînait sur « Red Handed ». Cette chanson est sans doute ce qu'Opal a réussi de mieux dans l'album, le staccato de sa voix jouant à cache-cache avec le beat de Jimmy. *Je suis pas de celles qu'on peut attraper / Je suis pas la fille qu'on va acheter…*

« On m'avait prévenu qu'il en fallait beaucoup pour émouvoir votre père, a déclaré Bob. Un autre producteur de rock qui avait travaillé avec lui m'avait conseillé de ne pas m'en offusquer – il m'avait dit que Jimmy était un excellent batteur mais qu'il se présentait au studio, retroussait ses manches, faisait exactement ce qu'on lui demandait de faire, puis repartait. Un vrai sphinx, le visage de marbre. J'imagine qu'il se sentait en quelque sorte obligé de rester sur ses gardes parmi nous autres, les gens du rock'n'roll. Peut-être qu'il était seul, aussi.

— Vous pensez qu'il se sentait isolé ? Du fait d'être noir dans ce monde-là ?

— Oui, j'imagine.

— Donc quand Opal a fait son apparition…

— Elle a débarqué comme une furie et l'atmosphère a changé du tout au tout.

— Vous voulez dire qu'elle l'a poussé à s'ouvrir ?

— Pas exactement. Même après, il n'était pas très bavard. Et il a fallu un moment pour que ça se décante, pour qu'il saisisse que la promesse d'Opal était bien réelle. Mais alors, quelque chose chez elle a paru relâcher une soupape en lui. Quelque chose chez Opal l'a rendu *ssss-ssss-ssss.* »

chapitre 7

« UNE FANTASMAGORIE »

Opal Robinson arriva en bus à New York en juillet 1970 – l'année et le mois où le groupe Funkadelic balança sa fameuse injonction déjantée : « Libère ton esprit et ton cul suivra. » Elle traîna jusqu'à la station de taxis de Port Authority ses deux sacs en toile – l'un rempli à bloc de pièces de tissu, de matériel de couture et de livres de poche ; l'autre, d'un assortiment de chaussures pour toutes les saisons et de perruques synthétiques bon marché. (Quant à la perruque afro aérienne qui ne tenait pas dans ses bagages, Opal la portait toujours quand elle voyageait.) Dans la poche de son jean, elle avait un bout de papier avec l'adresse de son nouveau domicile à Harlem. Elle avait trouvé cette chambre dans les petites annonces du Amsterdam News *et l'avait réservée par téléphone depuis son poste de travail chez Michigan Bell, après que les autres filles étaient rentrées chez elle. Elle donna l'adresse au taxi, et depuis la banquette arrière, Opal s'imprégna de son nouvel environnement. Dans cette ville de presque huit millions d'habitants, elle était totalement anonyme. Personne, dans sa famille ou parmi ses connaissances, ne savait où elle se trouvait.*

OPAL JEWEL

Je suis une vieille chouette aujourd'hui, et j'ai besoin de calme, mais quand j'ai débarqué à New York pour la première fois, j'avais vingt et un ans. À peine descendue du bus, j'ai senti l'énergie des lieux secouer tout mon corps. Au début, on ne remarque que les aspects désagréables : tout était *trop*, tu comprends – trop de chaleur, trop de mauvaises odeurs, trop de bruit. Mais assise à l'arrière de ce taxi jaune, je me sentais comme une spationaute traversant l'espace dans sa capsule, le nez collé au hublot, contemplant les étoiles. Il y avait des hommes d'affaires sapés comme des gangsters avec leurs costards bleus ou marron, l'air propres et soignés, épargnés par la saleté des rues. Je croisais des nuées de gens, des gens qui connaissaient des règles que j'ignorais encore, et dans cette foule grouillante on apercevait des femmes aux cheveux blancs de la haute société et des travailleurs latinos et des Juifs hassidiques en costume traditionnel, boucles et chapeaux et longs manteaux, malgré la fournaise de l'été. Puis nous avons longé Central Park, et j'ai aperçu une sister en roller-skates. Avec une robe d'été à motif écossais et des tresses africaines, beuglant pour que les gens s'écartent et déboulant sur le trottoir comme si c'était la chose la plus normale du monde. Là, je me suis dit : Oh mon Dieu – c'est chez moi, ici ! *[Rires.]*

Rosemary Salducci m'avait envoyé un contrat de sous-location dans un autre endroit trouvé par Rivington, je ne me rappelle même plus où, mais je tenais absolument à m'installer à Harlem, si bien que je n'ai jamais signé ces papiers. J'avais vécu entourée de Noirs toute ma vie, et je ne savais pas grand-chose de New York, hormis quelques infos de seconde main. Harlem semblait être un endroit où les Nègres s'étaient rassemblés, parfois de leur propre gré, et qui avait inspiré tellement de créateurs. Donc c'est là que je voulais emménager – là, je pourrais entamer ma propre renaissance personnelle.

L'endroit que j'avais trouvé s'est révélé être une chambre au premier niveau du *brownstone* que vous avez vu. À l'époque, la maison appartenait à une veuve qui s'appelait miss Ernestine. Gentille comme pas permis, elle venait d'un coin paumé de Géorgie, où on pouvait pendre un Nègre pour avoir sifflé faux. Mais miss Ernestine avait émigré dans le nord avec son mari des années plus tôt, et quand elle a décidé de rentrer au pays, nous lui avons racheté la maison à un prix honnête.

Avant que nous n'abattions des cloisons, il y avait deux autres logements. Au sous-sol vivait une jeune famille qui avait du mal à joindre les deux bouts car le père naviguait d'un petit boulot à l'autre, mais leurs deux petites filles étaient toujours mignonnes et impeccables avec leurs tresses et leurs robes, et au début de chaque mois, la mère montait avec un ragoût bouillonnant en guise de loyer. Miss Ernestine se contentait de soupirer et lui disait : « Merci, ma petite. » J'imagine qu'elle avait décidé de louer une deuxième chambre dans son propre appartement pour compenser le manque à gagner.

Et tout en haut de la maison, comme vous le savez déjà, vivait mon chéri, mon grand ami, Monsieur Virgil LaFleur.

VIRGIL LAFLEUR

meilleur ami d'Opal Jewel et son styliste de longue date[1]

Je vivais à Harlem depuis à peu près sept ans quand j'ai rencontré Mad *[le surnom donné à Opal par LaFleur, abréviation de «* Mademoiselle* *» et qui, en anglais, signifie également « Folle »].* Mon appartement se trouvait au deuxième étage, si bien que je l'ai vue arriver par la fenêtre – elle a escaladé le perron en traînant ses sacs, en grand désordre, l'air abso-

1. LaFleur, dont l'âge exact reste un mystère, m'a fait visiter son dépôt-vente installé dans l'Upper East Side de Manhattan. Ses murs sont ornés de certains des costumes, coiffes et robes les plus sophistiqués d'Opal Jewel, exposés dans des présentoirs dignes d'un musée ; sur les petites pancartes accrochées à côté de chacun d'entre eux, imprimé en rouge, on peut lire l'avertissement catégorique suivant : « PAS À VENDRE ».

lument tourmentée et accablée de chaleur. Je devais aller sur mes trente ans à l'époque... Mais notez bien, *s'il vous plaît**, que j'avais le physique et l'aplomb d'un jeune de dix-neuf ans. Attendez que je me souvienne... 1970... Mon Dieu, j'aimerais mieux pas, mais enfin : plus tôt cette année-là, j'avais joué les doublures dans le rôle d'Othello – j'ai reçu une formation shakespearienne, voyez-vous... *[Adoptant une voix grondante de baryton.]* Ah, par le ciel... Ô moi, Maure de Venise, jalousie et fureur, meurtre, *MEEEEURTRE* ! Mais l'acteur titulaire avait verrouillé le rôle à double tour, et ce gentleman enchaînait les représentations sans le moindre reniflement. Cet hiver-là, tous les autres membres de la troupe, y compris le metteur en scène et la fille qui jouait Desdémone, ont eu des rhumes de cerveau. C'était si contrariant qu'un jour, j'ai eu mon moment honteux en coulisses, pendant qu'Othello *Un** assurait la séance de sept heures du soir : je me suis glissé dans sa loge pour fourrer mon mouchoir sale dans la poche de son manteau, dans l'espoir qu'il tombe malade. Bien sûr, cela n'a fait que le rendre plus fort. La morale étant que le désespoir n'a rien de glorieux.

Pour ce qui est de ma carrière de comédien... *c'est la vie**. La plus grande chose qui me soit jamais arrivée, avant votre chère Opal, a été d'interpréter un dégénéré nommé Térébenthine dans une monstruosité produite par un théâtre d'Off-Broadway, qui s'appelait *Le Juju de Bad Willie*. Une comédie musicale, *comme c'est tragique**. Je n'en avais pas conscience alors, mais ce jour de juillet, Mad était pour moi comme un ange tombé du ciel. *[Pause.]* Un ange hirsute. *[Pause.]* Accent sur *hirsute*.

OPAL JEWEL

Nous étions dans le séjour, miss Ernestine et moi – elle me faisait visiter les lieux, me montrant comment faire pour que la télé capte bien – quand Virgil a débarqué, flottant dans l'escalier dans un pyjama cachemire en soie, en me lançant un « *Ma chérie, enchantée** *!* » C'est exactement ce qu'il m'a dit, puis il s'est fendu d'une révérence et m'a tendu la main d'une manière bizarre, pas une poignée de mains mais un autre geste étrange que je ne connaissais pas. Je me suis tournée vers miss Ernestine, qui a souri : "Allez, ma petite, donne-lui ta main", ce que j'ai fait, alors il l'a tirée jusqu'à ses lèvres pour y déposer un petit baiser, *mouuuah*. On aurait pu me faire tomber d'un coup de plume.

Mais enfin, j'étais déjà assez sceptique comme personne, je crois qu'on peut le dire, et j'étais partie à New York en gardant à l'esprit les conseils des filles de chez Michigan Bell. *Ne regarde pas les gens dans les yeux*, *Ne fais confiance à personne*, avaient-elles dit, car *Cette ville est un labyrinthe d'allées sombres infestées de drogués et de pickpockets et de violeurs*. Je m'attendais à devoir me battre pour repousser les types, ou au moins me sauver à toutes jambes s'ils s'approchaient de moi, au lieu de quoi je me retrouvais dans cette scène victorienne, dans une belle maison ancienne, avec une vieille propriétaire adorable et Virgil qui me faisait son numéro de gentleman.

VIRGIL LAFLEUR

Opal était une chose informe avant que je mette la main sur elle, elle-même vous le dira – elle aurait pu faire du hula-hoop avec des céréales Cheerios, mais c'est une autre histoire. Quand je dis informe, ma *chère**, je veux surtout dire qu'elle n'avait aucun véritable style, en tout cas pas selon les critères new-yorkais, aucun *je ne sais quoi**. Elle ne savait pas mettre en valeur ses attributs, elle s'échinait à forcer sa folle étrangeté dans les styles étriqués qui étaient *en vogue**. Ce qui est très bien si vous êtes assez riche pour pouvoir tout vous payer, les tissus les plus fins et les meilleurs accessoires, de sorte que votre look devient passable. Mais c'était le Harlem de 1970, et quand on n'est pas riche on doit se montrer créatif. On *doit* en faire des tonnes.

OPAL JEWEL

Je n'avais jamais rencontré quelqu'un comme lui. Pas seulement gay, je veux dire, car il y en avait plein là d'où je venais... Non, si imbu de lui-même. Virgil ne parlait pas ; il *ronronnait*, ma chérie. Littéralement – une partie des siens venaient d'Haïti, donc il parlait un joli français, et l'autre moitié de lui aurait pu être Eartha Kitt. Ses doigts étaient longs et élégants, avec des ongles impeccables, étincelants à force d'être limés et polis. Il commence à se dégarnir maintenant, mais dans le temps il avait ce que les gens appelaient de « bons cheveux » – le genre qui retombent naturellement en arrière et font des vagues – et une tête aussi gigantesque que celle d'un lion. J'ai vu qu'il était sec et affûté sous son pyjama, et il avait de grands yeux noisette, une peau lisse couleur caramel. C'était un *spécimen* ! Et le premier véritable ami que j'aie jamais eu.

Virgil m'a introduite à New York, et croyez-moi, il adorait jouer à dégrossir la provinciale, comme dans *My Fair Lady*. Il connaissait toutes sortes de gens intéressants qui travaillaient un peu partout. Des serveurs de l'Upper East Side, des assistants costumiers à Broadway – dès qu'il y avait une porte de service, nous avions juste à frapper pour avoir un repas, ou une place en haut des gradins pour un spectacle. Chaque jour, à cette époque, était une nouvelle aventure. Auditions publiques et soirées chez les uns ou les autres ; caféine le matin pour se réveiller, cabernet le soir pour s'endormir. On préparait nos repas avec les restes que nous refilaient les copains acteurs-danseurs-serveurs de Virgil – knishes, gousses d'ail, currys, toutes sortes de trucs exotiques auxquels je goûtais pour la première fois. Je me disais qu'il avait peut-être une star en lui qui ne demandait qu'à éclore, car tout le monde semblait épris de lui.

Mais Virgil vendait des joints, aussi. Tout le monde aime le vendeur de joints.

VIRGIL LAFLEUR

Je stylisais les coiffures des dames. C'est comme ça que je payais mes factures. Je ne sais pas ce qu'elle vous a raconté.

NEV CHARLES

J'espérais que le fait qu'Opal soit arrivée plus tôt que prévu allait nous permettre de prendre de l'avance pour répéter les parties vocales des morceaux que j'avais fini d'écrire, mais elle avait beau habiter à trois ou quatre kilomètres, elle aurait tout aussi bien pu se trouver sur Alpha du Centaure. Jusque-là, elle n'avait guère entendu que la version brute de « Girl in Gold » et j'avais peur que même la semaine que nous avions prévu de passer ensemble ne soit pas suffisante. J'ai appelé et appelé le numéro que m'avait donné Pearl, sans aucune réponse. Plus tard, quand j'ai obtenu l'adresse, je suis monté là-bas en douce pour me renseigner. Je dis en douce parce que je ne voulais pas qu'Howie ait vent du petit numéro de disparition d'Opal.

VIRGIL LAFLEUR

Mad était une cachotière ; elle ne donnait aucun détail sur les raisons de sa venue à New York, et quand j'essayais d'en savoir plus ? *Attitude maximale**. Notre propriétaire devait être au courant, mais elle aussi, bouche cousue – ce qui est une caractéristique marquante, bien sûr, des Africains-Américains du sud de ce pays. Je n'ai longtemps rien su, jusqu'à ce qu'un matin, alors que nous mangions des toasts à la confiture en pyjama, en regardant le *Today Show* de NBC sur le téléviseur de miss Ernestine – j'adorais l'animatrice Barbara Walters, chaque fois qu'on lui permettait d'emplir les ondes de sa grâce –, quelqu'un a frappé à la porte en appelant Opal. En la voyant se précipiter dans sa chambre, j'ai songé qu'elle devait peut-être de l'argent à quelqu'un.

NEV CHARLES

Je griffonnais les morceaux de l'album dans un carnet à spirale, pas seulement les paroles mais la musique aussi, plus les notes des parties à la guitare, qui donnaient forme pour l'essentiel aux mélodies. Mes notes étaient pleines de corrections et de ratures, avec mon écriture horrible, dont je doute que personne aurait pu la déchiffrer, et c'était la chose la plus personnelle et précieuse que je possédais, ce qui, sans doute, ne voulait pas dire grand-chose à l'époque. Mais quand je suis monté la chercher à Harlem et qu'elle n'était pas là, dans ma confusion, j'ai laissé mon carnet à ce drôle de Virgil *[rires]*, que je ne connaissais absolument pas à ce moment-là, et je lui ai fait confiance pour le remettre à Opal, que pouvais-je faire d'autre ? Il fallait apprendre les chansons – ce qui est quand même crucial, n'est-ce pas, quand vous prévoyez de les enregistrer ?

VIRGIL LAFLEUR

J'ai ouvert la porte et il était là, devant moi : le jeune Neville Charles. Tout le monde dit qu'il a une drôle d'allure mais moi, ma chérie, j'étais… *enchanté** ! J'adore les accents.

OPAL JEWEL

Virgil vous a dit que je m'étais cachée ? Vraiment ? Je me souviens pas de ça mais ça doit être vrai, j'imagine.

Peur ? Oh, personne n'avait peur. C'est juste que je n'étais pas prête. Je n'avais pas encore tout à fait cerné ce que j'étais en train de faire.

VIRGIL LAFLEUR

Quand Neville est reparti, je suis allé voir Mad dans sa chambre pour lui remettre ce carnet mystère – bon, j'ai peut-être feuilleté quelques pages, mais c'était du charabia pour moi – et la chère enfant s'était jetée en travers de son lit comme une parfaite *drama queen*. Son visage était enfoui dans l'oreiller mais quand je l'ai appelée, elle s'est tournée vers moi et j'ai vu qu'il était tout froissé de larmes. « Voyons, *ma petite**, il faut me dire : que t'arrive-t-il ? » D'abord, elle n'a rien répondu, mais quand j'ai posé le carnet à côté d'elle et qu'elle l'a regardé, c'est là que les secousses ont commencé. *[Imitant des sanglots de manière théâtrale.]* « Virgil, je suis *biiiiii-don* ! » *[Rires.]* Je me suis assis près d'elle sur la couette et je n'ai rien dit jusqu'à ce qu'enfin, elle me déballe toute l'histoire. Elle m'a raconté le contrat, comment elle avait fait sa *diva**, et maintenant elle avait peur de ne pas être à la hauteur. Elle ne savait pas lire une partition ; elle n'avait jamais chanté une seule note avec quelqu'un d'autre que sa demi-sœur. Je lui ai demandé combien de temps il restait avant son rendez-vous chez Rivington Records. *[Sanglots.]* « Moins d'une *semaiiiiiiine !* » Alors j'ai dit : « Nous allons avoir pas mal de pain sur la planche, n'est-ce pas ? »

OPAL JEWEL

L'un des clients de Virgil vivait près de Columbia, un homme blanc d'âge mûr avec les cheveux longs, qui avait toutes sortes d'instruments de musique un peu partout dans son appartement. Il avait peut-être même un didgeridoo, à ce que j'en sais. L'appartement, soit dit en passant, était dans un état pitoyable – il y avait des vêtements sales entassés dans les coins, et un piano droit avec des verres et des tasses posés dessus, la plupart à moitié remplis d'eau trouble et de mégots. Je me rappelle avoir pensé que maman m'aurait tuée si j'avais laissé des traces de verres sur ses beaux meubles. Bref, Virgil lui a filé une brique d'herbe, et cet homme a passé quelques heures, les deux jours suivants, à la fumer en m'apprenant les mélodies qu'il y avait dans le carnet de Nev. Mais pas à lire les notes, ce dont j'avais en fait besoin. Il a d'abord essayé de me montrer, mais ses explications tournaient en rond et l'herbe lui enfumait le cerveau, et ça m'a énervée car nous n'avions pas beaucoup de temps. Alors j'ai dit : « Laisse tomber, man – chante-moi juste ce que c'est censé donner, et je t'imiterai. »

Pendant ce temps, Nev Charles voyait s'approcher la date des sessions en studio, sans la moindre nouvelle de la jeune femme qu'il avait choisie pour être sa partenaire vedette. Dans cet isolement, il oscillait entre légère inquiétude et angoisse absolue.

NEV CHARLES

J'ai rien dit à Hizey ; j'étais terrifié à l'idée qu'il était en train de réunir les musiciens, il m'appelait régulièrement pour me dire à quel point il était content de la tournure que ça prenait, j'entendais son bébé pleurer comme un affamé en arrière-plan, et moi j'étais là, sans la chanteuse qui était censée tout faire tenir ensemble. En fait, je mentais de manière éhontée quand il me demandait comment elle s'en tirait. « Oh, super, elle est bien installée, nous avons fait un dîner de travail hier soir, *chicken à la king*, une vieille recette de ma mère… Pardon ? La rencontrer aujourd'hui ? Oh non, c'est impossible car… *[insérer des raisons imaginaires].* » Par ailleurs, comme j'avais filé mon carnet à Virgil, je devais tout reconstituer de mémoire –, il a donc fallu que je joue le rôle de l'artiste perfectionniste et que je dise à Hizey que je n'étais pas prêt à *[il dessine des guillemets en l'air]* « partager mon travail ». Des conneries, oui.

BOB HIZE

J'aurais voulu avoir une idée de la musique avant d'engager le bassiste et la guitare rythmique, mais je savais depuis le début ce serait votre père à la batterie. Jimmy était certainement le batteur le plus demandé et le plus polyvalent de New York, à l'époque. Je l'avais vu jouer avec différentes formations, qui allaient du jazz au rock en passant par le R&B et ce son d'origine latino que Carlos Santana était en train de populariser. Donc, quel que soit ce que Nev nous apporterait, votre père saurait s'y adapter et le rendre meilleur.

Ce que Jimmy n'aurait jamais fait, en revanche, du moins jusqu'à ce qu'Opal entre dans sa vie, c'était se mêler aux petits drames entre personnes. C'était un homme très sérieux, arrogant presque – le genre de type qu'on accuse souvent d'être froid et aigri. Mais il était simplement obnubilé par son travail et soucieux de bien gérer son temps, en faisant clairement comprendre qu'il ne fallait pas le lui faire perdre. J'avais réussi à l'attirer chez Rivington en glissant, mine de rien, que nous avions une fille noire extraordinaire, pleine d'énergie, qui chantait du rock'n'roll – imaginez un peu, je n'avais même pas encore rencontré Opal à ce stade… Je me fiais seulement à ce que Nev m'avait dit, en embellissant quelque peu. C'était un pari complètement dingue, aucun doute là-dessus.

JIMMY CURTIS

extrait de l'article « Class is in session »,

Downbeat, 8 juin 1967[1]

Des fois, tu choisis un métier et c'est comme si t'étais le seul à savoir t'y prendre. J'ai pas eu de formation musicale, comme la plupart des mecs noirs de ma génération. Mais dès que j'ai eu des baguettes dans les mains, c'est devenu ma profession, et c'est comme ça que je la traite – professionnellement. Mais ceux qu'on met en avant et qui deviennent des superstars… Faut dire la vérité : ils ont un tas de choses à gérer en plus de la musique. Écoute, man, je me retrouve dans des situations où je dois accompagner des accros au speed, des obsédés de la seringue, des alcoolos, des types qui battent leur femme, des femmes battues, des mégalos, des mecs qui portent des couches sous leurs fringues. Toutes ces merdes, c'est bon pour faire la fête, pour si tu prends ton pied comme ça. Mais dans un studio ? Man, magne-toi juste et file-moi mon fric.

Entre les explications enfumées de l'ami de Virgil et le souvenir de ses conversations nocturnes avec Nev, Opal parvint à maîtriser à peu près les chansons du carnet, assez pour le premier jour d'enregistrement. Mais le fait de ne toujours pas savoir lire une partition la travaillait. Elle avait peur de ne pas être capable de suivre les improvisations de Nev ou d'autres changements de direction inattendus, ou que les musiciens censés l'accompagner – qui, imaginait-elle à raison, seraient tous des hommes – ne décrètent qu'elle était nulle et écervelée si son inexpérience venait

1. Mon père, qui a apporté son impulsion rythmique au premier album d'Opal & Nev, est mort en novembre 1971, tabassé à mort par les membres d'un gang de bikers dans le chaos du Rivington Showcase. Il avait 32 ans. Du fait du rôle éminent qu'il a joué dans la trajectoire de ce duo, ce récit oral se devait d'inclure sa voix et sa vision de la musique par le biais de cette série d'entretiens avec les meilleurs musiciens de studio de l'industrie musicale, publiée en 1967.

à être découverte. Elle avait poussé ses compétences musicales aussi loin qu'elles pouvaient l'être ; l'étape suivante, c'était de se présenter au studio. La manière dont elle décida de le faire est l'une des histoires les plus hautes en couleur de l'histoire du rock.

OPAL JEWEL

La transformation était en partie l'idée de Virgil, et en partie la mienne. Je répétais les chansons depuis quelques jours et je les trouvais pas mal, certaines étaient même très bien, mais il n'arrêtait pas de me dire qu'on n'y était pas. *[Imitant Virgil.]* « Je ne suis pas ému, *chère**, aucune émotion. » Je n'arrêtais pas de changer mon interprétation, que je trouvais chaque fois meilleure et plus intéressante, avec des passages d'impro et tout ça, mais Virgil gardait son air sceptique. Au bout d'un moment, j'ai eu l'impression qu'il en avait marre de moi, que le projet l'ennuyait, ou qu'il n'y croyait plus, et à ce moment-là, j'aurais fait n'importe quoi pour ne pas me retrouver dans le prochain bus pour Détroit.

VIRGIL LAFLEUR

Pour son grand jour, il fallait un feu d'artifice. Quelque chose, peut-être, qui détourne l'attention… une illusion. Car le secret, pour bien comprendre Mad, c'est qu'elle n'est pas la plus brillante des vocalistes. Mais devant un public, elle excelle, c'est magique.

Je l'imaginais dans un caftan, une tenue légère et diaphane qui flotterait sur elle et ferait *[il souffle]* à chacun de ses mouvements. Il fallait qu'elle soit assez fine pour qu'on aperçoive les ombres de son corps dessous, en train d'onduler, danser, glisser… *yes* ! J'étais en train de l'habiller pour la scène, pour qu'en l'apercevant, tous soient électrisés, intimidés par sa splendeur. Toutes ces couleurs, c'était sa vision à elle.

OPAL JEWEL

Polychrome. C'était le thème.

VIRGIL LAFLEUR

Nous sommes partis d'un organza jaune vif, qui était *très, très** fin, si bien que nous avons dû nous en procurer suffisamment pour superposer les couches, nous avions un patron Butterick « facile et rapide » que j'ai manqué déchirer en mille morceaux tellement il était compliqué. Nous avons assemblé les pièces en forme de cercle, car lorsqu'elle écarterait les bras, il fallait qu'elle ait l'air d'avoir des ailes glorieuses. Mais quand nous lui avons enfilé la tenue, elle avait l'air d'une vieille *madame** un peu folle.

OPAL JEWEL

Il s'est mis à l'attaquer aux ciseaux, par petites touches – il a dégagé les épaules, ce qui rendait bien. Puis il a pris les autres couleurs de tissu, le rouge, le vert et le bleu, et il en a cousu des bandes par-dessus. Verticales, devant et derrière, en cercle au niveau des poignets et de l'ourlet du bas. Puis on est passé au maquillage – fard à paupières aigue-marine, rouge à lèvres fuchsia fluo… C'était dingue. Mais alors on a essayé plusieurs des perruques que j'avais apportées de Détroit, et que ce soit la bouffante genre Supremes, l'afro ou ce drôle de machin à la Pocahontas, rien n'allait. Ça ne marchait vraiment pas.

Et puis je me suis souvenue que Nev était déjà au courant, pour mes cheveux, alors pourquoi s'embêter avec ça ? J'en avais marre de les cacher, de toute façon. J'étais si frustrée que j'aurais pu arracher le peu de mèches qu'il me restait, jusqu'à la racine. J'ai demandé à Virgil : « Tu sais où on peut trouver de grandes boucles d'oreilles ? Je vais en avoir besoin. »

VIRGIL LAFLEUR

J'ai retrouvé les clips que j'utilisais avec certaines de mes clientes les plus hirsutes, et *voilà**! Avant-garde instantanée. Pommettes, fantasmagorie, *élégance**.

OPAL JEWEL

Je me suis regardée dans le miroir et j'ai vu une autre personne. Je ne pouvais plus détacher mes yeux de cette image. Je me tournais dans tous les sens en me demandant : Qui est cette fille ? Comment elle chante, *elle* ? Pas comme une enfant de chœur, ni comme une artiste de scène ouverte, ni même comme Rose Stone, même si je l'aimais beaucoup. Cette autre fille, c'était quelque chose…

chapitre 8

« LA NANA TOUTE MAIGRICHONNE AVEC UN LOOK D'ENFER »

* *

Le 14 août 1970, les musiciens participant à l'enregistrement du concept-album Polychrome *devaient se retrouver dans les locaux de Rivington Records. Chacune des dix chansons que Nev avait méticuleusement réécrites de mémoire pour Hize et les musiciens, trois jours à peine avant le début des sessions, incluait dans son titre une couleur et, fidèle au style caractéristique de l'artiste, racontait l'histoire frappante d'un personnage décalé. Afin d'obtenir ce son organique que Hize avait en tête, l'album serait capté dans des conditions* live, *en une seule prise pour chaque morceau après quelques répétitions. Outre mon père à la batterie, Hize avait recruté une formation impressionnante, des musiciens qui avaient déjà travaillé ensemble mais encore jamais joué sur un album Rivington : le bassiste John Squine, l'un des rares collègues blancs avec lesquels mon père entretenait des relations amicales ; Solomon Krebble aux claviers ; et le second guitariste Steve Pratt, qu'on avait fait venir pour amplifier les morceaux les plus bruyants de l'album (dont la compo rock nerveuse et survitaminée intitulée « Chalk White » – « Blanc comme la craie »). Talentueux étudiant de dernière année à New York University, Jason Moore s'était joint à l'équipe en tant qu'ingénieur du son stagiaire, ce qui permettrait de soulager un peu le budget ultraserré.*

Débordant d'idées pour l'album si évocateur que Nev avait engendré, Hize arriva au studio de fort belle humeur et éprouva une grande excitation en regardant ses musiciens débarquer et accorder leurs instruments. Mais son cœur s'arrêta en voyant entrer son chanteur.

BOB HIZE

Nev avait une mine affreuse, pâle comme un fantôme, comme s'il n'avait pas dormi de la nuit. Des poches sombres sous les yeux et une barbe de trois jours, on aurait dit ma fille Melody, au moment des repas – des morceaux de carotte partout autour de la bouche. Pire encore, il dégageait une odeur atroce. La sueur du trac, j'imagine. Il a serré la main de Squine, Solomon et Steve, solennellement, puis il s'est approché de votre père, qui a refusé sa main et s'est contenté de lui adresser un petit geste avec l'une de ses baguettes, de derrière sa batterie. Alors j'ai pensé : *Si Jimmy n'est déjà pas content, ça commence mal.* Nev a attaché la sangle de sa guitare, tant bien que mal, et à ce moment-là Howie a déboulé en hurlant et lui a flanqué une grande tape dans le dos – du genre « Bien joué ! » – et Nev est devenu concave. Littéralement ! Je l'ai pris à part : « Bon Dieu, Nev, qu'est-ce qui vous arrive ? Vous êtes malade ? »

C'est à ce moment-là qu'Opal a fait son entrée, comme elle seule sait le faire.

OPAL JEWEL

Virgil m'avait accompagnée jusqu'au pied de l'immeuble, mais il n'a pas voulu entrer. Tu vois, dans les films, la scène où le petit Bobby ou la petite Sally soignent un animal blessé avant de le relâcher dans la forêt ? Et alors il y a ce grand moment de bravoure où les violons s'en donnent à cœur joie ? « Vas-y, allez, c'est ta nouvelle maison, c'est là que tu dois vivre… » *[Rires.]* Je te jure, c'était exactement ça. Virgil se croyait dans un de ces foutus films. Et moi je me retourne vers lui : *Tout ça pour me jeter aux loups, finalement ?*

J'entre seule, je monte à l'étage de Rivington, et la première personne que je croise, c'est Rosemary assise à son bureau. Rosemary, si jolie et si normale, avec ses boucles brunes étincelantes, ses lèvres d'un rose brillant, et cette poitrine pulpeuse qu'elle mettait si bien en valeur. Et voilà que je débarque, moi, la nana toute maigrichonne avec un look d'enfer. J'aurais dû me sentir comme un clown de cirque, j'imagine. Mais quand j'ai ouvert la bouche pour lui annoncer qui j'étais, et que je venais pour l'enregistrement, ma voix est sortie forte et ferme. Je crois que c'est à ce moment-là que j'ai compris que la normale, pour moi, c'était d'être anormale.

ROSEMARY SALDUCCI

Oh, je n'oublierai jamais la première fois que je l'ai vue. Elle était absolument magnifique, vous en auriez pas cru vos yeux. Tout droit sortie d'une page de *Vogue*.

BOB HIZE

On aurait dit des vacances sur Mars.

HOWIE KELLY

On aurait dit un parfait cacatoès, ouais. C'est celui qui est de toutes les couleurs ? Perruche, perroquet… peu importe. Une vraie maboule.

NEV CHARLES

Enfin, enfin, elle s'est approchée de moi, et alors j'ai manqué avoir un fou rire, pas parce qu'elle m'amusait mais tellement j'étais soulagé, abasourdi et extatique de poser les yeux sur elle, tous ces sentiments à la fois, dans la même seconde.

C'est elle, la star de la mode, c'est à elle qu'il faudrait demander l'appellation correcte de ce qu'elle portait ce jour-là – ou, mieux encore, adressez-vous à Virgil LaFleur, je suis sûr qu'il se rappelle chaque point de couture, le moindre accessoire. Tout ce que je peux dire, c'est que cette explosion de jaune, de bleu cobalt, d'émeraude et de rouge dévalait en cascade tout son corps, de la tête aux pieds. Et que ses épaules qui dépassaient lui donnaient un air classe, majestueux et, *sha !*, assez irrésistible. Si bien que mes yeux dansaient sur tout cet attirail et, finalement, ils se sont posés sur son crâne… Complètement rasé. Bien joué, putain ! Bien joué.

BOB HIZE

Le visage de Nev avait soudain retrouvé ses couleurs, et avant qu'Opal ait pu dire bonjour, il s'est littéralement jeté sur elle, il l'a soulevée et l'a fait tournoyer, il y avait tellement de matos partout que le pied d'Opal a tapé dans la grosse caisse de votre père et a manqué la renverser. Évidemment, tout ça nous a laissé perplexes – nous ne comprenions rien à ce qui se passait, mais la joie de Nev était pure et contagieuse. Même Jimmy semblait vaguement intéressé, plutôt qu'ennuyé, par la folie créatrice qui semblait soudain possible, avant même que la moindre note ait résonné dans le studio.

JOHN SQUINE
bassiste, Polychrome[1]

Bob Hize est un producteur génial. Un stratège en studio, positionnant chaque micro au millimètre. Ce qui ne veut pas dire pour autant qu'il ne nous laissait pas nous lâcher

1. Parmi les musiciens de *Polychrome*, Squine était l'ami le plus proche de Jimmy Curtis. Désormais âgé de 72 ans et grand-père de douze petits-enfants, il reste jeune dans sa tête en organisant chaque année un camp d'été musical pour des enfants du nord de l'État de New York.

avec la musique – Nev improvisait avec les paroles, les changeait par endroits – mais tous les jours, Hize nous donnait l'ordre dans lequel nous devions enregistrer les morceaux, et il avait généralement de bonnes raisons pour ça. Prenez l'album *Polychrome*, par exemple : je pensais que ça coulerait tout seul, qu'on enregistrerait les morceaux dans l'ordre où Hize nous les avait envoyés au départ. Au lieu de quoi, il a voulu qu'on grave « Yellow Belly » et « Girl in Gold » le premier jour, alors que ces chansons se trouvaient plutôt en fin de liste. Mais bon, ça nous dérangeait pas plus que ça, on jouait tellement bien ensemble – on était prêts à tout. Après, en regardant Opal, j'ai compris pourquoi Hize avait fait ça. Dans ces deux morceaux, on n'entendait quasiment que la voix de Nev – Opal avait des parties plus simples, quelques « ooh » sur le refrain et à peine une ou deux phrases à chanter. Hize voulait qu'elle s'installe tranquillement. Lui laisser le temps d'observer et d'apprendre. Parce qu'à la manière qu'elle avait de tout regarder, et de serrer si fort ses paupières peinturlurées pour bien se concentrer chaque fois qu'il faisait une remarque, on voyait bien qu'elle n'avait aucune idée de ce qu'elle faisait. À un moment, Jimmy m'a grommelé entre ses dents : « Moi je reste trois jours, pas plus. »

BOB HIZE

Elle a débarqué dans sa tenue d'apparat en roulant des mécaniques, mais dans cette pièce, il n'y avait que des pros. On ne pouvait pas nous la faire. Dès le début, son manque d'expérience était criant. Nev n'était pas beaucoup mieux, d'ailleurs – Jason Moore n'arrêtait pas de glousser nerveusement que sa guitare était désaccordée – mais au moins, il connaissait plus ou moins le processus.

Sur les petits chœurs qu'elle avait, Opal chantait d'une voix forte et confiante, ce qui était prometteur – sauf qu'elle a failli briser les tympans du pauvre Jason, derrière sa console, parce qu'elle se tenait beaucoup trop près du micro. Quand je lui ai donné un filtre anti-pop à fixer dessus, elle l'a tourné et retourné dans ses mains jusqu'à ce que Solomon ait le bon sens de l'aider à l'installer. Puis c'est reparti avec le micro – bon, c'était assez charmant, mais sur « Yellow Belly », ils ont fait une super prise, avec un gros son, tout le monde souriait et hochait la tête en montant crescendo vers la fin du morceau, mais au dernier moment Opal s'est un peu emballée, elle a empoigné son micro comme, j'imagine, elle avait vu les rock stars le faire à la télé, et tout a valsé par terre. Votre père et les autres musiciens étaient livides, car c'était la meilleure prise de la journée et ils pensaient qu'Opal venait de la ruiner – mais quand Jackson et moi l'avons passée, le fracas du micro tombait en fait pile poil. *[Rires.]* Ce vacarme inattendu faisait sens, finalement, dans le contexte de la chanson – un air joyeux sur un déserteur en cavale. Donc en fait, c'est la prise qu'on entend sur *Polychrome* – avec le crash à la fin, et le rire hystérique de Nev.

OPAL JEWEL

Se produire sur des scènes ouvertes, ça n'a rien à voir avec ce qui se passait là. Il s'agissait de créer quelque chose de nouveau, un truc vivant, qui respire. Il y avait ces trois types, des types *super forts*, qui ne se contentaient pas de jouer de leurs instruments – ils jouaient avec les émotions ! Les adjectifs, aussi… Tu vois ce que je veux dire ? Genre, on faisait une première prise et Nev disait qu'elle était bonne, mais que le morceau qu'il entendait dans sa tête était plus *fantasque*. Et là, les types chamboulaient tout dans la prise suivante, grattaient ou plaquaient ou frappaient d'une manière légèrement différente, de sorte que le son avait un peu plus d'imprécision, de fantaisie, alors qu'ils jouaient les mêmes notes. Moi j'étais… *waouh*. Ça me paraissait hallucinant. De la magie. C'est vrai que j'avais beaucoup de choses à apprendre, mais j'étais tellement prise par tout ça, par le fait d'être avec Nev au centre de cet ouragan, que mon excitation a pris le dessus et foutu mon trac à la porte du studio. Jusqu'à cet instant, j'étais tellement morte de trouille que je n'avais pas pensé une minute que ce truc pourrait être *marrant*.

Et puis, Bob Hize… Les choses se sont pas super bien finies entre Rivington et moi, mais Bob a toujours été gentil, surtout au début. Patient et à l'écoute, attentionné, tout le temps. Ouais, ça c'est sûr.

BOB HIZE

Je ne sais pas si je suis une personne particulièrement gentille. C'est possible. J'espère qu'on me juge ainsi, à l'heure de ma mort. *[Rires.]* Il fallait que j'adopte Opal parce que… eh bien, parce que je savais – il suffisait d'avoir deux yeux et un peu de bon sens – que Nev était amoureux d'elle. C'était plus facile de travailler avec ça, que contre.

NEV CHARLES

Une fois qu'on a bouclé la première journée, Hizey nous a emmenés tous les deux, Opal et moi, dans un de ces *diners* ouverts vingt-quatre heures sur vingt-quatre, il fumait des clopes pendant qu'on s'empiffrait – je mourais de faim, sans doute parce que j'avais pas mangé grand-chose depuis plusieurs jours, mais l'appétit m'est revenu comme jamais. Je me rappelle, il y avait un gamin grognon dans le box d'à côté, ça faisait longtemps qu'il aurait dû être au lit et il pleurnichait comme font les bébés quand ils sont fatigués, né-né-nééé, mais quand on s'est assis tous les trois, il s'est arrêté net. Apprêtée comme elle était, Opal était *vraiment* intéressante à regarder.

Donc nous avions le nez enfoncé dans notre petit déjeuner du soir – des gaufres, des saucisses et des œufs avec une grosse tranche de jambon poêlée, plusieurs mugs de café histoire de nous mettre les nerfs encore plus à vif –, et Hizey s'est excusé, il a jeté des billets sur la table, de quoi régler l'addition, et il nous a laissés seuls. Nous sommes restés dans ce *diner* jusqu'à l'aube. J'avais tellement de questions à lui poser – où elle s'était planquée et pourquoi, ce qu'elle pensait de la musique… – mais j'ai préféré m'abstenir, je me suis dit qu'il fallait juste me réjouir que la première session se soit bien passée, alors on a passé la nuit à rêver tout haut, essentiellement. Les premiers temps de toute chose nouvelle sont si agréables.

OPAL JEWEL

Nous mangions dans un *diner* quand Nev m'a demandé comment je voulais que mon nom apparaisse sur l'album, comment je l'imaginais prononcé sur une scène. Je sais, c'est choquant, mais je n'y avais pas encore réfléchi. J'avais rêvé mon nom en lettres lumineuses au fronton d'une salle quelque part, bien sûr, mais je le voyais toujours tel quel : Opal Robinson. C'est la pure vérité. Mais Opal Robinson était quelqu'un d'autre à présent, rien à voir avec l'artiste que j'étais en train de devenir.

NEV CHARLES

On a soupesé quelques idées. Par exemple, Opal Odd – « Opal Bizarre », ça aurait fait un sacré nom punk, plus tard, quand on y pense, mais à l'époque ça nous semblait trop évident…

OPAL JEWEL

Je lui ai dit qu'il fallait que je garde *Opal.* Après toutes ces années à me faire insulter, j'avais gagné le droit de revendiquer le nom par lequel ma mère avait voulu qu'on m'appelle.

NEV CHARLES

Après est venue une série de noms étrangers, un peu exotiques : Opal *Amour**… Opal *Magnifique**…

OPAL JEWEL

J'adore le français, mais je suis une Noire de Détroit, USA. Là d'où je viens, on se donne pas des airs comme ça.

NEV CHARLES

… ou alors juste Opal, et rien d'autre. Mais alors on s'est dit : *Bon, il y a déjà Odetta, ça risque de prêter à confusion…*

OPAL JEWEL

Le soleil se levait quand nous avons trouvé le bon.

NEV CHARLES

Je me délectais d'elle, vous savez, je la buvais des yeux – ses couleurs éclatantes, le scintillement de ses paupières, ses proportions, ses arrêtes tranchantes. Sa rareté. Ça m'a fait penser à une pierre précieuse… un « joyau ». Opal Jewel.

OPAL JEWEL

« Opal Jewel ? » *[Plissant le nez.]* Je lui ai demandé : « Est-ce que ce n'est pas un peu redondant ? Comme si on disait : "grand géant" ? » Il a haussé les épaules en riant : « Nan, c'est comme un point d'exclamation. Une réitération. Ça rend indéniable le fait que c'est ce que tu es. » Alors je l'ai répété deux ou trois fois, et ça sonnait bien.

NEV CHARLES

Ç'a eu l'air de lui plaire assez – enfin, j'ai cru distinguer un infime sourire par-dessus son toast.

L'enregistrement de Polychrome *dura quatre semaines, dans l'un des petits studios de Rivington Records. Les sessions étaient programmées de manière irrégulière en raison d'autres engagements (généralement mieux payés) des musiciens. Sur les conseils de Hize, Opal et Nev profitaient de ces moments de creux pour répéter et apprendre à se connaître.*

OPAL JEWEL

Nous étions jeunes et avides d'aventures, et New York est parfait pour ça. Certains jours, nous prenions le métro pour descendre à Coney Island ou monter dans le Bronx – « pour l'inspiration », disait Nev –, et pendant tout le trajet il papotait en grattant sa guitare, inventant des histoires et des paroles de chanson sur les gens que nous croisions. D'autres fois, il jouait la troisième roue du carrosse avec Virgil et moi, quand nous sortions en ville. C'était tout aussi amusant.

VIRGIL LAFLEUR

Nous concoctions chaque jour de nouvelles tenues pour Opal, avec ce qu'elle avait dans son armoire, plus quelques vieux effets de miss Ernestine, auxquels nous ajoutions toutes sortes d'accessoires ou de matériaux bon marché. J'étais en train de me découvrir un talent ! Et j'étais heureux de pouvoir le développer, ce qui me permettrait peut-être un jour de travailler avec les filles de *Vogue*.

Oh, Neville était mon précieux éphèbe. Il nous accompagnait à l'Armée du salut ou au magasin de tissu, jouait de la guitare dans les rayons, et je mourais d'envie de le relooker. C'était le modèle parfait, avec son allure de grande perche.

J'aurais pu faire de lui un jeune premier… mais tout ce qu'il m'a laissé faire, c'était lui acheter un chapeau. La vision que j'avais, c'était un mix entre *Macadam Cowboy* et Valentino.

NEV CHARLES

Parfois, on répétait « Evergreen » ou « Girl in Gold » sur le quai du métro, en route pour tel ou tel endroit, et le son répercuté par le carrelage était merveilleux. Un jour, des petits enfants nous ont lancé des pièces, alors je me suis procuré un chapeau de cow-boy pour faire la manche. À la fin du show ou quand le métro arrivait, Opal versait tout l'argent dans son sac à main, un truc qui se refermait tout seul et que Virgil avait recouvert de la fourrure d'un animal empaillé, elle enfilait le chapeau et faisait une révérence, on se répartissait l'argent et on se partageait un doughnut. On faisait la paire, vraiment, moi dans mon jean troué et elle dans sa haute couture du jour. Je crois que nous aimions ça tous les deux – les regards des touristes, les vieux qui secouaient la tête, les mines effarées quand on ouvrait la bouche pour chanter. Personne ne savait quoi penser de nous, et j'étais heureux de voir qu'ensemble, nous étions aussi originaux et différents que je l'avais prédit.

Quant aux autres musiciens intervenant sur l'album : malgré les hauts et les bas du premier jour, les sessions suivantes motivèrent suffisamment mon père, Squine et Krebble pour qu'ils continuent de se présenter chez Rivington – et produisent certaines des performances les plus inspirées de leurs carrières respectives.

BOB HIZE

Tous les éloges que j'ai reçus, jusqu'à ce bel hommage du printemps dernier… C'était agréable, mais je dois vous confesser une chose : tout cela ne doit rien à un quelconque génie que je posséderais. C'était en grande partie un heureux accident. Opal était-elle ce complément que j'envisageais pour Nev ? Non. Mais au bout du compte, elle s'est révélée meilleure que ce que j'avais imaginé – ce qui nous a plutôt réussi, n'est-ce pas ?

JOHN SQUINE

Deuxième session, elle revient dans une autre tenue drôlement fagotée, alors on se dit que ce bordel va continuer. Non mais, attends une seconde – elle a pigé comment ajuster le micro ! Et oh, jolie petite impro sur le pont… OK ! Maintenant on va pouvoir bosser. Le temps d'arriver à « Chalk White » et « Ginger's Lament », ça tournait impeccable.

Sans manquer de respect à votre mère, de tout le temps où j'ai bossé avec Jimmy, je crois pas l'avoir jamais vu aussi impressionné par qui que ce soit qu'il l'a été par Opal Jewel. Pas parce qu'elle était spécialement bonne, à l'époque, mais parce qu'on a tous vu qu'elle avait le potentiel pour le devenir.

BOB HIZE

interrogé sur ce qui fait d'Opal une artiste si spéciale

Elle est extrêmement sensible à l'atmosphère de la musique et des paroles. Où que le morceau aille, Opal suit. Elle ne fait pas partie de ces filles capables de « chanter l'annuaire », comme on dit. Si vous lui mettiez dans les mains des paroles idiotes et que vous lui demandiez de les chanter a cappella, je vous jure qu'elle serait méconnaissable, elle n'aurait rien sur quoi s'appuyer, rien à interpréter. Mais si vous la mettez avec un bon groupe sur une chanson qui a du sens, puis que vous isolez sa voix pour l'écouter, brute, là c'est une autre histoire – vous entendez l'amplitude, les nuances, la théâtralité… Même lorsqu'elle s'échauffait avant les sessions, elle n'aimait pas le faire seule. Elle demandait à John ou à Sol Krebble de jouer quelques notes pour l'aider – Sol pour les aigus et les médiums, John pour les graves. Tout le monde a dû monter d'un cran dans l'énergie tant Opal était réactive à ce que proposaient les autres musiciens. Nous jouions du rock, mais sous bien des aspects, la démarche était celle du jazz.

Comme il l'avait fait par le passé avec un certain nombre de musiciens de jazz, Jimmy prit Opal sous son aile.

JIMMY CURTIS

Au bout du compte, j'ai fini par apprendre à lire une partition, puis j'ai transmis ça à plein d'autres gars qui sont venus après moi. Je continue de le faire. Parce que c'est ma responsabilité, entre artistes noirs. Quand ils parlent de *nous*, les gens aiment bien dire : « Oh, machin a juste un talent naturel, un sens du rythme inné, ça s'explique pas. » C'est pas un manque de respect, ça ? On pratique pas une forme d'art, nous aussi ? Dans laquelle on met tout notre cerveau, notre sueur, notre cœur et notre âme pour pouvoir apprendre et nous améliorer, exactement comme vous ?

OPAL JEWEL

interrogée sur les premiers temps de sa liaison avec mon père

Que veux-tu que je te dise ? Qu'il était beau ? OK, il était beau. *[Longue pause.]* Ça fait longtemps maintenant, mais chaque fois que l'anniversaire approchait et que les médias reparlaient de ce qui lui était arrivé, ils projetaient cette photo d'« avant » en noir et blanc que quelqu'un avait prise vite fait, un adolescent adossé à une façade, un jeune homme bien bâti avec sa clope pendue au coin des lèvres. Mais plus que sa beauté physique, c'était la beauté du son de Jimmy qui me frappait. Je n'ai jamais entendu personne sonner comme ça. Cet homme possédait un talent inouï. Il était tranchant et monstrueux à la batterie. Mais ça, il suffit d'avoir la moitié d'une oreille pour s'en rendre compte.

Et puis, et c'est peut-être ce qui m'a le plus réconfortée à l'époque, ça peut paraître idiot, mais Jimmy était noir. C'est aussi simple que ça. Même si on est devenus très proches au fil des années, Nev et moi, même s'il y avait de l'affection et de l'amitié entre nous, il s'est passé quelque chose d'instantané entre ton père et moi, sans effort, sans mots. Oh, tu sais très bien de quoi je parle. C'est un bagage culturel qu'on a en commun, nous autres Noirs, qu'on soit de Détroit, de New York, de Los Angeles ou de Bumblecrack, Mississippi. Je me rappelle, dans les années 90, je suis allée à la remise de diplômes de la petite dernière de Pearl, à Howard University *[prestigieuse université africaine-américaine de Washington surnommée la « Harvard Noire »]*, et certains jeunes sur le campus portaient des T-shirts qui disaient : C'EST UN TRUC DE NOIRS – VOUS POUVEZ PAS COMPRENDRE. Et, ooh, ma chérie, ça énerve tellement les Blancs ce genre de choses, dès qu'ils se sentent exclus, mais moi je pouvais plus m'arrêter de rire. Parce que c'est la vérité !

Bref, Jimmy et moi étions les deux seuls Noirs à participer à ce disque, et dehors, dans le monde, nous n'étions pas très nombreux à jouer le genre de musique que Nev essayait de faire, alors ça nous a rapprochés. Simple histoire de gravitation. Je vais pas te raconter que j'en suis fière. C'était comme ça, point.

[Sur le moment où Jimmy et elle ont commencé à se voir en dehors du studio.] Miss Ernestine n'était pas du genre à accepter des hommes dans sa maison au milieu de la nuit, alors à la fin des sessions, on allait chez Jimmy, au nord de Manhattan ; c'était sur le chemin pour rentrer chez moi, de toute façon. Il me faisait écouter des disques sur lesquels il avait joué. Nev est venu avec nous les premières fois, on s'asseyait à la table de la

cuisine avec Corinne *[Dawes Curtis, ma mère]* ou les potes de Jimmy qui vivaient à côté, et on prenait un cocktail ou des œufs brouillés ; les siens, il les aimait avec une tranche de fromage posé dessus. Mais au bout d'un moment, Nev n'est plus venu. Il était sans doute lassé, ou mal à l'aise, d'être toujours tenu à l'écart de nos conversations – on buvait des verres et on se détendait, on discutait sans fin d'Angela *[Davis]*, de George *[Jackson]* et de tout ce qui se passait à l'époque, et je crois que Nev ne savait pas quoi dire, ni quelle attitude prendre. Et puis Corinne a cessé d'attendre car les sessions duraient de plus en plus tard, et elle devait partir travailler le matin, elle était infirmière, un vrai job, alors elle dormait à l'étage. Les autres disparaissaient peu à peu, jusqu'à ce qu'on se retrouve tous les deux, ton père et moi… entrant sur la pointe des pieds dans la maison, chuchotant sur le canapé du séjour. Il fumait clope sur clope et m'enseignait des choses. D'abord, c'était professionnel, puis ça ne l'a plus été. *[Haussement d'épaules.]* Ouais, je savais ce que je faisais ; c'est moi qui ai provoqué ça. Je n'ai aucune excuse, à part que j'avais vingt et un ans et qu'on ne m'avait jamais embrassée. *[Longue pause.]* C'est tout ce que j'ai à dire.

ROSEMARY SALDUCCI

Elle n'avait aucune copine et sa sœur était loin, alors Opal et moi, on est devenues amies. J'ai réalisé que sous ses airs de fille qui a vécu, elle était vraiment innocente. Un jour, en arrivant chez Rivington, elle avait l'air soucieuse, elle m'a demandé si elle pouvait me parler seule à seule dans les toilettes, et là, elle m'a dit qu'elle avait utilisé des capotes avec son petit ami, mais qu'elle avait un problème. Bon, je ne sais pas pourquoi c'est à *moi* qu'elle a confié ça – peut-être que ça en dit long sur ma personne… *[Rires.]* J'ai répondu : « Eh bien, qu'est-ce qui t'arrive ? » et je lui ai posé quelques questions. Là, elle a fait : « Oh mon Dieu, Rosemary, ça gratte et ça me brûle », enfin, vous voyez, les symptômes classiques d'une mycose. C'était vraiment mignon, croyez-moi. Je l'ai emmenée chez un médecin de quartier pour avoir confirmation et qu'on lui prescrive de quoi se soigner, et comme je savais que ce connard de docteur n'allait pas lui dire ça, je lui ai expliqué qu'elle devait se laver et bien s'essuyer – à chaque fois – quand son petit copain avait fini de s'affairer, en bas. Et j'ai dit : « Félicitations, ma chérie – t'as trouvé le bon ! » Quoi ? Oh, ne soyez pas si prude, je suis juste honnête. J'étais heureuse pour elle, qu'elle en ait rencontré un qui lui donne ce plaisir-là, parce que les hommes faisaient pas souvent ça en ce temps-là ! Du moins, c'est ce qu'ils racontaient... D'accord, d'accord, j'arrête. Mais si j'avais su que ce Casanova était Jimmy Curtis, un homme marié ? Eh bien, d'après mon expérience, je lui aurais dit que cette route menait tout droit au chagrin d'amour.

JOHN SQUINE

À chaque session d'enregistrement, Opal revenait de plus en plus forte, et je me demandais : avec qui cette fille a bossé ? Et puis en l'observant, j'ai remarqué qu'elle se tournait souvent vers Jimmy, que Jimmy la regardait, et de temps à autre, au moment d'un break par exemple, il hochait la tête comme pour lui envoyer un message secret, et elle nous sortait une impro ou un riff qu'on n'avait pas répété. Jimmy n'était pas trop du genre à coucher à droite et à gauche – on avait souvent bossé ensemble et on était partis en tournée, où ces choses-là arrivent en général – mais c'était évident qu'il se passait quelque chose.

Nev savait, forcément. C'était sans doute pour ça que ces deux-là avaient envie de s'étriper.

Alors que les premières sessions s'étaient extrêmement bien déroulées, l'enregistrement d'un morceau intitulé « Black Coffee » [« Café Noir »], que Nev avait écrit spécialement pour Opal, déclencha une guerre entre mon père et lui. Dans sa version originelle, c'était une ballade bluesy au rythme un peu traînant. La narratrice – un composé de toutes les personnes, noires et pauvres pour la plupart, que Nev avait rencontrées lors de ses errances à la recherche d'Opal – est une jeune mère célibataire qui se prépare à une nouvelle journée exténuante, un travail misérable et sous-payé à l'usine (« Une goutte de lait pour le bébé, un café noir pour moi / Sinon je vais tomber avant l'heure du repas »). Tard dans la nuit, elle éteint la lumière, sachant que le cycle va se répéter (« Seule à nouveau, du sommeil j'attends la venue / Je prie pour le bébé, et mon âme garder / Rêvant du jour où nous recevrons notre dû / Pour l'heure il y a cette bouilloire qui siffle à point nommé »).

OPAL JEWEL

« Black Coffee » était une chanson que je ne supportais pas. Je sais que Nev avait de bonnes intentions en l'écrivant – comme toujours avec les Blancs progressistes, pas vrai ? Mais Nev mettait tous ces mots dans ma bouche, littéralement, et ils étaient tellement sombres, putain. Tu sais, on était vraiment sur autre chose en 1970 ! Nous chantions tous « Say It Loud – I'm Black and I'm Proud » *[de James Brown]* ! « Dites-le haut et fort – je suis noir et fier de l'être » : c'était ça, le trip du moment – la joie ! Pour moi, « Black Coffee » sentait le renfermé, c'était un morceau triste, très « Nègre de la vieille école », et le chanter mettait mon âme en danger. Ça revenait à dire à quel point c'était chiant d'être dans ma peau. Or, ce n'était pas comme ça que je voulais me représenter.

Mon erreur, c'est que j'aurais dû prendre Nev à part et lui expliquer ça en face.

JIMMY CURTIS

en réponse à la question : « Que signifie avoir du succès, pour un musicien de studio ? »

Eh bien, c'est pas une question de fric, pour sûr. On peut gagner plus ou moins sa vie, voire entretenir sa famille si on a la chance de faire des tournées à côté. Mais ma définition personnelle du succès, c'est de pas faire le moindre foutu truc qu'on n'a pas envie de faire. Si tu le sens pas, tu laisses tomber.

BOB HIZE

Jimmy a failli faire capoter tout le projet, en refusant tout net de jouer « Black Coffee ». Il a déclaré qu'il n'aimait pas ce que racontait cette chanson, et ajouté *[traçant des guillemets en l'air] :* « Nous – c'est-à-dire Opal et lui, je suppose – ne pouvons pas cautionner ça. » Ce « nous »… C'était une provocation, une pique, et ça a très bien fonctionné. Nev a été pris d'une colère atomique, il était tellement blessé qu'on puisse croire qu'il était malintentionné ou incapable de comprendre, et Jimmy criait dix fois plus fort qu'il s'en fichait bien, que ce morceau était pourri… C'était un combat de béliers entre ces deux-là. Et tout le monde s'est tourné vers moi comme pour dire : « Qu'est-ce qu'on fait maintenant ? »

HOWIE KELLY

La plupart du temps, je restais en dehors du studio, c'était le deal avec Hizey – je passais juste de temps en temps pour m'assurer qu'il n'y avait pas d'embrouilles. Mais pendant une des sessions, il y a eu du vacarme dans le couloir, ça criait tellement fort que je l'entendais depuis mon bureau ! Là, je pouvais pas laisser faire, parce que j'avais des affaires à régler au téléphone ! Alors je vais voir ce qui se passe et je les trouve en train de s'écharper, Nev et votre paternel, et Hizey, Opal et Rosemary qui restent plantés autour comme des idiots.

Alors moi, je lance dans tout ce vacarme *[haussant le ton] :* « Ah, vous voulez crier ? OK ! Je vais vous montrer ce que c'est que crier ! Maintenant, fermez-la, ou je vous vire tous ! » Je retourne dans mon bureau et je claque la porte… Affaire réglée.

BOB HIZE

À première vue, ce morceau était aussi bon que les autres – l'histoire d'une personne particulière dans une situation particulière, qui se trouve juste être noire. Mais la difficulté, c'était – c'est encore aujourd'hui – que tout ce qui touche aux questions raciales en Amérique est tellement complexe et profondément enraciné, et Nev et moi, en bons Anglais pâlots, nous n'étions pas très au fait de ces histoires. Nous n'avions pas encore de public, nous ne savions pas si nos fans seraient blancs, noirs ou violets, ce qui était en soi un réel problème, mais avec ce morceau, il y avait vraiment un risque de se mettre à dos tout un pan de nos auditeurs potentiels par le simple fait de ne pas être en phase avec l'air du temps.

Par ailleurs, « Black Coffee » reposait en grande partie sur le travail du batteur, et je n'avais pas envie de devoir en chercher un autre. À vrai dire, j'espérais même que votre père resterait avec nous pour la tournée de promotion. Je savais à quel point ces musiciens pouvaient être brillants, ensemble – j'en avais été le témoin au tout début, avant que les egos ne s'en mêlent.

Opal ne disait rien, mais comme elle ne contredisait jamais Jimmy lorsqu'il la prenait à témoin, j'ai compris qu'elle allait se ranger dans son camp. Je ne lui ai pas demandé de le dire clairement, car l'idée de faire ça à Nev m'était insupportable, et Nev d'ailleurs se protégeait aussi lui-même en prenant garde de ne pas l'obliger à choisir, car il savait, je crois, qu'il sortirait perdant. Les autres se sont montrés loyaux à l'égard de votre père ; ils avaient travaillé avec lui par le passé et ils retravailleraient sans doute ensemble à l'avenir. Bref, tout ça semblait vraiment mal engagé, n'est-ce pas ? J'ai dit à Nev, aussi gentiment que possible : « Je suis désolé, mais je crois qu'il vaut mieux laisser tomber. »

NEV CHARLES

Il va nous falloir un orchestre de cordes pour ce qui vient… Vous êtes prête ? Envoyez les violons ! *[Rires.]* Je me suis senti très seul et, d'une certaine manière, trahi. Je continue d'assumer « Black Coffee », et cette chanson a fini par trouver sa place, non[1] ?

Mais quand tout le monde l'a rejetée, j'étais vraiment furax, et on ne peut pas m'en vouloir, sincèrement, parce que *Polychrome* était mon disque, pas celui de Jimmy Curtis… Le fait qu'on lui permette de prendre une telle décision m'exaspérait, d'autant qu'il traînait avec ma chanteuse et créait tout ce psychodrame.

JOHN SQUINE

Sûr, votre père avait un sacré caractère. On pouvait lui dire un truc aussi factuel que « Le ciel est bleu », et s'il avait l'impression qu'on lui manquait de respect ou qu'on le prenait de haut dans la manière de le dire, il vous assassinait du regard avec une mine de dix pieds de long : « Non, connard, il est rouge. » *[Rires.]*

Donc c'en est arrivé au point où Nev a claqué la porte et on a même cru qu'il ne reviendrait plus. Ouais, c'était une

---

1. La chanson perdue de Nev réapparut finalement dans la bande originale du film controversé *The Jungle*, sorti en 2011, une comédie musicale inspirée du roman éponyme d'Upton Sinclair, avec un casting exclusivement noir ; interprétée par l'actrice LaTasha Prather et produite par Nev lui-même, « Black Coffee » fut nominée dans la catégorie « Meilleure chanson originale » à la fois aux Oscars et aux Golden Globes.

réaction un peu puérile, peut-être qu'il était jaloux à cause d'Opal ; je sais pas.

NEV CHARLES

Je suis rentré à l'appartement de la 96e Rue et j'ai broyé du noir sur mon lit pendant deux ou trois jours ; j'ai repris contact avec une gentille fille qui m'a apporté des sandwichs et m'a laissé m'apitoyer sur mon sort, j'ai vraiment envisagé de tout envoyer promener. De rentrer en Angleterre, peut-être – il y avait toujours cette option.

Finalement, j'ai renvoyé la fille chez elle et j'ai appelé mon père pour avoir un peu de soutien, émotionnel et financier, mais vous savez ce qui s'est passé ? Une inconnue a décroché à l'autre bout du fil, une inconnue qui s'appelait Carol et m'a dit qu'elle avait beaucoup entendu parler de moi, le petit de Morris parti en Amérique. J'ai fait : « Oh, vous êtes la nouvelle femme de ménage ? », et elle a répondu : « Non, je suis une bonne amie de ton père. » Une *bonne amie* ! *[Grimace de dégoût.]* Au bout d'un moment, elle m'a passé mon père, j'étais choqué et horrifié, mais il avait l'air plus gai, complètement à côté de la plaque et détendu, comme s'ils venaient de faire leurs affaires, et j'ai dit : « Mais papa, c'est l'anniversaire de maman dans deux semaines ! » ou un truc dans le genre, et il a répondu : « Je sais bien, fiston, que Dieu la bénisse. Mais la vie continue, et je vais pas faire la gueule pour le restant de mes jours. » Eh bien, je me suis vraiment senti bête à ce moment-là, parce que c'était exactement ce que je faisais depuis des jours, la gueule, alors que personne n'était mort. Mon Dieu, je choisis mal mes mots, désolé… Je suis désolé mais bon, vous comprenez. Alors j'ai laissé « Black Coffee » reposer jusqu'à nouvel ordre, je l'ai rangé dans ce vieux percolateur. *[Il se tapote la tempe.]* Et je suis retourné finir mon album.

chapitre 9

« NAN, ÇA C'EST PAS POUR NOUS »

★ ★

Polychrome, *sorti sous le nom de Nev Charles « featuring Opal Jewel », fut publié par Rivington Records le 10 novembre 1970. Avec cette sortie précipitée, Howie Kelly espérait capitaliser juste avant Veterans Day, la fête des anciens combattants, sur les échos pacifistes de « Yellow Belly » (le premier single tiré de cet album). En plus du pressage américain, Nev finança lui-même une sortie limitée au Royaume-Uni en puisant dans l'à-valoir perçu à la signature de son contrat. L'album incluait « Red-Handed »* [« La Main dans le sac »], *dernier morceau enregistré et le préféré d'Opal parmi ceux écrits à la va-vite par Nev pour remplacer « Black Coffee ».*

Ayant dépensé tout son budget pour payer les musiciens, Hize dut financer le reste avec des bouts de ficelle, notamment la promotion et le marketing. Pour dessiner la pochette du disque, il recruta une jeune étudiante, en dernière année d'Arts plastiques au Pratt Institute. Naomi Sigrin prit en photo un distributeur de bonbons dans un studio violemment éclairé de l'université, puis photographia séparément Opal et Nev arborant chacun toutes sortes d'expressions. Après avoir rétréci leurs portraits, Sigrin découpa les têtes au cutter et les colla sur les bonbons, donnant l'impression que les deux artistes étaient prisonniers dans la machine et qu'on pouvait les acheter moyennant une pièce. (Au grand soulagement de Kelly, Opal n'apparaissait pas chauve sur la pochette – elle avait enfilé sa perruque afro pour le shooting, afin d'imiter la rondeur des bonbons.)

BOB HIZE

Nous avons lâché l'album dans la nature et retenu notre souffle. Nous le trouvions bon, mais n'étions pas certains que cela suffirait. La musique rock était encore dans le creux de la vague – nous venions de perdre coup sur coup Jimi et Janis, souvenez-vous. Sans oublier que les Beatles avaient mis la clé sous la porte quelques mois plus tôt. La disparition soudaine de ces pierres angulaires donnait l'impression que rien n'était vraiment solide dans l'industrie musicale, et que ça pouvait s'effondrer à tout moment. Qu'il pouvait se passer n'importe quoi.

Et il se passa… pas grand-chose. Les efforts de Hize pour générer un peu de promotion demeurèrent vains, et au début, l'album n'attira pas tellement l'attention des stations de radio et des critiques. (Lesquels se montrèrent beaucoup plus intéressés par la sortie de l'album solo post-Beatles de George Harrison, All Things Must Pass, *publié plus tard ce mois-là.)*

Toutefois, les quelques mois passés par Nev à l'université n'avaient finalement pas été vains : l'écrivain Stewart Fitzsimmons, qui avait étudié le journalisme à l'University of London à l'époque où Nev y avait fait sa brève apparition, publia une critique dans le journal anglais New Musical Express. *Fitzsimmons y précisait que, s'ils ne se connaissaient pas personnellement, il avait entendu Nev jouer dans deux ou trois pubs du campus.*

EXTRAIT DE L'ARTICLE
« DE LA FAC AUX ÉTATS-UNIS »
New Musical Express, *édition du week-end,*
21 novembre 1970,
par Stewart Fitzsimmons

Par rapport à l'époque où il se produisait en échange d'une pinte, Charles chante avec davantage de gravité. Le son nasillard qui donnait souvent à ses brillantes études de caractère un côté un peu agaçant a cédé la place à une voix plus riche et plus dense – qui n'est pas sans rappeler, parfois, celle de McCartney sur « Lady Madonna » ou « Golden Slumbers ». Peut-être s'agit-il là d'un de ces coups de baguette magique propres aux studios d'enregistrement, mais il ne fait aucun doute qu'une partie au moins de ce changement est bien réelle, et lui vient sans doute d'avoir traîné ses guêtres dans les rues de New York…

La palette de Charles offre en outre une nouvelle couleur : la partenaire noire qui se joint à lui sur les meilleurs morceaux de l'album et a même droit à une chanson en solo vers la fin (« Red-Handed »). Elle s'appelle Opal Jewel et, à en croire le communiqué de presse reçu par notre journal, elle a été découverte alors qu'elle gâchait son talent en chantant avec sa sœur sur les scènes amateur de Détroit. Dans « Evergreen », un canon romantique en duo tout en retenue, Charles assure la stabilité de la mélodie tandis que son excentrique partenaire expérimente autour de lui. Elle grimpe dans les aigus, se laisse retomber, parle à demi… Elle n'a rien d'une grande vocaliste, techniquement parlant, mais on ne peut pas lui reprocher d'être ennuyeuse.

J'ai trouvé *Polychrome* particulièrement séduisant quand les amplis se mettent à gronder. S'il venait à rencontrer un certain succès aux États-Unis, le morceau « Yellow Belly » agacera certainement Mr Nixon et les vieux schnocks de sa génération, non seulement à cause du message politique qu'il véhicule, mais par son esthétique aussi bruyante qu'échevelée. De manière similaire, « Chalk White » brise les tympans, à plein volume…

Avis général : mérite d'être écouté, malgré son manque de cohésion et sa pochette poussant trop loin le ridicule.

ROSEMARY SALDUCCI

Bob m'a fait faire à peu près un million de copies de cet article du *NME*, et j'ai dû ensuite les poster à ces mêmes stations de radio qu'il avait déjà suppliées tant de fois. Ça n'avait rien de dithyrambique, mais c'était plus ou moins la seule critique existante.

HOWIE KELLY

Moi, ce que je veux, ce sont des ventes, je veux que ça passe à la radio, je veux un papier dans *Rolling Stone* ou le *Village Voice*, ou même dans une publication du niveau de votre torchon. *[Rires.]* Oh, je déconne… Ce que je veux dire, c'est que j'aurais vendu ma couille gauche pour que ce truc décolle vraiment. Là, Hizey vient me voir tout excité avec cette malheureuse critique de rien du tout publiée à trente mille kilomètres de New York, en me disant combien c'est incroyable d'apparaître dans le *NME*. Alors je lui réponds, « *NME* ? C'est l'acronyme de quoi, Bob ? “*No Money Ever*” ? Pas d'argent, jamais ! »

BOB HIZE

Je pensais que le papier du *NME* susciterait un peu plus d'intérêt ici, aux États-Unis, mais j'ai tout juste eu droit à un haussement d'épaules. Je m'en voulais tellement au sujet de la pochette – je me disais, *Oh, mon Dieu, les gens n'arrivent pas à passer outre, ils n'ont même pas envie de l'ouvrir pour écouter l'album, tout vient de là !* Parce que je n'arrivais pas à concevoir que la musique ne soit pas irrésistible. Je savais qu'elle l'était.

PEARL WELMONT

Opal nous a envoyé par courrier un exemplaire de l'album et maman a ouvert l'enveloppe et a vu son visage sur la pochette, ce distributeur de bonbons, ooooh… Nous avons hurlé, nous étions excitées comme des gosses ! Nous avons couru chez Mrs Dennis pour lui montrer l'album et aussi pour utiliser sa platine. C'était assez marrant quand nous avons posé l'aiguille sur le vinyle car, Seigneur, ce n'était pas le genre de musique auquel nous nous attendions. Nous avons sauté deux ou trois morceaux, pour tout vous dire, car maman avait un début de migraine. N'empêche, nous étions fières.

NEV CHARLES

Papa m'a appelé pour me dire qu'il avait eu du mal à trouver le disque à Birmingham, mais que cette bonne vieille Carol avait réussi à mettre la main dessus, et qu'elle avait eu plaisir à l'écouter avec ses copines du club de sport, pendant leur soirée « Vin et fromage » du mercredi. Donc oui, stupéfaction : je faisais un tabac auprès des poufs de plus de cinquante ans…

OPAL JEWEL

Claudia *[l'épouse de Hize, à cette époque]* nous a invités, Nev et moi, à fêter Thanksgiving chez eux, cette année-là. J'aurais préféré rester avec Virgil ou miss Ernestine, mais ils étaient tous deux partis rendre visite à leur famille, et je n'avais pas assez d'argent pour voyager où que ce soit. C'était tellement gentil de la part de Bob et Claudia de nous accueillir, d'autant que c'était leur première fête importante depuis la naissance de la petite Melody, mais être assise à cette table en face de

Nev – c'était d'une *tristesse*... Il était déprimé à cause du disque et encore un peu fâché après moi à cause de « Black Coffee », et, pour la première fois depuis mon arrivée à New York, j'avais le mal du pays. Je voulais la tarte aux patates douces et le gratin de macaronis de ma mère, tu comprends ? Ça ne m'aurait pas dérangée de chanter à droite et à gauche avec Pearl du moment que j'avais ça. Mais nous étions à New York, il faisait un froid de canard et nous avions sorti une merde, et tu sais aussi bien que moi que les Blancs ne savent pas cuisiner le chou vert.

Hize n'avait plus le budget nécessaire, sans parler d'une justification convaincante, pour mener une vraie tournée promotionnelle. Le mieux qu'il pouvait faire, c'était organiser des concerts acoustiques à New York et aux alentours, en espérant que son duo parviendrait à transmettre au public une partie de l'énergie de l'album, et qu'ils vendraient peut-être quelques-uns des disques qu'ils trimballaient avec eux dans de petites caisses en bois. Mais il se retrouva bien vite confronté à la question qui lui avait déjà traversé l'esprit lors des sessions d'enregistrement : quel était ce public, au juste ?

BOB HIZE

Au début, c'étaient des petits clubs de rock dans l'East Village. J'avais demandé à Opal et Nev de m'accompagner pour les présenter, mais après un seul coup d'œil à Opal, malgré l'accoutrement le plus dingue qu'elle avait pu ficeler, la plupart des gérants blancs répondaient : « On ne prend pas de groupes de R&B. » Ce qui est assez drôle, d'ailleurs, car ces mêmes clubs auraient tué père et mère pour que les Rolling Stones fassent un saut chez eux. Enfin... Une fois qu'on leur a expliqué que ce n'était pas vraiment du R&B, certains finissaient par céder, mais ils nous programmaient en tout début de soirée. Il n'y avait quasiment personne dans la salle, sauf peut-être Virgil LaFleur et ses amis, ou une poignée d'étudiants de NYU qui n'étaient pas intéressants car trop fauchés pour se payer des verres, et quand on rappelait les gérants pour négocier une autre date, ils disaient : « Oh, vous n'avez pas attiré assez de monde. » Nous tournions en rond, en nous grillant dans tous les clubs, les uns après les autres.

Nous n'avions pas le même problème à Harlem et Brooklyn, enfin, pas tout à fait, mais ces dates-là brisaient le cœur d'Opal pour d'autres raisons.

OPAL JEWEL

Les premières fois qu'on s'est produits sur scène dans les salles des Blancs, les gens étaient tellement perplexes. *[Rires.]* Ils nous regardaient avec des sourires niais en penchant la tête, comme s'ils essayaient de comprendre ce qu'ils avaient sous les yeux. Et à la fin de chaque concert, l'un de ces idiots venait immanquablement me voir, poing levé, pour me dire « Power to the people » ou m'appeler « Sister », le genre de truc qui me faisait comprendre que rien – ni la musique, ni les petites plaisanteries, ni même mes habits – n'était plus digne de commentaires que le fait que je sois noire. Comprends-moi bien : tous ceux qui vous disent que, pour eux, les couleurs n'existent pas sont de foutus menteurs. Mais il y a une grande différence entre ce qu'on *voit*, et ce qu'on *dit*. Et leurs petites remarques, leurs tentatives de parler comme des Noirs ou je ne sais quoi, pour moi, c'était leur manière de me faire savoir que ma présence ici ne les dérangeait pas, que j'étais la bienvenue sur ce qu'ils considéraient à l'évidence comme étant *leur* scène.

Et puis on essayait les endroits noirs, et les gens n'étaient pas perplexes du tout, ma chérie – ils savaient très bien ce qu'ils pensaient dès qu'ils voyaient Nev et entendaient ce drôle de son. *[Rires.]* Vendue, Arriviste, Bounty, Hypocrite… Pendant un moment, j'ai eu droit à tout un tas de nouveaux surnoms.

JIMMY CURTIS

La musique en elle-même n'a pas de couleur. C'est un continuum qui débute avec le tambour et se décline à partir de là. L'industrie et l'argent, c'est ça qui fout tout en l'air. Je sais pourquoi les Noirs réagissent comme ça. Le rock'n'roll, c'était juste une légère variante du blues, mais les Blancs ont fait comme si c'était leur grande invention et ils ont eu le culot de tous nous écarter, ou presque, quand le fric s'est mis à pleuvoir. Donc nous, on s'est dit : *Oh, et puis merde – ça c'est à vous maintenant, et ça c'est à moi, et que personne s'avise de franchir la ligne.* Tu vois, c'est ce que je dis toujours sur les États-Unis – on a la manie de tout classer, on colle une étiquette et on range au fond d'une boîte. Toujours à décréter qui a le droit de posséder quoi. Mais au bout du compte, ça n'a rien à voir avec la musique, tu piges ? La musique, c'est le feu, la passion, l'âme, et chacun a sa manière de l'exprimer.

Moi je joue avec toutes sortes de gens et j'aime ça, parce qu'on peut pas me cataloguer. J'ai droit à beaucoup de respect. Mais quelqu'un d'aussi visionnaire que Hendrix par exemple, eh bien, c'est pas facile pour lui avec ceux de notre race. Ils lèvent les yeux sur la scène, ils voient tous ces Blancs aux cheveux longs autour de mon incroyable brother, et ils se disent : *Nan, ça c'est pas pour nous.* Se focaliser là-dessus alors que ce type est capable de faire hurler sa guitare, c'est une tragédie. Mais c'est ce qu'ils se disent, tu vois – *Il sait plus où il est, ce gamin.*

BOB HIZE

Toutes les portes se sont refermées en un clin d'œil. À la fin de l'année, nos dernières chances étaient épuisées.

OPAL JEWEL

Bien sûr que ç'a été douloureux, mais c'était une douleur que je connaissais bien – je n'avais jamais réussi à trouver ma place ailleurs que dans le coin des monstres. La raison pour laquelle ça m'a tant affectée, c'est la manière dont Nev a pris ça. Il déblatérait à longueur de temps sur sa fierté d'être différent, mais tout au fond de lui, pfff, cet homme était si sûr de lui. Il s'attendait à sortir ce disque et, qu'aussitôt, ce serait la gloire – il voulait l'amour, l'argent et un gros tampon « Approuvé » sur son front. Nev jouait à être différent, mais je ne suis pas sûre qu'il ait jamais compris ce que signifiait *vraiment* être différent. Que les gens normaux préfèrent repousser ce qui ne l'est pas, parce que ça les pétrifie de peur.

NEV CHARLES

J'ai déchanté sur l'Amérique, sur la musique pop, sur les préjugés des gens, leurs jugements à l'emporte-pièce et leur indécrottable manque d'imagination. Mais je veux que les choses soient claires : malgré les divergences artistiques qui ont pu apparaître ensuite, je n'ai jamais regretté un seul instant d'avoir travaillé avec Opal. Je reconnais sans hésiter le rôle qu'elle a joué dans ma carrière, c'est en partie grâce à elle que je suis arrivé là où je suis. Elle m'a aidé à mettre au monde une musique dont je suis extrêmement fier, et qu'un endroit incapable de nous accepter, elle et moi, *ensemble*, eh bien cet endroit-là n'est pas pour moi. Donc quand on s'est heurtés à ces difficultés, au début, il n'a jamais été question de changer de partenaire ou de style, ni de revenir à une formule en solo – la question, c'était de savoir si j'avais même envie d'essayer.

Mon instinct me poussait à continuer d'avancer, avancer, avancer comme je l'avais toujours fait, mais mon partenaire était aux abonnés absents. Alors j'ai pris l'habitude de descendre jusqu'à la 96e pour lui rendre visite, voir s'il voulait répéter ou me laisser essayer des nouvelles chansons, s'il en avait.

Il ne voulait pas allumer le chauffage dans son appartement, si bien qu'il venait ouvrir la porte avec douze pulls sur le dos, des mitaines et un de ces bonnets en laine avec un pompon dessus. Il avait des traces de draps sur le visage – il venait de se réveiller, à trois heures de l'après-midi. Dans ses placards, on ne trouvait que des boîtes de soupe Campbell's. Pas de légumes ni de poulet aux vermicelles ni quoi que ce soit qui aurait pu lui faire du bien, rien que des conserves bon marché qu'on vide dans une casserole – du genre crème de champignons, tu vois ? Avec du cheddar. Dégueulasse.

Pensant qu'il serait trop fier pour accepter la monnaie que j'avais dans ma poche, je débarquais avec les restes de chez miss Ernestine, ou une portion de sauté de bœuf aux poivrons achetée au Chinois à côté de chez lui. Je lui inventais une histoire sur où je l'avais trouvée, et il savait que c'étaient des bobards, mais il picorait quand même puis me disait qu'il était fatigué, qu'on se verrait plus tard.

Ça ne m'a pas trop inquiétée au début, parce qu'on peut s'en sortir en étant pauvre – moi, ça me rendait même plus têtue, plus créative. Là où j'ai commencé à me poser des questions, c'est quand il a arrêté de griffonner des paroles et de gratter des accords sur sa guitare. Il faisait de plus en plus froid dehors, et on aurait dit que Nev aussi était en train de geler à l'intérieur. Alors je suis allée voir Bob, et je lui ai dit : *Nev ne va pas bien.*

BOB HIZE

Je me sentais coupable avec Nev, parce qu'on lui avait tous donné de grands espoirs et ça n'avait pas fonctionné ; peut-être que je n'avais pas dépensé cet argent comme il fallait, alors que j'aurais dû penser davantage au côté business, et maintenant Howie allait sûrement le laisser tomber. J'en ai parlé à Claudia, qui avait beaucoup d'affection pour Nev et, autant qu'elle le pouvait, une grande patience avec moi, et elle est tombée d'accord sur le fait que nous pouvions nous serrer un peu quelque temps pour l'accueillir chez nous, afin que ses derniers mois à New York soient au moins plus confortables. J'ai inventé une raison absurde pour qu'il s'installe chez nous – il aurait notre canapé et donnerait en échange des cours de musique à Melody, même si elle avait un an à peine et que ses capacités motrices étaient, évidemment, assez rudimentaires. C'est grâce à cette ruse que nous avons vécu ensemble pendant deux mois, le temps qu'il retrouve sa fierté – soit en dégottant un vrai boulot, soit en rentrant en Angleterre.

NEV CHARLES

C'était hilarant, en fait : j'étais venu jusqu'en Amérique pour finir comme un fichu prof de musique, comme ce pauvre George Risehart. Voilà ce que je me disais en regardant Melody frapper sur son petit xylophone en plastique, je pensais à mon père et à sa bonne amie, cette fameuse Carol, je pensais à ma pauvre mère, et je riais pour ne pas me désagréger.

Pendant que Nev hibernait, Opal fleurissait. Des artistes de tous bords, aimantés par ses accoutrements spectaculaires, gravitaient autour d'elle. La scène new-yorkaise dans laquelle Virgil et elle s'étaient immergés pouvait se révéler parfois déroutante avec sa poudre aux yeux, mais les expérimentations sociales d'Opal lui faisaient oublier les déceptions de Polychrome *et, j'imagine, son aventure en cours avec mon père.*

OPAL JEWEL

Abandonner n'a jamais fait avancer personne. Alors je me suis dit : *Bon, ce projet n'a pas marché – au suivant.* Et puis, j'étais encore loin d'avoir honoré mon contrat, et je suis pas du genre pique-assiette. Alors, j'ai profité de cette période d'arrêt pour accomplir des choses. Je me suis mise à dessiner les spectacles que nous allions donner un jour, traçant littéralement des croquis de décors dans le carnet où Nev notait ses paroles, en rêvant tout haut de nos tenues avec Virgil.

VIRGIL LAFLEUR

ouvrant un vieil album photo

Le look de l'hiver était une affaire de couches et de textures. Nous utilisions beaucoup de feutrine, et nous avons même réussi un jour à confectionner un poncho matelassé avec une couverture violette. J'ai arrangé une ceinture par-dessus et *voilà**! – chic instantané.

Elle n'était pas encore habituée au froid sur son crâne nu, alors nous nous sommes amusés avec les chapeaux – celui-ci est un simple turban plissé avec un éventail japonais collé sur le côté, vous voyez ? Ingéniosité ! Ah, la base de celui-là était un saladier. Nous avons garni l'intérieur de flanelle, l'avons mis à l'envers et nous avons élaboré à partir de là… Il avait une jugulaire mais Opal devait le porter penché sur le côté et tenir sa tête d'une certaine façon – donc il ne fallait *absolument* pas qu'il y ait du vent. Les lèvres se paraient de prune, l'œil de bronze. Magnifique. À un moment, je prenais chaque jour une photo d'elle. Mon portfolio.

OPAL JEWEL

Je me sentais… mystique. Comme une œuvre d'art en mouvement. Les tenues que je portais étaient ma carapace et l'extérieur ne pouvait pas m'atteindre. J'attirais tellement l'attention rien qu'en me pavanant dans la rue… Toute cette énergie reçue – horreur, joie, sexe, dégoût – me réchauffait puis rebondissait sur moi. Quel que soit ce que vous me donniez, je vous le renvoyais aussitôt à la figure, chaque jour était une performance. Nev et moi n'étions pas parvenus à attirer du monde, dans aucune salle, mais j'imaginais que jouer devant un public immense, tous ces gens concentrés sur vous et vous encourageant, devait vous procurer ces sensations-là, puissance mille. Enfin bref, ma chérie, je répétais pour le rôle de la bête de scène intergalactique, et tout New York était prévenu.

VIRGIL LAFLEUR

Il y avait toujours une fête quelque part en ville, le samedi soir, et si votre papa avait des obligations quelque part, je sortais avec Mad et nous étions le clou du spectacle. Elle faisait forte impression. Si je sortais seul la semaine suivante, les gens me demandaient : « Où est ta fascinante amie ? »

OPAL JEWEL

Un galeriste que nous avions croisé quelque part a proposé de me payer pour que je me pointe à son vernissage. Je lui ai demandé : « Que voulez-vous que je fasse ? Chanter ? », et il m'a répondu : « Soyez juste fabuleuse comme vous l'êtes maintenant. » Alors Virgil et moi, on y est allés et on a fait le tour de la galerie, encore et encore, en buvant du champagne et en faisant semblant d'étudier les éclaboussures de peinture. Tout le monde était glamour, riche et distant, personne ne nous a vraiment adressé la parole, mais on sentait qu'ils nous observaient du coin de l'œil. À la fin de la soirée, le type m'a filé cinquante dollars en me remerciant d'être venue. Je me suis dit : *Eh bien, c'est quand même quelque chose…*

VIRGIL LAFLEUR

Notre adresse postale s'est retrouvée sur une liste, et nous avons commencé à recevoir des invitations. D'autres galeries, des concerts, des artistes un peu plus en vue…

OPAL JEWEL

Parfois, ça devenait barbant. Ça ne me dérangeait pas d'être au centre de l'attention, mais certains de ces fêtards mondains se révélaient aussi bidon à l'intérieur qu'ils l'étaient extérieurement, et en plus, ils étaient à moitié shootés aux amphétamines et à leur propre ego. On essayait d'avoir une conversation avec ces gens sur un sujet quelconque – la politique, la musique, ce qu'on prenait au petit déjeuner – et ils hochaient la tête comme s'ils écoutaient, mais leurs yeux leur sortaient de la tête.

Virgil m'a suggéré de me mettre à l'herbe, Dieu le bénisse, pour me détendre et passer de meilleures nuits. Il me jurait que quelque chose de grand allait venir. Pour lui, ça voulait dire rencontrer miss Diana – Vreeland, la rédactrice en chef de *Vogue*, pas Diana Ross, même s'il n'aurait pas été fâché non plus. Pour moi, ça signifiait nous faire engager, Nev et moi, pour un concert au Max's *[le Max's Kansas City, un restaurant-discothèque du quartier d'Union Square, à Manhattan]*.

Ça, c'était une bonne salle – un endroit sauvage, un repaire de drogués, ouais, mais un lieu de rendez-vous pour les *freaks* et les artistes qui aimaient les côtoyer. Quand j'ai commencé à fréquenter cette scène-là, Andy Warhol avait cessé d'y venir, mais on sentait encore ses ondes dans cette *backroom* où il avait longtemps régné – tu sais, la sensation qu'on pouvait être une personne bizarre parfaitement inconnue un jour, et ressortir du Max's le lendemain dans la peau d'une superstar glamour. Tous ceux qui venaient là avaient quelque chose de spécial, une vibration, et les contacts qu'on pouvait y faire étaient légendaires. Je n'ai pas été étonnée d'apprendre, quand Blondie est devenu célèbre, que Debbie Harry avait été un temps serveuse au Max's, ou qu'Iggy Pop y avait rencontré David Bowie.

L'été d'avant, ils avaient réaménagé l'étage pour en faire un espace destiné aux fêtes et aux concerts. Le Velvet Underground était venu en résidence, les derniers concerts avant que Lou *[Reed]* quitte le groupe, et après ça, l'étage du Max's est devenu encore plus couru. On ne savait jamais qui allait se pointer. Des célébrités, ouais, ça c'était garanti. Mais peut-être aussi *[les grands producteurs de musique]* Ahmet Ertegun ou Clive Davis *[qui avait signé le groupe Aerosmith après un concert au Max's en 1972]* –, des gens friqués qui pourraient nous être utiles, à Nev et moi, si Rivington décidait de nous virer.

Je m'efforçais d'apprendre à repérer les bonnes personnes et à les aborder. Ma stratégie consistait à me comporter de la même manière que Lou chantait, ou bien ma chanteuse préférée, Rose Stone, sur « Everyday People » – cool et désinvolte, genre… rien à faire. Je ne pouvais pas me pointer là-bas en exigeant de parler à Sam Hood *[le programmateur des concerts du Max's]*, ni distribuer le disque et supplier qu'on me donne ma chance. Alors je me baladais dans la salle. Je fumais, je buvais mon verre de vin, j'observais les gens et leur cinéma. J'engageais la conversation avec les gens autour de moi et ils me trouvaient drôle, j'imagine, ou bien j'avais une allure particulièrement intéressante dans cette lumière rouge *[émanant d'une sculpture de Dan Flavin qui ornait la backroom]*. Et puis mine de rien, en passant, je glissais : *Oh ouais, je fais de la musique avec mon partenaire britannique*… Ooh, je mourais d'envie qu'on me donne ma chance à l'étage ! « Nev Charles, feat. Opal Jewel, au Max's Kansas City » : j'étais déjà en train de designer le flyer, ma chérie, je *visualisais* !

Mais nous n'avons jamais pu jouer au Max's, car le Rivington Showcase s'est déroulé avant qu'on en ait l'occasion. Imagine si notre premier grand spectacle avait eu lieu là, à la place : je ne serais peut-être pas en train de te parler, aujourd'hui. Mais bon, j'aimerais me dire que si. J'aimerais me dire que nous serions devenus célèbres de toute façon, car nous étions si bons. J'aimerais me dire qu'il n'était pas nécessaire que des vies soient détruites pour qu'Opal & Nev se fassent un nom.

NOTE DE L'ÉDITRICE

Prononcez ce nom, « Opal & Nev », et l'image qui vous traversera l'esprit sera probablement celle d'un chaos – plus précisément, le cliché iconique pris par Marion Jacobie en 1971, Opal juchée sur le dos de Nev, s'enfuyant au milieu de leur prestation calamiteuse au Rivington Showcase. Après sa publication initiale sur six colonnes, dans les pages intérieures du *New York Times*, la Photo, comme nous l'appellerons ici, est apparue dans ses versions couleur et noir et blanc dans *Life*, *Rolling Stone* et *Aural.* On l'a montrée dans les journaux télévisés et les talk-shows, elle a même été finaliste du prix Pulitzer avec d'autres images de cette période troublée. Les détails du contexte dans lequel elle a été prise sont sans doute devenus nébuleux avec le temps – qui avait lancé quelle insulte le soir de ce concert, qui avait assené le premier coup de poing, et de quelle manière exacte, d'ailleurs, Opal avait-elle détruit ce drapeau ? Il n'empêche, la Photo perdure, criant débâcle plus fort que des mots. De nos jours, elle est arborée comme une provocation politique et une affirmation d'identité, recontextualisée sur des posters et des T-shirts, accompagnée de hashtags comme *#BlackLivesMatter*, *#HeForShe*, *#TheFutureIsFemale.*

Mais les protagonistes de la Photo, eux, se montrent notoirement chatouilleux quand on aborde ce sujet. Lors de notre entretien organisé au pied levé à bord de son jet privé, Nev a par exemple écarté avec une irritation croissante la plupart de mes questions sur les minutes qui ont précédé le déclenchement de l'obturateur. Après ces échanges, j'ai décidé de mieux préparer ce qui promettait d'être les entretiens les plus cruciaux publiés dans ce livre – notamment mon troisième tête-à-tête avec Opal, où j'envisageais de creuser le rôle d'agitatrice qu'elle joua ce soir-là ; et le premier avec Chet Bond, dont les potes réagirent à ladite agitation, ce soir-là, en tabassant à mort Jimmy Curtis.

Je redoutais ces deux interviews, pour des raisons différentes. Je ne savais toujours pas comment m'y prendre pour pousser Opal à s'ouvrir au sujet de sa liaison avec mon père, et je craignais qu'elle ne se ferme complètement si j'employais les mauvais termes pour évoquer les circonstances de sa mort. Avec Chet Bond, je courais le risque opposé – j'ai compris, dès que je l'ai eu au téléphone pour finaliser mon voyage et qu'il m'a remerciée d'une voix traînante « de laisser un type normal comme [lui] donner sa version de l'histoire », qu'il allait se faire un plaisir de raconter tout et n'importe quoi, sans la moindre vergogne.

Mais au-delà de l'appréhension que je pouvais éprouver, j'avais des raisons stratégiques de repousser ces entretiens. Garder les confrontations les plus épineuses pour la fin est un vieux truc de journaliste – une manière de s'assurer qu'on a tous les faits en main, les points de vue respectifs des uns et des autres, avant de s'attaquer aux sujets explosifs. Alors, pour préparer ces échanges avec Opal et Chet, j'ai demandé à l'équipe d'*Aural* de m'aider. Ce que je cherchais, c'était la variété de leurs avis sur la Photo, les associations qu'elle évoquait chez les uns et les autres. « Soit quand vous l'avez vue pour la première fois, leur ai-je donc expliqué un jour dans notre salle de conférence, l'été dernier, soit en la regardant, là, maintenant.

— Vous comptez publier les échanges d'un comité de

rédaction ? » s'est étonné Phil Francisco, l'éditorialiste anticonformiste le plus populaire d'*Aural*, avec plus de trente ans d'ancienneté. Son ultime diatribe en dernière page avait porté sur la nuisance des portables brandis lors des concerts pour filmer ; il enveloppait à présent d'un regard noir l'iPhone que j'avais posé sur la table afin de capter notre conversation.

« Je sais, ce n'est pas trsès conventionnel, ai-je reconnu. Je crois qu'on peut dire ça de ce projet en général. Mais j'ai devant moi une salle pleine d'experts fanatiques du rock'n'roll, captifs de surcroît, alors je me suis dit que ça ne ferait pas de mal de recueillir votre point de vue avant d'aborder le sujet avec Opal. Mais ceux qui ne se sentent pas de m'en parler, ou qui ont l'impression de ne pas pouvoir être sincères, pas de souci : vous n'êtes pas obligés de rester. Je vous promets de ne pas mal le prendre. » J'ai senti plusieurs paires d'yeux glisser nerveusement dans ma direction, mais personne ne s'est levé. Sur ma droite, Phil s'est enfoncé dans son fauteuil Aeron sur mesure en pianotant sur les accoudoirs, de ses doigts alourdis de bagues en argent et couverts de tatouages. « Bref, ai-je repris. Que vous inspire cette photo, précisément ? Des réflexions ? »

Je m'étais d'abord tournée vers mon directeur de la rédaction, Ben Hinneman – pas seulement parce qu'il était la voix la plus mesurée et prévenante dans cette salle, mais aussi parce qu'à l'occasion d'un quiz de culture générale organisé au bureau quelques années auparavant, à l'époque où nous étions encore de simples collègues et où nos activités étaient plus amusantes, il avait remporté une carte cadeau Amazon en se souvenant d'un détail d'une extraordinaire futilité : le nom du créateur et la taille gravés sous la chaussure à semelle compensée qu'Opal Jewel tendait à l'arrière-plan de la Photo, tel le boutoir d'un bélier. (Et puis, j'avoue, j'avais désigné Ben histoire de le taquiner encore un peu : le jour où je lui avais confié pour la première fois que j'étais la fille de James « Jimmy » Curtis III, il m'avait dévisagée et demandé, avec une telle candeur que j'avais failli recracher mon déjeuner : « Qui ça ? »)

« Booooon, a répondu Ben. Je ne suis pas sûr qu'on soit censé mettre le doigt *précisément* sur la magie. C'est ça le truc, non ? En plus du drame, elle contient toujours un mystère. Je veux dire, bien sûr, on connaît les grandes lignes de ce qui s'est passé, mais que *ressentaient* ces deux-là à cet instant précis ? Ni l'un ni l'autre ne donnent vraiment de détails sur ce point et – sans vouloir faire offense à tes talents de journaliste, Sunny – j'ai bien peur qu'ils ne le fassent jamais.

— Effectivement, je n'ai pas pu tirer grand-chose de Nev à ce sujet, ai-je avoué.

— Sans doute parce qu'en dévoiler trop, ça ruinerait l'effet, a fait remarquer Ben. Je veux dire, regardez le visage d'Opal – waouh, quelle expression ! Tellement tendue et en même temps ouverte. Exprime-t-elle le pouvoir ? La rage ? Le triomphe ?

— La douleur ? ai-je suggéré, sincèrement curieuse de savoir s'il la décelait.

— Tout à fait, c'est possible. Mais si on en dit trop sur ce que contient cet instant, l'image ne serait plus aussi évocatrice, n'est-ce pas ? Là, en l'état, vous et moi pouvons prendre toutes les opinions imaginables au sujet du drapeau confédéré, de la place de la politique dans l'art, sur les carrières solo d'Opal et de Nev, sur, hem, la victime… » Il a marqué une pause ; je lui ai fait signe de poursuivre. « Et nous pouvons projeter toutes ces idées dessus.

— J'ai toujours trouvé qu'elle avait l'allure d'une star, a confié Hannah Cleary, une éditrice photo. Une déesse guerrière punk.

— Une déesse guerrière *afro*-punk », a clarifié notre responsable des réseaux sociaux, Pooja Banerjee, récoltant au passage quelques murmures approbateurs.

Les membres de la rédaction se sont tus le temps d'étudier la Photo, que j'avais agrandie et affichée sur le panneau de liège où nous punaisions les pages de chaque numéro en cours de réalisation. C'était la version qui avait d'abord été publiée en énorme dans le *Times* – je l'avais toujours préférée en noir et blanc. Quelque chose dans son dépouillement, à mes yeux, en renforçait l'aspect dramatique :

La perruque à crête d'Opal, agitée par le vent, qui pend derrière elle. Le front plissé, la bouche grande ouverte, tendue, la veine gonflée courant le long du côté droit de son cou incliné. L'éclat de lumière blanche miroitant sur les paillettes collées au bout de ses cils. Une jambe tendue pour faire mal et l'autre repliée, le genou écorché. Un pied nu. Ses longs bras noirs enveloppant un cou blanc, poignets croisés en X, comme le symbole qu'elle a anéanti.

« Donc si Opal est une déesse guerrière afro-punk, ai-je repris, brisant cette rêverie, ça fait de Nev – quoi, au juste ?

— Un *Cheval de Guerre…* » a lancé quelqu'un, prononçant « *Warrrrr Horrrse* » avec un accent anglais grondant que nous avions l'habitude d'imiter, référence à une annonce pour la fameuse pièce, à Broadway, qui était un temps passée en boucle sur la chaîne de télévision new-yorkaise NY1, au point d'en devenir insupportable.

Cette *private joke* entre collègues nous a fait ricaner un moment, mais je n'en avais pas encore terminé avec eux. « Sérieusement, les ai-je relancés. Que vous inspire Nev, sur cette photographie ? »

Le cou blanc. La maigre carcasse courbée titubant sous le poids d'Opal. Des ruisselets noirs striant ses joues, de sombres efflorescences de sang tachant sa chemise à col boutonné. Les bras invisibles, le regard vide, la bouche béante comme celle d'un poisson.

« Il me semble que c'est à ça que ressemble un allié, a déclaré Pooja.

— Oh arrête, a protesté Phil en roulant de gros yeux. Qu'est-ce que tu veux dire par là ? »

Pooja s'est recroquevillée un peu sur elle-même. J'ai tendu la main vers Phil pour qu'il cesse de l'interrompre. « Continuez, ai-je dit à Pooja.

— J'imagine… J'imagine que ça veut juste dire qu'il était là, en pleine bataille, avec elle. Et en faisant abstraction de ce que nous savons sur eux aujourd'hui… En termes de symbolisme visuel, n'est-ce pas une puissante inversion du récit dominant ? Le privilégié et la marginalisée échangeant leurs rôles, juste après que cette dernière a réduit à néant un symbole de la suprématie blanche ? » Personne n'a bronché. « Je veux dire, quelque chose se joue ici en termes de race et de genre, a-t-elle continué. C'est un peu le *Ground Zero* du wokisme. Toute une conférence TED y est d'ailleurs consacrée. La vidéo est devenue virale le mois dernier. Je vous enverrai le lien tout à l'heure.

— Voilà ce que je vois, moi, a enchaîné Phil, en s'appuyant si fort contre le dossier que son fauteuil a craqué. Il court planquer ses fesses, et celles d'Opal, parce que ça craint pour eux. Point barre. Oh, et puis aussi, il a l'air vraiment pitoyable. Laminé, putain. Je veux dire, je sais qu'on en a rigolé tout à l'heure, mais vous ne trouvez pas que Nev Charles ressemble au pauvre type auquel Mick et Keith pensaient en écrivant « Beast of Burden » *[« La Bête de somme », publiée en 1978 dans l'album* Some Girls*]* ?

— Tu veux dire qu'il a l'air d'une victime, donc, ai-je conclu.

— Un peu, ouais, mais je veux surtout dire qu'il a l'air d'une choch…

— C'est *bon*, Phil.

— Désolé, a-t-il dit en levant les bras. Je croyais qu'on se disait les choses sincèrement…

— Ce que je voudrais comprendre, est intervenue Hannah, c'est pourquoi, d'après vous, la force d'Opal signifie forcément sa faiblesse à lui. »

Phil a soupiré. « Bon Dieu, Sunny, c'est quoi l'intérêt de tout ça, déjà ?

— Il n'y a pas de bonne ou de mauvaise réponse, ai-je répliqué. Je voulais juste connaître les impressions que ce cliché inspire aux gens, parce que ce sera évidemment un élément crucial du livre, et, à l'évidence, cette image provoque des sentiments marqués, encore aujourd'hui. Donc oui, tout est valable, tout est utile. »

C'est alors que Jonathan Benjus Jr. – le jeune directeur d'*Aural*, notre big boss, JBJ pour faire plus court – a poussé la porte de la salle de conférence. « Faites pas attention à moi, les gars », a-t-il lancé en se recroquevillant comme s'il cherchait un siège libre au théâtre après l'extinction des lumières. D'un geste vif, il a sauté sur l'un des meubles à tiroirs alignés contre le mur du fond et s'est assis, jambes croisées. « Je me suis dit que j'allais juste passer en vitesse pour voir sur quoi vous êtes en train de bosser. »

JBJ avait hérité d'Aural Media, légué par son père fin 2014, alors qu'il avait vingt-huit ans et venait de sortir diplômé de la Harvard Business School. Il avait rendu plusieurs d'entre nous nerveux avec sa première conférence retransmise en direct sur les réseaux sociaux : il nous avait réunis dans une salle de cinéma louée pour l'occasion, nous avait servi du popcorn et des paquets de Twizzlers, avait sorti de sa manche Vin Diesel venu nous saluer, Dieu sait pourquoi, puis s'était lancé dans une présentation parfaitement huilée sur la nécessité d'une collaboration plus étroite entre la rédaction du magazine et son département publicitaire. Je le connaissais à peine lorsqu'il m'avait fait monter dans son bureau afin de sonder mon intérêt pour le poste de rédacteur en chef, et ma promotion surprise avait été mise en avant comme la première grande décision prise par JBJ en tant que directeur – l'héritier émergeant enfin de l'ombre de son père, avait claironné le *Wall Street Journal*, sous un portrait de JBJ assis à son bureau, sa collection de jouets *Star Wars* garnissant toute une étagère derrière lui. Maintenant que j'étais sa subordonnée directe, je ne savais pas encore vraiment comment l'appréhender. D'un côté, le fait que JBJ portait rarement le costume, préférant les jeans noirs et les T-shirts de rock vintage sous des blazers slim hors de prix, suggérait qu'il était un type cool et décontracté qui aimait simplement tout ce que représentait *Aural*, et traînait juste dans les parages pour se sentir plus proche de cet esprit rock'n'roll. Mais le fait qu'il soumette à des groupes de discussion tous les sujets de couverture que j'avais proposés jusqu'ici et m'envoie sans cesse par email des exemples d'« innovations » tirés d'autres magazines – c'est-à-dire le genre de publicités intégrées qui, en tant que rédactrice en chef, me donnaient de plus en plus la nausée – envoyait un autre message. De manière plus frustrante encore, la simple présence de JBJ avait tendance à aspirer tout l'air de la pièce. Les membres de la rédaction restaient pétrifiés, qu'il vienne jeter un coup d'œil à leur écran d'ordinateur tard le soir ou se pointe par surprise dans une réunion.

Du moins, la plupart d'entre eux restaient pétrifiés.

« Don Jon ! s'est écrié Phil en se levant d'un bond. Prenez mon fauteuil, mon vieux.

— Oh non, je ne voulais pas vous interrompre, a répondu JBJ. Asseyez-vous, Phil, asseyez-vous ! Continuez, Sunny. »

J'ai feuilleté mon carnet. « Passons à ce qui est prévu pour le numéro de septembre…

— Oh, mais vous étiez en train de parler du prochain

volume d'*Aural History*, c'est ça ? m'a interrompue JBJ en regardant la Photo par-dessus son épaule. Ouais, Opal & Nev. Waouh. Super cliché. Hallucinant, pas vrai ?

— En fait, nous discutions de ce qu'il inspire aux gens, ai-je expliqué. C'est une sorte de test de Rorschach. Et vous, Jonathan que voyez-vous dans cette image ? » *Joue le jeu deux minutes*, me disais-je, *et il te laissera tranquille.*

« Bon, je suis pas très calé en art, mais elle a quelque chose de… » JBJ a secoué la tête, laissant échapper un grand soupir. « Pas de pression, hein, mais j'ai vraiment hâte de lire ce passage du livre…

— Je ne voudrais pas jouer les rabat-joie, est intervenu Phil en faisant de nouveau craquer le dossier son fauteuil, mais je disais justement à Sunny que je ne pigeais pas trop.

— Comment ça ? s'est étonné JBJ.

— En gros, je m'interroge juste sur sa réelle portée. Combien de temps le duo Opal & Nev a-t-il existé ? Ils ont sorti deux disques à peu près corrects et puis, fini. Ce truc, a-t-il ajouté en désignant d'un geste la Photo – est un peu hors sujet vis-à-vis de ce qu'on essaie d'incarner ici, vous voyez ? Ce que vous avez dit vous-même, Jon, quand vous parliez de notre promesse de marque. »

Je me suis éclairci la voix pour tenter de prendre la parole. « Ne nous…

— *Aural* va-t-il vraiment se centrer sur la musique ? m'a coupée Phil, répétant comme un perroquet l'énoncé officiel de notre mission en se tournant vers JBJ. Parce que si c'est le cas, alors pour moi, ça signifie pas de chiqué : du rock'n'roll pur et dur, qui ne concerne pas juste une petite niche de cosplayeurs un peu bébêtes apparaissant et disparaissant au gré de la mode. Bon Dieu, tout le monde ici sait que je ne suis pas très fan des trucs solo de Nev, mais un bouquin axé sur *ça*, encore, je comprendrais. Il a vendu des tonnes de disques, il a réussi à durer et à enchaîner les tournées, ce qui suppose une certaine... intemporalité. Mais cette brève période avec Opal ? OK, d'accord, ça pourrait être une partie de son histoire, mais sommes-nous obligés de lui donner plus d'importance qu'elle n'en a réellement ? C'est juste que je ne vois pas comment on pourrait en faire le noyau d'un volume d'*Aural History.* » Il a levé les mains au ciel et s'est tourné vers moi, comme pour clamer son innocence. « Voilà, c'est dit.

— Non, non, pas de problème », ai-je répondu en souriant. À l'intérieur, je bouillonnais. « Je comprends que tout le monde ici ne soit pas aussi impliqué dans cette histoire que, naturellement, je le suis. » J'allais en rester là, mais j'ai senti JBJ qui observait ma performance, pour voir comment j'allais mater la rébellion. « Mais voilà mon problème, ai-je poursuivi. Il y a eu plein de livres et de films au sujet de Stuart Sutcliffe...

— Ben ouais, parce qu'il était le cinquième *Beatles*, m'a interrompue Phil.

— ... et les gens sont toujours fascinés par Edie Sedgwick, et vénèrent les Faces, même si la carrière solo de Rod Stewart a fini par les éclipser en termes de ventes et... oh, attendez. Je crois me rappeler que quelqu'un ici a essayé de me vendre un article sur le seul et unique album de Minor Threat... Qui était cette personne, déjà ?

— Un papier de fond sur six pages dans le magazine, a rétorqué Phil en rougissant, tandis que le reste de la salle ricanait. Pas un livre entier.

— D'accord, d'accord. Là où je veux en venir, c'est que notre idée de ce qui est important, de ce qui a pu avoir de l'influence, nous avons le pouvoir d'investir ce champ-là. Je suis donc ravie que tu aies évoqué notre promesse de marque, Phil, parce qu'elle comprend un autre aspect sur lequel j'aimerais que nous nous concentrions tous : le fait qu'*Aural* est en constante évolution. Nous devons refléter l'esprit du temps et celui de notre lectorat, rester ouverts à toutes les facettes de la musique et de ce que les gens en disent.

— Les gars, je suis à fond d'accord avec Sunny là-dessus, a déclaré JBJ en entrelaçant ses doigts. *Ou-ver-ture.*

— Pour ma part, je suis fière que nous soyons tous dans cette salle des passionnés de musique, et que personne ne soit arrivé ici en empruntant le même chemin, ai-je renchéri. Pooja, c'est quand la première fois que vous avez adoré un artiste ?

— Euh… petite, j'imagine, quand j'étais fan de Gorillaz ? »

J'ai senti ses aînés dans la salle étouffer des gloussements.

« Ouais, est intervenu JBJ en hochant la tête. Je me souviens d'une de leurs chansons… "Clint Eastwood" !

— Ils étaient à l'intersection du rock, de la musique électronique et de l'anime, a développé Pooja. Tout ce qui m'intéressait. Ça me paraissait ambitieux… futuriste.

— Phil ? ai-je demandé. Quelle a été ton expérience formatrice, en tant que mélomane ?

— Facile : Led Zep, a-t-il rugi. *Physical Graffiti.*

— Un disque hallucinant, ouais, ai-je approuvé. Ben ?

— Moi ? Oh, j'étais un peu un geek. Ma mère m'a transmis son amour pour Billy Joel. Mais bon, *The Stranger* – pas ses trucs à la doo-wop. Je suis pas grave à ce point-là…

— Quant à moi, ai-je enchaîné, sans vouloir faire pleurer dans les chaumières, j'ai découvert Opal & Nev quand j'avais quatorze ans, et je peux affirmer sans équivoque que leur musique est ce qui m'a conduite jusqu'ici. J'étais seule à l'école, l'unique fille noire de ma classe. Seule à la maison – pas de frères et sœurs ni, vous le savez tous, de père. J'ai découvert ces deux marginaux et malgré tout ça – enfin, peut-être *à cause* de tout ça –, une connexion émotionnelle s'est tout de suite créée avec eux. Je sais, je sais, en partie à cause du tabou ; ces trucs censés être interdits, et qui vous attirent d'autant plus… Mais je vous jure, j'ai vu le visage d'Opal, l'expression farouche qu'elle avait, et pour la première fois j'ai eu le sentiment que moi aussi, je pouvais posséder un pouvoir. Comme si j'avais là le modèle d'une femme noire qui était plus qu'une simple survivante – elle était la fille la plus courageuse et la plus indomptable sur cette terre. Et puis, *Things We've Seen*, bon Dieu… Quand j'ai entendu la rage et la sauvagerie qui jaillissaient de ce disque, je me suis dit qu'Opal & Nev sonnaient exactement comme cette petite partie de moi qui vivait à l'intérieur. N'est-ce pas exactement le genre d'histoire que nous devrions ambitionner de raconter – comment cette musique rock a pu atteindre une jeune fille noire renfermée sur elle-même et lui donner l'impression d'être non seulement vue et entendue, mais investie d'un pouvoir ? »

De nouveau, silence dans la pièce. Quelques-unes des femmes les plus jeunes me souriaient timidement, signalant leur soutien. Mais parmi les hommes – la majorité de cette rédaction dont j'avais hérité –, un malaise palpable allait s'épaississant. Même mon vieil ami Ben surlignait studieusement un gribouillis dans son carnet. Me tournant vers JBJ, j'ai vu que sa bouche formait à présent une fine ligne tendue, le même air soucieux qu'il affichait dernièrement en observant nos chiffres de ventes s'effondrer. Avais-je été trop candide ? Du simple fait d'avoir raconté ma propre histoire américaine, pensaient-ils que j'avais joué la carte raciale ? Je n'arrivais pas à mettre le doigt sur la manière dont j'avais perdu mon auditoire, mais c'est ce qui venait de se passer. Et il était impératif que je le récupère.

« Enfin, pas la peine de s'éterniser sur ces histoires, ai-je dit dans ce que j'espérais être un gloussement d'autodérision. Le plus important, c'est qu'Opal & Nev vont se produire à

Derringdo l'année prochaine. »

C'était l'atout que j'avais dévoilé en faisant mon pitch à JBJ, l'information qui l'avait poussé à soutenir les yeux fermés la publication du livre dans le cadre de notre collection *Aural History*. Et là, il a eu le même effet, mais démultiplié.

« Attends un peu, s'est étranglé Phil dans un brouhaha de stupéfaction générale. Le grand concert du vendredi soir ? En tête d'affiche ?

— Yep, ai-je confirmé. C'est le gros revival de cette édition.

— Oh mon Dieu, c'est génial, s'est exclamée Pooja. J'hallucine !

— Je vous fais tous confiance pour que ça ne sorte pas de cette pièce, a lancé JBJ au milieu du vacarme. Ça ne sera pas annoncé avant un bon moment. *Aural* a l'exclusivité. Donc dès le début, nous serons les seuls à couvrir l'histoire, et quand le livre sortira, ça intéressera plein de monde. Sunny travaille déjà sur un super plan de lancement – des synergies vraiment formidables avec la prochaine tournée de Nev. » Il a souri en me félicitant, pouces levés. « Les gars, ça va faire un carton.

— Eh bien, m'a glissé Phil, tu aurais pu le dire tout de suite. » Il a fait le geste de zipper ses lèvres, et l'espace d'un instant je me suis sentie victorieuse, occupant à nouveau la position d'autorité dont ce connard essayait constamment de me déloger. Mais ce soir-là, au bureau, une fois tous les autres rentrés chez eux, le doute m'a assaillie. J'ai réalisé toute la pression qu'il y avait sur cette partie-là du livre, celle qui portait sur le Rivington Showcase et pourquoi les choses avaient dégénéré – là, il n'allait pas falloir se planter. À travers ces entretiens, bien sûr, c'était mon père que je cherchais. Mais à tous les lecteurs de la série *Aural History*, aux fidèles Mercurials et aux sceptiques comme Phil, j'avais promis davantage : d'extraire tous les détails juteux et captivants de cette émeute en m'attaquant à la question de savoir pourquoi Opal & Nev – en tant que duo musical singulier, et pas comme une simple image ni comme ce qui avait précédé la carrière de superstar en solo de Nev – avaient suscité autant d'attention dans le sillage de ce drame. Étais-je capable de ça ? J'avais eu beau me montrer persuasive et vulnérable pendant cette réunion, et raconter ma vérité à tous ces gens, j'avais toujours l'impression qu'on me considérait comme douteusement autre. Et comment mener la charge dans quelque bataille que ce soit si mes soldats eux-mêmes me remettaient sans cesse en question ?

chapitre 10

« LE MONSTRE QUE TU AS CRÉÉ »

★ ★

Dans cette histoire chaotique, il y a au moins un fait que personne ne songerait à discuter : Jimmy Curtis est mort car une vertèbre de son cou s'est brisée contre l'accoudoir en bois d'un siège. Telle est la cause directe confirmée par les rapports de la police, des médecins, les dépositions des témoins.

Ce qui est plus compliqué, plus sujet à conjectures, ce sont les autres facteurs qui ont mené au tabassage à mort qu'il a subi ce soir-là. Pas seulement les pressions économiques, la mauvaise organisation et les tensions politiques dont vous avez peut-être entendu parler ici ou là – mais aussi les trahisons, les egos surdimensionnés, les mensonges et les excès d'ambition que les témoignages recueillis ici tentent de mettre au jour. Toutes les personnes que j'ai interrogées ont une explication différente de l'émeute du Rivington Showcase, et certaines se sont braquées quand mes questions devenaient plus pressantes. Finalement, c'est peut-être Bob Hize qui résume le mieux la situation quand, reconnaissant sa propre culpabilité, il déclare : « Tout était de ma faute, et de celle d'Opal, et de celle de Nev, et de leur faute à tous les deux, et ainsi de suite. »

Mais nous commencerons tout en haut, pour placer le fameux chapeau sur la tête de celui qui doit le porter : le patron du label Rivington, Howie Kelly. Suite à la sortie de Polychrome, *flop le plus coûteux jusqu'alors de sa maison de disques, Kelly avait soif de succès après cinq ans à patauger dans cette industrie. Son deal avec Bob Hize était sur le point d'expirer, mais Kelly avait accepté de le prolonger de six mois – à condition que son producteur se concentre sur les autres artistes du label.*

HOWIE KELLY

Hizey avait tendance à s'attacher aux créateurs – il hébergeait Nev chez lui, nom de Dieu ! On ne peut pas s'impliquer aussi personnellement, car des fois ça ne marche pas et faut passer à autre chose. Les autres artistes venaient me voir, fâchés. « Il veut pas me recevoir », ou « On était censé enregistrer, là, vous l'aviez promis ». Je l'aimais bien, Bob, mais il était temps pour lui de redescendre sur terre. Alors j'ai décidé de faire venir des nouvelles têtes pour secouer le cocotier.

BOB HIZE

Il n'avait pas une vision cohérente de ce que devait être Rivington. On peut juger cela selon deux perspectives – la première, que c'est une brillante stratégie, car ça signifie que vous n'êtes pas limité à un style en particulier et que vous pouvez donc monter une écurie pleine de diversité ; ou bien, deuxième perspective, que c'est une attitude frileuse et purement commerciale, au petit bonheur la chance. Avant *Polychrome*, j'aurais plutôt été d'accord avec cette dernière. Mais le fiasco de l'album m'a rendu humble, et je me suis dit que Howie n'avait peut-être pas tout à fait tort. Parfois, la survie dans ce milieu exige qu'on se détache de ses goûts personnels et qu'on suive le mouvement, comme on dit. Alors nous avons entrepris de développer les artistes très divers que nous avions signés, pour voir ce qui pouvait marcher.

Parmi ceux qui faisaient la queue devant le studio d'enregistrement figuraient les Bond Brothers, un quartet de rock sudiste que Kelly avait découvert à l'occasion de vacances en Floride à la fin de l'été 1970. Chet Bond (voix), vingt-deux ans ; son petit frère Beau (guitare), dix-neuf ans ; et leurs voisins Cole Young (basse) et Donny Pendle (batterie), vingt et un ans tous les deux, avaient tous grandi à Live Oak, à cent quarante kilomètres de Jacksonville, d'où étaient originaires des groupes aussi légendaires que les Allman Brothers ou Lynyrd Skynyrd. Ils avaient rencontré Howie Kelly tout près de là, à Atlantic Beach, où ils passaient leurs week-ends d'été à se construire un public dans un bar miteux nommé le Sharky's.

HOWIE KELLY

Tout le monde a son petit avis sur qui était responsable *[de l'émeute du Rivington Showcase]*, pas vrai ? Les gens aiment bien se rejeter la faute comme une patate chaude. Vu que tout le monde joue à ce petit jeu-là, je vais vous refiler un tuyau, la personne que vous devriez appeler pour la cuisiner : la nana qui était ma putain de masseuse à l'époque ! Un scoop, rien que pour vous : c'est elle qui m'a dit que j'avais besoin de vacances, donc c'est à cause d'elle que je me suis retrouvé en Floride, OK ? Donc si les gens veulent me reprocher d'avoir fait venir les Bond Brothers, faudra aussi qu'ils appellent Song… Sing… putain, je me rappelle plus.

C'était à peu près au moment où j'ai dû intervenir dans l'embrouille entre Nev et votre père à propos de cette chanson, donc évidemment, mon niveau de stress était stratosphérique. Et là, cette nana me dit que j'ai les muscles durs comme du caillou et que la Floride serait sans doute le bon endroit pour les détendre un peu. J'aurais dû aller à Miami ou dans les Keys, mais Bob était en train de claquer un paquet de fric pour produire *Polychrome* – Jimmy, John Squine et les autres n'étaient pas donnés –, alors je me suis rabattu sur Atlantic Beach, sans savoir où je mettais les pieds. Et laissez-moi vous dire une chose : je suis rentré encore plus stressé. Bon Dieu, la chaleur… Les putains de cafards volants – une de ces bestioles m'a réveillé en se cognant dans le miroir de la salle de bains, au motel… et vous avez déjà vu ces trucs qu'ils appellent des langoustes ? Tout un putain de festival leur était dédié, près de là où je logeais, je vous jure qu'en regardant la couleur de ces machins bouillis, on aurait pas pu faire la différence entre eux et les gens du coin – tellement ils étaient rouges, ces péquenauds ! J'espérais un avant-goût de la Caraïbe et au lieu de ça, je me retrouve dans une putain de ville de ploucs de bord de mer.

Mais un soir, j'ai fait un saut au bar du coin, car même la nuit, l'humidité là-bas, c'est comme recevoir une brique dans la tronche, je cherchais un endroit où respirer un peu et me réhydrater. C'est là que j'ai découvert *[les Bond Brothers]* en plein concert, et ça m'a plu. Ils avaient ce qu'il fallait pour remplir une salle, et ils faisaient couiner les filles. C'était le genre d'énergie dont Rivington avait besoin. Qu'est-ce que j'en avais à faire qu'ils soient des enfants de chœur ou non ?

CHET BOND

chanteur des Bond Brothers[1]

On est partis de rien. On était le genre de Blancs pouilleux à se faire expédier par bateaux entiers vers Saïgon, sauf que par miracle, on est passés à côté. Je sais pas comment, mais

1. Chet Bond est le seul membre des Bond Brothers à avoir témoigné dans le cadre de ce projet. Cole Young est mort d'une insuffisance hépatique en 1989, Donny Pendle a refusé ma demande d'interview et Beau Bond a disparu en 1973, après avoir, d'après Chet, subitement coupé les ponts avec sa famille et ses amis. Propriétaire d'un atelier de carrosserie automobile dans sa ville natale de Live Oak, Chet – qui affirme avoir cessé de boire de l'alcool depuis 1997 – participe activement à la politique locale et, en 2016, a fait campagne pour Donald J. Trump dans ce *swing-state* décisif. La maison de style ranch qu'il partage avec son épouse Shelly et leurs trois loulous de Poméranie est célèbre à Live Oak pour le drapeau américain de trois mètres soixante de long qui flotte au-dessus de l'immense jardin.

tous les membres du groupe ont échappé *[à la conscription]* – Cole parce qu'il a chopé un truc à cause d'un tatouage mal fait, mon frère et moi parce que nos dates de naissance ont été tirées au sort dans les dernières, un pur coup de chance, et Donny parce qu'il avait déjà une petite femme et un gosse. On se sentait vraiment invincibles, à l'époque. Mais croyez-moi, si on nous avait tirés au sort, on aurait été les premiers à répondre présent. On n'était pas des lâches, vous savez. On n'était pas des petites choses fragiles. On avait des amis qu'étaient partis là-bas, un tas de malheureux qui sont jamais rentrés, alors on avait du respect.

On a démarré ce groupe au lycée, surtout parce qu'après les cours de musique, la prof, une dame super gentille, nous donnait à manger. Elle apportait deux vieilles guitares dont son fils avait joué dans le temps, et plus tard elle en a fait cadeau à Beau. Et là, on s'est rendu compte qu'on *aimait* jouer. On n'était pas mauvais, d'ailleurs – on jouait dans des fêtes d'anniversaire, deux ou trois mariages, et puis une des gamines qui regardaient Beau avec des étoiles dans les yeux nous a dégotté des concerts dans les bars du coin. On arrivait pas à y croire.

En dehors du groupe, on aimait bien bricoler des bagnoles et des motos. Des épaves abandonnées au bord de la route que mon paternel remorquait jusqu'à chez nous – il a conduit une dépanneuse pour un vieux salopard radin toute sa vie –, on gonflait un peu le moteur et on faisait la course avec. De pauvres fanas de mécanique roulant comme des cons avec la musique à fond, vous voyez le tableau ? On adorait Elvis, comme tout le monde, et nos mamans aimaient bien écouter les stations de country, mais moi j'admirais surtout les durs à cuire, du genre Merle *[Haggard]* et Johnny Cash. Plus tard, quand c'est devenu plus sérieux et qu'on s'est mis en tête le rêve impossible de décrocher un contrat avec une maison de disques, j'ai toujours pensé : *Nashville*. Mais c'est Howie Kelly qui s'est pointé au Sharky's ce soir-là. Pour nous, c'était comme un billet de cent dollars sur pattes, c'était l'occasion rêvée et on s'est jetés dessus.

BOB HIZE

Howie a décidé de les signer sans même me consulter – c'était sa prérogative, j'imagine, puisque je n'avais pas encore fait mes preuves. La première fois qu'ils sont venus dans nos bureaux pour signer leur contrat, je me suis senti mal à l'aise. Les cheveux longs n'avaient rien d'inhabituel, bien sûr, mais ils portaient des vestes en jean aux manches arrachées, avec des petits drapeaux confédérés cousus dessus, et Chet avait toujours un cran d'arrêt glissé dans sa botte. Trois d'entre eux portaient d'abominables barbes et on ne voyait jamais dessous s'ils vous souriaient ou vous montraient les dents. Je les revois se passer une flasque ; l'un d'eux se plaignait du métro et a fait une horrible imitation du vendeur de billets au guichet. Je me demande aujourd'hui si ce n'était pas juste une façade, parce qu'ils étaient en fait intimidés par cette grande ville et s'y sentaient eux-mêmes étrangers.

Leur contrat signé, avec de l'argent en poche, les Bond Brothers redescendirent dans le Sud, où ils continuèrent de peaufiner leur prestation scénique devant un noyau d'inconditionnels de plus en plus fourni.

CHET BOND

On a claqué une partie de l'avance dans un camion rouge cerise pour transporter le matos, et un van pourri qu'on a retapé pour pouvoir dormir dedans. Et tout en bossant sur le disque, on a parcouru toute la Floride, puis on a traversé la Panhandle jusqu'en Alabama et au Mississippi. On se relayait au volant du camion, les autres voyageaient dans le van, et des fois on se serrait un peu pour y faire monter deux, trois filles sympas.

J'avais mes fans et mon petit succès aussi, à ma manière, mais Beau avait le physique qui rend les filles dingues. Dès qu'on sortait dans la rue, et même des fois quand on était sur scène dans un rade pourri sans climatisation, elles lui arrachaient son T-shirt ; il bronzait facilement, Beau, et le soleil rendait ses cheveux encore plus blonds. C'était le chouchou de notre mère, son petit chéri... On lui tapait dessus et on l'appelait Little Bobby, comme Bobby Sherman, le chanteur à minettes – il avait *horreur* de ça. *[Rires.]* Ouais, je peux vous dire que déjà, tout gosse, à treize ou quatorze ans, mon petit frère était la coqueluche des nanas, et comme tous les jeunes mâles américains, on adorait les filles.

ROSEMARY SALDUCCI

Il envoyait à Howie des photos où ils faisaient la bringue avec des mecs complètement déjantés ou des groupies les seins à l'air, avec Beau et Chet en train de les dédicacer. Dégoûtant. Mais Howie, ça le faisait marrer, il les montrait à tout le monde au bureau, et il titillait Bob : « Vous voyez ? Vous voyez ce fric qu'on perd à chaque nouvelle journée sans disque ? » Alors Bob a fini par se dire qu'il n'avait pas d'autre choix que de les faire revenir pour s'enfermer avec eux dans un studio.

BOB HIZE

Les sessions Bond Brothers ont été un cauchemar. Ils se saoulaient à la bière bon marché ; des femmes aux yeux de raton laveur qui traînaient autour d'eux leur en apportaient des caisses entières au studio, elles arrivaient avec leurs caddies puis elles restaient vautrées là toute la nuit à se plaindre. Chet s'engueulait avec les autres types, il était brutal, un jour, il m'a lancé une bouteille au visage parce que je l'avais interrompu au milieu d'un morceau pour faire quelques ajustements – je crois que la principale raison pour laquelle il m'a raté, c'est qu'il portait des lunettes de soleil à l'intérieur, et pouvait à peine deviner où je me trouvais. À partir de là, je n'avais plus qu'une envie : achever cet album le plus vite possible. D'ailleurs, on l'a bouclé en moins de six nuits, et on a fait le mixage dans la foulée. À part le risque constant de prendre un mauvais coup ou d'attraper la bêtise par osmose, il n'a pas été très difficile à produire, vous voyez ce que je veux dire ? Il fallait juste que je me vide de toute pensée, de tout souci et de toute créativité.

J'étais soulagé, mais aussi un peu amer, quand le premier single a fait un carton.

Ciblant à la fois les stations de radio rock et country, « Outlaws by Birth » [« Hors-la-loi de naissance »], extrait du premier album éponyme des Bond Brothers sorti en avril 1971, fut le premier single de Rivington Records à figurer au hit-parade. (La petite touche de Hize, ajoutée en postproduction : le bruit rageur d'une moto en soutien à la guitare de Beau Bond.) Le morceau grimpa jusqu'à la 7e place du classement « hard-rock » du magazine Billboard, *et un deuxième single, « Dirty Boots » [« Bottes sales »] y fit son entrée en 18e position.*

NEV CHARLES

J'ai étudié tout ça – voici littéralement les paroles d'une chanson des Bond Brothers *[récitant, pince-sans-rire]* : Les gars se lâchent dans ta ville / Ramène toute la picole, ramène toutes les filles / Fais-moi monter dans les tours, baby, fais-moi monter / Grimpe dans mon pick-up / Trop, c'est jamais trop. » Sauf que là, c'était *vraiment* trop, pas vrai ? Assez en tout cas pour me donner envie de m'enfoncer la tête dans un four, hein, et d'y mettre mes propres carnets torturés pendant que j'y étais.

Le plus hilarant, c'est que ni Opal ni moi, ni aucun des autres artistes Rivington que nous connaissions, ne les avions même rencontrés, pour pouvoir mesurer l'étendue de leur vulgarité. D'un seul coup, ils se sont retrouvés à passer sur toutes les radios. J'ai demandé à Bob : « C'est les Bond Brothers dont tu te plaignais à table ? Tu les détestes, ceux-là, mais tu as quand même réussi à ce qu'on s'intéresse à eux ? » Oh et, mon Dieu, je me rappelle qu'une critique de leur disque était sortie dans un magazine, je me souviens plus lequel, mais je me suis assis pour me régaler – cette bonne joie provoquée par le malheur d'autrui, tout le monde connaît ça ; ne me dites pas que vous ne priez pas tous les jours que Dieu fait pour que *Rolling Stone* se plante, jeune femme... Mais là, en lisant ce machin, *patatras :* je me suis rendu compte que c'était en fait une critique *positive* ! Le journaliste avait écrit un truc du genre : « Si on les prend comme ils sont, les Bond Brothers s'imposent comme une nouveauté idiote et marrante. » Là, je me suis dit : *Marrante* ? *Idiote* ? Depuis quand être idiot et marrant était-il positif ? Et *intelligent* et *original*, alors ? Et *unique* ?

OPAL JEWEL

haussant les épaules

Putain, ils auraient pu chanter « A-B-C-One-Two-Three », je les aurais félicités pour le petit succès de leur 45 tours et je serais passée à autre chose. Pour moi, le problème n'était pas la bêtise des paroles – je veux dire, ce n'est pas comme s'ils avaient chanté « Nègre Nègre Nègre »... Mais cette image, ces symboles, c'est ça qui est insidieux. Les gens se rassemblent autour de ces trucs-là, ils s'en revendiquent et après ils font du mal à des gens comme toi et moi. Alors quand mes yeux se sont posés sur la pochette de l'album des Bond Brothers *[une photo prise en studio du groupe aligné devant l'objectif, chacun arborant sur son jean un drapeau confédéré en guise de boucle de ceinturon]*... C'était comme si je m'étais construit une vie que j'aimais à New York et qu'on me ramenait à mes étés en Alabama. Pearl et moi, et notre mère inquiète de ce que les gens qui agitaient ce genre de drapeaux pouvaient faire aux petites filles que nous étions.

HOWIE KELLY

Ne le prenez pas mal, je crois comprendre que les Afro-Américains ont certaines réserves à propos de ce symbole. Mais à l'époque, on n'en faisait pas toute une histoire. C'était juste un élément comme un autre de la culture américaine, vous voyez ? Je veux dire, c'est quoi le plus grand film de tous les temps ? *Autant en emporte* ce foutu *vent [dans lequel les soldats sudistes sont les nobles héros et dont la première partie s'achève sur le drapeau confédéré flottant à travers l'écran]*. Et même quelques années après *[les objections d'Opal]*, ce drapeau était reproduit sur le toit de la General Lee *[le fameux modèle de Dodge Charger rendu célèbre par la série télévisée* Shérif, fais-moi peur*]* ! Tous les gosses d'Amérique, qu'ils soient noirs, blancs ou jaunes, n'avaient-ils pas la version miniature de cette putain de bagnole ? Les miens en avaient une, en tout cas !

En plus, faut quand même dire un truc : je me disais qu'Opal avait du culot de faire des commentaires sur ce que portaient les autres... Opal Jewel ! Azimutée comme elle l'était ! Quoi que j'en pense, je n'ai jamais essayé de jouer au flic de la mode avec *elle*. Je crois en la liberté d'expression, et je crois qu'il faut laisser les artistes être des artistes.

BOB HIZE

[Les sessions Bond Brothers] ont été à double tranchant pour moi. J'ai eu droit à ma promotion et à quelques parts de la société, comme Howie l'avait promis, et, plus important, Claudia semblait heureuse. Nous avions vraiment besoin de cet argent. Mais au fond j'étais atterré, car les Bond Brothers ne signifiaient rien de plus qu'un coup un peu malin, un appel du pied à quelque chose qui rendait nerveux bon nombre d'entre nous. Et j'étais triste à l'idée de me présenter devant les autres artistes avec lesquels j'avais travaillé si dur, sans résultats ou presque.

VIRGIL LAFLEUR

sur ce que lui inspirait l'image des Bond Brothers

À l'exception peut-être de *Wonder Woman*, les bandes dessinées ne m'ont jamais intéressé.

OPAL JEWEL

gloussant en entendant la pique de LaFleur

Mon ami Virgil ne ment jamais. C'est exactement ce qu'étaient les Bond Brothers : des personnages de BD, caricaturaux à souhait...

Ce que j'ai appris, c'est ça : aborder l'art en ayant pour but de faire de l'argent, rapide et sale, pourquoi pas ? Parfois, c'est nécessaire. Mais alors, rien de ce qui en résulte ne devrait vous surprendre. Et avec les Bond Brothers, c'était l'idée de départ, pas vrai ? Howie s'est dit : *Ces gars ont l'air de vrais ploucs du Sud – peu importe leur drapeau, leurs mauvaises manières et leur allure mal dégrossie, ces guignols vont nous ramener un paquet de thune.* Quant à Bob, il s'est juste écrasé et il a dit, *OK.* Et putain, les Bond Brothers aussi, ils le voulaient ce fric ! Eux aussi, ils se sont écrasés et ils ont dit : *Ah d'accord, vous voulez une caricature ? Eh bien, on va vous la donner.* Mais ensuite, cette caricature finit toujours par s'éloigner de la réalité, des trois dimensions qui font de vous un humain… Et une fois les rires épuisés, on ne peut pas soudain se demander au beau milieu du show : *Qu'est-ce qui s'est passé ?* Comment ça, *qu'est-ce qui s'est passé ?* C'est le monstre que tu as créé.

Opal Jewel se rappelle qu'en tant qu'unique artiste noire liée par contrat à Rivington, à l'époque, elle se sentait frustrée et isolée. Offensée par l'imagerie des Bond Brothers mais ne sachant trop comment réagir, elle demanda conseil à Jimmy Curtis, même si celui-ci travaillait désormais sur les projets d'autres labels. Ayant grandi à Beaufort, en Caroline du Sud, Curtis comprenait certainement très bien la peur et l'indignation que pouvaient susciter les emblèmes chargés de la Confédération et du Sud ségrégationniste. Mais la relation entre Opal et Jimmy était en train de changer de nature, car mon père avait d'autres soucis en tête.

OPAL JEWEL

Les gens semblent avoir oublié que nous étions aussi collègues, Jimmy et moi. Nous avions des centres d'intérêt communs, des soucis communs. Donc oui, quand j'ai vu toutes les conneries en train de se passer chez Rivington, je l'ai appelé. J'ai tenté ma chance plusieurs fois avant de tomber sur lui, ça m'a pris deux bonnes semaines, et quand j'ai enfin réussi à l'avoir au téléphone, il s'est excusé et m'a dit qu'il avait été pas mal occupé par des boulots en studio. Alors j'ai dit, OK, c'est super pour toi Jimmy, mais a) est-ce que tu as vu ce cirque autour des Bond Brothers et b) pourrais-tu m'aider à savoir comment réagir, parce que je me sens vraiment toute seule ? Alors il a fait toute une histoire comme quoi il fallait qu'on se voie pour parler. J'avais commencé à réfléchir, j'étais en train d'élaborer des éléments en vue d'une pétition ou un truc inutile dans le genre. Mais quand on s'est retrouvés, il m'a regardée avec une expression pleine de pitié et m'a dit que c'était sans doute la dernière fois qu'on se voyait, car Corinne venait de lui annoncer qu'il allait être père.

Je crois que j'ai éclaté de rire.

VIRGIL LAFLEUR

J'ai entendu dire que vous étiez une journaliste d'exception, alors testons un peu vos talents d'observation. Quel est l'unique point commun de toutes les tenues que j'ai confectionnées pour Mad au plus fort de sa gloire ? *[Il regarde sa montre en or Jaeger-LeCoultre.]* J'attends.

Non, non – creusez un peu plus ! Elles étaient toutes fabuleuses, n'importe qui peut le constater. Mais la question que je vous pose, ma *chère**, est la suivante : même à l'apogée des années 1980, pourquoi ce look n'incluait-il jamais de cuir ? Jamais de Lycra ? Parce que notre Mad avait besoin de liberté, d'amplitude. Alors nous avons travaillé les frou-frous, l'évasement, le volume, la coupe… des pièces qui lui donnaient assez d'air pour respirer, vous voyez ? De temps à autre, je prenais des libertés avec ses accessoires, sinon je me serais flétri et je serais mort d'ennui. Mais ses vêtements proprement dits ne devaient jamais coller au corps.

Il en allait de même avec Mad et ses hommes. Ça va peut-être vous sembler absurde, car cela ne cadre pas avec le discours hétéronormatif, mais elle s'est véritablement épanouie de soulagement en apprenant la venue prochaine de votre *petit** être. Rappelez-vous, James avait été sa première expérience dans le domaine de l'amour – conclusion : Mad n'est pas le genre de femme à s'encombrer longtemps d'engagements romantiques. Elle n'a jamais voulu posséder James et, surtout, elle ne voulait pas être possédée par lui. Une fois qu'ils ont renoncé à ce que leur histoire débouche sur quelque chose de plus, quand elle a compris qu'elle ne remplacerait ni l'épouse ni la mère, et surtout qu'elle préférait ne pas se retrouver coincée au fond de ce trou-là, toute sa culpabilité concernant leur liaison a fait *pschitt*. Mais je comprends que votre pauvre papa, comme tant d'autres après lui, ait eu du mal à intégrer une approche aussi moderne.

NEV CHARLES

Leur relation ne me regardait pas, mais les gens murmuraient autour de moi et je crois que j'ai été déçu qu'une femme aussi progressiste qu'Opal, aussi courageuse, féministe et farouchement indépendante, puisse se retrouver embarquée dans une situation si triste, si… banale. J'arrivais pas à croire qu'une jeune femme comme elle se contente d'être ballottée ainsi comme un simple à-côté ! Sans vouloir critiquer votre père, j'estimais qu'Opal méritait mieux que ça. Elle méritait quelqu'un capable de l'aimer, de l'adorer vraiment, et sans avoir besoin de se cacher.

ROSEMARY SALDUCCI

Oh, ils ne se cachaient pas ! Je n'oublierai jamais la première fois que je les ai croisés en ville ensemble, car j'étais sortie avec un homme – un moustachu sexy qui était le pire danseur de la terre, oh putain. On était au Electric Circus et Bigfoot passait son temps à piétiner mes bottines blanches toutes neuves. J'étais tellement dégoûtée que j'ai failli rentrer chez moi, mais le type a dit : « Laisse-moi te payer un verre pour me faire pardonner. » Alors nous sommes allés dans un joli bar d'hôtel quelque part. Je suis là sur le beau canapé en cuir du hall, à siroter mon Mai Tai en regardant autour de moi pour voir s'il n'y a pas d'autres options, quand l'ascenseur sonne et là, qui je vois sortir ? Ouais, Jimmy Curtis et Opal Jewel.

Eh bien, je lui ai fait signe – ça ne servait à rien de faire comme si je les avais pas vus. Elle portait une combinaison orange pétant, bon Dieu, avec des plumes partout ! Bref, elle vient me saluer et lui, il baisse juste la tête et sprinte presque vers la porte tambour. Opal, elle, a cette drôle d'expression, parce qu'elle sait que je suis pas née de la dernière pluie et elle attend que je dise quelque chose. Alors pour de lui faire comprendre que je ne la juge pas, je lui dis : « Ma parole, Jimmy doit bien s'en sortir en ce moment, pour s'offrir une chambre dans un endroit pareil. » Et j'imagine que de son côté, Opal essaie de me prouver qu'elle n'a pas honte, qu'elle n'a pas peur de ce que pensent les gens, alors elle me fait : « Ouais, tu sais, il bosse beaucoup ces derniers temps, sa femme attend un bébé » – et à côté de moi, Bigfoot recrache son gin tonic. *[Rires.]*

Pendant ce temps, l'indignation provoquée par le succès instantané des Bond Brothers faisait bouillonner la créativité de Nev. Il cessa de traîner son spleen dans l'appartement des Hize et se mit à griffonner de nouvelles idées pour son duo avec Opal, dont un morceau avec de la guitare slide (pour montrer qu'ils étaient capables de battre les Bond dans n'importe quel style, m'a-t-il confié). Mais Opal, soutient-il, était devenue insaisissable.

NEV CHARLES

Chaque fois que je repense à cette période de ma vie, j'ai comme un frisson dans le dos, en alignant tout ce qui s'est passé pendant le bref laps de temps où Opal et moi avons bossé ensemble. Et pourtant, c'est aussi un peu doux-amer, parce que je suis persuadé que notre collaboration aurait pu donner beaucoup plus, encore plus d'éclat et d'art – autant sans doute que mon travail en solo –, si seulement nous avions réussi à repousser les distractions qui nous engloutissaient, tous ces gens autour de nous qui nous empêchaient de concentrer notre énergie sur la musique. J'ai ma part de responsabilité dans les tensions qui ont suivi, bien sûr, vu qu'une addiction aux opiacés n'a jamais aidé personne à résoudre quoi que ce soit. *[Rires.]* Mais au début… Eh bien, prenons votre père, par exemple. Vous avez dû vous poser la question, et je suis sûr que votre mère aussi – pas avec colère, ni amertume, juste une de ces vagues rêveries dont l'homme est coutumier : *et si Jimmy Curtis ne s'était pas retrouvé impliqué dans l'histoire d'Opal et Nev ?* Avec des si… C'est comme être Gwyneth Paltrow dans ce film avec deux univers parallèles, selon qu'elle rate ou qu'elle prend son métro !

Bon. Je sais que certains critiques pensent que nous aurions juste disparu des radars si votre père ne s'était pas jeté dans la mêlée qui nous a fait atterrir en une des journaux le lendemain matin… Mais si le scénario avait été différent et que Jimmy Curtis n'avait jamais rencontré Opal Jewel, alors il serait peut-être encore vivant et vous aurait connue, *vous*, pas vrai ? Et je crois qu'Opal & Nev auraient trouvé leur voie – une voie plus saine et moins dramatique, bien sûr, mais hourra, ils l'auraient trouvée ! Donc qui sait ? Si les choses s'étaient passées autrement, je n'aurais peut-être même pas eu besoin de ces opiacés.

chapitre 11

« ON LUI A DIT : T'ES CINGLÉ, OU QUOI ? »

★ ★

Malgré les réserves exprimées par les gens de New York à propos des têtes d'affiche, Howie Kelly avait décidé de parier gros sur les Bond. Il organisa une tournée dans les États du Sud, sur la côte est, et dans le centre de la Californie. Entre les dates prévues, à l'invitation du studio New Guard Pictures, il envoya le groupe dans les Blue Ridge Mountains afin d'y tourner quelques caméos pour un film de bikers de série B intitulé Skulls in Their Wake [« Des Crânes dans leur sillage »]. *Dans ce film, qui ne devait finalement sortir qu'en 1974, les Bond Brothers assurent la musique de fond d'une bagarre de bar et participent à une scène où des dizaines de figurants traversent à moto de petites villes pittoresques de Caroline du Nord.*

CHET BOND

Un putain de navet, un film de bikers hors-la-loi comme il s'en tournait des centaines à l'époque, mais les producteurs de celui-là avaient engagé un consultant pour le scénario, un mec du coin qui se faisait appeler Howler *[le « Braillard »]* et qui avait fait plusieurs séjours en taule. Son agent de probation s'est pointé au bar où on tournait la scène, mais Howler a eu le temps de le voir arriver et m'a refilé la came qu'il avait sur lui pour que je la planque dans l'étui de guitare de Beau. L'agent de probation l'a fouillé sans rien trouver et il est reparti, Howler était tellement reconnaissant qu'il a proposé de nous emmener dans un vrai bar de bikers au fond des bois une fois le tournage terminé. Notre attitude, c'était : *Merde à la copie frelatée – allons voir l'original.* On voulait plus de came et plus d'action, et les jolies filles qu'Howler nous promettait. Tout ça était assez douteux au regard de la loi, c'est vrai. Vous vous dites sûrement ça mais, vu qu'on voulait expérimenter la chose en vrai, posez-vous la question : En quoi est-ce différent de la méthode de l'Actors Studio ?

On a joué la scène de la bagarre en faisant des prises et des prises, c'était tellement chiant que j'avais envie de m'arracher les cheveux, mais le studio nous avait loué des Harley toutes chromées pour les scènes à moto et on les a empruntées pour aller jusqu'à cet endroit. Enfin, techniquement, on les a volées ces bécanes, si je dois être honnête, mais on a fini par les ramener. On s'est garés au milieu d'un troupeau de choppers, dont quelques bijoux, mais pas un qui flashait autant que nos engins à nous. On est entrés et Howler s'est porté garant, mais tout le monde se méfiait de nous – ils partaient du principe qu'on était des chochottes et des frimeurs, j'imagine ; ils savaient pas qu'on avait grandi à la dure, comme eux. Alors avec deux de mes frères, on a sorti du cash et on a soldé quelques ardoises. Notre manière à nous de leur montrer patte blanche. Ces gars, ils s'en foutaient pas mal de la musique, il en fallait beaucoup pour les impressionner. Mais quand ils ont capté qu'on s'y connaissait et qu'on était disposés à partager notre fric, on s'est super bien entendus avec cette branche des Danger Fiends, les « Démons du Danger ». On a fait toutes sortes de dingueries cette nuit-là – bon Dieu, je crois bien qu'on a échangé nos motos et qu'on est allés faire un tour dans le noir, on roulait sans les phares pour voir qui se dégonflerait le premier… Avec le recul, je remercie le Seigneur de veiller sur les idiots et les bébés – c'est un miracle qu'on se soit pas tués. Tout ce qu'on cherchait, c'était l'adrénaline.

On a même parlé de s'engager dans le gang, une fois que tout ça s'est calmé. On a fait la fête avec la branche de Jacksonville, on leur a laissé un joli petit don pour leur clubhouse et leurs bonnes œuvres, on a goûté quelques échantillons de marchandise, et l'info s'est répandue tout le long de la côte est qu'on tenait la route.

Kelly soutient qu'il ignorait combien la frontière était ténue entre les personnages incarnés par les membres du groupe et leurs liens bien réels avec des criminels. À l'époque, affirme-t-il, il était concentré sur un seul et unique but : amplifier leur succès en s'en servant pour booster les autres artistes du label, beaucoup moins bien lotis – et tant pis si de telles associations n'avaient aucun sens d'un point de vue artistique.

MARY SHARP

artiste Rivington, 1968-1972

Je préparais mon deuxième album quand les Bond Brothers ont décollé. Je m'en sortais pas mal jusque-là – j'étais pas classée au hit-parade comme eux, mais j'avais un public assez fidèle à New York, et je m'apprêtais à partir à LA, où les folkeux dans mon genre semblaient s'organiser en une communauté vraiment intéressante.

On était en studio, Bob et moi, en train de répéter et de retoucher deux ou trois trucs sur le piano droit, quand Howie a débarqué avec Chet Bond, qui empestait l'alcool. J'arrivais pas à le regarder dans les yeux et ça m'a mise mal à l'aise ; tout ce que je voyais, c'était mon propre reflet, minuscule et apeuré, dans ces maudites Ray-Ban. Là, Howie me fait : « Ma petite Mary, pourquoi ne pas nous pondre un morceau en duo, et Chet vous filera un coup de main ? C'est lui le roi des tubes, ici ! » J'ai pensé : *Oh mon Dieu, non !* Mais je ne voulais surtout pas énerver cette brute, alors j'ai dit : « Oh, je ne crois pas que ma musique soit vraiment sa came. » Et Bob, béni soit-il, est venu à ma rescousse en suggérant qu'avec Nev, ça collerait sans doute mieux, si Howie tenait à son duo. Il n'avait qu'à demander à Nev d'écrire un morceau pour moi et d'autres artistes maison, il a fait, mais Howie n'a rien voulu entendre. J'étais en train d'inventer une autre excuse quand, tout à coup, Chet m'a soulevée – littéralement, il m'a arrachée du tabouret de piano, il m'a jetée sur son épaule et s'est mis à me gifler les fesses en *grognant :* « J'aime bien celle-là, Howie, j'aime bien celle-là ! » J'ai fermé les yeux en priant pour que ça s'arrête. Quand ils sont repartis, tous les deux, j'étais hystérique, toute tremblante. Bob essayait de me calmer : « Je vais arranger ça. Je vais arranger ça… »

BOB HIZE

Le plan de Howie, c'était qu'une partie des autres artistes sortent de nouveaux disques en y invitant les Bond Brothers, l'idée étant que ce groupe jouissait d'une telle popularité qu'il allait entraîner les autres par association. J'ai essayé de garder cette stratégie secrète, mais notre chère Rosemary pouvait se montrer indiscrète – tous les artistes ou presque en ont eu vent.

OPAL JEWEL

à propos des autres artistes Rivington

Évidemment, je leur ai dit que ces foutus Bond Brothers ne pouvaient pas représenter notre label, point. Quand leur album est sorti avec cette horrible pochette et le drapeau confédéré dessus, je suis allée en voir pas mal et je leur ai demandé : *S'il vous plaît, gueulez avec moi.* Ils avaient tous trop peur pour faire des vagues. Mais quand il est apparu que les

Bond Brothers allaient occuper de l'espace sur leurs disques à eux ? D'un seul coup, ces mêmes personnes ont pris les armes. Ça, c'est vraiment typique des Blancs – ils n'agissent jamais, tant que ça ne les concerne pas directement. Mais bon, j'étais prête à les laisser tranquilles avec ça, du moment qu'on s'unissait tous pour dire : *Nan, on refuse de participer à ce délire autour des Bond Brothers.*

BOB HIZE

Ils me passaient tous des coups de fil en menaçant de se révolter, mais j'ai senti que Howie serrait déjà les dents ; il était prêt à les virer tous autant qu'ils étaient plutôt que de renoncer à son idée de faire intervenir les Bond Brothers en *guest stars*. Il allait bien falloir organiser une collaboration, d'une manière ou d'une autre, pour l'apaiser, et c'était à moi de trouver une solution. Mon raisonnement a été le suivant : *Faisons-le une bonne fois pour toutes.* Un seul grand show, sans rien enregistrer pour la postérité, sans compromettre le travail de qui que ce soit, et ce sera terminé. Si bien qu'à ma grande honte, l'idée du Rivington Showcase est venue de moi.

Quand j'ai glissé à Howie qu'un showcase aussi retentissant attirerait certainement l'attention des grandes maisons de disques, les Columbia, les RCA, et que Rivington pouvait même être racheté, il a signé tout de suite. Pour être honnête, j'aurais aimé qu'une telle acquisition se fasse, car même le peu de parts que je possédais – synonymes d'une responsabilité mais sans réel pouvoir décisionnel – étaient en train de devenir pour moi une grande source de désarroi. Je me disais qu'il serait sans doute mieux pour Howie et moi de liquider nos parts, si possible, et de passer à autre chose.

NEV CHARLES

Hizey a fait venir tous ses talents – nous autres, les laissés-pour-compte un peu pourris, les losers moisis sur les bords – et on a fait une réunion où il a lancé l'idée d'un showcase avec les Bond Brothers en tête d'affiche, et on lui a dit : *T'es cinglé, ou quoi ?* Je crois que nous avons tous eu une crise de panique simultanée en imaginant un grand chœur final déglingué emmené par les Bond Brothers – comme on fait de nos jours pour conclure les remises de prix à la télé… Des artistes qui n'ont rien à faire ensemble sur scène et qu'on oblige à entonner n'importe quel medley sirupeux parce que quelqu'un s'est dit que c'était une idée révolutionnaire, alors qu'en réalité, personne ne sait plus où se mettre.

BOB HIZE

Je savais que ce ne serait pas une négociation facile, alors j'ai tenu Howie à l'écart. Et je me suis présenté avec l'esprit ouvert et en ayant déjà décidé quelles concessions j'étais prêt à faire – je leur ai promis que nous allions décrocher une grande salle pour ce showcase, qu'il n'y aurait pas de duos et que tout le monde aurait son propre set, court. Les uns après les autres, ils ont fini par changer d'avis. Ils étaient même assez enthousiastes.

OPAL JEWEL

Ma mère militait au UAW *[United Auto Workers, l'un des plus grands syndicats américains]*. Alors j'aurais dû savoir repérer ces briseurs de grève.

NEV CHARLES

Il faut que vous compreniez que pour moi, d'un certain point de vue, le Rivington Showcase était comme un sursis, un report d'exécution. Même pas trois semaines plus tôt, je m'étais juré de dégotter un boulot au black pour économiser de quoi me payer un vol retour et avoir, peut-être, un peu de fric d'avance. Je n'avais jamais eu de vrai travail, et je n'étais qualifié pour aucune tâche qui aurait préservé mes mains de guitariste, si bien que je me préparais à me prosterner devant les dieux du dur labeur. Je m'attendais à devoir faire la plonge, nettoyer les toilettes, poser des pièges à rats d'égout – j'en rajoutais un peu, je noircissais le tableau. Ooooh, ça sonnerait bien dans une chanson, pas vrai ? « Poser des pièges à rats d'égout »…

Enfin, bref, c'était le concert de la dernière chance, qui s'annonçait palpitant. Et Bob était très ouvert à la négociation, prêt à faire son possible pour que tout le monde y trouve son compte.

OPAL JEWEL

Mon bon ami Nev Charles était assis juste à côté de moi. Et il ne disait rien, pendant que tous les autres – Mary Sharp et Cherry Allison *[des Curlicutes]*, etc. – soutiraient à Hize un peu plus d'argent pour les tenues, un peu plus de temps sur scène, ce genre de trucs. Je n'attendais pas grand-chose d'eux ; je les connaissais à peine, d'ailleurs. Mais pendant ces quelques minutes où Nev a tenu bon, sincèrement, je ne me suis jamais autant sentie sa partenaire. Je serrais sa main sous la table parce que c'était lui et moi contre le reste du monde. En aucun cas nous n'accepterions de jouer avec ces clowns. Et alors, Bob lui a proposé ce créneau *[l'avant-dernier, considéré comme le deuxième meilleur en termes de visibilité, car les journalistes invités seraient alors, vraisemblablement, tous arrivés]*, et mon ami Nev s'est raclé la gorge : « Eh bien… »

BOB HIZE

J'ai finalement réussi à convaincre Nev, mais sur un tel créneau, il ne fallait pas qu'il soit seul sur scène ; à l'époque, il n'était pas capable de tenir une foule aussi nombreuse. Alors bien sûr, j'espérais qu'Opal se produirait avec lui, et ainsi *Polychrome* serait représenté comme il se doit, mis en avant comme il aurait dû l'être dès le départ. Mais je lui ai laissé l'option de se désister, si elle y était opposée à ce point.

Au bout du compte, Opal Jewel, vaincue, choisit de poser sa propre condition.

OPAL JEWEL

J'ai fusillé Nev du regard – il ne pouvait même pas me regarder en face –, et j'ai dit : « Si vous voulez que je chante, je veux ce sale *enfoiré* de Jimmy Curtis à la batterie. »

Bon, je pourrais te raconter que j'ai fait cette demande parce que ton père avait joué sur ce disque et qu'il connaissait déjà tous les morceaux. Je pourrais te raconter que si on me forçait à jouer sur la même scène que ces débiles, il fallait au moins que je négocie un putain de gros chèque pour un musicien noir. Non pas que ce serait faux, d'ailleurs ; ce n'est pas comme si je n'avais pas donné ces raisons-là dans toutes les interviews où on me demandait pourquoi j'ai accepté de participer…

Mais il y avait une autre raison : j'étais furieuse après Nev. Et j'ai exigé la présence de Jimmy, spécifiquement, pour l'emmerder.

chapitre 12

« UNE SORTE DE PAIX »

★ ★

Le concert, optimistement baptisé Rivington All-Star Showcase, fut programmé pour l'automne 1971 au Smythe Theater, une salle majestueuse à l'opulente décoration qui connaissait des difficultés depuis quelques années en raison de son emplacement peu accessible à l'angle de la 45e Rue et de la 11e Avenue. Il émanait des lieux une élégance surannée, avec une multitude de fauteuils d'orchestre, un balcon et des loges privées blotties derrière des rideaux de velours pourpre. Cherchant désespérément à relancer leur salle, les propriétaires du Smythe avaient récemment élargi leur offre, jusqu'alors limitée à des productions théâtrales classiques et autres chanteurs de variétés, et se montraient tout à fait ouverts aux propositions des promoteurs de concerts. Mais durant les mois froids et enneigés de l'hiver, la distance entre le théâtre et la première station de métro compliquait la venue de spectateurs utilisant les transports en commun, cruciale pour ce genre d'événement ; et quand la belle saison finissait par revenir, d'autres salles de concerts mieux placées s'imposaient comme des options plus viables.

Ces inconvénients jouèrent toutefois en faveur de Howie Kelly et Bob Hize, du moins au début. Kelly négocia un tarif correct avec les propriétaires du Smythe, que le désespoir rendait conciliants. Hize, chargé des relations publiques, utilisa l'argent ainsi économisé pour réserver des voitures avec chauffeur destinées à ses contacts dans les médias, qui ignoraient habituellement ses appels mais qui, Hize le savait, seraient peut-être plus sensibles à la promesse de luxueuses gratuités.

La vision que Hize avait de ce showcase était celle d'un événement confidentiel, sur invitation, principalement destiné aux huiles de l'industrie, aux médias et à d'autres artistes prometteurs. Mais Kelly et lui s'inquiétaient d'une potentielle explosion des coûts, et de leur propre capacité à remplir une salle aussi vaste. Ils décidèrent de mettre en vente des billets pour les fauteuils d'orchestre, et de réserver le balcon et les loges à leurs invités VIP.

Principale attraction pour les fans payants, les Bond Brothers s'imposaient comme les têtes d'affiche naturelles de ce showcase. Mary Sharp, toujours traumatisée par son expérience avec Chet Bond, ferait l'ouverture ; elle avait exigé la plus grande distance possible entre elle et le groupe phare de la soirée. Les autres artistes du label se répartiraient les créneaux entre les deux, et, quand ce serait nécessaire, les musiciens de Polychrome *(Curtis, Squine et Krebble) viendraient en renfort en tant qu'orchestre de luxe. Pour la plupart des artistes Rivington, notamment Nev Charles et Opal Jewel, ce concert promettait d'être le plus prestigieux, devant le public le plus nombreux, qu'ils avaient jamais donné – ils jouaient gros, et se préparèrent de manière particulièrement intense.*

NEV CHARLES

Je ne connaissais personne qui ait jamais joué au Smythe, mais j'avais entendu parler de la beauté des lieux, et quand j'ai débarqué un matin chez Opal pour en discuter, Virgil LaFleur était là, comme toujours, et il a évoqué l'acoustique exceptionnelle – il avait participé à une sorte de comédie musicale là-bas, des années plus tôt. Je suis allé vérifier par moi-même – l'un des gérants a eu la gentillesse de me laisser grimper sur la scène avec ma guitare – et quand j'ai chanté le début d'« Evergreen », ça faisait longtemps que j'avais pas éprouvé une telle joie.

OPAL JEWEL

J'étais encore nerveuse quand nous avons commencé à nous préparer. Tous les artistes étaient censés partager les mêmes instruments et les mêmes amplis pour qu'on puisse enchaîner sans perdre de temps, mais Rosemary m'a confié qu'elle avait vu des photos de la nouvelle batterie de Donny Pendle *[le batteur des Bond Brothers]*, et qu'il l'avait personnalisée avec des drapeaux confédérés sur les peaux. J'ai raconté ça à Jimmy qui a clairement fait savoir, dès la première répétition, pour que tout le monde en prenne note, que les poules auraient des dents avant qu'il s'assoie derrière cette saloperie.

Une fois que Hize eut promis qu'on n'utiliserait pas la batterie de Pendle – il apaisa les Bond Brothers en leur offrant la jouissance exclusive de l'unique loge des coulisses pendant la durée du concert –, les répétitions démarrèrent au théâtre. Quand Rosemary eut récolté un nombre impressionnant de « Oui » aux invitations envoyées, Opal Jewel reconnaît aujourd'hui qu'un frisson d'excitation vint tempérer son appréhension.

OPAL JEWEL

En voyant Bob se démener pour que ça marche, et tous les autres autour de moi se laisser griser… je vais pas te mentir, je ne pouvais pas continuer à jouer les rabat-joie. Ce showcase représentait évidemment une énorme opportunité – il suffisait pour le sentir de s'avancer sur la scène de ce magnifique théâtre, avec toutes ces rangées de sièges. Et Nev avait beau m'agacer par moments, ça nous a rapprochés de nous préparer à la plus grande chance que nous aurions jamais. Cette expérience nous a permis d'accéder à une sorte de paix. Il était de retour, plus créatif que jamais, ce qui, tu le sais, est toujours une fréquence intéressante autour de laquelle graviter. Nous n'avions qu'un album, mais Nev modifiait sans cesse la fichue playlist, intervertissant les morceaux comme un gamin hyperactif. *[Rires.] « Chalk White », on la joue ; non, on la joue pas, on va faire une nouvelle version de « Ginger Lament » à la place, tu pourras essayer le pont en changeant de tonalité ?* Il n'arrêtait pas de tout chambouler, jouant avec mes nerfs et ceux de Jimmy aussi. Nev et lui n'étaient pas les meilleurs amis du monde, loin s'en faut, mais ils avaient réussi à conclure une trêve jusqu'au showcase, car Jimmy voyait que c'était important pour moi. Nev, lui, ne pouvait nier le fait que Jimmy était un batteur incroyable. Nous savions tous qu'il apportait à notre son le groove parfait. Donc ouais, l'optimisme avait gagné tous les membres de notre petite équipe. Nev et moi, on se disait : *Tout ne va pas nous plaire dans ce concert, mais au moins on sera fiers de notre set à nous… Et peut-être que ça nous permettra de nous faire remarquer, comme ça, quand on sortira le prochain album, les gens seront prêts.*

Plusieurs autres artistes ayant participé à ce showcase se souviennent aussi des répétitions comme un moment de grande collégialité. Même si trois des Bond Brothers snobèrent les sessions préparatoires (au grand soulagement de tout le monde), ils envoyèrent Beau Bond, le guitariste taciturne qui avait les faveurs de leurs groupies féminines, pour les représenter. À l'écart des siens, se rappellent plusieurs témoins, la présence de Beau se révéla être étonnamment sobre et plaisante. Certains artistes Rivington se demandèrent même s'ils ne l'avaient pas jugé trop vite.

NEV CHARLES

Si vous jaugez un groupe de gens en vous fondant sur le meilleur d'entre eux et pas le pire, vous risquez de baisser la garde. Découvrir Beau tel qu'il était vraiment, cette semaine-là, a eu une sorte d'effet faussement apaisant sur nos nerfs – c'était pas le mec le plus fin du monde, c'est sûr, mais au moins il s'intéressait à ce que nous faisions, il voulait progresser et à la guitare, il n'était pas manchot. Quand les autres répétaient sur la scène, on allait parfois s'asseoir tous les deux dans la salle, on étudiait leurs performances en papotant. J'avais la sensation que les collègues de Beau profitaient de son sex-appeal et de son talent, mais quand ils étaient dans les parages, ils ne lui laissaient jamais la parole, ce qui était dommage, parce qu'il avait un accent du Sud absolument adorable, plus chantant que tous les Dublinois que j'ai pu croiser dans ma vie. Je lui ai demandé un jour s'il n'avait jamais pensé à chanter, car je l'aurais bien vu sur une chanson d'amour, un truc tendre avec un genre de shuffle derrière, je lui ai même promis que je la lui écrirais volontiers, mais il a protesté en disant qu'il n'avait pas une belle voix. Je lui ai demandé : « Qui t'a dit ça ? », et il a juste baissé les yeux ou les a détournés, soudain nerveux. Alors je lui ai dit : « C'est pas la perfection de ta voix qui compte, c'est ton intonation, ta marque propre. »

ROSEMARY SALDUCCI

Quelques-unes de mes copines auraient bien voulu approcher Beau, mais je les ai prévenues : « Les discussions sur l'oreiller risquent de vous décevoir. » Je dis pas que Beau était stupide – juste qu'il n'avait pas vu grand-chose du monde. Exemple : un jour pendant les répétitions, j'étais en train d'enregistrer les commandes de chacun pour le déjeuner. Je lui file la carte et il me dit qu'il prendra un sandwich au corned-beef.

Mais quand je lui ai apporté, il n'arrêtait pas de soulever le pain, de toucher et de renifler ce qu'il y avait dedans. « Beau, qu'est-ce qui ne va pas avec ton sandwich ? » Et là il me fait, absolument sérieux : « On dirait pas de la viande de bœuf… » C'est sûr, il n'avait pas une grande expérience du monde – il lisait sûrement pas les révélations des *Pentagon Papers* dans le journal du matin. Mais physiquement ? Mignon comme pas permis… Une sorte de Bon Jovi plouc, de visage.

CHERRY ALLISON
chanteuse des Curlicutes

On avait des jupes courtes, des bottes hautes, et une chorégraphie sexy, et ce mouvement synchronisé où toutes les trois on soufflait nos bubble-gums. J'ai eu une idée pour le showcase : *Ça serait marrant que Beau nous rejoigne à un moment et joue avec nous, non ?* Je pensais à un truc un peu émoustillant pour exciter les filles dans le public, mais Beau était trop timide pour essayer, même en répétition.

VIRGIL LAFLEUR

Je suppose que pendant vos repérages, vous avez vu *Skulls in Their Wake*, le film où les Bond Brothers font une apparition ? Très vulgaire, c'est vrai, mais il y a un moment intéressant : dans le saloon, juste avant que ça dégénère, on voit un rayon de lumière poussiéreux filtrer à travers les lattes en bois des fenêtres, la caméra descend en piqué pour détailler nos musiciens ; assez maladroitement, pour l'essentiel, car qui avait besoin de découvrir ces doigts jaunis *[ceux de Cole Young]* en train de gratter les cordes d'une basse ?… Mais l'image s'attarde un instant sur le visage de Beau Bond, de profil. Ses cheveux sont rabattus en arrière, ses traits harmonieux et ouverts, avec juste ce qu'il faut de favoris blonds. Et ce qui m'a le plus surpris à l'époque, quand je l'ai vu, c'est qu'une certaine sensualité se dégage de la bouche et des yeux, la moue des lèvres et la nonchalance des paupières. Pour moi, le jeune Beau se révélait dans ce plan comme une magnifique toile vierge.

Mais Beau échoua à charmer la critique la plus acerbe des Bond Brothers.

OPAL JEWEL

Pendant les répétitions, je sentais qu'il regardait dans ma direction, qu'il m'observait, mais il ne me fixait jamais dans les yeux et ne m'adressait pas la parole. Je me suis juste dit que c'était parce qu'il détestait les « Nègres arrogants », comme on disait dans le Sud à l'époque. *[Haussement d'épaules.]* Comment aurais-je pu interpréter ça autrement ? C'était ce qu'ils montraient, non ? Parce que dans leurs concerts à eux, sur la pochette de leur album, lui et ses copains ressortaient le drapeau de guerre, littéralement, de gens qui s'étaient battus bec et ongles pour continuer de réduire les miens en esclavage. Donc… Nan, je le sentais pas trop ce Beau Bond, et je m'en foutais pas mal qu'il garde lui aussi ses distances. J'avais d'autres chats à fouetter. Mon look, déjà, que je voulais super féroce, parce que j'avais mis sur ma liste VIP des gens que j'avais rencontrés au Max's.

VIRGIL LAFLEUR

Les autres shows que Mad et Pup avaient donnés, si on peut appeler ça des shows, étaient d'horribles tragédies acoustiques où elle était en gros au même niveau que le public, voire assise sur un petit tabouret tout triste, si bien qu'il n'y avait aucun effet de sidération. Mais cette scène *[du Smythe Theater]* offrait une occasion d'être vraiment épique. La hauteur obligerait les premiers rangs à lever les yeux. Je me suis dit : *Pourquoi ne pas l'élever plus encore ? Jusqu'aux dieux !*

La clé, c'était les chaussures, les plus *avant-garde** que nous pourrions trouver. C'était un investissement – Opal et moi étions capables de confectionner d'incroyables tenues, ma *chère**, mais nous n'étions pas cordonniers. Nous les avons trouvées à West Village, une paire de chaussures à lanières en cuir rouge, avec des semelles compensées, qui faisait un boucan merveilleux à chaque pas. Les lanières serpentaient le long des jambes, jusqu'au-dessus du genou, serpentaient au sens propre car la boucle en or, tout en haut, avait la forme d'une tête de serpent. Les semelles compensées étaient en bois avec des ciselures taillées sur les côtés, comme les pieds d'un meuble ancien, qui s'effilaient vers le bas, jusqu'à devenir très étroites. J'ai fait briller le bois avec une giclée de Pliz. Elles étaient exceptionnellement hautes, plus de vingt-cinq centimètres, au moindre faux-pas on risquait de se tordre la cheville et de tomber à la renverse. C'était excellent pour la tension dramatique. Nous avons travaillé très dur sur la démarche à adopter.

OPAL JEWEL

Rétrospectivement, ces chaussures étaient une mauvaise idée. Un mélange entre un appareil orthopédique et des échasses… Les enfiler et les enlever, c'était toute une affaire.

VIRGIL LAFLEUR

Tout le reste était au service des chaussures, boostant leur majesté et leur pouvoir de fascination. Nous avons emprunté le tutu d'une amie danseuse dont j'espérais qu'elle n'allait pas me maudire une fois que je l'aurais coupé plus court, teinté en noir, et paré d'un ajout de tulle – l'abus de volants était un must. Par-dessus, nous avions un simple T-shirt noir, dans lequel j'ai fait des découpes pour renforcer l'effet serpentin des chaussures. Quand j'en ai eu terminé, le ventre était à nu : nombril exposé, contemplant les masses en contrebas. Nous avons pris la perruque Pocahontas à partir de quoi nous avons élaboré une crête – une bande qu'on a découpée et placée au centre du crâne. Les cheveux tombaient vers l'arrière telle une cascade d'encre tandis que les côtés demeuraient nus. Les yeux argentés flamboyants, la bouche rouge sang, *fini**.

chapitre 13

« ELLE ÉTAIT COMME UN TAUREAU ET LUI, LE FOUTU TORÉADOR »

★ ★

Le 13 novembre 1971 en fin d'après-midi, les seconds couteaux de l'écurie Rivington se retrouvèrent au Smythe, afin de se préparer pour le spectacle. Les coulisses du théâtre avaient une forme de fer à cheval : les artistes surgissaient dans l'éclat des projecteurs côté jardin ; la vaste loge des Bond Brothers (avec canapés, coiffeuses, assiettes de charcuterie) occupait l'essentiel des coulisses, côté cour ; et les premiers artistes à passer s'entassèrent dans une étroite zone intermédiaire, se changeant dans les toilettes pour hommes et pour dames, et s'échauffant en vue du plus gros concert auxquels la plupart d'entre eux avaient jamais participé.

Un frisson d'excitation et de camaraderie les plongea presque tous dans un bouillonnement de trac et d'espoir. Alors qu'il aurait pu s'étendre dans la loge exclusivement réservée aux membres de son groupe, Beau Bond, vêtu d'un simple T-shirt noir, d'un jean et d'une paire de bottes neuves que Rosemary Salducci était allée frotter pour les rayer un peu dans l'allée située à l'arrière du théâtre, traînait avec timidité parmi les premiers artistes, attendant que son frère Chet et les autres arrivent. Les abords de la scène, côté jardin, avaient été aménagés comme une sorte d'enclos élégant enveloppé de rideaux en velours rouge qui séparaient les artistes de toute distraction venue des coulisses et les dissimulaient au regard du public. Une atmosphère intimiste, presque sacrée, émanait de ce lieu – un espace où chaque artiste était censé canaliser son trac à l'heure de monter sur scène. Hize y réunit tout le monde pour un petit discours d'encouragement ; Kelly, qui avait décidé de jouer les maîtres de cérémonie le temps d'une soirée, servit du champagne et leur souhaita bonne chance.

Sur place une heure avant le lever de rideau, Hize monta à l'étage pour accueillir les VIP. Parmi eux, Wallace Jopson, un journaliste du New York Times *auquel Hize avait réservé la meilleure loge au balcon dans l'espoir qu'un ou plusieurs artistes Rivington aient droit un jour peut-être à un entrefilet dans la rubrique « Sorties » ou même à une critique. Hize avait laissé vacant le siège à côté de Jopson, pour venir y reprendre son souffle entre deux accueils d'invités, et répondre aux questions que le jeune journaliste aurait à lui poser. Pour calmer ses propres nerfs, Hize se rappelle avoir fait asseoir son épouse Claudia à l'étage, dans le couloir, où il pourrait lui serrer le bras en passant afin de se redonner un peu de courage sans déranger ses invités.*

Marion Jacobie, photographe mondaine free-lance dont les clichés étaient régulièrement publiés dans plusieurs des organes de presse invités, était chargée de documenter visuellement la soirée. Son accréditation lui garantissait un accès à tous les recoins du Smythe, et avant l'ouverture des portes, elle rôda de part et d'autre des coulisses telle une petite souris, capturant Nev en train d'accorder sa guitare, mon père installant sa batterie, Opal, qui ne portait pas encore ses chaussures ni son maquillage, sirotant du champagne en riant avec Virgil LaFleur.

Peu après 18 heures, l'heure prévue pour le début du spectacle, une bonne partie des VIP étaient arrivés dans leurs voitures avec chauffeur, mais les Bond Brothers n'étaient toujours pas au complet et l'orchestre à peine garni. Kelly était tout de même pressé de lancer le show – le retarder davantage aurait entraîné un surcoût pour dépassement de temps et une probable amende pour tapage nocturne. Dans son smoking bleu pastel, il monta donc sur scène pour présenter le premier artiste de la soirée, ainsi que les musiciens de Polychrome *qui allaient accompagner les participants tout au long de la soirée.*

MARY SHARP

Il valait mieux passer au début, car même si vous n'aviez pas le public au grand complet, les gens étaient là tout spécialement pour vous. Quand je suis montée sur scène, j'ai d'abord été déçue, car la section du bas, les sièges payants, n'était remplie qu'au quart. Mais alors, scrutant la pénombre derrière les projecteurs, j'ai aperçu d'autres spectateurs en haut, qui m'ont écoutée chanter en silence et avec respect, puis qui m'ont applaudie, et c'étaient apparemment des gens importants qui allaient peut-être pouvoir donner une suite à ma carrière. J'ai aperçu Bob dans une des loges, et ma famille qui était venue du Vermont. Une photographe, au pied de la scène, me mitraillait et j'ai pensé : *Alléluia... la presse !* Quand j'ai achevé mon tour de chant, une critique est descendue en coulisses avec Bob pour me serrer la main, et elle m'a fait miroiter quelque chose dans un avenir plus ou moins proche. Donc je me suis enfin sentie soutenue et appréciée par ma maison de disques et ce soir-là, j'ai été très heureuse. Après en avoir terminé, j'ai souhaité bonne chance aux autres et je suis repartie avec mes proches – ils n'étaient en ville que pour la soirée, afin que ma petite sœur ne rate pas trop l'école. Nous avons partagé un agréable dîner pour fêter ça, et mon père a porté un toast. Quand je me suis réveillée le lendemain matin et que j'ai découvert ce qui s'était passé à la une des journaux, je n'en suis pas revenue.

Les sets de 18 h 40 et 19 h 20, par le groupe de pop The Refreshers et l'auteur-compositeur-interprète Campbell Carter, furent tout aussi feutrés mais bien accueillis. Hize se souvient que Carter, en particulier, attira l'attention de Jopson avec ses chansons d'amour pop un peu sexy. À la fin de chaque set, les musiciens – mon père, John Squine et Solomon Krebble – délivraient leur rapport sur l'humeur et l'ampleur du public aux artistes qui attendaient leur tour avec anxiété.

JOHN SQUINE

On nous avait dit que ce concert se jouerait à guichets fermés, l'orchestre se remplissait peu à peu, mais les premiers rangs restaient vides. Nous, on guettait ces flambeurs qui avaient raqué pour les meilleurs sièges ; on faisait des blagues sur qui ça pouvait être.

Finalement, peu après 20 heures, les autres membres des Bond Brothers débarquèrent avec une bande de copains défoncés et de femmes, entrant par la porte de derrière directement dans les coulisses. Chet, Donny et Cole avaient l'air complètement shootés sous l'effet combiné de la méthamphétamine et de leur statut de stars de la soirée.

JOHN SQUINE

The Gathering *[un collectif folk]* et El Ritmo *[un quintet de rock latino]* se sont succédé sur scène, si bien que Jimmy, Sol et moi avions droit à notre première longue pause de la soirée. Quand on est sortis de scène après le set de Campbell, il y avait à peine la place pour bouger en coulisses car les gars des Bond Brothers étaient là et avaient amené tous ces parasites complètement stone. On n'est pas censé avoir des gens extérieurs au spectacle qui traînent comme ça backstage. C'était une mauvaise énergie, man… explosive. J'ai bousculé l'un d'eux sans faire exprès, en essayant de me frayer un chemin vers les chiottes, et là, il se plante devant moi et me traite de pédé. J'avais pas l'intention de me faire défoncer la tronche, il restait encore pas mal d'artistes à accompagner, alors je me suis excusé – « Tranquille, brother, tout va bien ». Le type a éclaté de rire et m'a donné une tape dans le dos comme si on était de vieux amis. Ce genre de plan schizo, c'est vraiment pas cool.

Au-delà du délire narcotique ambiant, Opal Jewel était furieuse de constater que Chet Bond s'était pointé en arborant la seule chose que Bob Hize avait bannie de la soirée : un immense drapeau confédéré, fixé sur une grosse hampe dorée.

OPAL JEWEL

J'étais assise dans un coin avec Virgil et Nev devant une minuscule table pliante, juste en face de leur loge. Virgil me tenait compagnie pendant que Nev gratouillait sa guitare acoustique, répétant les morceaux et testant des changements de dernière minute – quand, tout à coup, j'ai aperçu un truc rouge qui bougeait. C'était Chet Bond, en train d'agiter ce machin.

HOWIE KELLY

Elle était comme un taureau et lui, le foutu toréador.

VIRGIL LAFLEUR

Malgré mes mises en garde, nous leur avions abandonné l'unique loge des coulisses contre la promesse que ce genre de stupidités n'aurait pas droit de cité, et ces sauvages n'étaient même pas capables d'occuper ce lieu décemment ! Pas même de faire leurs affaires discrètement, à l'intérieur ! Voilà qu'ils étalaient leur laideur avec tant de vulgarité ! Et pendant ce temps, nous autres les artistes, nous étions bannis dans les petits recoins… Autour d'une table branlante et rouillée avec un pied trop court, si bien qu'en passant les gens n'arrêtaient pas de bousculer mes ustensiles et mes palettes de maquillage ! Un manque de respect exaspérant… J'ai dit à Mad et Pup : « Vous pouvez rester assis là à mijoter, moi je préfère encore les toilettes. » Et c'est ce que j'ai fait : j'ai ramassé mon strict nécessaire et je me suis réfugié dans les toilettes pour dames. J'ai disposé mes crèmes et mes poudres sur la tablette du lavabo. J'ai aidé toutes les filles à faire leurs retouches ce soir-là, et malgré cette ignominie elles avaient une allure phénoménale.

OPAL JEWEL

Pendant presque tout le spectacle, ton père se trouvait de l'autre côté la scène avec Johnny et Sol, hors de ma vue à cause des rideaux. Pendant ce premier long break, il est venu en coulisses boire un verre et voir comment j'allais, et je voyais le muscle au coin de sa mâchoire se contracter chaque fois que Chet ou l'un de ces idiots le frôlaient de trop près. Je voyais que Jimmy essayait de faire abstraction, de ne pas péter les plombs. Il voulait juste faire un saut en coulisses et repartir. Mais moi, j'avais encore longtemps à attendre. Donc chaque fois que Chet s'approchait, je l'insultais ; j'essayais de lui faire un croche-patte ; je lui aurais bien couru après mais Virgil m'avait déjà ligotée dans mes chaussures et trottiner n'était pas une bonne idée. Jimmy avait regagné sa place et je ne savais pas où se trouvait Bob, donc j'ai demandé à Nev de me ramener Howie à la place, et je lui ai montré Chet en train de gambader partout comme le péquenaud haineux du Sud qu'il était. J'ai dit : « Si vous ne faites pas en sorte qu'il range ce truc, c'est moi qui le ferai. » Howie m'a dit de ne pas m'inquiéter, que Chet ne monterait pas sur scène avec le drapeau – il voulait juste se débarrasser de moi. Howie semblait toujours croire que je bluffais.

CHET BOND

Bon, j'ai déjà reconnu ce comportement déplacé. Mais je veux clarifier les choses sur un point : nous n'avons *jamais* rien voulu dire à l'encontre des Noirs en agitant la bannière des confédérés, qui faisait partie du show. Ceux qui croient ça, c'est sans doute leur racisme à l'envers qui les pousse vers cette conclusion. Deux de mes cousins ont eu des enfants avec des personnes de couleur, et nous les avons accueillis à bras ouverts dans notre famille. J'ai même joué à l'un de leurs mariages alors, croyez-moi, Chet Bond est la personne la moins raciste que vous ayez jamais rencontrée. Pour nous, ce drapeau était le symbole de l'emmerdeur, du rebelle, du fait qu'on était fiers de nos ancêtres qui se sont sacrifiés pendant la Guerre de Sécession. Mon père n'avait pas grand-chose dans sa vie dont il pouvait se vanter, vous comprenez ? Tout ce qu'il avait, c'étaient les histoires de famille qu'il nous racontait, des histoires transmises par son père et le père de celui-ci avant lui, datant d'une époque où les Bond étaient pas obligés de quémander, où chez nous, y avait un peu de gloire et de castagne. Alors non, on renie pas notre héritage – ce qu'il a de bon, de mauvais, de laid aussi. On peut pas juste l'abattre, l'enterrer et faire comme s'il avait pas existé. Vous feriez pas une chose pareille, si ? Bon, j'sais pas, peut-être que vous le feriez, vous qui bossez pour les médias libéraux ! *[Rires.]* J'ai toujours été fier de dire que j'étais un fils du Sud – c'est comme ça et c'est tout, vous comprenez ? *[Montrant du doigt mes dreadlocks.]* Pour moi, c'est pareil que… *ça*. C'est une manière symbolique d'affirmer que vous êtes fière de votre culture africaine, non ? Vous pensez que je devrais avoir le droit de vous obliger à les couper parce que j'en saisis pas vraiment le sens ?

Et puis, autre chose encore : *notre* show pour *nos* fans n'avait rien à voir avec *leur* show pour *leurs* fans. J'avais pas prévu de traverser la scène en agitant mon drapeau pendant leur set à eux ! Le principe de ce concert, comme on me l'avait expliqué, c'était que tout serait clairement séparé ; tout le monde avait plus ou moins le droit de faire ce qu'il voulait pendant le temps qu'on lui attribuait. Toute cette violence aurait pu être évitée si certaines personnes, et c'est bien sûr d'*elle* que je veux parler, avaient tant soit peu respecté ça.

OPAL JEWEL

Quelques minutes ont passé et j'imagine que Chet a fini par se fatiguer tout seul – il avait arrêté de courir en agitant son drapeau sous le nez de tout le monde, mais l'avait détaché de sa hampe et enroulé autour de ses épaules, si bien qu'il pendait dans son dos comme une foutue cape de super-héros. Ils n'avaient même pas la décence de fermer la porte de leur putain de loge, et de là où j'étais assise, j'avais une vue dégagée sur Chet et ses copains en train de se marrer et de faire la fête. Leurs bottes sales sur les jolis canapés, assis sur les tables de maquillage, buvant et sniffant tout ce qui leur tombait sous la main… faisant leur petit bœuf de musique country ou je ne sais quoi, comme à la maison. Et chaque fois que Chet bougeait, j'apercevais ce drapeau rouge. Il m'était impossible de l'ignorer.

Pendant ce temps, à l'entrée du théâtre, une autre crise couvait.

ROSEMARY SALDUCCI

Ils m'avaient collée dans le hall pour réceptionner les VIP, près des guichets. Alors je n'ai rien vu du spectacle proprement dit, mais j'ai été témoin d'un tas d'autres merdes. Les portes du théâtre étaient grandes ouvertes, avec un tapis rouge déroulé depuis le perron, pour que les huiles débarquant de leurs berlines noires sachent tout de suite qu'elles étaient bien au bon endroit. Ces gens venaient me voir directement, ils me donnaient leur nom et moi je leur donnais leur billet, en leur souhaitant une bonne soirée. Chaque artiste avait droit d'ajouter quatre VIP sur la liste, et c'était sympa de voir arriver les membres de leurs familles, tout ça.

Après le début du show, le hall est resté désert un moment, alors j'ai papoté avec un des gérants du Smythe, une petite crevette. Et là, d'un seul coup, j'entends un vacarme dehors et mon cœur manque s'arrêter. Je jette un coup d'œil à la porte et je vois ce gang de bikers qui encercle tout le pâté de maison – je vous parle de *dizaines* de motos, là… Et sur chacune, y avait un chevelu repoussant avec une nana encore plus repoussante accrochée à lui. J'imagine qu'ils cherchaient un endroit où se garer, mais ensuite, ils ont juste posé ces monstres sur le trottoir, et deux ou trois d'entre eux ont même roulé sur le tapis rouge jusqu'en haut des marches, et moi je paniquais parce que je l'avais loué et je savais qu'on allait me facturer un supplément pour les dégâts.

Bref, ces types sont restés plantés là un moment, sans rien faire, et puis l'un d'eux est descendu de sa bécane, il s'est approché de la lycéenne qui tenait le guichet et lui a réclamé les billets qu'on avait laissés pour lui, au nom de Chet Bond.

Moi, je lançais des regards au gérant : *Vous allez les laisser faire sans rien dire ?* Très nerveux, il s'est approché de ce connard immonde et il a fait : « Euh, hem, excusez-moi monsieur… Vous êtes sûr que vous ne vous trompez pas d'endroit ? » Ce connard baisse les yeux sur lui – il tenait à la main la grosse enveloppe contenant les billets qu'il venait de récupérer – et il colle celle-ci sous le nez du gérant, en poignardant du doigt les mots écrits dessus : « "*Invités de Chet Bond*". C'est nous, ça. » Ce sale con retourne dehors pour rameuter ses potes, il lance un sifflement assourdissant et fait un cercle dans le vide, du bout du doigt, alors ils se précipitent tous à l'intérieur comme des putains de cafards ! J'ai compté une vingtaine de ces enfoirés, et quand ils sont passés devant moi, j'ai lu l'inscription au dos de leurs gilets en cuir : *DANGER FIENDS*.

HOWIE KELLY

Moi, je suis en train de présenter le groupe El Ritmo, et j'aperçois ces voyous qui déboulent au pied de la scène comme une avalanche, en faisant un putain de boucan, et là, ils se jettent sur leurs places aux premiers rangs. Ils couvrent mes annonces avec leurs beuglements, et j'essaie de lâcher une petite blague, histoire d'attirer leur attention, quoi, qu'ils la ferment… Mais ils gueulent encore plus fort.

BOB HIZE

Au balcon, j'avais des journalistes du *Village Voice*, du *Times* bien sûr, de *Billboard*, des producteurs d'émissions à la radio… Ils se penchaient tous vers l'orchestre pour voir d'où venait ce vacarme. Ces individus donnaient l'impression de ne pas s'être lavés depuis des jours avec leurs visages striés de crasse, ils se passaient une flasque, hurlaient des obscénités et riaient sans cesse avec vulgarité. Ils avaient transformé ce beau théâtre en un club de motards, et ne respectaient absolument pas les artistes sur scène. J'ai commencé à paniquer et me suis tourné vers Claudia, qui me cherchait des yeux aussi. J'aurais voulu qu'elle me rassure, mais elle avait l'air très inquiète.

MARION JACOBIE
photographe[1]

Au début, j'ai fait des photos classiques. J'ai pris les chanteurs en action, des plans larges et d'autres plus serrés, sur des

1. La saisissante photographie prise par Marion Jacobie d'Opal & Nev fuyant la scène du Rivington Showcase demeure son œuvre la plus célèbre. À la suite de cette émeute, Jacobie

détails. Mais tout ça est passé à la trappe quand les Danger Fiends se sont pointés. Soudain j'ai réalisé : *Hey, je vais peut-être me retrouver aux premières loges pour un vrai scoop.* J'ai essayé de rester discrète, sur le côté de la scène, en utilisant mon zoom pour pouvoir capturer des images authentiques des premiers rangs, mais une des filles m'a repérée et à partir de là, toutes les autres se sont mises à m'interpeller pour que je les prenne en photo. Elles voulaient être photographiées avec leurs bonshommes, comme n'importe quel couple romantique, sauf que ces types faisaient des doigts d'honneur à l'objectif et montraient les dents. Ils ne voulaient pas me donner leur nom. Certains se couvraient le visage avec les mains.

L'agitation des premiers rangs commençait à distraire les artistes et à les démotiver. Même les membres du groupe El Ritmo, que Hize admirait pour leur concentration et leur précision, perdirent le fil de leur morceau et durent le reprendre du début. Des bévues qui ne firent que renforcer le problème.

HOWIE KELLY

Pendant qu'El Ritmo jouait, je me suis rué vers le hall d'entrée pour aller trouver le type du Smythe avec lequel j'avais tout organisé. Le sale connard… Là, Rosemary m'explique qu'il les a laissés entrer comme si de rien n'était, et me conduit dehors pour me montrer leurs motos garées sur mon tapis.

---

couvrit l'enterrement de mon père, même si ces clichés-là, dont une image de ma mère lourdement enceinte au bord de la tombe, n'éveilla pas l'intérêt des rédactions. Elle travailla pendant de nombreuses années comme photographe de mode et portraitiste, immortalisant célébrités et mannequins pour *Vanity Fair* et *Vogue*, mais ne devait plus jamais prendre les sujets qui avaient lancé sa carrière. Aujourd'hui âgée de 68 ans, Jacobie dirige son propre studio dans le quartier de Chelsea, à New York, où elle m'a fait voyager à travers ses archives et m'a proposé ses services pour la photo d'auteur de ce livre. Jacobie n'a pas semblée étonnée que je décline son offre. « Après tant d'années à essayer de prendre Opal une nouvelle fois, m'a-t-elle confié, je suis habituée à ce non catégorique. »

Le gérant finit par se pointer et je lui tombe dessus, quoi… Je suis furieux. Et le mec devient super fuyant, il hausse les épaules et me dit que les gens des premiers rangs ont payé leurs billets, alors qu'est-ce qu'il peut y faire ? Moi, je suis dubitatif, car ce sont les places les plus chères du théâtre ! Et vous, vous les refilez à ces branleurs ?

Je retourne en coulisses pour essayer de comprendre ce qui se passe et là, putain, les choses ont encore dégénéré dans la loge et la zone intermédiaire, une vision tout droit sortie d'un putain de cauchemar de camé – mes filles des Curlicutes sont tellement flippées qu'elles sont allées se planquer dans les chiottes !

CHERRY ALLISON

On était allées dire bonjour aux Bond Brothers dans leur loge, leur souhaiter bonne chance – je supportais vraiment pas Chet et ces mecs, mais on voulait vérifier la tête qu'on avait dans les coiffeuses, avec leurs super miroirs Hollywood entourés de lampes, vu que ces types s'en servaient évidemment pas – et putain, c'était la pire erreur… Les plus agressifs de leurs potes, qu'on ne connaissait ni d'Ève ni d'Adam, se sont mis à nous tourner autour comme des mouches. Oh, je me suis pris un million de claques sur les fesses et pire encore. J'ai dû me tortiller dans tous les sens pour ressortir de la loge et, même là, certains ont continué à me suivre à la trace. On était programmées vers la toute fin du concert donc on avait encore pas mal de temps à attendre, trop pour supporter ça. J'en pouvais plus – quand les autres filles ont réussi à se glisser dehors, on a frappé à la porte des toilettes et, Dieu merci, Virgil nous a laissées nous entasser à l'intérieur et a verrouillé derrière nous.

Quand l'heure est arrivée d'aller nous poster sur le côté de la scène, c'est votre père qui est venu nous chercher. Il a calé deux filles sous un bras, moi sous l'autre, et derrière la porte j'entendais la foule qui criait : « Bond Brothers ! Bond Brothers ! » Je me souviens, j'arrêtais pas de tirer sur ma jupe en regrettant qu'elle soit pas plus longue. J'ai dit : « Jimmy, qu'est-ce qu'ils foutent, dans cette salle ? », et il m'a demandé si j'étais sûre de vouloir encore y aller. Mais nous étions aussi ambitieuses que les autres et on ne voulait pas laisser passer cette chance, tout ça parce qu'on avait la trouille comme des gamines. Ce que je réalisais pas, sur le moment, c'est que *tout le monde* avait la trouille.

HOWIE KELLY

[Juste avant de présenter les Curlicutes.] Je suis allé trouver Chet dans la loge, qui se prélassait comme un putain de roi dégénéré au milieu de tout ce bordel, et je lui ai dit : « C'est qui ces gens aux premiers rangs ? C'est vos potes, là-bas, qui se comportent comme des taulards ? » Alors il repousse l'écervelée accrochée à ses jambes et il me suit pour pouvoir jeter un coup d'œil. Là, il nous balance, à votre père, aux filles des Curlicutes et à moi : « Hey, regardez-moi ça, la branche de Floride est arrivée à temps ! » Moi je lui fais : « La branche de Floride ? La branche de *quoi* ? » Et ce cinglé me répond que, ouais, il a personnellement réservé les deux premiers rangs pour des copains bikers en virée dans le coin, en espérant qu'ils feraient le détour. Bon Dieu…

Pendant que Chet Bond accompagnait Howie sur le côté, la plupart des gens en coulisses étaient trop distraits ou défoncés pour remarquer que le drapeau confédéré passé autour de ses épaules avait glissé et était tombé par terre. Certains membres de la clique des Bond Brothers le piétinèrent même sans s'en rendre compte en trottinant vers la scène pour aller mater les Curlicutes en train de se planter dans leur set. Mais, assise à sa petite table branlante, Opal se rappelle avoir vu le drapeau tomber ; et que Nev aussi l'avait vu.

OPAL JEWEL

Ce machin était juste étalé par terre comme un animal écrasé, comme si en fait ils n'en avaient rien à foutre, donc dès que plus personne n'a eu les pieds dessus, Nev s'est précipité pour le ramasser. Il y avait une grande poubelle près de la table où nous étions assis, il allait le jeter dedans mais la poubelle n'avait pas de couvercle et elle était déjà quasi pleine de bouteilles et de détritus – je voulais être sûre que personne ne retrouverait ce truc s'ils venaient le chercher. Alors j'ai fait non de la tête et je lui ai fait signe de venir. Je lui ai dit de me le donner et je l'ai planqué sous la petite table, sur mes cuisses. J'imagine que Nev espérait que les choses en resteraient là parce qu'il me regardait d'en haut, genre : *C'est bon, maintenant ? T'es contente ?* Et j'ai fait : « Ouais, c'est bon. » Et vous savez le pire ? Ce machin n'a manqué à personne jusqu'à la toute fin.

Virgil avait installé l'essentiel de son matos dans les toilettes, mais il avait laissé quelques affaires sur la table, des pinceaux et une lime à ongles. Un de ces machins en inox, vous voyez, avec un côté abrasif et un bout pointu pour repousser les cuticules et enlever la saleté. Je ne peux même pas dire que j'étais consciente de ce que je faisais. Je dirais plutôt que mes mains réfléchissaient toutes seules, mais ma réaction instinctive, c'était *détruire*, *détruire*, *détruire*. Si j'avais eu des ciseaux sur moi, ça n'aurait pas traîné, mais je n'en avais pas, je n'avais que cette lime à ongles. Alors je l'ai glissée sous la table et je me suis mise à percer tant bien que mal un petit trou dans le tissu, pas plus grand que ce qu'une cigarette aurait pu faire. Puis un autre trou, et un troisième… ouais, assise là, à faire des vocalises avec Nev pendant qu'il jouait de la guitare. J'aurais sans doute continué si Virgil n'avait pas pointé sa tête dans le couloir pour me dire de venir le voir pour quelques retouches, parce que nous étions les prochains à passer. Je savais pas quoi faire de ce truc. Nev me fixait avec de gros yeux, genre, *Faut t'en débarrasser !* Alors je l'ai roulé en boule et serré contre moi, et Nev m'a aidée à relever dans mes chaussures et m'a abritée aussi, le temps que je rejoigne Virgil.

NEV CHARLES

Désolé de vous décevoir, mais à partir de là, j'ai bien peur de ne pas pouvoir vous éclairer ; je serais bien incapable de vous aider à combler les blancs, car, comme je l'ai déjà raconté à tout le monde – et comme j'ai demandé à Lizzie *[Harris, l'attachée de presse de Charles]* de vous le répéter avant que vous ne vous donniez la peine de vous concentrer sur ces quelques heures délirantes de ma vie qui l'est tout autant –, mon esprit se retrouve bombardé de parasites quand il s'approche trop près de certains moments. J'ai lu un tas de choses sur le cerveau et je suis sûr que vous aussi ; un jour, j'ai vu un fascinant documentaire en six épisodes là-dessus, sur la BBC3 je crois, mais bon, là où je veux en venir, c'est que les traumatismes sont des petits farceurs ! Qui a commis cet acte affreux, qui a balancé cette insulte… comment savoir ? J'imagine que les côtes brisées, les gaz lacrymo et, bien sûr, ce qui est arrivé à votre père, je suppose que tout ça m'a privé des détails, à tel point que lorsque je regarde cette photo, je n'en sais guère plus que ceux qui n'étaient pas là. *[Je lui rappelle les souvenirs précis qu'il m'a déjà confiés au cours de cet entretien, alors que nous abordions les autres traumatismes de son existence, notamment la mort de sa mère.]* Oh oui, je *sais* ! C'est vraiment étrange, pas vrai, cette manière sélective dont l'esprit fonctionne ?

[À la question de savoir s'il a ramassé le drapeau par terre.]

Bien sûr, je n'accuserais jamais personne d'être un menteur, mais c'est juste que je ne peux ni confirmer, ni contredire… Je veux dire, ça *ressemble* à quelque chose qu'une personne dans ma situation aurait pu faire – n'importe quoi pour éviter une bagarre. Mais d'un autre côté, moi, ça me semble improbable, car, comme vous le savez, j'ai une tendance légendaire à me refermer sur moi-même avant mes concerts. Quand je suis en tournée, j'ai toujours quelqu'un qui est chargé de claquer des doigts sous mon nez cinq minutes avant de monter sur scène. Cette fois-ci, c'est la pauvre Candice. D'ailleurs en parlant d'elle… *[Il appelle l'hôtesse.]* Candice, ma chérie ? Vous voulez bien m'apporter une eau gazeuse ?

21 h 15 : alors que le set des Curlicutes se poursuivait, toutes mes sources en conviennent, l'énergie à l'intérieur du théâtre bascula vers quelque chose d'encore plus tendu et effrayant.

BOB HIZE

Pendant à peu près trente secondes, les types du premier rang se sont calmés, lorgnant les filles sur scène, puis ils se sont remis à huer et à pousser des hurlements de loups. Ce qui a visiblement agacé leurs copines, qui se sont mises à crier sur Cherry et les autres, les traitant de garces et de putains.

MARION JACOBIE

J'ai couru jusqu'au balcon pour voir ce que tout ça donnait vu d'en haut, et c'était un sacré spectacle… Je suis persuadée d'avoir pris une super photo depuis là-haut pendant le set des Curlicutes – l'un des bikers, sa grosse bedaine dépassant de son jean, qui avait bondi de son fauteuil et faisait le clown, singeant les filles en train de danser sur scène. Il tournait sur lui et roulait des hanches en secouant son bide, ce qui faisait marrer ses copains. J'ai choisi un angle où on le voyait de dos, avec l'emblème à la tête de mort et au poignard dans le dos de son gilet, il avait une main en l'air et l'autre sur la hanche, et tout en haut du cadre, j'avais les Curlicutes sur scène avec leurs tenues girly et, en gros, la même pose. Vous voulez que je vous dise ? Si j'avais pu la sauver, je crois que ç'aurait peut-être même été ma préférée de toute cette soirée – c'est peut-être celle-là qui aurait été réimprimée encore et encore. L'illustration habile et frappante de deux forces qui s'affrontent : le masculin et le féminin, le vulgaire et le beau…

BOB HIZE

Quelqu'un a jeté un objet qui a frappé Cherry Allison en plein visage ; je l'ai vue sursauter du haut du balcon. À cet instant, j'ai pensé : *Mon Dieu, tout ça devient violent.* Wallace Jopson *[le journaliste du* Times*]* s'était montré sociable toute la soirée – à l'évidence, il était au tout début de sa carrière, simplement heureux d'être là et flatté par le traitement royal auquel il avait droit. Mais quand les choses ont dégénéré, il s'est tu et s'est mis à griffonner dans son carnet, en me cachant ce qu'il était en train d'écrire. D'un seul coup, il est devenu extrêmement professionnel. Je suis allé trouver ma femme et lui ai glissé à l'oreille : « Je crois que tu ferais mieux de rentrer à la maison. »

Enfermée dans les toilettes avec Virgil, Opal ignorait totalement ce qui était en train de se passer. Pendant que Virgil peaufinait son maquillage et appliquait des paillettes sur le bout de ses cils, elle se demandait ce qu'elle allait faire de ce drapeau qu'elle voulait tant détruire.

OPAL JEWEL

Ce truc était trop grand pour que je puisse le jeter dans les toilettes et tirer la chasse d'eau ; mon but n'était pas de créer une inondation. Virgil m'a proposé de le garder pour moi en le fourrant dans son sac de maquillage, mais je crois que j'avais le sentiment que c'était mon spectacle, ma responsabilité. Nous avons failli le balancer par la fenêtre – il y en avait une dans les toilettes, avec un seul montant qui s'ouvre vers l'extérieur, mais elle était trop haute et Virgil s'est mis à chercher quelque chose sur lequel grimper pour pouvoir l'atteindre sans se briser le cou. C'est alors que j'ai eu cette idée idiote qui m'a fait rire. Honnêtement, ça a commencé comme une blague.

VIRGIL LAFLEUR

feuilletant son « portfolio » des différents looks d'Opal

Nous étions plutôt doués pour nouer et coincer toutes sortes de matériaux afin de produire des effets aussi surprenants que fabuleux, vous ne trouvez pas ? Regardez celui-ci *[pointant du doigt une coiffe élaborée]* – on ne croirait jamais qu'un rectangle de tissu bon marché et criard puisse produire une pièce aussi sensationnelle.

OPAL JEWEL

J'ai dit à Virgil… je lui ai dit que je n'avais qu'à planquer cette bonne vieille bannière dans le dernier endroit où un gros plouc irait la chercher : enroulée autour de mon cul noir. Alors lui aussi, il s'est mis à rire, et on l'a fait : je me tenais debout dans les toilettes comme une ballerine dérangée, dans ce grand tutu noir, à tournoyer quasiment sur des foutues pointes dans ces chaussures, pendant que Virgil pliait ce machin et le passait entre mes jambes et autour de mes hanches, puis le remontait avant de bien le caler. Tout ce surplus de tissu n'était pas un problème – il ne faisait que renforcer l'aspect bouffant de mon tutu. Et nous ne pouvions plus nous arrêter de rire car Virgil l'avait noué de telle manière que le X du drapeau était parfaitement positionné, pile sur mes fesses. Sur le moment, on se disait juste que c'était notre drôle de petit secret – je n'envisageais pas d'en *faire* quoi que ce soit. Je pensais déjà à l'après-concert, à notre petit déjeuner en pleine nuit au *diner* où j'allais raconter ça à Nev, et à Jimmy aussi si j'arrivais à le convaincre de nous accompagner, et nous allions bien nous marrer, tous ensemble, de leur avoir joué ce joli coup.

Horrifié par ce qui se tramait durant le set des Curlicutes, Hize quitta sa loge au balcon et descendit s'enquérir des mesures de sécurité.

BOB HIZE

J'ai trouvé le gérant *[du Smythe]* dans le hall en train de se faire passer un savon par Howie, grimaçant sous l'averse de postillons qui s'abattaient sur lui. Je me suis dit que cela aiderait si je jouais le rôle du type raisonnable : *Monsieur, si vous pouviez envoyer vos agents de sécurité dans la salle pour confisquer les flasques d'alcool, leur adresser peut-être un avertissement ferme…* Mais en voyant le teint livide du type, j'ai compris.

ROSEMARY SALDUCCI

Bob se met à bafouiller, il est tellement énervé qu'il ne trouve pas ses mots, il dit au gérant : « Vous avez un service de sécurité, n'est-ce pas ? Ne me dites pas que vous n'en avez pas… » Et le gérant répond : « Hem, euh, ben, on a les ouvreurs… » Les ouvreurs, qu'il dit ! C'étaient des gamins. Des petits lycéens malingres tout boutonneux payés au lance-pierre ! Je ne voulais vraiment pas mettre mon nez dans leurs affaires, mais je suis intervenue : « Vous n'avez qu'un mot à dire et j'appelle les flics. »

Les choses auraient pu en rester là si seulement ils m'avaient écoutée. Mais ils ne m'ont pas écoutée – j'étais juste la secrétaire, la fille assise à la réception qui accueillait les gens et répondait au téléphone. Bref. Et à partir de là, mon Dieu, tout est parti en vrille.

HOWIE KELLY

Eh bien, nous étions réticents à appeler la police, et je vais vous expliquer pourquoi : à certains moments, on avait l'impression que ça allait s'arranger, vous comprenez ? On se disait que, peut-être, tout allait se calmer. Et la dernière chose qu'on voulait, c'était empirer encore cette putain de situation. Bien sûr, de nos jours, avec toutes les vidéos de flics qui circulent, tout le monde sait qu'une fois qu'on leur demande d'intervenir, ça n'apporte jamais rien de bon…

ROSEMARY SALDUCCI

riant de l'argument avancé par Kelly

C'est ça, mon *cul*. Pratique comme excuse, pas vrai ? Nous savons très bien, vous et moi, qu'Howie Kelly ne pensait pas aux brutalités policières en 1971, ni jamais d'ailleurs ! En plus, l'idée c'était d'appeler les flics pour qu'ils s'occupent des détraqués des premiers rangs, et ceux-là n'avaient pas vraiment la couleur de peau qui risquait de leur causer des soucis avec la police, si vous voyez ce que je veux dire.

HOWIE KELLY

Écoutez, j'ai eu une idée hallucinante pour régler le problème. Simple, nette, pas besoin des flics. J'ai dit à Bob : « Remontez là-haut, continuez de faire du relationnel avec les journaleux et laissez-moi gérer tout ça. » J'allais calmer ces racailles de motards en leur donnant ce qu'ils voulaient, c'est-à-dire le concert des Bond Brothers, tout de suite, et après *Merci, bonne nuit et maintenant tout le monde se casse.*

Il y avait cependant au moins une faille dans le plan de Kelly : passer directement aux Bond Brothers supposait de laisser tomber l'avant-dernier set de la soirée, celui de Nev Charles, feat. Opal Jewel.

OPAL JEWEL

[Dans les toilettes pour dames] Virgil m'a fait tirer deux lattes sur un joint et m'a déposé un baiser sur la joue *[avant de monter s'asseoir à sa place VIP au balcon]*. Et je suis sortie des toilettes en me sentant moi-même – comme si je contrôlais la situation, comme si j'avais un coup d'avance sur ces idiots. Jimmy était encore là-bas en train d'accompagner Cherry et les autres, mais j'ai aperçu Nev planté sur le côté de la scène – j'arrivais toujours à le repérer avec ses cheveux carotte qui pointaient au-dessus de tout le monde. En m'approchant, j'ai vu qu'il était en train de se disputer avec Howie. Je lui ai demandé : « C'est quoi le problème, maintenant ? », et Nev a lâché : « Après tout ce qui s'est passé, voilà qu'ils veulent faire sauter notre set ! »

John Squine, Solomon Krebble et mon père étaient censés rester sur scène à ce moment-là, pour enchaîner directement du set des Curlicutes à celui de Nev. Mais quand les Curlicutes ont fini leur dernier morceau et se sont précipitées hors de la scène – cris vulgaires, hurlements de loups et la clique tapageuse de Chet, celle qui avait envahi les coulisses, les suivant à la trace –, mon père est sorti du scénario, il s'est levé de sa batterie et a aussi quitté la scène.

JOHN SQUINE

Quand il est passé devant moi, j'ai murmuré à Jimmy : « Qu'est-ce que tu fous ? On est censés rester sur scène, man ! »

Sol et moi, on était plantés là comme des cons. Nous aussi, on aurait voulu en finir avec cette soirée.

OPAL JEWEL

Tout à coup, Jimmy a déboulé dans la zone intermédiaire et dès qu'il a posé les yeux sur moi, il m'a prise par le bras et m'a dit, comme si c'était un ordre et que je n'avais pas mon mot à dire : « Pas question que tu montes sur cette scène. » Bien campée sur mes jambes, j'ai répondu : « Non mais, attends un peu : de quel droit tu me dis ça ? »

HOWIE KELLY

Votre paternel crie au visage d'Opal, et elle lui crie dessus en retour. « Me dis pas ce que je dois faire ! », ce genre de trucs. J'aurais pu expliquer à Jimmy qu'une femme qui a la tête aussi dure se bute encore plus quand on essaie de faire preuve de bon sens. J'aurais dû lui dire qu'un homme de bonne volonté a besoin d'une femme stable, comme votre mère, pas d'une cinglée qui n'en a rien à faire si ensuite, vous avez des ennuis.

OPAL JEWEL

Jimmy et moi, on s'en est mis plein la figure – il me balançait des « putain de cinglée » et autres amabilités, et moi, je me laissais pas faire. Et puis Nev s'est mis à japper. En disant à Jimmy que nous n'avions pas besoin de lui de toute manière, que je ne lui appartenais pas, qu'il n'avait pas le droit… Jimmy l'a ignoré, au début, il m'a entraînée à l'écart pour pouvoir me parler sans tous ces gens autour, mais Nev nous a suivis et là, Jimmy en a eu marre. Il a traité Nev de putain de ringard, d'imposteur, de chanteur bidon – comme la dispute autour de « Black Coffee » mais en pire, et une nouvelle fois je me retrouvais au milieu. De l'autre côté du rideau, Howie nous a dit d'aller nous faire foutre – qu'il allait voir si les Bond Brothers étaient prêts et que si c'était le cas, ils seraient les prochains à passer. Et une fois que Howie a lancé cette menace, Nev s'est mis à me supplier, en disant que c'était notre chance de briller comme nous le méritions, que nous n'avions qu'à faire ce set juste tous les deux, en acoustique, comme on en avait l'habitude.

NEV CHARLES

J'ai toujours avec moi une gratte acoustique pour pratiquer, composer, et je devais en avoir une avec moi ce soir-là. En fait… *[Sortant la guitare de bois blond éraflé de son étui, posé près de son siège dans le jet privé, il gratte les cordes et fredonne, puis se met à chanter.]* « Traitez-moi de dégonflé / Moi je voudrais pas / Tomber à genoux sur des terres lointaines… » *[Il embrasse le manche de sa guitare.]* Cette gratte est toute moche et déglinguée maintenant, elle a perdu son éclat, mais elle a toujours été une amie pour moi. Et c'est dommage, vraiment, qu'Opal et moi on n'ait pas joué en acoustique ce soir-là, non ? Ça aurait peut-être calmé tout le monde.

OPAL JEWEL

J'ai dit à Nev d'arrêter de brailler et d'aller s'asseoir dans un coin, parce qu'il ne faisait qu'énerver Jimmy davantage, et une chose était sûre : à lui non plus, je ne lui appartenais pas. Alors il s'est éloigné en tirant la tronche, comme la dernière fois que les choses avaient dégénéré.

JOHN SQUINE

interrogé sur le temps que Krebble et lui sont restés coincés sur scène à tenter de distraire ce public incontrôlable

Oh j'sais pas, cinq ou dix minutes peut-être ? Ça m'a paru une éternité. On peut quand même pas faire grand-chose avec juste une basse et un clavier… Sol a joué le riff de « The Weight » *[du groupe The Band]* et je suis venu au soutien, j'ai fait signe à ces connards des premiers rangs de frapper dans les mains sur cet air un peu roots qui aurait pu les faire kiffer, mais ils étaient pas dupes, man. Ils continuaient juste de crier : « Bond Brothers ! Bond Brothers ! » Je me suis penché en arrière pour essayer de voir de l'autre côté du rideau : *On y va, on y va pas, qu'est-ce qui se passe putain ?*

Pendant ce temps, Howie Kelly traversait comme une furie la zone intermédiaire en direction de la loge, bien décidé à rameuter ses têtes d'affiche.

HOWIE KELLY

J'ai empoigné le premier Bond Brothers qui m'est tombé sous la main – je crois que c'était Donny – et je lui ai dit : « J'en ai ras-le-bol maintenant de ces enculés des premiers rangs, et une chose est certaine, putain : pas question que je vous présente. Alors bougez-vous le cul et montez sur cette putain de scène ! » Vous imaginez pas à quel point j'étais dingue ; j'ai dû sortir fumer une clope dans l'allée de derrière, histoire de me calmer avant de clamser d'une rupture d'anévrisme.

CHET BOND

Oh, j'avais hâte d'y aller, dès que Donny m'a fait passer le mot ! Et ça allait être cool, parce qu'on pourrait jouer plus longtemps – notre créneau à nous, plus le leur. Pourquoi se plaindre ? Le problème, c'est que juste au moment où on allait se mettre en route, je me suis rendu compte que quelqu'un s'était intéressé d'un peu trop près à mes effets personnels.

Je parie que vous savez pas d'où venait ce drapeau, hein ? Bon, pas d'où il vient *en général* – je vous parle de ce drapeau-là en particulier, avec lequel cette fille a déconné. Vous donnez votre langue au chat ? Je vais vous dire : c'était celui de mon père, qui venait tout droit de la pelouse devant notre maison. Quand il l'a descendu pour me le donner, il m'a dit : « Fiston, allez surtout pas oublier qui vous êtes, là-haut dans le Nord. » Bon, je me suis peut-être un peu emballé ce soir-là, avec toutes ces merdes que j'avais dans le sang. Mais putain, c'est sûr que ma priorité numéro un était de retrouver ce trésor de famille.

HOWIE KELLY

Bref, je suis dehors dans l'allée en train d'attendre que les putains de tubes que j'ai financés résonnent sur scène, et que ce foutu cauchemar s'arrête enfin, mais je suis déjà presque au bout de ma troisième clope et tout ce que j'entends de l'autre côté, c'est le même branle-bas de combat que tout à l'heure. Je rentre pour voir pourquoi ça prend tout ce temps et là, les Bond Brothers sont toujours pas sur scène. Ils ne sont même pas encore sortis de leur loge ! Chet et ses potes sont en train de tout retourner là-dedans, balançant les coussins des canapés, retournant les poubelles, renversant les tables et les chaises, en gueulant qu'ils joueront pas tant qu'il aura pas son drapeau. Moi, je pigeais rien à ce qu'il racontait ! J'étais tellement furieux que je tremblais de partout ! Alors je lui dis : « Bande d'abrutis, si vous vous bougez pas le cul, je jure devant le foutu Christ… » Et là, il me fait : « Je bougerai pas d'ici tant que j'aurais pas récupéré mon bien », et ses sbires qui s'excitent derrière lui. J'ai cru que quelqu'un lui avait piqué du fric, ou même de la drogue, un truc de valeur ! Et pendant ce temps-là, Squine et son copain improvisent à peu près n'importe quoi sur scène, mais on les entend à peine car toute la salle hurle : « Bond Brothers, Bond Brothers… » Là, je panique ! J'imagine déjà les gens qui ont acheté leurs billets prenant d'assaut le guichet pour se faire rembourser !

Là, du coin de l'œil, j'aperçois Nev en train de tourner en rond comme un moustique, l'air prêt à sauter sur n'importe quoi, genre, ça le gênera pas si je l'utilise pour gagner du temps – il veut juste avoir sa chance. Tu parles d'un ego, celui-là, à se croire si bon qu'il va pouvoir les calmer. Et je voulais pas entendre ça ; à ce moment-là, je voulais plus rien entendre. Avant qu'il ouvre la bouche, je lui ai aboyé dessus : « Ah, tu veux jouer ! Très bien ! Fais-toi plaisir ! »

Seule avec Jimmy en bord de scène, Opal affirme n'avoir jamais eu conscience que, juste derrière eux, derrière le rideau qui les séparait du fond des coulisses, des recherches étaient en cours pour retrouver le drapeau caché sous son costume. Elle continuait de se disputer âprement avec mon père, sur la question de savoir si elle devait y aller ou pas.

OPAL JEWEL

Ça n'avait aucun sens pour moi de renoncer à cette chance – j'avais l'impression que s'écraser, c'était laisser gagner ces abrutis, dans la salle. Je ne comprenais pas comment Jimmy pouvait me demander ça et, en plus, j'avais invité plusieurs personnes du Max's dans les loges VIP, notamment Sam Hood – s'ils étaient encore là-haut et que je leur posais un lapin, j'allais devoir repartir de zéro.

Ton père pétait un câble, m'accusant d'avoir la tête dure et un cœur de pierre. Quand il a fini par comprendre que me crier dessus ne servait à rien, il m'a tirée à lui et s'est mis à me caresser les bras. Il m'a dit : « T'as pas idée de ce qu'ils ont fait subir à Cherry. » Je lui ai dit que j'avais rien à voir avec les filles des Curlicutes, qu'elles faisaient leur truc et moi le mien, et Jimmy a dit : « Tu crois qu'ils vont mieux traiter une Négresse ? » C'est là que j'ai commencé à comprendre ce qu'il essayait de me dire, que j'ai commencé à douter et à le croire quand il me disait de ne pas être si pressée, qu'il allait m'aider à dégotter un concert plus classe que celui-là. Il me caresse les bras et me dit : « Fais-moi confiance, baby, c'est pas le bon endroit. Tu veux pas monter sur cette scène – vaut mieux la laisser à ces types. » *[Longue pause.]* J'étais vraiment à deux secondes de le prendre par la main et de me tirer. De sortir par la porte de derrière et disparaître dans la nuit. Mais là, on a entendu autre chose là-bas, dans la salle, entre les « Bond Brothers, Bond Brothers… »

BOB HIZE

Là-haut au balcon, un invité ou un proche d'un des artistes, je ne sais pas trop, s'est mis à crier sur les gens de l'orchestre : « Fermez vos gueules, putain ! » Alors une sorte de *call-and-response* s'est établi entre l'orchestre et le balcon : « Bond Brothers ! » « Fermez vos gueules ! » Les VIP qui avaient ramassé leurs affaires pour s'en aller se sont figés, l'air amusé, certains se sont même rassis en hurlant de plus belle.

VIRGIL LAFLEUR

New York peut parfois se montrer hideuse et cruelle, mais nous, les classes créatives, faisons souvent preuve d'un esprit de *résistance** merveilleusement revigorant, quand nous en avons assez des inepties. Même les plus délicats d'entre nous finissent par se lasser de la stratégie des brutes – nous brandissons nos stylos, nos pinceaux, nos voix, nos longues robes à paillettes dénudant les épaules, et alors ? *Mon dieu**, nous faisons un bruit *formidable*… Ce soir-là, du haut du balcon, j'ai libéré la voix de baryton que ma formation d'acteur m'avait apportée, avec une volonté et un enthousiasme irrésistibles, dans l'espoir que Mad nous entendrait derrière son rideau et saurait que sa famille était là.

chapitre 14

« LA COLONNE VERTÉBRALE M'A LÂCHÉE »

* *

Mon père avait trente-deux ans le 13 novembre 1971 – dix de plus qu'Opal Jewel. Celle-ci lui demandait souvent conseil sur la manière d'aborder l'industrie musicale et le travail en studio, tandis que leur relation dépassait à présent la simple admiration professionnelle, ayant basculé dans une malencontreuse intimité. Pourtant, à l'instant le plus crucial de leur aventure si complexe, quand Jimmy lui demanda de quitter le Smythe avec lui ce soir-là, c'est le balcon, peuplé pour l'essentiel de parfaits inconnus et de vagues connaissances, qui emporta son adhésion.

OPAL JEWEL

Avec l'herbe, plus l'adrénaline, j'étais à la fois relax et alerte, j'avais l'impression de pouvoir réfléchir et me concentrer sur tout en même temps dans cet espace surréaliste enveloppé de rideaux rouges. Mais je pouvais voir la scène à travers une fente et mon beau micro qui m'attendait là-bas ; j'ai jeté un coup d'œil sur ma droite, et j'ai vu mon ami Nev qui arrivait. Déboulant des coulisses, aussi long et maigre qu'un point d'exclamation, tout sourire et me faisant signe que c'était bon, sa guitare folk sanglée en travers de son torse, et cet eye-liner noir avec lequel il s'était gribouillé le visage comme une peinture de guerre. Sans prêter attention à Jimmy, il m'a glissé à l'oreille, alors que les gens au balcon continuaient de me gonfler à bloc : « Tu entends ça, ma Fille en or ? Tu es prête à leur montrer qui nous sommes ? »

Je ne lui ai même pas répondu, je crois ; je n'en avais pas besoin, mon instinct me criait que c'était le moment, l'heure d'attaquer la scène, plus moyen de se défiler. Nev a hoché la tête, j'ai hoché la tête ; la décision était prise.

Je revois Nev prendre congé de Jimmy, lui tendant la main, genre, *Bye Bye* – j'imagine qu'il se disait que Jimmy allait m'abandonner là sans faire le set. Mais ton père a refusé la main de Nev. Il lui a dit tout bas de le lâcher avec ses conneries, de ne plus jamais lui adresser la parole sinon il ramasserait lui-même ses propres morceaux. Jimmy m'a tourné le dos ; je revois ses mèches dépassant de sous sa casquette, ses baguettes dans la poche arrière de son jean… Je revois encore son pas ferme quand il s'est glissé dans l'ouverture du rideau, passant devant Johnny et Sol pour aller s'asseoir derrière sa batterie.

Alors nous nous sommes retrouvés seuls, Nev et moi, et, sans la présence de Jimmy à mes côtés, je me suis soudain sentie nerveuse. Nev, ce n'était guère mieux – il était en train de décrocher la sangle de sa guitare acoustique *[puisqu'une guitare électrique l'attendait sur la scène]*, encore plus pâle qu'il ne l'était en temps normal. Il me disait que tout allait bien se passer, que tout s'arrangerait parce que c'était notre moment, et *écoute-moi un peu cette foule*. Il a dit ça comme pour se convaincre aussi lui-même. J'ai respiré profondément, me suis représenté ce bruit comme une déferlante à surfer, et je suis entrée sur scène comme nous l'avions répété – une poignée de secondes après les musiciens, pour avoir le temps de briller un peu avant que Nev me rejoigne. Mon cœur battait aussi bruyamment que mes semelles sur la surface de la scène, la plus grande que j'avais jamais foulée. On aurait dit que tous les autres sons étaient étouffés, tandis que je la traversais jusqu'à la marque qui me correspondait, juste devant les fûts de Jimmy. J'ai planté mon pied d'un côté du micro, *boum*. Puis l'autre, *boum*. Je m'attendais à sentir la chaleur d'un spot sur ma peau, mais nous étions arrivés si vite qu'il a fallu une minute, j'imagine, au malheureux qui était aux manettes pour saisir ce qui se passait. Si bien que sans l'aveuglement des projecteurs, je distinguais très clairement les gens dans le public, je voyais ces épouvantails des premiers rangs avec leurs visages brûlés par le vent, mains en cercle autour de la bouche, j'en voyais un qui se grattait comme un foutu singe et un autre me gratifiant d'un geste obscène avec sa langue entre deux doigts. Sol et Johnny ont lancé une petite intro, histoire de se chauffer, puis Nev est arrivé en trottinant *[à l'avant de la scène, côté cour, près d'Opal]*. Howie était censé l'annoncer, tu sais – « Mesdames et messieurs, Neville Charles ! » –, mais évidemment, ça n'a pas été le cas.

Alors les lumières se sont allumées d'un coup, les gens ont disparu derrière ce voile blanc et à leur place, tout le bruit a déferlé de nouveau – je distinguais les huées à mes pieds, ouais, mais tout là-haut, les gens de mon fan-club m'aimaient comme on ne m'avait encore jamais aimée, et quand j'ai levé le poing, ils m'ont encouragée de plus belle et cette décharge d'énergie m'a juste… elle m'a propulsée sur une autre fréquence. Dans mon dos, Jimmy égrenait le décompte *[pour « Yellow Belly »]* ; il s'est lancé sur un tempo hyper nerveux en *double-time*, pour nous booster ou nous perturber, je ne sais pas. Mais les autres gars étaient tellement forts qu'ils ont aussitôt ajusté leur groove à la perfection. C'était comme une espèce de morceau proto-punk, tu vois ? Les doigts de Nev volaient sur les cordes, il avait du mal à suivre, mais au moment de partir à la charge avec les paroles, il ne s'est pas loupé. Là je me suis dit : *Hey, Jimmy avait tort – Nev est vraiment bon, un talent qui mérite qu'on parie sur lui.* Je me suis dit : *On y est, on y est !* Ma confiance crevait le plafond maintenant, *Go Go Go*. Je n'arrêtais plus d'agiter le poing vers le balcon, je roulais des hanches et secouais la tête en rythme pour que ma perruque vole dans tous les sens, ses mèches me giflaient le visage, collées sur mon rouge à lèvres... Je commençais vraiment à m'éclater. Et là, l'atmosphère a changé d'un coup.

Tu connais « Yellow Belly », n'est-ce pas ? Tu te rappelles, au moment du pont, quand tout retombe sauf la batterie et ma voix, le murmure qui va crescendo : « Cours, baby, cours... » Très minimaliste et dramatique à souhait, et j'étais lancée vers la gloire. Sauf qu'au moment de respirer avant de me mettre à chanter, un des types en bas a crié à un autre, comme si c'était une grosse blague hilarante : « Hey mec, c'est le genre de chatte que t'aimes baiser, hein ? » Une petite piqûre de rien du tout dans ma détermination – juste assez pour me couper la respiration, et me faire louper ma réplique. Je suis restée plantée là derrière mon micro pendant que Jimmy relançait une deuxième fois, puis une autre et j'ai entendu Nev qui demandait : « Ça va ? », juste à côté de moi. J'imagine que j'attendais la chute de sa blague ; j'ai toujours vouloir savoir à quoi m'en tenir, à vouloir que les autres me disent les choses en face. Alors je tendais le cou pour essayer de les apercevoir dans ce flou aveuglant, je cherchais à savoir qui je devais dévisager. Je m'en veux tellement d'avoir donné cette satisfaction à ce type, quel qu'il soit. Parce qu'il pouvait me voir mais je ne le voyais pas, et alors il a dit tout haut, fièrement : « Cette Négresse-*là* ? On dirait que mon pot d'échappement l'a recrachée quand on est arrivés dans le Nord ! » Puis les rires.

Comme je restais là sans rien faire, comme une naze, Nev a pris les choses en main et il a enchaîné sur le dernier couplet *[en sautant le pont]*, et mon moment à moi, sur cette chanson, était passé. J'étais en surchauffe – littéralement, je transpirais à cause des spots, de ce truc enroulé autour de mes fesses et d'une rage pure, irrésistible – mais j'ai inspiré une autre bouffée d'air pour me remplir à nouveau, et là, je me suis rappelé que moi aussi, j'avais mon petit gag. Une blague qui me faisait rire, *moi*. Alors, au moment où Jimmy lançait le morceau suivant, j'ai enjambé ma marque sur le plateau pour m'approcher du bord. Je n'ai pas eu besoin de micro, j'ai juste crié : « Tiens, c'est pour toi ! » Puis je me suis retournée, je me suis penchée en avant et j'ai soulevé l'arrière de mon tutu pour qu'ils puissent tous le voir, ce X qui embrassait mon cul de Noire, qu'ils voient précisément ce que je pensais d'eux et de leur haine. Mes doigts ont trouvé l'endroit où Virgil avait rabattu et bordé le coin du drapeau, près de ma hanche, je l'ai décroché et j'ai tiré dessus dans un même geste. L'espace d'une seconde, avant de me retourner face à eux, j'ai croisé les yeux de Jimmy qui secouait la tête – *Fais pas ça, gamine*, même s'il ne pouvait pas savoir. Mais personne ne pouvait dire à Opal Jewel ce qu'elle devait faire, parce qu'elle contrôlait la situation. En un clin d'œil, cette fille s'est retrouvée à ricaner dans l'éclat des projecteurs, brandissant ce drapeau au-dessus de sa tête pour que tout le monde dans la salle le voie bien, elle a glissé deux doigts dans les trous qu'elle avait faits avec la lime à ongles de Virgil LaFleur et elle a tiré, tiré jusqu'à ce qu'il se déchire.

Je suis restée figée avec un morceau dans chaque poing, le souffle aussi haché que si je venais de battre quelqu'un au cent dix mètres haies. J'ai lâché un bout du drapeau, puis l'autre, et, croie-le ou pas, les deux sont retombés pile à mes pieds. Alors ouais, je les ai piétinés joyeusement deux ou trois fois – ils étaient sur mon chemin pour retourner derrière mon micro et chanter ma partie. Peut-être que les gens étaient choqués, peut-être qu'ils me huaient et me sifflaient, peut-être que certains riaient à pleins poumons, je ne sais pas. Pendant qu'ils rassemblaient leurs petites émotions, moi, je m'attaquais déjà rageusement à « Red-Handed », canalisant toute ma puissance et mon énergie à travers mon diaphragme, comme Jimmy m'avait appris à le faire. J'avais fermé les yeux pour me concentrer, si bien que je ne voyais plus que le rouge, rouge, rouge de mon propre pouls, mon propre pouvoir, et tout à coup, la colonne vertébrale m'a lâchée. J'appelle toujours mon batteur la colonne vertébrale, parce que c'est le beat qui fait tout tenir ensemble, et quand il s'arrête, tout le reste se casse la figure.

On m'a dit que Beau Bond a déboulé *[sur scène]*, et que Jimmy lui en a aussitôt collé quelques-unes – on aurait dit que ton père était déjà prêt à en découdre, à voir comment il a bondi, vif comme l'éclair, de derrière sa batterie, il a plaqué le type par terre, l'a enfourché et l'a frappé au visage deux ou trois fois avec ses baguettes. Tout ça, je veux bien le croire. Mais on a aussi essayé de me faire croire que Beau Bond n'aurait pas fait de mal à une mouche, qu'il n'avait pas l'esprit ou le cœur de s'en prendre à moi, qu'il essayait sans doute juste de récupérer son drapeau avant que les choses ne dégénèrent encore plus. Peut-être. Mais comment Jimmy aurait-il pu le savoir ? Et moi ? Beau Bond était peut-être le moins causant de la bande, mais dans son silence, il avait fait clairement comprendre qu'*il était des leurs*. Et voilà qu'il déboule sur scène comme le Péquenaud Vengeur du Sud. Comme le *Redneck* Masqué.

Le temps que je réalise ce qui se passait, plusieurs types ont bondi sur la scène, tout excités, et ils ont arraché Jimmy comme s'il était un fétu de paille. Ils se sont mis à le rouer de coups de poing et de pied, jusqu'à ce qu'il dégringole dans le petit escalier sur le côté *[qui descendait vers le public]*, très méthodiquement, en disant qu'ils allaient lui donner une bonne leçon, à ce Nègre, et j'imagine que leurs racailles de copains n'attendaient que ça – ils étaient là, en bas, prêts à le tailler en pièces comme les animaux, au zoo, quand on leur jette de la viande crue à travers la trappe. J'ai voulu rejoindre Jimmy au pied des marches, mais je ne voyais pas grand-chose dans l'éblouissement des projecteurs. Puis quelqu'un m'a foncé dedans très violemment, je ne m'y attendais pas – un os dans ma cheville a crié *non !* sous les lanières de ces foutues chaussures et je me suis effondrée de tout mon long. Je me suis explosé la lèvre, écorché le genou… J'étais à plat ventre et j'essayais de me relever, mais la douleur dans ma cheville a jailli sous mon crâne, et quelqu'un a plaqué son corps sur le mien – j'imagine que c'était Nev. J'entendais les gens crier ; *je* criais. Crois-moi, le bruit de cette soirée était atroce – la viande qui martelait la viande, un ampli qui grésillait juste à côté de ma tête… Mais rien n'a été pire que l'instant où les projecteurs se sont finalement éteints, et où toutes les lumières de la salle se sont allumées *[pour que le public puisse localiser les sorties].* Je ne vois pas comment Nev a pu oublier la moindre seconde de cette soirée, et en même temps, j'aimerais tellement ne pas m'en souvenir, moi aussi.

Les gens trébuchaient sur les sièges, les uns sur les autres – le théâtre était presque vide à l'exception de ces démons des premiers rangs qui prenaient tout leur temps pour passer à tabac ton père, et les racailles qui regardaient. Et nous, les rares personnes qui étions encore sur la scène, avions une vue imprenable sur tout ce qui se passait en contrebas – c'était comme si le jeu s'était inversé et maintenant, nous étions le public. Ils s'étaient refermés en arc de cercle autour de Jimmy *[dans l'espace entre la scène et le premier rang]* ; ils se le balançaient entre eux. Une grosse botte s'est écrasée sur le côté de son visage, son nez pissait le sang, il avait les yeux tuméfiés, presque fermés, la bouche défoncée. Je lui criais : *« Va-t'en ! Va-t'en ! »* et à un moment, je pense qu'il a dû m'entendre. Il a réussi à se relever tant bien que mal, et il a essayé de s'enfuir en courant, mais on voyait qu'il n'était plus lui-même, déjà à moitié parti. Il s'est cogné contre une de leurs vieilles copines, et quand cette femme blanche est tombée sur les fesses, avec Jimmy en sang et à bout de souffle sur elle, quand elle s'est mise à hurler de toutes ses forces… Eh bien… C'est un vieux refrain – tu le connais par cœur.

Une de ces brutes a relevé ton père en le tenant par les bras, et ils ont laissé la Blanche lui donner un coup de pied dans le ventre puis lui cracher au visage. Je savais que ce crachat lui ferait plus mal, que ça le hanterait davantage que toutes les violences qu'ils pourraient lui faire subir. Et c'était comme si personne ne faisait rien pour essayer de le sauver. Je ne voyais plus Johnny, je ne voyais plus Sol, je ne voyais pas les miens au balcon descendre à la rescousse, ni les flics, ni personne d'autre.

Alors j'ai frappé et griffé le corps qui me plaquait au sol jusqu'à ce qu'il me lâche, et ma cheville était clairement brisée, pas de doute, mais j'ai rampé jusqu'à un pied de micro qui était tombé sur la scène. J'ai décroché le micro, je l'ai fait tournoyer autour de moi par le câble comme un lasso, et je l'ai laissé s'envoler. J'ai eu cette salope en pleine tête.

Elle avait une entaille au niveau du cuir chevelu, son visage pissait le sang… Je me suis toujours dit que c'était bizarre que personne ne soit allé voir si elle allait bien, ils l'ont juste laissée rasseoir son cul par terre et pleurer. Mais ils n'allaient pas laisser passer ça. C'est à ce moment-là qu'ils ont balancé Jimmy contre les sièges, sans plus s'en soucier que s'il s'était agi d'un sac-poubelle, et ceux qui traînaient autour se sont écartés pour ne pas le recevoir sur eux. Ils n'ont même pas tenté de le rattraper. Alors Jimmy est retombé lourdement. J'ai vu sa nuque heurter un fauteuil et se tordre brusquement, j'ai vu son corps glisser jusqu'au sol. Je hurlais, hystérique.

Je m'agitais pour enlever la chaussure de mon pied valide, en me disant que si je parvenais à me relever et à sautiller à cloche-pied, je pourrais sans doute arriver jusqu'à lui. Mais avant que j'aie pu le faire, deux ou trois d'entre eux ont bondi sur scène. Pour s'en prendre à moi, j'imagine.

Nev m'a empoignée par la bonne cheville et m'a tirée en arrière, et il s'est lancé dans une de ses tirades précipitées, en leur disant qu'ils en avaient assez fait comme ça, qu'on avait compris. Mais ça ne les a pas arrêtés, ils ont marché sur nous, le traitant de pédale, de rosbif, lui demandant s'il n'était pas un de ces foutus progressistes qui aimaient les Nègres. Et l'une de ces brutes a dit : « Puisque cette pute veut se battre, laisse-la se battre. » Il a donné des coups de pied dans le visage et le torse de Nev jusqu'à ce qu'il se recroqueville en se tenant les côtes, et je me suis retrouvée seule et vulnérable. J'ai rampé vers l'arrière en poussant sur mes mains, un pied nu et une chaussure à l'autre, cherchant quelque chose à empoigner, n'importe quoi. Quelqu'un a jeté une bouteille dans ma direction, qui s'est écrasée contre un ampli et a explosé juste au-dessus de ma tête ; le fracas du verre a fait hurler les femmes blanches qui étaient censées me casser la figure et elles se sont enfuies – on aurait dit la détonation d'un flingue. J'ai essayé une nouvelle fois de me lever, de retrouver mon équilibre en poussant sur mes bras, mais je me suis juste coupé la paume sur un éclat de verre. C'est à peu près à ce moment-là que les flics se sont pointés et se sont mis à faire ce qu'ils font toujours.

chapitre 15

« CLIC, CLIC, CLIC »

★ ★

Déboulant dans des crissements de pneus à bord de cinq fourgons, la cavalerie du NYPD prit d'assaut le théâtre. Dans le hall d'entrée, Rosemary Salducci, Bob Hize et Howie Kelly firent partie de ceux que les forces de l'ordre poussèrent de côté sans ménagement avec leurs boucliers, en les menaçant d'arrestation dans leurs mégaphones. La ruée vers la sortie qui en résulta les recracha dehors, impuissants. De même que Virgil LaFleur, qui avait assisté d'en haut à la scène terrifiante d'Opal s'effondrant sur la scène, avant d'être chassé du balcon. Dehors, sur le tapis rouge dévasté, une salle entière d'hommes et de femmes cherchaient frénétiquement les amis dont ils s'étaient retrouvés séparés. À grand renfort de cris, de bousculade et de coups.

ROSEMARY SALDUCCI

J'ai réussi à retrouver Bob et, en nous tenant fermement par la main, on s'est frayé un chemin jusqu'au coin de la rue, d'où nous pouvions encore voir ce qui se passait et tenter de repérer nos troupes. Bob murmurait des prières, encore et encore. Il faut que vous compreniez : nous ne savions pas *qui* allait sortir indemne de ce théâtre. Nous ne savions pas qui s'était enfui par la porte de derrière, qui était encore pris au piège à l'intérieur, qui était blessé. Même les Bond Brothers, ce n'est que le lendemain que nous avons appris ce qu'ils étaient devenus, quand Chet, ce lâche, s'est pointé au bureau en me réclamant de l'argent pour payer la caution de leurs potes.

La photographe Marion Jacobie faisait partie de ceux qui se trouvaient encore dans l'enceinte du théâtre. Dès qu'Opal Jewel était montée sur scène, Jacobie, anticipant de nouvelles péripéties, s'était précipitée vers les premiers rangs de l'orchestre ; quand la bagarre éclata, se rappelle-t-elle, l'un des Danger Fiends la força à retirer la pellicule de son appareil et à vider son sac à dos. Toutefois, Jacobie avait gardé une pellicule vierge dans sa poche, et tandis que la police envahissait les lieux, elle rechargea discrètement son Leica.

MARION JACOBIE

Ils ont envoyé des flics en tenue antiémeute – le génie de la bande avait décrété que la meilleure manière de gérer cette situation déjà chaotique était de balancer des gaz lacrymo, comme s'il s'agissait d'une invasion de cafards. Ils n'en ont pas utilisé beaucoup et, d'après ce que j'ai cru comprendre, c'était un gaz relativement léger. Mais il n'en faut pas beaucoup dans un espace clos, si bien que tous ceux qui, comme moi, se trouvaient encore à l'intérieur du théâtre étaient au bord de l'agonie. On crachait nos poumons, en nous éparpillant vers la sortie la plus proche pour pouvoir respirer un peu d'air frais. J'ai réussi à atteindre les portes qui donnaient sur le hall et là, je suis tombée sur d'autres flics, alignés de l'autre côté, qui repoussaient la foule avec leurs matraques et s'apprêtaient à interpeller les gens. L'un d'eux s'est avancé vers moi mais j'ai attrapé d'une main tremblante l'accréditation de presse pendue à mon cou et je l'ai brandie sous son nez, alors le flic m'a laissée tranquille après que j'ai promis de ne pas rester dans leurs pattes.

OPAL JEWEL

Toutes les autres personnes présentes sur la scène s'étaient enfuies ; il ne restait que Nev et moi. J'entendais les sirènes, les mégaphones. Recroquevillé près de moi, Nev grognait, à moitié asphyxié – ils lui avaient brisé deux côtes. Moi aussi, j'avais du mal à reprendre mon souffle pour parler. Je savais juste qu'il fallait s'en aller ; qu'il fallait faire sortir Jimmy. J'ai poussé Nev de mon pied valide pour qu'il se relève, et il a roulé sur le côté pour se mettre à quatre pattes. J'ai grimpé sur son dos, crocheté mes bras et mes jambes autour de lui, et il m'a à moitié portée en rampant, à moitié traînée vers une volée de marches sur le côté de la scène. Il a empoigné une balustrade, s'est hissé debout et j'ai manqué tomber. Ma cheville hurlait de douleur mais j'ai réussi à me cramponner le temps qu'il descende l'escalier, puis il a passé les bras dans son dos pour me soutenir. Il s'est engagé en titubant dans l'allée latérale, en direction des portes qui donnaient sur le hall. Je voulais lui dire : « Arrête-toi, va chercher Jimmy ! » Mais soit aucun son ne sortait de ma bouche, soit il ne me prêtait aucune attention. J'ai tenté de me raidir sur son dos, de le tirer vers l'endroit où j'avais vu Jimmy glisser à terre, mais Nev a continué d'un pas chancelant vers la sortie.

MARION JACOBIE

Quand ça s'est un peu éclairci, j'ai trouvé une position correcte à proximité des flics, qui offrait une vue dégagée sur les portes à condition de lever bien haut mon appareil, et je me suis plantée là alors que j'aurais sans doute dû aller à l'hôpital pour faire examiner mes poumons. Les lumières du fronton étaient restées allumées, plus les gyrophares des voitures de police et des ambulances… J'ai tendu un bras en l'air, celui qui tenait l'appareil, et j'ai calé mon autre main sous le coude pour tenter de le stabiliser. Presque tout le monde était sorti maintenant, j'étais pliée en deux par des quintes de toux. Mais chaque fois que je voyais des pieds s'approcher, j'appuyais sur le déclencheur. Clic, clic, clic.

OPAL JEWEL

Quelques secondes ont dû s'écouler après que cette fille a pris sa satanée photo quand Nev s'est effondré, et on s'est retrouvés tous les deux sur la moquette, au bord de l'asphyxie. J'ai vu d'autres chaussures coquées courir dans notre direction et, d'instinct, je me suis roulée en boule au-dessus de Nev, mais c'étaient juste les gens du SAMU. Je me rappelle leur avoir crié de retourner dans la salle pour aller chercher Jimmy, mais personne n'écoutait. Personne ne semblait même savoir ce que je racontais ni pourquoi je criais. J'ai piqué une crise à l'arrière de l'ambulance. Je ne voulais pas qu'ils s'occupent de moi avant de savoir comment il allait, lui, mais quand nous sommes arrivés à l'hôpital, ils m'ont juste empoignée par les bras et couchée de force sur un brancard à roulettes comme si j'étais un morceau de viande, et ils m'ont poussée dans un recoin, au fond des urgences, histoire, j'imagine, d'épargner aux gens cette vision. Ils m'ont plaquée sur le brancard et une fille qui ressemblait à l'infirmière Ratched, dans *Vol au-dessus d'un nid de coucou*, s'est pointée pour me faire une piqûre.

MARION JACOBIE

Je ne savais même pas quelle pépite j'avais. Wallace *[Jospon]* est tombé sur moi devant le théâtre et m'a proposé de l'accompagner à la salle de rédaction du *Times [au siège du journal, sur Times Square]*. Comme ce n'était pas très loin, nous y sommes allés à pinces, mais il devait me guider par la main car je toussais encore et ma vision n'était pas totalement revenue.

Quand nous sommes arrivés au journal, il a fait son pitch

aux responsables de la première page, en leur disant que j'avais peut-être une belle image pour illustrer l'article. Je n'avais encore jamais collaboré avec le *Times*, mais ils m'ont laissée entrer dans leur labo avec un type du service photo, et alors que mes photos étaient en train de se développer, j'ai entendu le type grommeler, « Oh putain… » La plupart des clichés se sont révélés inexploitables, des images si floues qu'on ne distinguait rien – mais il y en avait une bonne. Très, très bonne. Nous avons apporté la planche-contact à Wallace pour qu'il l'examine à la loupe et je lui ai dit : « Je suis désolée, mes yeux sont encore irrités, mais ce ne serait pas les deux chanteurs qui étaient sur scène ? C'est la cinglée, non ? »

Je suis restée dans le coin jusqu'à ce que les copyboys apportent les premiers exemplaires du journal tout juste sortis de presse. J'ai d'abord été déçue que ma photo ne figure pas en une, mais difficile de rester sur cette première impression en voyant le format géant dans lequel ils avaient choisi de la publier en pages intérieures. Donc même si j'avais passé toute la nuit debout, pas question de rentrer chez moi dormir. J'ai calé mon exemplaire sous un bras et j'ai marché jusqu'à Chelsea dans les premières lueurs de l'aube, je ressentais une petite bouffée d'adrénaline chaque fois que je voyais les piles arriver dans un kiosque à journaux. Je me suis arrêtée dans un café pour m'offrir un steak avec des œufs, et j'ai montré à la serveuse la minuscule mention au pied de la photo : « Marion Jacobie, envoyée spéciale du *New York Times*. » Quand j'ai finalement escaladé les marches menant à mon appartement, épuisée, mon téléphone n'arrêtait pas de sonner.

OPAL JEWEL

secouant la tête quand je lui demande ce qu'elle ressent en revoyant la photographie si évocatrice de Jacobie, que j'ai posée sur la table devant elle

Bien essayé, mais non. Allez, range-moi ça.

J'avais espéré que ma relation personnelle avec cette histoire me procurerait un avantage sur tous ceux qui avaient tenté avant moi de percer la carapace d'Opal Jewel, mais comme je l'avais craint en préparant cet entretien, elle refusa dans un premier temps de s'épancher sur la Photo, ou son impact sur sa carrière. Elle resta d'une froideur tout aussi remarquable en retraçant pas à pas les événements de cette soirée, et les répercussions du fait qu'elle avait choisi Nev plutôt que mon père. « Tu m'as fort poliment demandé ce qui s'était passé, et je t'ai fort poliment répondu », me déclara-t-elle à un moment, alors que je venais de reformuler la même question à plusieurs reprises, et je finis donc (fort poliment) par renoncer.

Quant à mes autres sources, plusieurs d'entre elles semblaient désireuses d'aborder la question des regrets. J'ai demandé à tous ceux qui avaient participé au Rivington Showcase de me confier quel était leur plus grand regret.

MARY SHARP

Je regrette que le monde soit parfois si cruel, si peu généreux. Que les gens n'aient toujours pas appris à aimer, pas plus en 2016 qu'en 1971.

HOWIE KELLY

Que cette salle ait en fait été une grosse merde enveloppée dans du velours rouge. C'est ce qui arrive quand on veut lécher les bottes des journalistes en faisant des putains de chichis, alors que ce qu'il aurait fallu faire, c'est monter un concert de rock'n'roll pur et dur, avec des gens qui savent s'y prendre.

ROSEMARY SALDUCCI

J'aurais peut-être dû insister pour faire partie de leur petit comité d'organisation. *[Roulant de gros yeux.]* Parfois, les hommes ne gèrent pas bien les détails, vous savez. Moi, j'aurais pensé à poser des questions *[aux gérants du Smythe]* sur la sécurité. Mes quatre crétins de frères auraient pu faire le job pour pas cher.

VIRGIL LAFLEUR

À l'époque, je travaillais pour l'essentiel au feeling, en me fiant à mon instinct, j'étais d'une créativité infinie… mais je dois admettre qu'il me manquait le bon réglage pour détecter précisément la limite entre provocation et témérité. Bien sûr, je n'aurais jamais pu imaginer ce que Mad allait *faire* sur scène avec cet accessoire que nous avions confectionné à l'improviste. Si c'était à refaire, je ne serais sans doute pas aussi joueur. La mode est une affaire sérieuse, par moments.

Et puis, j'emporterais de grands ciseaux. Pour découper l'objet incriminé, oui, avant qu'il ne provoque un drame. *[Pause.]* Et pour me défendre, aussi.

CHERRY ALLISON

Ça paraît dingue aujourd'hui, mais à l'époque les gens essayaient de me convaincre que c'est nous qui avions excité ces types avec nos tenues sexy – certaines femmes, comme cette vieille bique de Phyllis Schlafly, l'antiféministe, ont même raconté que nous les avions rendus encore plus fous et agressifs. Non mais, vous le croyez, ça ? Eh bien, malheureusement, pendant longtemps, *moi*, j'y ai cru. Bien sûr, tout est différent de nos jours. Les gens liront mon histoire ou celles que Rosemary et Mary Sharp vous ont sans doute confiées, et ils se diront : Mon Dieu, Cherry, c'est une agression sexuelle ! Et ils auront tout à fait raison. Donc non, je n'ai aucun regret. Rien de tout ça n'était de ma faute.

MARION JACOBIE

J'ai connu un divorce compliqué dans les années 1980, et pour des raisons financières, j'ai décidé de vendre les droits *[de la Photo]* à une banque d'images. Je touche des royalties chaque fois qu'elle est publiée dans un livre ou ailleurs, mais je n'ai pas mon mot à dire et n'ai pas toujours aimé la manière dont on a pu l'utiliser.

JOHN SQUINE

Je vois bien aux questions que vous me posez que, d'après vous, Sol et moi, on aurait dû intervenir dans cette bagarre. Alors permettez-moi de vous poser une question à mon tour, sans vouloir vous offenser : vous avez des enfants ? Non ? Ben moi, à l'époque, j'avais déjà deux bébés, et Sol, lui, il en avait trois. Alors on s'est tenus à l'écart, man, et on est partis assez vite. Mais pour vous dire la vérité, si je n'avais pas été père… J'aurais probablement sauté dans la mêlée avec ma basse, et j'aurais frappé dans le tas pour aider mon copain Jimmy.

Ce que je regrette vraiment, c'est d'avoir été un dégonflé en ce qui concerne votre maman. Jimmy était mon ami, j'aurais dû être plus présent pour sa femme. J'aurais dû lui rendre visite au moment de votre naissance, au lieu de juste envoyer un cadeau comme un connard. Mais je me sentais coupable parce que je savais qu'il avait déconné, je devais protéger ma propre famille, et c'est si facile parfois de négliger certaines choses. Quand vous l'aurez, vous voulez bien la saluer de ma part ? Et lui dire que je suis désolé ?

BOB HIZE

Les regrets ne manquent pas, mais j'imagine qu'ils relèvent plus ou moins tous de la même catégorie : n'avoir pas su toujours agir en faisant passer l'intégrité et l'amour avant le reste. Je savais dès le départ que je n'aurais jamais dû travailler avec les Bond Brothers, mais j'ai contribué à leur ascension, n'est-ce pas ? Et c'est cette mauvaise décision qui a entraîné toutes les autres.

NEV CHARLES

Je regrette de devoir me répéter, car je dois vous dire une fois de plus – la dernière je l'espère – que, malgré tous mes efforts, je me souviens pas de grand-chose pendant ce laps de temps, et à part le regret que cette soirée n'ait pas été plus pacifique, je n'ai rien à vous offrir. C'était un moment horrible mais, maintenant, j'espère que nous allons pouvoir passer aux bonnes choses qui en ont découlé.

CHET BOND

Eh bien, j'ai voulu présenter mes excuses. Tout le monde n'a pas décroché son téléphone pour les accepter, c'est une des raisons pour lesquelles j'ai décidé de vous parler pour ce livre que vous écrivez. Et je vous remercie vraiment de m'offrir cette opportunité. Vous êtes la seule personne qui ait pris la peine de venir me voir sur mes terres, pour écouter ce que Chet Bond avait à raconter. Alors voilà ce que je vais vous dire : le regret de ma vie, c'est les drogues. Je les ai laissées me mener par le bout du nez pendant près de trente ans, et je sais que j'ai causé beaucoup de souffrance, perdu tellement de choses. Mon contrat avec une maison de disques, *[la relation avec]* mon frère, et parfois même ma liberté *[après plusieurs condamnations]*.

Mais vous savez ce qui m'a aidé ? D'apprendre, des années et des années plus tard, comment Nev Charles était remonté du fond du trou où il était tombé. Stimulantes, tranquillisantes, peu importe – lui et moi, on sait que les drogues foutent votre vie en l'air. Un jour, j'étais aux urgences d'une clinique, tout près d'ici – j'avais deux ou trois dents enfoncées à cause d'un délire de junkie en plein samedi soir – et des vieux magazines poussiéreux étaient posés dans la salle d'attente. Là, je tombe sur un exemplaire du vôtre avec Nev Charles en couverture. Je l'ai ouvert et dedans, il y avait l'article sur lui après sa cure de désintox, où il parlait de la nouvelle direction qu'il avait décidé de prendre. Et j'ai pensé, *Ben ça alors*… Il m'a quand même fallu du temps pour devenir clean, mais je me suis dit que si cette chochotte avait pu s'offrir une deuxième chance, alors peut-être que moi aussi, un jour, j'arriverais à me défaire de ce vice.

Je rigole en pensant à la manière dont le Seigneur s'y prend, parce que je vous jure que *jamais* j'aurais cru écouter à nouveau un seul mot de ce que ce mec avait à me dire. *[Quand je lui demande de s'expliquer, il s'esclaffe.] Ce petit vicelard, ce putain d'enfoiré*… Il vous a pas raconté ça ? Comment il a réussi à récupérer en douce son créneau ? Que c'est lui qui m'a rancardé sur la disparition de mon drapeau et qui m'a monté la tête en me faisant croire que c'était votre père qui l'avait pris ? S'il avait fermé sa gueule, qui sait ? Je m'en serais sans doute rendu compte qu'après, bien après que les Bond Brothers soient montés sur scène et qu'ils aient cassé la baraque. Musicalement, je veux dire.

DEUXIÈME PARTIE

NOTE DE L'ÉDITRICE

QUOI ?!?! Le salopard…

L'ultime révélation de Chet Bond palpitait sous mon crâne tandis que nous achevions cet entretien et qu'il me raccompagnait à travers sa maison jusqu'au bas des marches de la véranda protégée par des moustiquaires, à Live Oak, en Floride. Ses loulous de Poméranie, réveillés au beau milieu de leur sieste pattes écartées, jappaient sur mes talons. C'était le début du mois de décembre, mais au plus fort de l'après-midi, la température avait franchi la barre impossible des vingt-huit degrés. La Prius argentée que j'avais louée était en fusion dans l'allée, brûlante rien qu'à la regarder. Je suppose que Chet m'a vue grimacer. Il a ôté sa casquette trumpiste *MAKE AMERICA GREAT AGAIN* et a tenté de me la donner.

« Vous pouvez la garder, si vous voulez, a-t-il dit, tout sourire. Il fait une chaleur terrible par ici. »

Sans sa casquette, j'ai vu que ses cheveux étaient toujours aussi longs, mais filandreux, une poignée de mèches réunies à la base du crâne en une queue de cheval fine comme une cigarette. J'ai exploré frénétiquement le contenu de mon sac tout en marchant vers la voiture, en quête des clés. Chet s'était arrêté pour tendre vers moi sa monstruosité telle une offrande sacrée. Elle était d'un rouge brillant, provocateur – comme, j'imagine, ce drapeau agité devant Opal qui l'avait ulcérée dans les coulisses du théâtre, ce fameux soir. Et j'ai eu un haut-le-cœur à l'idée que Chet Bond croyait faire preuve d'une sorte de galanterie. Qu'après toutes ces années, il n'avait toujours pas conscience de la terreur qu'il était capable de susciter, ou qu'il s'en délectait.

« Allez, prenez-la, a insisté Chet. C'est vraiment peu de chose. J'en ai un carton plein chez moi, pour la famille et les amis. »

Nous étions devant la Prius à présent, et j'ai calé mon sac contre le gril de la portière, pour mieux fouiller dedans. « Désolée, mais j'ai bien peur de ne pas être fan de votre… candidat.

— Ah. Je m'en doutais un peu, en vous voyant vous balader dans cette bagnole pourrie. » Il a abattu son poing sur le capot de la Prius. « Vous êtes de sacrés pigeons, vous autres les gens de gauche. Vous n'avez pas compris que le changement climatique était un mensonge inventé par les Chinois ? Tout ça pour détruire l'économie américaine… C'est juste une histoire de fric, ma chérie, et n'allez pas écouter l'autre, là, quand elle vous raconte le contraire. Mais vous savez quoi ? » Comme je ne répondais pas, il a enfoncé son doigt dans mon bras. « Vous savez quoi ?

— Hmm ? »

Une bouteille d'eau, deux carnets, une barre de Granola, un poudrier… tout sauf ces foutues clés…

« Je vais vous dire, moi : juste pour vous montrer que Chet Bond n'est pas un mauvais type, je vais vous prêter un pick-up que mes garçons viennent juste de réparer, au garage. Il consomme pas trop et vous aurez plus de puissance pour vous promener dans le coin. Parce que même si on dirait pas, ce ciel bleu va bientôt se couvrir et virer au noir, ça va tourner à l'orage. Et là, qu'est-ce que vous allez faire ? » Il jouait avec la lanière réglable à l'arrière de la casquette – la serrant, la desserrant. « Le vent va vous envoyer dans le décor, voilà ce qui va se passer.

— C'est gentil de votre part, ai-je répondu. Mais je repars. En avion. Dès ce soir.

— Ah bon ? Dans ce cas… C'est dommage. » Il a marqué une pause. « J'espère que c'est pas moi qui vous ai froissée. »

J'ai aperçu le petit sourire satisfait, l'éclat dans le regard. Ce même air qu'il avait eu tout à l'heure quand j'avais pris le choc en pleine face, alors qu'il pontifiait dans le relax de son séjour. Il m'avait tout expliqué en détail, avec une cohérence troublante. Comment Nev avait manqué se prendre un KO, ce soir-là. Il avait posé la main dans le dos de Chet. « Il vous manque pas quelque chose ? » avait-il dit en désignant mon père. Comment Beau avait entendu cet échange et tenté de désamorcer la situation, de faire redescendre un peu Chet, en disant à son frère de chercher encore le drapeau car ça sentait l'embrouille. Comment, à contrecœur, Chet avait accepté de se calmer, mais alors, il avait entendu cette chanson qu'il détestait tant, celle sur ce type qui ne veut pas partir au Vietnam. Comment ses copains et lui s'étaient précipités vers la scène pour la huer, et étaient arrivés juste à temps pour voir Opal insulter leur bannière. Comment il s'était dit alors que Jimmy et Opal devaient être de mèche, car *qui se ressemble s'assemble*… Comment alors une telle fureur l'avait envahi qu'il s'en était pris sur scène à son petit frère – physiquement, en lui balançant un coup de pied dans les fesses – pour montrer que les Bond n'étaient pas des chochottes, pas le genre à laisser passer un tel affront.

« Il y a un grand concert de fin d'année à côté de Jacksonville, m'expliquait Chet à présent. Je me disais que vous auriez peut-être envie de venir, comme ça vous pourriez rencontrer des gens et voir un peu l'ambiance, pour votre magazine. Pour tout vous dire, je joue dans un nouveau groupe, le week-end. Juste histoire de faire plaisir à ma petite femme. » J'ai décelé une touche de nervosité dans son rire. « Vous couvrez toujours la musique country ?

— Hmm, plus tellement, non. »

Enfin, ma main s'est refermée sur un bout de métal dentelé, enfoui dans un recoin du sac, et j'ai failli assommer les chiens en ouvrant la portière, avant de m'enfermer dans cette cage à suer. Chet m'a fait signe de baisser la vitre, mais j'ai fait semblant de ne pas voir. J'ai tourné la clé de contact, avec un sourire crispé, j'ai hoché la tête et enclenché la marche arrière, reculant le long de son allée en gravier. En quittant sa propriété, je le sentais encore planté là, à me regarder, et quand j'ai osé jeter un coup d'œil dans le rétroviseur, j'ai vu qu'il me saluait du bras depuis le petit jardin sec et mort au pied de sa façade. La poussière soulevée par mes pneus a tourbillonné autour de ses tongs, le drapeau américain géant flottait au-dessus des arbres derrière la maison. Il a remis sa casquette tandis que ses chiens s'agitaient autour des ourlets de son jean.

« Mon Dieu », me suis-je étranglée en jouant à la patate chaude avec le volant, avant de m'engager sur la route 90. J'ai braqué sur mon visage le souffle puissant de la clim. J'ai appuyé sur les boutons de la radio, cherchant la station NPR, une voix apaisante. « Quel salopard ! » ai-je hurlé une fois en sécurité, trente kilomètres plus loin. *Un péquenaud sectaire. Un idiot niant les faits et les données scientifiques, un putain d'ancien junkie ramolli du cerveau…*

Mais – oh, mon Dieu ! –, et si Chet Bond, ce roi des pauvres types, figurant à la toute fin de ma liste d'interviews, venait de se transformer, par inadvertance, en un témoin-clé ? Et si pour une fois, l'ancien toxico sans cervelle, raciste, était celui qui disait la vérité vraie ? L'avais-je vraiment enregistré en train de révéler Nev Charles sous un jour nouveau, celui du menteur et du comploteur ? Tout aussi coupable d'avoir déclenché l'émeute du Rivington Showcase en désignant

Jimmy, qu'Opal Jewel ou que les Bond Brothers eux-mêmes ? Se pouvait-il qu'en fin de compte, Nev Charles, *ce petit vicelard, ce putain d'enfoiré*, nous ait tous manipulés ?

Quatre heures plus tard, j'avais rendu la Prius à l'agence Enterprise, mais j'étais encore assise au bar de l'aéroport, près de la porte d'embarquement, bloquée par les intempéries. La chaleur avait fini par crever et un terrible orage avait éclaté, comme Chet l'avait prédit. Une pluie drue giflait le verre des immenses arches panoramiques, et la passerelle reliant la porte d'embarquement à la boîte de conserve censée me ramener chez moi s'agitait dans les rafales tel le soufflet d'un gigantesque accordéon.

J'ai sorti mon ordinateur portable. J'étais supposée répondre à plein d'emails, on avait une situation de crise, là-bas, au bureau – quatre annonceurs s'étaient retirés du prochain numéro, ce qui allait nous obliger à réduire la pagination, *une fois de plus* –, au lieu de quoi je me suis retrouvée à passer en revue le dossier contenant les transcriptions des interviews destinées au volume d'*Aural History*. J'avais souligné un passage d'un des entretiens avec Bob Hize qui m'avait intriguée. Sur le moment, je n'avais pas su dire pourquoi. Mais soudain, ce passage m'apparaissait sous un jour nouveau :

[Immédiatement après l'émeute.] *J'étais avec Nev à* [l'accueil des urgences de] *l'hôpital, attendant les résultats* [de ses radios]. *Bien sûr, j'étais aussi inquiet au sujet d'Opal, mais je ne savais pas alors où on l'avait emmenée, et j'ignorais absolument qu'elle puisse faire l'objet d'une quelconque enquête. Et Nev, après tout, logeait chez moi, j'en étais responsable, il me fallait noter tout ce que disaient les médecins, car c'était moi qui allais devoir appeler son père pour l'informer de la situation.* [Les médecins] *pensaient qu'il souffrait sans doute d'une commotion cérébrale et ses côtes brisées étaient une autre source de préoccupation* [en raison des risques de perforation des poumons]. *En attendant d'en avoir le cœur net, ils lui avaient dit de se reposer, de bouger aussi peu que possible.*

Les autres patients autour de nous racontaient à leurs proches ce qui leur était arrivé… Juste à côté, un adolescent dont la mère venait d'arriver, paniquée, la suppliait de se calmer car au bout du compte, il avait eu la chance de s'en sortir avec un simple doigt cassé – au moins, lui, *il n'était pas ressorti sur un brancard, recouvert d'un drap blanc. J'aurais voulu ouvrir le rideau qui nous séparait pour lui demander : « Tu as vraiment vu ça ? Tu as vu quelqu'un se faire tuer ? » Parce que nous ne savions pas. Mais je me suis tourné vers Nev qui tremblait de tous ses membres ; même ses dents claquaient. Je l'ai vu avaler de l'air comme s'il s'apprêtait à parler, mais la douleur semblait si forte qu'il a juste fermé les yeux, le souffle coupé. Je lui ai dit de se taire, de se rasseoir sagement au fond de son siège et de se détendre comme les médecins lui avaient conseillé de le faire.*

Le jour allait bientôt se lever, je suis parti à la recherche d'un café, d'un papier et d'un crayon peut-être, pour que Nev puisse écrire ce qu'il avait voulu me dire, et à la cafétéria j'ai aperçu le journal du matin que quelqu'un avait laissé là. Je l'ai ramassé et j'ai découvert la nouvelle, lu le nom de votre père. J'ai cherché la chapelle, me suis laissé tomber par terre, à genoux, et j'ai… [Il s'interrompt, submergé par l'émotion.] *Je veux que vous sachiez,* miss *Shelton, combien j'étais désolé. Et je le suis encore.*

Pour être honnête, j'ai temporisé un peu [avant d'aller retrouver Nev]. *Je ne savais pas très bien comment lui annoncer une nouvelle pareille, je me demandais comment il allait réagir avec un esprit aussi embrumé. J'ai fini par demander un bloc-notes et un stylo à une infirmière, j'ai rassemblé tout mon courage et je suis retourné aux urgences. Mais il avait déjà le* Times *entre les mains – j'imagine que quelqu'un l'avait reconnu dans l'article et s'était dit qu'il voudrait le lire. Le journal était grand ouvert sur ses cuisses, sur la page où était imprimée l'immense photo de Marion, et il la contemplait. Il contemplait son visage et celui d'Opal, qui le contemplaient en retour. Il était sous le choc. J'aurais tellement aimé le serrer dans mes bras, mais je n'avais pas envie de lui faire mal. Je lui ai dit : « Ça va, Nev ? Vous avez quelque chose à me dire, ou à me demander ? » Je lui ai donné le bloc-notes et le stylo. Sa main tremblait toujours mais il a réussi à écrire. Il m'a lancé un regard si plein de peur et de chagrin que je ne l'oublierai jamais, et il a tendu vers moi le papier où il avait écrit : « C'EST MOI. » Ça m'a brisé le cœur une nouvelle fois. Je ne savais pas quoi faire pour le réconforter ; j'ai juste dit : « Oui, c'est vous dans ce journal, Nev, et ce qui s'est passé est impensable. Mais nous sommes si soulagés que vous ayez pu vous en sortir. Et regardez comme vous êtes fort ! Comme vous êtes courageux.*

J'ai fait signe au serveur de m'apporter un deuxième bourbon, histoire d'anesthésier un peu le film accablant qui tournait en bouche sous mon crâne : mon voyage en jet privé avec Nev, sa sieste interminable, ses anecdotes bien rodées, ses esquives à répétition en se disant victime d'un traumatisme. En rembobinant jusqu'à deux jours plus tôt, j'ai repensé à mon rendez-vous avec son attachée de presse/cerbère Lizzie Harris, et à l'insistance de celle-ci sur le fait que l'agenda de Nev était infernal, qu'il ne disposait que d'un seul créneau libre et que si je voulais en profiter, il fallait sauter dessus tout de suite, *Oui, dans à peine deux jours, tout à fait, je suis désolée mais qu'est-ce que j'en ai à faire de vos autres interviews, voulez-vous qu'il participe, oui ou non, et vraiment, il ne fait ça que par égard pour Bob Hize, sinon ça aurait été un niet absolu, vous comprenez, alors estimez-vous heureuse, OK, poupée, c'est bon comme ça ?* Je me suis rappelé que j'avais fait livrer une orchidée à Lizzie pour la remercier d'avoir organisé cet entretien, et plus tard un email où je demandais, comme je le fais toujours, si elle pouvait me donner les coordonnées de son client, au cas où j'aurais d'autres questions à lui poser. Je me suis souvenue que ce message était resté sans réponse.

Je comprenais à présent que Lizzie n'avait jamais eu l'intention d'y répondre.

Vicelard, enfoiré. J'ai levé mon verre de Maker's Mark en hommage. L'ai fait basculer jusqu'à ce que les glaçons tapent contre mes dents.

« Hello, Kayleigh, ici Sunny Shelton du magazine *Aural*. Puis-je parler à Lizzie ?

— *Hellllllooo ! Mince, vous venez de la rater.*

— Savez-vous quand elle sera de retour ?

— *Elle ne revient pas aujourd'hui – ni cette semaine, d'ailleurs. Elle a une réunion à l'extérieur et ensuite elle part à Chappaqua filer un coup de main pour la campagne d'Hillary pendant deux semaines, jusqu'à Noël – c'est excitant, non ? Mais je suis sûre qu'elle vous recontactera dès qu'elle le pourra !*

— Eh bien, en plus de vous embêter quotidiennement, ah ah ah, ça fait un moment que je laisse deux messages par jour sur son portable, je lui envoie des emails aussi, et pourtant elle ne m'a toujours pas recontactée.

— *Vraiment ?*

— Vraiment.

— *Eh bien, ça, c'est bizarre.* »

[Soupir audible.] « Dans ce cas, auriez-vous un numéro où je pourrais la joindre chez les Clinton, à Chappaqua ?

— *Eh bien, hem, pardonnez-moi mais s'agit-il, eh bien, d'une urgence ?*

— Oui, je dirais qu'il s'agit en quelque sorte d'une urgence. Enfin, si on peut parler d'urgences dans ce domaine-là. »

[Rire faux ; rire faux.]

« Je veux dire, je suis obligée de vous poser la question car elle a bien insisté sur le fait que je ne devais l'appeler que pour des urgences ? Et je...

— OK, Kayleigh, procédons plutôt comme ça : quand elle appellera pour prendre ses messages – Lizzie appelle tous les jours pour prendre ses messages, pas vrai ? –, j'aimerais que vous lui transmettiez ces mots-là, exactement. Vous avez un stylo ?

— *Oui. Prête !*

— Génial ! Dites-lui que j'ai dit ceci : "Je ne suis pas dupe de son petit numéro d'amnésique."

— Mm-hmmm...

— Puis dites-lui : "J'irai jusqu'au bout de toute manière..." Insistez sur "de toute manière", s'il vous plaît, voulez-vous bien lui dire ça comme si cette expression était en majuscules et soulignées, Kayleigh ? "J'irai jusqu'au bout *de toute manière*, même sans sa participation. Mais peut-être aura-t-il envie de faire un commentaire." C'est noté ? Pouvez-vous me le répéter ?

— "*Je ne suis pas dupe de son petit numéro d'amnésique.* J'irai jusqu'au bout de toute manière, *même sans sa participation. Mais peut-être aura-t-il envie de faire un commentaire. C'est noté ?*"

— Parfait, parfait, sauf qu'il faut enlever le "c'est noté" à la fin. Il vous était destiné à vous, pas à Lizzie.

— Ooh... je vois ! »

[Rire faux ; rire faux.]

« Je lui dirai, Sunny, OK, merci bye bye ! »

[Dix minutes plus tard, un numéro inconnu illumine l'écran de mon portable.]

« Sunny, je vous écoute…

— *Comment osez-vous harceler cette pauvre Kayleigh ?*

— Donc vous avez reçu mes messages…

— *J'emmerde vos messages. Voici une déclaration de ma part, pour vous : ni mon client ni moi ne réagirons à la moindre ineptie inventée de toutes pièces.*

— Vraiment ? Avec tout le respect que je vous dois, Lizzie, c'est vraiment ça que vous voulez dire ? Je ne vous ai même pas encore détaillé la nature de ces allégations, ni sur quoi elles portent.

— *Ce n'est pas la peine. Je sais déjà que ce sont des conneries, de toute façon. Vous croyez que je n'ai pas déjà tout vu et tout entendu ? Les filles intéressées, les avocats, les arrivistes de cette industrie, les journaleux… ils ont tous essayé de jouer au plus malin avec moi, et au final, tous s'avèrent être des menteurs. Alors dites-moi : quels mensonges comptez-vous répandre, cette fois ?*

— Je ne suis pas, disons, très à l'aise pour le moment, à l'idée de dévoiler mes sources.

— *C'est vraiment sérieux à ce point ? Vous savez, sans vouloir vous manquer de respect, je comprends que les enjeux puissent vous paraître très élevés, étant donné les circonstances concernant votre père. Mais enfin, Sunny… Nous travaillons bien ensemble depuis très, très longtemps. J'ai des choses plus importantes à faire, et vous n'allez quand même pas vous abaisser à colporter de telles bêtises.*

— Ce ne sont pas des bêtises, ce sont…

— *Alors de quoi s'agit-il ? Un truc qu'il a fait quand il prenait des pilules ? Un truc cinglé qu'il aurait dit ? Qui s'intéresse à ça ? C'était il y a quarante-cinq ans ! Il s'est bien rattrapé depuis, non ?*

— Je sais ce qu'il a fait le soir du showcase.

— *Je ne sais vraiment pas de quoi vous parlez, ma jolie, et je n'ai pas le temps de jouer les Agatha Christie.*

— Mes sources affirment que Nev a cafté à Chet et Beau Bond qu'on leur avait piqué leur drapeau, afin de faire diversion pour récupérer son créneau…

— *Oh mon Dieu, ce n'est que ça ? Chet Bond, dit-elle. C'est qui ce type, d'ailleurs ? Sacré scoop que vous tenez là. Je vois d'ici le titre : "Incroyable : une rock star narcissique." Je vais envoyer Kayleigh dégager votre bureau pour accueillir ce Pulitzer.*

— Attendez, ne raccrochez pas – je n'ai pas terminé. On m'a aussi confié que lorsque Chet l'a empoigné pour lui demander qui avait piqué le drapeau, Nev a désigné mon père. »

[Infime silence, suivi d'un rire perplexe, carillonnant.]

« Donc j'aimerais demander à Nev s'il a un commentaire. Est-ce la vérité, et si oui, pourquoi aurait-il fait ça ? Je veux dire, je comprends très bien qu'il ait pu essayer de ne pas passer à la trappe, mais pourquoi franchir le pas supplémentaire de balancer mon père ? Était-il jaloux à cause d'Opal, de ce qu'il pensait lui revenir de droit ? Était-ce une sorte de revanche tordue ? Quoi ?

— *Vous êtes mieux placée que quiconque pour savoir tout ce que Nev Charles a fait pour les droits civiques, pour les femmes… Vous voulez vraiment faire passer la parole de Chet Bond avant la sienne ?*

— Peut-être que Chet est un menteur ; c'est à coup sûr un sale type. Mais ce qui me chiffonne, c'est qu'il assume le rôle qu'il a joué. Il en est presque fier, putain ! Je ne peux pas en dire autant de votre client. Il a tout oublié, Lizzie ? Vraiment ?

— *Oui. Vraiment. Je ne sais pas ce qui vous arrive, mais vous avez clairement perdu toute perspective. Si ça continue, vous allez faire partie de ces idiots qui disent qu'Hillary et Trump, c'est pareil. D'ailleurs, j'y pense, avez-vous fait un don pour la campagne ? Hillary est en faveur d'une meilleure prise en charge des soins de santé mentale, et manifestement, vous en auriez bien besoin.*

— Dans ce cas, laissez Nev me dire lui-même que je suis folle. Laissez-le nier tout ça, *on the record.*

— *Écoutez-moi, Sunny : jamais je ne lui conseillerais de s'abaisser à réagir à de telles inepties.*

— Vous en êtes bien certaine ? Je veux dire, imaginez un peu ce qui se passera si je parviens à corroborer cette histoire. Toutes ces années, Lizzie, mon Dieu… Votre client s'est fait un tel plaisir d'incarner le héros volant à la rescousse, le grand activiste politique, l'allié d'Opal Jewel, alors qu'en vérité, il n'est peut-être qu'un opportuniste égoïste et avide qui a posé une cible sur le dos d'un homme noir. »

[Souffle lourd (le mien).]

« Alors je ne vois pas où est le problème, parce qu'il est impossible de corroborer un tissu de mensonges. Bonne chance, perdez bien votre temps. »

[Clic d'un téléphone qu'on raccroche (le sien).]

∞

Mon plan consistait à parler tout de suite à Opal. Pour lui dire quoi au juste, je n'en étais pas vraiment sûre, mais au moins, la prévenir que j'allais abandonner ce projet. Cela me faisait mal de l'admettre, mais Lizzie avait vu clair dans mon jeu. Il me serait impossible de vérifier ce qui se résumait à des ouï-dire, quatre décennies après les faits, alors que je venais tout juste de licencier cinq rédacteurs d'*Aural* en raison des coupes budgétaires décidées par JBJ ; je ne disposais ni du temps ni de l'argent nécessaires pour retrouver la trace de Beau Bond, afin qu'il confirme ce témoignage. Mais comment aurais-je pu continuer d'entretenir la légende d'Opal & Nev si je la soupçonnais d'être pleine de trous ? Si une petite partie de ce que Chet affirmait au sujet de Nev était vraie, comment aurais-je eu le cœur à ficeler une hagiographie que son équipe – que *mon* équipe, bon sang – espérait pouvoir vendre les soirs de concert à ses fans transies, aux quatre coins des États-Unis ? Moi, la fille de Jimmy Curtis, je ne pouvais pas me prêter à ce jeu-là. Je n'avais d'autre choix que de me retirer. *Je vais dire à Opal que je laisse tomber*, ai-je décrété en appuyant sur le bouton « Acheter » d'un vol pour Los Angeles qui décollait à six heures le lendemain matin. *Je vais la remercier de m'avoir offert cette opportunité. Je vais lui souhaiter bonne chance pour la suite et reprendre le cours de ma vie. Je me demanderai plus tard comment je suis censée faire ça.*

Mais alors, Opal est venue m'ouvrir la porte de sa maison de Baldwin Hills, elle portait un bonnet et une veste en jean. Elle tenait des brins de basilic fraîchement cueillis et, après un bonjour un peu sec, elle m'a conduite à travers la maison jusqu'aux portes-fenêtres garnies de rideaux qui ouvraient sur le jardin.

Elle m'avait reléguée au jardin. Une fois de plus.

Pourtant elle avait forcément compris, ai-je songé, que j'étais curieuse de connaître l'intérieur de sa maison. Le *brownstone* de Harlem illustrait le style de Virgil LaFleur, mais cette maison-ci devait être 100 % Opal Jewel. Depuis le début, je mourais d'envie de m'attarder sur la décoration, d'analyser les souvenirs et les objets qui avaient pour elle une signification, mais tout ce que j'avais pu entrapercevoir, en filant vers le jardin lors de mes précédentes visites, c'était une palette de tissus d'ameublement crème, des coussins garnis d'un kenté africain mandarine et turquoise, un totem tribal montant la garde dans un coin, la trace d'une cuisine suggérée par l'odeur citronnée flottant sur ma gauche, et, sur ma droite, un couloir orné de photos encadrées que j'aurais voulu explorer. Mais tout à coup, je me suis dit que peut-être, tout comme Nev, Opal contrôlait parfaitement les conditions de ces entretiens, ne dispensant que les misérables bribes que j'étais autorisée à connaître. Que l'« opportunité » qu'elle m'avait accordée n'était guère plus qu'une farce.

Elle avait déplacé la table du patio jusqu'à un carré de soleil et, comme à chaque fois, avait disposé deux couverts. Je me suis assise pendant qu'elle rinçait le basilic sous le filet d'eau d'un tuyau d'arrosage. Au centre de la table, un plateau avec une baguette et un grand couteau dentelé calé sur le rebord, et un autre débordant de tomates anciennes et de burrata, tranchées et disposées en alternance, poivrées et luisantes d'huile d'olive. Opal a secoué les brins de basilic pour en chasser l'eau, envoyant des gouttelettes partout, puis est venue s'asseoir et a entrepris d'arracher les feuilles pour en faire de petites piles sur nos deux assiettes.

Je tremblais dans la brise légère. « Vous n'avez pas un peu froid dehors ?

— Au soleil, ça va. »

Il était évident qu'elle ne bougerait pas d'un centimètre. Elle m'avait à peine adressé la parole depuis mon arrivée, semblant attendre que j'en vienne au fait. J'étais restée mystérieuse au téléphone en organisant cette rencontre, notre quatrième – un désagrément, j'imagine, puisque le programme initial prévoyait que nous en aurions terminé au bout de trois. Pour décrocher ce nouvel échange autour d'une table, j'avais simplement expliqué qu'il me restait quelques points de détail à éclaircir concernant l'enregistrement de *Polychrome*. Mais à présent, mue par une rage grandissante, je me sentais foncer dans une autre direction.

« Vous vous rappelez l'endroit où se trouvait le Smythe ? » lui ai-je demandé.

Petit grognement approbateur, les yeux toujours rivés sur sa tâche.

« Vous ne le reconnaîtriez plus. » Je lui ai raconté mon repérage sur les lieux de l'émeute, que des promoteurs avaient réaménagé en un club de musique électro essentiellement destiné aux touristes européens – épuré, flambant neuf, la vieille horreur grandiloquente effacée jusqu'au dernier clou. « Pour tout vous dire, ai-je ajouté, j'ai trouvé cette visite assez déconcertante.

— Ah », a-t-elle répondu. Et rien d'autre.

« Vous n'avez aucun commentaire, Opal ?

— Sur quoi ? a-t-elle répliqué, sans cesser de décortiquer son basilic.

— Sur le fait que ça ne semble gêner personne. Je veux dire, je sais que ça peut paraître injuste, je sais que ce n'est pas la faute de cette discothèque, ni celle des jeunes qui la fréquentent. Mais moi, ça me paraît dingue que Jimmy ait été assassiné là et que maintenant, l'endroit soit… » J'ai fait des bruits de bouche, tentant d'imiter des beats électroniques. « Vous voyez ce que je veux dire ?

— Pas vraiment. » Elle a soupiré. « L'eau a coulé sous les ponts, j'imagine. C'était il y a quarante-cinq ans. Tu t'attendais à quoi ? »

La question était rhétorique, je le savais – au pire, Opal l'avait voulue désinvolte. Pourtant, même si je m'étais résignée à abandonner le volume d'*Aural History* que j'avais prévu de signer, j'étais quand même frustrée que tout le travail réalisé jusqu'alors soit demeuré infructueux. Que ce soit Opal qui m'ait invitée à revisiter cette histoire, pour mieux dresser une clôture autour de son cœur aux moments où j'aurais eu besoin qu'elle m'offre un nouvel éclairage. Comment était-il possible, me demandais-je, que j'aie pu aller aussi loin dans la vie pour me retrouver assise là comme si j'avais douze ans à nouveau, à me débattre avec ces non-dits permanents ? Je contemplais cette femme pour laquelle j'avais si longtemps entretenu une fascination secrète. Je la regardais faire tout un cinéma autour de ses maudits hors-d'œuvre, en me demandant comment elle pouvait accorder plus de soin à cette tâche qu'à la manière nonchalante dont elle s'adressait à moi. Comment osait-elle se montrer si cavalière, elle qui savait dans quel désastre familial j'étais venue au monde ? Avait-elle été si occupée à la ramener devant le Démoniaque et ses pourceaux qu'elle n'avait pas pris la peine de s'attarder sur notre sort à nous, pauvres dommages collatéraux ? Oh nous, les « petites gens » proverbiales : bloquées dans le passé, nous accrochant amèrement à notre chagrin et nos ressentiments, à nos bouts de paperasse officiels… Peut-être avait-elle oublié que je descendais d'eux, des véritables survivants de Jimmy. Peut-être était-ce le moment pour moi de faire jouer cette accréditation-là. De lui rappeler qui, au juste, posait ces putains de questions.

« Ce que j'aimerais plutôt savoir, ai-je répliqué, peinant à adopter un ton aussi détendu que le sien, c'est à quoi *vous*, vous vous attendiez ? »

Elle a relevé les yeux.

« Je veux dire, c'est moi qui suis un peu perdue, là, non ? ai-je poursuivi. C'est moi qui ne comprends rien à rien ? Alors éclairez-moi : vous vous attendiez à quoi en choisissant de monter sur scène avec Nev ce soir-là ?

— N'avons-nous pas déjà abordé ce sujet lors de notre dernière conversation ?

— Revenons un peu sur tout ça, ai-je rétorqué en sortant mon téléphone du sac posé à mes pieds, avant d'enclencher l'enregistreur. Dites-m'en un peu plus sur le choix de continuer avec Jimmy, déjà. Putain, à quoi vous attendiez-vous, Opal Jewel, en sortant avec le mari d'une autre ?

— Avec le père de quelqu'un, tu veux dire…

— Oui, avec *mon* père.

— SarahLena, ce n'était pas… Tu n'étais même pas née.

— Mais ça n'allait pas tarder. Et vous le saviez, non ? Ça ne vous suffisait pas, de le savoir ? Ça ne vous suffisait pas pour réfléchir cinq minutes aux conséquences, pour lui ? Pour avoir un peu honte ? Est-ce que vous l'aimiez, seulement ? »

Opal a ri et abattu la paume de sa main sur la table, comme si ce que je venais de dire était désopilant. Le couteau a cliqueté contre l'assiette.

« Ah, ce n'est pas trop tôt ! a-t-elle hurlé au ciel. Enfin, madame montre un peu de cœur ! » Elle m'a tendu la main pour que je la serre, l'a reculée en voyant que je n'en ferais rien. « OK, très bien, crache le morceau. Qu'as-tu découvert d'autre ? Creuse ma fille, creuse ! Couvre tous les angles ! Que ce foutu master ait au moins servi à quelque chose…

— J'espère qu'il était hors de prix, ai-je craché.

— Ah ça oui, ma chérie, il coûtait les yeux de la tête, a-t-elle répondu en riant de plus belle.

— Mais je ne vous appartiens pas, dis-je, les mots jaillissant chauds et furieux à présent. Je n'appartiens à personne. Vous comprenez ça, non ?

— Eh bien, *maintenant*, oui, je le comprends. Ce qui veut dire que je peux enfin me détendre. Alors vas-y, j'écoute. »

J'ai dû résister à l'envie d'écrabouiller dans mon poing une tranche de fromage.

« Du calme, *girl*. Je ne dis pas ça pour me moquer, a soufflé Opal. C'est juste que je ne savais pas quel genre de personne tu étais. Tu commençais à me rappeler tous les autres…

— Quels autres ?

— Ces reporters qui sont venus fouiner autour de moi à l'époque où Nev a vraiment percé. Ils disaient toujours qu'ils voulaient raconter l'histoire, mais en fait, ils s'en foutaient pas mal de nous. Pour eux, ton père n'était qu'une petite miette de tragédie, une micro-péripétie que Nev devait surmonter. Et au bout d'un moment, on m'a considérée comme ça aussi.

— Mais qu'est-ce qui a bien pu vous faire croire que j'étais comme eux ?

— Sincèrement ?

— Bon Dieu, *oui*. Sincèrement.

— Ça fait un moment que nous discutons, toutes les deux, et jusqu'à présent, tu ne t'es jamais rebellée, tu ne m'as jamais tenu tête. Tu me laissais m'en sortir si facilement ; tu ne bronchais pas. On aurait dit que tu ne voulais pas entendre autre chose que ce que tu pensais déjà savoir.

— Attendez une seconde, qu'est-ce que… Vous me *testiez* ? » J'ai tendu mon carnet sous son nez, pointé mon doigt dessus. « J'essayais juste de rester calme. Professionnelle !

— Eh bien, tout ça n'est pas purement "professionnel", si ? Pour moi, c'est personnel. Et ça devrait l'être pour toi aussi, de faire toute la lumière sur les moindres détails de cette histoire. C'est l'avantage que tu as, SarahLena. C'est plus important pour toi que pour n'importe qui d'autre. Vas-y – pose-moi ta question, maintenant.

— Je n'ai pas de nouvelle question ! Je les ai déjà toutes posées. En cherchant les mêmes réponses que j'ai attendues toute ma putain de vie.

— Peut-être, a répondu Opal, mais est-ce que tu ressens la même chose au moment d'ouvrir la bouche pour les poser ? Maintenant que tu me connais en vrai, et que je ne suis plus simplement punaisée sur ton mur ? Regarde-moi, Sunny, et dis-moi le fond de ta pensée. »

Je l'ai enveloppée d'un regard noir. La peau lisse et nue au-dessus de son œil gauche, froncé et inquisiteur, ses lèvres tordues en un rictus narquois. J'ai repensé à un moment de notre première interview officielle, à cette même table, dans ce même jardin – quand je lui avais ciré les pompes au sujet de ses parties vocales dans « Things We've Seen », en lui disant que je venais de faire encadrer sa photo dans *Vogue* pour l'afficher dans mon bureau. Je m'étais demandé ce que j'avais dit de mal quand son visage avait semblé se pétrifier. J'ai inspiré l'odeur de paillis de son jardin. Ouvert de nouveau la bouche en faisant en sorte que ma voix sorte lente et posée.

« Le fond de ma pensée ? ai-je répété. Je pense que Nev et vous êtes les personnes les plus arrogantes, égocentriques et manipulatrices que j'aie jamais rencontrées. »

Elle a fermé les yeux quelques secondes, j'ai cru l'avoir blessée. Mais elle a aussitôt enchaîné. « Ouf, a-t-elle soupiré. Merci mon Dieu… Mes oreilles allaient exploser là-haut, sur ce piédestal. »

Ce jour-là, Opal m'a enfin fait visiter sa maison. J'imaginais que la façade de celle-ci serait trompeuse, qu'elle ouvrirait sur un passage magique débouchant sur la grandeur, mais le jardin s'est révélé être son élément le plus remarquable. Deux chambres guère plus grandes que les petits lits deux places couverts d'un édredon brodé qu'elles contenaient, une salle de bains et des toilettes, une grande cuisine indépendante avec des touches de jaune – des carreaux de carrelage octogonaux disposés en quinconce sur le mur du plan de travail, le contour d'une horloge murale dont les aiguilles s'étaient figées, une bouilloire à thé étincelante sur une vieille gazinière, un saladier en verre rempli de citrons sur un petit îlot. J'étais surprise de la découvrir si normale, si humble.

« J'ai eu de la chance d'acheter cette maison au moment où je l'ai fait, a-t-elle déclaré en glissant la main sur le comptoir en formica. Sacrée année, 1993. Mais j'ai réuni tout l'argent qu'il me restait, jusqu'au dernier cent, pour me la payer.

— Pourquoi venir vous installer ici, à l'écart ? Je croyais que New York, c'était chez vous. Votre endroit.

— C'était devenu trop froid, dans tous les sens du terme. » Elle a sorti un joint de sous son sarouel, tourné l'un des boutons de la gazinière pour l'allumer sur la flamme bleue trépidante. Elle a soufflé sa fumée vers le plafond et s'est débarrassée d'un coup de pied de ses mocassins, a étiré un pied nu puis l'autre sur le linoléum. Je n'ai pu m'empêcher de contempler ces chaussures abandonnées, les ombres de ses pieds imprimées dedans, la manière dont elles penchaient légèrement vers la gauche, l'usure au niveau des talons. « Viens », a-t-elle soudain lancé, empoignant au passage un mug pour la cendre.

Je l'ai suivie dans le couloir, celui où étaient accrochées les photos encadrées que je mourais d'envie d'examiner. Elle a actionné un interrupteur pour que je puisse mieux les voir. Leur disposition était chaotique, mais intéressante, des cadres de tailles, de formes et de finitions différentes agglutinés ensemble, quasiment mais pas tout à fait alignés au niveau des bords extérieurs. Opal est restée à l'écart, fumant et tapotant sa cendre, pendant que je prenais tout mon temps pour remonter cet arrangement. La pochette éclaboussée de peinture de son deuxième album solo, *Temper*… Une lettre de l'académie de danse Debbie Allen remerciant Opal pour ses contributions… Une collection de badges de campagne à l'effigie de la femme politique noire Shirley Chisholm… Des photos d'école des enfants de Pearl. L'un des neveux d'Opal avec ses dents de travers, une croix en or pendue au cou, avait été gribouillé au marqueur, des cornes de BD jaillissant de ses cheveux épais sur le dessus, rasés sur les côtés. (« C'est Isaiah, mon petit démon, a expliqué Opal, dans un saisissant accès de gagaterie. Le petit dernier de Pearl. Il a trente-quatre ans aujourd'hui. Et des enfants. ») Je me suis attardée sur un portrait en noir et blanc granuleux mais glamour de Stéphanie Sainte-Clair, la formidable « Queenie » de Harlem[1], j'ai déchiffré un flyer de 1974 annonçant en français un spectacle d'Opal Jewel, la *chanteuse fascinante**. Sous ces mots, une illustration qui rappelait les esquisses de Toulouse-Lautrec, les contours d'une femme aux lèvres et aux hanches serpentines, un crâne rond et nu, des gants montant jusqu'au coude.

« J'ignorais totalement que vous vous étiez produite durant votre séjour à Paris, ai-je commenté.

— Ce n'était vraiment pas grand-chose. Dans un minuscule magasin de disques que des amis avaient transformé en cabaret. J'ai écrit quelques chansons là-bas, aussi, mais elles n'ont jamais vu le jour. » Je l'ai entendue libérer un souffle de rire.

« Vous voyez ? Pourquoi n'en avez-vous jamais parlé ? ai-je répondu en continuant de remonter le couloir. Difficile pour les gens de vous interroger sur ce qu'ils ne… »

Mon souffle s'est bloqué au fond de ma gorge – mes yeux

1. En plus de diriger un empire de paris clandestins dans les années 1920 et jusqu'au milieu de la décennie suivante, Stéphanie Sainte-Claire, originaire de Martinique, fut une militante qui investit sa fortune au service de sa communauté et aida à éduquer les Africains-Américains au sujet de leurs droits civiques et juridiques. Mentor du gangster afro-américain Ellsworth Raymond « Bumpy » Johnson, elle se montrait impitoyable dans ses affaires et ses relations amoureuses ; ayant recours à des intrigues et parfois même à la violence, cette femme glamour et colérique s'en prit tour à tour à ses rivaux de la mafia, aux flics véreux et aux quelques hommes qui eurent la mauvaise idée de la maltraiter ou de la trahir. Opal Jewel passa les auditions pour jouer son rôle dans le film *Les Seigneurs de Harlem*, en 1997 ; l'actrice Cicely Tyson fut finalement choisie pour l'interpréter.

venaient de se poser sur un rectangle fixé au mur juste au-dessus de ma tête. Dans ce cadre, il y avait mon père.

Jimmy Curtis, beau et talentueux, immortalisé sur cette image en couleur, format 10 x 15, qui avait viré à l'orange avec les années… Je n'avais jamais vu cette photo dans les albums de ma mère. Jimmy y est assis derrière sa batterie, baguettes en main, les tenant à la manière traditionnelle – l'une par en-dessus, floue, en mouvement au-dessus du charleston ; l'autre paume vers le ciel, sur le point de s'abattre sur la caisse claire. Il fixe intensément quelque chose, ou quelqu'un, comme dans l'attente anxieuse d'un signal. Un filet de sueur coule de sa chevelure épaisse dans les plis horizontaux de son front. Il porte un bouc. Un *bouc* ?!?

« C'était le dernier jour de l'enregistrement de *Polychrome*, a expliqué Opal dans mon dos. J'avais l'estomac barbouillé ce matin-là avant de partir chez Rivington – j'avais avalé la gorgée de Pepto que miss Ernestine m'avait conseillé de prendre, et j'avais encore son goût de craie sur la langue quand mon tour est venu de chanter. Ce mal à l'estomac, c'était juste l'horreur. Je savais que quelque chose d'important touchait à sa fin, quelque chose de spécial auquel j'avais participé, et j'avais juste envie que ça continue. J'ai essayé de faire traîner autant que possible le dernier morceau, en demandant aux gars de faire une dernière prise, encore et encore. Vers une ou deux heures du matin, Jimmy m'a prise à part pendant une pause et il m'a dit : "Gamine…" » Opal s'est interrompue et s'est raclé la gorge. Il a fait : « "Gamine, à quoi tu joues ?" »

Alors j'ai répondu : « D'accord, juste une dernière, promis », et j'ai sorti de mon sac l'appareil photo que j'avais emprunté à Virgil pour le donner à Bob. Je lui ai demandé de prendre cette photo de Jimmy. C'était la seule manière qui m'était venue à l'esprit de pouvoir le garder encore, à cet instant, à ce stade-là. J'avais déjà décidé que, malgré l'attachement que nous avions l'un pour l'autre, ça ne pourrait plus durer en dehors de ce contexte-là.

Sous certains aspects, j'avais d'ailleurs vu juste. Une fois ce disque dans la boîte, il nous arrivait encore de nous retrouver, mais la magie s'estompait à chaque fois, le désir était moins fort. J'avais commencé à fréquenter les fêtes et les expositions, à sortir le soir avec Virgil, et ça n'était pas futile ; ça n'était pas *rien*. C'était le début de l'expansion de mon esprit, le début d'un chemin que je voulais tracer à ma manière.

Mais ton père était beaucoup plus vieux que moi, plus traditionnel. Il ne comprenait pas vraiment ce que j'essayais de faire avec mon style spectaculaire, ni pourquoi j'y mettais une telle énergie. Tout le temps que nous bossions ensemble, il n'a pas semblé trop s'en préoccuper ; peut-être même que cela le divertissait. Mais par la suite, quand il nous réservait une chambre d'hôtel et que j'acceptais de le rejoindre dans la nuit après une soirée au Max's ou ailleurs, il me regardait et me lançait : « Enlève-moi tout ce bordel. » Il fallait que je me débarrasse de mes cils, de ma perruque, du maquillage, de toutes ces couches et ces épaisseurs, des bracelets que je portais aux poignets et aux chevilles, avant qu'il accepte de me toucher. J'empilais tout ça dans un coin de la salle de bains, ou sur un de ces fauteuils bergère à oreilles, si nous avions plus de temps et que la chambre était agréable. Alors, il était très tendre avec moi – il me demandait de lui chanter un truc, il voulait que je m'endorme dans ses bras – mais moi, je continuais de contempler cette pile, toutes les pièces mortes et déconnectées de la fabuleuse création que j'avais été ce jour-là, et sans elles… Une terrible honte me rongeait. D'être sortie avec Jimmy, ouais, mais surtout parce que j'avais l'impression de me trahir moi-même. J'étais trop jeune, tu vois, trop persuadée d'être laide, pour piger que, peut-être, Jimmy puisse me vouloir sans cette armure – sauf que c'était impossible, tu comprends ? Mon armure, c'était moi, c'était mon meilleur atout. Elle me protégeait dans ce monde. Un monde qui soit me détestait, soit ne savait tout simplement pas quoi faire de moi.

Quand Jimmy m'a annoncé qu'il allait avoir un bébé, ça m'a emplie d'une joie sincère, à la fois pour lui et pour moi. Il était obligé maintenant d'accepter la femme que j'étais, même si mes manières de m'affirmer pouvait lui paraître cinglées, parce que c'était lui, l'homme dont l'épouse était enceinte – de quel droit aurait-il pu me donner des leçons sur la vie que j'étais en train de construire ? Quant à moi, je me sentais moins mal par rapport à ce que nous faisions, car quel que soit le plaisir que nous procuraient ces évasions, je savais que Jimmy rentrerait toujours à la maison.

Ce que nous sommes devenus en l'absence de pression, Jimmy et moi, c'était bien mieux que des amants. Nous sommes devenus de véritables amis. Et cette compréhension mutuelle l'a libéré d'une manière magnifique. Les dernières fois que nous nous sommes vus, il était parfois comme un livre ouvert. Il parlait de tout ce qui se passait dans sa vie. De ses ambitions, ses inquiétudes… Oui, même de toi. Car quoi qu'il puisse lui arriver dans sa carrière ou son mariage, il ne faisait aucun doute que cet homme était sur son petit nuage de savoir qu'un bébé allait venir. Il t'aimait déjà, ça, je peux te le jurer.

Un jour, il m'a accompagnée dans un magasin de disques

du Village – parfois, nous aimions bien passer en revue les pochettes et demander à écouter les nouveautés – et pendant que nous regardions les albums, il m'a parlé des rêves qu'il faisait dernièrement, où une petite fille courait partout dans un endroit chaud et lumineux. Il savait que tu serais une fille. Il ne distinguait pas ton visage, rien que l'arrière de ton crâne, hérissé d'une bonne vieille paire d'*afro puffs*. Je lui ai demandé s'il connaissait ton prénom et il m'a répondu : « Je lui courais après en l'appelant Seraphina, comme si c'était un ange. T'en dis quoi ? » Je lui ai dit que j'aimais la musique et le rythme, mais qu'on aurait dit le prénom d'une petite Italienne. Juste à ce moment-là, on est tombés sur la section des chanteuses de jazz, tous les vieux albums si beaux de ces magnifiques reines noires, et d'un seul coup *[claquement de doigts]*, Jimmy a su comment tu allais t'appeler. Il a laissé échapper ce drôle de rire dont il avait le secret, *ssss-ssss-ssss*, et il a fait : « Ouais, c'est ça. SarahLena. » Sarah comme Sarah Vaughan, Lena comme Lena Horne. C'était comme ça qu'on s'inspirait l'un l'autre, Jimmy et moi, en improvisant librement, naturellement. En feuilletant des pochettes de disques un mercredi après-midi. Ces bonnes vibrations ont volé en éclats le soir du showcase. Pendant notre dispute, je me disais que Jimmy était à nouveau en train de jouer les petits chefs avec moi – de me dire qui je devais être, comment je devais me comporter. Et ce rugissement dans le public n'arrêtait pas de monter et de redescendre, telle une vague intense se cabrant puis déferlant entre les murs du théâtre, dans mes veines et… Je ne sais pas, c'est difficile à décrire d'une manière qu'une fille belle et sensée comme toi pourrait comprendre, mais ce vacarme noyait tous les appels à la raison que Jimmy pouvait bien marteler. D'un côté du rideau, il y avait cet homme que j'aimais profondément, à différents niveaux, certes… mais dont je savais aussi qu'il ne m'accompagnerait pas, ne *pourrait pas* m'accompagner quand j'irais au *diner* à la fin du spectacle. Mais de l'autre côté du rideau ? Par-delà cet homme qui voulait m'empêcher d'y aller ? Là-bas, il y avait une scène, un public, une *chance*.

J'ai baissé les yeux sur les mains de ton père, qui me tenait par les bras et les caressait, en me disant : « N'y va pas, baby, s'il te plaît. » Et je ne me souviens pas de ma réponse exacte, ni si j'ai même répondu. Mais j'ai dû lui dire, d'une manière ou d'une autre, de me laisser passer. Et pour cette fois, il l'a fait. Il a laissé échapper une bouffée d'air entre ses dents – *teuh !* –, a brusquement écarté les mains de mes bras comme s'ils le brûlaient, les a dressées en l'air comme pour se rendre. Il m'a regardée comme s'il me voyait pour la première fois de sa vie, et la toute dernière chose qu'il m'a dite, c'est : « T'es vraiment qu'une gamine. »

Et il avait raison. *Lorsque j'étais enfant, je parlais comme un enfant, je pensais comme un enfant*… Le fait que je n'aie pas su écouter Jimmy à cet instant est lié à une puérilité dont cette soirée m'a débarrassée à tout jamais : l'illusion que rien ne pouvait m'arrêter, d'être un être suprême, de pouvoir me la jouer comme un mâle blanc lorsqu'il veut quelque chose, et toujours parvenir à mes fins. Une illusion qui m'a poussée à faire quelque chose de vraiment idiot, avant de me retrouver sur les fesses, avec une vue dégagée sur ton père en train d'en payer le prix.

Tu veux savoir ce que m'inspire ce putain de cliché ? Eh bien, c'est pour ça que je n'en parle jamais. Je refuse d'en discuter et de l'analyser comme les gens adorent le faire, car *ce n'est pas une œuvre d'art*. Nous n'avions aucune intention de terminer comme ça, coincés à tout jamais dans un moment d'une telle détresse. Les gens pensent que le temps leur donne le droit de changer de focale, de romancer un événement et de lui inventer un sens. Mais le temps a beau passer, qu'il s'écoule un an ou quarante, ça fait toujours aussi mal d'entendre des gens – des gens brillants, des gens que j'apprécie et que je soutiens ! – qualifier ce moment précis de *fascinant*, de *politique*, d'*inspirant* ou de *provocateur*.

Je sais ce que les gens se diront en lisant ça – « Mais Opal Jewel, vous et les vôtres, vous nous avez *laissés* dire ça. Vous en avez tiré bénéfice, vous avez bâti toute votre image autour de ça ! » Eh bien, je ne peux pas m'exprimer à la place de tous ceux avec qui j'ai pu travailler au fil des années, pour ce qui est de leurs motivations. Mais en ce qui me concerne, je te dirai que oui, j'ai tout fait après cette soirée pour aller dans cette direction – pour être politique, provocatrice et, j'espère, inspirante. Je voulais à tout prix réussir à être toutes ces choses admirables que les gens disaient que nous étions, d'une manière que je savais authentique, claire, délibérée – loin de cette gamine impétueuse et inconsciente que l'on évacuait de ce théâtre.

Quant au cliché tout simple de Jimmy accroché dans le couloir ? J'ai demandé à Virgil de développer la pellicule après la mort de Jimmy, et tant de jours se sont écoulés avant que je parvienne à le regarder… Le graver au fer rouge dans ma mémoire et dans mon cœur.

Après avoir respiré profondément dans ma chambre d'hôtel ce soir-là, encore hantée par les histoires d'Opal, j'ai téléphoné à Jonathan Benjus Jr. Malgré l'heure tardive sur la côte Est, il a décroché immédiatement, exténué. Non seulement le prochain numéro n'était toujours pas bouclé, m'a-t-il annoncé, mais voilà que maintenant, Lizzie Harris les menaçait. Elle l'avait appelé pendant que j'étais dans l'avion pour Los Angeles, affirmant qu'elle refuserait dorénavant à *Aural* toute demande d'interview de ses autres clients si je continuais à creuser ces « théories absurdes » au sujet de Nev Charles. « Elle m'a pris totalement au dépourvu, putain, a soupiré JBJ. Vous m'avez mis dans une drôle de position, Sunny. »

Pas plus tard que la veille, j'étais sur le point d'abandonner – en me demandant comment m'y prendre pour rassurer mon patron sur le fait que j'allais vite arranger tout ça. *Ne vous inquiétez pas*, lui aurais-je dit, *j'avais prévu de laisser tomber ce bouquin sur Opal & Nev, de toute façon. Cette histoire est une vraie galère.* Et alors, j'aurais pitché, à partir d'une liste préalablement établie, d'autres sujets de livre potentiels, d'autres synergies, d'autres succès garantis. *Ooh, pourquoi ne pas publier un recueil des chroniques de Phil Francisco ?* lui aurais-je suggéré. *Quel beau retour sur investissement, quel fruit facile à cueillir ! Le cadeau parfait pour votre père et votre oncle !* J'aurais fait tout et n'importe quoi pour qu'au moment de raccrocher, Jonathan Benjus Jr. soit rassuré. Qu'il soit de nouveau fermement convaincu qu'il avait pris la bonne décision en me confiant les rênes.

Mais en entendant mon patron paniquer au bout du fil, je me suis sentie étrangement calme. « Lizzie bluffe, ai-je répondu. Nev est le plus gros client qui lui reste, d'ailleurs – dès que Clinton aura gagné les élections l'an prochain, elle se rabattra sur la direction de je ne sais quel organisme de promotion des arts.

— D'accord, mais *qu'est-ce qui s'est passé* ? C'est quoi, cette histoire ? »

Bon, je n'aurais sans doute pas dû prendre JBJ pour un idiot. J'aurais peut-être dû essayer de lui expliquer – comment je m'étais rendu compte, une fois qu'Opal s'était enfin confiée à moi, que si je choisissais d'orienter la suite du livre dans la bonne direction, j'allais pouvoir échapper aux schémas narratifs traditionnels : que les Noirs ne font pas vendre, que nos histoires ne cadrent pas avec le courant soi-disant dominant. Car je savais que désormais, je voulais aborder cette histoire en partant du principe que les vies et les héritages des hommes noirs, tels que mon père, ne pouvaient se réduire aux saloperies que les hommes blancs leur font subir. Que les voix des femmes noires telles qu'Opal ne devraient pas être ignorées ou minimisées par égard pour tous ceux qui ont piraté notre éclat quand ça les arrangeait. *Nous pourrions viser plus haut*, aurais-je dit à mon patron dans ce monde idéal. *Quelque chose de beaucoup plus excitant et original que la énième légende d'un vieux rocker blanc.* Mais, repensant alors à ses lèvres serrées lors de cette fameuse réunion, j'ai jugé préférable de ne pas verbaliser de la sorte mes arguments. J'ai donc répondu à sa question avec le seul qui, je le savais, comptait vraiment.

« Vous avez confiance en moi, Jonathan ? l'ai-je interrogé. Faites-vous confiance à la rédactrice en chef que vous avez nommée ?

— Elle dit que Nev n'assurera plus la promo du livre, maintenant, que ce n'est plus du tout d'actualité ! a-t-il couiné. Qu'est-ce que vous avez fait, putain, pour l'énerver comme ça ? Écoutez, Sunny, s'il refuse de vendre le bouquin pendant sa tournée, je ne vois pas trop l'intérêt de continuer à…

— Est-ce que vous me faites confiance, oui ou non ? Ou bien faut-il que je pose ma démission, là, tout de suite ?

— Quoi ? Attendez, Sunny. Je vous fais confiance, mais…

— Jonathan : *vous me faites confiance ?* »

J'ignore ce que JBJ a pensé de moi, à cet instant. J'avais envie de croire que son père lui avait confié l'entreprise parce que ce gamin avait un jugement sûr. À moins qu'il ne soit en train d'évaluer les dégâts occasionnés pour la marque si sa toute première rédactrice en chef noire, dont on avait tant vanté les mérites, venait à démissionner, mécontente, au bout de neuf mois à peine, et s'empressait de déverser sa bile sur cet héritier incapable qui avait courbé l'échine au premier petit coup de pression d'une attachée de presse…

Quoi que pensait JBJ, il a capitulé : « OK, je vais vous faire confiance – pour l'instant.

— Ça me va. Dans ce cas, ne vous inquiétez pas au sujet de Lizzie Harris. Je ne l'embêterai plus avec d'autres questions concernant Nev. Je me suis rendu compte aujourd'hui que j'avais déjà obtenu de lui tout ce dont j'avais besoin – vous verrez.

— Je verrai *quoi* ?

— Que son histoire à lui est plus ou moins bouclée, ai-je répondu. Maintenant, tout tourne autour d'Opal Jewel. »

chapitre 16

« RAMENEZ-LA SUR LE DROIT CHEMIN »

★ ★

OPAL JEWEL

Je me suis réveillée sur un lit d'hôpital, les mains bandées et le pied suspendu dans une attelle. Je ne savais pas quel jour on était, ni quelle heure... La première personne que j'ai vue a été Virgil, sur une chaise, en train de veiller sur moi. Mon costume de scène était plié par terre à côté de lui, et en l'apercevant, toute la soirée m'est revenue d'un coup. Virgil s'est levé, a marché jusqu'au lit et m'a dit de fermer les yeux. Il a commencé à m'enlever les paillettes délicatement, si délicatement, et m'a fredonné une chanson pendant que je me rallongeais, adossée aux oreillers. Quand il a eu terminé, il a pris ma main et l'a embrassée, et quand j'ai rouvert les yeux, cette fois, j'étais prête à savoir. « Il l'ont tué », j'ai dit, et Virgil m'a répondu d'un infime hochement de tête, d'une tristesse infinie.

Je n'ai même pas eu le temps de le pleurer que les flics ont débarqué. Un en civil et deux sbires en uniforme, et ils ont poussé Virgil hors de la chambre. J'ai d'abord espéré qu'ils allaient nous aider, tu comprends, servir à quelque chose. Parce que je me disais que si on me laissait une minute, je pourrais reconstituer à quoi ressemblait cette brute – le type qui s'était montré le plus violent, je veux dire, celui qu'on n'a jamais attrapé... celui que Nev et moi avions vu empoigner ton père par les pieds et qui, avec d'autres, l'avait balancé. Je suppose que je regardais trop la télé, pour penser qu'ils allaient faire son portrait-robot, le chercher partout et arrêter le méchant. La justice, enfin, tu vois. Ah…

J'ai dit aux flics tout ce dont je me souvenais. Et tu sais ce qu'ils m'ont dit, eux ?

Vous saviez très bien ce que vous faisiez, pas vrai ? Vous vouliez créer des problèmes. Et votre petit copain, ce salopard de Noir, il était de mèche aussi, pas vrai ?

Je me suis rallongée sur mon lit d'hôpital et j'ai pensé, *Ooh. [Elle se tapote la tempe.] Ça me revient maintenant.* Car peu importait qu'on m'ait violemment offensée, *moi ;* que *moi*, j'aie été une victime ; qu'en tant qu'être humain, *moi*, j'aie droit au respect. Quand la bagarre a commencé, j'essayais juste de me défendre et de défendre Jimmy, mais ça non plus, ça ne comptait pas. Tout ce qui comptait, c'était qu'il y avait maintenant un hôpital plein de Blancs blessés, en colère, des milliers de dollars de dégâts, et une Négresse qui, selon eux, n'avait pas le sens de l'humour.

À ce moment-là, se souvient Virgil, Opal se referma – « Pas de larmes, pas de résistance, si peu d'insolence que c'en était inquiétant ». *Il la ramena au* brownstone *de Harlem, où il espérait pouvoir l'aider à redevenir elle-même pendant que sa cheville se remettrait et que le scandale battrait son plein. Il y avait de réelles chances, comme un Howie Kelly hors de lui ne tarda pas à l'apprendre à Virgil au téléphone, que le procureur de New York cède aux pressions et engage des poursuites à l'encontre d'Opal pour le « boxon » qu'elle avait créé. Incitation à l'émeute, avaient mis en garde les avocats de Kelly, soucieux d'épargner à Rivington Records d'éventuels procès. Pourtant, Opal ne réagissait pas vraiment à tout cela – ni aux gros ennuis qu'elle encourait, ni aux tentatives de Virgil pour l'en distraire.*

« Non », elle ne voulait pas dessiner ; « Non », elle ne voulait pas prendre les appels ni goûter aux bons petits plats de miss Ernestine ; « Non », elle n'avait pas besoin de mon aide pour faire sa toilette ; « Non », elle n'avait même pas envie d'écouter son album préféré de Sly & The Family Stone, et si je le passais quand même, elle se recroquevillait sur ma méridienne avec un oreiller sur la tête. J'estimais qu'une partie de sa convalescence impliquerait de la draper dans une énergie vive et brillante, mais elle refusait d'enfiler les vêtements que je sélectionnais pour elle, ces pièces magnifiques que je retouchais afin qu'elles s'ajustent au plâtre encombrant qu'on lui avait posé autour du pied. Elle tenait absolument à garder son vieux pyjama, dont les ourlets frottaient pitoyablement sur le plancher lorsqu'elle sautillait à cloche-pied jusqu'à la salle de bains. J'étais à court d'idées ; je ne savais vraiment plus quoi faire.

Bien des rues au sud, dans le bel immeuble avec gardien de Bob Hize, Nev se remettait lui aussi de ses blessures – des coupures et des ecchymoses au visage, une légère commotion cérébrale et plusieurs côtes cassées. Contrairement à Opal Jewel, il n'avait quasiment pas eu affaire à la police, qui l'avait absous de toute faute après un bref interrogatoire lors duquel il avait insisté sur une chose : il n'avait à aucun moment prévu d'intégrer cette provocation à son set. Libéré avec une ordonnance prescrivant des antidouleurs, et confié aux soins de Bob Hize, Nev, à en croire Virgil, appela plusieurs fois Opal pour savoir comment elle s'en sortait. Mais comme pour les autres amis et connaissances qui venaient aux nouvelles, Opal refusait de lui parler.

Une personne ne se laissa cependant pas aussi facilement décourager.

PEARL WELMONT

C'était l'heure du dîner *[à Détroit]* et j'avais installé nos plateaux-télé devant le journal de CBS présenté par Walter Cronkite – j'étais retournée à la cuisine chercher les assiettes quand j'ai entendu maman hurler. Je me suis précipitée au salon et j'ai lâché le dîner par terre en voyant *[la Photo]* affichée sur l'écran. Maman a dit : « Ma fille, est-ce que ce ne serait pas ta sœur dans le journal de CBS, avec une tête de sorcière ? »

J'ai sorti mon carnet d'adresses et appelé le numéro qu'elle nous avait donné. Au bout d'un moment, son ami a décroché. Il avait une voix de velours, *mmhmmmm* – il aurait dû être présentateur à la radio, vous ne trouvez pas ? Là, il me dit *[imitant Virgil] :* « Oh, je suis désolé mais elle ne prend aucun appel, elle ne veut parler à personne. » Je n'arrivais pas à le croire – j'ai regardé le combiné au creux de ma main, genre, *Tu te prends pour qui ?...* « Hem, c'est sa mère et sa sœur qui veulent lui parler... Voulez-vous bien lui rappeler que nous ne sommes pas des étrangers rencontrés dans la rue ? » Alors il lui a passé le téléphone et cette gamine entêtée, je m'en souviens encore comme si c'était hier, a fait : « Dis juste à maman que je vais bien », et elle a raccroché !

Oh *nooooon ;* nan, madame, pas question. Ooh, croyez-moi, j'ai prié le Seigneur de me donner la force, ce jour-là. Elle pouvait refuser tout ce qu'elle voulait, mais moi, j'étais la famille que Dieu lui avait donnée. Pas sa groupie, ni son employée, ni ses copains new-yorkais. En me voyant tout agacée, mon révérend d'époux m'a dit : « Fais ce qui te paraît juste, ma chérie. » Alors j'ai pioché dans l'argent que nous économisions en vue de notre mariage et acheté un billet avec la Pan Am. C'était la première fois que je prenais l'avion, vous imaginez ? Même Opal Jewel n'avait encore jamais volé !

VIRGIL LAFLEUR

Des intrus et des fauteurs de trouble grimpaient les marches de notre perron. Des vampires et des petits curieux, des journalistes prêts à tout pour leur dose de sang… Miss Ernestine avait émis l'idée de renforcer la porte d'entrée avec du grillage, ce qui était une solution assez radicale, très Géorgie profonde, mais je n'étais pas d'avis que transformer davantage encore notre maison en prison soit la meilleure manière d'encourager Mad à être positive. Alors nous avons juste ignoré les coups à la porte et les tintements de sonnette, gardé les volets fermés, les chaînes et les verrous engagés. Mais miss Ernestine n'a pas tardé à en avoir assez – elle a décampé pour aller s'installer temporairement chez l'un de ses fils – et puis une nouvelle personne s'est présentée à notre porte, frappant et criant et – mon Dieu – *chantant*…

PEARL WELMONT

« Jésus, notre ami sans pareil / Porte nos péchés et nos peines… »

VIRGIL LAFLEUR

se penchant en avant

Je suis allé jeter un coup d'œil au judas, et… *[Il se redresse précipitamment.]*

Elle avait une poitrine magnifique, *très impressionnante**, qui aurait mérité un décolleté approprié, mais était recouverte d'un bout de tissu triste à mourir. J'ai aperçu des collants chair et des souliers à petits talons bien propres sur eux… *Abominations**, ma chère. Mais alors – *quelle surprise !** – j'ai entendu une voix dans mon dos en train de prononcer autre chose que « Non ». Je me suis retourné et Mad était là, sur ses béquilles, sortie de son lit, me demandant de laisser entrer cette femme, sa demi-sœur ! Bon. *Il y a peut-être de l'espoir !* ai-je songé. *Peut-être sera-t-elle bientôt délivrée de ce spleen où elle est plongée !*

Hélas…

OPAL JEWEL

[Quand Pearl s'est présentée à Harlem] je n'ai même pas été surprise. S'il y a jamais eu un moment dans ma vie où j'ai cru en Dieu, à une force supérieure donnant aux gens ce dont ils ont besoin quand ils en ont besoin, c'est celui-là. Car ce dont j'avais besoin, moi, c'était de quelqu'un d'extérieur à tout ce chaos, quelqu'un qui connaissait l'ancienne Opal, cette fille pauvre et bizarre, avec une drôle d'allure, qui n'avait jamais eu d'amis et n'était certainement pas destinée à être prise en photo par qui que ce soit. Avant même que je débute ma nouvelle vie à New York, Pearl avait eu le chic pour en questionner tous les aspects – les personnes un peu dingues dont elle serait peuplée, les soirées tardives, ces mondanités qui nous attiraient tant… Mais tout dans ma vie méritait d'être remis à plat à ce stade, non ? Une dose de jugement, de la part d'une personne qui me connaissait parfaitement et n'était pas le moins du monde impressionnée et pas du genre à me laisser m'échapper en me contorsionnant – n'était-il pas temps de me préparer à bien pire ?

Et puis, bon : Sister Pearl avait parcouru des centaines de kilomètres et traversé toute notre enfance pour me dire mes *quatre vérités*, ma chérie. À peine franchi le seuil, elle a sorti une bible de son sac à main – elle la conservait dans un étui de cuir rose avec une fermeture-éclair, et une dragonne qui permettait de le porter au poignet, sans doute l'objet le plus stylé et luxueux qu'elle ait jamais possédé. Et elle m'a demandé de livrer mon témoignage, alors je lui ai tout déballé, sans détour, là, dans le petit salon de miss Ernestine. Oh, je lui ai tout raconté : la luxure, l'orgueil, la colère – les sept *bad boys*, je les ai tous cochés.

PEARL WELMONT

Elle avait un éclat dans le regard en me détaillant tous ces actes qu'elle avait commis, la fornication et ainsi de suite, et c'était clairement le diable et ses adeptes qui avaient placé ces choses sur sa route. Qui l'avaient poussée à couper d'un coup les quelques cheveux qui résistaient encore sur son crâne, lui avaient insufflé la tentation de commettre des péchés avec des hommes mariés… Eh bien, ça n'a pas été une mince affaire, surtout avec sa cheville plâtrée, mais je suis parvenue à la faire s'agenouiller, eh oui !

VIRGIL LAFLEUR

Comme vous pouvez l'imaginer, c'était assez effrayant mais en même temps fascinant d'être témoin de cela. Il faut savoir que *L'Exorciste* ne sortirait que des années plus tard.

PEARL WELMONT

Je l'ai serrée fort dans mes bras et je l'ai balancée d'avant en arrière sur le plancher pendant qu'elle se tortillait et jurait, en se débattant. Je lui ai demandé si elle voulait s'abandonner à Lui et elle ne m'a pas répondu, mais ce n'était pas grave. J'étais venue accomplir une mission qui consistait à prier pour Opal si elle n'était pas encore prête à se laisser aller à Dieu. J'ai demandé au Seigneur d'accorder son pardon à Mr Curtis et de l'accueillir en Son royaume, j'ai prié pour la santé et la force de Mrs Curtis, oui, Seigneur, et pour l'enfant innocent qu'elle portait. *[Elle sourit.]* C'était vous, cette petite crevette, n'est-ce pas ? Et je Lui ai demandé de pardonner à Opal Rochelle Robinson, d'entrer dans son cœur pour en chasser ce vieux démon ignoble, qu'elle retrouve sa pureté.

Faites que cette perte ne soit pas vaine, Seigneur ; ramenez-la sur le droit chemin.

VIRGIL LAFLEUR

Tout à coup, Mad a cessé de remuer, elle a cessé de brailler ! Elle n'était plus qu'un poids mort ! *[J'ai pensé]* mon Dieu*, *que se passe-t-il ? Que va-t-il arriver maintenant ?*

PEARL WELMONT

Elle s'est calmée immédiatement, calée entre mes bras. Quelle expérience puissante ce fut, d'apporter un peu de paix à ma sœur. De la voir touchée ainsi par la grâce du Seigneur.

Les jours suivants, se souvient Virgil, Opal se réfugia au plus profond d'elle-même. Elle restait allongée sur le canapé du salon, muette et les yeux clos, tandis que Pearl lisait des versets de la Bible et lui racontait ce qui s'était passé chez elles. Virgil observait son amie avec angoisse, tout en répondant constamment d'un « No comment » aux appels téléphoniques.

VIRGIL LAFLEUR

Oh, Sister Pearl, avec ses récriminations et ses versets sans fin, les craquements du sublime rocking-chair de miss Ernestine, une antiquité, quand elle s'y laissait tomber de tout son poids… La plupart du temps, j'arrivais à faire abstraction – je n'ai aucun problème avec la foi, comprenez-moi bien, tant qu'elle aide les gens à supporter les vicissitudes de l'existence et qu'elle ne cherche pas à me faire les poches –, mais je n'ai pas réussi à cacher mon effroi quand ces jacasseries ont cédé la place à des philosophies auxquelles je savais que Mad serait par nature opposée. Oh, vous savez, *les choses habituelles**: des concepts comme l'autre joue qu'il faut tendre, les doux qui posséderont la terre, les vertus d'une humble existence là-bas, dans le Midwest…

J'ai fini par perdre patience. J'ai crié à Mad : « Exprime-toi, exprime-toi ! Mais *qui* es-tu donc ? »

La passivité d'Opal convenait très bien à Howie Kelly, auquel ses avocats avaient conseillé de ne pas s'exprimer dans la presse, que ce soit la direction ou les artistes de Rivington. Mais dans ce silence, un mystère était en train de naître autour du jeune homme blanc et de la jeune fille noire de la Photo. Un article publié la veille des funérailles de mon père fut particulièrement troublant, illustré par une autre image granuleuse et lointaine d'Opal : debout avec ses béquilles devant la fenêtre de sa chambre, contemplant une foule réduite mais bruyante rassemblée devant chez elle pour la prendre à partie.

« O. LA BIZARRE AUX FANS BLESSÉS : "ALLEZ CREVER !" »

New York Post, *19 novembre 1971*

Faut croire qu'elle n'en a rien à faire !

Quelques jours à peine après que ses frasques ont conduit au chaos sanglant de cet Altamont new-yorkais[1], la harpie chauve Opal « Jewel » Robinson semble ne pas se soucier le moins du monde des fans de rock blessés demandant le dédommagement de leurs frais médicaux.

Ce jeudi, le *Post* a accompagné cinq victimes des événements violents du week-end dernier jusqu'à l'imposant *brownstone* de Harlem où Robinson se cache alors que les autorités envisagent d'engager des poursuites contre elle.

1. Les médias ont souvent comparé ce qui arriva durant le Rivington Showcase aux événements dramatiques qui s'étaient déroulés au grand concert gratuit d'Altamont, dans le nord de la Californie, en 1969. Pendant le set des Rolling Stones, l'adolescent noir de 18 ans Meredith Hunter, drogué et armé, y avait été poignardé et piétiné à mort par des Hells Angels, accomplissant de manière brutale leur rôle d'agents de sécurité du concert en rétribution duquel, selon certains témoins, ils avaient eu droit à 500 dollars de bière.

Debout à une fenêtre du deuxième étage, contemplant d'en haut les manifestants qui hurlaient leur colère sur le trottoir, l'« artiste » militante a refusé tout dialogue avec les victimes au sujet des fractures et autres ecchymoses consécutives à son retentissant coup de colère.

La police a d'ores et déjà interpellé treize voyous appartenant à un gang de motards impliqués dans la bagarre, sous plusieurs chefs d'accusation liés à cette émeute, au cours de laquelle le batteur James « Jimmy » Curtis a été tabassé à mort, et plus de trente-sept autres personnes hospitalisées. Mais pas un mot pour l'instant sur la question de savoir si Robinson devra répondre du rôle qu'elle a joué en encourageant ces brutes épaisses.

Pour qu'une inculpation pour incitation à l'émeute puisse tenir, l'accusation doit pouvoir démontrer que notre crooneuse au crâne d'œuf avait l'intention de provoquer des réactions violentes en déchirant ce soir-là le drapeau confédéré, symbole de l'héritage sudiste considéré comme sacré par le groupe-phare de ce concert, les Bond Brothers, et leurs fans. À en croire les experts juridiques, ce ne sera pas une mince affaire. Mais l'un de ces braves New-Yorkais que nous avons accompagnés à Harlem estime que Robinson mérite bien davantage qu'une tape sur la main.

« On ne peut pas crier "Au feu !" dans un théâtre bondé – quand on a une salle pleine de péquenauds surexcités, on ne touche pas à leurs affaires – c'est juste une question de bon sens, je trouve », déclare ainsi Adriana Lucco, institutrice à la retraite de 67 ans, résidant à Bayside. Elle venait manifester au nom de son petit-fils Dominick, 16 ans, qui avait acheté des billets d'orchestre pour aller voir les Bond Brothers ce soir-là, et qui s'est fracturé le poignet dans le mouvement de panique des spectateurs se ruant vers la sortie. « C'est crétin de sa part de s'être retrouvé dans cette foule, reconnaît Lucco, avant de fondre en larmes. Mais une chose pareille n'aurait jamais dû arriver ! Ce n'est qu'un gamin ! Comment va-t-il pouvoir entrer à l'université maintenant, s'il ne peut plus jouer au baseball ? »

Et comme si les blessures physiques des victimes ne suffisaient pas, pour couronner le tout, voici que les ventes de *Polychrome* – autrement dit cet album ni fait ni à faire sur lequel Opal Jewel « chante » les chœurs derrière Neville Charles, alias le type qu'elle chevauche sur cette photo tristement célèbre – se sont subitement envolées, à en croire King Karol. Les gérants du principal magasin de disques de cette chaîne, situé à l'angle de la 42e Rue et de la 6e Avenue, à quelques pâtés de maison à peine du Smythe Theater, affirment qu'avant l'émeute de samedi dernier, seuls deux exemplaires de l'album avaient trouvé preneur. À présent, le voilà en rupture de stock.

« Vous venez de rater des gamins qui le cherchaient », nous a ainsi déclaré Angel Boriquez, un employé chargé de passer des disques à la demande des clients. « Mais bon, ils se rappellent même pas le nom de l'album. Ils demandent juste : "C'est quoi déjà, ce disque avec la Noire déjantée et le mec blanc ?" Ouais, qu'est-ce qu'y faut pas entendre… »

À Harlem, Virgil avait à peine le temps et l'énergie d'être véritablement outré par le papier incendiaire du Post. *La bonne nouvelle, c'était que cet article avait fait brusquement sortir Opal de son silence stoïque. La mauvaise : elle était désormais ouverte à une suggestion de Howie Kelly que Virgil jugeait impensable.*

VIRGIL LAFLEUR

Howie nous a appelé avec ses avocats et a… *insinué* que nous devrions assister aux funérailles de James, le lendemain matin. Il m'a dit qu'il serait vraiment approprié qu'on nous voie tous, y compris Mad, lui rendre hommage en silence. « Pleins de regrets, mais pas responsables » – pour citer les mots d'un de ses avocats.

HOWIE KELLY

Et alors, qu'est-ce qu'il y a de bizarre là-dedans ? Elle représentait ma maison de disques ! J'avais engagé ma réputation sur elle, et voilà qu'un journal laissait entendre qu'elle s'en foutait complètement ! De mon point de vue, si elle était sincèrement désolée pour Jimmy, c'était l'occasion de le montrer.

VIRGIL LAFLEUR

La *maîtresse* aux funérailles ? Que c'était vulgaire. Que c'était *gauche**…

Peut-être est-il vrai que votre mère ne savait pas ; peut-être tous ces endeuillés, en dehors de notre petit cercle, l'ignoraient-ils encore. Mais le problème n'était pas là. Nous étions assez nombreux à bel et bien connaître la nature des relations entre Mad et James, et Mad elle-même les connaissait. N'était-ce pas une raison suffisante pour faire preuve d'un peu de bon sens et d'un minimum d'élégance ? Pour trouver une autre manière, plus intime, de porter le deuil ?

PEARL WELMONT

Cela faisait des jours qu'elle ne disait presque rien, alors quand elle s'est adressée à moi pour me dire qu'elle voulait se rendre aux funérailles, j'y ai vu l'œuvre du Seigneur. À ma connaissance, c'était la première fois qu'elle ressentait le besoin d'entrer dans une église depuis celle d'oncle Bill, à Birmingham. Je n'allais sûrement pas décourager cet élan. Embarrassée ? Honteuse ? Pourquoi l'aurais-je été ? Notre foi chrétienne prêche le pardon. J'aurais été fière de m'asseoir à côté de ma sœur lors de ce service funéraire, pour lui montrer qu'elle était toujours la bienvenue dans la maison du Seigneur, avec un cœur purifié et repentant.

Le 20 novembre 1971 au matin, Pearl aida Opal à faire sa toilette et à s'habiller, sortant de sa propre valise une robe fourreau noire toute simple et l'ajustant avec des épingles à nourrice aux endroits où elle était trop large. Elle déclara à Opal qu'elle était fière d'elle, et espérait pouvoir rentrer avec elle à Détroit quand Dieu aurait entendu ses prières et épargné à sa sœur toute complication juridique. Opal pourrait peut-être étudier à l'université, suggéra Pearl, et décrocher un emploi salarié chez Michigan Bell.

Virgil était assis au salon, atterré. Des heures durant, il avait essayé de dissuader Opal d'assister aux funérailles de Jimmy, mais Opal n'avait pas cédé, visiblement déterminée. Il avait donc concocté un plan de la dernière chance pour tenter d'éviter ce qu'il voyait comme un désastre annoncé, et vêtu d'un costume comme pour accompagner les sœurs à l'église, il espérait que son plan allait fonctionner.

VIRGIL LAFLEUR

L'église n'était pas très loin à pied de chez miss Ernestine, mais Mad devant se déplacer avec des béquilles, j'ai fait remarquer qu'elle aurait besoin d'un moyen de transport. J'ai dit à sa demi-sœur : « Pourquoi n'iriez-vous pas à pied de votre côté en partant un peu avant nous ? » L'idée, c'était qu'elle nous réserve des sièges près de l'entrée du sanctuaire, afin d'éviter toute scène regrettable à notre arrivée, et moi, je ferais le plus dur en portant Mad dans les escaliers pour la mettre dans un taxi. La demi-sœur a réagi positivement, sans doute parce que j'avais eu la sagesse et la force d'âme de tenir ma langue lorsqu'elle s'était imposée comme styliste de Mad pour un jour.

Alors elle est partie devant, et quand j'ai déposé Mad comme un paquet dans le taxi et me suis glissé sur la banquette à côté d'elle, j'ai tout simplement donné au chauffeur l'adresse de Robert Hize.

Ce que j'avais dû faire, voyez-vous, c'était me mettre à la place de Mad – adopter la perspective qui était la sienne du haut de ces énormes semelles compensées, sur la scène. À ce moment-là, j'ai réalisé que Mad se sentait certainement incomprise. Cette demi-sœur et moi nous chamaillions au sujet de ce que Mad devait faire, comment elle devait se comporter, alors que ni elle ni moi n'avions vécu ces horreurs tout à fait de la même manière, que ni elle ni moi n'avions vu la brutalité d'aussi près – mais Pup, si. Pup s'était trouvé là avec elle, et pourtant elle ne voulait pas lui parler. Je me suis dit, *Si seulement je pouvais les persuader de se voir, si seulement je parvenais à faire comprendre à Opal qu'elle avait quelqu'un à qui parler, avec qui partager sa peine.* Bien sûr, je n'avais pas la moindre idée de ce que Pup allait dire en nous voyant arriver, mais ça valait la peine d'essayer.

Certes, elle m'a gratifié d'un regard perplexe. Mais elle n'a pas protesté. Elle s'est juste assise au fond de la banquette et a fermé les yeux. *[Hochant la tête.]* Elle savait que c'était nécessaire.

OPAL JEWEL

Ça paraît dingue que j'aie même pu envisager de mettre un pied dans cette église. Mais je crois… je crois que ce que je voulais, c'était exprimer à quel point j'étais désolée aux gens qui méritaient des excuses de ma part. Jimmy et sa femme et sa famille à lui, avant tout – voilà ce qu'étaient ces funérailles pour moi, même si avec le recul, je me rends compte que c'était vraiment égoïste. Un service funéraire est un événement public, et ma présence aurait pu causer plus de peine encore aux gens qui avaient la priorité sur l'amour de Jimmy. En public, je veux dire. Mais bon, il fallait aussi que je m'excuse auprès de Nev pour l'avoir entraîné dans un tel merdier alors qu'il n'avait rien demandé.

BOB HIZE

Nev n'avait pas les vêtements appropriés, alors je lui ai prêté un de mes costumes sombres. La veste et le pantalon étaient trop courts – on aurait dit un zombie, tellement il était livide, le côté droit de son visage encore plein de croûtes et gonflé, on voyait ses chaussettes et les manchettes de sa chemise. Il n'était pas sorti depuis des jours, et quand nous avons ouvert la porte d'entrée de l'immeuble, le soleil était si éblouissant que je crois bien qu'il a gémi. Nous avions réservé une limousine pour nous rendre à l'église, dans le nord de Manhattan, mais quand nous sommes sortis, un taxi nous attendait. J'ai demandé : « Ce n'est pas Opal, à l'intérieur ? »

Il a couru vers elle comme un jeune chiot surexcité. Claudia a crié : « Attention Nev, tes côtes ! » – parce qu'il passait son temps à se plaindre de ses douleurs physiques, rendant mon épouse dingue à force de lui demander de lui apporter ci, et puis ça, alors qu'il faisait une fixation sur les journaux et se rongeait la peau autour des ongles. Nous étions préoccupés par l'état de Nev – peut-être pas autant que nous aurions dû l'être, d'ailleurs, surtout concernant ces pilules qu'il prenait – mais là, un seul coup d'œil à Opal, et il semblait miraculeusement guéri.

OPAL JEWEL

Je n'avais pas revu Nev depuis ce soir-là, et je crois que je n'étais pas encore prête à me confronter à lui – pendant tout ce temps je m'étais punie, me fermant à toutes les personnes qui voulaient s'occuper de moi. Quand il a foncé sur le taxi, j'ai pensé qu'il allait me maudire. Je veux dire, il avait *vraiment* l'air furieux – tout son visage était enflé à cause du tabassage qu'il avait reçu –, j'ai baissé la vitre pour qu'il s'en donne à cœur joie. Mais là, il a glissé ce visage tuméfié à l'intérieur de la voiture et a eu ce sourire qui n'appartient qu'à lui. Il avait l'air tellement barjot que je n'ai pas pu m'empêcher de rire ; de frotter sa tête rousse idiote. Je crois que c'était la première fois que je riais depuis que Virgil et moi étions sortis des toilettes, dans les coulisses du Smythe.

Il m'a demandé si j'avais vraiment l'intention de me rendre aux funérailles. J'avais déjà compris ce que Virgil manigançait, et j'étais trop épuisée pour protester, alors j'ai répondu : « Eh bien non, j'imagine… » Nev a demandé : « Alors pourquoi tu portes des vêtements si tristes ? Qui t'a habillée ? » – car Pearl m'avait enfilé la vieille perruque bouffante et une robe unie totalement informe.

Je lui ai dit : « Je ne sais pas si je peux encore être Opal Jewel. »

Et Nev a répliqué : « Mais t'as sûrement vu les journaux. Je crois pas que nous ayons vraiment le choix. » Et là, il a grimpé dans le taxi, en me poussant au milieu de la banquette *[tandis que les Hize se rendaient de leur côté aux funérailles]*. Voilà que je me retrouvais entre les deux seuls amis qui me restaient sur cette terre, et je n'arrêtais pas de penser à ce « nous » que Nev avait utilisé. J'étais surprise, et touchée, je crois, qu'après tout ça il considère encore cette chose comme un « nous », comme si nous allions traverser ensemble cet orage, quoi qu'il arrive ensuite. En partenaires. Il ne me reprochait rien, l'idée de me virer ne l'avait même pas effleuré. Il ne revenait même pas sur ce que nous aurions pu ou dû faire. Alors je me suis demandé : *Mais alors – c'est donc ça ?*

Parce qu'aussi dingue que ça puisse paraître, malgré toute

la méchanceté avec laquelle je pouvais parfois traiter ma sœur, Pearl avait eu un impact sur moi le soir de son arrivée. Un truc qu'elle avait dit quand elle m'avait fait m'agenouiller, cette histoire de « droit chemin ». Ces mots lointains m'étaient parvenus à travers le brouillard dans lequel j'errais, je m'étais dit que réfléchir à ce que pouvait être ce chemin avant de l'emprunter serait sans doute la meilleure manière de… de transformer mes pires défauts en quelque chose de bon et de brillant. Bien sûr, je n'interprétais pas ces mots comme Pearl l'aurait voulu – je suis pas trop du genre à me convertir et moi, dans tout ça, je ne voyais vraiment pas un Dieu plein d'amour –, mais peut-être qu'elle a semé une graine, qui sait ? Qu'elle m'a poussée à explorer ce qu'un droit chemin pouvait signifier, selon ma propre définition. Je me suis dit que si je pouvais avoir mon style de droiture à moi, plus un peu de la conviction de ma sœur pour me donner du courage, alors je m'en sortirais peut-être.

PEARL WELMONT

Je peux vous dire que c'était un très beau service funéraire. Tellement de gens intéressants ! J'aurais aimé pouvoir dire à ma sœur de ne pas s'angoisser à l'idée que certains guettent ses réactions, parce qu'il y avait tant d'autres personnes à observer. Des gens de la communauté, des leaders noirs… Je l'ignorais, alors, je n'étais pas trop au courant des derniers trucs branchés, mais on m'a dit que Mr Herbie Hancock était là ! N'était-ce pas gentil de sa part, de venir ? Et puis, ooooh, quel orchestre talentueux ! Je ne sais pas qui jouait au fond de l'église, là-haut *[John Squine, Solomon Krebble et d'autres musiciens de studio avec lesquels Jimmy avait travaillé]*, mais ils ont merveilleusement accompagné votre père vers sa dernière demeure. Je n'aurais jamais imaginé qu'on puisse prendre autant de libertés avec « Amazing Grace », mais ces gars assuraient vraiment ! L'Esprit Saint soufflait dans cette église ce matin-là, c'est sûr !

Pendant ce temps, Virgil paya le chauffeur de taxi pour rouler autour de Mount Morris Park, en lui promettant un généreux pourboire « pour le remercier de s'occuper de ses propres affaires ». Assis de part et d'autre d'Opal sur la banquette arrière, vitres remontées pour dissuader les curieux, Virgil et Nev la tenaient chacun par une main pendant qu'elle sanglotait.

VIRGIL LAFLEUR

Elle n'arrêtait pas de répéter qu'elle était désolée, en criant de plus en plus fort… J'ai pensé qu'au bout d'un moment, Pup allait fondre en larmes à son tour en l'entendant hurler comme ça ; il lui disait d'arrêter, qu'il comprenait, qu'il savait. Les hommes hétérosexuels sont parfois tellement mal à l'aise avec les émotions, *non**? Mais c'était la première fois que Mad se lâchait vraiment, et j'avais l'impression que c'était nécessaire. Ça voulait dire que sa voix retrouvait de la force, que quelque chose en elle avait basculé vers le meilleur. Alors j'ai dit : « Laissez-la, Pup. Laissez-la. »

NOTE DE L'ÉDITRICE

Le hurlement passionné, indocile, exubérant d'Opal. La première fois qu'il a attiré mon attention, j'avais quatorze ans et une curiosité vorace – notamment pour les petites rébellions auxquelles je me livrais sous le regard vigilant de ma mère.

Même si cette année-là, je ne savais pas grand-chose d'autre au sujet de Corinne Dawes Curtis, j'avais compris que s'agissant de mes études, ma mère m'accorderait un certain degré d'indépendance. Si bien qu'un samedi, je lui avais menti en disant que j'avais un exposé à terminer pour le cours avancé d'histoire (« qui vaut pour *la moitié* de ma note finale ! » avais-je hurlé). Sans plus de questions, elle m'avait donc déposée à la bibliothèque centrale de Philadelphie en me donnant rendez-vous trois heures plus tard. Là, au lieu de faire des recherches sur les différents aspects du New Deal, j'ai entrepris ma première exploration de ces sujets tabous dans la maison de ma mère : toutes les intrigues et les personnages liés aux derniers jours de mon père.

Même si la section Musique m'attirait telle une force sombre et tentatrice, je suis d'abord passée devant sans m'arrêter. À mes yeux, les recherches sérieuses exigeaient des lectures minutieuses. Je me suis assise devant le monstre cliquetant qui permettait de lire les microfilms, m'efforçant de comprendre l'issue de divers procès relatifs au passage à tabac qui avait coûté la vie à mon père. Parmi les faits que j'étais parvenue à reconstituer, à partir d'articles publiés à des dates terriblement proches de celle de ma naissance, figuraient ceux-ci : pas un seul des Danger Fiends interpellés alors qu'ils tentaient de s'enfuir du Smythe après avoir fracassé la tête de Jimmy n'avait écopé d'une sentence supérieure à six mois de prison (tous avaient négocié leur peine avec le procureur de New York, s'engageant à ne pas contester les chefs d'accusation de trouble à l'ordre public et de coups et blessures). Beau Bond n'avait pas été poursuivi du tout, car les témoins n'arrivaient pas à se mettre d'accord pour savoir s'il avait concrètement menacé qui que ce soit, et parce que c'était Jimmy qui avait porté le premier coup. Rivington Records s'en était bien tiré aussi, après qu'une enquête du *New York Times* avait révélé des violations du contrat lié à cet événement et de graves failles dans la sécurité du Smythe Theater (dont les propriétaires avaient fini par se déclarer en faillite – pas d'argent à espérer d'eux).

Quant à cette « sale pute chauve » que m'avait jadis lancée au visage mon mauvais perdant de cousin, voici ce que j'avais appris sur elle : à la suite du papier au vitriol du *New York Post*, Opal Jewel s'était trouvé une base de soutien plus large au sein des communautés militante et artistique – et notamment un groupe de jeunes hommes noirs en cols roulés, vestes de cuir et bérets, qui avaient pris position sur le perron de miss Ernestine. Ces Black Panthers avaient été déployés là pour assurer la protection de leur jeune sœur révolutionnaire, et pour détromper tous les étrangers croyant qu'ils pouvaient venir mettre la pagaille à Harlem sans aucune réaction de la communauté. Ils veillèrent également à la sécurité d'Opal ce jour de décembre où elle sortit brièvement sur le perron, appuyée sur ses béquilles et flanquée de son étrange entourage – Virgil, Nev, une Ernestine Grimes qui venait de rentrer et une Pearl Robinson sur le départ – pour faire sa première déclaration publique à la poignée de manifestants obstinés et de lanceurs de pierres qui continuaient d'essayer de la provoquer. « À ceux d'entre vous qui nous menacent, moi et ma famille : laissez-moi vous dire que personne ici n'a peur de vous, avait-elle lancé, d'après la citation publiée dans l'*Amsterdam News*. Aucune chochotte, aucun rosbif, aucune vieille bique, aucune évangéliste et certainement pas la "harpie chauve" qui se tient devant vous. Alors ramassez vos détritus, rentrez chez vous et passez un joyeux Noël. » Je n'avais pas trouvé le moindre article de journal relatant la manière dont Opal avait finalement réussi à sortir du collimateur des services du procureur (même si on m'a depuis laissé entendre que John Lindsay, maire de New York à l'époque, avait joué de son influence, terrifié à l'idée qu'un conflit avec les Noirs de Harlem réduise à néant ses rêves de Maison-Blanche). Mais j'avais découvert en revanche un autre papier dans le *Village Voice*, dont l'auteur était visiblement si amusé et enchanté par la déclaration désinvolte d'Opal qu'il citait celle-ci dans un portrait écrit sans la participation directe de la principale intéressée. Intitulé « Black Magic Woman » (la « Magicienne noire »), celui-ci évoquait des membres de la scène nocturne de Downtown Manhattan s'extasiant sur le style d'Opal, son esprit, son étrange sex-appeal – lequel avait d'ailleurs séduit, comme une personne indiscrète l'avait balancé au reporter, le « pauvre malheureux » tué lors du concert.

Absorbant tout cela devant mon lecteur de microfilms, alors que je n'étais encore qu'une gamine, je m'étranglais. Ma mère si belle et si digne humiliée publiquement de la sorte… Pas étonnant qu'elle n'ait jamais bronché, depuis toutes ces années, quand je lui demandais de me parler de mon père, au-delà de la poignée de mythes à l'eau-de-rose qu'elle jugeait appropriés ; pas étonnant non plus que mon oncle David, son grand frère habituellement si sociable, mâche furieusement son cure-dents quand je venais le trouver avec mes questions.

Jimmy et ses petits copains du rock'n'roll avaient été des connards de première.

Un dernier article trouvé dans ces archives, cependant, m'avait laissée espérer que Jimmy était peut-être davantage que cela. Dans son interview pour *Downbeat*, citée plus haut dans ce livre, il se montrait drôle et libre, en avance sur son temps, évoquant son style musical et sa philosophie. Jamais je n'avais approché de si près la voix de mon père, sa syntaxe approximative de petit gars du Sud ; il me semblait même entendre, pour la première fois de ma vie, ce légendaire sifflement entre les dents. Oui, il s'était comporté comme un imbécile volage vis-à-vis de son épouse, mais pouvait-on résumer son existence à cela ? Quid du talent et de la dégaine arrogante qui avaient attiré ma mère[1] – ces aspects-là de sa personne ne méritaient-ils pas d'être célébrés ? Son nom ne méritait-il pas de rester dans les mémoires, son travail d'être immortalisé ? Celui ou ceux qui l'avaient tué n'auraient-ils pas dû le payer plus cher ?

C'est alors que la musique d'Opal & Nev m'a happée.

Un miracle que leurs albums se soient trouvés dans la collection de la bibliothèque, entre les chants populaires des Appalaches et des arrangements orchestraux des Beatles, ce qui témoignait sans doute des goûts de la jeune femme à lunettes en charge de la section Musique, arborant sur sa veste en jean délavée un badge *APARTHEID NO !* Quoi qu'il en soit, ils étaient bel et bien là, ces objets tabous – qui ne relevaient ni du jazz, ni du R&B, rien d'aussi facile à étique-

1. Parmi les rares histoires que ma mère ait jamais accepté de raconter au sujet de son histoire d'amour très « les contraires s'attirent » avec Jimmy figure celle du soir de leur rencontre, dans la queue d'une épicerie de quartier, à Philadelphie (où Jimmy donnait un concert). À la caisse, il lui acheta une boîte de bonbons au caramel Sugar Babies et lui dit qu'elle était tellement plus appétissante. Il sifflota « I'm Your Puppet » (« Je suis ta marionnette ») en se pavanant vers la sortie, le numéro de téléphone de ma mère glissé dans une des poches arrière de son jean. De l'autre, aime-t-elle à se rappeler, dépassait un maraca esseulé.

ter – et un frisson m'a parcouru l'échine de les tenir enfin entre mes mains. J'avais déjà entendu les airs pop de Nev Charles, bien sûr – 1986 avait été pour lui une année faste, avec la sortie de son cinquième album solo, le tube en duo avec Annie Lennox et le lancement de sa troisième tournée mondiale –, et j'avais entendu à la télévision des bribes de la voix parlée d'Opal, venue assurer la promotion de son dernier fiasco. Mais je n'avais encore jamais écouté ces albums en entier, jamais eu l'occasion d'empoigner la pochette en carton de *Polychrome* et de tracer du bout du doigt les lettres du nom de mon père, imprimé à l'intérieur. Pendant deux semaines au moins, j'ai écouté en boucle les faces A et B, plantée devant le tourne-disque avec le casque audio géant soigneusement calé sur mon crâne afin de ne pas ébouriffer mes cheveux bouclés – ma mère l'aurait remarqué. Oui, j'ai dû user le disque à force de le passer et je l'admirais, aussi, mes paumes claquant sur mes cuisses au rythme du tempo assuré par mon père, et la bibliothécaire riait dans sa barbe quand arrivait le roulement de batterie de « Chalk White ».

Waouh, pensais-je. *C'est mon père qui a fait ça.*

Toutefois, cet album ne m'a pas frappée avec la même force que *Things We've Seen*, le double album sorti par le label dans la foulée du showcase. La pochette arborait leur nom de scène d'après l'émeute, simplifié : Opal & Nev[1] et leurs têtes jaillissant du bas – à gauche, le crâne nu d'Opal, luisant d'huile ; à droite, les teintes de roux bigarrées de la chevelure de Nev, plus intenses au niveau des racines, le tout rigidifié

---

1. Leurs contrats individuels fusionnèrent en un seul deal commun lorsqu'ils se réengagèrent avec Rivington en 1972. La nouvelle chargée des relations publiques, Lizzie Harris, fut à l'origine de cette simplification du nom, plus propice pour se positionner sur le marché. À la radio et sur scène, à compter de ce jour, le nom d'Opal serait toujours prononcé en premier. Mais en coulisses, les droits d'auteur des chansons – aspect le plus lucratif de cette collaboration, sur le long terme – demeuraient la propriété exclusive de Neville Charles.

de laque afin d'imiter une flamme. Entre les deux, le poing dressé d'Opal, tel un bébé extraterrestre propulsé dans le cadre. Cet album était plus strident, moins ancré, et, hormis une simple dédicace (« À James Curtis III ») en petites lettres bleues à l'arrière de la pochette, on n'y trouvait pas trace de mon père. J'aurais dû ne pas l'aimer pour toutes ces raisons : inexplicablement, honteusement, ce fut tout le contraire.

Ce n'est pas un disque parfait, loin s'en faut ; je ne crois pas qu'il figurerait dans les mille albums préférés de la plupart de mes collègues et, en termes de ventes, tous les albums solo que Nev a réalisés par la suite le pulvérisent. Mais la musique, les paroles et les parties vocales d'une bonne partie des morceaux exprimaient une passion, une furie, une cohérence en pleine discorde, une bravade rien-à-foutiste à l'excentricité revendiquée qui me faisait l'effet d'une sorte d'hommage. Sa première écoute a provoqué en moi ce que je ne saurais décrire autrement que comme une réaction de peur, physique. Le cœur qui se précipite, les paumes moites, les poils sur ma nuque ondulant comme une vague. *Tu vas te battre*, semblaient me demander, me provoquer cette salope chauve et les siens, *ou t'es plutôt du genre à te débiner ?* Je ressentirais des frissons similaires, bien des années plus tard, en écoutant en boucle NWA et Nirvana, à coups de piercings et de descentes en tyrolienne, en expérimentant toutes sortes de choses allant du sexe aux piments thaïlandais. Mais rien n'égale la première fois qu'on tombe sur un truc qui vous flanque une trouille bleue et qu'on réalise que son intensité agit sur vous comme un excitant surpuissant.

La boîte de Pandore ; la pente glissante ; vous savez bien. Les fans parmi vous savent de quoi je parle.

« Vous savez qu'on peut emprunter les disques ? » m'a lancé un jour la bibliothécaire anti-apartheid, et même si je ne possédais pas de platine perso, j'ai ramené en douce *Things*

We've Seen à la maison, juste pour l'avoir physiquement près de moi, pour pouvoir tendre la main sous mon lit, hors de la couette, et le sentir au bout de mes doigts. Je connaissais par cœur chaque riff de guitare, le moindre jappement, griffonnais de mémoire les paroles dans mes cahiers d'école, au milieu des formules et des équations. Je commençais en outre à y mêler mes propres compositions : des poèmes sentencieux pleins de métaphores avec des bergères et leurs moutons, les histoires d'une bande de gamins impopulaires prenant d'assaut le bureau du proviseur, une démolition en règle, étrangement pertinente, d'*Au cœur des ténèbres*. Je ne les ai jamais fait lire à quiconque. Et certainement pas à ma mère, dont je craignais qu'elle ne brûle mes cahiers comme des marchandises de contrebande et ne m'envoie dans un camp chrétien ; pas même à mes copines de la Haviland Day School, deux filles gothiques avec lesquelles j'avais tissé un timide lien fondé sur notre statut commun de marginales. Néanmoins, les idées et les passions de l'artiste que j'admirais le plus se sont enracinées en moi. Elle m'aidait à me construire comme une personne forte et sans peur, intellectuelle, créative… en d'autres termes, comme le genre de chieuse que mon père aurait aimée. J'ignorais, alors, qu'elle était ma bienfaitrice sur ce chemin de la découverte de soi. Pourtant, Opal Jewel était déjà mon idole, comme elle l'a été pour tant de jeunes filles noires bizarres, avant et après moi.

chapitre 17

« RAMASSER TOUTES CES SALETÉS ET S'EN SERVIR »

★ ★

RETRANSCRIPTION PARTIELLE D'UN ENTRETIEN AVEC LIZZIE HARRIS[1] LORS DU NEW YORKER FESTIVAL 2003, *interrogée sur la manière dont Opal & Nev devinrent ses premiers clients dans le monde de la musique*

Ils avaient une sacrée allure, non ? Je sais que ça peut paraître dingue, vu le contexte, mais je suis tombée sur la photo de Marion et je me suis dit : *Waouh, comment une chose pareille a pu arriver ?* Opal avait la peau très, très, très sombre et Nev était très, très, très pâle, et ils étaient collés l'un à l'autre d'une manière qui semblait intime, vaguement tabou, sexy et dangereuse, vous voyez ? Tout ce que le rock'n'roll est censé

1. Elizabeth « Lizzie » Harris débuta sa carrière à Hollywood, mais en 1972, celle-ci connut une brusque accélération lorsqu'elle déménagea à New York et se mit à explorer les remarquables opportunités qu'offrait la scène musicale. Dans certaines interviews, elle confiait avoir repéré chez Opal & Nev « une qualité cinématographique », et, comme Bob Hize l'avait fait avant elle, avoir abordé Howie Kelly à la « ça passe ou ça casse », en caressant l'idée risquée de réorienter son écurie et de la reconstruire. Sa proposition comprenait un investissement financier personnel dans le label (en puisant dans l'héritage reçu de son défunt père, cadre haut placé des studios hollywoodiens), et après avoir réussi à négocier avec succès la crise traversée par Rivington dans le sillage de l'émeute, Harris occupa vingt-trois années durant les fonctions de vice-présidente exécutive de la maison de disques, en charge du marketing et de la promotion. Quand Kelly nomma son fils Mark pour lui succéder en 1995, Harris quitta Rivington Records pour créer un cabinet indépendant, Harris & Associates, qui se spécialise encore aujourd'hui dans la gestion des relations publiques et le management de célébrités, et dont le client phare demeure Nev Charles. Lizzie Harris a refusé toute interview pour ce livre.

être. D'ailleurs, vous savez à quoi me fait toujours penser cette photo ? Aux pubs Benetton des années 1980, pour lesquelles ils dénichaient plein de gens étranges, à l'allure tribale, sur tous les continents *[murmures d'approbation dans le public]* – vous savez, une personne d'Afrique et l'autre d'Islande, et ils les faisaient poser ensemble. Ou plus exactement, je dirais que ce sont les pubs Benetton qui me rappelaient ce cliché. Il a marqué les esprits. Je n'avais jamais rien vu de pareil.

Et puis pour accompagner cette photo *[dans le numéro « L'année en images » de décembre 1971]*, le magazine *Life* a publié une petite critique de *Polychrome*, fait remarquable si l'on considère que l'album était sorti plus d'un an auparavant. Mais le ton était dithyrambique, évoquant l'urgence du disque, son originalité, les paroles de Nev, l'esprit d'Opal… C'était comme un pack complet posé sur leurs genoux, sauf que l'article ne comportait pas la moindre citation d'Opal ni de Nev, et ne parlait absolument pas de leur prochain album. Alors je me suis demandé : « Mais qu'est-ce qu'ils *font* ? C'est une véritable aubaine ! »

Pour faire bref : j'ai rédigé cette folle proposition de reprendre en main les relations publiques *[de Rivington Records]* et de nettoyer le merdier dans lequel ils étaient. Je l'ai envoyée par courrier recommandé de la part de « L. Harris », et je crois qu'ils ont pensé que j'étais un homme, vu la tête qu'ils ont fait quand je me suis pointée à la maison de disques, surprise surprise. *[Rires du public.]* Mais à ce moment-là, ils étaient au bord de la faillite et n'avaient pas grand-chose à perdre – personne ne voulait plus les approcher ! Le premier conseil que je leur ai donné, après leur avoir dit de faire venir Opal & Nev dans un studio ASAP pour enregistrer un nouveau disque, ç'a été le suivant : « Débarrassez-vous des Bond Brothers », car c'étaient des connards qui allaient entraîner tout le monde vers le bas et ne feraient que créer encore plus de problèmes par la suite – j'avais entendu des histoires dégueulasses sur les comportements avilissants de certains d'entre eux avec les femmes. Ils m'ont répondu : « Virer les Bond Brothers, vous êtes cinglée ou quoi ? » Alors je leur ai dit : « Faites ça pour moi, et dans trois semaines, je vous promets qu'Opal & Nev passeront à la télévision, sur une chaîne nationale. »

Et trois semaines plus tard, pile poil, je leur décrochais un passage dans le *Dick Cavett Show*… *[Sourire.]*

RETRANSCRIPTION PARTIELLE DE LA PREMIÈRE INTERVIEW TÉLÉVISÉE D'OPAL & NEV DANS LE DICK CAVETT SHOW DU 4 AVRIL 1972,
après leur première interprétation en public de « Who's The Nigger Now ? » (« C'est qui le Nègre, maintenant ? »)[1]

DICK CAVETT, *s'adressant à Opal en désignant ses hanches et son postérieur garnis d'un épais rembourrage sous sa robe rouge moulante :* Vous aurait-on raconté que mes fauteuils étaient inconfortables à ce point ?

[Gloussements dans le public.]

OPAL JEWEL : Oh, c'est juste très important pour moi de me sentir à l'aise partout où je vais. J'appelle ces tenues mon armure. Ça, c'est ma tenue de femme noire puissante. Elle vous plaît ?

CAVETT : Eh bien… Je dirais que vous formez une paire

1. Lors de ce direct dans le Nick Cavett Show, où le mot « Nègre » ne fut pas censuré mais où l'expression « le foutre en l'air » dans les paroles avait été remplacée par « le bousculer », Opal Jewel sort deux bandanas de son soutien-gorge rembourré et les noue autour des yeux et de la bouche de Nev Charles pendant que celui-ci continue de jouer de la guitare. Alors qu'il a les yeux bandés et qu'il est bâillonné, Opal assoit Nev sur une chaise, se tortille, tape des pieds derrière lui, et se livre sur lui à plusieurs séries de caresses, de gifles, lui tire les cheveux.

assez remarquable, tous les deux. *[Désignant la perruque d'Opal.]* Regardez-moi ces piques…

NEV : Moi, je dirais que nous avons l'imagination extraordinairement fertile.

CAVETT : En parlant d'imagination, ce nouveau morceau que vous venez de nous interpréter, qui figure sur votre dernier disque… *[il brandit la pochette de* Things We've Seen*]* je suis sûr que les gens chez eux, hem, vont en parler.

NEV : Houlà, oh non, préparez les fusées spatiales !

OPAL, *souriant* : De quel aspect de cette chanson aimeriez-vous discuter ?

CAVETT : Je me demande simplement, hem, si les gens ne vont pas la juger violente. Ils pourraient juger ce mot que vous employez comme insultant.

NEV : Le personnage de la chanson, cet homme raciste, est insultant. C'est le méchant qui prononce ce mot en premier, puis notre héroïne se venge et lui renvoie ce mot en renversant la situation, vous comprenez ?

OPAL, *souriant* : Tu n'expliques pas ça comme il faut. *[Rires du public.]*

NEV : Quoi ? Bon alors vas-y, toi.

OPAL : Ce mot, historiquement, est insultant. Et pourtant, beaucoup de gens mal intentionnés dans ce pays l'emploient encore tout le temps. Il a été lancé à un Africain-Américain nommé James Curtis III le soir du Rivington Showcase. On nous l'a lancé à nous aussi, quelques minutes avant que cette femme ne nous prenne en photo.

CAVETT : Je vois. Quelqu'un vous a appelé comme ça, et Nev également ?

NEV : J'essayais de lui venir en aide, de la protéger des coups, et on m'a raconté qu'en m'agressant, ils ont employé un mot horrible.

CAVETT : On vous a raconté ?

NEV : J'avais l'esprit embrouillé. C'est un peu mon état naturel. *[Rires du public.]*

OPAL : On l'a traité de progressiste qui aime les Négresses, Dick, ce qui était censé faire de moi la Négresse en question, j'imagine. Et ils ont traité notre batteur de Nègre et l'ont tabassé à mort, je suppose que vous l'avez vu dans les journaux.

CAVETT : Qu'est-ce que cela vous fait de prononcer ce mot, Opal ? On dirait qu'il sort sans difficulté...

OPAL : Bien sûr que j'ai un problème avec le mot *Nègre*, même si ça dépend du contexte. Si vous le prononcez ou que lui *[elle pointe son doigt sur Nev]* le prononce, c'est que vous essayez de me remettre à ma place, de me rappeler que vous êtes tout en haut et moi tout en bas. Il est menaçant, c'est une arme. Quand moi je le dis, je suis juste en train d'interpréter et de refléter ce qui m'a été craché au visage sans qu'on me demande mon avis. C'est un mot que les gens au pouvoir dans ce pays balancent sur les gens comme moi, mais ce qu'ils ne réalisent pas, c'est que les gens comme moi peuvent aussi ramasser toutes ces saletés et s'en servir.

NEV : Nous voulions créer un personnage que tout le monde croit impuissant, mais qui, au fil de la chanson, se révèle au contraire très puissant.

CAVETT : Pensez-vous que la violence rend les gens puissants ?

OPAL : Oui, évidemment.

UN SPECTATEUR ANONYME, *hors caméra* : C'est scandaleux !

CAVETT : Merci, monsieur. Laissons-les s'exprimer...

OPAL : Soyons réalistes – si la violence ne menait pas au pouvoir, il n'y aurait pas de guerres. Nous nous aimerions juste les uns les autres. Mais ce n'est pas ce que nous faisons, si ? Nous bombardons des villages pleins d'enfants aux quatre coins du monde et...

NEV : D'ailleurs, vous connaissez peut-être cette chanson, sur notre premier album, qui traite de ce sujet. Nous espérons revenir bientôt vous la jouer, elle est…

OPAL, *poursuivant sur sa lancée* : … nous employons des mots violents pour intimider les autres.

CAVETT : Que diriez-vous à ceux qui vous accusent de prôner activement la violence dans ce morceau ? Qu'il s'agit d'une invitation à « tuer les Blancs » contraire à la doctrine de Martin Luther King ?

OPAL : Dick, je n'ai certainement pas besoin de vous rappeler quelle fin a connue mon frère Martin…

JANE FONDA, *assise plus loin sur le canapé* : Ce que je trouve intéressant, c'est que nous nous focalisons sur la violence commise à l'encontre de l'homme de cette chanson. Nous ne parlons pas du tout de la violence qu'il a commise d'abord à l'encontre de cette femme, de la violence banale et atroce qu'il commet à l'encontre de son corps à elle.

OPAL : C'est tellement vrai, Jane… L'autre aspect qu'il faut aborder, c'est qu'il s'agit, spécifiquement, d'une femme *noire*. Historiquement, la femme noire a subi ce genre de violence car pour un tas de gens vraiment stupides dans ce pays, il n'y a rien de plus bas que nous. Mais vous savez quoi ? Ne sous-estimez pas nos ressources, baby, car vous serez surpris. *[Clin d'œil.]*

GLORIA STEINEM

journaliste et militante féministe

J'avais regardé l'interview de Jane plus tôt dans l'émission et éteint ma télé, mais j'ai reçu un appel d'une amie, *[l'avocate et féministe noire]* Flo Kennedy, qui m'a dit : « Tu es en train de voir ce que je vois dans le *Cavett Show* ? » Quand j'ai rallumé, Opal Jewel crevait l'écran, braillant à pleins poumons cette vengeance fantasmée contre le raciste qui avait violé l'héroïne qu'elle incarnait. C'était extraordinaire. Pas parce que le fond lui-même me choquait – nous savons que toutes les deux minutes une femme est agressée dans ce pays, et nous savons que le racisme continue d'exister – mais parce que nous n'avions pas sous les yeux le stéréotype familier de la damoiselle en détresse. Pas besoin de Charles Bronson ou Clint Eastwood pour venger cette femme. Elle possédait un pouvoir d'action, elle savait se défendre, et ce message-là était incroyablement provocateur.

À l'époque, avec mon équipe, nous venions tout juste de lancer le magazine *Ms*, et dès le lendemain matin, j'ai appelé afin de caler un entretien avec Opal pour notre numéro suivant. Lequel s'est transformé en un court portrait. Notre première collaboration avec elle.

QUENTIN TARANTINO

dans une interview réalisée pendant la tournée promotionnelle de Django Unchained *en 2012*

« Who's The Nigger Now ? » – quel disque génial… Ouais, j'ai beaucoup regardé cette vidéo sur YouTube pendant que j'écrivais le scénario. Je veux dire, il suffit d'écouter cette petite chanson et c'est une histoire de vengeance intégrale, avec une fille noire teigneuse dans le rôle de la justicière. Vous la voyez d'ici, non ? Une sorte de Pam Grier jeune et sexy qui sort son couteau, genre, gangsta ! « C'est qui le Nègre, maintenant, connard ? » *[Coups de couteau dans le vide.]* Et elle l'éventre comme un poisson au-dessus d'elle… totalement gore. À un moment, j'espérais même intégrer cette chanson à la BO du film, peut-être pour une des scènes avec Broomhilda, mais en termes de son, ça ne collait pas avec les autres morceaux. Mais quand même, quelle chanson *incroyable*…

JANELLE MONÁE

chanteuse et actrice

J'adorais la manière qu'elle avait de jouer avec son personnage, avec tous ces alter egos qui semblaient s'emparer de son corps quand elle était sur scène. Plus je prenais de l'âge, plus j'essayais d'évoluer comme artiste, et plus je mesurais ce que ça avait dû lui coûter, en termes émotionnels, surtout en ce temps-là, de canaliser sa colère et sa douleur. Et ensuite elle s'est assise sur le canapé pour cette interview et elle était cool et intelligente comme pas possible. Ça, c'est la magie de la femme noire incarnée.

QUESTLOVE

batteur, DJ, entrepreneur

Dans mes sets de DJ, j'avais l'habitude de faire se répondre le cri de James Brown dans « The Payback » et celui d'Opal Jewel dans « Who's the Nigger Now ? ». Je me croyais super malin jusqu'à ce que le *dancefloor* me fasse comprendre que je foutais l'ambiance en l'air. *[Rires.]* Sans vouloir manquer de respect à Opal, que j'adore – ce morceau a pas un groove facile.

HENRY ROLLINS

légende du mouvement punk,
acteur, auteur, militant

Il ne faut pas oublier que quand cette chanson est passée dans le Cavett Show, nous étions encore plusieurs années avant les Sex Pistols, les Ramones, mon groupe… et là, cette femme noire révolutionnaire hurlait comme une malade, avec ses piques sur la tête. Donc selon moi, toute personne qui ne reconnaît pas Opal Jewel comme une pionnière du punk est un raciste, un sexiste et peut aller se faire foutre, merci.

TOM MORELLO

guitariste de Rage Against The Machine et Audioslave

J'avais sept ans, j'aurais dû être couché quand j'ai vu Opal & Nev à la télé, et j'avais le nez collé à l'écran même s'ils me foutaient vraiment les jetons. *[Rires.]* Je dis ça dans un sens très positif – dans le sens où un truc peut à la fois vous exciter et vous intimider, sans que vous sachiez pourquoi parce que vous êtes qu'un gosse et vous comprenez pas de quoi parlent les adultes ; vous savez juste que vous n'avez jamais rien vu ou ressenti de pareil. Opal était une bête de scène – j'en avais les cheveux qui se dressaient sur la tête. Mais c'était aussi dû au fait que Nev, de son côté, assurait grave. La prochaine fois que vous regarderez cette vidéo, matez ses mains – vous verrez comme c'est facile pour lui à la gratte, pendant qu'elle, elle pète les plombs.

Ce passage au Dick Cavett Show *fit sortir Opal & Nev du cadre et des limites de la photographie prise par Marion Jacobie, pour les projeter en trois dimensions plus complexes. À sa sortie la semaine suivante, les ventes de* Things We've Seen *dépassèrent sans doute même les espoirs de Lizzie Harris, surtout si l'on considère que sa chanson phare était censurée par les radios (auxquelles on envoya comme singles, à la place, « Better Living on Mercury », chantée par Nev, et « Sister Stacked*[1] *», avec Opal au chant). L'album fit son entrée dans la liste des 200 meilleures ventes de la revue* Billboard *aux alentours de la centième place, puis remonta progressivement, de plus en plus haut, au cours des quatre semaines suivantes, avant de culminer au 45*^{e} *rang (entre* Killer *d'Alice Cooper et la compilation de sketches éponyme du*

1. Comme la plupart des chansons de *Things We've Seen*, notamment « Who's The Nigger Now ? », les paroles de « Sister Stacked » furent écrites par Nev Charles mais sur une idée originale d'Opal Jewel. « Sister Stacked » raconte l'histoire d'une professeure de catéchisme à forte poitrine dévoyée par le pasteur de son église.

duo comique Cheech & Chong). Polychrome *connut également un léger rebond de ses ventes, indiquant qu'Opal & Nev avaient le potentiel pour devenir davantage que la curiosité du moment.*

OPAL JEWEL

Ma motivation n'a jamais été l'argent, mais il m'a quand même valu quelques moments bien agréables. J'ai acheté à maman la maison en banlieue qu'elle voulait. Quant à Pearl, « Sister Stacked » l'a vraiment mise en rogne, mais elle était moins fâchée par le fric – j'ai financé son mariage et la lune de miel aussi.

C'est aussi à peu près à ce moment-là que j'ai commencé à miser sur toi. *[À la question de savoir comment est né cet arrangement.]* Ta maman ne t'en a jamais parlé, hein ? Eh bien, il n'y a pas grand-chose à raconter, du moins de mon côté. Après avoir encaissé mon premier gros chèque, j'en ai envoyé une partie par la poste à l'adresse de Jimmy, avec un petit mot pour Corinne qui disait : *Si vous avez besoin de quoi que ce soit, n'hésitez pas.* Je pensais qu'elle déchirerait ce foutu chèque ; de fait, elle ne l'a pas encaissé. Et quand elle a fini par le faire des mois plus tard, j'ai reçu une réponse par courrier. Une seule phrase tapée à la machine pour dire qu'elle déménageait avec toi à Philadelphie, avec la nouvelle adresse dessous. Alors j'ai envoyé un autre chèque là-bas – j'ai pensé qu'elle en aurait besoin pour les frais du déménagement. J'ai continué à en envoyer de temps en temps. Ça a duré quelques années et puis un jour, j'ai reçu une grosse enveloppe qui contenait les brochures de différentes écoles privées. Je n'ai pas compris tout de suite, jusqu'à ce que je tombe sur les frais de scolarité annuels, que ta mère avait pris la peine de surligner. Je me suis dit, *Ah, d'accord, donc ça se passe comme ça maintenant. [Rires.]* Mais ta mère ne m'a jamais, *jamais* directement demandé d'argent. Tu sais comment elle est. La grande classe, toujours.

À la suite de ce succès naissant, Nev finit par quitter l'appartement des Hize à l'été 1972. Il loua une maison d'un bleu éclatant dans le West Village et transforma l'une des chambres en un studio où Opal et lui pourraient composer et répéter. Les affaires personnelles d'Opal ne tardèrent pas, se souvient Virgil, à migrer vers le bas de Manhattan.

VIRGIL LAFLEUR

en me montrant une photo de son amie prise dans la cuisine de la maison du West Village, où Opal tient un joint devant la bouche de Nev, ses doigts lui frôlant les lèvres

Ils trouvaient sans cesse des excuses pour se toucher. Mad m'avait accusé d'être un indécrottable romantique, et il y a peut-être un peu de vrai là-dedans. Mais ce n'est pas sans raison que je l'ai emmenée chez lui, après le drame de ton père. Il y avait entre eux une alliance spéciale, pourrait-on dire. Et je crois fermement que dans les meilleurs moments, chacun comblait l'autre de joie et le tirait vers le haut.

OPAL JEWEL

J'avais davantage d'espace dans la maison du West Village que chez miss Ernestine. C'était facile de prendre ses aises, car ni lui ni moi ne possédions beaucoup de meubles. Nous avions une télévision et un de ces fauteuils ronds en rotin avec un gros coussin orange. Nous avions entassé plein de coussins dans les chambres. J'avais ma salle de bains rien que pour moi, où je pouvais disposer à ma guise mes palettes de maquillage et mes produits de beauté. Parfois, nous profitions d'une pause dans le travail pour faire la cuisine – je devais faire preuve de créativité, car nous ne sommes jamais allés acheter ne serait-ce qu'une passoire ; nous n'avions qu'une seule grande casserole. Pour préparer ma recette de macaronis au fromage, il fallait que j'égoutte les pâtes en plaquant le couvercle sur le dessus de la casserole afin que l'eau coule doucement quand je la penchais. Je n'ai jamais laissé Nev s'en occuper, parce qu'il n'avait aucune patience, il penchait la casserole trop vite et les pâtes tombaient dans l'évier.

Quand le temps s'est fait plus froid, nous avons pris l'habitude de nous asseoir tous les deux dans cet unique fauteuil en rotin, enveloppés dans une couverture que j'avais rapportée de Harlem, on buvait et on mangeait, on passait des heures à juste discuter. Les gens faisaient toujours des commentaires sur toutes les choses qui nous différenciaient, mais la plupart d'entre elles étaient des illusions d'optique. Nev et moi avions des connexions très profondes – un tas d'histoires marrantes sur nos enfances, tous les trucs hilarants qu'on doit faire pour se frayer un chemin dans ce monde quand on vit à la marge. Mais derrière tout ça, il y avait aussi des choses plus pesantes. Le fait que je n'aie jamais connu mon père, et qu'il ait perdu sa mère de cette manière… Bref, ce que j'essaie de te dire, c'est qu'à l'époque, nous luttions tous les deux contre une part de solitude, de confusion, d'idées sombres. Tantôt nous trouvions des remèdes sains – à travers les concerts, les répétitions, nos discussions sur l'avenir –, et tantôt nous cherchions un peu de soulagement dans des lieux qui l'étaient beaucoup moins. Bon Dieu, non, ce n'est pas de *ça* que je parle. Ce que je veux dire, c'est que j'ai commencé à remarquer qu'il gobait ces antidouleurs, et moi, eh bien, j'abusais sans doute un peu trop des choses qui me faisaient me sentir mieux – l'herbe et le vin, de nouvelles pièces pour ma garde-robe. À travers tout ça et notre relation, je crois qu'on essayait juste de tenir bon dans ces montagnes russes qu'était devenue l'existence.

Opal & Nev remplissaient désormais les clubs de rock new-yorkais qui leur avaient jadis fermé leurs portes. Tout le monde accourait à leurs spectacles – moitié concerts de rock, moitié performances artistiques –, de Lou Reed à Lauren Hutton, de Candy Darling à Carlos Santana. Ils attiraient en outre une secte d'anonymes extravagants qui se reconnaissaient dans la musique de ce duo, et qui, avec le temps, se feraient appeler les « Mercurials[1] ».

EXTRAIT DE « THE OPAL & NEV EXPERIENCE »,
Aural, *décembre 1972,*
par Scott Dorchester

Tel un cadeau de Noël dans sa robe rouge au corsage rehaussé de boutons dorés, Opal Jewel entre sur scène en bondissant sur un bâton sauteur, pieds nus. Sa perruque à la Jeanne d'Arc s'agite au rythme de ses sauts, se déployant et retombant comme au ralenti. Elle enjambe les câbles, contourne les amplis sur le tempo lancinant impulsé par le batteur. Une fois atteint le micro au centre de la scène, d'un coup de pied, elle se débarrasse du bâton sauteur qui vole derrière elle. Dans une chorégraphie stupéfiante soulignée par une pause théâtrale de l'accompagnement, Nev parvient à le rattraper.

« Vous êtes prêts ? » hurle-t-elle dans le micro, avant de se lancer dans le phrasé saccadé de « Red-Hander », soutenue par la guitare gémissante de Nev. « Je suis pas de celles qu'on peut attraper / Je suis pas la fille qu'on va acheter… » Une poursuite l'accompagne tandis qu'elle court, saute et minaude, et lorsqu'elle arrive à la hauteur de Nev, le spot illumine un instant son recoin de scène à lui. Il se penche vers elle et

1. Les « Mercuriens », d'après la chanson de l'album *Things We've Seen* « Better Living on Mercury » (« Une vie meilleure sur Mercure »), racontant l'histoire de deux marginaux décollant vers l'espace.

la gratifie d'un clin d'œil, son costume doré moulant déjà imbibé de sueur, puis Opal s'éloigne de nouveau.

En cinquante minutes torrides, Opal & Nev exténuent leur public. Enfin ils m'épuisent *moi*, en tout cas. Certes, il y a quelques moments bienvenus où la grandiloquence retombe, où la musique ralentit en quelque chose de plus mélodique, les projecteurs se braquant sur Nev. Juste le temps pour Opal de reprendre son souffle et pour Nev d'introduire des bribes de nouvelles chansons qui semblent encore en gestation, tel un comédien testant anxieusement des sketchs inédits – mais cela ne dure qu'un instant, et alors que le charme de ces morceaux commence à peine à s'installer, la musique s'emballe à nouveau et grimpe dans les aigus.

C'est donc à ma grande surprise que le coup de grâce de ce spectacle, aussi bien musical qu'esthétique, se révèle être plus assourdissant encore, avec le rappel : « Who's the N… Now ? » Sur l'écran de mon téléviseur, ce morceau m'avait semblé bref et brouillon, purement conçu pour choquer. Mais il se transforme face à un public admiratif qui est prêt à le recevoir – qui en connaît non seulement toutes les paroles mais encore, comme par magie, les règles concernant qui a le droit d'entonner les plus frappantes. Parmi ceux qui sont autorisés à le faire figure la captivante jeune fille noire qui bondit à côté de moi, et dont la coupe afro hérissée de piques, hommage à celle qu'arborait Opal dans le *Nick Cavett Show*, a fané dans ce petit club surchauffé. Mais peu importe : elle hurle son amour tandis qu'Opal déambule sur scène dans la tenue spectaculaire qu'elle a enfilée durant la pause : une robe-manteau noire au col absurdement haut, et un bibi miraculeusement fixé sur le côté de son crâne lisse. Je note alors que ce petit chapeau n'est pas orné de fleurs ni de plumes, mais d'une grappe de poings *Black Power* en plastique. Et ma saisissante voisine chante en chœur avec son héroïne, se hissant sur des hauteurs gutturales : « Quand il te plaque au sol, fous-le en l'air / Glisse le poignard hors de l'étui, voilà comment / Quand il te traite de Négresse, lève les yeux et souris / Dis : "C'est qui le Nègre maintenant ?" »

OPAL JEWEL

Plus nous nous produisions dans les clubs de la ville, plus les fans étaient nombreux à se pointer *[devant la maison du West Village]*, comme dans la légende du Joueur de flûte. En fin de matinée, je descendais manger des céréales ou je ne sais quoi, et il y avait tous ces fans costumés derrière les fenêtres. Ils étaient déguisés comme les personnages de nos chansons et traînaient autour de la maison – ils glissaient des fleurs dans la boîte aux lettres, des poèmes et des dessins qu'ils avaient faits, des flyers pour des manifs et des marches auxquelles ils participaient. Ça devenait un peu oppressant, parfois. Comme cette nuit où nous sommes tombés sur un groupe de jeunes filles qui avaient réussi à se glisser en douce dans le jardin derrière la maison – pas moyen de comprendre comment elles avaient fait. Nev était en panique, prêt à appeler les flics. Je lui ai dit : « Calme-toi, c'est juste des gamines avec des béquilles. » Nev a répliqué : « Des gamines avec des béquilles – moi, ça me fait drôlement penser à la Manson Family. » *[Rires.]*

Mais il faut apprendre à faire la différence entre menace et amour, sinon on devient dingue. Et pour moi, ces fans-là n'ont jamais été les plus inquiétants. Tant que je pouvais voir les gens avec mes deux yeux, je n'avais pas peur d'eux. Ce qui m'effrayait, moi, c'était tout ce que nous *ne pouvions pas* voir, ce que nous *ne pouvions pas* contrôler. La paranoïa, c'était plutôt la spécialité de Nev en général, mais l'idée m'a parfois traversé l'esprit que, quoi que nous fassions, le FBI nous surveillait, nous écoutait sans doute. Une femme noire avec une grande gueule et son copain venu de l'étranger, vous déconnez ou quoi ?

Pourtant, Opal & Nev, du moins au début, semblaient bien décidés à tirer parti de la moindre opportunité pour accroître leur succès. Et depuis la Photo, les médias nationaux étaient obnubilés par leur image.

VIRGIL LAFLEUR

Grace Mirabella a eu vent de nous, et Mad s'est retrouvée invitée à un shooting. Ce n'était peut-être plus aussi avant-gardiste et excitant qu'à l'ère où l'incomparable miss Vreeland tenait la barre, mais tout de même, c'était le *Vogue* américain ! Le résultat final a été un portrait pleine page de Mad dans une robe *color-block [conçue par le jeune et prometteur designer noir Stephen Burrows]*. J'estime toujours, contrairement à Opal, que ce n'était pas THE tenue – moi, je voulais structurer à partir du magnifique manteau qu'elle portait dans ses spectacles, déniché dans une boutique vintage et amélioré par mes soins en changeant notamment le col – mais au moins, ils nous ont laissés utiliser la perruque. Je l'avais taillée pour que chaque mèche se comporte comme une flèche pointée vers les angles de son visage… *[Soupirs.]* Mad a demandé que le photographe fasse quelques portraits de nous deux ensemble, où je posais devant ses escarpins avec mes ciseaux de coiffeur. J'ignore où ils ont pu passer.

OPAL JEWEL

Le Vietnam, l'arrêt *Roe v. Wade* de la Cour suprême sur le droit à l'avortement, les balles tirées sur George Wallace[1]…

---

1. Le gouverneur de l'Alabama, tristement célèbre pour ses positions ségrégationnistes, s'était présenté à l'élection présidentielle de 1968, sous l'étiquette d'un jeune parti d'extrême

Les journalistes adoraient venir me voir avec toutes sortes de questions en ce temps-là, car ils savaient que je dirais les choses telles qu'elles étaient. Un reporter m'a qualifiée un jour de machine à citations, et j'ai pris ça comme un compliment. Parce que c'était inhabituel que quelqu'un comme moi – non seulement une jeune femme mais une jeune femme *noire* – se fasse entendre dans le débat public.

RETRANSCRIPTION PARTIELLE DE L'ÉMISSION « OPAL & NEV, LES INCENDIAIRES »,
60 Minutes, *21 janvier 1973*

NEV CHARLES, *assis à côté d'Opal Jewel dans la cuisine de la maison du West Village :* C'est dangereux, ouais, de créer des œuvres d'art qui poussent les gens à faire un pas de côté pour adopter un regard critique sur le monde, les institutions et les lois que nous avons laissés exercer un contrôle sur nos vies. Ça agacera toujours certaines personnes ; certaines se sentiront remises en cause. Saviez-vous que des gens, des fermiers qui se sentaient coupables de la manière dont ils traitaient leurs ouvriers agricoles, sont allés jusqu'à brûler les livres de John Steinbeck ? Steinbeck ! Vous imaginez un peu ? *Les* foutus *Raisins de la colère !* Donc, ouais, y a des gens là, dehors, qui nous détestent et qui détestent nos disques. Mais c'est le prix à payer, je crois, quand on dit des vérités dérangeantes, comme les écrivains et les artistes sont supposés le faire.

---

droite, l'American Independent Party, remportant cinq États du Sud des États-Unis et dix millions de votes. Il était candidat à l'investiture démocrate aux élections suivantes, en 1972, quand on lui tira dessus alors qu'il faisait campagne dans le Maryland, le 15 mai. Ces balles paralysèrent les membres inférieurs de Wallace et mirent fin à ses espoirs présidentiels. « Vous voudriez que je me force à pleurer ? » demanda Opal Jewel à un reporter de l'agence Associated Press, avant d'improviser à partir de la déclaration la plus notoire de George Wallace (« la ségrégation aujourd'hui, la ségrégation demain, la ségrégation pour toujours ») : « Désolée, mais je suis à court de larmes aujourd'hui, à court demain, à court pour toujours. »

MIKE WALLACE, *le présentateur de l'émission* 60 Minutes, *hors caméra* : Parlez-nous de ce prix que vous payez…

NEV CHARLES : Oh, eh bien… *[Il se tourne vers Opal.]* Des fois, j'entends des clics dans le téléphone ; pas toi ?

OPAL JEWEL : Des menaces de mort. On reçoit des menaces de mort par courrier à la maison de disques, à l'adresse personnelle de Nev aussi.

MIKE WALLACE : Craignez-vous que la violence et le danger vous suivent partout à la trace ?

OPAL JEWEL : Je suis noire et je vis aux États-Unis d'Amérique. La violence et le danger m'entourent en permanence. Au moins, Hoover refroidit dans sa tombe[1]. Ça fait une brute en moins.

MIKE WALLACE, *avec un sourire crispé* : Les sentiments que vous risquez de provoquer avec des déclarations aussi incendiaires, ça ne vous rend pas nerveuse ? Ou le risque que certains de vos textes puissent alimenter davantage l'animosité à votre égard ?

OPAL JEWEL : Il y a trop de travail à accomplir dans cette révolution et trop de gens à réveiller. Trop de combats à mener. Personne n'a le temps de se laisser freiner par la peur.

MIKE WALLACE : Mais j'ai consulté le calendrier de votre prochaine tournée, Opal, et je dois vous poser cette question : pourquoi ne pas y intégrer des villes du Sud des États-Unis, des endroits qui bénéficieraient sans doute le plus des messages et de la musique qui sont les vôtres ? Pourquoi ne pas aller à Memphis, à Dallas, à Birmingham, en Alabama ?

NEV CHARLES : On a un tour manager maintenant, qui s'occupe d'organiser tout ça.

---

1. Après avoir ciblé les militants noirs, les célébrités influentes, les communistes supposés et ses propres détracteurs pendant des décennies, en ayant recours à des méthodes illégales (notamment les descentes de police violentes et les écoutes téléphoniques), le directeur du FBI J. Edgar Hoover succomba à une crise cardiaque le 2 mai 1972.

MIKE WALLACE : Si vous n'avez pas peur, alors pourquoi, dans les villes où vous vous produisez, faites-vous appel à des membres des Black Panthers…

OPAL JEWEL : Attendez une minute, j'ai…

MIKE WALLACE : … pour assurer votre sécurité ?

OPAL JEWEL : … j'ai une meilleure question pour vous. Pourquoi tenez-vous à ce point à démontrer que j'ai peur ? Quand une personne noire montre qu'elle a peur, vous vous sentez plus en sécurité ? Je vous suggère de vous interroger sur *ça*, deux minutes.

NOTE DE L'ÉDITRICE

De tous les aspects du parcours d'Opal qui ont rendu mon amour pour elle si crispant, celui qui me met le plus mal à l'aise est la fulgurance de son envol. Cinq vertigineux mois à peine après l'enterrement de mon père, Opal a participé à, et boosté, l'enregistrement du fougueux *Things We've Seen*. Elle s'est empressée de plonger dans une nouvelle relation pour le moins nébuleuse avec Nev (même si elle ne reconnaîtra jamais l'existence d'une véritable histoire d'amour avec lui, il est évident qu'elle a au moins flirté avec cette idée). À ses côtés, elle a ferraillé avec les critiques dans des émissions en *prime time*, l'éclat de son regard trahissant l'excitation que lui procurait chaque réplique bien sentie. *Décomplexée*, voici comment je qualifiais, lorsque j'étais plus jeune et plus impressionnable, l'impudence avec laquelle Opal a saisi l'occasion. Je sais que d'autres, surtout au sein de ma famille, ont une autre expression pour désigner sa trajectoire : *sans gêne*.

Car Opal & Nev, dans le sillage de la mort de Jimmy, eurent beau se présenter comme des auteurs dotés d'une conscience politique, il n'en restait pas moins que leur art – et le contenu thématique de celui-ci, sa sortie à point nommé et la corrélation directe entre son caractère outrancier et leur gloire grandissante – exploitait la souffrance des Noirs. Les jours où j'examine le récit de leurs origines sous ma lentille la plus sceptique, je ne peux m'empêcher de remettre en question la version d'Opal, selon laquelle c'est une rectitude morale qui l'aurait poussée à aller sans cesse de l'avant. À l'en croire, Opal était impuissante à résister à cet élan. Mais en regardant les vieilles vidéos sur YouTube, et en réexaminant l'idée qu'elle se serait retrouvée sous le feu des projecteurs un peu malgré elle, je me dis que peut-être, après avoir eu un avant-goût des faveurs de la scène branchée, l'Opal Jewel de 1972 était tout simplement mue par l'envie d'en reprendre une dose. De ce point de vue-là, Nev et elle ne formaient sans doute pas une paire si hétéroclite.

J'ai décidé d'aborder le sujet de la véritable *raison d'être** d'Opal avec Virgil LaFleur. Si je lui avais fait part de tels doutes à l'endroit de sa meilleure amie et muse dans nos entretiens précédents, Virgil m'aurait certainement éviscérée d'un regard cinglant ou d'un soupir exaspéré. Mais depuis mon reboot avec Opal dans sa demeure de Baldwin Hills, où elle avait enfin déposé une partie de son armure, Virgil s'était montré étonnamment patient avec les nouvelles questions inquisitrices que je lui avais soumises, et plus révélateur dans ses réponses. Il avait lui aussi baissé la garde sur des moments de la vie d'Opal qui n'étaient pas si légers et fabuleux – des moments où une image moins lisse, plus nuancée venait remplacer en douce celle inaltérable qu'il avait participé à étayer au fil des décennies. Quand nous parlions de la période où il avait veillé sur elle chez miss Ernestine après l'émeute, il semblait presque avide d'évoquer ces heures de chagrin et de doute – en d'autres termes, de défendre les décisions les plus contestables d'Opal en nous rappelant qu'elle avait été jeune, parfois vulnérable, humaine toujours.

À présent, Virgil tolérait ma présence dans le bureau de son dépôt-vente où il était assis, reprisant l'ourlet d'une robe de soirée ornée de perles que le dernier client de la journée lui avait apportée. « Cela fait des années que j'ai abandonné le théâtre, a-t-il déclaré en faisant passer avec délicatesse aiguille et fil à travers le tissu délicat de la robe. Mais la scène m'aura appris une chose, *chère**: la motivation artistique peut revêtir bien des formes. Pour les matinées, on peut par exemple visualiser des enfants affamés pour s'arracher les grandes eaux requises – dans ce cas, est-ce mal de renifler un oignon pour obtenir le même effet lors de la représentation du soir ?

— Pas *mal*, non, ai-je répliqué. Mais est-ce que cela ne rend pas en quelque sorte l'œuvre moins authentique ? Moins pure ?

— Qu'est-ce que cela peut faire, du moment que le public ressent la puissance, l'émotion inhérentes à la performance ?

— Je ne suis pas en train de dire qu'elle aurait dû porter du noir pendant deux ans, ai-je répondu. Ou disparaître complètement pour faire pénitence. Mais ne trouvez-vous que la manière dont ils ont capitalisé sur l'émeute était un peu une… faute de goût ?

Virgil m'a gratifiée d'un sourire narquois. « Je ne suis pas sûr que vous soyez la mieux placée pour parler de goût. » Il a tranché le fil d'un coup de ciseaux et étalé le haut de la robe sur son bureau. Les perles ont légèrement bruissé en glissant sur le bois, tandis qu'il en examinait chaque rang sous une lampe de banquier coiffée de son abat-jour vert. « Oui, a-t-il poursuivi, après l'horreur qui est arrivée à James, Mad s'est sentie obligée de faire des déclarations politiques plus radicales – ce qui a eu pour résultat d'éclairer le monde, de le rendre plus conscient. Et oui, Mad a éprouvé le besoin de bâtir une carrière solide… » Il a levé les yeux sur moi par-dessus ses lunettes de lecture en écaille. « … et voilà que vous êtes assise ici en ayant fait ces belles études qui, manifestement, vous ont appris à remettre en question son cœur. » Ses yeux sont redescendus se poser sur sa tâche. « *Quelle ironie**. »

Je n'ai su quoi répondre.

« Quoi qu'il en soit, de telles spéculations ne mènent à rien, miss Shelton, a repris Virgil tandis que je restais là, bouche bée. Plusieurs choses peuvent être vraies en même temps, et nous n'avons d'autre choix que de trouver l'inspiration dans les matériaux qui s'offrent à nous. Des matériaux aux atmosphères et aux textures différentes. D'ailleurs, en parlant de matériaux… » Il a brusquement éteint la lampe et consulté sa montre. « Vous voulez bien m'accompagner un instant dans le showroom ? »

Je lui ai emboîté le pas tandis qu'il traversait la boutique jusqu'à la porte d'entrée, pour retourner la pancarte OUVERT du côté FERMÉ. D'une patère il a décroché la canne en bois sculpté avec laquelle il marchait quelquefois, « juste pour le panache », et s'en est servi pour baisser les volets métalliques de la vitrine. Nous étions complètement coupés de l'extérieur.

« Pour nous protéger des petits curieux », a-t-il déclaré d'une voix enjouée et, après avoir ouvert un placard fermé à clé derrière la caisse et fouillé à l'intérieur, il est revenu vers moi en faisant rouler un présentoir de vêtements. Tous les articles étaient disposés sur des cintres en velours, espacés les uns des autres et enveloppés de housses noires.

« Qu'est-ce que c'est que tout ça ? ai-je demandé, malgré les battements affolés de mon cœur.

— Un aperçu, a-t-il murmuré, de cette soirée-événement à Derringdo. »

Sous les housses, j'ai découvert non pas des vêtements achevés, mais une série de plaques en mousse suspendues aux cintres, sur lesquelles étaient accrochés des échantillons et autres colifichets. L'une d'elles arborait des dizaines de minuscules carrés de tissu aux textures et aux nuances de noir différentes, disposés en un quadrillage impeccable, les colonnes étant séparées par des lignes de passepoil aux teintes fluorescentes. Sur une autre planche, des boutons et des fermetures-éclair punaisés tels des spécimens scientifiques ; sur une troisième, un collage d'images de défilés en couleur, certaines portant encore le filigrane des agences photo qui en détenaient les droits.

« Il ne s'agit là que des sources d'inspiration, pour vous donner un avant-goût de la sensation et de notre processus créatif, a expliqué Virgil. Les pièces sont en train d'être fabriquées à l'heure où nous parlons. Vingt-deux des meilleures couturières de la ville, travaillant à partir de mes croquis et des mensurations exactes de Mad… Je dois reconnaître que nous n'avons jamais profité d'un luxe pareil. Pour cette soirée à Derringdo ? Oh, elle sera prête.

— Ce sont des cheveux humains ? l'ai-je interrogé alors qu'il se penchait sur une planche ornée d'échantillons bouclés, frisés et lisses fixés sur des bandes Velcro.

— Il y aura des perruques, oui. » Il a décroché cette planche de son cintre et l'a glissée hors de sa housse. Les teintes subtiles des cheveux ont miroité sous la lumière du plafond. « Pourquoi me posez-vous cette question ? Craignez-vous que des perruques ne soient pas adaptées ? Trop chaudes sous les projecteurs de ce festival d'été ?

— Oh, je ne suis pas qualifiée pour avoir une opinion là-dessus, ai-je bredouillé. Je comprends à peine ce que j'ai sous les yeux.

— Néanmoins… vous avez forcément une idée, non ? »

C'est alors que j'ai compris combien Virgil était anxieux.

« L'idée qui me vient, c'est que vous êtes toujours parvenu à montrer Opal sous son meilleur jour, ai-je répondu. J'ai hâte de voir ses costumes sous leur forme définitive.

— Comment ça, ses "costumes" ? Ce sera de la *haute couture**. Utilisez la terminologie adéquate. » Mais Virgil me gratifiait d'un de ses rares sourires. J'ai compris que ma réponse le satisfaisait. « Peut-être aimeriez-vous revenir ces prochaines semaines, pour voir l'ensemble des créations que nous avons imaginées en vue de la grande tournée ? Bien sûr, il vous faudra pour cela signer un accord de confidentialité…

— Attendez un peu – une tournée ? Elle a décidé que la tournée avec Nev allait se faire ?

— J'ai la sensation qu'elle penche dans cette direction, oui. » Virgil a plissé le front en réaction, ai-je imaginé, à l'intonation de ma question. « Pourquoi ne le ferait-elle pas ? »

Le festival de Derringdo était une chose à digérer – un spectacle d'un soir, élaboré, auquel Opal s'était sans aucun doute contractuellement engagée à participer. Plus moyen d'y échapper maintenant, et d'une certaine manière, j'estimais qu'elle méritait un tel moment, ce concert qui serait de loin le plus grand de sa vie. Mais signer pour toute une série de dates dans des grands stades ? Pour un partenariat à long terme avec Nev ? Rien que d'y penser, mon estomac s'est noué. Toutefois, je n'étais pas prête à partager avec Virgil la cause de cette appréhension. Lui confier ce que Chet avait insinué, c'était en faire part également à Opal, et je ne disposais encore d'aucune preuve.

« C'est juste qu'elle a l'air en paix avec sa vie présente, me suis-je précipitée de répondre. Elle a son petit bout de paradis là-bas, à Los Angeles, et je ne comprends pas ce qui pourrait la pousser à l'abandonner.

— Oh, il arrive que Mad fasse une pause occasionnelle pour récupérer, a déclaré Virgil. Mais quand vient le moment et que son cœur est aligné, elle écoutera toujours la *showwoman* en elle.

— *Deux décennies* – vous appelez ça une pause ? Je pensais qu'elle avait raccroché pour de bon. Je la croyais limite recluse.

— Alors vous l'avez sous-estimée, a rétorqué Virgil. Vous ne seriez pas la première.

— Mais pourquoi ne pas y aller progressivement, si elle a envie d'un comeback ? Elle aurait pu reprendre avec une tournée dans des clubs plus petits, seule sur scène. Des cabarets, comme à Paris ! Comme ça, elle aurait pu tout faire exactement comme elle voulait. Ne mérite-t-elle pas ça ?

— Ce qu'elle mérite, a répondu Virgil en se raidissant, c'est le dû auquel elle n'a jamais eu droit. Et quels sont donc ces mots qui sortent de votre bouche. "Plus petits", *chère**? Pourquoi voir les choses en plus petit, quand elles s'offrent en grand ? »

J'ai soudain compris combien les enjeux de ce comeback d'Opal étaient élevés, aussi, pour Virgil. Dans un entretien ultérieur, il me confierait que malgré tout le plaisir que lui avait procuré le travail avec Opal pendant toutes ces années, toute la fierté qu'il éprouvait d'avoir toujours été là lorsqu'elle avait besoin de lui – « et elle avait souvent, et désespérément, besoin de moi » –, il se demandait quand même le tour qu'aurait pris sa carrière s'il avait emprunté d'autres chemins, ou travaillé pour d'autres clients. « C'est un sujet de conversation assez fréquent entre Han *[Ishi]* et moi », confesserait-il dans un imperceptible soupir, et je serais émue par l'image qui me viendrait à l'esprit : Virgil blotti dans les bras de son mari, artiste et aimant, comptant les opportunités qu'il avait laissées s'échapper.

Mais ce soir-là, dans cette boutique qui avait été son plan B, Virgil secouait la tête et gloussait devant mes idées étriquées, en remballant ses créations dans leurs housses. On lui offrait une ultime chance de pouvoir enfin briller, de voir sa patience et sa loyauté enfin récompensées sur une scène grandiose et inondée de lumière. Imaginez un peu : Opal magnifiée à nouveau ! Royale soir après soir dans des créations LaFleur originales ! Mais derrière l'attitude enthousiaste de Virgil, je discernais encore cette angoisse… Une interrogation légitime, peut-être. Il était déjà arrivé que tous leurs plans capotent ; cela pouvait se reproduire. Quel cruel coup du sort menaçait donc de les faucher, cette fois ?

chapitre 18

« JE NE CROIS PAS DEVOIR ÊTRE LA MÈRE DE QUI QUE CE SOIT »

Opal & Nev avaient capté l'attention de la nation ; l'étape suivante, logiquement, consistait à faire voyager leur spectacle. Le triumvirat à la tête de Rivington Records échafauda la première tournée de son duo avant-gardiste : quarante-six dates dans des clubs de taille moyenne à travers toute l'Amérique du Nord. Alors qu'Opal & Nev auraient sans doute été capables de remplir des salles plus conséquentes, cette programmation avait été conçue selon une stratégie visant avant tout, de manière contre-intuitive, à minimiser les risques – vendre rapidement toutes les entrées de chaque concert, afin que le duo vole de date en date auréolé de son succès. Nul ne savait encore comment Opal & Nev seraient reçus en dehors de New York, surtout avec la grande bouche d'Opal et la réputation qui la précédait de ne jamais se dérober devant aucun ennemi.

HOWIE KELLY

Après le passage à *60 Minutes*, certaines personnes très énervées du Sud, en Alabama, se sont retrouvées dans les journaux pour avoir roulé avec leur voiture sur deux ou trois cartons de *Things We've Seen*. Évidemment, ils avaient dû m'*acheter* ces disques en gros pour pouvoir les détruire, mais bon… *[Rires.]*

[À la question de savoir s'il était inquiet pour la sécurité d'Opal et Nev à l'époque.] Après tout ce qu'ils m'avaient fait subir, j'étais censé, *moi*, m'inquiéter pour *eux* ? Et puis quoi encore ? En plus, toute personne ayant bossé dans cette industrie sait que les tournées, c'est toujours un casse-tête. Pas moyen d'y échapper.

ROSEMARY SALDUCCI

On recevait un tas de saloperies par la poste, la plupart du temps pour Opal. Elle débarquait au bureau une fois par semaine avec des lunettes de soleil géantes et j'en avais toute une caisse. Opal lisait les plus horribles, elle notait quelques trucs puis sortait un briquet et les brûlait. *[À la question de savoir si Opal semblait effrayée.]* Si elle l'était, elle le montrait pas. On aurait dit qu'elle voulait juste être au courant de ce qui l'attendait dehors.

OPAL JEWEL

Bien sûr que ça m'arrivait d'avoir peur ; je suis un être humain. Mon approche de cette tournée, c'est qu'on pouvait s'y lancer à l'aveuglette, comme des idiots ; ou bien l'organiser en faisant appel au bon sens. D'après toi, qui a demandé un service d'ordre supplémentaire auquel *moi*, je pourrais faire confiance sur la route ? Qui a pris note de toutes les villes d'où venaient ces lettres, et a fait en sorte que notre itinéraire ne passe jamais à moins de cent cinquante kilomètres ? Ouais : moi, dans les deux cas.

ROSEMARY SALDUCCI

lisant une lettre de l'époque qu'elle avait conservée

« Message pour Neville Charles, alias le Traître à sa Race,

« Toi et ta salope d'horrible Négresse… » – Pardonnez-moi, ma chérie, je sais que vous préférez que j'édulcore pas le contenu – « … toi et ta salope d'horrible Négresse, vous faites bien la paire. J'espère que cette guenon te coupera les couilles et te les enfoncera dans la bouche. Si elle le fait pas, compte sur moi pour m'en charger, espèce de sale merde. »

Signé : « Ton pire cauchemar. » Pas mal, hein ?

[À la question de savoir si elle se souvient de la réaction de Nev.] Oh, Nev, je lui ai jamais montré ces saloperies. Il gobait déjà bien assez de cachetons comme ça.

Ce qui serait en fait l'unique tournée d'Opal & Nev débuta le 3 mars 1973 à l'Electric Factory de Philadelphie. L'équipe hétéroclite, répartie dans deux Transporter Volkswagen, incluait Estella « Star » Acadia, frêle autrice-compositrice-interprète assurant la première partie, à la voix rauque et aux longs cheveux noirs qui avaient la particularité de tomber comme un voile devant son visage ; les musiciens de la tournée ; Virgil LaFleur, chargé de gérer la garde-robe d'Opal & Nev et d'immortaliser une partie des spectacles avec son 35 mm ; le tour manager Stanley Coombs, engagé par Rivington, qui conduisait l'un des deux vans : et, se relayant au volant du deuxième, Percy Purdie et son petit frère Artis, deux membres des Black Panthers qui aideraient Coombs (à porter le matériel) et les gérants des salles (à sécuriser les concerts et la loge d'Opal).

Les clichés de Virgil, rassemblés dans les albums qu'il m'a montrés, avec les dates et lieux soigneusement notés dans la marge, dressent un curieux portrait de ces semaines passées sur la route. Les détails les plus prosaïques, les moindres objets attirent son attention – les bornes kilométriques, un menu vantant le « Meilleur Deli *du Delaware », une robe-manteau princière dessinée pour Opal, suspendue derrière une porte, et le fouillis dans la boîte à bijoux d'Opal (dont une paire de boucles d'oreilles en argent en forme d'éclairs). Puis les yeux de Virgil finissent par se calmer et les objets disparaissent peu à peu, jusqu'à ce que les photos se peuplent de gens, d'action, de ce qu'on s'attendait à trouver lors de cette tournée : un groupe de Mercurials habillés comme Opal & Nev lors de leur passage au* Nick Cavett Show, *blottis les uns contre les autres pour se tenir chaud sur un bout de trottoir, en attendant l'ouverture des portes de la salle. Coombs et le bassiste de la tournée tripatouillant un mur d'amplis sous le regard d'un employé du club. Les frères Purdie en train de papoter avec trois camarades austères, coiffés de leur béret, devant une porte où est inscrit le nom d'Opal. Opal se contemplant dans le miroir tandis qu'elle se colle des faux-cils dans une loge exiguë, avec derrière elle la moitié d'un Nev torse nu reflété dans la glace. Une foule tourbillonnante prise du dessus, des bras pâles pour l'essentiel dressés vers l'objectif. Une jeune fille blanche obèse en habit de nonne – son visage extatique luisant de sueur, le bras passé autour des épaules d'un adolescent androgyne à la peau brune, avec du rouge à lèvres et une robe à paillettes dorées. Une photo du groupe prise pendant un concert, le panache d'une machine à fumée se lovant cinématographiquement autour de leurs silhouettes.*

ARTIS PURDIE[1]

Leur son, c'était pas trop ma came – mon truc, c'était plutôt la soul. Donnez-moi un peu de Stevie, un peu de Marvin, un peu de Bill Withers, ça me va. J'ai quand même pris ce job parce qu'Opal était amie avec des gens des Black Panthers, et parce que je pensais que ce serait l'argent le plus facile que j'aurais jamais gagné. C'étaient les jeunes Blancs de la fac, tout ça, qui aimaient ce genre de musique criarde. Je me disais :

1. Après sa tournée avec Opal & Nev, Artis Purdie déménagea à Oakland, Californie, pour apporter son soutien à la campagne électorale d'Elaine Brown, membre haut placée du Black Panther Party, candidate à la mairie de la ville en 1973. Artis vit toujours à Oakland, où il dirige un centre communautaire offrant des cours de soutien scolaire et des activités destinées aux adolescents.

C'est certainement pas eux qui vont foutre le boxon, si ? Mon frère et moi, on rigolait en voyant la capacité des salles – vides, elles avaient pas l'air beaucoup plus grandes que des cantines d'école. On s'est dit : *Pas de problème, on gère.*

Et puis on se pointait avant le spectacle et là, *MAAAAAN*… *[Il secoue la tête en riant.]* Ces gamins se ruaient sur le bus comme un soir d'Halloween sous acide ! Et dès que Percy et moi descendions pour escorter Opal à l'intérieur, les gars de la sécurité habituels de la salle se tiraient en rigolant : « Ils sont à vous, *brothas.* » Des gros ploucs blancs.

OPAL JEWEL

Les jeunes fans qui venaient à nos concerts new-yorkais étaient différents de ceux qu'on rencontrait à peu près partout ailleurs. C'est parce que quand on passe du temps à New York, si on y a grandi ou qu'on a eu la chance de se tirer là-bas, on est branché en permanence sur toutes ces énergies de dingue autour de soi. En sachant qu'un jour, on pourra lâcher la main de sa mère ou les voix haineuses qui nous entourent – enfin, tout ce qui nous empêche d'avancer – et se glisser sans à-coups dans un autre monde quand il sera temps de devenir la personne qu'on se révèle être. Et s'il s'avère qu'on a au moins la moitié d'un cerveau, un bon œil ou une bonne oreille, un minimum de talent pour malaxer ensemble ces éléments ? Alors là, il y a moyen de devenir le roi dans son domaine, tu vois ce que je veux dire ?

Mais dans certains endroits où nous avons joué pendant cette tournée, il y avait des gens qui n'avaient, je crois, jamais eu leur chance, jamais eu conscience de leurs possibilités. Qui voyaient la vie les pousser dans une direction, sans permettre le moindre détour. Tous les gamins qui n'étaient pas blancs, bien évidemment, mais aussi ceux qui étaient gros, gay, qui avaient la fibre artistique, les gamins « personne me comprend », les gamins avec des handicaps physiques ou des défauts d'élocution, des problèmes de peau, des problèmes émotionnels, qui souffraient de mauvais traitements, et ainsi de suite. Des gens plus âgés, aussi – tu aurais été surprise en voyant tous ceux qui s'identifiaient à nous. Qui voyaient notre cirque de marginaux débarquer en ville et se disaient qu'eux aussi, ils pouvaient nous rejoindre et être des stars le temps d'une soirée ou deux. Et pour ces fans-là, en tant qu'Opal & Nev, nous étions davantage que les simples rock stars qu'ils aimaient. Pour eux, nous étions la liberté.

ARTIS PURDIE

Ces enfoirés de Mercurials étaient vraiment surexcités. D'abord, il fallait séparer ceux qui avaient bien acheté des billets de ceux qui aimaient juste nous suivre partout, à tous les concerts. Ensuite, on devait fouiller les détenteurs de billets avant de les laisser entrer, parce qu'on ne savait jamais ce que les gens pouvaient avoir sur eux, surtout quand ils portaient un costume ou une perruque, et quand ils n'en portaient pas, on a vite compris qu'il fallait se méfier quand même – nous avions parfois affaire à des gosses de riches blancs qui s'ennuyaient et n'avaient rien de mieux à faire, ils venaient juste là pour faire chier ce défilé de Nègres déjantés et de gens bizarres. Opal avait peur du Sud, c'est clair, mais Boston ? Eh bien, écoutez-moi : Boston, ç'a été *terrible*. On avait des racistes qui balançaient toutes sortes de merdes sur nous et sur les fans qui attendaient devant les portes – des merdes de chien, littéralement. Et puis des pierres, des bouts de bois, des œufs… Des groupes religieux ont organisé une marche avec leurs pancartes parce qu'Opal venait juste de s'exprimer sur le droit à l'avortement, et vous savez que les catholiques, là-haut, rigolent pas avec ça. Puis dans le New Hampshire, quelqu'un s'est dit que ce serait super drôle de jeter des claque-doigts par terre pendant le spectacle – vous savez, ces petits pétards qui font *pop pop* !? Eh bien, ce clown a réussi à passer le contrôle avec et dans un espace aussi réduit, on aurait dit des détonations de flingue. Percy a dû se précipiter sur scène pour évacuer Opal. Après, ç'a été fouille pour *tout le monde.*

D'un autre côté, on passait une grande partie de notre temps à vérifier les cadeaux que les fans apportaient pour Opal ou Nev... Des boîtes et des boîtes de Nesquik goût framboise. Des bocaux de paillettes et de poudre dorée pour elle, des sprays de laque pour lui, pour cette espèce de flamme qu'il faisait avec ses cheveux. Toutes sortes de croquis et de dessins que les gens faisaient pour eux, reproduisant les pochettes de leurs albums... C'était dingue, tout l'amour que ces deux-là recevaient.

VIRGIL LAFLEUR

Pouvez-vous vraiment comprendre ce que Mad a pu représenter pour tellement de gens ? Écoutez bien la question, *chère**. Je n'ai pas demandé : « Comprenez-vous ? » de manière purement rhétorique. J'ai demandé : « *Pouvez*-vous ? » de manière émotionnelle. N'est-il pas possible, étant donné votre statut d'orpheline de James, que vous ayez de la peine à voir plus loin que ce moment tragique, pour apprécier vraiment l'histoire d'Opal dans sa globalité ? L'histoire d'une femme qui, à l'échelle de sa vie entière, s'est faite la championne des gens marginalisés, maltraités, discriminés ? Pourquoi croyez-vous qu'elle résonne de la sorte aujourd'hui ? Il y a de nos jours, malheureusement, des légions entières de personnes qui ont besoin de son essence.

ARTIS PURDIE

J'ai confisqué un couteau à une petite gamine noire qui s'était pointée un soir de concert à Washington et essayait d'entrer dans la salle. Pas un couteau factice comme certains fans en fabriquaient pour leurs costumes, en papier-mâché ou je ne sais quoi, mais un putain de *cran d'arrêt* tout ce qu'il y a de plus vrai. Et la fille jouait les dures, même si elle devait avoir seize ans max – elle avait une voix aiguë, des boutons plein la figure, et elle avait visiblement fugué de chez elle. En dépliant la lame, j'ai vu qu'il y avait du sang séché dessus. Je lui ai demandé : « Hé, *little sister*, qu'est-ce que tu veux que je fasse de ça ? » Alors elle m'a demandé de l'offrir de sa part à Opal, pour lui montrer comment elle avait tailladé la cuisse d'un pervers qui la collait de trop près. Bon, j'étais pas censé laisser entrer cette fille dans le club, parce qu'il fallait avoir dix-huit ans, et elle avait pas ses papiers, sans parler d'un billet ou de fric. Mais je l'ai emmenée en douce jusqu'à la loge d'Opal, pour qu'elle puisse manger un morceau et se poser un moment. Je me disais qu'on trouverait peut-être un moyen de l'aider.

OPAL JEWEL

Je me souviens d'elle – je me souviens de tellement de gens qui sont venus nous trouver avec des histoires de ce genre. Cette petite guerrière… après le show, je l'ai trouvée sur un des canapés de ma loge, recroquevillée sous son blouson, dormant sans doute pour la première fois depuis un bon moment. Des miettes partout sur la bouche, des petits sandwichs qu'on avait et tout le reste. Je suppose qu'elle nous avait vus à la télé quelque part et s'était mis en tête de faire tout le voyage depuis Richmond, en Virginie, pour me rencontrer. Je me suis retrouvée à fouiller dans mon sac pour lui donner des produits de toilette, je n'avais pas beaucoup de liquide sur moi mais je lui ai tout refilé, plus des bijoux de pacotille. Je lui ai fait promettre de s'acheter un billet de bus pour aller dans un endroit où il y avait quelqu'un qui l'aimait. Je lui ai demandé : « Tu as bien un endroit comme ça, non ? », et elle m'a répondu que oui, mais comment savoir ? Elle m'a remerciée pour l'argent et je lui ai dit d'être reconnaissante envers elle-même, sa propre peau, son esprit, l'acier dont elle était faite, car elle était plus forte qu'elle n'en avait conscience. Ça m'a tuée de la renvoyer dans la rue cette nuit-là. De sortir de l'allée et de la voir plantée là, au coin, de plus en plus petite…

Bien sûr, on aurait voulu en faire davantage pour chacun d'entre eux. Un truc différent, peut-être, si on avait eu le bon sens de savoir quoi. Mais à l'époque, le mieux que je pouvais faire, c'était être Opal Jewel, parce que ça semblait vouloir dire beaucoup, pour tous ces gens.

PEARL WELMONT

Elle appelait parfois à la maison, de là où ils étaient – elle prétendait que c'était pour avoir des nouvelles de maman, mais je crois qu'elle voulait entendre mes conseils sur la meilleure manière d'aider ces gens qui venaient la voir en quête de quelque chose. Un jour, elle m'a dit : « Oh Pearl, tu ne comprends pas – qu'est-ce que je suis censée dire à une gamine blanche désespérée qui nous demande de signer des autographes sur la jambe où elle se faisait des entailles, avant ? » Je lui ai répondu : « Eh bien, ne signe pas avec ton nom. Prie avec elle et signe : "Enfant de Dieu". »

Les pressions que subissait Opal n'étaient pas uniquement extérieures. Quand la tournée obliqua vers l'ouest, l'addiction de son partenaire aux antalgiques, dont il avait commencé à abuser après le Rivington Showcase, s'était terriblement aggravée.

OPAL JEWEL

Quand Nev prenait un peu trop de ces maudits cachetons antidouleur, il se mettait à tituber sur scène au beau milieu du set. Il se plantait tellement dans les morceaux que c'en devenait embarrassant. Et puis il a commencé à rater son grand arrêt de volée *[du bâton sauteur]*, qui était le clou de notre spectacle. Je m'efforçais de viser de telle sorte qu'il retombe à côté d'un ampli, derrière moi, mais un soir, ce machin a failli atterrir sur la tête du bassiste. Ça ne pouvait plus continuer comme ça, alors, avec les gars du groupe, j'ai décidé de modifier un peu le spectacle. Je ne sais pas, peut-être que Nev s'est dit que j'essayais d'attirer davantage l'attention sur moi, mais ce n'était pas ça : c'était parce que la moitié du temps, nous avions peur qu'il tombe dans les vapes. Alors c'est devenu, tu vois *[agitant le bras]* « Par ici ! Regardez-moi, regardez-moi ! » Je changeais plus souvent encore de costume, directement sur scène – nous avions installé un paravent chinois, et j'improvisais des chorégraphies en jouant avec mon ombre, de manière à pouvoir détourner l'attention de Nev même quand je n'étais pas sous le feu des projecteurs. Il n'avait pas grand-chose à faire, à part se concentrer sur son jeu de guitare. Et à ce moment-là, nous avions tellement joué ces morceaux, répété tant de fois la même playlist que c'était devenu aussi naturel que respirer.

Bien sûr, je me sentais obligée de lui venir en aide. Je ne saurais dire combien de fois j'ai fouillé dans les affaires de Nev et balancé toutes les merdes que j'ai pu trouver. Il disait : « Oh ouais, ouais, c'est mieux comme ça, jette tout ça pour moi, Jewel. » Et puis le lendemain, l'un d'entre nous devait à nouveau lui filer des baffes pour le réveiller. J'ai fini par découvrir qu'après les shows, pendant que je discutais avec nos admirateurs, en me demandant où Nev pouvait bien être passé, Star et lui disparaissaient en ville pour acheter leur came. Parfois, ils n'avaient même pas besoin de quitter le club. Pfff… Il demandait à un pauvre petit Mercurial égaré de lui rapporter une dose ou bien, s'il piquait une crise assez forte, Stanley s'en chargeait.

STANLEY COOMBS

manager de la tournée Things We've Seen

Mon principal boulot consistait à faire en sorte que tout se passe bien, à leur fournir ce dont ils avaient besoin. Ce qui voulait dire engueuler les responsables des salles si Opal n'avait pas tout ce qu'il fallait pour se sentir à l'aise. D'autres fois, pour Nev, ça voulait dire appeler son médecin personnel à New York, qui téléphonait alors à une pharmacie de la ville où nous jouions ce soir-là. J'ai compris assez vite que Nev était accro, mais il faisait son petit cinéma comme quoi les blessures de l'émeute le faisaient tellement souffrir qu'il ne pouvait pas travailler, en insinuant au passage qu'il m'en voudrait si je ne prenais pas soin de lui. Il était très fort pour obtenir tout ce qu'il voulait, par n'importe quel moyen.

OPAL JEWEL

Il était persuadé que quelqu'un allait monter sur scène pour l'assassiner – c'était le mot qu'il employait, *assassiner*, comme s'il était un foutu Kennedy. La moindre bricole le faisait flipper, alors quand on avait des pépins un peu plus sérieux *[comme ces fameux pétards jetés dans la foule]*… Peut-être que ce chaos lui rappelait le soir du showcase ou je ne sais quoi, mais là, il perdait totalement les pédales. Il avait plein de rituels et de superstitions. Il ne se tenait jamais près d'une fenêtre quand les Mercurials étaient dehors en train de chanter, par exemple. Et ces cachetons… Ils lui enlevaient tellement de son éclat.

Dans les endroits où on dormait, Nev et moi prenions

généralement des chambres communicantes au même étage et, au début de la tournée, quand je faisais des insomnies ou qu'un truc me turlupinait, je le rejoignais dans la sienne et nous regardions ce qu'il y avait à la télé. Pour ne pas avoir à parler, tu vois ? Et puis il y a eu ce spectacle catastrophique à Phoenix où tout est parti en vrille. J'ai tenté de m'expliquer avec lui ce soir-là, pour lui faire comprendre que j'en avais assez.

J'ai frappé à sa porte et il n'a pas réagi. Mais j'entendais la télé, avec le son monté à fond. J'ai pris peur car Nev était tellement défoncé pendant ce concert – je me suis dit qu'il avait peut-être déconné et qu'il s'était vraiment fait mal, cette fois. J'ai réveillé Artis Purdie et nous avons trouvé un groom – on lui a filé deux cents dollars pour qu'il ouvre la porte et ferme sa bouche. Et quand on est entrés dans la chambre, Artis et moi, on les a trouvés tous les deux, Star et lui. Complètement à poil, comatant sur le lit.

STAR ACADIA
« J'ÉTAIS ACCRO À L'HÉROÏNE...
ET AU SEXE AVEC NEV CHARLES ! »
article en première page, National Enquirer,
22 février 1983

J'appelais à l'aide, littéralement, dans mes chansons, et les vautours de l'industrie me disaient que c'était ma détresse qu'ils trouvaient artistique, que ça faisait vendre. À l'époque, je me débattais avec un trouble alimentaire, je refoulais encore mes souvenirs d'enfant maltraitée... Je voyais bien que Nev avait un problème, lui aussi, et j'ai pensé qu'il était peut-être mon âme sœur. La vie en tournée était parfois flippante, on se sentait tous les deux mis à l'écart du groupe – moi, j'étais la première partie que tout le monde ignorait, et Nev était frustré de devenir une pièce rapportée de ce qu'il avait rebaptisé le « Opal Jewel Show ». C'était inévitable qu'on se mette ensemble, lui et moi, et qu'on partage ces choses qu'on faisait tous les deux…

Je l'ai pris à part un jour, j'ai attrapé sa main et je l'ai entraîné dans les toilettes sans un mot, j'ai soulevé le bas de ma jupe longue pour lui montrer comment je m'injectais mes doses. Je me piquais jamais dans les bras – il y avait ce point sur mon pied, une grosse veine juste au-dessus de la cheville, toute gonflée et violette – et je rangeais mon matos dans un de ces journaux intimes pour les gamins, avec un verrou et une clé. J'avais découpé un trou dans les pages et j'y mettais une petite cuillère en argent, un briquet et le reste. Nev lui, refusait de prendre quoi que ce soit qui nécessite une seringue. Peut-être qu'il me prenait de haut du fait que moi, ça m'arrivait. C'est peut-être pour ça qu'il me gardait près de lui – pour pouvoir se sentir supérieur, avec ses poudres et ses cachetons. Mais bon, l'effet s'est révélé aussi désastreux. Pendant un moment, la drogue est restée notre petit secret, mais nos addictions n'ont pas tardé à sauter aux yeux de tout le monde.

OPAL JEWEL

Artis a soulevé Nev et m'a dit de m'occuper de Star, et on les a traînés jusqu'à la baignoire. On a fait couler l'eau froide à pleine pression jusqu'à ce qu'ils reprennent leurs esprits. J'ai repoussé en arrière les cheveux mouillés de Star pour pouvoir enfin examiner son visage et là, ma chérie, la vérité est apparue en pleine lumière : des cernes noirs sous les yeux, le teint verdâtre… J'ai sincèrement cru qu'elle était déjà morte.

ARTIS PURDIE

C'est cette nuit-là que j'ai su que la tournée, pour moi, c'était fini. Si nous n'avions pas réussi à aider une adolescente noire qui semblait avoir des ennuis – l'emmener chez des sisters que je connaissais dans le coin, ou même la garder avec nous pour s'en occuper un moment –, alors à quoi bon toutes ces simagrées ? En tant qu'homme noir, vous voyez, en tant que membre de ma communauté, j'étais obligé de me poser cette question : *Qui est-ce que je protège ici, au juste ?*

Désabusés, les frères Purdie démissionnèrent à la mi-mai 1973, laissant le groupe sans service d'ordre personnel pour les deux derniers mois de la tournée. En parcourant le scrapbook de Virgil correspondant à cette période, il est évident que l'ambiance avait changé. Plusieurs jours restent vierges de tout commentaire, et au lieu de prendre des photos des concerts, Virgil immortalise une rare journée de repos. C'est là que les commentaires se recentrent sur Opal, et elle apparaît comme un satellite qui s'éloigne en tourbillonnant. ***Seattle, 22/5 :*** *Dans un simple jean, un trench-coat, avec un foulard sur la tête, elle erre dans le Pike Place Market sous le crachin.* ***San Francisco, 29/5 :*** *Elle rit, assise à une petite table ronde dans une kitchenette, chez quelqu'un, levant son verre de vin pour porter un toast.* ***Santa Monica, Californie, 3/6 :*** *Une photo floue d'elle et Virgil, à la plage, le pantalon de Virgil retroussé tandis qu'il la soulève dans un* pas de deux* *au bord des vagues.* ***Dans les environs de Las Vegas, 16/6 :*** *Opal recroquevillée sur le siège avant d'un des vans, en train de lire une édition de poche du roman de James Baldwin,* Un autre pays. ***Taos, Nouveau-Mexique, 27/6 :*** *Dans un marché de bord de route, elle se penche sur un étal de colliers en turquoise, tandis qu'une petite fille aux cheveux noirs la contemple, confortablement assise sur les genoux d'une vieille dame.* ***Minneapolis, 12/7 :*** *Elle est assise sur le lit d'une chambre de motel, tête nue, une assiette d'œufs brouillés au bacon posée sur les draps à côté de ses jambes recouvertes. On distingue son petit sourire fatigué ; son foulard jeté sur l'abat-jour de la lampe de chevet, parant la chambre d'un éclat jaunâtre.*

OPAL JEWEL

[Après le départ des frères Purdie] Virgil et moi avons réquisitionné l'un des deux vans juste pour nous – on y avait entassé tout le matériel pour que les autres ne se plaignent pas. Virgil conduisait la plupart du temps et il m'a appris, aussi. Nous faisions juste en sorte de rejoindre les salles à l'heure où on nous attendait. Je n'avais jamais pensé que la scène puisse être un boulot comme un autre, mais ça y ressemblait de plus en plus. Le sentiment de puissance qu'elle me procurait jusque-là a commencé à s'inverser : à la fin de chaque concert, j'étais morte. Alors c'était plutôt bien, cette séparation mentale : *trois jours pour la tournée, un jour pour moi.* C'est comme ça qu'on a retraversé tout le pays, tant bien que mal, pour rentrer à New York. En comptant les jours, comme ça.

VIRGIL LAFLEUR

Elle avait vu se faire tuer un homme qui comptait pour elle, et se sentait en partie responsable. Pourquoi aurait-elle voulu en regarder un autre se suicider lentement ?

Le 7 août 1973, la tournée Things We've Seen *revint à New York pour un show final au club Villageast. Quand les amis d'Opal & Nev dans l'industrie musicale et les autres artistes du label se retrouvèrent après le concert pour une fête célébrant le duo, ils découvrirent que ces deux-là ne s'adressaient presque plus la parole.*

ROSEMARY SALDUCCI

Opal a assuré un show spectaculaire, quasiment à elle seule, et une fois sortie de scène, il était évident qu'elle était sur le point de tomber en morceaux.

En leur absence, ils m'avaient chargée de veiller sur la maison du West Village, de passer prendre le courrier. Comme

Opal avait reçu une pile d'invitations à des défilés de mode et des fêtes, je lui ai proposé de passer la voir le lendemain pour trier tout ça. Je me disais que ce serait un bon moyen de la distraire, de l'aider à replonger en douceur dans la vie normale avant de retourner en studio. Mais elle m'a répondu que les fêtes ne lui disaient rien. Que la seule chose qu'elle voulait, c'était prendre ses affaires, retourner à Harlem et dormir dix jours d'affilée. J'ai fait : « Nev est vraiment si terrible ? » Elle a répondu : « Rosemary, j'ai de bonnes raisons de ne pas vouloir d'enfants. Je ne crois pas devoir être la mère de qui que ce soit. »

BOB HIZE

J'ai demandé à Opal : « Pourquoi ne m'avez-vous pas appelé ? Pourquoi ne pas m'avoir dit que les choses avaient dégénéré à ce point ? » Je suppose qu'elle pensait pouvoir gérer ça toute seule, mais elle s'était laissé déborder. Je lui ai dit : « C'est à ça que sert un tour manager, ma chérie, pour que vous n'ayez pas à endosser un fardeau pareil – si vous nous aviez prévenus, nous aurions viré et remplacé Stanley, sans hésiter. » J'ai d'ailleurs aussitôt coupé tous les ponts avec lui, dans la foulée de ce concert, et à partir de ce moment-là, j'ai promis à Opal de faire tout mon possible pour aider Nev à redevenir clean et en état de travailler. Mais je me suis toujours demandé si la raison pour laquelle Opal ne s'est pas confiée à moi, ce n'était pas la manière dont nous nous étions plantés, le soir du showcase. Elle ne nous faisait tout simplement pas confiance pour veiller sur elle. Comment lui en vouloir ?

chapitre 19

« C'ÉTAIT UNE VIBE COMPLÈTEMENT DIFFÉRENTE »

Opal Jewel s'était fait un devoir de foncer de l'avant. Mais après cette tournée cauchemardesque avec Nev, elle aurait parfois voulu revenir en arrière – retrouver les moments, aux premiers temps de leur association, qui lui donnaient l'impression de vivre un rêve. La magie d'arriver à New York dans la peau d'une débutante, ou de poser les pieds dans un studio… Connaîtrait-elle encore des expériences aussi merveilleuses ? De retour en ville et réinstallée à Harlem, sa carrière mise sur pause tandis que Bob s'efforçait d'aiguiller Nev vers une cure de désintoxication, Opal se sentit assiégée par l'inquiétude et l'agitation. D'instinct, elle mourait d'envie de vivre de nouvelles aventures et de découvrir de nouveaux horizons, d'autres personnes intéressantes avec lesquelles les partager. Par chance, à l'automne 1973, un créateur avant-gardiste, dans un autre domaine, offrit à Opal une opportunité de goûter à la jeunesse qu'elle n'avait jamais eue.

OPAL JEWEL

Depuis que j'avais porté sa robe dans *Vogue*, *[le créateur de mode]* Stephen Burrows et moi nous entendions très bien. Nous étions tous deux des mouches nageant dans du babeurre, si tu vois ce que je veux dire, et même s'il n'était pas le genre à se laisser enfermer dans une orientation politique, Stephen avait fait des choix artistiques que je respectais

– la couleur et la *vie* de ses vêtements, et surtout les filles qu'il choisissait pour les porter. Ces choix me disaient qu'il n'avait pas de doutes sur qui il était, ni sur ce que devait être sa contribution.

Il m'avait déjà invitée à ses présentations dans différents lieux de la ville, ou à passer le voir dans sa boutique au grand magasin Henri Bendel. C'était la folie à l'époque, et je n'avais pas encore eu le temps. Mais quand il m'a appelée pour que je sois son invitée à l'occasion d'un show à Versailles, je lui ai dit : « Vous me cueillez enfin au bon moment. »

Programmé à la fin du mois de novembre, quelques jours à peine après le deuxième anniversaire du Rivington Showcase, le Grand Divertissement à Versailles *– rebaptisé la « Bataille de Versailles » par la revue de mode* Women's Wear Daily *– était un défilé de mode caritatif qui verrait s'affronter cinq stylistes français et cinq représentants des États-Unis : Anne Klein, Bill Blass, Halston, Oscar de la Renta et, donc, l'étoile montante Stephen Burrows. Les profits de cette soirée financeraient la restauration de l'ancien palais des rois.*

OPAL JEWEL

Je m'en tapais complètement de réparer un vieux palais en ruine, mais *Paris* ? *Ça*, ça méritait que j'y investisse un peu de mon temps. J'avais toujours été curieuse d'y aller – quel Noir intelligent ne l'était pas ? James Baldwin vivait en France, alors qu'il était noir et gay ; quelques jazzmen aussi s'étaient rendus là-bas et n'arrêtaient pas de parler du sentiment de liberté qu'ils éprouvaient rien qu'en marchant dans la rue. J'avais envie de voir par moi-même de quoi il retournait. Alors j'ai dit à Stephen que je serais présente dans sa loge, à condition qu'il me dégotte une deuxième place. Pour un ami à qui je devais une ou deux faveurs. *[Rires.]*

VIRGIL LAFLEUR

Une *faveur* ? Nous préparer en vue de nos débuts à Paris fait partie des plus grands miracles que j'aie jamais accomplis. Vous imaginez un peu le shopping que cela impliquait ? Les ajustements et autres modifications ? Quand nous sommes montés dans l'avion, j'étais prêt à m'effondrer ma flûte de champagne à la main.

OPAL JEWEL

Pour ce qui est de prendre l'avion, OK, Pearl m'a devancée. Mais moi, j'ai voyagé directement en première. Un autre univers. Les hôtesses étaient canon, ma chérie, avec leurs coiffures en spirale et le chapeau punaisé dessus, leurs robes bien ajustées et leurs gants blancs. Elles nous ont réveillés pour le petit déjeuner et, avant que le pilote gare impeccablement l'avion au pied de la porte, j'ai pris un croissant chaud avec du jambon aux truffes et un Brie plus doux que n'importe où sur la terre ferme. À l'arrivée, ils nous ont laissés descendre en premier ! *Nous*, les deux Nègres ! Ils ont même sorti nos bagages des compartiments pour nous épargner l'effort. C'est à ce moment-là que j'ai compris ce que mon argent pouvait vraiment m'offrir, comment je pouvais en profiter. La différence qu'il pouvait faire.

Mais le ciel était bas ce matin-là, à Paris. Opal se rappelle avoir tenté de contempler la ville depuis l'arrière du taxi, comme elle l'avait fait à son arrivée à New York, mais cette fois, l'expérience se révéla quelque peu décevante. Où était donc la tour Eiffel ? se demandait-elle en scrutant la grisaille. Des silhouettes trottinaient sur le pont d'Austerlitz, tête baissée dans les rafales, foulards rabattus sur le visage.

Arrivés à leur hôtel du Quartier Latin, Virgil et elle passèrent l'essentiel de la journée à dormir pour récupérer du décalage horaire.

C'est la lumière filtrant à travers les fentes des volets qui m'a réveillée. Dans mon délire, je croyais que c'était encore l'après-midi, que le soleil avait enfin décidé de se montrer. Je ne connaissais pas encore cette atmosphère parisienne, avec ces rues et ces places qui débordent de vie la nuit. Times Square est parfois si bruyant, si vulgaire, tu vois, mais la lumière, là-bas, a une douceur, une chaleur particulières. J'avais apporté ma photo de Jimmy, parce qu'il avait toujours rêvé de jouer dans les clubs en Europe, et je me rappelle l'avoir plaqué contre la fenêtre en regrettant qu'il ne puisse pas voir tout ça en vrai.

Pour assister à l'une des fêtes organisées chez Maxim's en amont de la grande bataille, ce lundi soir, Opal enfila un boléro vert orné de plumes sur un pantalon de tailleur pourpre et un débardeur. Dans le taxi les menant aux Champs-Élysées, Virgil et elle absorbèrent dans un silence religieux la splendeur qui les entourait. Dans les ruelles étroites du Quartier Latin, il émanait des cafés et des bars un éclat doré qu'Opal avait pu admirer depuis la fenêtre de sa chambre d'hôtel. Ils traversèrent le Pont-Neuf, la Seine miroitant sous leurs yeux, réfractant la lumière comme un prisme dans le sillage des bateaux-mouches. Et alors, enfin, elle se dressa : la tour Eiffel, projetant ses faisceaux lumineux qui transperçaient la brume.

Chez Maxim's, après avoir déposé leur manteau au vestiaire, ils se joignirent à un cocktail peuplé de lumières d'un autre genre, un mélange de figures de la pop-culture et d'aristocrates. Outre le styliste Halston, en l'honneur duquel cette fête était organisée, se trouvait là Liza Minnelli, qui venait tout juste de remporter un Oscar pour son rôle dans Cabaret *et qui serait chargée de présenter les Américains à Versailles deux soirs plus tard ; mais également Wallis Simpson, la duchesse de Windsor ;*

Pat Cleveland, le mannequin aux origines ethniques ambiguës, célèbre pour ses mouvements virevoltants sur les podiums…

OPAL JEWEL

… plus toute une bande de Françaises avec leurs mecs – je ne saurais pas te dire qui étaient ces gens, ni ce qu'ils faisaient dans la vie, sauf qu'ils croulaient sous le fric et qu'ils ne connaissaient Opal Jewel ni d'Ève, ni d'Adam. Moi dans un milieu pareil, c'était déjà surréaliste. Et puis Stephen a décidé d'en rajouter encore.

Dans un recoin calme de la fête, Burrows confia à Opal et Virgil que l'équipe américaine avait beaucoup souffert pendant les répétitions organisées ce jour-là à Versailles. La météo ingrate avait exacerbé les faiblesses du château – malgré leur opulence, les intérieurs étaient humides et glaciaux – et l'une des mannequins préférées des stylistes était tombée malade. Ils avaient désespérément besoin d'une remplaçante au pied levé ; Opal accepterait-elle de jouer ce rôle ?

OPAL JEWEL

J'imagine qu'en voyant mes omoplates fendre toutes ces vieilles dorures, Stephen s'est dit que j'étais assez mince et suffisamment *intense*. Enfin, un de ces mots qu'on emploie quand *jolie* ne convient pas. Bref, je lui ai répondu que j'étais prête à aider l'équipe si nécessaire – moins parce que l'idée m'excitait que parce que j'allais pouvoir me détendre, maintenant que je savais ce que je faisais là, à côtoyer une faune pareille. Maintenant que je savais que j'avais un show à assurer.

VIRGIL LAFLEUR

C'était peut-être mon expérience passée de doublure malchanceuse qui a déclenché chez moi un certain scepticisme, mais quand elle veut quelque chose, Mad tend à se focaliser dessus de manière intraitable. Pendant le reste de la soirée, je l'ai surprise à étudier miss Cleveland. Notant le positionnement de ses pieds, sa manière de porter un verre de cocktail à ses lèvres… J'ai dit à Mad : « Socialise donc, ma *chère**, profite de cette première nuit *à Paris**! Si le plan se confirme, nous aurons la journée de demain pour tout peaufiner. » Mais le lendemain, le son de cloche n'était plus le même.

Le mardi matin, Burrows appela Opal à son hôtel, se confondant en excuses : on l'avait obligé à retirer sa proposition.

OPAL JEWEL

J'ai dit : « N'allez pas me raconter que cette fille est guérie » – parce que j'avais compris qu'elle avait une pneumonie, et quels que soient les antibiotiques ingérés, personne ne s'en remet au point de virevolter en si peu de temps. Stephen a donc été forcé de m'avouer qu'il s'était un peu précipité. Quand il avait fait part de son idée aux autres stylistes de l'équipe, ceux-ci n'avaient manifestement pas été emballés. J'ai répondu, *Hmmm.*

Je n'en ai d'abord pas fait toute une affaire. Nous avons passé la journée et le matin suivant à nous balader en ville comme de parfaits touristes, souriant pour la photo devant la tour Eiffel, dévorant notre poids en macarons. J'aurais volontiers zappé le show à Versailles, mais le soir venu, j'ai avalé une grande bouffée d'air et enfilé la tenue chatoyante que Virgil m'avait concoctée. Il a dit : « *C'est parfait** », et ça m'a fait rire – en me regardant dans le miroir, j'ai pensé, *Ouais, j'ai l'air d'un gobelet de glace Dairy Queen.* Une robe Scott

Barrie blanche avec un manchon de fourrure assorti, et un petit bibi rouge posé telle une cerise sur le dessus. C'était la tenue la plus formelle que j'avais jamais portée, et je crois que je me sentais un peu bête dedans.

En débarquant au château, je me rappelle avoir été frappée par les perruques poudrées *[des valets de pied]* alignées devant l'entrée. Et à l'intérieur du théâtre, j'ai failli faire tomber mon petit chapeau écarlate à force de lever les yeux sur les chandeliers géants et les peintures accrochées aux murs, les rangées de sièges montant jusqu'au ciel, tous ces invités collet monté qui s'embrassaient sur les joues… Puis le rideau s'est ouvert, et les Français ont fait leur entrée.

Tu parles d'un *effort*… Waouh. Leurs décors, on aurait dit que Monet avait ressuscité pour les peindre, il y avait même un foutu carrosse de Cendrillon et les mannequins marchaient les pieds en dedans, en formations diverses et variées ; à un moment, Noureev en personne s'est même fendu de quelques *jetés** pour tenter de donner un peu de vie à la chose. Ils avaient gardé le meilleur pour la quasi-fin – un numéro de Joséphine Baker. Ma chérie, *Madame** nous a enfin donné quelque chose à *voir* dans son body chair. À soixante ans passés, elle respirait toujours le sexe[1] ! Mais quand le rideau est retombé sur cette première représentation ? Dans l'ensemble, nous étions morts d'*ennui*. Tout ça était trop répété et avait semblé durer une éternité. Pendant l'entracte, en sirotant mon champagne, j'ai dit en plaisantant à Virgil : *Heureusement que je ne suis pas à l'affiche de ce bordel.*

Puis nous sommes retournés nous rasseoir à contrecœur

---

1. L'artiste et militante américaine Josephine Baker vivait en Europe depuis les années 1920, durant lesquelles elle avait enflammé et scandalisé le public avec ses danses et ses tenues aguichantes. Pour son interprétation de « Mon Pays et Paris » lors de cette soirée versaillaise, l'expatriée noire iconique, 67 ans à l'époque, portait une coiffe à plumes spectaculaire et une simple combinaison-pantalon à paillettes qui donnait l'illusion de la nudité.

pour le tour des Américains, qui se sont fait un plaisir de botter mes fesses noires.

Dans la foulée d'un « Bonjour, Paris ! » *exubérant de Liza Minnelli, il allait suffire d'une saisissante demi-heure aux stylistes américains pour démontrer qu'ils étaient venus là pour secouer l'establishment de la mode. La présentation la plus sismique fut sans doute celle de Burrows, durant laquelle les mannequins, presque toutes noires, firent littéralement voler leurs silhouettes modernes parées de couleurs vives.*

OPAL JEWEL

Ces sisters avaient un *je ne sais quoi**, ma chérie ! Groovant et glissant à travers la scène, réchauffant d'un coup cette vieille grotte glaciale ! Elles étaient joyeuses et effrontées, pertinentes, *in*. Jusqu'à cette soirée, tout le monde considérait les Français comme le summum absolu, mais voilà que ces filles noires américaines débarquaient en disant : *Nan, baby, c'est nous !*

Et j'avais beau me sentir fière et les acclamer de toutes mes forces, je n'ai pas pu m'empêcher de me demander : *Mais alors, pourquoi n'ont-ils pas voulu de moi ?* Je n'avais que vingt-quatre ans, après tout, exactement le même âge et le même gabarit que la plupart de ces filles – putain, en plissant les yeux et en penchant la tête de côté, on aurait pu me confondre avec Bethann *[Hardison, la mannequin attitrée de Burrows]*, car elle non plus n'avait pratiquement pas de cheveux, et Stephen avait choisi pour elle cette teinte jaune vif que j'adore, et qui ressort vraiment sur des peaux sombres comme la nôtre. Mieux encore, j'avais un nom que de nombreux artistes connaissaient et disaient respecter. Mais j'imagine que l'équipe américaine a décrété que la réputation attachée à mon nom était trop épineuse pour leur petit show bien propret. Et ils ont préféré amputer leurs collections à la dernière minute *[pour compenser l'absence d'un des mannequins]* plutôt que de prendre le risque d'être associés à moi.

Bon, je sais que je passais pour une militante, une femme dure – appelle ça comme tu veux. Mais ça ne signifie pas que je n'avais pas envie, parfois, d'être différente. Cette image qu'on m'a collée à un si jeune âge, les étiquettes que les gens aux États-Unis utilisaient pour me définir... C'étaient comme des pièges qui se refermaient sur ma tête.

VIRGIL LAFLEUR

J'ai ressenti une bouffée d'émotion en regardant ce défilé. En réalisant ce qui pouvait être possible *pour un homme noir**. D'ailleurs, dans la fête qui a suivi le coup d'État des Américains, j'ai discuté avec plusieurs stylistes de la possibilité de visiter leur atelier à New York. Mon plan était de me bricoler un apprentissage itinérant ou, à défaut, de m'inscrire dans une école. En tant que styliste j'avais déjà un œil, *évidemment**, mais le moment était venu de créer ma propre collection.

La veille du départ – je faisais déjà ma valise, en rêvant à toutes les opportunités qui s'ouvraient à moi –, Mad est entrée dans ma chambre et m'a proposé de prolonger le séjour à Paris. « Pour faire quoi ? » ai-je demandé, mais elle n'avait pas de réponse claire, pas de calendrier précis, rien qu'une vague angoisse à l'idée de rentrer à la maison. Et pourtant, elle partait du principe que j'allais rester et la soutenir dans cette errance sans but, simplement parce qu'elle le voulait.

OPAL JEWEL

« Je n'ai pas pour vocation de traîner dans ton ombre » – voilà ce que m'a dit mon meilleur ami, et quand il a ajouté qu'il avait à faire à New York, son propre chemin à tracer, je me suis rendu compte à quel point mon malheur pouvait être un fardeau. Ou plutôt, appelons-le mon *chagrin*, car c'est ça que j'avais tant de mal à porter. Plus mes options et les voies qui s'ouvraient à moi se resserraient, plus mon personnage public prenait le dessus. Je suis tombée très bas ce soir-là dans la chambre de Virgil, recroquevillée en pleurs sur son lit. Il m'a promis que quoi qu'il arrive, tout irait bien pour moi. Quand j'ai vu qu'il n'avait pas l'intention de défaire sa valise, je n'ai pas eu d'autre choix que d'essayer de le croire.

Le contingent américain venu participer à la Bataille de Versailles ne tarda pas à reprendre l'avion, laissant Opal seule à Paris. Elle ne parlait pas la langue, ne connaissait personne.

OPAL JEWEL

C'était encore la basse saison, alors je suis restée dans le Quartier Latin en déménageant juste dans un hôtel plus calme, au fond d'une petite rue. Quand je sortais dans la journée, j'étais habillée comme madame Tout-Le-Monde, avec un chapeau à large bord pour cacher mes yeux. Le but, c'était l'anonymat – je ne voulais pas que les gens s'imaginent savoir qui j'étais. Mon seul objectif clair, c'était d'apprendre Paris de la même manière que Virgil m'avait enseigné New York : en m'immergeant dans la ville, petit à petit. Il faut s'enfoncer dans les quartiers, essayer de parler avec les gens, il faut goûter la cuisine et boire le vin.

Je commençais à retenir des mots par-ci par-là, je m'aventurais de plus en plus loin du centre de Paris. J'avais appris à dire : « Où est le métro ? » et les indications de base, « Tournez à droite, à gauche, Continuez tout droit, Suivez la Seine… » Je suis allée jusqu'au XVIIIe *[arrondissement]* et j'ai grimpé, grimpé jusqu'aux abords du Sacré-Cœur, avant de redescendre dans un labyrinthe de rues. Et soudain, je me suis retrouvée en pleine Goutte d'Or, ce quartier où les Africains vivent et travaillent. Au pied de la tour Eiffel, j'avais vu nombre d'entre eux essayer de refourguer des babioles aux touristes, se débrouillant comme ils pouvaient, et cela m'avait fait penser aux arnaqueurs de Harlem… mais à la Goutte d'Or, ma chérie, les femmes aussi tenaient la baraque. Elles étaient belles, colorées, dignes, certaines d'un noir profond comme moi, elles s'occupaient de leurs bébés et géraient leurs affaires. Je devais me fondre dans la masse, j'imagine, car sur les marchés et dans les boutiques, les gens me parlaient en français ou en arabe, et ils étaient surpris que je leur réponde en anglais.

Tous les soirs, après avoir marché des heures comme une gosse des rues, je revenais m'asseoir dans le restaurant qui jouxtait mon hôtel, un minuscule bistrot situé un peu à l'écart, qui peinait à attirer des clients. Il y avait un grand serveur maigre qui parlait anglais et me faisait penser à Nev mais avec une moustache. Il m'apportait la carte en anglais. Je commandais quelque chose et alors, il répétait ma commande dans un français exagéré, hyper snob, tout en la griffonnant sur son papier. En temps normal, je ne supporte pas les personnes pédantes, mais d'une certaine manière… C'est dingue, mais son snobisme était presque rafraîchissant, car je crois qu'il réagissait au fait que je sois une Américaine, pas une Noire. On ne m'avait encore jamais prise de haut de cette manière-là ! *[Rires.]* Oh, je ne suis pas en train de dire que les Français ne sont pas racistes – les Africains pourraient te parler de cette forme de xénophobie si particulière qui règne là-bas –, mais moi, à l'époque, je me suis sentie vraiment différente, dans ma peau.

Au bout d'un moment, j'ai rassemblé assez de courage pour m'intéresser à la vie nocturne. Après que mon ami du bistrot m'avait servie une *ratatouille**, un *confit de canard**, ou le délicieux plat chaud du jour, je remontais me changer dans ma chambre. J'enfilais une tenue un peu plus intéressante et ressortais me promener. Parfois dans le quartier, mais le plus souvent sur la Rive droite, jusqu'aux clubs et aux bars de la rue Sainte-Anne. Les hommes y venaient en masse, gays ou hétéros – ils aimaient danser et pratiquer leur anglais. J'adorais commander un kir royal, et il était rare qu'on me laisse payer. Et puis un soir, alors que j'étais assise au bar, j'ai entendu quelqu'un beugler, avec cet odieux accent américain : « Bon Dieu, vous êtes Opal Jewel ! » J'étais démasquée…

*Opal avait été reconnue par Michelle Mackey, une Américaine blanche expatriée qui avait fait des études d'art dramatique à Yale, était venue à Paris en 1967 dans le cadre d'un programme d'échange et n'était jamais repartie. L'un de ses amants, un Parisien nommé Guillaume Dumont, disquaire dans le iv*e *arrondissement, collectionnait les imports* underground : White Light/White Heat *du Velvet Underground,* High Time *de MC5,* Space Is the Place *de Sun Ra,* Things We've Seen *d'Opal & Nev. Mais Mackey, en phase avec les mouvements féministe et Black Power américains, voyait aussi en Opal une figure politique dont les déclarations controversées étaient parfois citées dans l'édition européenne des grands journaux américains.*

OPAL JEWEL

Michelle était une force de la nature. Un bon mètre quatre-vingt-dix, maigre, osseuse, et encore plus autoritaire que moi. Pleine de contradictions – elle s'habillait très chic, avec des tenues noires sophistiquées, toujours impeccables, les cheveux tirés en arrière, mais d'un autre côté, elle était tellement cash qu'à côté, j'avais l'air de Madame Bonnes-Manières. J'admirais ça chez elle, le fait qu'elle soit si bien dans sa peau, la liberté avec laquelle elle passait d'un extrême à l'autre. La plupart du temps, elle discutait avec les gens en français, et je ne suis pas la meilleure juge, mais j'avais l'impression qu'on aurait pu la croire née et éduquée là-bas, et pas dans le Minnesota. Cette fille ne jurait que par le vin rouge et les cigarettes. Tout portait l'empreinte de son rouge à lèvres.

MICHELLE MACKEY

s'exprimant à travers une prothèse vocale reliée à sa stomie, conséquence d'une laryngectomie réalisée en 2001[1]

J'avais plein d'amis. Dont beaucoup d'artistes. Je les ai présentés à Opal. Ils l'ont tout de suite adorée.

OPAL JEWEL

À ce moment-là, je commençais à me sentir seule, si bien que j'ai laissé cette Blanche cinglée me prendre par le bras et me traîner partout – dans des cafés et des clubs où il y avait des concerts, chez des gens qui faisaient des fêtes cool jusqu'à quatre ou cinq heures du matin. Ensuite, nous marchions le long de la Seine en regardant le soleil se lever et tous les amoureux qui se quittaient à contrecœur. Guillaume était le régulier de Michelle ; elle vivait avec lui dans son appartement au-dessus du magasin de disques. Mais partout où nous allions, il y avait d'autres hommes, parfois des femmes. Ils se lovaient contre Michelle et, l'instant d'après, ils pleuraient et lui criaient dessus. *[Rires.]* Mais bon, même quand ils étaient furieux après elle, avec moi, ils restaient toujours sympas.

GUILLAUME DUMONT

C'était une Noire américaine libérée, absolument fascinante, très belle, du style vraiment rien-à-foutre. Une peau

1. Michelle Mackey et Guillaume Dumont se marièrent en 1975, ce qui permit à Mackey d'obtenir la nationalité française. Le magasin de disques qu'ils possédaient à Paris, et qu'ils revendirent à la fin des années 1980, abrite désormais un café, bien que Dumont vende encore des imports vinyls rares sur eBay. Ils se rendent chaque année à New York pour faire du shopping et, à l'occasion d'un de ces séjours, sont passés me voir au siège d'*Aural*.

d'ébène, un corps et une attitude soul et rock'n'roll à la fois, et question confiance en soi, elle se comportait comme un homme. J'avais le disque et l'adorais avant même de la connaître, mais après l'avoir rencontrée, ça faisait tout drôle d'écouter l'album en imaginant ce qu'elle aurait été capable de faire si elle s'était sentie encore plus libre. C'est ce que je lui disais : « L'Amérique, c'est de la merde, il faut que tu restes avec nous à Paris et que je sois ton manager. On va te faire tourner dans les clubs. »

OPAL JEWEL

Michelle et Guillaume ont eu l'idée d'organiser un petit spectacle dans le magasin de disques. Ils ont imprimé des flyers, tout ça – la *chanteuse** que tu as vue dans mon couloir.

MICHELLE MACKEY

J'en emportais des liasses dans les fêtes où j'allais. J'en laissais dans les cafés et les librairies, partout… et aussi là où traînaient les expats. Je lui ai dit : « Tu vas voir… »

OPAL JEWEL

Je pensais juste faire plaisir à Michelle, être sympa – je croyais qu'il n'y aurait personne, car pas grand-monde à Paris ne connaissait Opal Jewel. Ce qui m'allait bien, d'ailleurs – ça voulait dire que j'allais pouvoir faire ce que je voulais. J'ai bricolé un truc vite fait – j'ai griffonné une setlist avec deux ou trois morceaux d'Opal & Nev, deux ou trois reprises pop, et j'ai répété peut-être deux fois avec un trio de jazz à qui Michelle et Guillaume avaient demandé de m'accompagner. L'idée d'avoir le trac ne m'a même pas effleurée. Le soir dit, dans leur appartement au-dessus de la boutique, je me suis enveloppé la tête d'un grand tissu que j'avais acheté à la Goutte d'Or, j'ai enfilé une combinaison de soie à jambes larges que j'avais trouvée, mon habituelle cargaison de vieux bijoux. Et puis en descendant, j'ai vu… *oh putain !* Toutes les chaises étaient occupées et il y avait des gens debout dans les allées, devant les étals de disques, on tenait même la porte pour que ceux qui ne pouvaient pas entrer puissent entendre. J'ai trouvé Michelle en train de discuter avec des gens près de la scène, servant des verres de vin, et je l'ai regardée : *C'est quoi ce délire ?!?*

GUILLAUME DUMONT

J'avais déplacé quelques étals et installé une petite estrade avec des micros pour Opal et les musiciens. Elle est montée sur l'estrade et peut-être qu'elle se demandait quoi faire, comment adapter son spectacle, toujours est-il qu'elle s'est mise à parler comme dans un cabaret, à raconter des anecdotes marrantes sur sa mère, sa sœur, son ami à New York – c'était captivant. Même ceux qui comprenaient à peine l'anglais avaient un grand sourire. Et puis elle a interprété quelques morceaux courts et, au bout de vingt minutes, c'était terminé. Mais les gens en voulaient encore, et c'est là qu'elle s'est vraiment mise à improviser.

Ce qu'elle a fait alors, ça venait d'ailleurs. Elle composait en direct, devant ces gens ! Elle se tournait vers le batteur et lui lançait : « Joue-moi "Tsss-tap-a-boum, tsss-tap-a-boum, Tsss-tap-tap-tappity-tapa-a-boum… » Au guitariste, elle se contentait d'adresser un hochement de tête et le laissait se lâcher comme un malade sur ce rythme qu'elle venait d'inventer, et quand tout le monde jouait ensemble et que le groove était installé, elle entrait. C'était une sorte de scat, ce qui lui permettait de prendre une phrase un peu idiote et de l'étirer dans tous les sens. Il y en a une qui m'est restée : *« You got the keys, rev the machine » [« T'as les clés, fais rugir l'engin »].* Elle prenait une phrase comme ça et la mâchouillait, vous voyez, elle la tordait avec sa voix pour que ça sonne comme un cuivre ou comme une guitare électrique… Ou un ukulélé, enfin, vous voyez ce que je veux dire *[rires]* – tout ce qui pouvait rendre la chose un peu décalée, un peu avant-gardiste.

Puis elle a défait son turban, lentement, doucement, en tournant sur elle-même. Quand son crâne chauve est apparu à la fin du morceau, les gens étaient en transe. Aussi électrisés que si elle s'était complètement dénudée. Elle était si dangereuse, si sauvage, si… sexy.

OPAL JEWEL

Avant, je jouais devant peut-être deux mille Mercurials tous les soirs, mais là, dans ce petit magasin de disques surchauffé j'étais *vraiment* d'un autre monde… C'était une *vibe* complètement différente. Un truc grisant, la chance de pouvoir juste jouer. Cette question m'est passée par la tête : *Est-ce que je ne pourrais pas vraiment faire ma vie ici ?*

Mackey et Dumont n'eurent aucune difficulté à convaincre leur nouvelle amie de donner toute une série de concerts intimistes dans leur magasin, après la fermeture, prolongeant ainsi le séjour parisien d'Opal jusqu'à l'été 1974. En guise de rémunération, elle accepta d'être hébergée dans la chambre d'amis de leur appartement à l'étage. Mais Opal avait beau s'immerger en profondeur dans Paris, son pays conservait une réelle emprise sur elle.

OPAL JEWEL

En dehors de ma sœur, Virgil était la seule personne à qui j'avais donné mon adresse. C'était toujours agréable de recevoir ses lettres. Il m'envoyait les nouvelles et les potins dont j'étais privée, et glissait dans l'enveloppe les croquis des créations originales auxquelles il travaillait dans les cours qu'il suivait désormais au Fashion Institute of Technology de New

York. J'étais fière de le voir grandir et se développer, flattée de savoir que je lui manquais – en tout cas, les silhouettes qu'il dessinait me ressemblaient. Le problème, c'était que la plupart du temps, ses lettres arrivaient dans de gros colis, mélangées à d'autres courriers reçus à Harlem et qu'il me faisait suivre. Il y avait des mises en demeure agressives de Howie Kelly, avec des mots soulignés en lettres capitales, me prévenant de ce qu'il ne fallait surtout pas m'aviser de faire tant que j'étais sous contrat avec Rivington. Et puis, les lettres de Nev… Celles-là, je les renvoyais à Virgil sans même les ouvrir. *[Longue pause.]* Le simple fait de lire l'adresse de l'expéditeur m'accablait. La plupart du temps, j'étais furieuse en repensant à cette tournée désastreuse, à la manière dont il avait quasiment foutu nos chances en l'air. Mais de temps en temps, je me sentais coupable de l'avoir laissé tomber au moment où il avait sans doute le plus besoin de moi.

NEV CHARLES

dans une lettre envoyée à Opal depuis sa clinique de désintoxication avec l'aimable autorisation de Virgil LaFleur

Opal mon Joyau,

Parle-moi. Tu dois me parler, vraiment. Tu dois revenir me voir.

Ma guitare me manque, travailler me manque. Le temps d'avant me manque, dans notre grande maison bleue. Ici, je peux juste taper sur ce qui me tombe sous la main, de toutes mes forces. Lit, bureau, chaises métalliques disposées en cercle : tout est dur et rythmique, mais peut-être que ça te plaira, Opal ; tu as toujours préféré les percussions, je ne savais jamais ce que tu allais faire avec, et c'est peut-être ça qui était toujours si excitant chez toi : *je ne pouvais jamais savoir.* Tantôt tu sonnais comme une guerrière, force contre force, tantôt comme un ange faisant couler du miel. Tu te rappelles, « Black Coffee » ? Tu te rends compte que je l'ai écrite rien que pour toi ? Pas les paroles – je sais que tu les détestais – mais ce gros son, la batterie lourde et la basse. J'espérais qu'elle te plairait. Je m'en veux de jamais te l'avoir dit.

Y a un type ici avec moi, Raymond Jr., qui me raconte des anecdotes de sa vie – de belles histoires bien détaillées sur son enfance, ses sœurs à couettes, les barbecues à Kansas City, sa grand-mère qui les gardait et qui vendait des glaces à l'eau et des crumbles depuis chez elle, et c'est sa mort qui l'a fait dérailler. Il dit que ses petites sœurs viendront jamais lui rendre visite, mais il leur écrit quand même à chacune une fois par semaine. En l'écoutant, je me demande où tu es et ce que tu penserais de lui, ce que seraient nos conversations à propos d'une personne aussi charmante et délicieuse traversant une mauvaise passe qui n'en finit pas. Ce que nous pourrions dire de l'humanité et de la persévérance et des erreurs et du pardon. Mais peut-être que tout ça est un peu trop tendre à ton goût ? Je suis plus sûr de rien maintenant, et pas moyen de t'entendre depuis l'autre bout du monde.

Voilà, c'est tout : faut que tu me parles, je t'en supplie, sinon je vais oublier où je suis. Où nous sommes, qui nous avons été. Ils me laisseront sortir, mais je retomberai aussitôt dedans.

Dans l'attente, et vraiment tellement désolé…

Une fois encore, je suis :

Ton Nev

Mais plus Opal s'éternisait à Paris, plus les plaisirs de la ville la charmaient. L'emménagement chez Mackey et Dumont lui donna accès à un cercle encore plus étendu d'artistes et d'intellectuels, dont une grande partie étaient des Américains expatriés. Les répétitions tardives dans l'appartement se transformaient en bœufs sans fin doublés de pots où on lui présentait des gens. Des amis, des voisins, attirés par la musique qui s'échappait dans la rue, passaient un moment ; à chaque fois qu'Opal se réveillait d'une petite sieste volée, elle trouvait un nouveau poulet grillé, d'autres bouteilles de vin, un autre groupe de connaissances venues la saluer. Elle se fit de nombreux amis, prit quelques amants.

OPAL JEWEL

J'ai arrêté de m'inquiéter, je me suis détendue. Je ne saurais pas mieux le décrire. La plupart du temps, ma seule ambition le matin était de me lever, de faire l'amour si j'en avais envie, de tremper un croissant dans du miel. Je ne portais pas une once de maquillage et mes tenues s'étaient calmées. L'appartement de Michelle et Guillaume était mon refuge, une confortable grotte remplie de disques et de bouquins et pleine de recoins où s'affaler. J'ai beaucoup lu : *L'œil le plus bleu [de Toni Morrison]*, Toni Cade Bambara, Maya Angelou, toutes les grandes écrivaines noires dont raffolaient les expats que j'avais rencontrés. Et j'ai commencé à me dire que l'écriture – pas improviser, non : écrire de manière intentionnelle – n'était pas une pratique inaccessible pour moi. C'était quelque chose que mes amis noirs, en particulier, m'encourageaient à essayer, pour me donner d'autres options une fois que j'aurais réussi à me libérer de Rivington.

Mais la question, c'était : qu'est-ce que je vais écrire ? Mon but à l'époque était de faire toujours des choses inattendues. J'avais un carnet et un stylo plume avec de l'encre violette, certains jours je marchais jusqu'au Jardin du Luxembourg et j'allais m'asseoir sur un banc à l'ombre autour de la fontaine Médicis. J'inspirais profondément par le nez et la bouche, tentant de humer l'air, d'en sentir le goût et de le décrire. J'écrivais des poèmes fleuris – littéralement ! – sur la beauté des roses, le chant des oiseaux, les statues de marbre et les rubans de soie dans les cheveux des petites filles qui jouaient autour de moi. Oh, ils étaient vraiment nuls. *[Rires.]* Je n'ai jamais pensé à les enregistrer. J'étais juste dans une phase où j'expérimentais. Où je m'écartais de cette image qui m'avait tant épuisée là-bas, au pays. Et j'ai mis en musique certains de ces poèmes bucoliques, des morceaux acoustiques, parce qu'ils contenaient de jolies pensées paisibles, tu vois, je voulais me prouver et prouver à tout le monde que je pouvais être paisible et jolie si je le voulais, bon Dieu.

Généralement, au magasin, j'interprétais des reprises ou les chansons d'Opal & Nev, mais un soir, j'ai décidé de tester deux ou trois nouveautés que j'avais écrites moi-même. J'ai commis l'erreur de l'annoncer avant à quelques-uns de mes nouveaux amis. Il y avait vraiment foule ce soir-là, tout le monde voulait savoir ce qu'Opal Jewel avait à dire sur le Watergate[1] ou Patty Hearst[2], tous les trucs dingues qui se passaient à ce moment-là. Alors tu peux imaginer comment mes petits poèmes bucoliques ont été reçus…

GUILLAUME DUMONT

Bon, c'était peut-être pas si génial. Et alors ? Elle veut essayer quelque chose, laissons-la essayer, laissons-la faire sortir ce qui doit sortir ! Mais vous autres les Américains, avec vos exigences et vos cases à cocher…

---

1. Le scandale du Watergate fit la une des journaux américains tout au long de l'été 1974, bombardant les citoyens américains de révélations sur les efforts du président Nixon pour dissimuler l'implication de son gouvernement dans le cambriolage au QG du Parti démocrate à Washington.
2. Le 4 février 1974, la fille du magnat de la presse William Randolph Hearst fut kidnappée dans son appartement de Berkeley, en Californie, par l'Armée de libération symbionaise (SLA), un groupe terroriste d'extrême gauche. Un peu plus de deux mois après son enlèvement, Patty Hearst, se faisant appeler Tania, fut filmée par une caméra de surveillance alors qu'elle participait à un braquage de banque au profit de la SLA.

Elle a chanté des comptines, assise sur un tabouret. *[Haussement d'épaules.]* Je l'adore, mais… c'était très confus.

OPAL JEWEL

Après ce spectacle, je suis allée au restaurant avec Michelle, Guillaume et quelques autres, dont le type avec qui je sortais à ce moment-là, un écrivain qui se prenait pour mon mentor, je crois. Assis à côté de moi, ce Nègre a passé la soirée à me faire des commentaires avec une drôle de moue. Il était anéanti, comme si j'avais fait ça exprès pour l'embarrasser devant l'intelligentsia. Le sherry servi avec le dessert m'a tourné la tête, et là, il s'est penché vers moi et m'a posé la question de trop, celle qui peut faire péter les plombs à n'importe quelle fille : « Tu n'avais donc *rien d'autre* à dire ce soir ? »

Ma chérie, je me suis levée et j'ai attrapé la première chose qui m'est tombée sous la main…

MICHELLE MACKEY

Une part de tiramisu. Le pauvre, il l'a mangé comme il fallait.

OPAL JEWEL

… et je la lui ai balancée au visage et, sans réfléchir, je lui ai hurlé dessus : « Fous-moi la paix, je suis *en vacances !* » *[Rires.]* J'étais tellement furieuse, j'en voulais tellement à tous ces gens avec leurs certitudes sur le genre d'artiste que je devais être, que j'ai continué à griffonner ces horribles chansons et à les imposer à mon public. Et c'est toute l'ironie, non ? Même là, quand je chantais ces niaiseries de gamine, l'entêtement que j'y mettais c'était du pur Opal Jewel. Un soir, j'ai fini par me réveiller, j'ai réalisé que j'avais déçu la plupart de mes fans en tentant de tourner le dos à ce que je savais faire de mieux. Les expats qui m'avaient soutenue jusque-là avaient perdu patience, perdu tout intérêt, ils ne se pointaient plus, et c'était tellement de la merde qu'on ne pouvait pas leur en vouloir. Les seuls qui continuaient de venir, c'étaient une poignée de Français qui ne parlaient pas un mot d'anglais – quoi que je puisse raconter, ils restaient là, le regard vide, tout sourire.

Et puis enfin, c'est arrivé : exit Nixon. Michelle et moi avons écouté son discours *[annonçant sa démission le 8 août 1974]* retransmis par la BBC, mon cœur battait si fort. Nous hurlions et sautions partout, à trois heures du matin. Les gens en Amérique avaient manifesté, et ces marches avaient mis la pression sur les représentants *[du Congrès]*, qui avaient à leur tour fait pression sur ce vieux retors de Nixon pour qu'il vire son cul de la Maison-Blanche. Je sais que pas mal de gens disent qu'il s'agit d'un jour sombre pour les États-Unis, mais n'était-ce pas plutôt la démocratie en marche ? N'était-ce pas une lueur d'espoir, de voir que même le pouvoir ne pouvait s'affranchir de la vérité, et l'espoir n'est-il pas ce qui compte le plus ? La raison qui nous pousse à lever le poing et à ouvrir la bouche ? Qui nous pousse à imaginer qu'un « meilleur » existe ?

J'ai dit à Michelle, en rêvant à moitié : « Tu trouves ça dingue, si je te dis que j'aimerais bien être chez nous, là, maintenant ? » Ça faisait un moment que j'avais le mal du pays, mais jusqu'à cet instant, j'avais eu honte de l'avouer. Bien sûr, l'enthousiasme général n'a pas tardé à retomber – il s'est écoulé quoi, un mois *[avant que le président Gerald Ford n'amnistie Richard Nixon]* ? Mais cet espoir-là a suffi pour me convaincre qu'il était temps de rentrer.

Quand j'ai quitté Paris, j'étais presque à sec ; pour le vol retour vers New York, je me suis retrouvée tassée contre un hublot en classe économie. Mais je me sentais bien, je réfléchissais à la direction qu'était censée prendre Opal Jewel, à présent. Et ce qui est resté pour moi une source d'inspiration durable, étrangement, c'est l'image de Madame Josephine à demi-nue sur scène, à Versailles. Elle qui avait mené une vie de femme indépendante, sans cesse changeante, une vie de résistance personnelle et politique, n'en servait pas moins à son public ce qu'il voulait. C'était sa case à elle, j'imagine, à l'intérieur de laquelle elle travaillait du mieux possible.

chapitre 20

« LAISSER DERRIÈRE MOI LES TRAUMAS DU PASSÉ »

* *

En tout, les « vacances » parisiennes d'Opal Jewel s'étirèrent sur près de neuf mois, de fin novembre 1973 à mi-août 1974. Si les répercussions du scandale du Watergate dominèrent l'actualité des États-Unis durant cette période, il se passait cependant beaucoup de choses dans le paysage culturel. En décembre, un nouveau club un peu anarchique baptisé CBGB & OMFUG ouvrit ses portes sur Bowery, ce recoin mal famé du sud de Manhattan ; l'été suivant, dans un jardin public du Bronx, un DJ qui se faisait appeler Kool Herc siphonna le courant d'un lampadaire pour donner le premier concert de hip-hop en plein air. En mars, un cancer emporta Candy Darling, l'une des fameuses Warhol Superstars de la Factory, qu'Opal avait souvent aperçue au Max's ; Duke Ellington succomba au même mal en mai.

Le cercle new-yorkais d'Opal avait lui aussi connu de grands bouleversements. Les dirigeants de Rivington Records, impatients de graver un nouveau disque d'Opal & Nev dès que ce dernier serait sorti de sa cure de désintoxication, n'en pouvant plus de voir Opal flâner à Paris, s'étaient mis à investir dans d'autres projets en signant des groupes proto-punks (dont Land of the Free et des Curlicutes nouvelle version). Harlem aussi lui parut glacial à son retour.

OPAL JEWEL

Quand j'ai fini par rentrer à New York, même miss Ernestine me regardait de travers. Avec toutes ces dépenses, j'avais pris du retard dans le paiement du loyer, si bien qu'elle avait attribué ma chambre à un autre locataire.

VIRGIL LAFLEUR

Mad avait si peu communiqué durant son séjour là-bas que je ne savais même pas si elle reviendrait un jour, et j'avais peur que cela soit dû à la manière dont nous nous étions quittés à Paris. Une fois rentré à New York, j'ai décidé de passer à autre chose. Pourquoi aurais-je laissé mon talent se perdre ? Outre les cours que je suivais, j'avais entendu parler d'une actrice de série télé qui avait un petit quelque chose, et un nez assez intéressant pour envisager une transition vers de moins sinistres perspectives, et j'aurais pu aider cette fille avec sa garde-robe pour les auditions. Et là, *pouf*! Mad réapparaît brusquement, et veut que tout redevienne comme avant. Elle se pointe chez moi avec ses bagages, sort de ses sacs en guise de cadeaux de malheureux savons français à la lavande, s'imaginant que cela va suffire à lisser notre brouille.

J'étais bien sûr content qu'elle rentre, mais je lui ai déclaré sans détour que si elle voulait que notre collaboration professionnelle se poursuive, elle ne devait plus tenir pour acquise ma loyauté inconditionnelle. Elle allait devoir respecter mon temps et mon indépendance. Et non seulement elle s'y est tenue depuis ce jour, mais elle a fait tout son possible pour se montrer généreuse – elle m'a présenté à Han[1], m'a aidé

---

1. Lors d'une cérémonie civile présidée par Opal Jewel, Virgil LaFleur épousa son partenaire de longue date, l'artiste conceptuel japonais Han Ishi, en 2011, peu après la légalisation du mariage gay dans l'État de New York. Ils s'étaient rencontrés vingt-sept ans plus tôt, alors qu'Ishi dirigeait l'unique clip vidéo réalisé pour promouvoir le deuxième album solo d'Opal, *Temper*.

à ouvrir cette boutique… Elle s'est battue chaque fois que c'était possible pour que je sois son styliste, alors que je sais combien ce genre de demandes peuvent parfois être malvenues. Ce sont ces choses-là dont j'essaie de me souvenir quand des humeurs sombres me submergent en pensant aux rêves que j'ai remis à plus tard.

Et je repense à ce qu'elle m'a dit le soir de son retour : qu'elle était vraiment prête à se remettre au travail. Je lui ai donné des draps et un oreiller pour ma méridienne, ainsi que le reste de son courrier accumulé, et je lui ai dit : « C'est une bonne nouvelle – mais tu ferais bien de vérifier s'il y a encore du travail qui t'attend. »

Une bonne partie de ce courrier étaient des lettres de Mercurials, triées et réexpédiées à Harlem par Rosemary Salducci. Quelque chose chez Opal poussait certains fans, essentiellement des jeunes filles, à lui déballer l'histoire de leur vie – des récits de solitude, de dépression, de rage. Ces fans lui envoyaient des photos d'eux et lui demandaient si elle allait bientôt sortir un nouvel album, quand elle passerait par leur ville. Opal avoue aujourd'hui que, confrontée à cette dévotion si écrasante, elle eut du mal à ne pas se sentir coupable – sentiment exacerbé lorsqu'elle trouva, sous cette pile de courriers d'admirateurs, toutes les lettres que Nev lui avait écrites, encore cachetées, avec un élastique autour.

Le partenaire musical d'Opal avait passé l'essentiel de leur break entre deux cliniques de désintoxication, rechutant lourdement entre ces deux séjours. Juste avant qu'il n'arrête pour de bon d'écrire à Opal, ses lettres avaient atteint un pic de désespoir. Quand reviendrait-elle ? voulait-il savoir, et elle ne lui avait jamais répondu.

OPAL JEWEL

[Après avoir lu les lettres de Nev] je suis descendue dans le West Village pour voir comment il s'en sortait. C'était très tôt le matin – je ne voulais pas de scène. Mais quand je suis arrivée devant la maison, un petit groupe d'ouvriers étaient en train d'installer une clôture autour du petit coin de trottoir, au pied du perron, où les Mercurials venaient déposer leurs fleurs et leurs cadeaux. L'un des types a semblé me reconnaître, je lui ai souri et j'ai demandé : « Mon ami vit encore ici ? » Et le gars a répondu, *Oh oui oui, miss Opal*, et m'a laissée passer pour que je sonne à la porte.

Nev a ouvert, l'air frais et propre. Cela faisait deux ans que je ne l'avais pas vu avec une si bonne mine – ses cheveux roux luisant comme le pelage d'un setter irlandais. *[Rires.]* En plaisantant, je lui ai fait : « Hey Nev, ils t'ont filé de la Blue Magic ou quoi, là où t'étais ? » Mais quand j'ai tendu la main dans l'entrebâillure de la porte pour le toucher, il s'est raidi. Comme s'il avait peur de moi, comme s'il ne me connaissait plus. J'ai fait : « Ah. »

J'ai failli m'en aller mais il m'a rappelée et a défait la chaîne, alors je l'ai suivi à l'intérieur. La maison avait changé – il avait acheté des meubles et de la vaisselle, des peintures étaient accrochées aux murs. Des motifs floraux partout, la moquette impeccable aussi. La marque d'une femme, à l'évidence. Peut-être que cette fille dormait encore à l'étage ; je l'ignorais et il aurait été déplacé de poser la question. J'étais juste heureuse de le voir en bonne santé – le chemin qui l'avait mené jusque-là m'importait peu.

Il avait un mixeur dans la cuisine, il a plongé la main dans une jardinière sur l'appui de fenêtre dont il a arraché une poignée de feuilles vertes, qu'il a jetées dans un plat avec des fruits rouges et de la glace. J'ai demandé : « Bon Dieu, qu'est-ce que… ? » Il a refermé le couvercle de l'appareil et a mixé tout ça pendant dix bonnes minutes, appuyant et rappuyant sur le bouton, si bien que ça craquait et ça vibrait pendant que j'essayais de lui parler, de lui expliquer qu'après la tournée j'avais eu besoin d'un break pour faire le point, tout comme lui-même en avait eu besoin pour redevenir clean. Quand il en a enfin eu terminé avec ce vacarme, j'ai dit : « OK, Nev, je vois que tu es en colère. Moi aussi, avant, j'étais en colère. Et si on faisait avec, qu'est-ce que t'en dis ? Et si on enregistrait un nouvel album ? » Lui, il est là, en train d'engloutir sa mixture d'herbes dans un verre, en me lançant un regard noir du coin de l'œil, sa fameuse pomme d'Adam gargouillant de bas en haut. *[Rires.]* Quand il a eu terminé de boire, j'ai insisté : « D'accord ? » Et il a répondu : « Je sais pas. Je suis censé prendre les choses au jour le jour. »

Je lui ai dit : « Bon, OK, je vais respecter ton espace. » Qu'aurais-je pu faire d'autre ? Je l'ai laissé derrière la clôture qu'il était en train de construire et je suis retournée dans mon coin à l'autre bout de la ville. J'attendais qu'il m'appelle pour dire qu'il était prêt, et, entretemps, j'ai commencé à écrire des trucs de mon côté. J'ai passé le reste de l'automne blottie dans ma couverture sur le canapé de Virgil, esquissant posément des concepts. J'avais un million de débuts de chansons et j'étais nerveuse mais excitée à l'idée de les partager, des riffs explosifs absolument raccord avec l'énergie et la direction que nous nous étions fixées. Je pensais que quand nous finirions par nous retrouver, Bob, Nev et moi, nous allions collaborer comme nous avions su le faire pour *Things We've Seen*. Que ça fuserait dans tous les sens, avec des paroles bien punchy, une musique plus gonflée, plus frappante. Nous aimions tous les deux inventer des personnages, alors j'en ai imaginé qui nous feraient briller tous les deux, que nos fans adoreraient. Virgil me donnait des idées de costumes et de mise en scène pour aller avec. J'étais très satisfaite de ma contribution, et j'espérais que ça compenserait la pause dont j'avais eu besoin.

Et puis quand Nev a fini par appeler… La même longueur d'ondes, tu parles… Nous étions carrément sur des planètes différentes.

RETRANSCRIPTION PARTIELLE DE L'ÉMISSION « DES JOURS MEILLEURS POUR NEV CHARLES »,
CBS Sunday Morning, *13 juillet 2008*

SERENA ALTSCHUL : Pas mal de gens diraient que vous en êtes sorti *[de sa cure de désintoxication]* non seulement débarrassé de vos addictions, mais dans la peau d'un artiste totalement nouveau. Cette expérience a-t-elle adouci Nev Charles, d'après vous ?

NEV CHARLES, *gloussant et se trémoussant sur son tabouret de piano* : C'est possible, oui. Je suis plus doux par certains aspects, plus dur pour d'autres. Tout ce que je peux dire, c'est que quand mes organes internes ont cessé de se fracasser contre les os de mon squelette, quand j'ai calculé que je préférais mourir plutôt que revivre ce cauchemar, je me suis juré que ma vie allait changer sur un ou deux points cruciaux. Il fallait qu'elle se… simplifie. J'étais dans cette petite ville du Vermont, sans aucune distraction, juste obligé de rester dans un calme assourdissant. Mais le fondateur du centre se trouvait être un amateur de musique classique, apparemment il avait lui-même pris quelques cours et estimé que la chose avait un intérêt thérapeutique. Figurez-vous qu'il y avait un *piano* dans la salle commune, pour que nous autres, les alcoolos et les junkies, puissions l'écouter déchiffrer Bach le dimanche. Bon, le piano et moi, on s'était jamais vraiment bien entendus jusque-là – j'étais un *[grossièreté censurée]* et je pense sincèrement que j'en suis toujours un – mais ce piano était le seul instrument auquel j'avais accès. J'étais à des kilomètres de mes guitares et de tous les autres trucs, organiques ou synthétiques, qui m'avaient toujours servi de béquilles. Ça m'a d'abord rendu furieux, parce que je voulais que ça balance comme avant, je voulais que ma musique reflète ce que je ressentais dans ma tête. Mais à force de passer tous les jours devant ce piano, à l'heure du petit déjeuner, le début de la Prière de Sérénité a fini par plus me lâcher – *Dieu, donne-moi la sérénité d'accepter les choses que je ne peux pas changer*... Faut dire qu'une broderie encadrée de cette prière trônait sur le capot du piano, ce qui a peut-être joué. *[Rires.]*

SERENA ALTSCHUL : Et les choses que vous ne pouviez pas changer, c'étaient...

NEV CHARLES : Ouais, ouais, ma passion pour la musique. Je me suis dit, *Bon, je suis manifestement pas dans une situation idéale en ce moment, mais ça ne veut pas dire que je peux pas avoir de musique, si ?* À partir de là, j'ai commencé à considérer ce piano comme une source de réconfort, comme une porte qui s'ouvrait et me ramenait à la beauté des choses élémentaires. De jolies mélodies, de belles chansons d'amour. « Rosy. » Je me suis mis à jouer mes vieux morceaux pendant mon temps libre et ça semblait gêner personne ; en fait, les gens aimaient plutôt ces chansons et semblaient étonnés que je sois capable de jouer des choses aussi différentes. Puis progressivement, je me suis remis à écrire, griffonnant dans les petits cahiers qu'ils nous donnaient pour y noter nos progrès, en m'inspirant du cadre et des gens qui m'entouraient. Les paroles que j'écrivais étaient encore un peu décalées, évidemment, mais les histoires que j'avais le plus de facilité et de plaisir à écrire étaient les plus personnelles, les plus intimes. Parfois même des histoires idiotes, quand j'avais besoin d'un sourire.

SERENA ALTSCHUL : Et cette direction-là allait à l'inverse de la musique que vous aviez composée jusqu'alors...

NEV CHARLES : Bien sûr que j'étais encore très sensible à

tout ce qui se passait dans le monde autour de moi, et très fier de la musique, par exemple, qu'Opal Jewel et moi avions créée ensemble. Mais j'avais moins envie de faire des trucs énormes et bruyants, et j'étais davantage inspiré par un registre plus modeste, plus nuancé, plus travaillé. Je me suis dit que c'était le moment d'évoluer, de laisser derrière moi les traumas du passé.

OPAL JEWEL

Il m'a joué ce qu'il avait composé sur son piano, et c'était cool. *[Haussement d'épaules.]* Simplement, ce n'était pas Opal & Nev. Je ne pensais pas que les choses tourneraient comme ça, pas après tout ce que nous avions traversé ensemble, et je ne voyais pas comment l'artiste que j'avais décidé de devenir pourrait avoir sa place dans ces chansons qu'il avait soi-disant écrites pour nous. On aurait dit le début d'un projet alternatif un peu bizarre, des genres de gribouillis – un peu comme mes poèmes bucoliques, à Paris. Certaines de ces chansons me faisaient taper du pied, mais en les écoutant, impossible de me dire : *Voilà ce qu'il faut que je fasse.* J'étais contente que Nev aille mieux, mais je savais déjà que ça ne marcherait pas pour la partie Opal d'Opal & Nev. Elle aurait eu l'air de quoi, à chanter ces petites bluettes sentimentales un peu rigolotes ?

BOB HIZE

Nev avait travaillé sur une série de belles chansons d'amour mélancoliques, merveilleusement étranges – du moins, elles sonnaient comme ça ; c'était le feeling qui se dégageait de la musique et des parties vocales, même si les paroles étaient un peu obscures. Au début, nous étions perplexes mais avons peu à peu nous nous sommes laissés gagner par un enthousiasme prudent, parce que c'était la version Rivington de ce qui faisait un tabac à l'époque dans les hit-parades et à la radio : Billy Joel, Elton John, ou même ce cher Jim Croce[1]. Mais il n'était pas évident de concilier cette nouvelle orientation avec celle qu'Opal avait en tête, qui consistait plutôt à persister et signer. Des éclats de guitare, une batterie encore plus nerveuse, des refrains en question-réponse qui auraient été sensationnels dans les clubs de rock où ils avaient l'habitude de jouer, ou bien, par exemple, dans les manifs contre le nucléaire. En plus, Opal avait tellement pris son essor au cours des deux années précédentes – entre ses efforts pour sauver la tournée et les spectacles dont elle était la seule tête d'affiche à Paris, elle était devenue elle-même une sacrée leader, faite pour le devant de la scène. En tant que producteur, j'ai dû m'interposer et leur dire : « Bon sang, vous deux, vous pouvez me dire ce qu'on fabrique ici ? »

OPAL JEWEL

Personne n'essayait d'étouffer la créativité de Nev, sa musique, et surtout pas sa sobriété durement gagnée. Je lui ai dit que j'étais prête à bazarder tout ce que j'avais écrit et à tout reprendre du début si, lui aussi, il acceptait de le faire, pour qu'on travaille ensemble à construire quelque chose de neuf qui nous convienne à tous les deux. Mais Nev était attaché à ses compos, et je respectais ça. Je n'étais même pas fâchée contre lui, et je me suis vraiment efforcée de ne pas m'offusquer du fait qu'en tant qu'artiste blanc et masculin, c'est toujours à Nev que serait accordé le bénéfice du doute, quoi qu'il fasse. Mais j'étais frustrée par tout ce processus.

---

1. Le 20 septembre 1973, l'auteur-compositeur-interprète folk et rock Jim Croce périssait dans un crash aérien lors d'une tournée. Plusieurs morceaux de son album posthume *I Got a Name*, sorti en décembre de cette année-là, restèrent sur les listes des meilleures ventes pendant une bonne partie de l'année 1974, tandis que le titre éponyme était repris dans des films et des publicités.

Un beau jour, ça m'a échappé : « Il faut juste qu'on continue en solo, alors. » Je ne le pensais pas totalement, mais une fois cette idée lâchée, plus moyen de la reprendre.

Cette idée d'albums solo titillait la curiosité des dirigeants de Rivington Records, mais les rendait aussi nerveux. Opal & Nev étaient devenus célèbres de manière symbiotique – les prouesses scéniques d'Opal, déclenchées par les compositions de Nev ; les compositions de Nev embrasées par les prouesses scéniques d'Opal. Démêlés l'un de l'autre, chacun pouvait très bien faire un flop. Mais d'un autre côté, Opal & Nev risquaient de sombrer dans l'oubli si leurs chamailleries autour de l'orientation artistique du duo s'éternisaient. Harris, la spécialiste des relations publiques, suggéra un compromis.

BOB HIZE

Le plan consistait à faire un double album. Nous l'appellerions *Hers & His* (« Ses chansons à elle et ses chansons à lui »), et l'idée était que chacun pourrait développer jusqu'au bout sa partie, et qu'ainsi tous deux seraient pleinement satisfaits, chacun de son côté. Opal chanterait des chœurs sur la partie de Nev, et lui jouerait de la guitare sur celle d'Opal, histoire de maintenir un lien entre les deux. Lizzie avait même déjà une idée pour les visuels – deux portraits en noir et blanc, Opal au recto et Nev au verso, avec leurs mains entrelacées à l'intérieur, en couleur, quand on ouvrirait la pochette. Comme Lizzie nous a vendu la chose, ça paraissait très équitable, une manière pour eux d'être ensemble tout en restant indépendants.

OPAL JEWEL

Petit cours d'histoire, maintenant – rembobinons jusqu'au « séparés mais égaux ». Ça peut sembler logique en théorie, pas vrai, donc comment se fait-il que ce soit un mensonge ? *Parce qu'en fin de compte, ça n'aboutit jamais à une égalité.* Surtout quand vous avez d'un côté un soi-disant « problème noir », et de l'autre des Blancs qui commandent.

J'avais un mauvais pressentiment, mais j'ai quand même accepté. Néanmoins, j'avais posé mes conditions : le même temps en studio avec Bob, le même budget pour mes autres musiciens, tout ce qui permettrait à ma portion de l'album d'être aussi bonne que j'en étais capable. Et juste parce que je demandais ce que je méritais, les gens ont eu l'air de penser que j'étais une terroriste.

HOWIE KELLY

Je me suis dit, *Comment cette fille peut-elle être aussi ingrate ?* Nev a eu ses problèmes, certes, mais est-ce étonnant quand on a affaire à elle ? Il l'avait sortie du ghetto, à Détroit, puis il lui avait sauvé la vie pendant l'émeute qu'*elle* avait provoquée, et il lui avait même écrit des tubes ! Nous l'avions rendue célèbre dans la plus grande nation au monde ! Et d'un seul coup, rien de tout ça n'est assez bien pour elle ? D'un seul coup, elle veut être la boss absolue ?

ROSEMARY SALDUCCI

J'avais sympathisé avec une secrétaire qui travaillait pour un gros label, et un jour, on rigolait autour d'un verre en partageant nos ragots du boulot, et là, elle me demande : « C'est vrai qu'Opal a exigé d'avoir un bureau à elle chez Rivington ? » J'ai répondu : « Non, c'est ridicule. Qui t'a dit ça ? » Alors elle me raconte tous les ragots qu'elle a entendus, comme quoi Opal Jewel est vraiment un cauchemar. Qu'elle aboie soi-disant sur les gens qu'elle n'aime pas, fait brûler des racines malodorantes dans le studio… Moi, je regarde cette fille, *T'es sérieuse, là ?* Mais c'est comme ça que les gens de l'industrie parlaient d'Opal. C'était horrible, et je suis sûre que ça a joué un rôle dans la tournure qu'ont prise les choses.

Deux semaines avant l'enregistrement de Hers & His, *Opal se rappelle avoir été convoquée chez Rivington.*

OPAL JEWEL

Je me suis dit qu'ils voulaient peut-être changer des détails sur l'album à la dernière minute, ajouter deux-trois duos ou quelque chose comme ça. J'ai marché tranquillement jusqu'au studio et j'ai ouvert la porte qui donnait sur la régie, et de l'autre côté de la vitre, je les ai aperçus autour du piano. Nev était assis sur le tabouret, il me tournait le dos, mais j'ai vu les trois autres redresser la tête. Lizzie a détourné précipitamment le regard, et Bob pressait un mouchoir sur sa bouche, comme s'il était à deux doigts de vomir. Mais je dois accorder ça à Howie : il a gardé la tête haute tout le temps que je suis restée plantée là à les regarder, de l'autre côté de la vitre, il me souriait en me faisant signe d'entrer. Je suis restée pétrifiée quelques secondes, à me préparer au choc. *Quoi qu'il arrive, ma fille, garde ton sang-froid…*

BOB HIZE

Cette décision avait été prise contre ma volonté, alors j'avais dit à Howie et Lizzie qu'ils allaient devoir l'annoncer eux-mêmes à Opal. Avec le recul, vu sa réaction, je regrette vraiment de ne pas l'avoir fait. Cela aurait sans doute été moins violent.

OPAL JEWEL

Je me suis assise à côté de Nev sur le tabouret de piano et je l'ai poussé du coude. Je lui ai demandé, de but en blanc : « C'est quoi le problème ? Qu'est-ce qui se passe ? », mais lui, il a continué de contempler les touches du clavier. Alors Howie s'est mis à jacasser : « Je comprends pas pourquoi vous avez tous l'air si morose – on a une bonne nouvelle, Opal ! Vous allez avoir exactement ce que vous vouliez. » J'ai répondu : « Allez-y, je vous écoute. » C'est là que Lizzie m'a annoncé qu'elle avait fourgué à je ne sais quelles huiles de la radio à LA des maquettes des nouveaux morceaux de Nev – des maquettes dont j'ignorais même qu'il les avait enregistrées, d'ailleurs, bien protégé derrière sa nouvelle clôture – et le buzz était déjà tellement bon que Rivington Records était prêt à miser sur lui en solo, si lui aussi, ça le tentait. Bon, j'étais capable de lire entre ces lignes-là. Je savais ce que ça signifiait : Nev allait décoller et mon petit bout de ce projet allait prendre la poussière sur une étagère.

J'ai dit à Nev : « Donc ça y est ? Ça te va qu'on finisse comme ça ? » Alors il a grommelé entre ses dents et ça m'a rendue dingue qu'il soit aussi faux-cul et ne me regarde toujours pas dans les yeux. Je l'ai poussé du tabouret et lui ai crié dessus : « Dis ce que t'as à me dire, Nev ! Vas-y, crache ! » Bob et Lizzie se sont précipités pour s'interposer entre nous et Howie m'a attrapée par les poignets et m'a coincé les bras dans le dos. J'ai hurlé à Howie de me lâcher, et Bob me disait, *Calmez-vous s'il vous plaît, calmez-vous*, et là, Nev s'est relevé. Il a épousseté les fesses de son jean pendant que Howie me tenait toujours par les bras, et il a pointé un long doigt maigre sur mon visage : « C'est *toi* qui m'as laissé tomber. C'est toi qui as commencé ! » Voilà ce que Nev m'a crié, en s'étranglant à moitié, comme si nous étions des gosses de six ans dans la cour de l'école.

ROSEMARY SALDUCCI

Je pense sincèrement qu'Opal a un peu brisé Nev. Enfin, pas *intentionnellement*, bien sûr, mais je crois qu'elle aurait pu facilement arranger la situation si elle avait ravalé son orgueil et lui avait dit quelques mots gentils, histoire de lui faire sentir qu'elle ne le planterait pas comme ça. « T'as tout à fait raison, c'était égoïste de ma part de m'en aller aussi longtemps, reprenons tout à zéro, je suis désolée. » *[Roulant de gros yeux.]* Je veux dire, nous savons très bien vous et moi que c'est du flanc, cette manière qu'ont les hommes de bouder quand les femmes qu'ils aiment leur font du mal, les pauvres, mais qui sait ? Peut-être qu'il aurait suffi de le caresser un peu dans le sens du poil. *[Elle murmure.]* Il suffit de regarder les écervelées à qui il verse des pensions alimentaires[1], enfin, je dis ça comme ça.

OPAL JEWEL

Impossible d'*arranger* quoi que ce soit, pas à cet instant, pas dans ce studio. Parce que je voyais bien qu'il ne s'agissait pas juste de ma désertion après le craquage de Nev. Il y avait aussi tout ce qui l'avait agacé quand j'étais avec lui. Le fait que je reçoive plus d'amour pendant cette tournée, plus d'attention de la part des médias… Des trucs auxquels je ne pouvais rien et que son ego ne digérait pas, du moins pas quand il était sobre. Bon, je pouvais *comprendre* qu'il se sente parfois en danger, éclipsé, et même qu'il soit jaloux. Mais *m'excuser* ? Nous étions censés avoir dépassé ce stade-là ! En tout cas, je lui avais déjà exprimé le fait que j'étais désolée pour le rôle que j'avais joué pendant l'émeute, car c'était ça qui nous avait propulsés sous le feu des projecteurs. Et en parallèle de ces excuses, je lui avais dit clairement qu'à compter de ce jour, il ne me devait plus rien – il aurait pu me laisser

1. Nev Charles a divorcé trois fois. Toutes ses ex-femmes – dont la première, Wendy Meiers, une apprentie-esthéticienne qui vivait avec Nev quand Opal lui rendit visite en rentrant à New York – ont refusé de témoigner dans cet ouvrage.

me débrouiller avec mes problèmes. Mais Nev avait dit non. Il voulait qu'on travaille ensemble. Donc maintenant que nous nous retrouvions dans cette situation, j'étais censée faire quoi ? Avoir honte d'être qui j'étais ? De vouloir exprimer mon style et mes opinions, et tirer le meilleur parti des outils que je possédais ? D'avoir nagé encore plus fort afin de nous maintenir à flot tout le temps qu'il avait décidé de se noyer ? Eh bien, pas question de m'excuser pour ces choses-là, ni de promettre à Nev qu'à partir de maintenant j'allais m'effacer pour lui permettre de se reconstruire. Même si des excuses et des promesses avaient pu nous sauver.

J'ai perdu d'un seul coup toute envie de me battre. Même Howie a dû sentir que c'était terminé, car il m'a lâché les poignets. Oh, j'étais tout à fait en paix. J'ai même pris la main de Nev, celle qu'il avait pointée sur moi avec tant de colère, tellement de *souffrance*, et j'ai entrelacé nos doigts comme nous étions censés le faire à l'intérieur de la pochette de notre nouvel album. J'ai fermé les yeux, j'ai puisé au fond de mon cœur tous les bons moments que nous avions partagés tous les deux, cette œuvre si puissante, je savais que rien ne pourrait jamais la ternir, et j'ai lancé une prière que Pearl aurait saluée d'un alléluia : que Nev reçoive tout l'amour et le succès que son cœur pourrait gérer là-dehors, tout seul. Ouais, j'ai fait la même prière pour ma propre carrière. Mais vous savez ce qu'on dit sur la manière qu'a Dieu d'exaucer nos prières… *[Dans un sourire peiné.]* Qu'il aime mieux faire seulement la moitié du chemin.

NOTE DE L'ÉDITRICE

Bob Hize ne devait plus jamais superviser Opal & Nev dans un studio. Et lui qui rêvait qu'un rétablissement miraculeux lui permettrait d'assister à leur show au Derringdo Festival, ou au moins de rester suffisamment lucide pour en suivre jusqu'au bout la retransmission en direct, il est mort le 28 avril 2016. Six malheureuses semaines avant le grand revival.

Le jour où ses amis et anciens collègues se sont réunis en fin de matinée pour lui rendre hommage, j'ai aperçu Melody Hize Jorgensen dans le couloir menant à son appartement. Sortant au moment où j'arrivais, l'unique fille de Bob portait un pantalon de jogging et un débardeur froissé. Son expression était triste, mais accueillante, indéfectiblement courtoise. Cette même expression que j'avais vue traverser le visage de son père quand je l'interrogeais sur de menus détails dont il ne se souvenait plus, ou quand – les mauvais jours – il avait du mal à rester éveillé.

Je me suis présentée à Melody, lui ai présenté toutes mes condoléances et tendu le bouquet de roses blanches que j'avais apporté. Elle a eu un sourire crispé, a hoché la tête et pris les fleurs. « Merci d'être venue », a-t-elle dit, d'une voix essorée. Combien de fois avait-elle répété cette petite scène ? Contre la poche de son jogging, ses doigts tripotaient un cylindre argenté.

« Je peux aller déposer les roses à l'intérieur, si vous devez sortir », ai-je proposé.

Elle a ouvert la bouche comme pour protester mais, se ravisant, elle a soufflé brusquement. « C'est gentil de votre part. » Elle m'a rendu le bouquet et a suivi mon regard jusqu'à sa cigarette électronique. L'a levée dans un nouveau sourire crispé. « Sale habitude, je sais. J'essaie d'arrêter, comme mon père m'a suppliée de le faire. Je crois que je n'ai jamais eu sa force de caractère.

— Vous n'avez pas à vous justifier, ai-je répondu. J'imagine combien cette journée doit être éprouvante. »

L'ascenseur a sonné ; d'autres invités en sont sortis.

« Je vous en prie, servez-vous en boissons fraîches », a lancé Melody aux inconnus que nous étions tous, avant de s'engager dans l'escalier de secours.

En me frayant un passage dans l'appartement de Bob, j'ai compris pourquoi Melody s'était sentie submergée. Le séjour semblait beaucoup plus exigu que dans mon souvenir. Des invités papotant par petits groupes m'ont saluée d'un hochement de tête par-dessus leurs coupelles de charcuteries, de muffins, de fruits frais coupés en lamelles. Un store translucide avait été tiré devant la grande baie vitrée, brouillant la vue panoramique sur le parc qui m'avait coupé le souffle lors de ma première visite. Mais le soleil tapait incroyablement fort ce jour-là. L'atmosphère de la pièce était moite et chargée d'odeurs. Après-rasage. Café. Des fleurs semblables à celles que j'avais apportées, qui fanaient déjà.

J'ai remonté la piste de cette ultime senteur écœurante jusqu'au quart-de-queue de Bob, campé sur son tapis persan. Malgré les mesures prises pour atténuer l'éclat du soleil, la laque noire du piano étincelait. Les invités se tenaient à distance respectueuse de l'instrument – le banc soigneusement rangé dessous, le lourd couvercle refermé. Dessus : parmi les fleurs éparpillées, de différentes variétés mais toutes blanches, était disposée l'urne ouvragée contenant les cendres de Bob et une photo au format 20 x 25 dans un cadre doré. Une version bien plus jeune de lui s'y tenait debout en bras de chemise et pantalon à pinces, devant une table de mixage et deux gigantesques enceintes. Une horloge murale indiquait trois heures. Son visage joyeux était tourné vers l'objectif ; ses bras levés au ciel, comme si on l'avait pris en train de célébrer la prise qui tue.

J'ai placé mon offrande de roses blanches sur la pile, puis balayé du regard la pièce en quête d'un endroit où m'asseoir, d'un truc à faire, d'un ancrage quel qu'il soit. Près de la longue table sur laquelle la nourriture était disposée, au fond de la salle, j'ai reconnu deux silhouettes penchées sur les plateaux, en train de remplir leurs coupelles – un vieil homme voûté agrippé au coude d'une femme à la chevelure imposante. J'ai fait la queue derrière eux.

« Vous voulez du melon ? braillait Rosemary Salducci à l'oreille de Howie Kelly, qui tenait ses couverts en plastique dans une main et sa petite assiette dans l'autre.

— Hein ?

— Du melon, Howie, du MELON ! Cantaloup !

— Ouais, ouais, a grommelé Howie, puis il s'est retourné le visage tout froissé quand ma main a effleuré son bras.

— Ravie de vous revoir, ai-je dit. Même si j'aurais préféré que ce soit dans d'autres circonstances…

— Il ne vous entend pas, ma chérie, m'a lancé Rosemary par-dessus la tête de Howie, d'une voix moins forte. Il a des soucis avec son appareil auditif, aujourd'hui. Son satané fils met toujours un temps fou à régler le moindre problème. » Elle s'est penchée à l'oreille de Howie et s'est remise à brailler. « C'est Sunny. La fille de Jimmy Curtis, du magazine *Aural*.

— Bon sang, Rosie, je sais qui c'est ! » a répliqué Howie en me désignant d'un mouvement du menton, le front toujours plissé, puis il s'est tourné de nouveau vers Rosemary. « Elle est venue me demander de lui raconter ma vie il y a quelques mois. »

Rosemary a désigné des chaises pliantes calées contre le mur et m'a dit d'en installer une près de la fenêtre, à côté de celles où Howie et elle avaient accroché leurs vestes. Rosemary préférait rester près de la fenêtre ensoleillée, m'a-t-elle confié, car Howie était extrêmement anémié ; ailleurs, il n'aurait cessé de se plaindre du froid. Il se trouvait aussi que cet emplacement offrait à Rosemary (et par extension, à moi aussi) un excellent point de vue sur la pièce. Tandis que son ancien patron était assis à côté d'elle, un peu absent, enfournant dans sa bouche le prosciutto et le salami qu'elle avait empilés dans sa petite assiette, Rosemary m'a montré plusieurs invités – un ingénieur du son ; le plus jeune fils de Bob, Andrew, en train de discuter avec l'héritier de Howie, Mark ; un agent de sécurité qui avait travaillé un moment pour la maison de disques dans les années 1980, après la pire époque des courriers haineux.

Une élégante septuagénaire aux cheveux blond platine, tirée à quatre épingles, a poussé la porte de l'appartement. Elle portait un chemisier gris tourterelle et un pantalon noir, un collier de perles ras du cou. Elle a paru choquée de voir autant de monde.

« Et bien sûr, *elle*, vous savez qui c'est, m'a glissé Rosemary en hochant la tête dans sa direction.

— Eh bien non, à vrai dire.

— Ah. Claudia. La femme de Bob. *Ex*-femme. La pauvre. Elle court partout depuis ce matin, car Melody a vraiment été… » Un geste fugace de la main, un petit sifflement de coucou. « Et les garçons, enfin, vous voyez… On ne peut jamais compter sur eux dans ces moments-là. »

J'ai repensé à Bob me parlant de Claudia avec tant d'enthousiasme et d'affection. Me racontant le soir où elle avait confié ses inquiétudes à sa sœur, au téléphone, lorsqu'il avait signé ce contrat si risqué avec Howie : *Oh, qu'est-ce qu'il a fait ? Qu'est-ce qu'il a fait ?* Assise à l'étage du Smythe, adressant un regard paniqué à son mari quand le Rivington Showcase avait basculé dans le chaos.

« Je suis tellement triste qu'ils se soient séparés, m'a soufflé Rosemary. Mais Bob était parfois vraiment accro au travail, j'en ai été témoin. Peut-être qu'elle en a eu assez de le partager avec tous ces gens. Trop de crises à gérer, trop de drames. Jamais assez de temps. » Elle a secoué la tête. « Howie, a-t-elle crié en se tournant vers son voisin. Avez-vous présenté vos condoléances à Claudia ? »

Howie a posé sa coupelle sur le large rebord de la fenêtre et s'est fendu d'une grimace, campant ses Reebok blanches sur le parquet. « Foutus genoux – vous voulez bien me donner un coup de main ? » a-t-il demandé à Rosemary, qui l'a aidé à se lever et à se mettre en route.

Tandis que Rosemary continuait de papoter, j'ai vu entrer Cherry Allison, des Curlicutes, et Holiday Contagious du groupe Land of the Free, tout en rides et crissements de cuir noir, qui se pavanait derrière elle. Et puis Alice est arrivée – l'infirmière si compétente de Bob, qui m'avait appelée pour m'annoncer sa mort. Elle était vêtue d'un tailleur-pantalon vert olive, légèrement maquillée et portait une courte perruque. C'était la première fois que je la voyais sans sa blouse. Je lui ai fait signe de venir s'asseoir sur la chaise vacante de Howie, et l'ai présentée à Rosemary.

« Où est donc la musique de Mr Hize, aujourd'hui ? » a demandé Alice après que nous nous sommes embrassées sur les joues, et j'ai réalisé que c'était aussi cela qui expliquait mon sentiment d'étrangeté : aucun album ne passait, pas le moindre bourdonnement ne s'élevait de la platine.

J'ai visualisé un chemin jusqu'au dressing qui abritait l'immense collection de Bob. « Vous croyez que je peux choisir un disque ?

— Je crois que Mr Hize aurait voulu écouter quelque chose de bien », a répondu Alice en pointant son doigt vers le plafond.

Alors je me suis éloignée vers la boutique magique de Bob, et me suis une fois de plus enfermée à l'intérieur.

La musique classique semblait mieux indiquée pour un événement aussi sombre, mais n'aurait-elle pas été trop rigide, trop prévisible pour rendre hommage à un homme aussi discrètement anticonformiste que Bob ? J'ai repensé à son irrésistible imitation du style de mon père. « Wah-*PAAAAAH*-pah, wah-*PAAAAAH*-pah… » J'ai localisé la session « swing » et choisi deux ou trois disques, élaborant déjà une playlist dans ma tête. J'ai ajouté Toots & the Maytals sur ma pile, pour faire sourire Alice. Deux albums de jeunesse de Sam Cooke, dont Bob disait toujours qu'il avait admiré les arrangements à ses débuts de producteur, plus *My Generation* des Who… Comme toujours, j'avais un mal fou à me décider.

J'ignore combien de temps je suis restée là, à passer en revue la tranche des pochettes de disque, mais au bout d'un moment, de l'autre côté de la porte, la DJ S. Sunny Shelton a été devancée. D'abord par une intensification soudaine des discussions et ce rire si reconnaissable qui a jailli parmi elles, puis par des applaudissements qui m'ont coupé le souffle. Des acclamations se sont fait entendre et, enfin, la musique. Pas la platine de disques, mais un air enjoué, familier, au piano.

Quand je me suis glissée dans la salle, je n'ai pas pu voir Nev Charles. Il était caché par les endeuillés, debout à présent, massés autour de lui. Nev avait réquisitionné le quart-de-queue de Bob et pianotait tant bien que mal l'intro de son tube solo, « The Lane Where I Lived » [« La petite rue où je vivais »]. Les invités tendaient le cou, tout sourire, juchés sur la pointe des pieds. Immortalisant la scène avec leurs portables tendus à bout de bras.

« À l'évidence, je pensais au pays en écrivant ces paroles. » La voix de Nev, là-bas, au centre du cercle. « Je me souviens que la première fois que je les ai chantées à Hize, il m'a demandé : "Vous envisagez parfois de rentrer, pour de bon ? Peut-être que ça vous ferait du bien." Alors j'ai répondu en plaisantant : "Non, je me contente d'importer des chocolats Cadbury." Mais ce que j'aurais vraiment dû lui dire, et je regrette de ne pas l'avoir fait, c'est qu'ici, il était comme un petit bout de chez moi. Mon frère plus âgé, plus sage… »

Nev a continué de jouer, et je me suis approchée à pas de loup en périphérie du cercle, tête basse. Les deux moitiés de mon être était en guerre l'une contre l'autre. Un nœud s'est formé au creux de mon estomac, et SarahLena a hurlé : *Je vais vomir si je reste ici.* Nouveau nœud quand Sunny a frissonné devant cette opportunité : *C'est ta seule chance de le coincer !* Mes deux moitiés m'ont poussée vers le couloir, dehors. Là, SarahLena allait pouvoir ravaler sa nausée, et Sunny prendre position entre l'ascenseur et l'escalier de secours, et attendre le moment où Nev tenterait de prendre congé.

« Les asters fleurissaient dans la petite rue où je vivais / Le cœur de cette fille aussi s'est ouvert en grand », chantait-il, et quelques invités se sont joints à lui. Je n'apercevais que la masse indistincte de leurs crânes. La seule personne qui se tenait à l'écart du cercle était Claudia – elle furetait partout dans la pièce, jetant les assiettes en plastique et les couverts sales dans un sac poubelle noir. L'espace d'un instant, en m'approchant sans bruit, j'ai décelé comme un orage sur ses traits. Puis elle a souri en articulant un « Merci d'être venue ».

J'ai quitté l'appartement et laissé la porte se clore doucement derrière moi. J'ai fermé les yeux et avalé ma salive ; les voix à l'intérieur étaient, par chance, maintenant étouffées.

Mais alors, je me suis rendu compte que je n'étais pas seule. J'ai entendu l'écho creux de semelles dures sur le plancher. Rouvrant les yeux, j'ai scruté le couloir.

Opal était là, qui faisait les cent pas.

« Oh, a-t-elle lâché, avant de s'arrêter. *Toi*, ici… »

Je ne l'avais pas vue depuis plus d'un mois, et notre dernier entretien sur sa rupture avec Nev. Souffle coupé par l'infarctus qu'elle avait failli m'infliger, j'ai noté qu'elle était habillée avec élégance, à la limite d'en faire trop. Elle s'était couvert la tête d'un chapeau cloche jaune orné d'un nœud en ruban, et portait une combinaison en soie bleu marine et un blazer crème un peu tombant. Des talons rouges à bout ouvert, saupoudrés de paillettes, aussi étincelants que les escarpins rouges de Dorothy dans *Le Magicien d'Oz*.

« Je vous croyais toujours à LA, ai-je dit.

— J'y étais. Nev aussi. Nous étions en train de planifier le show quand Rosemary a téléphoné pour nous prévenir que cette cérémonie avait lieu… » Elle a jeté un regard vers la porte. « Nous n'étions pas sûrs d'arriver à temps, mais… Nev a un jet privé, tu sais. Avec une fille qui lui sert à manger, tout ça. Et c'est *moi* que les gens traitaient de frimeuse.

— Mais pourquoi… Pourquoi êtes-vous venue de si loin pour finalement rester dans le couloir.

— J'ai juste besoin d'un peu de temps, a-t-elle répliqué, sur la défensive. Je n'ai jamais été très douée pour ce genre… d'événement. Et j'imagine que derrière cette porte, il y a un tas de gens que je n'ai pas vus depuis très, très longtemps. » Elle s'est remise à arpenter le couloir, en inspirant profondément. « Si tu veux tout savoir, j'étais en train de pratiquer un exercice de relaxation par le souffle, histoire de ne pas étrangler Howie à mains nues. »

J'ai ri. Pas elle.

« Et toi ? a-t-elle demandé. Tu es ici pour le travail ?

— Non. Enfin, peut-être ? Mais au départ, non.

— Hein ?

— Je veux dire, je suis vraiment ici parce que Bob et moi avions sympathisé. Pendant nos entretiens.

— Ça ne m'étonne pas, a commenté Opal. Bob était vraiment le genre de type qui s'entendait avec tout le monde. Même après cette crasse avec mon contrat, tu vois, il venait aux nouvelles de temps à autre. Me demandait où j'en étais avec ma musique. Il disait : "Essayons d'enregistrer des trucs, Opal. On réfléchira à la logistique plus tard." Et moi, je lui répondais : "Bob, vos avocats savent que vous êtes en train de m'appeler ?"

— Il n'était pas très bon gestionnaire, hein ?

— Je m'en suis rendu compte parce qu'il ne m'a jamais abandonnée. À un moment j'étais vraiment au fond du trou, vraiment dégoûtée de mon sort, et pourtant, lui, il parlait toujours de travailler ensemble. Il disait : "Je sais que vous pensez que cette industrie est peuplée de démons qui ne pensent qu'à l'argent, mais moi au moins, malgré tous mes défauts, vous me connaissez." » Elle s'est interrompue, a laissé échapper un petit soupir amer. « Les gens pensent que j'aurais dû l'écouter. Au lieu de tout laisser tomber. Ils pensent sans doute qu'il est trop tard et que c'est stupide de revenir maintenant. » Elle a secoué la tête ; l'arpentage a repris. « J'imagine que tu en fais partie…

— Pourquoi ? Qu'est-ce qui vous fait croire ça ?

— J'ai parlé à Virgil », a-t-elle répondu dans l'écho de ses pas.

Les allégations de Chet incendiaient le fond de ma gorge. Cela faisait plus de quatre mois maintenant que je les ravalais à chaque fois que je parlais avec Opal. Espérant sans trop y croire pouvoir les discréditer avant qu'elles n'aient l'occasion de causer davantage de dégâts.

« Les répétitions pour Derringdo se passaient tellement bien que je me suis dit que je ferais bien d'appeler mon styliste personnel, a poursuivi Opal. Pour lui donner un budget afin qu'il termine la garde-robe de toute la tournée. Je croyais qu'il allait sauter au plafond ; il n'avait pas arrêté de me pousser à dire oui. Mais là, il m'a confié que pour une raison que j'ignore, tu lui avais dit que je ne devais pas la faire.

— Non, attendez, ai-je protesté. Virgil m'a mal comprise. Ce que je voulais dire, c'est…

— Pourquoi lui dire une chose pareille ? Tu penses que je suis trop rouillée ? Tu crois que je vais me ridiculiser ? Faire honte à Nev ?

— S'il vous plaît, Opal, vous voulez bien m'écouter une minute ? »

Mais elle a poursuivi. « Comment peux-tu me sourire en face et raconter des saloperies derrière mon dos ? Tu sais que je ne supporte pas ça.

— Oui, je le sais », ai-je répondu en lui bloquant le passage. Je l'ai empoignée délicatement par les épaules. « Alors laissez-moi vous expliquer, tout de suite, pourquoi je ne suis pas sûre que ce soit une bonne idée de partir en tournée avec *lui*. » J'ai désigné d'un geste la porte de l'appartement.

Alors dans ce couloir, tandis que Nev achevait son tube sous les applaudissements, je lui ai finalement déballé ces horribles allégations, non encore corroborées. Son ancien partenaire avait-il pu se montrer jadis si avide, si jaloux, si sûr de son bon droit ? lui ai-je demandé. Était-il possible que Nev ait lâché un gang de voyous sur mon père, un homme noir qui avait osé essayer d'empêcher son spectacle ? Se pouvait-il qu'il se soit ensuite exonéré de toute responsabilité, occupé qu'il était à négocier son chemin vers le sommet ?

Opal a redressé la tête, et je voyais distinctement son visage sous le chapeau cloche. En scrutant ses immenses yeux en train de se remplir de larmes, liées l'une à l'autre, isolées derrière cette porte, j'ai repensé à l'histoire que Nev, ironie suprême, m'avait racontée sur Opal. À l'époque où il s'était attardé chez la mère de celle-ci, dans la chaleur de la cuisine, à Détroit, après qu'Opal avait arraché sa perruque pour lui dévoiler son moi secret. *Cette vulnérabilité... Il y a de quoi vous mettre KO.*

Jusqu'à cet instant, je n'avais pas saisi la véritable raison pour laquelle j'avais voulu épargner Opal : pour ne pas mettre en péril ce qui l'avait fait paraître, aux yeux de ceux que son image fascinait, si confiante, si emblématique, tellement plus indomptable et plus courageuse que nous autres, simples mortels tremblants : sa foi en ces choses qu'elle savait avec certitude. Cette capacité à incarner l'intime conviction avait constitué son principal atout. À présent, je voyais une incertitude terrifiante tirer les traits de son visage alors qu'elle s'efforçait d'intégrer ce que je venais de lui dire. Oui, Nev l'avait déjà profondément déçue par le passé ; et oui, ai-je senti, elle savait que s'il la reprenait maintenant, c'était pour rebooster sa carrière en perte de vitesse. Mais peut-être que pour donner du sens à leur histoire et à ce qu'ils avaient un jour été l'un pour l'autre – pour justifier peut-être, à ses propres yeux, ce revival –, elle avait préservé la version de Nev qui existait dans ses souvenirs les plus chers, les plus porteurs d'espoir. Le jeune rouquin gauche et curieux qui l'avait portée hors de ce théâtre, qui l'avait consolée tandis qu'elle hurlait à l'arrière d'un taxi... Ce garçon qui avait été le premier à voir l'or qu'elle portait en elle, qui lui avait tendu la main en disant : *toi, entre toutes.* C'était en lui qu'elle avait cru à la base ; c'était lui qu'elle avait sciemment choisi de reprendre. Et c'était à lui qu'elle s'en remettait tant d'années plus tard pour tenter une dernière fois d'obtenir l'amour et le respect inaltérables qui avaient toujours semblé lui filer entre les doigts depuis que Nev et elle s'étaient séparés.

La porte s'est ouverte, Opal s'est dégagée brusquement. Rosemary a glissé la tête dans l'embrasure. « Ah, tu es là, a-t-elle lancé à Opal. Viens – Nev t'attend pour "Evergreen". » Elle a ouvert la porte en grand et, alors, elle m'a aperçue. « Oh pardon, Sunny, je vous ai interrompues ? On se disait juste que ça serait bien de l'entendre, c'était une des préférées de Bob…

— Occupe-toi de tes affaires, Rosemary », a rétorqué Opal, ses yeux toujours rivés aux miens. Quelque chose en eux s'était soudain durci quand la poignée de la porte avait tourné, quand les voix de l'intérieur étaient venues interférer. Elle a plissé les yeux, hoché la tête : décision prise. « Je vois clair dans ton jeu, m'a-t-elle lancé. Mais tu sais pourquoi j'ai accepté de participer à ce projet, non ? Parce que je te *plaignais*.

— Attendez, qu'est-ce qui se passe, là ? » s'est inquiétée Rosemary. Elle était déjà à moitié dans le couloir, bloquant la porte avec son pied.

« J'ai lu cet article sur ta belle promotion, a poursuivi Opal. Une Noire avec tout ce poids sur les épaules ! J'ai lu ça et tu sais quoi ? J'ai voulu t'aider à gagner. Je t'ai confié cette histoire comme je ne l'avais jamais fait, en assumant mes responsabilités à toutes les étapes. Et toi, pour me remercier, tu remues le couteau dans la plaie ? Tu veux te sauver en essayant de me faire tomber, *moi* ? Nan nan nan, baby. Ça n'arrivera pas.

— Mais si c'est vrai ? ai-je insisté. S'il y a une chance que ça le soit, pourriez-vous vraiment monter sur scène avec lui soir après soir ? Pourriez-vous vraiment penser ce que vous dites ?

— Bon Dieu, mais *si* quoi est vrai ? est intervenue Rosemary. Venez à l'intérieur les filles, et on réglera ce problème plus tard, quel qu'il soit. »

Mais Opal n'en avait pas encore terminé avec moi. Elle a rajusté le blazer jeté sur ses épaules. « Miss S. Sunny Shelton. Miss "J'ai du lourd". Je ne pensais pas que tu tomberais si bas, mais tu es pareille que tous ces autres parasites, j'imagine.

— Je sais que vous avez peur, ai-je répondu. Je sais que ça changerait toute l'histoire, que ça changerait ce en quoi vous avez *cru*, et c'est quelque chose d'effrayant à envisager. Mais il faut l'envisager. Sinon, tout vous paraîtra faux. »

De l'autre côté de la porte, Nev s'est lancé dans « Evergreen ». Il attaquerait bientôt la partie en duo où Opal entrait. Je l'ai vue fixer la porte, pétrifiée. Puis Lizzie Harris l'a ouverte de force et est venue se planter à côté de Rosemary, avec un grand sourire qui s'est volatilisé dès qu'elle m'a repérée. Elle a jeté un coup d'œil en arrière par-dessus son épaule, a chantonné à quelqu'un qu'elle revenait dans deux secondes, puis est sortie dans le couloir pour abattre toute sa fureur sur moi.

« Vous êtes *incroyable*, a-t-elle sifflé dans ma direction. Vous faites quoi maintenant, vous guettez les ambulances ? Vous bossez pour les chaînes people ? Vous devriez avoir honte, Sunny. » Lizzie a tendu la main vers le bras d'Opal et a tiré doucement dessus, tentant de la guider vers le seuil de l'appartement, mais Opal s'est libérée violemment.

« Vous avisez pas de me toucher, a-t-elle soufflé, très bas. On ne se connaît pas. On ne s'est jamais connues.

— OK, reprenons-nous un peu, est intervenue Rosemary. N'oublions pas où nous sommes.

— Je ne sais pas ce qu'elle vous a dit, Opal, a murmuré Lizzie, les bras croisés, obéissant à cet appel au calme. Mais elle n'a pas l'ombre d'une preuve. Elle ne raconte que des mensonges. Et je peux vous promettre une chose : si elle continue à les répandre, elle devra en répondre devant la justice.

— Lizzie a raison, ai-je dit à Opal. Je n'ai pas eu confirmation. Et je sais que ce n'est pas le moment idéal. Mais c'est vous qui m'avez dit que ce projet allait au-delà du professionnel, pas vrai ? Qu'il fallait aussi que ce soit personnel. Alors je vous demande maintenant – c'est la professionnelle *et* la fille de Jimmy qui vous le demande – de me dire si vous croyez que c'est possible.

— Sunny a-t-elle jugé bon de vous préciser que Chet Bond était sa source, pour ces conneries ? m'a interrompue Lizzie en penchant de côté son casque de cheveux blond glacé.

— Chet Bond, a grommelé Rosemary. Quelle ordure, celui-là.

— Dis-moi que ce n'est pas vrai, m'a lancé Opal. Dis-moi que tu n'es pas si bête. »

J'ai inspiré profondément. « Je n'avais pas *envie* de croire ce qu'il me disait, mais je ne pouvais pas ignorer…

— Allez, venez, Opal, a dit Lizzie. Assez écouté ces délires. »

Mais Opal ne bougeait toujours pas, et mon cœur s'est soulevé dans l'espoir qu'elle allait peut-être m'écouter jusqu'au bout.

« Écoutez, ai-je repris, en fin de compte, cela ne concerne ni les Bond Brothers, ni Nev, ni même Bob, paix à son âme. Il s'agit de qui *vous* êtes maintenant, de ce que *vous* choisissez de faire. Qui *vous* pourriez encore avoir le pouvoir d'être, mais en fixant vos propres conditions, cette fois… »

L'ascenseur a sonné au bout du couloir. Melody Hize Jorgenzen, remontant de sa pause clope, en est sortie.

« Oh, merci mon Dieu, a soupiré Lizzie, en passant devant Opal et moi pour aller serrer la fille de Bob dans ses bras. Melody, ma chérie, je suis tellement désolée. Et la dernière chose que j'ai envie de faire, un jour pareil, c'est de vous embêter avec un problème, mais… » Elle a jeté un regard dans ma direction, feignant l'indignation. « Avez-vous invité les médias à venir, aujourd'hui ? Parce que j'ai l'impression que cette femme n'a rien à faire là. » Elle s'est écartée de Melody le temps de se pencher pour appuyer sur le bouton de l'ascenseur.

« Rien à faire là ? ai-je répété, et c'était si ridicule qu'un rire m'a échappé. Ça, c'est la meilleure. Melody, votre père m'a dit qu'il voulait que je sois présente, quand le moment viendrait. Vous n'avez qu'à demander à Alice – elle était là quand il l'a dit.

— J'ignore ce qui se passe ici, a répondu Melody en contemplant le sol, tandis que les mains de Lizzie décrivaient de petits cercles dans son dos. Mais s'il vous plaît, laissez-nous tranquilles. Veuillez respecter notre intimité. »

L'ascenseur s'est ouvert à nouveau.

« Opal ? » ai-je tenté une dernière fois.

Mais elle avait déjà tourné la tête, et je ne voyais plus que le nœud sur son chapeau.

chapitre 21

« C'EST COMME ÇA QU'ILS NOUS ONT »

★ ★

« PÉTAGE DE PLOMBS DE LA RÉDACTRICE EN CHEF D'AURAL ? »
CHRONIQUE « MEDIA INK » DE KEITH J. KELLY,
New York Post, *4 mai 2016*

La rédactrice en chef du magazine *Aural* a provoqué une scène embarrassante la semaine dernière lors d'une cérémonie funèbre privée en l'honneur du légendaire producteur musical Bob Hize, comme des témoins ont pu le confirmer à Media Ink.

S. Sunny Shelton, dont la promotion au poste de rédactrice en chef de ce magazine avait fait grand bruit l'an dernier, aurait harcelé des endeuillées lors de ce rassemblement, où Nev Charles a fait une apparition surprise pour honorer la mémoire du défunt. La manière dont Shelton est parvenue à s'incruster dans cette cérémonie demeure obscure, puisque l'événement n'était pas ouvert aux médias, mais des témoins assurent que durant le concert improvisé de Charles en hommage à Hize, Shelton aurait importuné des invitées avec des questions de plus en plus agressives et incohérentes. On lui aurait alors demandé de quitter les lieux.

Une source interne à *Aural* a confié à Media Ink que Shelton aurait eu des difficultés à gérer les immenses pressions auxquelles elle doit faire face en tant que rédactrice en chef dans cette période particulièrement délicate pour la presse écrite. Année après année, *Aural* voit chuter ses revenus publicitaires, et bien que son trafic numérique ait quelque peu progressé grâce à un élargissement de son audience sur les réseaux sociaux, cela n'a pas suffi à la marque pour inverser la tendance. En parallèle, les choix éditoriaux de Shelton, notamment des couvertures penchant davantage vers Solange que vers Bruce Springsteen, ont pu conduire certains membres de la rédaction à douter de son jugement. « C'est juste que nous ne savons pas si son cœur est vraiment là, déclare ainsi l'un des témoins. Elle semble plus intéressée par son agenda personnel. C'est une déception. »

Nos appels à Shelton et à Aural Media sont restés sans réponse à l'heure de boucler cette édition.

NOTE DE L'ÉDITRICE

Cette chronique est sortie un mercredi. De toute la journée du jeudi, personne au bureau ne m'a regardée dans les yeux.

Le vendredi matin, j'étais convoquée dans une petite salle de réunion par Jonathan Benjus Jr. et la directrice des ressources humaines d'Aural Media. Ils étaient assis côte à côte de l'autre côté de la table, la main de la fille des RH posée sur une chemise en papier kraft, devant elle.

« Alors... a dit JBJ en tirant sur le nœud trop serré de sa cravate neuve.

— Alors... » ai-je répondu en attendant la suite.

Le dimanche en fin d'après-midi, encore vautrée sur mon lit, j'ai tendu la main vers la table de chevet pour attraper mon téléphone, posé sur la chemise en papier kraft. J'ai ouvert Facebook. J'avais passé la nuit à réfléchir à une mise à jour de mon statut : *Une porte se referme et blablabla.* Mais avant que j'aie pu écrire quoi que ce soit, j'ai remarqué que le fil était plein de vieilles photos de famille, de fleurs pastel, de filtres spéciaux... J'ai manqué lâcher le téléphone dans ma panique pour appeler à la maison.

« Bonne fête des Mères ! » ai-je bafouillé, sans laisser le temps à Corinne Dawes Curtis de dire bonjour.

— Ah... Je me demandais *quand* ma fille allait m'appeler.

Si elle allait m'appeler.

— Bien sûr que j'allais t'appeler, maman. »

Mais en fait, ma mère et moi ne nous étions pas beaucoup parlé, ni très chaleureusement, depuis le jour où j'étais rentrée à Philadelphie pour lui avouer que je travaillais sur ce livre. Elle m'avait clairement fait savoir, par ce week-end glacial, qu'elle ne voyait pas l'intérêt d'enquêter sur de lointains péchés, et encore moins de gratifier d'encore plus d'attention ceux qui les avaient commis à son encontre, de son point de vue. À la manière dont elle avait serré sa tasse de thé contre sa poitrine, tandis que nous nous accordions pour ne pas être d'accord sur quels aspects du passé regardaient qui, j'avais compris qu'elle éprouvait toujours le besoin de ménager son cœur, et ne faisait confiance à personne, pas même sa propre fille, pour comprendre que les tromperies de Jimmy ne reflétaient absolument pas la moindre défaillance de l'épouse qu'elle avait été.

« Tu feras ce que tu dois faire », avait fini par déclarer ma mère, en sirotant son thé Irish Breakfast de l'autre côté de la vieille table en merisier de la salle à manger. Notre relation s'était détériorée depuis cette visite, chancelant le long d'une série de coups de fil aussi brefs qu'insoutenables, imposés par les événements : mon anniversaire (« Et voilà, une année de plus »), une tempête hivernale (« SarahLena, il faudrait être folle pour sortir dans ce blizzard sans les bottes adaptées »), des nouvelles de sa santé pourvoyeuses de culpabilité (« Le docteur dit qu'il n'y a pas de quoi s'inquiéter. C'est juste, tu vois, le *stress*. »)

« Mr Peter t'a emmenée prendre un brunch ce matin ? » lui ai-je demandé avec une joie forcée. J'entendais la télé en arrière-plan, ses débiles préférés, ceux qui cherchent des maisons sur la chaîne HGTV.

« Tu sais qu'il est presque trois heures, non ? a-t-elle répliqué. Pourquoi es-tu encore au lit ?

— Je ne suis pas au lit, ai-je menti.

— Alors comment se fait-il que j'entende encore le sommeil dans ta voix ? »

Je me suis assise sur le matelas.

« Tu veux en parler ?

— Parler de quoi, maman ?

— J'ai lu cet article qui parlait de toi sur Internet, a-t-elle expliqué. Et je regrette que tu l'aies appris à tes dépens, mais je t'avais prévenue que ces gens étaient des serpents malfaisants. »

J'ai grogné en m'enfouissant sous la couette. « Tu as lu la chronique de Keith Kelly ? Comment ça se fait ?

— Mr Peter a installé ce truc sur mon ordinateur pour que je puisse savoir ce que les gens disent de toi.

— Tu as demandé à ton *petit copain* de t'installer une *alerte Google* à mon nom ?

— Eh bien, tu ne m'appelles presque jamais, tu ne me dis jamais rien…

— Chaque fois que j'essaie de te confier des choses sur ma vie, maman, tu ne veux pas les entendre.

— Enfin, bref, nous avons installé ce Google machin, m'a coupée ma mère. Comment veux-tu que je sache ce qui t'arrive, sinon ?

— J'étais débordée, c'est tout. Mais j'imagine que ce ne sera plus le cas, désormais. Je vais avoir tout mon temps pour t'appeler.

— Pourquoi ? Qu'est-ce que tu es en train de me dire ? Ce magazine veut te virer ? »

Peinant à garder une voix calme, je lui ai expliqué qu'on m'avait fait une offre de départ. Que ma carrière de rédactrice en chef était certainement terminée.

« Oh, mon Dieu », a-t-elle soupiré, et je l'ai imaginée perchée sur le canapé du séjour. Dans mon esprit, elle était apprêtée comme toujours – retroussant ses lèvres luisant d'un gloss rose ; secouant ses boucles argentées à l'intention de son cher Mr Peter, à l'autre bout de la pièce. « Tu vois, baby, c'est comme ça qu'ils nous ont. Ils te font passer pour la folle de service parce que tu n'arrives pas à faire des miracles pour eux, et ensuite ils te virent à la première occasion. Tu as vu ce que ces Blancs ont fait à Melissa Harris-Perry…

— Je te jure que je n'ai absolument pas pété les plombs, j'ai…

— *Évidemment* que non, SarahLena, a-t-elle soufflé, si tendrement que mon cœur s'est serré, inondé d'amour pour ma mère. Je connais quand même assez mon enfant pour savoir ça. »

Nous sommes restées silencieuses un moment. J'entendais encore les chasseurs de maison sur sa télé : *Je crois qu'on peut vraiment rayer ce bien-là de la liste !* J'ai envisagé de la laisser regarder son émission, mais ma mère s'est raclé la gorge.

« Eh bien, au moins tu as ce livre que tu vas pouvoir vendre », a-t-elle repris.

Attendez une minute – quoi ? Avais-je bien entendu ? « En fait, ai-je répondu, m'approchant du piège avec méfiance, les droits du bouquin appartiennent à *Aural*. Je ne vois pas pourquoi ils me les céderaient, juste comme ça. » Je me sentais de nouveau au bord des larmes, vaincue. « C'est le bon côté des choses, non ? Ce livre que tu as toujours détesté est sans doute enterré.

— *Enterré ?* » s'est étranglée ma mère – et oui, mon Dieu, il y avait une sincère indignation dans sa voix ! « Que les choses soient claires : je n'étais pas d'accord avec toi pour ce livre, je t'ai dit que ça me *tuerait* que tout le monde connaisse mes petites affaires, et tu as dit : "Je dois l'écrire, maman ; j'en ai *besoin*." Alors, bon, ta mère a dû faire avec. Et avec ces gens-là, tu renonces déjà ? T'essaies même pas de trouver une solution ?

— Il faudrait revoir l'offre qu'ils m'ont proposée – ils m'obligeraient certainement à leur rendre une partie de l'argent, Dieu sait combien… C'est compliqué.

— Tu crois que c'était *simple*, le genre de négociations que j'ai dû faire à l'époque ? » Elle a aboyé d'un grand rire, incrédule.

« Je ne sais pas, ai-je dit. Tu n'as jamais partagé ton histoire avec moi. »

Ma mère a soupiré. « Tu es peut-être la personne la plus fouineuse au monde, SarahLena, mais en tout cas, t'es pas très futée.

— *Quoi ?* Qu'est-ce que j'ai dit qui n'était pas vrai ?

— Puisque que tu as tellement l'impression d'avoir le droit de m'interroger, alors tu n'as qu'à me citer sur ce point précis : Chaque fois que j'ai eu affaire à cette fille, chaque centime que j'ai accepté d'elle, c'était *compliqué* pour moi. Tu n'as même pas idée… Mais j'avais un plan bien plus grand que moi, plus grand que Jimmy, plus grand que ce mariage que nous avons si mal géré. Je t'avais, *toi* – tes études, ton confort, ton avenir que je voulais assurer à tout prix. Et même si mon monde à moi était brisé, même si j'en voulais à cette fille par tous les pores de ma peau, j'ai fermé ma bouche et je l'ai laissée t'aider à obtenir ce qu'il y avait de meilleur. J'ai mis ma fierté de côté pendant plus de vingt ans parce que c'est *ça*, SarahLena, être forte. Faire des sacrifices, persévérer… ces choses pour lesquelles tu l'admires sans doute, *elle*. »

L'éclat de colère de ma mère m'avait laissée pantoise. Soudain, je n'étais plus du tout capable de me la représenter.

« Bon. Peut-être que tu ressembles plus à ton père que ça m'aurait arrangé. Peut-être que c'est ça qui a rendu notre relation un peu difficile, par moments. Mais en tout cas, une chose est sûre : tu es aussi *ma* fille, intelligente, tenace, déterminée. Et tu ne m'aurais pas blessée, tu n'aurais pas été aussi têtue depuis des mois si ce projet n'avait pas vraiment compté pour toi. T'es en train de me dire que j'ai eu tort de penser ça ?

— Où veux-tu en venir ? Tu *veux* que j'écrive ce livre, maintenant ?

— Oh, ne va pas t'imaginer des choses : je n'ai toujours pas envie de lire les élucubrations d'Opal, a répliqué ma mère. Mais voici mon conseil, si tu veux bien l'entendre : surmonte cette épreuve en en faisant quelque chose de plus grand. Qui te rendra fière au-delà de ta propre personne. Pour moi, c'était toi. Peut-être que pour toi, c'est ce travail. Dans tous les cas, je tâcherai de ne pas te juger. Mais baby, c'est à toi de décider. »

La semaine suivante, je suis allée rendre la chemise en papier kraft à JBJ. Elle contenait les conditions de ma contre-proposition : j'acceptais de rendre une partie de mes indemnités de départ en échange de tous les enregistrements, documents, autorisations pour la publication d'extraits et droits de publication liés à mon bébé, mon manuscrit en cours. Rendre cet argent me faisait mal et, comme ma mère l'avait prédit, c'est surtout mon ego qui en a pris un coup dans ces négociations : en voyant l'empressement avec lequel JBJ acceptait mon offre, son air amusé en me regardant signer la version remaniée de l'accord, j'ai saisi combien il était persuadé que ce livre n'avait aucune valeur maintenant que Nev n'y participait plus.

Les deux décennies que j'avais investies dans *Aural* se sont donc achevées ainsi dans une salle de réunion, autour d'un gâteau aux carottes, de flûtes en plastique remplies de mousseux, d'une fausse couverture du magazine dessinée par le directeur artistique (mon visage superposé sur celui de Ronnie Spector !), avec la projection d'une vidéo tremblante filmée au portable où les membres de la rédaction me souhaitaient bonne chance depuis leurs box respectifs. Le temps qu'un communiqué de presse annonçant cette séparation à l'amiable soit balancé par email à une série de médias ciblés, j'assistais à la soirée improvisée là où les rédacteurs se rendaient parfois tard le soir après avoir envoyé le dernier numéro à l'impression. Nous avions surnommé ce lieu le « Bar des Adultères » à cause de sa lumière tamisée, de ses box aux hautes banquettes et aux rumeurs persistantes selon lesquelles l'ancienne directrice des ventes publicitaires d'*Aural* avait pris l'habitude d'y emmener son assistant pour partager les petites assiettes proposées à l'heure du déjeuner. J'avais cessé d'y aller depuis ma promotion au poste de rédactrice en chef, estimant qu'il aurait été inapproprié ou tout simplement gênant de continuer de fraterniser de la sorte avec mon équipe, mais j'ai repensé au pincement au cœur que j'éprouvais chaque mois en voyant mes anciens collègues s'éloigner ensemble dans la nuit. À présent, nous trinquions ensemble comme au bon vieux temps, et quelqu'un a hurlé un toast pour couvrir la musique : « Qu'ils aillent tous se faire foutre, de la part de nous tous ! » Tous les collègues ont ri, entassés dans les box. Pour moi, c'était un moment doux-amer. Je ne faisais plus partie de ces *ils*, mais je n'avais pas l'impression non plus d'être un de ces *nous*. J'étais seule, désormais.

TROISIÈME PARTIE

chapitre 22

« IL FAIT SES TRUCS, JE FAIS LES MIENS »

★ ★

EXTRAIT DE « JUST SAY O ? »

Aural, *juin 1984*

Les douze morceaux de *Temper* sont les premiers enregistrés par Opal Jewel depuis son sidérant *Weird O.* de 1976, et sa seconde tentative de sortir de l'ombre du duo saisissant qu'elle forma jadis avec Nev Charles. Non pas qu'elle soit restée sans rien faire durant toutes ces années : elle a mené une carrière assez consistante en décrochant des dates occasionnelles dans des clubs de rock et autres discothèques en Europe, en donnant des conférences sur les campus universitaires et en produisant un projet théâtral dont elle était elle-même la tête d'affiche, plein de bonnes intentions même s'il ne connut qu'un maigre succès, un spectacle Off-Broadway sur l'amitié entre les écrivains africains-américains Lorraine Hansberry et James Baldwin. Mais tout ce temps, avoue-t-elle aujourd'hui, quelque chose lui manquait, dont elle avait besoin – l'excitation qu'elle peut ressentir dans un studio d'enregistrement, en créant ce rock'n'roll électrisant dont elle a le secret.

Opal a mis près de deux ans à achever cet album qui marque son come-back : trois mois pour l'écrire, dix-huit mois de bataille pour l'arracher des griffes de Rivington Records et migrer vers le label Sire. Plusieurs semaines encore en studio, en le remaniant à la volée pour y inclure des éléments qu'elle estimait plus forts, plus dans l'air du temps. Mais, affirme Opal, peu importe ces péripéties : elles sont désormais derrière elle et, avec ce que certains qualifieront sans doute de foi un peu naïve, Opal fonce pied au plancher, sans se soucier de ces questions tellement barbantes – ce disque-là se vendra-t-il mieux ? Est-ce un *bon album*, d'ailleurs ?

Lors de notre entretien dans un café de Midtown, à Manhattan, où son crâne rasé et sa tenue aux couleurs extravagantes (nous y reviendrons) aimantent les regards, Opal confie qu'elle a beaucoup appris du cruel accueil réservé à *Weird O*. Ces leçons, affirme-t-elle, l'ont conduite à entrer dans une nouvelle phase. « Dans ces morceaux, j'allais trop loin dans une certaine direction, j'y suis peut-être allée un peu trop fort, et je comprends que les gens puissent parfois avoir envie de ressentir la musique plus directement, au fond d'eux-mêmes. Mais d'un autre côté, pas question de perdre de vue qui je suis – je ne pourrai jamais être trop légère, trop futile. Donc avec cet album, j'ai visé le juste milieu entre ces deux extrêmes. »

A-t-elle appris quoi que ce soit de l'immense succès rencontré par son ami et ancien partenaire ?

« Ce serait idiot de ma part de ne pas m'intéresser à Nev, dit-elle. Je suis fière de lui. Il s'en sort bien. »

Mais aime-t-elle sa musique ?

« Il s'en sort très bien », répète-t-elle.

Tellement bien, en fait, qu'avec *Brummie Bard*, sa compilation d'histoires chantées sortie l'an dernier, il a été nominé trois fois aux Grammy Awards, notamment dans la catégorie Chanson de l'année pour « The Lane Where I Lived ». Une musique à mille lieues du tapage belliqueux qu'il produisait jadis avec Opal et qui faisait la une des journaux, mais l'intéressée jure qu'elle n'en veut pas à Nev d'avoir brusquement basculé dans le *mainstream*. Pas plus qu'elle n'éprouve le besoin d'attribuer aux tubes de Charles tous les maux propres à la musique pop, comme le fit un jour John Lydon, le fondateur du groupe Public Image Limited, dans une interview truculente accordée à Tom Snyder : *« Cite-moi mot pour mot, parce que j'en ai vraiment marre de le répéter : Je ne suis pas en compétition avec Nev »*, récite Opal, articulant bien chaque mot. Elle hausse les épaules. « Il fait ses trucs, je fais les miens. Et s'il reverse une partie des millions que ça lui rapporte à de bonnes causes, tant mieux. »

Alors je lui demande : Si ce nouvel album venait à cartonner, quelles causes aimerait-elle soutenir ?

« Vous n'êtes pas pressé ? » réplique-t-elle d'un ton narquois, mais ses pieds trépignent d'enthousiasme sur les barreaux du tabouret. Comme toujours, Opal Jewel préfère opter pour une approche éparpillée – elle a des centaines de griefs et autant de revendications. La liste défile : bien sûr, elle exige toujours que les racistes violents soient poursuivis comme il se doit – l'éternel hommage d'Opal à son collaborateur et amant assassiné, le batteur James Curtis III. Mais elle exige aussi qu'on installe des centres de désintoxication dans les zones urbaines frappées de plein fouet par le fléau du crack. Que le corps des femmes leur appartienne et qu'elles puissent en faire ce qu'elles veulent (y faire entrer bites, doigts ou langues ; en faire sortir les fœtus non désirés). Elle souhaite que l'État soutienne les arts et les groupes qui surveillent l'action du gouvernement. Que le SIDA soit véritablement pris en compte, fasse l'objet de recherches ambitieuses, pour en finir avec cette épidémie.

Sur ce dernier front, la combinaison qu'elle porte est une déclaration tonitruante. Le scénographe de cette pièce Off-Broadway qu'elle a produite l'a confectionnée sur mesure pour elle, peignant d'abord le tissu en y superposant des marques noires, rouges et vertes, comme un camouflage alternatif. Deux photographies du même visage sont sérigraphiées sur ce fond, une devant et l'autre derrière, et bordées d'épingles à nourrice. Celui d'un homme noir, Christopher Givens, un jeune danseur qui est – ou plutôt fut – l'amant homosexuel du scénographe. Sur la photo « Avant » imprimée au recto, Mr Givens est un jeune homme souriant, rayonnant de santé, le regard qui pétille. Sur la photo « Après », au verso, il est presque méconnaissable. Son visage est hagard, creusé, sa peau dévastée par les lésions. Son regard mort.

« Celle du devant a été prise en 1981 », explique Opal. Elle se retourne et me montre son dos pendant quelques instants, tout en parlant, si bien que le visage de Mr Givens hante ses paroles. « Et celle-ci a été prise tout juste un an après. Des milliers de personnes en sont déjà mortes, des milliers d'autres en souffrent. Et votre cher Reagan, là, il ferme les yeux. »

La chanson de *Temper* intitulée « Ron is Gone » [« Ron est parti »] – l'un des ultimes ajouts à cet album, précise Opal – fait explicitement référence au président Reagan. Si les paroles ont l'aspect provocateur attendu, la voix d'Opal se fait douce et rêveuse, peut-être un message à tous ceux qui ont pu la juger trop braillarde et déplaisante pour les radios FM d'aujourd'hui. « On sortirait pour boire la nuit / Lui et lui, elle et elle / En arrivant comme on voudrait / Nous sommes à nouveau bien / Élégant / Dignes / Libres. »

Que veulent donc dire ces paroles, à la lumière de ce titre ?

Opal me tourne encore le dos. « C'est mon petit fantasme, dit-elle, de ce qui pourrait être, ou ce qui aurait pu se passer pour Christopher et tous les autres amis et artistes que nous avons perdus, si les gens qui n'en ont rien à foutre disparaissaient. »

Donc, si Reagan n'était pas président, un remède existerait ?

« Il m'est impossible de répondre à une telle question. » Sa voix se fait soudain froide et méfiante. « Je sais juste qu'avec lui au pouvoir, les choses empirent. »

Mais alors, qui soutiendra-t-elle pour réparer ce qui a été brisé ? Walter Mondale ? Jesse Jackson ?

Elle tourne précipitamment sur son tabouret, incrédule. Mr Givens semble rire de moi aussi, maintenant.

« Oh, chéri, dit-elle. Comment veux-tu qu'on s'en sorte, avec des rêves aussi étriqués ? »

BRÈVE CONSACRÉE AU DERNIER ALBUM D'OPAL JEWEL, STEW (UPRISING RECORDS),
Aural, *mars 1988*

Opal a une nouvelle fois changé de maison de disques, mais elle garde les mêmes vieux démons dans *Stew*, son troisième coup de gueule autoproduit en solo. Comme l'indique son titre *[« Ragoût »]*, elle a jeté différents styles dans la casserole, du reggae au rap – sur « Did I Stutter ? » [« Ai-je bafouillé ? »], elle échange quelques répliques avec un charitable KRS-One. Mais il semble que le temps ait continué d'affadir sa palette : au lieu de nous servir un festin conceptuel aux couches multiples et complexes, elle a saupoudré le produit final de paroles moralisatrices et de ce prêchi-prêcha féministe qui était déjà essoufflé deux albums plus tôt. Difficile d'imaginer que même le plus nostalgique des Mercurials puisse tremper sa cuillère là-dedans. ★✯ – *Phil Francisco.*

RETRANSCRIPTION PARTIELLE DE « DANS LE PLACARD D'OPAL JEWEL », MTV,
émission House of Style *du 17 février 1990*

TODD OLDHAM : Bon, j'adore toutes ces explosions de couleur, mais ça change un peu du personnage que vous jouez dans *Any Witch Way*. Pouvez-vous nous parler de son style ?

OPAL JEWEL : Augustina est un peu la grande dame de l'assemblée des sorcières – 347 ans et ultra-classique, baby. Peut-être un peu trop vieillotte à mon goût, mais c'est bon, le noir me va bien.

∞

Soyons clair : *Any Witch Way [« Comment Sabbat ? »]*, avec Opal Jewel dans l'un des rôles principaux, et sorti deux ans après le flop de son dernier album, est un véritable *navet.* L'intrigue est idiote, les effets spéciaux grotesques. Les costumes d'Opal, à l'évidence non validés par Virgil, se réduisent à de volumineux haillons miteux ; à côté de ses deux camarades sorcières voyageant comme elle dans le temps (Swoosie Kurtz et Penelope Ann Miller, toutes deux vêtues de tenues légères aux teintes pastels), elle a l'air aussi vieille qu'asexuée. Tous ceux qui ont vu cette « comédie » vous diront sans doute qu'il s'agit d'un des moments les plus affligeants de la carrière d'Opal Jewel, un jalon important de la dégringolade qui l'a finalement menée à un silence de plusieurs décennies. Mais pour ses fans noirs, la répulsion atteint son comble. Je me rappelle encore quand j'ai découvert ce film en VHS avec la première amie que je m'étais faite à l'université, et comment, chaque fois qu'Opal inclinait brusquement son cou sur le côté ou faisait une moue avec ses lèvres, nous nous cachions les yeux. Voir son image aplatie de la sorte pour faire rire les gens, la voir ainsi étirée vers celle, ultra-stéréotypée, de la femme noire exubérante, était pour nous une vision cauchemardesque.

Pourtant, comme dans les albums suivants d'Opal, sa performance sérieuse et impliquée a quelque chose de remarquable. Après avoir récemment revu ce film – dans mon appartement ce lundi après-midi-là, tandis que je méditais le déclin effrayant de ma propre carrière –, je dois concéder que son personnage, Augustina, l'une des trois sorcières qui se font passer pour des professeures remplaçantes dans un lycée blanc du Midwest, a de loin les meilleures répliques. Dans les moments où j'étais terriblement agacée par le personnage principal (interprété par Christina Applegate), Augustina se montrait vraiment à la hauteur, tel mon avatar à l'écran. « Que les choses soient claires », lance-t-elle à ses collègues sorcières trop bienveillantes à son goût, après que leur protégée blonde s'est fait renverser au bal des anciens élèves par la petite amie du mec sur lequel elle avait flashé. « On me fait revenir ici des siècles plus tard, et cette débile ne sait *toujours pas* faire un sortilège de protection ? » Swoosie Kurtz et Penelope Ann Miller tentent alors de retenir l'incorrigible Augustina pour l'empêcher d'entrer sur la piste de danse, mais elle se rue quand même hors de son poste d'observation derrière le saladier de punch, écartant d'un claquement de doigts la foule des adolescents blancs en train de jerker, et la caméra zoome sur son visage écœuré tandis qu'elle contemple le sol et aboie la seule réplique de ce film que vous connaissez sûrement :

Bon Dieu, Becky ! Reprends-toi un peu !

J'ai vu le GIF apparaître sur mon écran pour la première fois en janvier dernier. Cette petite vidéo en boucle a depuis été réutilisée pour illustrer divers scandales impliquant des femmes blanches, mais ce jour-là, la légende, ponctuée d'un émoticône riant aux larmes après les points de suspension, était : « Joue-la comme Serena Williams... », sans doute en référence au fait que la reine de la pub Maria Sharapova venait de se faire écraser, pour la dix-huitième fois de suite, par celle qu'elle imaginait être sa rivale, en quart de finale de l'Open d'Australie.

J'ai ri pendant dix bonnes minutes de cette pépite virale

(je ne suis qu'un être humain, après tout, doublé d'une fan absolue de Serena). Puis je me suis émerveillée du simple fait qu'elle existe. Même moi, je ne me souvenais plus de ce passage du film jusqu'à ce qu'il envahisse tous mes fils d'actualité sur les réseaux sociaux. J'imaginais très bien qu'un génie anonyme du Net ait pu lire les gros titres consacrés à Bree Newsome[1] et à l'histoire de l'iconographie sudiste ; je l'imaginais parfaitement fouiller jusque-là où je m'étais jadis aventurée – le fond d'un terrier, version Opal Jewel. Mais ce récent converti était un jeune millénial, qui avait à sa disposition une technologie bien plus évoluée que moi, jadis : il avait déterré ce film de série Z, dans un format haute définition, puis avait eu la patience d'en tirer un GIF parfaitement édité, coupant la vidéo juste au moment où Opal, ayant prononcé sa réplique légendaire, jette ses yeux sur le côté. Cet anonyme connaissait donc la culture, le langage et l'état actuel de l'exaspération noire, et faisait un clin d'œil à l'étonnante actualité d'Opal Jewel, dans ce contexte précis. Il savait que cette image allait faire mouche.

Dans le jardin d'Opal, en mars, lors de la dernière interview avant notre confrontation à la cérémonie d'hommage à Bob, nous avions abordé la question de savoir s'il n'y avait pas un nouveau public pour elle aujourd'hui. J'ai téléchargé le GIF sur mon portable et le lui ai montré – elle m'a dit qu'elle ne l'avait jamais vu. J'ai étudié sa réaction pendant

1. Le 27 juin 2015, quelques jours après que neuf Africains-Américains avaient été massacré dans l'enceinte de l'église épiscopale méthodiste africaine de Charleston, en Caroline du Sud, par un suprémaciste blanc qu'ils avaient invité à venir partager leurs prières, l'activiste noire Bree Newsome escalada un mât de dix mètres de haut dressé devant le Parlement de Caroline du Sud pour décrocher le drapeau confédéré qui y flottait toujours. Son arrestation fit la une des journaux et rouvrit le débat sur les symboles sudistes, que l'assassin, Dylann Roof, avait fièrement exhibé sur ses photographies. Nombre d'articles mentionnaient les controverses passées impliquant ce drapeau – et notamment sa destruction par Opal Jewel, qui avait déclenché l'émeute du Rivington Showcase.

qu'elle le visionnait ; je m'attendais à ce qu'elle glousse de rire, comme tout le monde. Au lieu de quoi sa lèvre supérieure s'est retroussée tandis qu'elle fixait l'écran. Elle approchait et éloignait celui-ci de ses yeux, comme pour faire le point, puis s'est mise à le tapoter, à le secouer.

« Ce foutu truc n'arrête pas de sauter, a-t-elle râlé en me rendant le téléphone.

— Oh non, non, ai-je répondu en prenant l'appareil et en m'accroupissant au pied de son fauteuil. C'est fait exprès. On appelle ça un GIF. Ça tourne en boucle. Comme un petit clip. Vous voyez ? »

Nous l'avons regardé ensemble plusieurs fois, et je n'ai pas pu m'empêcher de rire à nouveau.

Elle a souri mais a secoué la tête. « J'imagine que je me fais vieille, parce que je ne comprends pas. C'est censé être drôle ? »

Je lui ai rendu son sourire. « Ça l'est. "Becky", ça vous dit quelque chose ?

— Oui, c'est la fille dans le film. Le nom du personnage.

— Oui, certes, mais... » J'ai envisagé un instant de lui expliquer « Becky », les mèmes et la viralité, mais me suis soudain sentie très bête. J'ai remis le portable dans ma poche et me suis assise. « Eh bien, c'est tout un ensemble de choses, mais oui, ça plaît aux gens.

— Je crois que c'est ce que Virgil a essayé de me dire. Que les gens, pour une raison qui m'échappe, aiment ce film maintenant.

— Eh bien, du moins, ils aiment cette scène-là.

— Hmmm. » Elle a semblé méditer la chose. « Je crois que tu l'auras compris : je traîne pas trop sur Internet.

— Pourquoi donc ? »

Elle s'est rassise au fond de sa chaise, la basculant vers l'arrière. S'étirant, elle a poursuivi dans un grand bâillement :

« Les gens sont vraiment déroutants. Ils n'avaient que des choses négatives à dire sur moi quand ce film est sorti. » La chaise est retombée bruyamment sur le sol. « Ils n'achetaient pas mes disques, et se sont mis à me traiter de vendue quand j'ai accepté ce rôle, alors que j'essayais de gagner ma vie. »

Nous sommes restées silencieuses un moment, écoutant le chant des criquets. Elle a ramassé un joint posé entre les dents du cendrier, l'a allumé et a tiré dessus en me fixant avec une extrême intensité, attendant la suite.

« En tant que fan d'Opal Jewel, ai-je repris, c'était une période dure à encaisser.

— J'en ai bien conscience, a-t-elle répliqué en soufflant sa fumée, détachant son regard du mien. Mais *toi*, étais-tu consciente que ce petit film de merde m'a permis de ne pas tomber au fond du trou ? En plus de toutes mes dettes, maman était malade. Elle venait d'avoir une attaque, très grave en plus. Elle avait besoin qu'on s'occupe d'elle vingt-quatre heures sur vingt-quatre. Cette musique que vous aimiez tous ne me permettait plus de payer les factures.

— Vous voulez mon avis ? En fait, je pense que *Temper* est vraiment sous-estimé. *Stew*, aussi.

— Hmmm, a-t-elle grommelé. Tu devrais monter un club avec les quinze autres personnes qui pensent la même chose. J'ai dû annuler la tournée *Stew* en plein milieu, tu sais. Histoire de limiter la casse. »

Je n'ai pas pu m'empêcher de penser à Nev, alors, à ses années 1980 si glorieuses – ses albums pop tous disques d'or ou de platine ; ses *live* lors des cérémonies de remise de prix ; ses tournées dans des stades immenses ; les tubes lucratifs écrits pour d'autres artistes, quand il n'assurait pas la promo de ses propres projets solo.

« Nev a-t-il jamais proposé de vous aider ? ai-je demandé à Opal ce soir-là. Il me semble qu'il aurait pu facilement vous inviter sur certaines de ses tournées, s'il l'avait voulu.

— Quoi, pour que je puisse l'entraîner vers le bas, lui aussi ? » Elle a ri. « Nan. Et s'il me l'avait proposé, j'aurais refusé. Tout ce que je voulais pour Opal & Nev, quand on a splitté, c'était que ce que nous avions fait ensemble demeure une entité à part entière, une véritable collaboration – et pas que l'un de nous deux fasse la charité à l'autre. Donc pour moi, quand je traversais des périodes difficiles, quand j'étais fauchée, je ne voulais pas entacher tout ce travail de qualité. Si ce n'était pas le bon moment pour que mes projets en solo cartonnent, si j'avais mal calculé mon coup, alors il valait mieux juste laisser de côté la musique, et faire quelque chose de totalement différent. Quelque chose de rapide et d'oubliable, comme ce film. Prendre le fric et se tirer. Passer à autre chose.

— Sauf que, waouh – maintenant, les gens sont en train de revisiter et d'idolâtrer ces moments que vous qualifiez d'oubliables.

— Comme je le disais tout à l'heure, je n'y comprends rien, mais c'est la vie. C'est marrant de voir qu'un tas de gens bien placés ont l'air de m'aimer à nouveau. Ils veulent que j'aille ouvrir ma bouche dans leurs talk-shows, leurs conférences, tout ça... Ils veulent que je remonte sur leur scène. » Ses yeux se sont illuminés. « J'imagine que c'est juste cyclique, comme ce truc sur ton téléphone. Comment tu appelles ça, déjà ?

— Le GIF, vous voulez dire ?

— Un GIF, ouais. Qui tourne en boucle, et en boucle... » Elle a tiré sur son pétard. « Tu as vu cet idiot avec sa moumoute semer toute cette merde dans ses meetings ? Tu as vu tous ces frères et ces sœurs qui se font abattre comme des chiens et personne n'en paie jamais le prix ? Ça, sûr que c'est pas nouveau. C'est juste un retour au mauvais vieux temps – et tous ces gens à la télé, après les dernières élections, qui parlaient de société “post-raciale”… » Elle a recraché la fumée en secouant la tête. « Mais ce disque-là a une face B – tu verras. Le genre de larsen qui fait grimacer. » Elle penche la tête de côté tel un oiseau, comme si elle entendait quelque chose. « Hey, attends une minute, c’est quoi cette *boucle* ? C’est quoi ce *bruit ?* » Elle se balançait d’avant en arrière, haussant et baissant les épaules, comme si elle s’apprêtait à sauter à la corde. Soudain, elle a abattu ses pieds dans l’herbe, basculé la tête en arrière et dressé ses deux poings dans un geste de triomphe, le pétard dépassant des jointures tel un majeur fumant. « C’est le gros son d’Opal & Nev, baby, le revoilà ! »

chapitre 23

« YOU HEAR ME ? »

Pour la première fois depuis Dieu sait combien d'années, je me suis rendue seule à Derringdo. En simple spectatrice.

Les entrées que j'avais achetées avec ma carte de crédit personnelle ne me donnaient droit à aucun privilège particulier. Après un voyage en voiture de huit heures qui aurait dû en prendre six – dans un pick-up à boîte manuelle réservé au dernier moment, le seul véhicule de location encore disponible à Brooklyn –, je me suis garée peu après midi sur un parking pas cher, en plein soleil, à des kilomètres du site du festival, qui avait lieu à Lancaster dans le New Hampshire. Pas le moindre bénévole du festival venu m'attendre avec une pancarte, pas de voiturette de golf pour m'emmener où je voulais. Au lieu de quoi, j'ai suivi la foule vers une flotte de bus qui crachaient une fumée noire, puis fait la queue pendant quarante minutes avant de pouvoir embarquer.

Mais à peine descendue du bus, j'ai commencé à mieux apprécier le fait de vivre ce festival sans passe VIP. La journée du show d'Opal & Nev était belle et ensoleillée, le ciel d'un bleu azur au-dessus de l'immense arche en bois de Derringdo. La dernière fois que j'étais venue là, mes collègues des médias et moi avions échangé des banalités au sujet de la marque de vodka qui sponsorisait le festival cette année-là, et de quelles mini-quiches on trouverait au buffet du petit déjeuner. Mais cette fois, autour de moi, l'humeur était moins sarcastique, plus joyeuse. Les scènes étaient officiellement ouvertes, et des échos de basse et de batterie flottaient jusqu'à nous, les nouveaux venus. Juste devant moi dans la file, une jeune femme avec une boule dorée scintillant dans sa masse de cheveux bruns ondulés laissa échapper un irrépressible « Woooooouh ! » et, plus loin, un cri similaire lui répondit. Tout le monde était hilare, excité. Pris de vertiges, un peu niais. Un type avec un T-shirt *INTERROGEZ-MOI SUR BERNIE SANDERS* courait le long de la queue dans un sens puis dans l'autre, offrant aux inconnus des poignées de son mélange de céréales maison, avant que la sécurité ne l'oblige à s'en débarrasser. *Vous venez d'où ?* demandaient les gens. *Vous venez voir qui ?* Ils échangeaient leurs portables et prenaient la pose pour des photos, enlaçant la base de la grande arche sculptée tandis que nous passions dessous pour aller récupérer nos entrées aux guichets. Un spectateur a pressé fort sa joue contre le bois, qui a imprimé dans sa chair la forme rougie d'une Fender Stratocaster.

Le vendredi avait toujours été ma journée préférée de ce festival. Depuis douze ans, ce soir-là, la scène principale était réservée au retour de groupes alternatifs dont vous étiez nostalgiques sans le savoir. New Order, Big Audio Dynamite, le groupe Hole époque *Celebrity Skin*… Parfois, les organisateurs gardaient secrète l'identité des têtes d'affiche du vendredi ; certaines années, comme celle-ci, ils laissaient fuiter de gros indices pour faire monter le buzz. « Nev Charles et une *Special Guest* très spéciale ! » clamait depuis des mois leur visuel posté sur Internet, en gras, sur un tas d'autres noms, et tout le monde roulait de gros yeux sur Twitter tant l'identité de cette invitée était une évidence. Pourtant, alors même qu'*Aural* avait confirmé l'information en exclusivité, une partie de moi désirait qu'Opal, cette éternelle imprévisible, déciderait de renoncer à Derringdo au tout dernier moment. Qu'elle réfléchirait à ce que je lui avais dit devant l'appartement de Bob Hize, passerait au peigne fin ses propres souvenirs pour y trouver des réponses aux questions que j'avais posées. Mais tandis que la queue progressait lentement vers l'entrée officielle du festival, plus moyen d'échapper à la réalité : je voyais son visage à côté de celui de Nev sur les pancartes fixées aux poteaux signalétiques. Une nouvelle photo en noir et blanc du duo, debout, dos contre dos, tournant la tête vers l'objectif avec un air distant.

J'ai remarqué que la jeune femme blanche avec sa boule dorée dans les cheveux jetait des coups d'œil vers moi en m'adressant de timides sourires. « J'aime bien vos dreads », a-t-elle fini par me dire et je l'ai remerciée. Nous avons papoté ; elle était venue de Caroline du Nord avec des amis, tous fêtant l'obtention récente de leur diplôme de fin du secondaire. Je lui ai confié que j'essayais de terminer un livre sur Opal & Nev. J'ai demandé : voulait-elle être dedans ?

ALISON « AL » ELIZABETH DAUGHTRY

18 ans, San José, Californie ; admise en première année à Brown University, promotion 2020, à la question de savoir ce qui, dans le revival d'Opal & Nev, avait pu attirer une personne si jeune

C'est carrément cool. Je veux dire, je sais que Nev est une légende et qu'il écrit de super chansons pop, mais à vrai dire, elle, je la connaissais pas vraiment jusqu'à ce que je visite les campus pour choisir une université. Brown organisait ce week-end portes ouvertes où les associations étudiantes s'installaient dans un amphi pour distribuer des brochures, et une fille que j'ai rencontrée au stand Black Lives Matter portait un T-shirt avec cette vieille photo d'eux. Je me suis dit, Hey, mais c'est “Bon Dieu, Becky ! Reprends-toi un peu !”

Qu'est-ce qu'elle fait sur le dos de Nev Charles ? *[Elle cache son visage sous ses mains.]* Je sais, je sais ! J'ai cru que c'était le pur hasard ou… une blague ? Mais bon, j'aimais beaucoup ce T-shirt alors je l'ai googlé sur mon téléphone pour essayer d'un trouver un. Et quand les résultats se sont affichés, ça m'a scotchée – *Quoooooi ?* J'ai appelé ma tante, qui adore tellement Nev, et je lui ai fait : « Tu savais que Nev Charles avait commencé total punk ? », et elle a fait, *Non mais, celle-là…*

∞

Une fois passé les portes, après un contrôle de sécurité d'une minutie choquante, qui m'a débarrassée de mon ombrelle stylée DERRINGDO 2009 et des pinces à cheveux qui tenaient ma coiffure, il m'a fallu un moment pour prendre mes repères. Le plan de Derringdo 2016 comportait cinq scènes différentes, une principale et quatre satellites. Une grande roue se dressait au loin, étoile polaire qui permettait aux festivaliers de savoir, avec l'aide de quelques pancartes, où ils se trouvaient par rapport à l'endroit où ils voulaient aller. Les quatre scènes satellites étaient dédiées chacune à un genre particulier – dance, hip-hop, rock indé, hardcore/punk –, mais la scène principale, plantée au cœur du festival, accueillait une délégation de leurs représentants respectifs. Il était donc plus efficace de rester à proximité du centre, et de se frayer un chemin laborieux vers la scène, au milieu de la foule, pendant les premiers sets.

Mais d'abord : se sustenter. Parmi les food-trucks proches de la scène principale, j'en ai trouvé un qui vendait des fallafels, et j'ai remarqué que la femme fourrant ma pita portait sur son uniforme un pin's avec le visage d'Opal Jewel dessus.

JESSICA RAMIREZ

26 ans, Boston, cuisinière, employée dernièrement par la chaîne TGI Fridays

Mes grands frères, leur truc, c'est le punk, et je suis devenue proche d'une de leurs ex-copines qui était aussi à fond là-dedans. Elle m'a fait une playlist de grands classiques qu'elle pensait que je kifferais. Dedans il y avait « Red-Handed », et je crois que c'était la seule chanson avec une voix de fille de toute la playlist. Je suis tombée amoureuse de ce morceau et à partir de là, je me suis intéressée au reste. Pour moi, la seule façon d'entrer dans ce festival, c'était comme bénévole – les billets sont carrément trop chers, putain.

J'sais pas, ça me fait un peu halluciner de voir tout le monde dire qu'il les adore, maintenant. J'ai vu ce machin avec Drew Barrymore sur Netflix, et on entendait une de leurs chansons, c'était super bizarre. Mais je suis contente que les gens reconnaissent enfin à quel point Opal & Nev étaient meilleurs que les merdes qu'il a faites en solo, mais en même temps, je me dis, *Nooooon, s'il vous plaît, ruinez pas mon truc.*

Alors que je déambulais dans la foule en mâchant mes falafels, avant le concert de Foals, j'ai aperçu le supporter de Bernie Sanders qui courait tout à l'heure le long de la queue à l'entrée avec son mélange de céréales. Comme son T-shirt m'y invitait, je l'ai d'abord interrogé sur son candidat (« Ce n'est pas encore joué ! Nous allons chasser les milliardaires de la politique ! »), avant de recueillir son opinion sur les autres révolutionnaires supposés du soir.

CHRIS DELANO

34 ans, Denver, directeur d'un dispensaire médical

C'est incroyable qu'Opal soit de retour, non ? Et je suis tellement content de voir tous ces gens, comme vous, qui sont venus ici pour la soutenir. *[Quand je lui demande d'expliquer ce qu'il veut dire par là.]* Ah… C'est comme si, je sais pas… Elle a toujours été tellement en phase avec les questions politiques liées à votre, hem, à la communauté afro-américaine, pas vrai ? Et je me demande juste pourquoi sa musique n'a pas toujours été en haut des classements, des musiques urbaines, par exemple ? C'est dommage que parfois, les gens préfèrent des trucs stupides qui vont à l'encontre de leurs intérêts, mais bon, bref, je suis juste content qu'ils soient de retour.

J'ai discuté avec d'autres festivaliers venus écouter Halsey et Kygo. La plupart d'entre eux ne savaient pas grand-chose d'Opal & Nev, mais attendaient quand même leur concert avec un enthousiasme générique. Pas mal de « cool » ; trop de « génial ». Mais juste avant l'apparition de SZA, alors qu'autour de moi le coin se faisait de plus en plus noir, j'ai parlé à une fan qui avait beaucoup plus à dire.

RYANNE SIWANDEE

27 ans, New York, actrice, bloggeuse, maquilleuse free-lance et designeuse de sacs à main

Sincèrement, j'aurais carrément préféré qu'Opal soit tête d'affiche, mais en solo. Ce qui est un pur fantasme, je sais, vu qu'on vit dans un système basé sur le capitalisme et le racisme systémique. Mais je trouve que ça fait tellement longtemps que son esthétique et la puissance de son travail sont récupérées, et le moins qu'un festival de cette taille pourrait faire, c'est offrir à cette précurseuse la reconnaissance qu'elle mérite, elle a ouvert tellement de voies.

Ouais, pas mal de ses morceaux sont difficiles à écouter. Je dis pas que tous les chansons de *Weird O.* donnent envie d'attaquer le dancefloor – mais ses délires, ça vibre à mort sur une autre fréquence, pas vrai ? Quand on parle de trucs pas faciles à absorber, la voix pleurnicharde de Bob Dylan c'est pareil, je trouve, et aussi ce putain de bouquin, *Ulysse*, que j'ai dû me taper à la fac. C'est quoi *ça, Nigga ?* On n'est pas censé devenir meilleur et plus intelligent grâce à ces œuvres d'arts difficiles qui nous mettent mal à l'aise ? Est-ce que ça n'enrichit pas la culture ? Ou bien est-ce que ça s'applique juste quand c'est des hommes blancs hétérosexuels cisgenres qui dérangent ? *[Les personnes qui l'accompagnent claquent des doigts derrière elle.]* Tu vois ce que je veux dire, sister ?

C'est pas pour critiquer Nev Charles et leur manière de bosser ensemble. Peut-être que c'est vrai qu'ils rendent l'autre meilleur, pour ce qui est de la musique. Mais Nev Charles a eu son succès, et il a sûrement pas besoin de nouveaux fans. Ce que je veux dire, c'est que ce serait bien qu'une femme noire puisse s'approprier un moment aussi important. Je pense pas qu'elle en aura d'autres.

⁂

Le crépuscule s'est abattu sur le champ de foire, une bande orange s'accrochant à l'horizon comme une couche d'abricots collée au fond d'une casserole. Une masse d'un violet sombre a pressé dessus jusqu'à ce que la nuit s'impose soudain totalement, au moins cinq ou six degrés plus fraîche en cette fin de printemps. Les filles surmaquillées ont détaché leurs cheveux, celles qui en avaient, et rajusté leurs fleurs d'ornement. Elles ont plongé la main dans leur sac pour en sortir un pull, ou bien elles ont blotti leur chair de poule contre la chaleur des amis et des amoureux. J'ai croisé le regard d'une jeune femme en barboteuse, que sa brute de copain, casquette de base-ball à l'envers, traînait à travers la horde, et quand ils sont passés devant moi, elle a tenté de me sourire un « excusez-moi » à travers ses dents qui claquaient.

La grande roue, bien qu'encore illuminée par ses néons, avait fermé pour la nuit, et deux des scènes satellites avaient atteint leur limite horaire. Toutes les minutes environ, la foule qui s'était massée autour de la scène principale se faisait soudain plus nombreuse puis se comprimait, déferlant vers l'avant et resserrant les rangs, de sorte que même les festivaliers qui s'entêtaient à rester assis sur leurs couvertures de pique-nique étaient forcés de se lever, sous peine de recevoir des coups de sneakers et de sandales dans les vertèbres.

Je me suis retrouvée poussée plus près de la scène que je n'en avais eu l'intention. En tendant le bras entre les gens qui se tenaient devant moi, j'aurais sans doute pu toucher les barrières métalliques délimitant l'espace étroit d'où les photographes accrédités avaient le droit de mitrailler les trois premiers morceaux de chaque set. J'étais assez près pour distinguer les tatouages des techniciens qui accordaient les instruments et les entendre murmurer « Check, check » à travers la musique qu'un DJ, quelque part, passait pour maintenir la foule à la bonne température. De temps à autre, derrière moi, une salve d'applaudissements rythmés se mettait en branle, le public manifestant son impatience. Pas question d'applaudir mais, malgré moi, mon pouls s'était accéléré.

Les techniciens sont sortis de la scène au petit trot et les musiciens – le groupe de tournée habituel de Nev, qui l'accompagnait de Vegas à Kyoto, du Gotham Hall de New York au Hollywood Bowl de LA – se sont avancés pour rejoindre leur poste. J'ai particulièrement remarqué le batteur : un Noir chauve au visage poupin, avec une bedaine, une épaisse barbe et ces lunettes que portent les gamins et les basketteurs de

NBA, avec un cordon élastique pour les maintenir en place. Il a frappé les peaux et les cymbales comme un bon ouvrier, puis s'est installé tranquillement sur son tabouret, attendant que le bassiste et le guitariste solo finissent leurs derniers réglages. Le mix du DJ n'a pas tardé à s'estomper ; les lumières se sont éteintes d'un coup. Un son grave, vibrant, comme celui qu'on peut entendre dans les films de série Z avant que l'OVNI ne se pose, a roulé sur la foule, dont les « wooooooouh ! » se sont faits plus sonores. J'ai baissé la tête pour sortir de la poche de mon jean mes bouchons d'oreille, et les ai mis en place juste à temps : j'ai entendu un clic, le bruit d'une lampe qu'on rallume, puis ce rugissement humain qui ordonne sauvagement : *Divertissez-moi.*

J'ai relevé les yeux sur la scène. Une silhouette se tenait debout en son centre, seule, éclairée par-derrière de telle sorte qu'avec sa guitare en bandoulière, elle dessinait la parfaite rock star. Sur les trois écrans géants, un de chaque côté de la scène et un autre la surplombant, Nev avait des proportions épiques, le col de son trench-coat relevé, et le sommet de sa carcasse – ses cheveux – moulé en une vague familière, oblique. La Flamme de *Things We've seen.*

Pendant une longue minute, il est resté planté telle une statue au milieu des cris, tandis que d'âcres volutes de fumée artificielle escaladaient son corps. Autour de moi les gens brandissaient leurs portables, prenant des vidéos ou des clichés de lui, tandis que devant, les professionnels se glissaient dans la fosse et braquaient leurs propres objectifs. C'est à ce moment-là que j'ai reconnu, sous le choc, Pooja, la responsable des réseaux sociaux d'*Aural* – ma dernière et meilleure embauche. Comment elle avait réussi à s'incruster là, je ne le saurai jamais, mais Pooja avait bel et bien décroché une accréditation photo/vidéo. Je l'ai repérée dans la fosse, qui se précipitait entre des types deux fois plus grands qu'elle, son sourire naturel la faisant paraître encore plus jeune, tandis qu'elle se penchait légèrement en arrière pour faire tenir Nev Charles tout entier dans les limites de son écran de smartphone.

Enfin, un mouvement de la silhouette sur cette scène ; le manche de la guitare qui se redresse, le cliquetis métallique d'une rythmique pop, un pas de danse saccadé, rigolo. « Daphne, Don't », direct. Une poursuite blanche éblouissante a frappé le centre de la scène, à l'instant exact où le batteur entrait, et Nev, sur les immenses écrans HD, a soudain été révélé en trois dimensions. C'était le moment où la foule devient folle, mais mon instinct m'a poussée à détourner le regard. Dans cette lumière éblouissante, à mes yeux, Nev paraissait ridicule, son visage trop âgé pour une chevelure aussi raide, d'une couleur si peu naturelle, son long trench-coat noir ressemblant à une parodie de *Matrix*. Depuis combien de temps n'avait-il pas eu à faire autant d'efforts ?

Pourtant, tout le monde autour de moi semblait vouloir jouer le jeu. Les fans à l'avant de la foule, de très jeunes Blanches pour l'essentiel, sautillaient et chantaient en chœur sur ce tube de Nev que la plupart d'entre elles, imaginais-je, avaient connu grâce à leurs mères, en l'entendant passer en boucle pendant le quart d'heure Eighties sur leur radio satellite, en fond sonore dans la voiture les menant au match de foot du samedi. Mais moi, j'étais assez vieille pour me souvenir de sa sortie et de son aspect indéniable – je revoyais encore le groupe de filles populaires, plus âgées, qui avaient chorégraphié une session d'aérobic au lycée, pour un examen idiot en sport, me rappelais que la partie du refrain qui faisait *doo-doo-doo, oh, don't* m'avait poussée à taper du pied discrètement, tout en les enveloppant d'un regard noir du haut des gradins.

J'étais forcée de reconnaître que Nev avait une bonne voix

ce soir-là, que les top musiciens de son groupe, redynamisés, sonnaient comme sur l'album. Le brother à la batterie était de plus en plus joyeux, jovial presque, swinguant comme Ringo. Tandis qu'ils filaient vers le pont, Nev aussi s'est lâché un peu, il a calé son pied sur un ampli et s'est penché au-dessus de la foule, tendant le micro devant lui pour un immense refrain en chœur. Sur les écrans géants, son sourire était extatique, et je me suis soudain demandé où il s'était fait refaire les dents. Ce n'étaient pas celles de 1976.

« Bonsoir, Derring-deu-doo-doo-doo ! » chantait Nev, trois coups de poings en l'air ponctués de trois coups de caisse claire, puis basse et guitare se sont tues et le batteur a basculé sur le tempo sautillant de « Shot in the Arm », autre classique de Nev tout à fait différent, tiré de *Recovery* (1978). « Cœur qui bat / Coup de canon / Je perds la tête avec toi... » Reprenant sa place derrière le pied de micro, Nev a répété d'un ton flegmatique les paroles, encore et encore, sur ce tempo à couper le souffle. Il nous taquinait, retenant le riff de guitare qui ouvrait la deuxième partie de la chanson. Il pointait son doigt sur la foule et l'encourageait en hochant la tête, et quand les gens se sont mis à entonner les paroles, il a quitté son trench-coat d'un coup d'épaules, dévoilant une simple chemise blanche aux manches pré-retroussées, un jean slim, des boots en cuir. À peine le manteau avait-il touché le sol qu'un assistant a jailli côté jardin pour le récupérer. *Nous y voilà*, ai-je pensé. Le temps se désagrégeait et c'était à présent le pont, passant de la pop pure et dure à un son plus complexe, plus dur ; ma bouche s'est asséchée en l'épousant. Je me suis dressée sur la pointe des pieds et j'ai cherché des yeux Pooja dans la fosse, lui soufflant de se tenir prête, mais quand j'ai fini par la repérer, elle était blottie au milieu des autres photographes, l'objectif de son smartphone braqué sur le côté de la scène d'où l'assistant était sorti. « Non, non, lui aurais-je dit, si cela avait encore été mon rôle. Opal n'entrerait jamais d'une manière aussi prévisible. »

Enfin, le riff de guitare a claqué et la foule a lâché un rugissement tandis que Nev et le groupe se lançaient pour de bon dans la chanson. Mais nous n'étions pas satisfaits, pas encore. Pas tant que la promesse d'Opal nous narguerait ainsi.

Quelque chose – quelqu'un – m'a percutée par-derrière ; la foule se réarrangeait, se reconfigurait, m'éjectant de l'endroit où je me tenais jusqu'ici. Me retournant, j'ai vu trois femmes noires s'approcher rapidement, bras au-dessus de la tête, serpentant dans la foule en quête d'un meilleur spot. L'éclaireuse portait un chapeau de pêcheur sur de longues nattes vertes, une chaîne en or à trois brins reliant narine et oreille, son T-shirt à l'effigie du groupe punk X-Ray Spex coupé au-dessus du nombril. Les amies qu'elle guidait s'étaient peint le visage, des marques blanches dessinant d'ingénieux motifs : pointillés sur une paupière et l'arête du nez, rayures sur les pommettes et au centre du menton. Je me suis écartée autant que j'ai pu pour leur faire de la place, à ces sœurs noires de la génération d'après, et me suis tournée vers la scène. Je m'attendais à les sentir me frôler au passage, espérais même pouvoir peut-être interviewer l'une d'elles plus tard, mais alors que « Shot in the Arm » se réduisait de nouveau à un tempo rapide et à la voix de Nev, j'ai juste ressenti un autre choc violent.

« Hé !… "Pardon", vous connaissez ? »

La réprimande venait de derrière, d'une voix extrêmement sèche. Jetant un coup d'œil par-dessus mon épaule, j'ai vu que les trois copines noires s'étaient tassées contre une petite femme blanche avec des couettes et un haut de bikini, dont la posture bras croisés et le visage fâché m'a fait comprendre que c'était elle qui leur reprochait leur impolitesse.

« J'ai dit "Pardon" mais vous n'avez pas bougé, a grommelé l'éclaireuse.

— Et au cas où vous le sauriez pas, est intervenue son amie aux pointillés, un peu plus fort, cet endroit vous appartient pas, ma chérie. On a payé une vraie fortune pour ces billets, comme vous. »

Les vannes ont continué un moment, mais quand tout s'est calmé, j'ai recommencé à me mêler de mes propres affaires. À peine m'étais-je retournée que j'ai senti une tape sur mon épaule. C'était la femme blanche offensée, qui me faisait signe de me pencher vers elle.

« Je suis vraiment désolée de vous avoir cognée tout à l'heure, m'a-t-elle glissé à l'oreille, sa main s'attardant sur mon épaule. Il y a des gens, vraiment… » Elle a roulé de gros yeux en direction des jeunes femmes noires, qui n'en avaient plus rien à faire, leur attention concentrée tout entière sur les écrans géants.

« Pas de problème », ai-je répondu en la gratifiant d'un sourire forcé.

Je me suis retournée une nouvelle fois, espérant ne plus être dérangée. Car le moment approchait, celui que personne ne voulait manquer. Là-haut sur la scène, Nev marchait en se dandinant, traînant le pied de micro derrière lui, en sueur, béat. Il a crié : « Bande de cinglés, putain ! » Tirant sur sa chemise, il s'est approché du batteur. « Ces vieux morceaux sont pas mal pour faire sa gym, hein, Jordan ? »

En guise de réponse, Jordan s'est fendu d'un sourire et a basculé sur un rythme encore plus complexe, martelant du pied la grosse caisse. Sur les écrans géants, les sourcils de Nev se sont arc-boutés, il a basculé la tête en arrière et éclaté de rire. « On dirait que mes amis sont dans une forme rare, ce soir, a-t-il commenté en déambulant de nouveau vers le public.

— Allez, Opaaaaaaal ! a crié quelqu'un au fond du public.

— Bon, eh bien… a réagi Nev. En parlant d'amis, et de formes rares… »

Le son grave et vibrant s'est à nouveau mêlé au rythme entêtant de Jordan, et un spot a éclairé le sol à l'avant de la scène. Les trois fans noires d'Opal Jewel bondissaient sur place à présent, en se serrant dans les bras. La basse et la guitare solo sont entrées, et tout à coup nous atterrissions dans « Chalk White ». La voix d'Opal a paru nous assaillir de tous les côtés à la fois. *Salut, Bonjour / Faut que je sache / Tu m'entends…* Un ingé son habile était en train de bidouiller un enregistrement d'Opal, de sorte que sa voix, isolée du reste, filait sur la gauche, la droite, le devant de la scène, puis le fond… Mais d'où allait sortir Opal ? Bêtement, j'ai levé les yeux sur le ciel nocturne, comme si une météorite allait la déposer sur la scène. Le caméraman officiel qui filmait le concert à destination des écrans géants a fait un panoramique sur les premiers rangs de la foule, faisant de nous les dindons de sa farce : nous nous apercevions sur les écrans, pivotant sur nous-mêmes, anxieux et en proie à la confusion. J'ai repéré la leader des trois filles noires, celle avec les cheveux verts, qui a soudain pointé le doigt droit devant elle vers quelque chose qui, comme j'ai pu le constater en me tournant vers la scène, s'était déplacé sur le sol. Ses deux amies, l'ayant vu à leur tour, s'agitaient à présent dans tous les sens, l'une d'elles agrippant sa tête à deux mains et hurlant à qui voulait l'entendre : « Oh mon Dieu, la *bitch !* La *biiiiiitch* !

— Hé ! a jappé la femme blanche susceptible derrière moi. Vous voulez bien faire attention à vos gestes ? »

Mais personne n'avait plus le temps de dire « Pardon », car centimètre par centimètre, Opal Jewel émergeait telle une plante d'une trappe ménagée dans la scène. Sa première performance live depuis vingt-cinq ans… Les photographes dans la fosse se précipitaient pour immortaliser la chose, et le caméraman du festival, malin, braquait lui aussi son objectif dans cette direction.

D'abord est apparue la coiffe : une imposante tour d'un noir chatoyant, avec une violette africaine qui se déployait en 3D, jaillissant d'une fissure sur le devant. Au cœur de ses énormes pétales violets, une tige jaune – le pistil, pour être précise – pointait vers nous, palpitante. Puis le visage sans âge d'Opal, l'ébène enviable de sa peau... Ses yeux étaient clos, parachevés par une frange de cils de poupée. Ses lèvres pleines, laquées de violet, avec un trait jaune vif joignant la courbe sommitale de la bouche au V de son menton. Son cou était d'une longueur extravagante, ses épaules dénudées – clavicules pointant sous la peau, bras toniques, mains calées sur les hanches, sûre d'elle. Elle montait, montait : avec son port si tranquille, les restes de fumée inondant encore la scène et s'enroulant autour de la violette géante, Opal donnait l'impression qu'on venait de l'arracher à sa sieste dans un centre de thalasso cryogénique.

« Non mais attendez, elle est *nue* ? » s'est étranglée l'une des amies noires, alors que l'ombre indistincte d'un décolleté commençait à se dessiner.

Salut, Bonjour / Faut que je sache / Tu m'entends...

Bien sûr, Opal était vêtue – Virgil LaFleur s'en était occupé. Nous n'avons pas tardé à découvrir les arrondis jumeaux d'un corsage noir sans bretelles, plissé comme un origami. Une ligne d'un jaune étincelant courait du décolleté jusqu'à l'entrejambe, reproduisant celle qui scindait les lèvres d'Opal, et une fine ceinture brillant de la même teinte électrique coupait cette ligne au niveau de sa taille si menue. À partir de là, les jambes de sa combinaison se séparaient, se resserrant subitement en manchettes étroites juste au-dessus de ses pieds nus. La plateforme n'avait pas encore achevé de la hisser

– elle dépassait tout juste le niveau de la scène, s'élevant tel un gâteau circulaire, Opal posée dessus comme une figure de proue. Une fresque représentant des poings levés de toutes les couleurs ornait les flancs de la plateforme, et quand elle a atteint une hauteur d'un mètre cinquante environ, celle-ci s'est mise à tourner lentement sur elle-même dans le sens contraire des aiguilles d'une montre. Depuis sa position au pied de la plateforme, le caméraman de service nous a fait admirer Opal en gros plan, sous tous les angles. Nous avons vu sur les écrans le zip jaune au dos de la combinaison ; la coupe impeccable qui donnait quasiment à Opal les contours dont elle avait toujours rêvé ; le micro violet scintillant au creux de ses mains. Exhibée dans sa création LaFleur originale, Opal Jewel était, littéralement, tout : classique et moderne, petite et immense, formelle et décontractée, audacieuse et sereine. Virgil devait être fier – à raison.

Au bout d'une révolution complète, Opal de nouveau face à nous, la plateforme a cessé de pivoter et les yeux d'Opal se sont ouverts d'un coup. Le reste de son visage demeurait impassible, mais tandis que l'enregistrement vocal continuait de rebondir d'une enceinte à l'autre, elle tournait maintenant la tête en tous sens pour suivre le son, contemplant calmement l'océan hurlant de la foule – le public le plus nombreux qu'elle avait jamais attiré. Vingt mille festivaliers payants par cette nuit froide de printemps, attendant de voir ce qu'allait faire Opal – au moins cent cinquante fois plus de spectateurs que ceux qui avaient jadis acclamé cette fille noire un peu étrange sur la scène du Smythe, alors qu'ils ne connaissaient même pas son nom. Ce soir-là, des décennies après être devenue tristement célèbre, braillarde à souhait, puis reléguée au rang d'artiste culte condamnée à la marge, à n'être que l'envers subversif de Nev Charles, voilà qu'elle se retrouvait devant le genre de masse critique qu'elle avait toujours rêvé de galvaniser. Et la foule n'était pas seulement devant elle en chair et en os, elle fourmillait aussi sous forme virtuelle, l'inondant d'un flot régulier de cœurs et de pouces levés qui déferlaient sur la retransmission en direct de Derringdo. J'ignore dans quelle mesure Opal saisissait l'énormité de tout ça, elle qui prétendait se méfier de la gloire et du caractère potentiellement éphémère de ce « moment » qu'elle était en train de vivre –, mais pourtant, je ne pouvais que remarquer combien elle semblait s'être préparée à le saisir. Elle s'est mise à marquer le beat de son pied nu, a écarté les bras de derrière son dos et basculé dans une posture accroupie incroyablement maîtrisée et sexy.

Salut, Bonjour / Faut que je sache...

Soudain, le son s'est tu – sa voix enregistrée, la batterie et, au bout d'un moment, les hurlements de la foule. Tous, nous étions emportés par la même houle de vénération impatiente. Alors Opal Jewel a porté le micro à ses lèvres, inspiré, puis hurlé :

« VOUS M'ENTENDEZ ? »

Les vingt minutes qui ont suivi... Mon Dieu, je ne sais pas. Difficile d'isoler des instants précis, mais je vais essayer de les assembler en une sorte de fil qui fasse sens, temporellement parlant : mystérieusement, des marches sont apparues au bord de la plateforme et Opal les a descendues d'un pas cadencé. Mystérieusement, Nev était là qui lui tendait la main, saluant d'une révérence la violette africaine, la humant théâtralement. Mystérieusement, ces deux-là s'engrainaient l'un l'autre, se tortillant dos contre dos, se retournant pour se jeter l'un sur l'autre, échangeant des paroles et des grognements et des roucoulements et des clins d'œil. Mystérieusement, Opal a ruiné la flamme de Nev, tirant d'un coup sec sur la rigidité laquée de ses cheveux de sorte qu'il semblait soudain plus jeune, plus sauvage, retrouvant son étrange beauté. Mystérieusement, il faisait des miracles avec sa guitare, au point que j'en ai oublié la pub pour Doritos ou sa tête jaillissant de cet apple pie, ou la série de concerts soporifiques à Las Vegas, en 2013. Mystérieusement, ils avaient vingt ans à nouveau et dirigeaient à leur guise l'énergie d'un public jeune et affamé.

Mais le souvenir le plus marquant qui me reste du premier et dernier concert du revival d'Opal & Nev, c'est, paradoxalement, leur moment de pause – celui où la musique s'est calmée, pour un medley de « Ginger's Lament » et « Ron Is Gone ». Pooja et les autres photographes avaient depuis longtemps été évacués, renvoyés dans la salle de presse des coulisses pour y télécharger leurs contenus numériques, quand Opal s'est assise sur le rebord de la scène, en pleine lumière, ses jambes pendant au-dessus de la fosse désertée. Une lumière plus douce, bleutée, enveloppait Nev côté cour – il était passé à la guitare acoustique et aux chœurs, et debout derrière son micro, il formait l'unique accompagnement d'Opal. Cette sélection de morceaux obligeait celle-ci à chanter, à montrer une facette plus nuancée, plus tendre, et j'ai remarqué dans sa voix une qualité, une texture nouvelles. Elle était plus riche, plus profonde… sensiblement plus âgée. Était-ce donc dans sa voix qu'Opal avait rangé la sagesse et l'usure de soixante-sept années de vie ? Mais bientôt, mon attention s'est reportée sur les images qui tremblaient sur l'immense écran central, comme suspendu dans les airs derrière les musiciens. Déconnecté des images en direct, il projetait à présent une série de photos, un diaporama de Bob Hize au travail, incluant le cliché joyeux et candide que j'avais aperçu posé sur le couvercle de son quart-de-queue. Cette photo-là s'est attardée un moment, déclenchant les applaudissements clairsemés, respectueux, des rares Mercurials qui avaient reconnu Bob, puis un montage-souvenir plus long s'est mis à défiler. Une photo du dernier festin chinois d'Opal à Détroit, puis l'image a zoomé sur sa mère, Ruby Robinson, avec son sourire fier et son verre de zinfandel blanc. Un cliché en noir et blanc de Nev dans la tenue de dur à cuire des Birmingham Boys, avec sa guitare, debout devant ses parents si mal assortis, Morris et Helen Charles. Opal et Virgil, look Eighties, encadrant leur bon ami Christopher Givens, les joues creuses, souriant faiblement depuis son fauteuil inclinable, une couverture sur les genoux et un sapin de Noël dégoulinant de guirlandes dorées derrière lui. La photo mélancolique mais superbe de Star Acadia sur la pochette de son seul et unique album, sorti douze ans avant que son addiction à l'héroïne ne finisse par l'emporter.

Oh, mon Dieu… Je savais ce qui allait venir.

Et elle est apparue, la photo de Jimmy que j'avais découverte dans la maison d'Opal à Baldwin Hills. Qui, étrangement, paraissait plus intime dans ce contexte… En la voyant si gigantesque, d'une netteté inattendue, de là où je me trouvais, j'avais l'impression de pouvoir lever un doigt et suivre ce filet de sueur sur son front. De pouvoir, du pouce, lisser les rides soucieuses entre ses sourcils, comme ma mère le faisait avec moi quand j'étais petite, assise dans notre séjour à lire ou plongée dans mes pensées.

D'autres applaudissements polis ont résonné dans le public, et Opal a atteint une note paroxystique alors que la guitare de Nev retombait progressivement, d'une lenteur délibérée. En apercevant un roadie qui attendait de redonner à Nev son électrique, j'ai réalisé que le medley touchait à sa fin. *Non, non, attendez !* ai-je paniqué – j'aurais voulu que la photo de Jimmy reste encore longtemps.

« Si vous ne connaissez pas l'homme merveilleux sur cette photo, lançait à présent Opal au public, il était notre batteur et son nom, c'était James Curtis III. Dites… Son… Nom !

— James Curtis III ! a rugi la foule en retour.

— Oui, oui, a confirmé Opal. Il y a près de quarante-cinq ans, il nous a été enlevé par la même pourriture qui ronge ce pays aujourd'hui. Nev et moi avons eu de la chance de nous en sortir vivants, mais je n'en rajoute vraiment pas en disant que c'était la pire nuit de nos jeunes vies écervelées… »

J'ai retourné mon fourre-tout en quête de mon portable, en suppliant le ciel d'avoir encore assez de batterie pour l'enregistrer.

« Certains jours, j'ai l'impression de maîtriser tout ça, vous voyez ? déclarait-elle. C'est du passé, quoi, et j'ai géré du mieux que j'ai pu. » Elle a secoué la tête et laissé échapper un rire, *Tah.* « Mais alors, je vois que des Noirs se font encore assassiner en toute impunité, je nous entends être obligés de hurler en cette année 2016 que la vie des Noirs a une valeur, je vois que les médias nous présentent comme les coupables des injustices que nous subissons, et tout à coup je suis ramenée à la réalité, et je tente en vain de comprendre ce qui n'a pas de sens. »

Opal se relevait lentement, maintenant, et je n'avais toujours pas trouvé mon portable. L'écran central où s'affichait l'image de Jimmy est devenu tout blanc. Immédiatement, les autres musiciens se sont lancés, chargeant de plus belle avec une énergie survoltée, acharnée, familière… La pause était finie, et nous passions à autre chose. À « Who's the Nigger Now ? »

Bien sûr. *Bien sûr.*

« Bon, je n'étais pas vraiment certaine que nous devions jouer ce vieux morceau, déclarait Opal au public, arpentant la scène tandis que la foule explosait tout autour de moi. Mais vous savez quoi ? Je crois qu'il est toujours d'actualité. Parce que plus les choses changent, plus elles restent pareilles – c'est ce que disait toujours Jimmy. Ce qui est pareil là, maintenant, c'est que je suis *toujours* en colère… et vous, les

Blancs, je vous préviens : vous ne pouvez *toujours pas* dire “Nègre”. »

J'ai entendu des rires et des cris, dont le gloussement dément de Nev, amplifié, tandis qu'Opal entonnait la chanson. Derrière moi, des vagues et vagues de gens déferlaient, courant intimidant contre lequel aller. J'ai enduré presque tout le morceau yeux fermés, dents serrées. Tentant de m'évader mentalement, de ravaler ce qui me faisait l'effet d'un mal de mer mêlé d'une nostalgie spontanée, incontrôlable.

Par la suite, par le biais de bribes de vidéos amateur postées sur YouTube, j'ai vu s'enclencher les lumières intermittentes qui allaient me ramener de force dans mon corps. Pas un stroboscope installé sur la scène, mais des flashs importuns avançant rapidement du côté droit de la foule, en direction du centre, où je me trouvais. À un moment, un flash m'a frappé droit dans les yeux et j'ai failli perdre l'équilibre, bousculée par une violente charge. Quand j'ai rouvert les yeux, trois agents de sécurité du festival étaient plantés devant moi, l'un d'eux allumant et éteignant le faisceau de sa puissante torche au ras de mon visage.

« C'est elle ? » a lancé un autre, en parlant de moi. Passé quelques secondes d'éblouissement, j'ai aperçu la petite femme blanche offensée de tout à l'heure qui frottait une marque rouge sur son front, en proie à des sanglots hystériques. Elle avait manifestement reçu un coup, mais impossible de savoir si cette rougeur était le fait d'un coude incontrôlé, d'un poing serré ou juste de ses frottements incessants. Elle a secoué la tête et désigné aux agents un autre endroit dans la foule. Suivant son doigt, j'ai reconnu le dos de la jeune fille noire au chapeau de pêcheur et aux nattes vertes qui sautillait joyeusement, insouciante, accrochée aux barrières métalliques. Je devais apprendre plus tard qu'elle s'appelait Jamilah Reid, et que ses amies et elle faisaient partie d'un groupe punk baptisé « The

Uppity Negresses » [« Les Négresses arrogantes »), qu'elles avaient mis en commun toutes leurs économies et roulé toute la nuit depuis Baltimore juste pour venir voir leur idole Opal Jewel. Elles avaient prévu de repartir juste après le concert ; l'une d'elles travaillait le lendemain après-midi. En attendant, elles profitaient au maximum du temps dont elles disposaient. Et Jamilah Reid avait réussi à s'approcher *jusque-là*, aussi près d'Opal que nous autres, simples spectateurs ayant acheté nos billets, pouvions l'être. Comme elle le confierait aux médias le lendemain, elle avait été tellement heureuse quand Opal l'avait aperçue – même si nous ne devions pas être trop durs à repérer, nous les Noirs déchaînés à l'avant de cette foule de Derringdo – et leurs regards et leurs âmes s'étaient rencontrés, toujours d'après Jamilah, ensemble elles avaient hurlé-chanté, donné des coups de poing dans le vide. « J'ai su qu'il portait cette cagoule, brandissait ce drapeau / J'ai versé de l'essence sur un vieux chiffon sale / J'ai trouvé sa maison, j'y ai mis le feu / Je voulais avoir mon mot à dire… »

Quand les agents de sécurité de Derringdo sont arrivés jusqu'à elle, confierait Jamilah aux journalistes, le lendemain, elle leur a dit qu'elle n'avait agressé personne – elle était juste excitée, voulait juste s'approcher de la scène. Tout le monde n'était-il pas excité ? Ne s'agissait-il pas d'un concert de rock ? Tout le monde ne se bousculait-il pas pour trouver un peu d'espace, ce genre d'accident ne pouvait-il pas arriver ? N'avait-elle pas droit au bénéfice du doute ? Pourtant, l'un des agents avait empoigné Jamilah sous les aisselles et l'avait fait descendre de la barrière, car quoi qu'il en soit, elle avait grimpé sur la barricade métallique, et *ça*, c'était clairement contraire au règlement. Ses amies l'avaient attrapée par la taille, tentant de la retenir, et ne l'avaient lâchée que lorsque son T-shirt X-Ray Spex avait failli se déchirer dans la lutte, les agents refusant d'abandonner.

Je me trouvais à proximité quand cet événement s'était déroulé, mais tant de gens me bloquaient la vue que je n'en avais aperçu que des bribes. Alors, un grand type près de moi a crié : « Bon Dieu ! », puis : « C'est quoi ce délire, mec ? » et « Oh, c'est bon ! » La lumière avait changé autour de moi, projetée par de nombreux smartphones brandis dans les airs pour tenter de filmer ce qui était en train de se passer. Tellement de corps faisaient obstacles. Mais quand j'ai levé les yeux sur les écrans latéraux, la moue d'Opal s'y affichait. Elle avait cessé de chanter, et le pistil de sa violette africaine était pointé vers le bas. Quelle que soit la nature de ce qui se passait, Opal était aux premières loges.

« Arrêtez, les gars, arrêtez ! » a-t-elle lancé dans son micro, mais les musiciens ont continué de jouer derrière elle. Au moment où elle s'accroupissait et inclinait la tête, marmonnant des paroles inaudibles au public, ou peut-être aux agents de sécurité, la caméra du festival s'est écartée brusquement et l'image de Nev, derrière son pied de micro côté jardin, a rempli les écrans.

Ce dont j'ai été témoin ce soir-là, vous pouvez le voir vous-même en passant au ralenti la vidéo de la retransmission en direct : à l'instant où l'on entend de nouveau Opal crier dans le micro : « Arrêtez, arrêtez ! », Nev se tourne vers elle, puis vers ses musiciens et il secoue la tête, *Non, continuez.* Il semblait alors avoir clairement entendu Opal, avoir plus ou moins saisi que quelque chose de discutable se déroulait au pied de la scène. Mais au moment où le concert le plus excitant et le plus important qu'il avait donné depuis des années était sur le point d'être malencontreusement interrompu, il l'avait ignorée. Il avait tout simplement poursuivi son show.

Sur les vidéos amateur qui circuleraient ensuite sur Internet, ces images tremblotantes où l'on voit les agents de sécurité de Derringdo traîner Jamilah Reid par les bras à travers le public, en direction d'une zone de sécurité installée sur le site, on entend les cris scandalisés de plusieurs personnes. Ils sont presque noyés par la musique du groupe et la voix de Nev, mais on les distingue, vaguement, et certains de ceux qui ont posté ces vidéos sur YouTube ont ajouté des sous-titres pour mieux saisir ce qui se dit. Les gens reculent pour laisser passer les agents, mais hurlent des trucs comme : « Où l'emmenez-vous ? », « Mais *qu'est-ce* que vous faites ? », « Il est tout à fait légal de vous filmer », déclare un fan, quand l'un des trois agents se détache des deux autres et lui ordonne d'éteindre son portable. Sur une autre vidéo, on voit une image floue, exagérément zoomée d'Opal Jewel à genoux, faisant des gestes avec ses mains et hurlant des choses indéchiffrables.

Mais en temps réel, l'immense majorité des spectateurs de Derringdo – c'est-à-dire tout le monde en dehors d'un petit groupe de témoins directs – n'avaient pas la moindre idée de ce qui se passait, ni de pourquoi Opal Jewel avait brusquement cessé de chanter. Il y a eu quelques secondes de confusion, durant lesquelles « Who's The Nigger Now ? » est retombé lamentablement avant que Nev n'enchaîne sur « The Lane Where I Lived », ouvrant la voie aux musiciens. Ce drôle de flottement n'a duré qu'un instant, et le concert a repris son cours. Nev chantait et jouait ; il avait les yeux fermés, comme ultra-concentré et ému par la musique.

Même si la poursuite s'était détachée d'elle, et la caméra officielle également, je me suis hissée sur la pointe des pieds pour voir Opal en miniature, qui contemplait Nev. Elle est restée plantée là un moment, au centre de la scène, bras ballants. Puis elle a porté son micro scintillant à ses lèvres et tenté de parler dedans mais, soudain, il ne marchait plus. Elle l'a tapoté, tapoté, mais aucun son n'en sortait, alors elle l'a laissé tomber par terre.

En regardant Opal se diriger vers Nev, j'ai eu l'impression que la scène se déroulait au ralenti ; mais des gens qui avaient le regard braqué sur Nev via les écrans géants m'ont dit qu'elle avait foncé sur lui comme une furie, en venant de la droite. Quoi qu'il en soit, la suite a été amplement filmée, au point d'être indiscutable : Nev ouvre les yeux au tout dernier moment, la voit fondre sur lui et tressaille distinctement, tandis qu'Opal tend les bras devant elle, empoigne les deux côtés de son visage et le tire à elle dans un baiser violent, profond.

L'espace d'un instant, Nev est resté pétrifié – il a, enfin, cessé de jouer de la guitare. Puis la foule a poussé des acclamations et il a agité les bras de manière comique, derrière lui, comme si Opal lui faisait vraiment passer un sale quart d'heure, comme s'ils étaient des personnages de dessins animés avec des chants d'oiseaux et des cœurs voletant autour de leurs têtes. Quand elle l'a relâché, elle s'est agenouillée pour ramasser sa coiffe, qui avait glissé par terre, dévoilant son crâne lisse et brillant. L'instant d'après, elle avait disparu, s'engouffrant dans un escalier au fond de la scène.

Prenant la fuite, comme tant de fois par le passé. La partie la plus prévisible de son spectacle.

Après son départ, Nev a titubé derrière son micro, jouant les ivrognes groggy. Un amas de jaune et de violet maculait le bas de son visage rougissant. « Mesdames et messieurs… » Il s'est mis à rire d'une manière sifflante, inhabituelle ; il arrivait à peine à articuler tandis que le public le huait et riait de sa confusion. La caméra s'est portée sur le batteur et le bassiste, qui avaient eux aussi arrêté de jouer et riaient également en secouant la tête. « Oh, mon Dieu, a marmonné Nev, peinant à reprendre ses esprits. Cette femme, c'est quand même quelque chose, mes amis, non ? Je vous demande d'applaudir… OPAL *JEWEL* !

— Attends, c'est *fini*, là ? ai-je entendu crier quelqu'un.

— Elle va revenir, pas vrai ? » a grommelé un type à chignon près de moi, comme si je pouvais le savoir.

Trois morceaux plus tard, quand il est devenu évident qu'Opal ne reviendrait pas, le concert avait perdu en énergie. Sans Opal pour chanter avec lui les chansons préférées des Mercurials, sans même une choriste qui aurait pu la remplacer, Nev et ses musiciens se sont rabattus pour de bon sur son répertoire solo habituel. Mais il avait déjà passé en revue les plus grands tubes qui n'étaient pas des ballades, ceux qui avaient le bon tempo et l'ambiance adéquate pour une foule pareille. Il y a eu un bref moment d'agitation, puis les gens ont commencé à se disperser, à discuter entre eux, envisageant de partir maintenant pour éviter les bouchons. Cette mer de festivaliers refluant derrière moi, j'étais libre de m'en aller moi aussi. *C'est bon*, me suis-je dit. *Ça suffit.* J'ai tourné le dos à la scène, cherchant les panneaux qui me guideraient jusqu'à la navette.

Je marchais d'un pas lourd dans cette direction, poursuivie par les mélodies très « pop anglaise » du Nev version années 90, quand une vibration m'a chatouillé la hanche. Je me suis arrêtée, dans un soupir : mon téléphone se trouvait donc au fond de ma poche pendant tout ce temps. Quand je l'ai sorti, l'écran luisait d'une notification du site aural.com – en bonne masochiste, je ne m'étais toujours pas désabonnée. J'ai étudié le titre, figée dans le flot des fans gagnant la sortie, puis j'ai cliqué sur l'article.

EXCLUSIF : « OPAL QUALIFIE D'"ERREUR" SON REVIVAL AVEC NEV »,
aural.com, 10 juin 2016
par Pooja Banerjee

Protestant contre des abus présumés envers une fan noire dans le public du Derringdo Festival ce vendredi soir, Opal

Jewel a quitté la scène au milieu de son concert très attendu avec Nev Charles, balayant avec elle les espoirs d'une tournée revival plus conséquente.

« Ma conscience m'interdit de me produire dans des environnements qui ne sont pas sûrs pour mes fans, a-t-elle déclaré après avoir sidéré les journalistes en débarquant sans prévenir dans la tente réservée aux médias, derrière la scène, dans la foulée de sa sortie aussi soudaine que spectaculaire. J'ai réalisé ce soir que cette tentative était une erreur, car mon ancien partenaire ne ressent pas les choses – ne les a peut-être jamais ressenties – de la même manière que moi. Et ça, je ne peux pas l'accepter. Je suis trop vieille, trop proche de la mort, vous m'entendez ? »

Invitée à clarifier ces déclarations, Jewel, 67 ans, a affirmé que Charles avait vu la même chose qu'elle au moment où leur interprétation de « Who's the N** Now ? » atteignait son paroxysme : une jeune femme noire que la sécurité du festival aurait fait descendre sans ménagement d'une barrière métallique avant de la traîner à travers le public. Lorsqu'elle a fait signe à Charles d'interrompre le show pour tenter de calmer la situation, il aurait refusé de manière éhontée.

« *[Le styliste]* Virgil *[LaFleur]* et moi avons passé cette putain de journée dans la loge à regarder les autres groupes sur ces mêmes écrans », a-t-elle confié aux journalistes, désignant derrière elle les moniteurs sur lesquels Charles continuait de jouer pour un public de plus en plus clairsemé. « Or, des dizaines de jeunes hommes blancs se sont accrochés à ces barrières à plusieurs reprises. Et personne ne leur a rien dit. Dans ce cas, pourquoi malmener ainsi cette fille noire ? Je ne peux pas cautionner ça, pas avec mon nom sur l'affiche. Pas sous mes yeux. Les organisateurs de Derringdo doivent présenter leurs excuses à cette fille au nom de leurs gorilles, et Nev Charles devrait avoir honte d'avoir fermé les yeux. »

À la question de savoir si les rumeurs d'une tournée revival avec Nev étaient fondées, Opal Jewel a confirmé qu'ils avaient évoqué cette possibilité. « Mais ce n'est plus d'actualité », a-t-elle conclu. Le grand baiser qu'elle a planté sur la bouche de Charles avant de s'en aller, précise-t-elle, était juste sa manière à elle d'acter ce fait. « C'était un adieu », a-t-elle ajouté.

Histoire en cours. Plus d'informations à venir…

Un extrait de cette conférence de presse expéditive était posté sur le compte Instagram d'*Aural*. Les crânes de plusieurs journalistes, vus de dos, ondulaient au premier plan, et la tête d'Opal était comme un petit point surfant dessus tout en haut de l'écran. On n'entendait rien de ce qu'elle disait, même en mettant sur haut-parleur et en se collant le téléphone à l'oreille. Les navettes étaient désormais plus proches que la scène, si bien que j'ai trottiné dans leur direction, pressée de regagner mon pick-up blanc de location. Au moins, là-bas, je pourrais regarder tout ça tranquillement.

Pendant les dix minutes qu'a duré le trajet en bus, la nouvelle du geste d'Opal, se répandant comme une traînée de poudre sur les réseaux sociaux, s'est révélée être un sujet délicat. Deux inconnus partageaient leur envie de tweeter @Derringdo pour se plaindre. « Je veux dire, je comprends, mais c'est une question de professionnalisme, soupirait une femme derrière moi. Il faut d'abord terminer le spectacle pour lequel les gens ont payé et *ensuite*, on peut soulever tous les problèmes qu'on veut.

— Les gens s'attendaient à quoi, au juste ? a demandé un autre à l'avant du bus, et les autres passagers se sont tus. Opal est pas du genre à se laisser emmerder.

— C'est très bien, mais maintenant faut qu'elle me rembourse », a râlé un autre passager.

Ce commentaire avait été prononcé assez fort pour que le défenseur d'Opal, à l'avant du bus, l'entende. « Donc votre divertissement est plus important que la vie d'une autre personne, monsieur ? Avez-vous seulement entendu ce qu'elle a dit sur scène ? Fermez-là, putain… »

Alors que la dispute dégénérait entre ces deux-là sur la question de savoir qui devait la fermer, sous le regard muettement excité des autres passagers, mon portable s'est remis à vibrer – un appel, cette fois. Virgil.

« Miss Shelton, mais *où* êtes-vous ? » La réprimande dans sa voix, familière, était réconfortante.

Opal espérait m'apercevoir dans la tente des médias, a-t-il expliqué. Ils se trouvaient à présent dans « un restaurant de gaufres ouvert vingt-quatre heures sur vingt-quatre » au bord de l'autoroute, à quelques kilomètres. « Mad a commandé la moitié de la carte, m'a-t-il confié. J'imagine que cela vous laisse par conséquent le temps d'arriver. »

Le *diner* était rempli d'une foule post-Derringdo, et j'ai eu du mal à la repérer. Elle était blottie dans un box au fond de la salle, tassée dans un coin contre Virgil, à moitié éclipsée par la masse de celui-ci. L'air d'une adolescente, anonyme et androgyne : avalée par un sweat à capuche noir, avec une casquette de base-ball assortie barrée d'un X cousu de fil blanc. La seule trace du spectacle que j'apercevais était un léger reste de rouge à lèvres violet sur une serviette en papier froissée.

Le temps que je me glisse sur la banquette en face d'eux, Opal avait englouti deux assiettes. Des restes de mélasse et d'éclats de noix de pécan étaient collés à la première, et la deuxième exhibait une demi-lune de gruau de maïs pétrifié. Elle s'attaquait à une troisième, maintenant, du bacon croquant et un monticule de galettes de pommes de terre. Virgil était vêtu de noir lui aussi, une chemise aux manches élégamment retroussées sur ses avant-bras charnus. Un minuscule bol de ce que le *diner* vendait comme une « salade de fruits » était posé devant lui, et je l'ai observé opter pour les raisins plutôt que les rondelles de banane. Nous sommes tous restés silencieux un moment.

Opal a cherché de la main son gobelet en plastique rouge d'eau glacée et en a siroté les trois-quarts. Elle s'est redressée sur la banquette, enfin rassasiée. « J'avais oublié ce que c'était, a-t-elle déclaré. D'être si affamée après un spectacle, puis de trop manger.

— Comment avez-vous fait pour arriver ici aussi vite ? ai-je murmuré. J'imagine qu'à Derringdo on doit vous chercher partout. »

Virgil et Opal ont échangé un regard et les épaules d'Opal ont tressauté de rire. Le visage de Virgil s'est tordu au niveau des commissures, dans ses efforts pour contenir le sien.

« Y a un truc qui m'échappe ? ai-je demandé.

— Dès que j'ai vu Mad quitter la scène sur les moniteurs, a répondu Virgil en s'éclaircissant la voix, j'ai ramassé ses affaires dans la loge et j'ai…

— Il a volé une voiturette de golf », l'a coupé Opal, des larmes coulant sur ses joues, et Virgil a finalement laissé échapper un rire grave, un *Ouh-ouh-ouh* que je ne lui connaissais pas. « Oh mon Dieu, d'accord… » Opal a inspiré puis expiré, tamponnant ses larmes avec une serviette en papier. « Il est venu m'attendre devant la tente des médias, on aurait dit le complice d'un braquage. On s'est tirés à travers bois jusqu'à ce qu'on tombe sur une route, et puis Uber a fait le reste. Je me suis changée illico presto à l'arrière. » Elle a jeté un regard autour d'elle puis a soulevé brièvement le bas de son sweat, comme une exhibitionniste, et j'ai reconnu les coutures fluorescentes de la combinaison, dessous. Ils se sont effondrés l'un sur l'autre dans un nouvel éclat de rire. Leur comportement délirant m'a mise hors de moi.

« Comme si vous n'étiez déjà pas assez dans le pétrin…

— Eh bien, j'imagine que c'est *vraiment* comme au bon vieux temps, alors », a répliqué Opal. Ils se sont calmés tous les deux. Quand la serveuse est venue débarrasser les assiettes, Opal a baissé la tête et s'est tournée vers la fenêtre.

Sur la table, le portable de Virgil a vibré et s'est illuminé d'une photo de Han Ishi. « En parlant d'être dans le pétrin…

— Réponds, baby, a dit Opal. Va donc amadouer ton bel homme avec tes mots doux… »

Virgil s'est extirpé du box avec une grimace, et il a boitillé jusqu'à la porte du *diner* pour aller prendre l'appel.

« Il a oublié sa canne dans la loge. » Opal a étudié ce qu'il restait des plats sur la table, puis m'a fixée droit dans les yeux. « Tu veux des frites ?

— Non, je ne veux pas de putains de frites, ai-je rétorqué.

— Allez, je vois bien que tu les regardes. Ne t'en fais pas, elles sont offertes. Je suis pas du genre à partir sans payer. » Elle a poussé l'assiette vers moi et j'ai dégagé une frite de la pile, la traînant dans un trait de moutarde. « Et je n'ai pas pris leur argent, en tout cas pas l'intégralité, si c'est ce qui te chiffonne, a-t-elle ajouté. Les gens du festival, je veux dire. Ils paient juste la moitié d'avance et le reste seulement une fois que tout est terminé. Je suis sûre qu'ils déduiront la voiturette de golf et d'autres trucs encore. Rassurée ? »

J'ai mangé la frite en silence, férocement.

« Pourquoi n'étais-tu pas dans la tente des médias, au fait ? m'a interrogée Opal. Je suis allée te chercher là-bas, mais alors les autres m'ont assaillie avec leurs questions… Tu sais bien comment est ma bouche, une fois que je commence à l'ouvrir.

— Je n'étais pas dans cette tente, Opal, parce que je n'ai pas eu d'accréditation cette année, ai-je répondu. Vous n'êtes pas au courant ? Je ne travaille plus pour *Aural*, depuis cette réception en hommage à Bob. » J'ai englouti un bloc de pommes de terre. « Vous vous rappelez, non ? La fois où vous m'avez aidée à avoir l'air cinglée ? »

Comme je tendais le bras pour attraper encore une frite, elle a posé sa main sur la mienne.

« Je suis vraiment désolée, a-t-elle dit. C'est notamment ça que je voulais te dire. Si, enfin, si tu avais été dans cette tente. »

J'ai baissé les yeux sur la table, contemplant mes ongles nus et rongés sous les siens, effilés et violets. « Vous êtes désolée pour mon job, ou… ?

— Je suis désolée de ne pas t'avoir respectée, et de ne pas avoir respecté ton travail. Et tu peux interpréter ça de toutes les manières que tu veux. » Elle a serré ma main une fois, puis a retiré la sienne.

Dehors, Virgil parlait avec agitation dans son portable, sous les réverbères du parking. Autour de nous, une cacophonie : cliquetis des couverts, grésillement des saucisses, éclats de rire, country pop. Dans le reflet sur la vitre, j'ai remarqué qu'Opal Jewel fixait à présent un point à l'autre bout du restaurant ; j'ai tourné la tête pour voir ce que c'était. Un téléviseur accroché au-dessus de la caisse passait CNN sans le son : les images de Nev jetant un bref regard avant de fermer les yeux, juxtaposées avec la vidéo prise par un spectateur montrant les agents en train de traîner le corps de Jamilah Reid à travers la foule.

« Même si je ne croyais pas à cette horreur que tu m'as

racontée, ai-je entendu Opal déclarer, je n'aurais pas dû m'enfoncer la tête dans le sable. »

Quand j'ai tourné la tête pour finalement la regarder, j'ai décelé une invitation sur ses traits. Mon portable était pratiquement déchargé, mais j'avais un stylo dans mon sac, mon carnet. Je les ai sortis.

« Donc après ce que vous avez vu ce soir, ai-je demandé, vous pensez que cette vieille histoire au sujet de Nev pourrait être vraie ? »

Elle a croisé mon regard. « Je ne sais pas, a-t-elle répondu en s'affalant contre la banquette, comme d'épuisement. Mais ne pas le savoir est déjà bien assez effrayant pour moi. »

J'ai noté mot pour mot ce qu'elle venait de dire. J'ai fait glisser le carnet de son côté de la table. « C'est bien votre déclaration ? »

Baissant les yeux sur le carnet, en tirant sur le bord de sa casquette Malcom X, elle a confirmé : « C'est bien ma déclaration. »

Là, dans mon écriture désordonnée, c'était la réponse claire et honnête que j'avais tenté en vain d'arracher à Opal dans le couloir, ce jour-là. Pouvais-je qualifier ce moment de page qui se tournait, alors ? De victoire ? J'ai contemplé la feuille, et repris mon stylo.

« Quoi d'autre ? » La voix d'Opal était très douce, maintenant. « Pose-moi toutes les questions que tu veux. »

J'ai soupiré, peinant à mettre des mots sur mon insatisfaction persistante. « Je crois que je suis encore curieuse…

— À quel sujet ?

— C'est juste que vous avez attendu tellement longtemps cette opportunité. J'ai vu à quel point vous la désiriez, combien vous adoriez être sur cette scène, et que vous *assurez* toujours autant – bon Dieu, j'avais beau vous en vouloir à mort, même moi je n'ai pas pu m'empêcher de vous acclamer.

Vous avez dû sentir tout ça, pas vrai ? Cette énergie, tout cet amour ? L'héritage dont vous avez toujours rêvé, je le sais, et qui attendait juste la bonne occasion pour briller.

— Ouais, a-t-elle répondu, tout sourire. J'ai senti tout ça.

— Donc vous y étiez enfin : Opal Jewel, au seuil de ce qui pouvait être un tout nouveau départ. Et après être allée aussi loin, après avoir entraperçu cet avenir, vous êtes partie, comme ça ? Je veux dire, j'admire ce que vous avez fait ce soir, mais une chose est sûre, putain : c'était pas très malin. Comprenez-vous seulement ce que vous vous êtes infligé ? Il y a des chances que vous ne puissiez plus jamais travailler ; Derringdo risque de vous poursuivre – qui sait, putain, *Nev* pourrait le faire aussi – et vous pourriez perdre tout ce que vous avez. Donc, j'aimerais savoir... Pas *pourquoi* vous avez fait ça – parce que ça, vous l'avez déjà dit au monde entier –, mais *comment*. Comment avez-vous pu assumer de tout mettre en péril ?

— Oh, arrête, a cinglé Opal d'un ton moqueur. Tu es une fille intelligente. Non – tu es une *femme brillante*. Tu as toutes les pièces. Mets-les juste dans le bon ordre, SarahLena. »

J'ai manqué protester encore – lui rappeler que mon nom professionnel était Sunny, que les bons journalistes évitent de s'appuyer sur de simples suppositions. Au lieu de quoi, je me suis surpris à lui répondre : « Mon père, ai-je dit. Parce que mon père était sur cette scène avec vous. »

De la poche kangourou de son sweat, Opal a tiré la photo de Jimmy derrière sa batterie. « Comment aurais-je pu ne pas défendre cette fille, quels que soient les risques, a-t-elle murmuré en la tendant vers moi tandis que je reposais mon stylo, alors que Jimmy a fait la même chose pour moi ? »

J'ai calé l'image au creux de mes paumes. Le tirage était vieux, tacheté, corné – l'original. Il avait voyagé de New York à Paris, de Los Angeles à ce champ de foire du New

Hampshire. Il avait survécu aux larmes, à la mise sous cadre et au démontage, à l'exposition…

« Je vais en faire une copie, ai-je soufflé. Je ne manquerai pas de vous la rendre.

— Non, a répondu Opal. Elle t'appartient.

— Mais vous ne voulez pas… ?

— Ne t'en fais pas pour moi, m'a-t-elle interrompue. *Moi*, ça ira. » Elle a haussé les épaules en secouant la tête. « *Tout* ira bien. »

Alors j'ai dit : « OK », et je me suis tue.

Virgil est revenu en boitant bas, s'est laissé tomber lourdement sur la banquette. Han n'allait pas venir, a-t-il annoncé, et encore moins les ramener à New York à cette heure de la nuit. Virgil et lui avaient réservé une chambre dans un Bed & Breakfast pour ce long week-end, en prévoyant de faire le tour des vignobles et de visiter la ferme du grand poète Robert Frost, et Han comptait bien respecter le programme jusqu'au bout. « Avec ou sans moi, proclame-t-il, a conclu sombrement Virgil.

— Eh bien, *avec* toi, évidemment, a répondu Opal. Vas-y, appelle une voiture. Je trouverai bien un moyen de rentrer à New York.

— Oh, épargnez-nous ce numéro de martyre, suis-je intervenue, en glissant la photo de mon père bien en sécurité à l'intérieur du carnet. Je vous ramène. »

Sur ce, Opal a jeté quelques billets de vingt sur la table, fait ses adieux à Virgil, et grimpé dans la cabine de mon horrible pick-up blanc, direction New York. Elle a somnolé pendant l'essentiel du trajet, capuche sur les yeux, pendant que je conduisais sur l'autoroute, cherchant une station de radio qui perdurerait plus d'une poignée de kilomètres.

Comment pouvait-elle dormir, comment pouvais-je chantonner… C'était peut-être bizarre dans le contexte de cette nuit-là, ayant toutes deux foutu en l'air nos carrières respectives. Nous ne pouvions pas imaginer qu'à l'automne, nous repartirions de l'avant avec de nouveaux alliés : pour moi, de bons Samaritains pour veiller sur ce livre[1], et pour Opal, une kyrielle de jeunes artistes et activistes qui l'aideraient à construire le genre de plateforme dont elle n'avait même jamais rêvé[2]. Nous n'aurions pas imaginé non plus la gueule de bois qui menaçait, ce coup de tonnerre électoral d'un soir de novembre dont l'onde de choc nous propulserait en arrière, droit dans les rets les plus haineux de l'histoire américaine. Oui : dans ce voyage au cœur des ténèbres, nous ignorions tout de ce qui nous attendait, si nous allions atterrir du côté du progrès ou de la régression. Mais Opal m'avait donné sa parole et je l'avais acceptée, et c'était pour moi comme un acte de foi mutuel : si l'une de nous était assez courageuse pour affronter tout ce que l'avenir nous réservait, alors l'autre le serait aussi.

Aux abords de Hartford, j'ai trouvé une station de radio assez puissante, qui passait de vieux tubes, et chaque fois qu'il y avait un bon morceau, je montais le son. « Everyday People », de Sly & the Family Stone. Les gens ordinaires. Opal a remué sur le siège passager, comme je l'espérais. Dans les phares d'une voiture qui venait en face, j'ai aperçu son

1. Dans le sillage du débat déclenché par Opal à Derringdo, culminant dans les excuses publiques des organisateurs du festival et un éphémère mouvement de protestation en ligne autour du mot d'ordre *« Nev Charles is canceled ! »*, Aural Media a finalement manifesté son intérêt pour la publication de ce livre. Même si l'offre de mon ancien employeur était flatteuse, j'ai préféré accepter la proposition de Sojourner Books, éditeur spécialisé dans la culture et l'histoire africaines-américaines. Toute ma gratitude à l'équipe de Sojourner pour avoir cru à ce projet et accepté de courir le risque.

2. À l'heure de la parution du présent ouvrage, Opal a été invitée à s'exprimer lors des festivals Essence et Aspen Ideas, et à présider une soirée d'hommage à sa carrière organisée lors du festival Afropunk 2018. Elle a embauché Jamilah Reid pour gérer ses pages Twitter et Instagram officielles, @RealOpalJewel, sur lesquelles, le jour de l'investiture du président, elle a demandé à Jamilah de poster une photo de poulets aux plumes orangées massées sur leur perchoir.

sourire endormi, et le temps que Rose entonne à nouveau sa partie du refrain, Opal était assise bien droite, improvisant une drôle de danse avec les épaules.

« C'est quoi, *ça* ? » l'ai-je taquinée, mais Opal avait replongé. Faisant ce qu'elle faisait le mieux, se lâcher sans entraves.

REMERCIEMENTS

Tout d'abord, à ma base : les familles Faulk et Walton qui emplissent ma vie d'amour, de rire et d'un sens profond de l'héritage. Je remercie ma mère, Phyllis Faulk Walton, qui me fait profiter chaque jour de sa sagesse et de sa grâce, et qui est l'une des conteuses d'histoires les plus drôles que je connaisse. Merci à mon père, Charles Walton, qui m'a appris non seulement la beauté des rêves, mais comment les réaliser.

PJ Mark a cru en ce roman dès sa première version et m'a encouragée, avec sa gentillesse coutumière, à être aussi audacieuse que l'Opal que je voulais voir en ce monde. Dawn Davis a fait franchir un cap décisif au manuscrit grâce à ses propositions de corrections si perspicaces qui ont apporté à cette histoire davantage de précision et d'élan. Je les remercie, ainsi que Marysue Rucci, Chelcee Johns, Ian Bonaparte, Brianna Scharfenberg, Leila Siddiqui, David Litman, Kayley Hoffman, Polly Watson, Cassie Browne, Hellie Ogden, et tous ceux qui, chez Janklow & Nesbit, 37 Ink, Simon & Schuster et Quercus Books m'ont aidée à donner le jour à ce bébé.

La résidence qui m'a été accordée en 2015 dans le cadre des MacDowell Fellowships m'a donné la confiance et le courage de m'engager pleinement, à l'aube de la quarantaine, dans l'écriture. Merci à tous les artistes talentueux rencontrés sur place, et en particulier à Emily Hass et Corinne Manning, d'avoir pris sous vos ailes une débutante aux yeux écarquillés. Je suis en outre reconnaissante aux ateliers Tin House

Summer Workshop de m'avoir apporté un soutien d'une valeur incalculable à l'heure d'achever ce roman ; et à mes mentors professionnels, notamment mon ami Bill Shapiro et mes anciens collègues d'*Essence*, pour m'avoir appris à prendre mes responsabilités et à accomplir pleinement ce pour quoi j'étais faite.

Je garde un souvenir très fort de mes deux années d'études au Iowa Writers' Workshop, grâce à l'obtention d'une bourse Meta Rosenberg et d'une bourse Whited. J'ai tellement progressé en tant qu'écrivaine dans ces ateliers, sous la tutelle d'une équipe de formatrices traquant férocement les longueurs inutiles, qui ont lu et critiqué diverses parties de ce livre.

Sugi Ganeshananthan m'a mise au défi de complexifier encore le récit, ce qui a donné naissance au personnage de Sunny. Amber Dermont m'a encouragée à approfondir les aspects les plus sombres de cette histoire. Avec son crayon à papier et son grand sens au rythme, Margot Livesey a affûté mes phrases et intensifié les couleurs du monde du jeune Nev. Et alors que je me débattais avec la structure et la direction d'ensemble, Ayana Mathis, par ses remarques éclairées concernant à la fois la forme et le contenu, m'a aidée à franchir le pas.

Je suis repartie d'Iowa forte d'une enviable communauté, d'une brillante équipe de manieurs de stylo. À Afabwaje Kurian, De'Shawn Charles Winslow, Christina Cooke, Monica West, Jade R. Jones, Regina Porter, William Pei Shih, Melissa Mogollon, Eliana Ramage, Dr. Tameka Cage Conley, Grayson Morley, Magogodi Makhene, Jamel Brinkley, Sarah Mathews, Siyanda Mohutsiwa et Jianan Qian : je suis impressionnée par votre talent et touchée par votre amitié, même à présent que nous sommes éparpillés aux quatre vents. Un grand merci aussi à Sam Chang et au personnel de Dey House

– Connie Brothers, Deb West et Jan Zenisek – pour le soutien et le soin que vous nous avez tous apportés.

Merci aux familles Aiken et Santagati de m'avoir ouvert vos bras et à ma maman bonus, Sybil Walton, pour son amour.

De la Floride à l'Oregon, de Washington à New York, ma famille de choix m'a soutenue. Pour leur amitié si constante et leurs conseils pendant toutes ces années (plus de vingt pour la plupart d'entre eux !), je suis particulièrement reconnaissante à Hermione Malone, Abby West, Kenyatta Matthews, Kamilah Forbes, Ronda Thompson, Janice Morris, Ta-Nehisi Coates, Rashida Clendening, Nandi Smythe, Jackie Weatherspoon, Elton Bradman, Rachel Bachman, Sarah Fuchs et Chana Garcia (qui nous manque terriblement).

Enfin, pour toutes les belles choses qu'il m'apporte au quotidien, je tiens à remercier mon mari, Anthony Santagati – mon cœur et ma maison, depuis toujours.

À PROPOS DU TRADUCTEUR

Romancier lauréat du Prix Nicolas Bouvier en 2007 pour *Nullarbor*, du Prix de la Ville de Caen en 2010 pour *Mal tiempo*, des prix Henri-Queffélec et Gens de mer 2018 pour *Bluff*, David Fauquemberg est également traducteur de l'anglais et de l'espagnol. Il a traduit les prix Nobel Wole Soyinka et Nadine Gordimer, Jane Harper (récompensée en 2018 par le Prix Polar du Meilleur roman international du Festival de Cognac), James Meek, mais aussi des textes de R. L. Stevenson, Zora Neale Hurston, Edward St Aubyn, Eduardo Halfon (prix du Meilleur livre étranger étranger 2018) ou encore Luis Sepúlveda. Grâce à sa traduction virtuose, il a contribué à faire découvrir aux éditions Zulma Alyson Hagy avec *Les Sœurs de Blackwater* (2020). Il est en outre reporter pour les revues *XXI, Long cours, Holiday* et *Desports,* le magazine *Géo*.

ITAMAR VIEIRA JUNIOR

Charrue tordue

Roman traduit du portugais (Brésil)
par Jean-Marie Blas de Roblès

Au fin fond de l'arrière-pays, dans le Nordeste brésilien, Bibiana et Belonísia trouvent un beau couteau au manche d'ivoire sous le lit de leur grand-mère. Fascinées, elles décident d'en goûter le métal. Le drame qui s'ensuit marquera leur vie et les liera à jamais… Car, dans cette communauté afro-brésilienne de paysans sans terre, on vit à la merci des propriétaires terriens. Et c'est à ce monde archaïque que Bibiana va s'opposer, en se faisant la voix de sa sœur et de toute sa communauté, soudée par les rites ancestraux du Jarê et l'invocation de ses divinités.

D'une oralité saisissante, *Charrue tordue* est un roman magnifiquement engagé sur le destin méconnu des descendants d'esclaves. L'histoire à la fois réaliste et envoûtante d'un combat politique et d'une rédemption qui évoque un Brésil en pleine mutation.

« D'une intensité et d'une poésie inouïes. »
Le Monde

KATJA OSKAMP

Marzahn, mon amour

Traduit de l'allemand
par Valentin René-Jean

Et si les années de l'entre-deux étaient les plus belles ? À l'âge où on lui promet de devenir invisible, une écrivaine se rebelle. Elle n'a plus qu'une idée en tête. Personne ne l'en dissuadera. Reconvertie en pédicure, elle s'installe à Marzahn, autrefois la plus grande cité de préfabriqués de RDA. Les habitants de ce quartier de Berlin viennent lui confier leurs pieds cabossés, usés par la vie. Ils ont besoin d'être rafistolés et racontent leurs histoires, celles qu'on n'entend jamais, des histoires miraculeuses, ordinaires, universelles…

La lettre d'amour de Katja Oskamp aux habitants de Marzahn est une réflexion tendre et pleine de drôlerie sur les liens qu'on tisse dans les lieux les plus inattendus, sur la vie. Une comédie humaine en miniature.

« Un petit bijou… plein d'esprit et de résilience. »
The Irish Times

ABDELAZIZ BARAKA SAKIN

La Princesse de Zanzibar

Roman traduit de l'arabe (Soudan)
par Xavier Luffin

À Zanzibar, à l'angle du marché aux esclaves et des étals des joailliers indiens, la belle Uhuru chante et danse au rythme du tambour. Africaine libre, experte en magie noire, elle a toujours échappé aux négriers. Son insolence fascine la fille du Sultan qui vit entre deux mondes : celui de son père, le sultanat de Zanzibar tant convoité par les Européens, et celui de Sundus, son esclave eunuque, compagnon de jeu devenu son amant.

Alors que sur l'île gronde la révolte, la côte Est de l'Afrique apparaît comme un horizon salvateur, terre des origines pour Sundus, rêve d'évasion pour la princesse…

La Princesse de Zanzibar se joue, avec verve et panache, de la grande histoire et des légendes ancestrales pour bousculer tous les idéaux de liberté.

« Un chef-d'œuvre teinté de truculence caustique qui fait rire aux larmes, réfléchir intensément. »

Marianne

LA COUVERTURE DU
Dernier Revival d'Opal & Nev
A ÉTÉ CRÉÉE PAR DAVID PEARSON
ET IMPRIMÉE SUR OLIN ROUGH
EXTRA BLANC PAR NORMANDIE ROTO
IMPRESSION S.A.S. À LONRAI.

LA COMPOSITION DE CE LIVRE,
EN GARAMOND ET MRS EAVES,
A ÉTÉ ASSURÉE PAR NORD COMPO
À VILLENEUVE D'ASCQ.

IL A ÉTÉ REPRODUIT SUR LAC 2000
ET ACHEVÉ D'IMPRIMER EN FRANCE
PAR NORMANDIE ROTO IMPRESSION S.A.S. À LONRAI
LE SEPT JUILLET DEUX MILLE VINGT-TROIS
POUR LE COMPTE DES ÉDITIONS ZULMA
À VEULES-LES-ROSES.

ISBN : 979-10-387-0223-3
N° D'ÉDITION : 0223
DÉPÔT LÉGAL : AOÛT 2023

NUMÉRO
D'IMPRIMEUR
2301323

IMPRIMÉ EN FRANCE